Jens Henrik Jensen

# De hondenmoorden

## Oxen 1

A.W. Bruna Uitgevers

*Oorspronkelijke titel*
De hængte hunde

*Vertaling*
Corry van Bree
*Omslagbeeld*
© Mariesol Fumy/Trevillion Images
*Omslagontwerp*
Studio Jan de Boer


ISBN 978 94 005 0578 0
NUR 305

MIX
Papier van verantwoorde herkomst
FSC® C110751
FSC
www.fsc.org

Dit boek is gedrukt op papier dat het keurmerk van de Forest Stewardship Council (FSC®) mag dragen. Bij dit papier is het zeker dat de productie niet tot bosvernietiging heeft geleid. Een flink deel van de grondstof is afkomstig uit bossen en plantages die worden beheerd volgens de regels van FSC. Van het andere deel van de grondstof is vastgesteld dat hiervoor geen houtkap in de laatste resten waardevol bos heeft plaatsgevonden. Daarom mag dit papier het FSC Mixed Sources label dragen. Voor dit boek is het FSC-gecertificeerde Munkenprint gebruikt. Dit papier is 100% chloor- en zwavelvrij gebleekt en wordt geleverd door Arctic Paper Munkedals AB, Zweden.

# 1

Het was alsof de hond zijn nek had gestrekt in een wanhopige poging om de allerlaatste geur van zijn leven op te snuiven. Tevergeefs. Zijn snuit had de amandelbloesem boven zijn kop niet kunnen bereiken.

In het zwakke licht van de dageraad weerspiegelde het besef in de doffe ogen. Het was al geruime tijd voorbij. Zijn gewicht had de strop rond zijn nek uren geleden al strakgetrokken.

Nu zwaaide het logge lijf van de hond zachtjes heen en weer in de harde Andalusische februariwind die vanaf het meer Embalse del Guadalteba-Guadalhorce waaide. Een wolk bloemen die van de takken werd gerukt, wervelde rond als sneeuwvlokken met een roze glans.

Een kroonblad landde zachtjes op de tong van de hond – een genadekus die veel te laat kwam.

Het licht drong langzamerhand tussen de deinende amandelbloesems door, waardoor de lichtbruine tekeningen in de vacht zichtbaar werden. Het was een grote hond, een rottweiler. Een reu.

Verder naar boven op de heuvel, achter de amandelbomen en een enclave met hoge pijnbomen, lag een verzameling witte gebouwen. Op een bord bij een hek van gebogen smeedijzer aan het eind van de grindweg stond FINCA FREDERIKSEN.

De oorspronkelijke bewoners – daar waren er nog steeds een paar van ondanks de invasie van kapitaalkrachtige buitenlanders – herinnerden zich de *finca*, de woning met het fantastische uitzicht, onder de oorspronkelijke naam 'Finca Fernandez'. De nieuwe naam, 'Frederiksen', was waarschijnlijk Zweeds of Noors of Duits – of Deens. In elk geval waren de nieuwe bewoners, die nu vier tot vijf jaar bij het meer woonden, uit het noorden afkomstig. In feite deed het er niet zoveel toe waar ze vandaan kwamen. De naamsverandering werd als respectloos beschouwd en niemand wilde iets met hen te maken hebben. De vreemdelingen, rijken, waren er gewoon, omringd door hun hoge omheining, en als zodanig droegen ze op geen enkele manier bij aan de dorpsgemeenschap.

Vlak na middernacht was Hannibal Frederiksen, de eigenaar van de finca, naar buiten gegaan om zijn hond te roepen. Die kwam echter niet. Het was de eerste keer dat Señor niet binnenkwam na zijn gebruikelijke avondrondje. Dat feit had hem verontrust.

Toen hij na een onrustige nacht de volgende ochtend om een uur of zeven wakker werd, kleedde hij zich zachtjes aan om zijn vrouw niet wakker te maken en ging hij opnieuw naar buiten om te zoeken en te roepen.

Toen hij na een halfuur een van de laatste rijen amandelbomen bij de oever van het meer bereikte, begreep hij waarom Señor niet was thuisgekomen.

De aanblik verlamde hem.

# 2

De reflexmatige radarbewegingen deden aan een gewone dief denken. Hij trok zijn capuchon over zijn pet en keek om zich heen. Naar rechts, naar links, achter zich en weer voor zich. Daarna klom hij met speels gemak over de hoge draadomheining terwijl de witte samojeed gehoorzaam in de diepe schaduw bij de muur ging liggen en zich bijna onzichtbaar maakte.

Hij sprong en landde soepel op zijn voeten. Minder soepel dan vroeger, constateerde hij, maar toch bijna volledig in balans. Hij liep over het vertrouwde terrein naar de dichtstbijzijnde container, waar hij zijn zelfgemaakte speciale handvat op de driehoekige stompe ijzeren stang zette, het handvat naar links draaide en het zware deksel opende.

De eerste keer was het een kwellende ervaring geweest. Letterlijk een grensoverschrijdende indringing. Mentaal gezien een reis in de vernedering die hem een paar seconden had verlamd. De nederlaag kroop als een parasiet onder zijn huid en bleef daar nog een paar weken knagen.

Inmiddels was dat gevoel verdwenen. Hij had maar één motto: als je honger hebt, dan moet je eten.

Hij kroop over de gênante drempel van de verzorgingsstaat de container in, waar de overvloed als een goudschat op hem wachtte. De eerste container bevatte groenten.

Hij knipte zijn zaklamp aan en begon te zoeken. Zijn rondtasten wekte altijd herinneringen aan het winkelen in een supermarkt op een drukke zaterdagochtend te midden van luidruchtige gezinnen met kinderen. Nu deed hij dat weer, maar dan zonder winkelwagentje en zonder zijn eigen kind in het klapstoeltje. Het was een puur impulsieve keuze.

Augurken? Waarom niet. Tomaten? Ja... Kroppen sla? Schitterend. Uien? Oké. En natuurlijk aardappelen.

Het verdween allemaal in zijn rugzak. Het laatste was een bakje champignons van de volle grond die drie dagen over datum waren.

Hij kroop weer naar buiten, opende de volgende container en sprong de diepte in. Vleesproducten voor vernietiging. De houdbaarheidsdatum was allang verstreken, maar dat kon hem niet schelen. Je moest gewoon heel voorzichtig zijn met vlees. Hij pakte de producten en bekeek ze in het schijnsel van de lichtkegel, draaide zijn duim omhoog – of naar beneden. Morgenavond at hij gehakte biefstuk. Met zachte uien.

Hij stal en at met genoegen waar geen andere Deen zijn tanden in zou zetten. Dat al die producten één, twee of drie dagen over datum waren, werd onder meer veroorzaakt door het feit dat het merendeel van zijn landgenoten de gewoonte had om de achterste of nieuwste producten uit de schappen te pakken, in plaats van de producten die vooraan lagen en waarvan de houdbaarheid het kortst was. Op die bijzonder eenvoudige manier droeg iedereen bij aan de afvalbergen met etenswaren. Daarom was zijn misdaad niet crimineel.

Hij stopte een pond gehakt in zijn rugzak. Hij was een professionele vuilnisbaketer geworden.

Het was een uitdrukking van de jeugd – vuilnisbaketer. Hij was op het idee gekomen nadat hij had geluisterd naar twee jongens die bij een bushalte met elkaar stonden te praten. Dat leidde hem naar een homepage en vervolgens naar een Facebook-groep, waar jongeren elkaar advies gaven en goede plekken aanraadden om voedsel te zoeken. Daarom was hij nu hier, op de binnenplaats van een discountsupermarkt in de wijk Noordwest in Kopenhagen.

En het was nodig. Het laatste geld op zijn bankrekening was al heel lang geleden uitgegeven. De huur had hij de afgelopen maanden betaald met het verzamelen van flessen en met het helpen van die eikel van een verhuurder met een paar noodzakelijke reparaties aan het bouwvallige gebouw.

Zijn routine was altijd hetzelfde. Elke dag bij het invallen van de duisternis begon het eeuwige zoeken langs de bekende routes. Deze dag, die snel was gegaan, had hem bijna honderd kronen aan statiegeld opgeleverd. Op de plekken waar de alcoholisten bij elkaar kwamen: hij liep van Utterslev Mose naar begraafplaats Bispebjerg en via het Fælledpark en Sortedams Sø naar Nordhavn. Hij kende zijn pappenheimers en liep langs parkbanken en parkeergarages en bushaltehokjes. In de beschutting van de duisternis. Fles na fles. Kroon na kroon.

Hij sprong uit de container en wilde net aan de derde in de rij beginnen om een doos eieren of een stuk kaas te bemachtigen toen iemand tegen hem schreeuwde: 'Hé, smerige klootzak! Waar denk jij dat je verdomme mee bezig bent?'

Twee silhouetten doemden op bij de verste container. Een korte brede en een lange slungelige. Hij had ze niet over het hek horen klimmen.

'Hé! Ben je je tong verloren? Of gewoon stom? Dit is ons terrein. Donder op, of je krijgt een pak slaag, miezerige klootzak, dakloze...'

De man met het brede silhouet hief een dreigende vuist.

Zijn capuchon moest naar beneden gegleden zijn toen hij uit de container sprong, want nu zei de brede man op suikerzoete toon: 'Jezus... Heb je een paardenstaart? Je bent een klein ponytrutje. Ik heb er altijd van gedroomd om een klein ponytrutje te neuken terwijl ik haar paardenstaart vastgrijp.'

Hij bleef een moment besluiteloos staan. De stem schreeuwde schel om het hardst met de stem in zijn hoofd terwijl hij voelde dat hij zijn spieren aanspande.

'Kom dan hier, kleine pony,' zei de brede man zoetsappig.

'Laat hem gaan,' mompelde de slungelige vent zachtjes tegen zijn kameraad, waarna hij het geluidsniveau opvoerde: 'Hé, klootzak! Begrijp je wat we zeggen? Wij zijn hier de baas. Voor de laatste keer – donder op, *fucking motherfucker*!'

De beslissing was genomen. Hij trok zijn capuchon omhoog, gooide de rugzak over zijn schouder en kromp onderdanig ineen.

'Oké, sorry... Ik ben al weg.'

De korte brede man wist van geen ophouden.

'Hoorde ik je sorry zeggen, pony?'

'Sorry. Het spijt me.'

Als een bange hond sloop hij in een boog om de twee dreigende gestalten heen, pakte het hek vast, klom omhoog en liet zich aan de andere kant naar beneden vallen.

Met een eenvoudig fluitje riep hij zijn hond en verdween in de duisternis.

Mompelend prees hij zichzelf terwijl hij met zijn hond naast zich de stoep op stapte en op weg naar huis ging. Alleen al het feit dat hij in staat was geweest om op basis van een koele overweging een beslissing te nemen was een overwinning.

'Wat zeg jij ervan, Whitey? Was dat niet goed? Ze waren bovendien ontzettend provocerend, nietwaar? Je had ze moeten horen. Twee van die snotneuzen.'

De hond luisterde. En knikte.

Zijn voordeur, die in de duisternis van de kelderhals lag, was met een paar planken en spijkers aan het kozijn vastgespijkerd. Zo was het ook geweest toen hij hier kwam wonen in zijn deftige domicilie, wat een eeuwigheid geleden leek.

Hij ging naar binnen en nam de achtertrap.

De deur sleepte over de ruwe betonnen vloer en hij had kracht nodig om hem open te krijgen. Hij liep de achtergang in en keek naar de voortdurend groeiende stapel reclamefolders en weekkranten.

Lang geleden, in een andere tijd, in een andere hal, had hij zijn post in stapeltjes gesorteerd. In het begin had hij alles zelfs geopend...

Hij kon zich niet goed herinneren wanneer hij ermee was gestopt zijn brieven te openen. Een verschil had hij niet gemerkt. Hij had nooit brieven gemist. Op het huidige adres had hij er nog nooit een gehad, om de eenvoudige reden dat hij de samenleving niet had geïnformeerd dat hij was verhuisd.

'Naar binnen, Whitey.'

De hond gehoorzaamde gewillig, liep via de geopende deur naar binnen, sprong op de bank en ging met een vermoeide zucht liggen.

Hij leegde de rugzak in het krappe keukentje en trok zijn kleding op weg naar de kamer uit, eerst zijn jas, daarna zijn trui. Daarna schopte hij zijn wandelschoenen in een hoek en liet zich op de bank vallen naast Mr. White, zoals zijn kameraad heette. Als het kleine 'Mr.' eraan werd toegevoegd, gaf dat zijn verzoeken of gesprekken een zweem van ouderwetse beleefdheid en wederzijds respect. Whitey was de nogal informele tegenpool, maar het kon ook gewoon het prozaïsche White zijn.

Het was een waardevolle avond geweest die helaas deels was verpest door de twee agressieve sukkels die hem ervan hadden weerhouden om naar eieren en kaas te zoeken.

Hij deed de televisie aan, zapte langs de zenders en stopte bij een programma op Animal Planet, waar een zwerm gieren een kadaver in de Serengeti had veroverd.

Straks zou hij naar de keuken gaan om een dubbele boterham met leverpastei voor hen te smeren.

Hij staarde nog een paar minuten naar het Afrikaanse drama tot zijn concentratie verdween en zijn blik naar de gebruikelijke plek op de vuilwitte muur afdwaalde, waar hij met twee spelden een krantenknipsel had opgehangen. De kop en de inleiding kende hij uit zijn hoofd.

Het knipsel hing daar al heel, heel lang, maar hij dacht er nog steeds over na. Kon dat een oplossing zijn?

Zou het tot zijn dood of tot zijn redding leiden? Of zou hij op een genadige plek daartussenin belanden?

# 3

Het zware smeedijzeren hek van Finca Frederiksen schoof automatisch opzij toen Hannibal Frederiksen op de afstandsbediening drukte. Hij sloeg af naar links, trapte het gaspedaal in en begon de bergweg af te rijden.

Onder normale omstandigheden zou hij genieten van het rijden. De krachtige motor van de antracietkleurige Mercedes CLS350 gehoorzaamde gewillig en de automatische versnelling reageerde traploos terwijl hij over het lange, rechte stuk voor de eerste bocht naar beneden reed.

Links van hem zag hij hoe de bloemenzee het meer ontmoette. Door een plotselinge ingeving remde hij en stopte aan de kant van de weg.

Sinds een paar dagen konden ze van de amandelbomen genieten. Het was inmiddels het vijfde jaar dat deze aanblik hem vergund was. Er kwamen mensen uit de hele wereld naar verschillende delen van Spanje vanwege de hemelse schoonheid van deze bomen. Zijn eigen amandelbosje aan het eind van het stuk grond, bij de oever van de Embalse del Guadalteba-Guadalhorce, versmolt met het glinsterende wateroppervlak dat door het windstille weer spiegelglad was.

Er liep een koude rilling over zijn rug.

Het bloementapijt verborg een geheim. Er waren inmiddels twee weken verstreken. Hij had zijn vrouw niet verteld wat hij die ochtend ver weg tussen de amandelbomen had aangetroffen. Ze was niet sterk genoeg om dat te weten.

De vraag was helaas of hij zelf zo langzamerhand nog wel sterk genoeg was. Alles wat er hieraan voorafgaand was gebeurd... En Señor die in de wind wiegde... Hij had sindsdien aan niets anders meer gedacht. Was hij nog maar geweest zoals in zijn jonge jaren. Daadkrachtig, scherp en genadeloos. Nu kwelde de kwestie hem zo hevig dat hij bijna niet helder kon denken.

Hij reed de weg weer op en gaf gas. Juist vanwege die vervloekte angst en besluiteloosheid was hij deze ochtend op weg naar de luchthaven in Málaga om zijn gast op te halen. Ze zouden bespreken wat hem dag en nacht wakker had gehouden.

Bij de uitstekende rots en de scherpe bocht naar rechts remde hij flink. Daarna wachtte een lang stuk met haarspeldbochten tot aan de bodem van het dal. Hij hield niet van de scherpe bochten en reed altijd langzaam naar beneden. Hij vond het prettiger om over rechte trajecten met overzicht te rijden. Werd dat mede veroorzaakt door het feit dat hij oud en voorzichtig was geworden?

Hij was één moment in gedachten verzonken over zijn verdwenen jeugd toen hij de schok in de eerste haarspeldbocht voelde. Hij schrok van de knal en het knerpende geluid achter hem, en van de schok waardoor de veiligheidsgordel op slot ging en strak over zijn borstkas getrokken werd.

Hij keek angstig in de achteruitkijkspiegel. Het was een kleine rode auto. De chauffeur was de controle over zijn voertuig blijkbaar kwijtgeraakt en was tegen hem aan gebotst. Dat mocht zijn verzekering betalen. Hij remde en had genoeg tegenwoordigheid van geest om zijn richtingaanwijzer aan te zetten. Verderop was een stuk met gras begroeide berm, daar konden ze regelen...

Er klonk een nieuwe knal en hij werd opnieuw in de gordel gedrukt. Wat gebeurde er in godsnaam?

Hij voelde dat zijn knie onbeheersbaar trilde terwijl zijn handen het stuur krampachtig omklemden. De auto slipte een beetje, maar hij kreeg hem weer onder controle.

Het gebeurde met opzet. De rode auto botste met opzet tegen hem aan. Hij moest hier weg.

Met zijn ogen strak op de weg gericht gaf hij plankgas op het rechte stuk naar de volgende bocht. Zijn hart bonkte zo hevig dat hij het in zijn hele lichaam voelde. Hij keek op. Hij had afstand gewonnen, maar moest hard remmen voor de bocht. De auto slingerde. Toch kwam hij de bocht goed in.

Seconden later zat de kleine rode auto opnieuw achter hem en botste die voor de derde keer tegen hem aan. De bergwand en de afrastering draaiden voor zijn ogen. Hij kreeg een beetje lucht op het rechte stuk, maar had veel te veel snelheid voor de volgende bocht. De voorwielen raakten de binnenberm voordat hij de zware auto kon afremmen. Hij zag vluchtig iets roods in zijn zijspiegel. Daarna klonk opnieuw een knal en de gordel knelde tegen zijn borstkas. Zijn knokkels waren spierwit. Heel wonderlijk om dat op dit moment te zien.

De kleine rode auto naderde opnieuw. Deze keer botste hij tegen de zijkant, waardoor de zware Mercedes uit koers raakte.

Hij proefde bloed in zijn mond. Had hij zijn lip kapotgebeten? Hij vocht om op de weg te blijven, precies op het moment dat hij weer geramd werd. De middenstreep verdween uit zijn gezichtsveld. Hij draaide hard aan het stuur, eerst naar links, daarna naar rechts. Hij had de auto niet meer onder controle. Hij slipte. Naar links. Verder. Naar de witte afrastering.

De knal bereikte zijn bewustzijn niet echt. Hij zweefde in zijn Mercedes door het niets. Gewichtloos. Zonder verbinding met de aarde. Het stuur voelde zo licht als een pluisje. De blauwe hemel vulde de hele voorruit. Hij zweefde verder, maar zijn lichaam bevroor tot ijs.

De chauffeur van de kleine rode auto remde hard en gooide zich bijna uit zijn auto, net op tijd om de grote Mercedes langs de bergwand naar beneden te zien verdwijnen. Hij maakte enorme salto mortales tegen de rotsen en ploegde door een stukje bos voordat hij uiteindelijk tot stilstand kwam op een plateau, een eind boven de bodem van het dal.

Er volgden geen explosie en geen vlammen zoals in films. Toen de stofwolken waren gaan liggen, lag het autowrak doodstil als een donkere, verwrongen hoop in de diepte.

De chauffeur ging weer in de rode auto zitten en reed rustig door de volgende haarspeldbocht.

Op dat moment was de geëmigreerde Deen Hannibal Frederiksen allang dood. Zijn nek was met een klap gebroken op het moment dat de antracietkleurige Mercedes het eerste rotsuitsteeksel raakte.

# 4

Het voorjaar was misleidend. Hij voelde zich opgelicht. Het landschap aan de andere kant van het vieze raam van de trein was opvallend bruin en kaal.

Hij zat gespannen op zijn zitplaats met zijn oude legergroene pet helemaal over zijn voorhoofd getrokken. Mr. White lag oplettend tussen zijn benen. Ze voelden zich allebei in een hoek gedrongen door alle vrolijke passagiers die een onverwoestbaar humeur leken te hebben, alsof het treinstel hen naar een nieuwe en lichtere tijd vervoerde.

Degenen die in Hadsten en Langå in feeststemming waren ingestapt, waren in Randers weer uitgestapt. In Hobro stapten nieuwe passagiers in en in Arden was het een hele groep geweest, die stommelend aan boord stapte met hun rode vlaggen en rammelende plastic tassen.

Het was 1 mei. Dus was het voorjaar. En het was de internationale strijddag van de arbeidersklasse.

*Nu daagt het in het oosten, het licht schijnt overal*... Próóst... en schijt aan alles!

Hij vroeg zich af waarvoor ze streden. Afgezien van het vinden van werk. Waren er nog eerlijke arbeiders in Denemarken? Was de hele reutemeteut niet uitbesteed aan landen met goedkope arbeidskrachten in Azië?

... *gaat prijken, met ongekende pracht.* Hij zag alleen geen verweerde gezichten en eeltige knuisten toen hij heimelijk om zich heen keek. Geen ridders van de arbeidersklasse. Alleen lauwe, goedkope biertjes tussen kleine stompe vingers, ronde wangen en dikke konten in spijkerbroeken.

Hij vroeg zich af waar ze naartoe gingen. Waarschijnlijk Aalborg...

Mr. White ging staan toen een aangeschoten man van middelbare leeftijd op zijn staart trapte, maar toen hij besefte wat er aan de hand was ging hij weer tussen zijn benen liggen. De hond voelde zich misschien wel veilig, maar hij voelde zich niet op zijn gemak. Er waren te veel mensen om hem heen.

Hij wierp een steelse blik op de dienstregeling in zijn hand. Hij moest er bij het volgende station uit. De stem in de luidspreker zou hem te hulp komen en het volgende station aankondigen, zodat hij wist dat hij moest uitstappen. Daar zou de toekomst beginnen. Misleidend voorjaar of niet.

Hij leunde naar achteren op zijn stoel en probeerde te doen alsof de andere passagiers niet bestonden. Hij wilde in zichzelf wegzinken, verder en verder naar binnen, en onzichtbaar worden...

Hij voelde een natte tong tegen zijn handpalm; het was Mr. White die bevestiging wilde. Zijn buddy die hem trouw volgde zonder iets anders van hem te eisen dan acceptatie.

Hij was wit. Daarom heette hij White. En was een reu. Daarom was zijn volledige naam Mr. White. Een simpele logica. Hoewel hij die niet in zijn eigen leven kon vinden, kon hij haar in elk geval symboliseren in zijn vriendschap met de samojeed.

Zijn gedachten werden onderbroken door een serie rammelende flessenhalzen en een dikzak met een rood, bezweet gezicht die achter zijn rugleuning de eed van de musketiers brulde: 'Próóst!'

Plotseling klonk de bevrijdende boodschap: 'Het volgende station is Skørping, we zijn bijna in Skørping, aan de rechterkant uitstappen graag.'

Het leek een eeuwigheid te duren voordat de trein eindelijk stilstond en de deuren opengingen. Mr. White was met één sprong op het perron en trok hem mee. Hij gooide zijn rugzak en het lange plastic foedraal over zijn rug en keek naar de bakstenen muur van het station.

Pas toen de achterkant van de trein steeds kleiner werd en de laatste passagier het perron had verlaten, trok hij Mr. White met zich mee naar de andere kant van het station.

Hier bevond zich een groot, pastelgeel gebouw. CULTUURBUREAU, stond er op een bord. Hadden ze zoveel cultuur in Skørping dat ze er een heel gebouw mee konden vullen? Hij had geen flauw idee. Hij was maar een paar keer eerder door het stadje gereden.

Op het moment dat ze rechts afsloegen naar de asfaltweg, de spoorbaan overstaken en naar het stadje begonnen te lopen, begon het te regenen.

Het ging harder regenen. Hij bleef staan, haalde zijn oude regenjack tevoorschijn en trok dat aan. Hij had het jack gebruikt tijdens zijn talloze flesseninzameltochten en er zaten slijtgaten op enkele plekken. Daarna liep hij verder en sloeg even later af naar het fietspad in de richting van het kleine plaatsje Rebild, dat een paar kilometer verderop lag.

Zijn hoofd was leeg terwijl hij in de stromende regen liep. Hij was alleen bezig met arriveren. Dat was de enthousiaste Mr. White ook. Heel even kwam de gedachte aan het krantenknipsel bij hem op. Het zou beslist nog een hele tijd aan de muur in de vochtige kelderkamer blijven hangen. Tot de dag waarop een ander de zware deur openschoof en zich neerlegde bij de situatie.

De Rentemestervej had hij voor altijd achter zich gelaten.

Het krantenknipsel had hem op het idee gebracht. Dat het Skørping was geworden, kwam waarschijnlijk alleen door het feit dat je er met de trein kon komen. Kopenhagen-Skørping, een rechtstreekse tour de force. Bovendien had het gebied meer voordelen waarmee hij in het verleden al had kennisgemaakt.

Niemand wist dat hij zijn oude wereld had verlaten. Aan wie moest hij dat ook vertellen? Behalve misschien aan L.T. Fritsen. Hij had zijn plan aan hem verteld toen ze na het werk in Fritsens kleine garage op Amager een keer met elkaar hadden gepraat. Het idee om te vertrekken... Maar dat was bijna een jaar geleden. Ze waren vrienden, maar liepen elkaars deur niet plat.

Hij keek op. Het wolkendek was zwaar en blauwzwart zonder één enkele opening. Het zou lang blijven stortregenen. Misschien wel de rest van de dag.

Ze naderden Rebild snel. Het was net een geforceerde mars. Ze haastten zich langs het grote parkeerterrein aan de voet van Rebild Bakker, het met heide begroeide heuvellandschap waar elk jaar op 4 juli, de Amerikaanse onafhankelijkheidsdag, het Rebild-festival voor Deens-Amerikanen werd gehouden.

Er stonden geen auto's en er was geen levende ziel te bekennen in de regen. Perfect. Ze lieten het plaatsnaambord achter zich en begonnen aan de laatste, lange etappe van hun reis. Ze liepen nu in de richting van de grote bossen, waar stropers, rovers en ander gespuis eeuwenlang hun verblijfplaats hadden gehad. Het waren zo'n dertig bossen, allemaal met een eigen naam, die samen het grootste bosgebied van Denemarken vormden, het enorme Rold Skov.

# 5

De herdershond gromde met ontblote tanden dreigend naar de in het zwart geklede gedaante die hem in de kennel had verrast. Nu maakte hij zich breed en zijn haren stonden rechtovereind van pure schrik, wat hem absoluut niet minder gevaarlijk maakte. Daarna begon hij te blaffen.

De gedaante was een gedrongen man. Hij deed een paar snelle passen naar voren, draaide zich plotseling om en begon te rennen. Daardoor viel de hond aan. De man draaide zich om en wachtte de hond op.

De herdershond sprong naar zijn linkerarm, die hij beschermend voor zich hield. De kaken van de hond sloten zich hard rond de gestoffeerde onderarm.

De man sloeg zijn vrije rechterarm in een ijzeren greep rond de nek van de hond en trok de hond met één bliksemsnelle beweging tegen zijn borstkas. Daarna duwde hij hem met een enorme kracht met zijn gestoffeerde onderarm van zich af.

Er klonk een droog gekraak van de hondennek. Hij liet de hond los en liet het beest levenloos op de grond vallen.

De man bleef een moment staan. Hij had heel veel zin om zijn zwarte bivakmuts af te doen en een beetje af te koelen, maar hij wilde het risico niet nemen. Op dit moment was hij één met de duisternis, op een smalle spleet bij zijn ogen en een gat voor zijn mond na. Hij voelde zijn hart slaan, maar was niet bang geweest. Het gaf hem voldoening om naar de dode hond te kijken en te weten dat je nooit vergat waar je ooit zo lang op had getraind.

Aan de rand van de enorme tuin brandde een serie lampen bij wat een botenhuis moest zijn. De tuin was helemaal gesloten en omringd door bomen en struiken. De dichtstbijzijnde buren woonden gelukkig op een flinke afstand, hoewel dat niet hoefde te betekenen dat niemand de herdershond had horen blaffen. Hij keek om zich heen. De lichten van het duidelijk heel exclusieve deel van het dorp, dat Sejs-Svejbæk heette, glansden in de duisternis langs de oever en lagen als juwelen op de heuvel bij de versmalling.

Het meer aan het eind van de tuin heette Borre Sø. Met Silkeborg als basis, dat maar vijf kilometer verderop lag, was hij een paar dagen in de omgeving verbleven om grondige research te doen voordat hij in actie kwam.

Nu blafte de hond in elk geval niet meer. Hij pakte beide achterpoten vast en sleepte hem over het grasveld naar de luxueuze villa die in het donker lag. Hij liet de hond bij het terras los. Hij had de ideale plek gisteren al uitgezocht, toen hij in een gehuurde kano langs de oever was gevaren en de omgeving met zijn verrekijker had geobserveerd. Voor een grote raampartij stond een beukenboom die uitstekend geschikt was voor het doel.

Hij richtte zijn zaklantaarn op het raam. Het was een keuken. Geen keuken zoals hij die kende, maar een enorme keuken van staal en donker hout, met een flinke wijnkast.

De eigenaar van de villa, die Mogens Bergsøe heette, advocaat was en alleen woonde - voor zover hij wist - moest een enorm welgesteld mens zijn. Zelfs in de keuken hing kunst aan de muren. En hij had natuurlijk gezien dat de advocaat een Porsche Cayenne onder de carport had staan.

Hij pakte het opgerolde stuk touw uit zijn kleine zwarte rugzak. De strop had hij van tevoren gemaakt. Hij trok de hond naar de boom toe, deed de strop rond zijn nek en gooide het losse eind van het touw over een van de onderste, stevige takken. Daarna trok hij het zware hondenlijf omhoog. Toen hij tevreden was, sloeg hij het touw rond de stam en maakte er een knoop in.

Als advocaat Bergsøe vanavond, morgen of een andere dag thuiskwam, de Porsche onder de carport parkeerde en zijn deur van het slot deed om naar binnen te gaan en te ontspannen, ging hij misschien eerst naar de keuken. Misschien wilde hij een glas melk inschenken, een biertje pakken, of een boterham smeren.

Eén ding was in elk geval zeker. Als hij het licht aandeed, kon het hem niet ontgaan wat er achter het raam hing.

# 6

Met ingehouden adem observeerde hij hoe de ree over de modderige wissel dichterbij trippelde naar de plek bij het stroompje, waar het wemelde van de sporen.

Het was een kleine bok. Het was over een week pas toegestaan om te jagen, maar hij had besloten om dat gegeven te negeren. Hij had razende honger.

Hij zat doodstil in zijn schuilplaats, die bestond uit takken, wortels, en wat hij verder in elkaar had kunnen flansen. Hij lag twintig meter bij de drinkplaats vandaan.

Aan de voorkant van de schuilplaats zat een gat dat precies groot genoeg was om doorheen te schieten als de hoek goed was. En dat zou zo meteen gebeuren als de bok nog een meter verder liep. De wind was gaan liggen, dus hij had geen reden om zo verdomd wantrouwend te zijn.

Toch aarzelde hij, maar daarna deed hij nog een stap naar voren. Hij plaatste de nock van de pijl op de pees, maar wachtte. Nog een pas en het schot zou perfect zijn.

Een beetje zenuwachtig trippelde de bok nog een stukje naar voren en bleef één moment onbeweeglijk staan voordat hij begon te drinken. Hij spande de boog. De bok hief zijn kop en draaide zijn oren. Op het moment dat hij de pijl afschoot bewoog zijn gestrekte arm een stukje. De pijl schoot over het doelwit heen en verdween in het struikgewas. Net als de bok.

Hij was uit vorm. Het was veel te lang geleden. Hoe had hij zo naïef kunnen zijn om te denken dat hij de ontzettend moeilijke jacht met pijl-en-boog na zoveel jaar weer op zou kunnen pakken? Had hij echt gedacht dat zijn zintuigen voldoende scherp en zijn motoriek fijn genoeg zouden zijn voor deze vorm van jagen?

Hij was een dwaas die gewoon in een trein was gaan zitten en uit Kopenhagen was vertrokken. De natuur in. Met het naïeve idee dat alles weer zoals vroeger zou zijn als hij hier eenmaal was. In de stilte. Diep in de bossen.

Het motregende in de dageraad. Gedurende de acht dagen sinds zijn aankomst had het min of meer onophoudelijk geregend. Het bos en rivierdal waren doornat van de regen en hij kon de stank van verrotting ruiken als hij de drassige gedeelten overstak door van bult naar bult te springen.

Hij bleef in zijn schuilplaats zitten en keek met een zucht naar zijn boog. Er was niets mis mee. Het was zijn eigen schuld. De boog was een compoundboog van High Country Archery. De pijlen waren speciaal gemaakt voor het doel en voorzien van een mechanische Innerloc-jachtpunt met drie messen. De boog en de pijl kostten duizenden kronen. Het was het laatste van waarde dat hij nog van zijn oude leven overhad. Waarom hij de uitrusting niet al lang geleden had ingewisseld voor whisky en wiet wist hij niet goed.

Hij trok de capuchon van het regenjack over zijn wollen muts, kroop uit zijn schuilplaats, hing de boog en pijlenkoker over zijn schouder en begon aan de terugweg. Hij liep op zijn oude rubberlaarzen die hij in het ruilstation van de recyclinglocatie in de Vermlandsgade had gehaald. Hij zorgde ervoor dat hij in de kleine waterloop liep. Die was maar vijf centimeter diep, had een redelijk vaste bodem, en vormde een begaanbare weg door het moeras en de wilgen en ondergroei die het terrein ondoordringbaar maakten.

Hij volgde de beek helemaal tot de monding van de Lindenborg Å. Het riviertje bevond zich zo hoog in het dal dat het werd geflankeerd door steile, met bos begroeide hellingen. Hierboven was de rivier nog niet groot en sterk. Het was eerder een zachte, kronkelende en snelstromende kleine bosrivier van twee tot drie meter breed. Op dit moment was het water bruin als chocolademelk. Als het ooit nog eens zou stoppen met regenen zou de rivier snel helder worden.

Hij herinnerde zich dat de Lindenborg Å werd gevoed door ontelbare kleine waterlopen en prachtig helder water had. In Rold Skov was elke bron geschikt om uit te drinken omdat al het water ontsprong uit de enorme ondergrondse kalklagen. Rold Skov was het bos van de bronnen.

Op de terugweg stopte hij meerdere keren langs de oever. Hij had de vorige avond weer haken geplaatst. Tien in totaal, allemaal vastgebonden aan een stok die hij in de natte bodem had gestoken. De eerste negen keer haalde hij een slap stuk lijn binnen, rolde het op en stopte het in zijn zak. Het vissen was rampzalig slecht gegaan. Hij had alleen twee kleine beekforellen uit het door aarde gekleurde water kunnen halen. Toen hij thuis in de kelder een rekensom had gemaakt, had hij gerekend op een heel grote dagelijkse vangst. Het moest verdorie snel ophouden met regenen.

Hij haalde de laatste lijn binnen. Er zat een miezerige beekforel aan de haak. Veel te klein. Maar gegeten zou hij worden. Hij stak het zakmes in de nek en liep verder naar huis.

Mr. White likte aan zijn neus. Eerst sliep hij te diep om het te merken, maar tijdens het wakker worden werd het hem duidelijk dat het zijn trouwste vriend was die hem op zijn gebruikelijke manier een voorzichtige wenk gaf dat het tijd was om wakker te worden.

Toen hij zijn ogen opendeed kreeg hij een laatste lik. Daarna draaide Mr. White zich om en keek onder het dekzeil vandaan naar buiten. Hij deed zijn ogen weer dicht en trok de deken over zijn hoofd. De regen roffelde onverbiddelijk op het dak. Hij verdroeg het niet langer. Het was 9 mei, het zou voorjaar moeten zijn, maar in plaats daarvan regende het onophoudelijk.

Hij was de hele nacht wakker geweest. Dat had geen bijzondere reden gehad, maar kwam gewoon door alles bij elkaar. Elke poging om in slaap te vallen was mislukt. Op deze manier was er geen verandering te bespeuren. De wijk Noordwest of Rold Skov – het patroon was hetzelfde. Daarom sliep hij zoals gewoonlijk tot laat in de ochtend.

Voordat hij was gaan slapen, had hij een blik gehaktballen in kerriesaus gedeeld met Mr. White. Het ontbijt had bestaan uit een handvol rijst en een halve gebakken beekforel voor allebei. Hij probeerde om heel gedisciplineerd te zijn met het voedsel. Het moest voldoende zijn tot de zon en de warmte kwamen.

Hij voelde de knagende honger opnieuw in zijn middenrif. Hij was erdoorheen geslapen. Het leven als vuilnisbaketer was extravagant geweest vergeleken met dit.

Het verraste hem niet dat de natuur genadeloos kon zijn. Hij had dat een paar jaar geleden in Alaska meegemaakt. Ook in het vroege voorjaar en ook tijdens een periode van aanhoudende en hevige neerslag in de vorm van sneeuw, hagel en regen. De wildernis bevatte alles wat je nodig had, wild en bessen, als je wist wat je moest doen. En dat wist hij.

Toch had hij meer dan een week honger geleden omdat alles mislukte.

Hij draaide zich weer om. Mr. White zat roerloos over het rivierdal uit te kijken. Hij lag op een eenvoudige brits van sparrenstammen die hij zo had geconstrueerd dat deze zich een stuk boven de aarde bevond om minder last van de kou te hebben. De brits was bedekt met een dikke laag sparrentakken met daarbovenop zijn oude slaapmat.

Ze waren nu vijf dagen in hun kamp. Na een paar dagen zoeken langs de hellingen in het bovenste deel van het rivierdal, waar Ersted Skov aan Vesterskov grensde, hadden ze de perfecte plek gevonden. Die lag aan de westkant, de kant van Ersted, en bestond uit een droge en stevige verhoging in de dalbodem.

Vanaf Skørping en Rebild waren ze in zuidwestelijke richting gelopen en waren ze de Hobrovej overgestoken die door de enorme bosgebieden heen liep.

Rold Skov strekte zich uit over een oppervlakte van ongeveer 80 vierkante kilometer of 8.000 hectare. Hij wist het een en ander over het bos uit zijn tijd in Aalborg, de rest had hij uit boeken terwijl hij had nagedacht in zijn kelderwoning in de wijk Noordwest.

Vijfenzeventig procent van het bos was in particulier bezit. Verreweg het grootste deel was in het bezit van de drie landgoederen Lindenborg, Nørlund en Willestrup – de rest was in het bezit van de staat. Op dit moment bevonden ze zich op het terrein van Nørlund Gods. De eerste dagen hadden ze zich gered met een gebrekkig kamp tussen het onderhout terwijl hij voortdurend naar iets permanents op zoek was.

Ze hadden het nieuwe kamp opgeslagen bij een enorme omgewaaide boom. Het grote wortelnet van de eik had verankerd gezeten in het zand en de stenen van de morenebodem, en toen hij omviel had hij een grote kuil achtergelaten. Bovendien staken de wortels in de aarde, en het wortelstelsel verrees als een krachtige wand met een diameter van ongeveer tweeënhalve meter.

Het wortelstelsel deed aan één eind van de kuil dienst als gevel waar hij het legergroene dekzeil stevig aan had kunnen verankeren. Het was een van de goedkopere nylon dekzeilen die je voor een paar stuivers in elke bouwmarkt kon krijgen.

Aan de andere kant was het dekzeil aan een lange sparrenstam bevestigd. Hun overdekte schuilplaats was bijna drie meter breed en ongeveer vier meter lang. De brits was tegen de wortelmuur geplaatst voor de grootst mogelijke beschutting. Aan het andere eind van de zandkuil bevond zich hun vuurplaats. Mr. White sliep op zijn eigen kleine slaapplek van sparrentakken naast hem.

Hij had de schuilplaats gecamoufleerd met al het materiaal dat karakteristiek was voor de drassige dalbodem, zoals wilgen en takken van jonge loofbomen en een paar berken, die met hun wit gespikkelde schors de camouflage compleet maakten.

Iemand met een normaal, ongetraind oog kon hun schuilplaats niet onderscheiden vanaf de top van de helling en bovendien was het terrein naar de Lindenborg Å zo onbegaanbaar dat het werd beschouwd als de meest ondoordringbare wildernis in het koninkrijk.

Als het maar zou stoppen met regenen.

Hij sloeg de deken opzij en ging rechtop zitten in zijn slaapzak. Hij had bijna al zijn kleding aan. De regen en de wind boden de normale mildheid van mei het hoofd.

Zijn maag knorde luid. Er lag een lege whiskyfles onder zijn slaapplaats, een driekwart liter Burke & Barry-*slave-scotch*. Zelfs die had hij gerantsoeneerd. Hij had er een hele week mee gedaan. Er zat nog één fles in de rugzak. Samen met het kleine zakje met vloeitjes en wiet van Christiania vormde het zijn aan zichzelf voorgeschreven geneesmiddelenvoorraad. Hij wist niet wat hij moest beginnen als de voorraad op was. Misschien was dat in werkelijkheid de grootste uitdaging – de enige vraag die zijn terugtrekken in het bos werkelijk opriep. Zou hij het overleven? Of zou hij eraan onderdoor gaan?

Zijn maag knorde opnieuw en hij had het koud. Vroeger was hij nooit ziek geweest, maar in Noordwest was hij meerdere keren ziek geweest.

Langzamerhand begon een plan vorm te krijgen in zijn hoofd. Zodra de schemering inviel ging hij een lange tocht maken.

# 7

De serie vergaderingen in Kopenhagen was uitgelopen. Om te beginnen had hij de vergadering van de Wamberg-commissie te kort ingeschat. Die had bijna een uur langer geduurd, wat ongekend was. Daarom was het avond voordat Mogens Bergsøe de villa in de Midden-Jutlandse merenidylle bij Sejs-Svejbæk naderde.

Hij had één overnachting in de hoofdstad gehad. Zoals gebruikelijk in hotel Copenhagen Admiral in de Toldbodgade. Hij hield van het oude havenpakhuis en de zorgvuldige metamorfose ervan.

Hermann, de herdershond, kon zichzelf redden. Hij had meer dan genoeg voer en water gekregen en had het naar zijn zin in de hondenkennel die hij had laten bouwen toen Jytte was verhuisd.

Hij stuurde de Cayenne de inrit op en zag in zijn achteruitkijkspiegel twee koplampen vlak achter hem. Dat was zijn lijfwacht.

De man, die officieel geen naam had, maar akkoord was gegaan met de roepnaam 'Madsen', volgde hem al langere tijd als een schaduw.

De woning was donker. Alleen de lampen voor het huis, die waren aangesloten op een timer, brandden, en hij zag licht bij de hondenkennel. Alles was zoals het moest zijn. En toch... Hij miste Jytte. Het huis was leeg zonder haar. Hij had geen flauw idee waarom alle oudere vrouwen met een zekere artistieke aanleg – groot of klein – nadat ze zestig waren geworden ineens aan een losmakingsproces begonnen. Alleen om hun droom te kunnen waarmaken en zichzelf te leren zijn. Jezus, voor dat soort flauwekul was het toch te laat?

Nu woonde ze in een klein appartement in Silkeborg en had ze haar atelier op een binnenplaats in een kunstenaarscollectief van rijpe vrouwen die leerden zichzelf te zijn. Jytte maakte glasmozaïeken zonder dat ze daar een bijzonder talent voor had.

Ze waren nog steeds heel goede vrienden en gingen samen naar het theater, de opera en jazzavonden. Hij had gedacht dat haar idee-fixe snel voorbij zou zijn, maar inmiddels woonde ze al langer dan een jaar op zichzelf. Dwaze vrouw.

Hij parkeerde, stapte uit en deed de auto met een druk op de afstandsbediening op slot.

'Ga mee,' zei hij tegen de lijfwacht, waarna hij het tegelpad opliep en de achterdeur van het slot deed. 'Ik zal je de lekkerste salami ter wereld laten proeven. En misschien kunnen we een biertje voor het slapengaan nemen?'

Hij deed het licht in de gang aan en liep de keuken in, waar hij de lamp boven de grote tafel aandeed.

'Ga zitten, Madsen,' mompelde hij. 'Ik ga even naar buiten om bij Hermann te kijken. Ik ben zo terug.'

Bergsøe verstijfde op het moment dat hij zich omdraaide. Hij bleef midden in de keuken staan met zijn ogen strak op het grote raam gericht.

Een seconde later was de lijfwacht met één sprong bij hem. De man trok zijn wapen terwijl hij de advocaat op de vloer duwde en opdracht gaf om dekking te zoeken.

Er gebeurde niets. Er was geen geluid te horen. Alleen het grote silhouet dat zo stil in de beukenboom achter het keukenraam hing. Voldoende verlicht zodat het niet over het hoofd gezien kon worden.

Ze bleven met hun rug tegen de keukenkastjes op de vloer zitten. Even later ging zijn mobiel. Het was een mannenstem die Engels met een krachtig accent sprak. Hij luisterde aandachtig.

'*Go to hell!*' riep hij woedend terwijl de hand waarmee hij zijn mobiel vasthield trilde.

'*That is a stupid answer, Mr. Bergsøe. I will...*'

'*I said: Go to hell!*'

Hij verbrak de verbinding en gooide de mobiel van zich af.

# 8

De vollemaan begeleidde hen bereidwillig. Hij schatte dat ze zo'n zes tot zeven kilometer hadden afgelegd. Nu waren ze dicht bij hun bestemming.

Ze liepen over de Hobrovej in noordelijke richting. Telkens als hij een paar koplampen dacht te zien, trok hij Mr. White meteen met zich mee in de bosrand, ging op zijn hurken zitten en sloeg zijn armen om de hond heen om zijn witte vacht te verbergen, die net een reflector in de duisternis was. Dat deed hij omdat hij het liefst onzichtbaar wilde zijn.

Bij Vælderskoven hield hij rechts aan. Hij trok de hond dicht tegen zich aan toen ze de inrit naar hotel Rold Storkro op liepen.

'Mr. White, hier moeten we voorzichtig zijn. Blijf heel dicht bij me.'

Er waren veel lampen en verlichte ramen, en hij verstopte zich razendsnel achter een hek toen hij een autoportier hoorde dichtslaan. Hij liet de auto passeren en liep verder naar het hotel. Voor het gebouw lag een minigolfbaan, daarna volgden de entree en een overdekt deel met statafels en een aantal gasten.

Hij stond verstopt achter een boomstam en gedroeg zich zoals zijn trouwe makker ook altijd deed. Hij snoof de koele avondlucht enthousiast op in de hoop dat zijn neus een geurspoor zou opvangen dat hem naar hun bestemming zou leiden: de keuken. Dat gebeurde echter niet en hij liep in een grote boog rond het gebouw naar de achterkant van het hotel.

Toen hij de vuilnisbakken zag, twijfelde hij niet. Nu hoefden ze zich alleen maar te verschuilen en op de uitkijk te staan.

Pas nu besefte hij dat hij zich misschien had vergist. De gedachte aan een koude, kleverige saus met aardappel- en vleesrestanten bezorgde hem geen water in de mond. Maar ergens moest het keukenpersoneel het overschot aan eten weggooien, of eetbare restanten die de gasten niet zouden eten. Hij moest alleen geduld hebben.

Het duurde geruime tijd voordat een jonge man naar buiten kwam en twee plastic tassen in de verste vuilnisbak gooide. Hij was er meteen bij. In het schijnsel van de zaklamp bekeek hij de inhoud. In de eerste zak zaten aardappelschillen. In de tweede zaten lege blikken waarin gepelde tomaten hadden gezeten. Hij scheen in de vuilnisbak. Er was niets wat hem aanstond.

De expeditie naar het hotel-restaurant was een ontzettend krankzinnig idee geweest. Net zo krankzinnig als hun reis naar deze plek in de eeuwige regen.

Achter hem ging de deur plotseling open en hij klapte het deksel geschrokken dicht. Er stond een slanke gedaante in de verlichte deuropening, een vrouw.

'Oeps!'

Haar uitroep bleef in de lucht hangen. Ze was waarschijnlijk net zo verbaasd als hij.

'Wat doe je daar in godsnaam?' riep de vrouw nadat ze een paar stappen naar voren had gedaan, wat hem in staat stelde om de contouren van haar gezicht te onderscheiden. Ze was jong, begin twintig.

Hij zocht nog steeds naar de juiste woorden om te zeggen. Hij was het niet gewend om met iemand te praten. De laatste met wie hij had gepraat, was een oude man die hij overeind had geholpen nadat hij was gevallen met zijn fiets. Ze hadden een paar zinnen gewisseld. Dat was maanden geleden geweest, om precies te zijn net na Nieuwjaar.

Nee. Hij was het niet gewend om met iemand te praten. En al helemaal niet met een vrouw. Hij had alleen belangstelling voor Mr. White.

'Niets...'

Op hetzelfde moment hoorde hij hoe dwaas het klonk. Hij trok zijn pet verder over zijn voorhoofd naar beneden.

'Zoek je tussen ons afval? Ben je echt tussen het keukenafval aan het zoeken?' De vrouw klonk oprecht verbaasd.

'Tja...'

'Krijg nou wat.'

Hij haalde zijn schouders op.

'Is dat je hond?'

Hij knikte.

'Hoe heet hij?'

'Mr. White.'

Ze liep naar hem toe en bestudeerde hem zorgvuldig en schaamteloos in het licht van de open deur.

'Heb je honger?'

'Een beetje,' mompelde hij.

'Dat moet je inderdaad wel hebben. En de hond ook?'

Hij knikte.

Ze observeerde hem opnieuw. Daarna zei ze: 'Goed dan. Hier buiten vind je niets wat het waard is om te eten. Wacht, dan haal ik iets. Eet je het hier op of neem je het mee naar huis?' Ze lachte.

'Ik neem het liever mee. Dat is aardig van...'

Ze was alweer verdwenen. Ze klonk pittig. En ze had een mooie glimlach. Zou ze hem verraden? Nee, dat zou ze niet doen. Ze zou weer naar buiten komen.

Er ging geruime tijd voorbij, misschien tien minuten. Ze had de deur op een kier laten staan. Hij zei tegen zichzelf dat het razend druk in de keuken moest zijn, dus was het moeilijk voor haar om weer naar buiten te komen. Ineens hoorde hij haastige voetstappen op de tegelvloer van de keuken en niet veel later stond ze weer in de deuropening. Glimlachend. Ze hield hem een grote plastic tas voor.

'Alsjeblieft, hertenstoofschotel... de specialiteit van het huis, dit is vanavond overgebleven. Het moet voor jullie allebei genoeg zijn. Ik heb het in een paar aluminiumfoliebakjes gedaan.'

Hij pakte de zware zak aan en beantwoordde haar glimlach.

'Hartelijk bedankt, dat is heel vriendelijk van je.'

'Geen dank. Er zit trouwens ook wat bestek bij. Oude rommel, je mag het houden.'

'Dank je.'

'Wat doe je hier eigenlijk, zo midden in niemandsland?' Ze spreidde haar armen vragend.

'Ik... we... zijn onderweg. Naar een andere plek.'

'Ben je een vagebond? Een landloper?'

'Nee, dat ben ik niet.'

'Dakloos?'

Hij haalde zijn schouders op en schraapte zijn keel.

'Niet echt dakloos, onderweg zoals ik al zei. Naar Aalborg.'

'Aalborg? Oké... Mag ik hem aaien?' Ze ging op haar hurken zitten.

'Zeg eens hallo, Whitey.'

De hond kwam voorzichtig dichterbij en liet zich aaien.

‘Hij is lief, en mooi. Luister... We hebben het razend druk met opruimen. Ik moet terug.’

‘Natuurlijk.’ Hij stak zijn hand uit en ze pakte hem zonder te aarzelen vast. ‘Heel hartelijk bedankt.’

‘Niets te danken. Goede reis en eet smakelijk.’

Ze zwaaide naar hem voordat ze de achterdeur achter zich dichtgooide. Hij zwaaide ook, alleen zag niemand dat.

# 9

De gele zeekajak was een fantastische boot. Hij was nog maar een paar weken oud, maar hij was nu al vertrouwd met de slanke romp en het evenwichtspunt, dat lastiger te bepalen was dan bij zijn oude boot. Als hij had geweten hoeveel verschil het zou maken, dan had hij zijn logge beginnerskano waarmee hij jarenlang genoegen had genomen lang geleden al van de hand gedaan.

Nu was lijfwacht Madsen degene die het met de oude kajak moest doen.

Het regende. Hij had het gevoel alsof het al bijna honderd jaar aan één stuk door regende. Waar bleef het voorjaar in vredesnaam? Hij droogde zijn gezicht af met zijn handschoen. De regen zou hem niet tegenhouden.

Hij had er behoefte aan om op het water te zijn. De afgelopen dagen waren één grote enerverende belevenis geweest. Hij was niet sentimenteel over dieren, zoals Jytte. Hij beschouwde ze niet als kleine mensen op vier poten. Daarom was herdershond Hermann, die achter zijn keukenraam had gebungeld, tot op zekere hoogte al uit zijn gedachten toen hij hem tussen de berkenbomen begroef. Wat hem dwarszat was wat de spectaculaire dood van de hond had veroorzaakt.

Het was inmiddels vijf dagen geleden. Vijf dagen in de gevangenis. Hij had van de basis te horen gekregen dat hij zijn terrein voorlopig niet mocht verlaten. En hij had er nog twee bewakers bij gekregen, die nu op de steiger stonden, beiden met een verrekijker. Ze namen er verdomd veel tijd voor, hoewel ze wisten dat hij popelde om in beweging te komen.

Eindelijk liet de oudste zijn verrekijker zakken en knikte.

'Goed, veel plezier dan, Bergsøe. En blijf op dit deel van het meer,' benadrukte de man ernstig.

Hij voer met een paar langzame, zachte slagen van de peddels bij de steiger vandaan. Het was belangrijk om zijn lichaam op te warmen en aan de beweging te laten wennen voordat hij zich meer inspande. Zeker op zijn leeftijd.

Ze waren nog maar een paar lengtes het water op toen er een rode kajak met een flinke snelheid vanachter de met riet begroeide landpunt verscheen. Er zat een jonge vrouw in. Hij minderde vaart en wachtte galant tot ze hem was gepasseerd terwijl hij haar met zijn ogen volgde.

Ze was niet alleen een jonge vrouw, maar ze was ook een heel mooie vrouw. Haar glanzende zwarte haar zat strak naar achteren in een klein staartje dat opgewekt uitstak. Ze droeg een van die moderne zonnebrillen met donkere spiegelglazen. Haar gelaatstrekken waren fijn en regelmatig, en haar lippen glansden rood. Meer kon hij helaas niet concluderen.

Hij glimlachte breed en zwaaide. Zij nam de tijd om hetzelfde te doen. Daarna meerderde ze weer vaart en gleed langs hem.

Vrouwen, vrouwen, vrouwen... Het was niet gelogen als hij zei dat hij Jytte miste als hij thuiskwam, maar er zaten ook voordelen aan gescheiden leven. Hij had – drie keer sinds Jytte vertrokken was – de kans aangegrepen om het er net als vroeger van te nemen. Het had zijn wegkwijnende mannelijkheid een enorme... boost... gegeven, zei je dat niet zo in modern Deens?

Normaal gesproken had hij drie keuzes: in noordelijke richting via de Sejs-meerengte het Brassø in, in zuidwestelijke richting via de Svejbæk-meerengte het Julsø in, of in westelijke richting naar het gedeelte van Borre Sø dat het Paradijs werd genoemd en waar vier kleine eilanden als een parelketting in westelijke richting naar Østerskov en Virklund lagen. Dat was volgens hem de mooiste route en die zouden ze kunnen nemen.

Ze stevenden met een gematigde snelheid af op de grote, beboste landpunt op de tegenoverliggende oever; hiervandaan konden ze de oever volgen en langs de drie verste eilanden varen. Hij volgde als dat mogelijk was altijd de oever.

De regen was als een sluier en verminderde het zicht, en er was zo te zien helemaal geen activiteit op het meer. Ze waren langs het grootste eiland gevaren, Borre Ø, dat aan hun linkerkant lag. Hij voelde zich nu door en door warm, verhoogde het ritme en keek over zijn schouder. Zonder een zweem van inspanning op zijn gezicht volgde zijn schaduw, Madsen, vlak achter hem. Hij droeg een windjack onder zijn zwemvest. Dat was misschien niet comfortabel, want hij had op de steiger gezien hoe Madsen zijn schouderholster onder het jack een stuk had verschoven.

Hij had in zijn leven veel geprobeerd en was gedurende de jaren bepaald niet onbekend geweest met het werken met uitermate gevoelige informatie die met de veiligheid van het land te maken had. De laatste jaren als voorzitter van de Wamberg-commissie nadrukkelijker dan ooit. Dat had er echter nooit toe geleid dat hij gebruik moest maken van gewapende lijfwachten, nooit.

Hij negeerde de sombere perspectieven van de precaire kwestie waarin ze waren beland ook absoluut niet. Het was een ernstige aanslag op ze, een serieuze bedreiging van hen en hun veiligheid, maar er was één ding dat hem een veilig gevoel gaf: de basis, dat hele netwerk van machtige krachten, die niemand kon zien of horen, die geluidloze machinerie, werkte nu onder hoogspanning om de bedreiging te lokaliseren en te elimineren.

Daarom was hij vol vertrouwen. Er was meer nodig dan een paar dode honden om hem bang te maken.

Ze voeren rechts langs Langø en gleden verder naar het derde eiland, Bredø, dat op een afstand van zo'n tweehonderdvijftig meter lag, vrij dicht langs een kleine landengte die uit de zuidelijke oever van het meer uitstak. De laatste en kleinste parel in de rij was het platte Annekens Ø, waar hij omheen wilde varen.

Hij corrigeerde zijn koers om links langs Bredø te kunnen varen en de kleine straat tussen de zuidpunt en de landtong te nemen. Hier was het water diep. In de zomer legden veel zeilers bij het eiland aan om te zwemmen. Hij liet de peddels even rusten. Een fuut verdween in het riet toen ze naderden en boven de landengte meende hij een buizerd in de regen te zien cirkelen. Hij keek achter zich. Madsen was maar een paar lengtes bij hem vandaan. Hij was ook gestopt.

Ze gleden geluidloos verder. Hij keek naar het eiland en kon de zomergeluiden bijna horen, het gegil en gespetter van de kinderen. Dat was een fantastisch...

Het wateroppervlak voor de punt van de kajak werd plotseling doorbroken door een gedaante die loodrecht als een monster in een stortvloed van water omhoogschoot.

Het was... een kikvorsman. Met een masker, slangen en een fles op zijn rug. Zijn hart stond stil. Of misschien explodeerde het door de schok. Vanaf dit moment ging alles bliksemsnel.

Hij zag hoe een zwarte arm de gele steven van de kajak vasthield terwijl de tweede zwarte arm werd geheven. Hij zag iets in de hand van de kikvorsman, hoorde een hard zoevend geluid en draaide zich om op het moment dat de punt van de harpoen in Madsens hals verdween.

Hij verloor zijn evenwicht en viel in het water.

Het was één grote chaos in zijn lichaam en zijn hoofd. Hij kreeg water in zijn mond en zag luchtbellen voor zijn ogen. Daarna voelde hij een stevige greep rond zijn hals en zag een glanzend lemmet toen zijn gezicht door het wateroppervlak brak.

Het was voorbij.

De man achter hem hield hem in een ijzeren greep vast. Hij registreerde dat de stem en het accent dezelfde waren als een paar dagen geleden aan de telefoon. Ze hadden hun mysterieuze tegenstander onderschat.

De vragen werden scherp in zijn oor gesist. Hij voelde het lemmet bij de eerste aarzeling. Daarna probeerde hij proestend en verlamd de antwoorden over zijn lippen te krijgen.

Hij was overgeleverd aan de man en antwoordde zo goed mogelijk zonder erover na te denken of de man zijn leven zou sparen of niet. Op bevel van de kikvorsman stamelde hij een nieuwe serie antwoorden.

Maar... Hij kon niet overal antwoord op geven. Hij kende het antwoord op de vraag niet die de kikvorsman telkens weer in zijn oor snauwde. Hij wist het antwoord gewoon niet.

Daarna veranderde alles weer in luchtbellen en chaos.

De kikvorsman duwde het hoofd van advocaat Bergsøe onder water en hield het daar. Eerst maakte de oudere man wilde, vergeefse bewegingen, maar zijn weerstand ebde langzaam weg tot zijn lichaam uiteindelijk levenloos in het water lag.

De kikvorsman duwde het lijk van zich af en zwom naar de plek in het riet waar hij zijn jol had verstopt.

Hij had het belangrijkste antwoord niet gekregen, maar hij had voldoende antwoorden om verder te komen. Daar moest hij tevreden mee zijn. Hij trok zijn uitrusting uit in het water, legde die in de boot en trok zichzelf aan boord. Daarna startte hij de motor.

De volgende stap moest heel zorgvuldig overwogen worden. Naarmate ze dichter in de buurt kwamen werd het steeds gevaarlijker.

Hij zag vanuit zijn ooghoeken hoe het lijk van de advocaat tegen de strook riet op het kleine eiland lag. Het lijk lichtte op in het gele zwemvest. Het gezicht lag onder water, de armen waren gespreid.

# 10

Hij kroop door het natte gras met de dolk tussen zijn tanden. Hij lag stil, luisterde intens en kroop daarna langzaam verder. Zo nu en dan kwam hij omhoog op zijn ellebogen, maar de duisternis was deze nacht ondoordringbaar.

Hij kon de contouren van het kleine stukje grond waar hij naar op weg was heel duidelijk zien. Daar was het geluid vandaan gekomen. Was dat niet zo? Een ongelijkmatig geluid, een vreemd geluid in het bos, een metaalachtig geluid. Ja, het was het geluid van twee stukken metaal. Een magazijn dat op zijn plaats werd geklikt? Een driepoot van een machinegeweer die werd uitgevouwen?

Hij bleef een hele tijd muisstil liggen, rolde daarna op zijn rug en staarde naar de pikzwarte nachtelijke hemel waaruit het in de loop van de ochtend waarschijnlijk opnieuw zou gaan regenen.

Er was niets te horen. Zelfs niet het gesmak van een hazelmuis, het gekras van een nachtuil of een schetensalvo van een edelhert in de verte.

Het was – zoals altijd – vals alarm.

Dat was het ook geweest toen hij midden in de nacht rondsloop over de donkere binnenplaats in de wijk Noordwest, gewapend met zijn dolk, die altijd klaarlag onder zijn hoofdkussen.

Hij kwam overeind en sloop terug naar het kamp, trok zijn regenkleding uit en kroop weer in zijn slaapzak. Mr. White sliep onverstoorbaar verder op zijn sparrenbed. Hij kon merken dat hij op weg was naar een van zijn onrustige periodes. Die kwamen in golven.

Het was bijna vijf uur. Het was een vreselijke nacht geweest waarin hij opnieuw een bezoek van een van De Zeven had gehad. Misschien wel de afschuwelijkste van allemaal: de koeienman.

De gerimpelde grijsaard verscheen altijd uit de ijskoude mist bij de rivier. Eerst had hij alleen het vermoeden van een beweging, maar naarmate hij dichterbij kwam werd hij steeds duidelijker. Hij trok zijn koe achter zich aan door de kleine hoofdstraat van het dorp. Aan beide zijden lagen ruïnes. Brokken steen en uitgebrande woningen naast elkaar.

Slechts één woning in het dorp was ongeschonden, alsof die was beschermd door een hoge, onzichtbare muur waar niemand doorheen kon breken.

De kleine woning lag aan de andere kant van de straat, schuin tegenover hem. Ze was lichtgeel geschilderd. Er stonden zelfs wat planten onder de ramen. Een groene poort in de muur leidde naar de binnenplaats van het huis.

Hij zat op het gepantserde gevechtsvoertuig en had gezien hoe de grijsaard zich losmaakte uit de mist en naar het gele huis liep.

'Oxen, kijk eens naar die oude zwerver... Hoe is dat verdomme mogelijk?'

Een van de anderen klom omhoog en stak verbaasd een sigaret op. Hij wees naar de gele huismuur. Bij de voordeur had iemand iets met rode verf op de muur geschilderd. Het was een kruis omgeven door vier c's, waarbij de twee letters aan de linkerkant gespiegeld waren.

De vier cyrillische letters waren geen c's, maar s'en. Ze stonden voor *Samo Sloga Srbina Spasava*.

'Daarom is het mogelijk,' hoorde hij zichzelf opnieuw en opnieuw en opnieuw antwoorden.

De grijsaard was nu heel dichtbij.

'Samo Sloga Srbina Spasava. Dat betekent: "alleen eenheid redt de Serven". Het is een mantra.'

Op het moment dat de koeienman bij hem was glimlachte hij zijn wolvenglimlach, waardoor zijn verrotte tandenstompjes zichtbaar werden.

Dat was altijd het moment waarop hij wakker werd. Deze keer met het gevoel dat hij uit de grond van zijn hart maar toch ingehouden hardop had geschreeuwd. Zo was het vaak. Geschreeuw en waarschuwingen die niet uit zijn keel wilden en hem in plaats daarvan wekten in de periferie van het vagevuur.

Macht was prettig. Macht was noodzakelijk. Onmacht – dat was een verschrikking. Hoewel er getuigen van de etnische zuivering waren, hadden ze niets anders gedaan dan onschuldige verslagen naar huis sturen.

Het waren bijna zeven familieleden van hem, de koeienman en de anderen die hem teisterden. Hij wist heel veel over hen allemaal. Ze waren zoals ze waren. Ze deden nooit iets onverwachts en toch kon hij ze niet verslaan of overwinnen met een list.

Het was een vreselijke nacht geweest, eerst door de koeienman en daarna het valse alarm in de duisternis.

Hij ging weer zitten, deed de zaklantaarn aan en haalde het zakje met vloeitjes en wiet tevoorschijn. Hij rolde snel een joint, stak hem op, inhaleerde diep en hield zijn adem zo lang mogelijk in.

Licht... Fel licht. En een vaag, warm gevoel. Heel langzaam werden zijn zintuigen wakker, als luchtbellen die opstegen uit de diepte van de modderige bodem van een meer.

Hij dwong zichzelf om zijn ogen tot spleetjes te openen. Boven hem, in een gat tussen de wortelmuur en het dekzeil, scheen een levenskrachtige zonnestraal op zijn gezicht. Hij draaide zich om en keek vanonder het dekzeil naar buiten. Het landschap straalde en verblindde hem. Hij keek op zijn horloge en constateerde dat het elf uur was. Hij had heel lang en heel kalm geslapen.

Een lege slaap. Zijn lichaam voelde zwaar en slap. Dat gebeurde van tijd tot tijd, als het opgespaarde slaapgebrek in evenwicht kwam omdat een onzichtbare kracht, soms op weg geholpen door whisky of wiet, een loden gewicht in de weegschaal legde die lange tijd veel te licht was geweest.

Hij rolde op zijn rug, vond de straal weer, bleef roerloos liggen en absorbeerde het licht en de warmte op zijn gezicht.

Eindelijk. De zon was gekomen. Nu werd het echt voorjaar.

# 11

Een etmaal met maar vierentwintig uur was nooit genoeg geweest voor Hans-Otto Corfitzen. Zo was het geweest sinds zijn prilste jeugd en gedurende alle jaren in een diplomatieke carrière die zijn weerga in Denemarken niet kende, en zo was het nu hij de twee treurige letters 'ex' alweer een aantal jaar geleden had toegevoegd aan zijn titulatuur.

Ex-ambassadeur Corfitzen streek met een hand door zijn woeste witte haardos, legde zijn leesbril op de krant en keek door het raam naar buiten. Eindelijk... De zon scheen. Nu werd het echt voorjaar.

Zijn bureau was zo in het kantoor geplaatst dat hij naar het kasteelpark kon kijken. De zon scheen op het zwarte water van de slotgracht. Binnenkort zou het park een explosie van groene tinten zijn en daarna kwamen alle andere kleuren. Nu wachtte de beste tijd van het jaar.

Zijn dag was zoals gewoonlijk om 6.00 uur begonnen. Zo vroeg moest hij wel beginnen met zijn dagelijkse bezigheden omdat hij er nu eenmaal genoegen mee moest nemen dat er maar vierentwintig uur in een etmaal zaten. Opstaan om 6.00 uur, naar bed tussen 23.00 uur en middernacht. Dat betekende zes tot zeven uur slaap, wat ruim voldoende was op zijn leeftijd.

De ex-ambassadeur woonde in Nørlund Slot, dat aan de zuidwestelijke rand van Rold Skov lag. Welbeschouwd lagen er een weiland en een provinciale weg tussen het kasteel en de bosrand. Het kasteel lag, omringd door bomen en struikgewas, in zijn eigen beschermde enclave aan de provinciale weg tussen Arden en Aars.

Het geslacht Corfitzen bewoonde het landgoed nog maar drie generaties. Zijn opa had het voor een habbekrats gekocht in een periode waarin de voormalige eigenaar het financieel moeilijk had.

Tegenwoordig was het landgoed 2.281 hectare groot en rendabel, voornamelijk dankzij de houtzagerij en Torstedlund Landbrug, een landbouwbedrijf. De houtzagerij kreeg haar materiaal van de grote bosgebieden, waaronder Ersted Skov, Torstedlund Skov en Nørlund Skov.

Hans-Otto Corfitzen bezat een klein stuk dramatische Deense geschiedenis, die goed en grondig was beschreven in de oude verhalen over Rold Skov, waarbij de bossen van het landgoed hoorden. Nu hij naar de slotgracht en het park keek, die werden beschenen door de prille meizon, was het een aangename gedachte dat dit de plek was waar hij zou sterven. De plek waar hij op het landgoed zou rusten, aan de voet van het park tussen rododendrons en seringen, had hij lang geleden al zorgvuldig uitgezocht.

De bejaarde diplomaat had het naar zijn zin in het enigszins sombere kasteel tussen de geesten van herenboeren en rovers, en hij was voorlopig niet van plan om het tijdelijke voor het eeuwige te verwisselen. Daarvoor had hij het veel te druk.

In het park zag hij een van de lijfwachten zijn ronde lopen. Het ergerde hem dat het zover was gekomen. En dat het zijn eigen schuld was.

Maar wat er ook gebeurde, Nørlund Slot zou blijven staan. Zijn opa had destijds een solide gebouw gekocht. Samen met Sæbygaard was het waarschijnlijk het enige landgoed in heel Noord-Jutland dat aan een fatsoenlijk kasteel deed denken.

In de veertiende eeuw was het kasteel slechts een toren geweest die bekendstond als 'rovershol' en die Valdemar Atterdag om die reden had laten afbreken. Maar Nørlund verrees weer en bleef de ondernemende uitvalsbasis voor het plunderen van reizigers tussen Randers en Aalborg. Dat werd te veel voor koningin Margrethe I, die het opnieuw liet afbreken.

In de tijd van de vete tussen de graven was raadsheer Peder Lykke degene die Nørlund in bezit had. Als leenman verbleef hij ook in kasteel Aalborghus, maar hij vluchtte naar Rold Skov toen Skipper Clement Aalborghus bestormde. Daarna trok Clement naar Rold Skov en stak Nørlund in brand, zodat de raadsheer opnieuw moest vluchten.

Ludvig Munk, die als stadhouder de Noorse bevolking had geplunderd, werd degene die in 1581 aan de bouw van het nieuwe Nørlund Slot begon.

En nu was hij, Corfitzen, degene die in de jarenlange voetsporen was getreden. Hij had het grootste deel van zijn tijd die hem door God was gegeven inmiddels achter de rug en kon alleen hopen dat zijn dochter hem wilde opvolgen en ervoor zou zorgen dat de naam Corfitzen bleef voortleven, want een zoon had hij nooit gekregen.

De lijfwacht verdween uit het zicht. Er waren er vijf, plus zijn vaste manusje-van-alles en chauffeur Arvidsen. Drie bewakers zouden meegaan als hij vanmiddag naar de vergadering vertrok.

Hij pakte zijn leesbril weer, vouwde de krant op en legde hem opzij. De reden van de aanwezigheid van de lijfwachten was te lezen in de editie van vandaag. Hij kende de reden beter dan wie ook, maar toch had hij het artikel gelezen.

VOORZITTER INLICHTINGENDIENST DOOD DOOR MYSTERIEUS ONGELUK, luidde de kop. De media waren nu pas naar buiten gekomen met het inmiddels dagen oude nieuws, maar de politie had zich waarschijnlijk niet in de kaart willen laten kijken vanwege het gevoelige karakter van de zaak.

Het ging over de dood van advocaat Mogens Bergsøe op Borre Sø bij Silkeborg. Hij was de voorzitter van de zogenaamde Wamberg-commissie, de controlecommissie van de regering die toezicht hield op de inlichtingendiensten van politie en defensie met betrekking tot hun behandeling van persoonlijke gegevens. Daarom stond er 'voorzitter inlichtingendienst' in de kop. En de uitdrukking 'mysterieus ongeluk' verhulde het feit dat de advocaat blijkbaar was verdronken tijdens het varen in zijn kajak, maar dat hij zijn zwemvest nog steeds droeg toen hij werd gevonden. Bovendien had een ooggetuige gezien dat Bergsøe werd gevolgd door een andere kajak, maar van die boot was geen enkel spoor gevonden.

Er stond verder dat de politie een routinematig onderzoek had uitgevoerd, maar dat ze neigden naar de conclusie dat er sprake was van een ongelukkige gebeurtenis. De obductie had uitgewezen dat de advocaat was verdronken. Het kon zijn dat hij onwel was geworden en in het water was gevallen. Dat was eerder gebeurd. Eigenlijk gebeurde dat elk jaar en vooral met mannen van middelbare leeftijd in de gevarenzone. De commissaris beschouwde – in elk geval officieel – het ongeluk als onderzocht en de tragische zaak als gesloten.

Er werd op de deur van het kantoor geklopt. Was het al 10.30 uur? Dan was het zijn jarenlange secretaresse, mevrouw Larsen, die op dit tijdstip altijd langskwam om het werk door te spreken.

'Kom binnen en ga zitten.'

Ze knikte alleen. Ze hadden elkaar 's ochtends al begroet, toen de kleine, knokige mevrouw Larsen op haar fiets vanaf Haverslev arriveerde.

'Wat een stapel papier hebt u vandaag bij u,' zei hij.

'Ja, het is een flinke stapel. Ik heb een paar documenten over het kinderfonds, een handvol over Consilium en twee met betrekking tot de houtzagerij. Zullen we beginnen?'

Mevrouw Larsen ging op de stoel tegenover hem zitten. Ze was een efficiënte vrouw die net zo goed een jaar of vijftig kon zijn in plaats van de eenenzestig die ze in werkelijkheid was.

Het kinderfonds was zijn oogappel. Hij had de H.O. Corfitzen Foundation for Children in Need vijftien jaar geleden opgericht. Zijn jarenlange werkzaamheden in het Oostblok hadden de basis voor het fonds gelegd, want daar hadden hij en zijn overleden vrouw heel veel dingen gezien die kinderen konden overkomen.

Consilium was de as waarom zijn leven en de hele onderneming draaide. Consilium was een liberaalhumanistische denktank en Corfitzen was de drijvende kracht achter de oprichting ervan geweest. Consilium was de praktische en geestelijke patio in wiens koele schaduw de knapste koppen hun intellect konden stimuleren.

In tegenstelling tot Cepos en andere leefde Consilium – net als hijzelf – een teruggetrokken leven. En degenen die teruggetrokken leefden, leefden goed.

Ten slotte was er de houtzagerij. Die was – samen met de omvangrijke investeringen in diverse waardepapieren – de plek waar hij en zijn werknemers ruimschoots hun brood verdienden.

Het was net middag toen Hans-Otto Corfitzen de binnenplaats tussen de drie vleugels van rode bakstenen op liep. Nadat hij meer dan een uur met mevrouw Larsen en de papieren had doorgebracht, wilde hij een wandelingetje maken om een frisse neus te halen voor zijn dagelijkse powernap van 13.15 tot 13.30 uur. Hij draaide zich om en floot.

Even later rende een grote ruwharige jachthond naar buiten. Hij begon kwispelstaartend rond zijn benen te rennen.

# 12

De dennenbomen stonden aan beide zijden van de met grind bedekte bosweg als soldaten in het gelid.

De stammen waren wonderlijk. Ze veranderden op een unieke manier van gloeiende koperen stangen in het laatste zonlicht van de dag in verzilverde zuilen in het schijnsel van de maan.

Ze maakten een lange avondwandeling, het zou een nachtwandeling worden, voordat ze terug waren in het kamp bij de Lindenborg Å. Dan hoopte hij zo uitgeput te zijn dat hij de rest van de nacht ononderbroken kon slapen. Zonder whisky. Zonder wiet.

Hij probeerde een fragment van een melodie te neuriën, waarin Champs-Élysées in het refrein voorkwam, omdat de bosweg breed en comfortabel als een avenue was en omdat hij zich voor één keer opgewekt voelde. Dit was zijn Parijs: dennen, sparren, eiken, beuken, wilgen, berken, mos, varens, bramen en brandnetels.

De bestemming van hun wandeling was het zuidwestelijke arrondissement van het deel dat Torstedlund Skov heette. Hij wist dat Nørlund Slot daar lag en dat Mr. White en hij zich onuitgenodigd op het grondgebied van het kasteel hadden gevestigd. Maar hij had het kasteel nog nooit gezien en hij was nieuwsgierig. Als hij daar kon komen, wilde hij het graag in het maanlicht zien.

De afgelopen dagen met zon en zachte lucht was alles geëxplodeerd, ook zijn durf om te leven. Alles om hem heen werd opnieuw geboren en alles was eenvoudiger geworden.

Misschien moest hij een bedankje aan de kasteelheer sturen waarin hij hem bedankte voor het eten. De hoofdmaaltijd van vandaag had bestaan uit twee flinke beekforellen uit de rivier die nu zo helder als glas was. Hij kon nu zien waar hij zijn haken moest plaatsen en de vissen konden het aas nu vinden.

Het was een fantastische, lange dag geweest en ze hadden kilometers gelopen. Al voor het eerste voorzichtige daglicht zich liet zien, hadden ze koers gezet naar Gravlev, een handvol woningen op de oever van Gravlev Sø. Voorzichtig waren ze naar de grote bron gelopen die opwelde uit een verdieping op de heuvel. Hij was er lang geleden geweest. Er lagen twee woningen bij de bron en daarom wilde hij daar arriveren en weer weg zijn voordat de bewoners opstonden.

Mr. White was gehoorzaam gaan liggen terwijl hij zijn versleten kleren uittrok en zich geluidloos in het ijskoude, heldere water liet zakken, ook al was hij ervan overtuigd dat het streng verboden was om er te zwemmen. Het werd een snelle, illegale duik – maar de beste duik van zijn hele leven. Misschien had hij daardoor het gevoel gekregen dat hij opnieuw was geboren.

De rest van de dag had hij brandhout verzameld, een handvol lijnen uitgezet, naar wormen gegraven, met de jachtboog geoefend en geslapen. Hij checkte het kompas en zijn kaartje. Ze lagen op koers.

Een kwartier later stonden ze bij de bosrand, waar de weg veranderde in een paar wielsporen over een weiland. Het was bijna halftwaalf. Hij zag een gebied met sterke begroeiing in het open door de maan beschenen landschap en twee lampen. Dat moest het kasteel zijn. Hij bleef staan en dacht na terwijl een paar honderd meter verderop een auto passeerde op de provinciale weg die misschien vlak langs Nørlund Slot liep. Zijn nieuwsgierigheid won het.

'Kom, Mr. White, we lopen naar het kasteel. Alleen om te zien hoe zo'n gebouw eruitziet. Zou dat niet leuk zijn? En daarna gaan we naar huis om te slapen. Kom, ouwe gabber.'

Op het moment dat ze de weg overstaken naderde een auto met hoge snelheid. Zelfs als hij zich in de greppel liet vallen, was hij ervan overtuigd dat de chauffeur een zwarte gedaante en een witte hond in de lichtbundels zou zien. En voor een man die het liefst onzichtbaar wilde zijn, was dat heel vervelend.

Een korte laan leidde naar het kasteel, dat volledig verscholen lag achter hoge bomen en struiken. Twee krachtige lampen brandden bij de inrit. Aan een paal hingen drie borden. PRIVÉTERREIN – VERBODEN TOEGANG VOOR ONBEVOEGDEN, stond er op het grootste bord. Daaronder hing een kleiner bord met de tekst: HET KASTEEL IS NIET GEOPEND VOOR HET PUBLIEK. En helemaal onderaan hing een klein geel bordje met zwarte letters: VIDEOBEWAKING.

In de laan zag hij een hoge paal met een kleine zwarte doos bovenin. Een rode stip lichtte op in de duisternis. Dat was waarschijnlijk de bewegingssensor van de videocamera. Hij dacht niet dat hij hem had geactiveerd. De afstand was te groot. Ze trokken zich terug uit het lichtschijnsel en liepen verder tot hij een opening in het dichte struikgewas zag. Hij wilde graag de voorkant van het kasteel zien.

Een paar minuten later ging hij achter een van de achterste bomen van het terrein op zijn hurken zitten en trok Mr. White naast zich. Hiervandaan konden ze het stuk grond voor het kasteel zien. Het was een open terrein bedekt met kiezelstenen en rechts ervan lag een wit gebouw.

Nørlund Slot baadde in het zachte licht van de schijnwerpers in de smalle strook gras tussen de slotgracht en de muur. Het was verrassend klein en compact, in rode baksteen op een hoog fundament van zwerfkeien opgetrokken, en met bogen boven de grote witte ramen met spijlen die het glas in vlakken verdeelden.

De drie vleugels stonden rond een klein plein dat met de buitenwereld was verbonden door middel van een vaste brug over de slotgracht. Beide zijvleugels hadden een trapopgang en de middenvleugel, met een rij witte ornamenten die de verdieping markeerden, bevatte een hoge toren met een koepel. Alles was in perfecte symmetrie. In de toren bevond zich de voordeur die op dit moment langzaam openging.

Hij duwde Mr. White tegen de grond en zocht dekking achter de stam. Een man liep het plein op. Hij droeg een donker kostuum en een licht overhemd. De man stak een sigaret op en bleef in de duisternis staan. Was dat de kasteelheer die een trekje nam voordat hij naar bed ging in zijn slaapvertrek? Boven de deur zag hij opnieuw de contouren van een klein zwart apparaat. Er waren natuurlijk verschillende videocamera's rond het kasteel.

Vlak daarna kwam een tweede man van de trap van de linkervleugel. Hij droeg eveneens een zwart kostuum. Hij slenterde naar de eerste man toe en ze begonnen een gesprek. Ze deden hem denken aan een type dat hij eerder had gezien. Toen een van de mannen zich omdraaide wist hij het zeker. Hij zag het kleine witte gekronkelde snoer bij het ene oor van de man. Het waren bewakers.

Dat er rond middernacht twee bewakers bij Nørlund Slot stonden was een feit dat onmiddellijk twee tegengestelde reacties in hem opriep: 'ga er zo snel mogelijk vandoor' en 'dat is vreemd, ga op onderzoek uit'.

De eerste man doofde zijn sigaret en de twee liepen achter elkaar aan door de voordeur naar binnen. Hij dacht even na over de situatie en liep daarna via de strook met bomen en struiken naar de provinciale weg. Een stukje verderop liep een kleine geasfalteerde secundaire weg langs de rechterkant van het kasteel. Ze liepen voorzichtig in de berm langs een lage muur die het terrein van het kasteel markeerde.

Het zachte licht van de zijvleugel was voortdurend zichtbaar tussen de bomen, maar er waren zo te zien geen verlichte ramen. Pas helemaal aan de achterkant van het terrein, dat het kasteelpark moest zijn, sprongen ze over de muur en baanden zich een weg door de struiken.

Het was gevaarlijk om een witte hond bij zich te hebben in de maneschijn. Dat besefte hij ten zeerste toen ze het kasteel via drassige plantenperken naderden en hij plotseling op open terrein stond. Het was een gazon. Er brandde licht achter een van de ramen van de hoofdvleugel, helemaal bovenin. In het dichtstbijzijnde plantenperk stond een paal met een videocamera. De camera draaide gelukkig de andere kant op, maar... Het deugde niet.

Hij kon niet dichterbij komen met de lichtgevende Mr. White en hij wilde niet graag gefilmd worden door de camera. En wat had het voor zin om de hond achter de muur te laten liggen en zelf als een dief of een gluurder in het kasteelpark rond te sluipen? Wat verwachtte hij te ontdekken? Wat gaf hem het recht om deze grens te overschrijden? De twee bewakers die hij had gezien? Nee. Hij ging naar huis. Nu meteen.

Hij wilde in een rechte lijn van het park naar de velden aan de overkant lopen. Daar konden ze een stuk langs de provinciale weg lopen en die pas oversteken als ze het kasteel een flink eind achter zich hadden gelaten. Hij haastte zich naar Mr. White toe en rende door de plantenperken naar de duisternis tussen de bomen.

Terwijl hij zich voort haastte streek er iets langs zijn wang. Iets... wonderlijks, vreemds... Hij bleef abrupt staan en keek omhoog. Er hing iets groots en onbestemds boven zijn hoofd. Hij stak zijn hand ernaar uit.

Hij voelde het op hetzelfde moment dat zijn ogen het registreerden. Hij had een hondenpoot tussen zijn vingers. Hij liet zijn hand zo ver mogelijk over het dier naar boven glijden. Het lijf was nog warm en zacht.

Hij deed een paar stappen naar achteren en viel. Op het moment dat hij de bosgrond raakte zag hij het witte gezicht en de witte overhemdboord in het maanlicht oplichten. Hij was over een roerloos lichaam gestruikeld. Een man in een donker kostuum met een wit spiraalsnoertje in één oor. Nog een bewaker.

Hij zakte onmiddellijk op zijn knieën. In een reflex legde hij twee vingers tegen de hals van de man. Hij voelde een hartslag. Een duidelijke hartslag.

Daarna ging hij staan en begon zo snel als hij kon te rennen.

# 13

Het lijk van ex-ambassadeur Hans-Otto Corfitzen zat enigszins scheef op de antieke stoel die hij als bureaustoel had gebruikt. De paar mensen die de overleden kasteelheer van Nørlund hadden gezien, konden hopelijk meer vertellen over verdachte observaties die ze hadden gedaan.

Het hoofd van de Noord-Jutlandse politieafdeling voor geweldsdelicten, hoofdinspecteur Rasmus Grube, zat op een traptrede een paar meter bij de deur van de waarschijnlijke plaats delict vandaan.

Hij was nog niet binnen geweest, maar had zich als een vlieg die zat opgesloten in een fles rond het kasteel gehaast. Hij wist van zichzelf dat hij de grote groep werknemers, die was losgelaten op het kasteel met de opdracht om elke stap uitermate voorzichtig te zetten, bijzonder duidelijke instructies had gegeven. Hij wist namelijk dat er storm op komst was.

Nu zat de hoofdinspecteur van politie na te denken over de kennis die hij inmiddels had. Die was afkomstig van de veldwachter van Arden, de eerste wetsdienaar die ter plekke was geweest en de eerste twee verhoren had afgenomen. Het ene verhoor was met Corfitzens secretaresse, een oudere vrouw uit Haverslev, het andere was met het manusje-van-alles van het kasteel, dat Corfitzen had gevonden en meteen de secretaresse had gewaarschuwd.

Volgens de veldwachter zat de Deense diplomatieke nestor met een verbijsterde uitdrukking in de doffe opengesperde ogen op de stoel. Zijn witte haardos zat door de war. Op één jukbeen had hij een zwelling, alsof hij een klap had gehad, en er zat een kleine schram met een dunne korst opgedroogd bloed boven één wenkbrauw. Waarschijnlijk waren het eenvoudig af te lezen tekenen van ernstig geweld.

Raadselachtiger was de observatie die de veldwachter aan beide polsen van de overledene had gedaan: daarop zaten bloeduitstortingen, alsof Corfitzens polsen met touw aan de armleuningen van de stoel vastgebonden waren geweest.

De eerste ingeving van de hoofdinspecteur draaide onvermijdelijk rond een eenvoudig tafereel waarbij de ex-ambassadeur vastgebonden zat op de stoel en mishandeld werd. Tot de dood erop volgde? Dat konden alleen de experts vaststellen en dat was precies hun voorlopige conclusie terwijl hij gespannen op de trap zat te wachten. De twee medewerkers van het forensisch instituut in het Skejby-ziekenhuis in Aarhus waren al een flinke tijd bezig. Hij besefte dat ze hun voorlopige conclusie klaar hadden, want ze haalden de ex-ambassadeur van de stoel en legden hem op een brancard.

De veldwachter uit Arden had razendsnel assistentie gekregen van zijn collega uit Skørping, en de twee hadden systematisch en correct gehandeld, ook al waren moordzaken geen dagelijkse kost in de kleine gemeenschap.

De hele cavalerie van de centrale onderzoeksafdeling in Aalborg was onmiddellijk gealarmeerd. Daarnaast deden de twee veldwachters hun werk precies volgens het boekje: de plaats delict verzegelen door de sleutel in het slot te steken en om te draaien, en daarna de inrit naar de kasteellaan met een rood-wit plastic lint afzetten.

Hans-Otto Corfitzen was 73 jaar geworden. Zijn vrouw was jaren geleden aan kanker overleden toen ze nog in het buitenland woonden. Ze hadden maar één kind, een dochter, die in Londen woonde en bij een grote bank werkte.

Corfitzens secretaresse, Hanne Larsen, had verklaard dat Corfitzen sinds februari een lijfwacht had gehad. Volgens de oude ambassadeur was dat omdat een vroegere zakenpartner dreigementen had geuit. Niet dat die bijzonder serieus werden genomen, het was alleen 'voor het geval dat'.

Pasgeleden waren er nog vier 'van dat soort' bij gekomen, zoals de oudere vrouw het had geformuleerd. Vier zwijgzame en correcte jonge mannen. Corfitzen had ze zijn 'financiële mensen' genoemd. Het waren blijkbaar financiële adviseurs geweest die zijn bedrijven en financiën zouden doorlichten. De secretaresse wist helemaal niets over de particuliere investeringen van de grootgrondbezitter, alleen over de dagelijkse werkzaamheden, maar ze vond dat het vreemd klonk. Ze werkte elke dag tot 14.00 uur, dus had ze niet zoveel gezien van de mysterieuze mannen.

Niemand had de 'lijfwachten' nog gezien nadat Corfitzen dood was aangetroffen. Hij had zijn naaste werknemers natuurlijk meteen heel duidelijk gemaakt dat de jacht op de mysterieuze mannen topprioriteit had. Hij had alleen het knagende gevoel dat ze moeilijk te vinden zouden zijn.

Het tweede verhoor van die dag was met Corfitzens manusje-van-alles, Poul Arvidsen. Een chagrijnige en zwijgzame man die vertelde dat hij het grootste deel van zijn werktijd als chauffeur voor Corfitzen had gewerkt en de resterende tijd als tuinman. Hij was naar Corfitzens kantoor gegaan om iets te vragen over een rit naar Kopenhagen de volgende dag en had zijn werkgever dood aangetroffen.

Aan de secretaresse was gevraagd of haar nog iets was opgevallen wat buiten de normale, dagelijkse gang van zaken op het kasteel viel – afgezien van de mysterieuze mannen. Ze had één gebeurtenis genoemd. De hond van Corfitzen, een ruwharige jachthond die Rufus heette, was een paar dagen geleden verdwenen. Volgens Corfitzen was hij ervandoor gegaan.

Het beest was niet belangrijk. Ze moesten hun hoofd koel houden en geen fouten maken in de belangrijke eerste fase van het onderzoek, want ze zouden in het middelpunt van de belangstelling staan.

Hij wist het een en ander over ex-ambassadeur Hans-Otto Corfitzen, een discrete Noord-Jutlandse mecenas. Hij vroeg zich net af hoeveel aandacht de mysterieuze moord op de vrijgevige kasteelheer en voormalige topdiplomaat met onder andere een eigen liefdadigheidsfonds voor kinderen in de media zou krijgen, toen hij werd geroepen.

'Grube, kom maar binnen!'

Hij trok de beschermende overall aan en deed plastic hoezen over zijn schoenen. Als de forensisch artsen verdwenen, verschenen de technisch rechercheurs. Ze zouden het kantoor nauwkeurig doorzoeken op elke haar, vezel, vingerafdruk en druppel lichaamsvocht. Ze zouden de kamer waarschijnlijk uit elkaar halen in atomen.

Hij begaf zich naar de deuropening, liep na een toestemmend gebaar naar binnen en bekeek het lijk van ex-ambassadeur Corfitzen. Het was precies zoals de veldwachter uit Arden het had beschreven. Er lag een verbijsterde uitdrukking in de starre ogen van de kasteelheer.

'Wat zeggen jullie ervan?'

Hij keek naar de staatslijkschouwer, een vrouw van middelbare leeftijd die Dalby heette en die hij al een paar keer had ontmoet. Hij had haar vanaf het allereerste moment graag gemogen. De assistent kende hij niet, het was een jonge man.

'Je weet heel goed dat we niet veel zeggen tot na de lijkschouwing, maar Corfitzen was niet zomaar iemand, dus je wilt waarschijnlijk...'

Zijn mobiel ging over.

'Neem me niet kwalijk.'

Dalby knikte.

De stem aan de andere kant van de lijn behoefde geen verdere introductie, waar de stem de tijd ook niet voor nam.

'Ik kom er zelf naartoe, Grube,' klonk het.

'Zelf' was commissaris Torsten Vester, die de leiding over het totale centrale onderzoek had. Er viel een korte stilte. Daarna ontplofte de bom.

'En ik neem Bøjlesen mee, Grube. We zijn er over twintig minuten.'

Hij verbrak de verbinding en kreunde hevig bij het vooruitzicht. Hij had hoofdcommissaris Max Bøjlesen nog nooit in de buurt van iets gezien wat op een misdrijf leek. Maar nu was het hoofd van de Noord-Jutlandse politie dus op weg naar het kasteel. Helaas te laat om de honoraire ex-diplomaat een hand te geven en hartelijkheden met hem uit te wisselen.

'Sorry, waar waren we gebleven?'

'Ik zei alleen dat Corfitzen niet zomaar iemand was, dus...'

'Daar heb je helemaal gelijk in.'

'Dus geven we je een voorlopige conclusie, Grube. Niet officieel natuurlijk.'

'Heel graag,' antwoordde hij haastig.

De lijkschouwer deed geconcentreerd haar ogen half dicht terwijl ze aan haar opsomming begon.

'Geweld: twee zichtbare verwondingen in het gezicht, die allebei verhoudingsgewijs onschuldig zijn en duidelijk afkomstig van een klap. Eén verwonding op het achterhoofd, scherp afgebakend. Geen afweerverwondingen aan de onderarmen, maar een paar bloeduitstortingen na een hardhandige behandeling. Bloeduitstortingen op beide polsen. De omvang en de plek geven niet alleen het gegronde vermoeden dat Corfitzen vastgebonden is geweest, ik durf zelfs te stellen dat het een feit is. Tijdstip van overlijden: tussen negen uur 's avonds en drie uur 's nachts. Oorzaak van het overlijden: niets van wat ik genoemd heb. En omdat we op dit moment niet voldoende weten over Corfitzens gezondheid of eventuele medische geschiedenis, is het te riskant om ernaar te raden. Je zult dus moeten wachten...'

'Maar de angst, de schok, dat soort dingen... Kunnen mensen daaraan overlijden?'

De staatslijkschouwer knikte en beëindigde haar opsomming.

'Plaats delict: we zullen hem ontkleden om eventuele lijkvlekken te lokaliseren. Maar niets wijst erop dat dit de plaats delict niet zou zijn, subsidiair de plek waar hij vanzelf zijn laatste adem uitblies.'

'Dus in theorie kan hij blootgestaan hebben aan mishandeling. Later, na het vertrek van de mishandelaar, overlijdt hij rustig op zijn stoel. Misschien heel natuurlijk – door een bloedprop of iets dergelijks.'

'In theorie wel, Grube. Jullie zijn gewoonlijk niet degenen die een voorbehoud moeten maken.'

'Ik moet iets kunnen antwoorden. Mijn baas is onderweg en hij heeft de hoofdcommissaris bij zich, godallemachtig. Ik voorzie dus een bombardement.'

De lijkschouwer glimlachte begripvol.

'Bøjlesen? Arme jij... Uit medelijden krijg je mijn uitgebreide conclusie: Corfitzen heeft eerst een klap in zijn gezicht gekregen. Daardoor valt hij, waardoor het letsel aan zijn achterhoofd is ontstaan. De tweede verwonding in zijn gezicht is gepland geweld om hem te bedreigen of een punt te onderstrepen. Corfitzen zat op dat moment vastgebonden op zijn stoel. De plaatsing daarvan, ongeveer in het midden van de kamer, geeft aan dat hij in elk geval niet op zijn gemak achter zijn bureau is gaan zitten nadat hij mishandeld was. Ik denk dat hij is overleden aan een beroerte.'

Hoofdinspecteur Grube kon nog net een snelle ronde rond het kasteel maken. Iedereen was druk bezig met de opdrachten die ze hadden gekregen.

Toen hij bij de brug over de slotgracht kwam, was hij nog net op tijd om te zien dat ex-ambassadeur Hans-Otto Corfitzen zijn aardse bezittingen onder een wit laken op een brancard verliet en in de ambulance werd geschoven.

Wat een rotmanier om hier te vertrekken. Een lang leven in dienst van de natie in het buitenland, voornamelijk in Oost-Europa, eindigde dus zo gewelddadig in Nørlund Slot, dat nog een drama kon toevoegen aan zijn eeuwenlange geschiedenis.

Hij hief zijn hand bij wijze van groet naar het ambulancepersoneel terwijl ze over de laan naar de ingang reden. Het volgende moment kwam er een zwarte Passat zo hard aan scheuren dat het grind opspatte. De top was gearriveerd in de particuliere auto van de onderzoekschef.

De hoofdcommissaris gooide zich zo ongeveer uit de auto, alsof zijn snelle reactie en enthousiasme de klok konden terugdraaien, zodat hij op tijd was om in te grijpen en te voorkomen dat het misdrijf op de kasteelheer zou plaatsvinden.

Ze begroetten elkaar. De leiders draaiden om hun as alsof ze de omgeving panoramisch wilden filmen. Toen hun blikken Grube weer bereikten, begon het. 'Hoe is hij vermoord?'

De vraag van hoofdcommissaris Bøjlesen miste elke context, alsof moord allang een feit was.

Grube wilde de opmerking enigszins nuanceren, maar was daar nog niet klaar mee toen Bøjlesen hem onderbrak. 'Hebben jullie een verdachte?'

Grube haalde diep adem. Over de hoofdcommissaris wist hij alleen dat de man een leidinggevende functie in Kopenhagen had, waardoor hij een bepaalde snelheid en hoofdstedelijke slimheid in zijn opmerkingen legde, maar dat hij afkomstig was uit Noord-Jutland en dus thúís was gekomen. Wat hem pissig maakte was het feit dat de man zich er plotseling mee ging bemoeien nu het misschien een adellijke celebrity-moord betrof. Er kwam nooit een hoge piet opdraven als ze bij een dode verslaafde met een broodmes in zijn hals stonden.

'Zoals ik al zei voordat ik werd onderbroken: we weten niet of er sprake is van moord en daarom is het veel te vroeg om naar verdachten te vragen.'

Het gebrom van de hoofdcommissaris was ongeduldig en ontevreden. Het leek erop dat de onderzoeksleider iets moest zeggen om de situatie glad te strijken toen een van zijn collega's met haastige stappen naderde.

'Grube, we hebben interessante dingen in de tuin gevonden,' zei de collega, een van de meest ervaren mensen van de afdeling. 'Een graf...'

'Een graf?'

'Ja, er ligt een hond begraven, dus ik...'

'Ha! Er ligt altijd ergens een hond begraven,' onderbrak de hoofdcommissaris hem met een eigenaardige brul.

'Kan het de weggelopen hond van Corfitzen zijn?' vroeg Grube.

'Ja. De tuinman heeft dat bevestigd. En we hebben duidelijke sporen in de plantenperken gevonden. Sporen van schoenen in een mannenmaat en sporen van een hond. Niet de dode hond, een andere hond.'

'Afdrukken?'

'We staan op het punt om daaraan te beginnen.'

'Goed, ik ga mee, wijs me de plek aan.'

Grube greep zijn kans en liep haastig achter zijn werknemer aan, maar dacht eraan zich in de gauwigheid om te draaien.

'Jullie kunnen vast naar boven gaan om de vermoedelijke plaats delict te bekijken. Die is in het kantoor, eerste verdieping in de hoofdvleugel, in het midden. De technisch rechercheurs zijn boven.'

De ontsnappingsmanoeuvre was gelukt. Hij was ervan overtuigd dat geen van die twee de verleiding zou kunnen weerstaan om de kamers van het kasteel te bekijken en de sfeer in de koele ridderzaal op te snuiven.

'Wat zijn het voor afdrukken?' vroeg Grube op weg naar de tuin.

'Afdrukken van een paar stevige zolen, wandelschoenen of iets dergelijks. Ze lopen vanaf de muur naar de secundaire weg, en we hebben ze ook aan de andere kant van het grasveld gevonden. En de hele tijd met een hond ernaast of op een afstandje. Waarschijnlijk een witte hond. We hebben een pluk haar in een bramenstruik gevonden... Vanaf een bepaald punt tussen de bomen is de man plotseling naar het weiland gaan rennen, alsof hij door iemand achtervolgd werd. Dat kunnen we zien aan de afstand tussen de schoenafdrukken.'

'En het hondengraf?'

'Dat bevond zich in het park, tussen een paar struiken.'

# 14

De zon was net opgekomen. Hij was allang op. Sinds middernacht. Nu zat hij op de boomstronk in zijn schuilplaats en tuurde naar het wisselspoor tussen de wilgenbomen. Hij ondersteunde de boog met één hand en had een jachtpijl van 35 gram op zijn dijbenen rusten.

Hij was in een lichte en onrustige slaap gevallen tot het meisje met de pop opdook. Ze stond zoals gewoonlijk midden tussen de ruïnes. Zwijgend en smerig, met haar barbiepop stevig in één hand geklemd. De pop had geen benen en maar één arm. Het haar en het hoofd waren een zwarte, gesmolten massa. Haar jurk was rood. Het meisje met de pop had de blik van een negentigjarige in haar onwrikbaar starende ogen.

Toen hij eindelijk wakker werd en de situatie onder controle kreeg, was de kans op meer slaap verkeken.

De vorige keer was het de koeienman geweest. Het was geen vast patroon, maar één ding was zeker. Na een ontmoeting met een van De Zeven stroomden de spanningen urenlang door zijn lichaam en hoofd.

Het meisje met de pop kwelde hem in een periode waarin hij de onrust al voelde knagen. Een week geleden was hij rond middernacht naar Nørlund Slot gegaan. Een week na de mannen in de zwarte kostuums, de opgehangen hond, de bewusteloze man en zijn haastige vlucht door het bos en het struikgewas.

De beelden maalden door zijn hoofd terwijl hij zich samen met Mr. White naar het kamp had teruggehaast. Sindsdien had hij er zoveel over nagedacht dat hij inmiddels geloofde dat het iets was wat zijn gekwelde hoofd had verzonnen. Een avontuur over een onbetekenende man en zijn hond die het kasteel ver weg in het bos wilden bezoeken. Een naar, dramatisch verhaal dat zich afspeelde in de mysterieuze sfeer van de verzilverde zuilen en daarom...

Daar kwam de bok aan. Hij trippelde voorzichtig door de modder naar hem toe.

Sinds zijn eerste mislukte poging had hij het niet meer geprobeerd, maar hij had elke dag geoefend in het kamp. Hij was nog lang niet zo trefzeker als vroeger, maar hij voelde zich goed genoeg om een schot van een afstand van twintig meter af te vuren.

De kleine bok snuffelde wantrouwend. Daarna besloot hij dat de kust veilig was, want met een paar sprongen was hij bij de gebruikelijke plek bij de beek en begon te drinken.

Hij plaatste de pijl, spande de pees en wachtte tot de bok zijn kop zou heffen zodat hij het perfecte schot kon afvuren. De pijl accelereerde in een fractie van een seconde van 0 tot 350 km/u. De drie vlijmscherpe messen van de mechanische pijlpunt zouden zich bij de inslag openen en zouden als een mes door de boter door het beest heen snijden. Het was de vraag waar hij het dier raakte... als hij het raakte.

De bok stopte en hief zijn kop waakzaam. Hij corrigeerde een stukje en vuurde zijn schot af. De bok schudde met zijn kop en maakte een paar lichte sprongen naar voren, alsof hij door wilde gaan met zijn wandeling. Tien tot vijftien meter verder langs de beek draaide hij rond zijn as als een hond die wilde gaan liggen, waarna hij stierf met een kalmte alsof hij alleen een dutje ging doen.

Met de jacht met pijl-en-boog was er geen gewelddadige inslag, geen schokeffect en geen versplinterende verwoesting zoals met een geweerkogel. Met het juiste schot ontstond er alleen een chirurgische snee met een wond van 28-30 mm in diameter – helemaal door het lichaam van het dier. Hij kroop uit zijn schuilplaats en liep langs de beek.

De bok was perfect tussen beide longen geraakt en was daardoor binnen een paar seconden dood geweest door verstikking. Een stuk bout zou dezelfde avond een hemelse maaltijd vormen.

Er stroomde een warm gevoel door zijn lichaam. Het was al zoveel jaar geleden dat hij voor het laatst bij een mooie prooi had geknield.

Een karakteristiek geluid bereikte zijn oren, maar was nog heel ver weg. Langzamerhand nam het geluidsniveau toe terwijl de helikopter door het dal vloog.

Hij vocht zich een weg door de wildernis langs de oever van de Lindenborg Å toen hij het hoorde. Instinctief bevond hij zich in een opperste staat van paraatheid. Hij smeet de bok in het gras en ging op zijn hurken zitten. Nu was hij niet ver weg meer. Bij de rivier had hij de beste dekking omdat de begroeiing daar zo dicht was.

Hij kon de helikopter niet zien, maar hij hoorde dat hij even bleef hangen, alsof de bemanning iets nauwkeurig wilde bekijken. Hij wist dat zijn kamp goed gecamoufleerd was, maar hij wist niet of Mr. White naar buiten was gegaan om naar de vliegende bezoekers te kijken.

De helikopter kwam weer in beweging. De rotorbladen draaiden. Het lawaai nam steeds meer toe. Hij liet zich op zijn buik vallen.

*'Tango 21, hier Tango 24. Taxi naar huis. Visueel contact wordt binnenkort verwacht. Houd positie tot nieuw bevel.'*

*'Tango 21. Begrepen en sluiten.'*

*Over een paar seconden zou de Chinook op lage hoogte door de bergpas naar het Shah-e-Kot-dal vliegen, op weg naar de zone. Ze hoefden alleen te wachten. Hun taxi zou klaarstaan tussen de stofwolken. Nog maar een paar minuten.*

*'Tango 24, hier Tango 26. Taliban achter rotspunt, noordwesten, 100 meter. Raketwerper gesignaleerd. Verdomme, ze hebben het op de Chinook voorzien. Wacht bevel af, over.'*

*'Tango 24. We moeten ze uitschakelen. Snel! Houd positie. En wacht het teken af. Bevestig, over.'*

Kra-kra... Ergens achter hem vloog een kraai op. Hij keek naar de streep zonlicht die dwars over de rivier liep. Drie kleine beekforellen scharrelden over het zand.

Hij keek weer omhoog. Nu kwam het. Hij zag een glimp van de helikopter in een gat in het gebladerte. Hij zoemde als een enorme wesp schuin boven het dal, zocht de hellingen af om daarna een nieuwe schuine koers naar rechts te nemen. Op die manier zigzagde hij door het rivierdal naar boven. Dat deden ze alleen als ze een specifieke opdracht hadden: een zoekactie uitvoeren.

Uiteindelijk kon hij hem niet meer horen. Hij bleef nog geruime tijd zitten, kwam daarna overeind en tilde het dier op zijn nek. De onrust, die hem na het bezoek aan Nørlund al had overvallen, was nog verder opgelaaid.

# 15

De ruzie was van de uitputtende soort, die meerdere dagen kon blijven smeulen. Het was een confrontatie op gedempte toon. Iets was ongezegd en bleef in de lucht hangen. Wat wel was gezegd, was gezegd met gesis of gesnauw omdat de omgeving een luidkeelse ruzie, waardoor de lucht zou opklaren, onmogelijk maakte.

Ze bevonden zich voor het vijfde etmaal in wat de Denen een *herregårdshotel* noemden, een landgoedhotel. Het heette Hotel Barmslevgaard en lag een eind buiten Hobro op een paar heuvels aan de noordkant van de Mariager Fjord, dat met zijn glinsterende blauwe water maar een paar honderd meter verderop lag. Een fantastische plek om te verblijven, als de ernst van de situatie hen niet zo dwars had gezeten dat ruzie onvermijdelijk was.

Ze waren bij de receptie ingeschreven als Helena en Konrad Sikorski uit Barsinghausen, dat ten zuidwesten van Hannover lag, helemaal in overeenstemming met hun paspoorten. Maar de taal waarin ze ruziemaakten kwam niet overeen met hun papieren. Het was Russisch vermengd met een mondje Litouws. En een exotische ruzie in een Deens landgoedhotel was min of meer hetzelfde als smeken om de aandacht van de andere gasten. Vandaar de gedempte, bijtende woordenwisseling in kamer 17.

'Als je niet zo verdomd gewelddadig was geweest, dan hadden we niet in deze situatie gezeten,' zei Helena, een vrouw van begin dertig met mooie, fijne gelaatstrekken, bruine ogen en pikzwart haar dat strak in een klein staartje zat dat energiek uitstak.

'Dat is de tiende keer dat je dat zegt. Het is heel gemakkelijk om dat achteraf te zeggen. Ik had er geen rekening mee gehouden dat die oude klootzak zo koppig was. Hoe vaak moet ik je dat vertellen voordat je het begrijpt? En hoe had ik moeten weten dat hij een zwakke gezondheid had?'

Konrad spreidde zijn armen nijdig. Hij had het liefst zo hard willen schreeuwen dat het plafond naar beneden stortte. Zijn gezicht was vuurrood van ingehouden woede. Hij had diepe rimpels bij zijn ogen en zijn mondhoeken, en ook al vielen de hoge slapen minder op omdat het roodblonde haar gemillimeterd was, toch was het duidelijk dat hij een stuk ouder was dan zij, begin veertig waarschijnlijk.

Iedereen die het stel zag zou zeggen dat hij absoluut niet ontevreden kon zijn over mevrouw Sikorski.

'Natuurlijk moet je voorzichtiger zijn met oude mensen. Dat is toch logisch? Heeft je eigen vader geen problemen met zijn hart? En wat moeten we nu doen? Wat moeten we in vredesnaam doen?'

Ze had er de hele dag vergeefs over nagedacht hoe ze hun probleem konden oplossen.

Hij gaf geen antwoord, maar ging door met zijn rusteloze wandeling door de kamer, als een roofdier in een kooi. Bij het raam stopte hij weer. Het voelde alsof ze in een kringetje ronddraaiden. Een heleboel verwijten en verklaringen voor waarom hun plan in het water was gevallen – maar het was weinig constructief.

'Ik heb frisse lucht nodig, dan kan ik beter nadenken. En ik heb misschien een voorstel... Maar ik moet een paar dingen overwegen. Zullen we een stukje gaan wandelen? Dan kunnen we erover praten,' zei hij.

Ze gingen op de bank in de heuvels zitten. Het terrein was steil. De fjord lag onder hen, omlijst door groen.

'Het is hier mooi, nietwaar? De Denen hebben geluk dat ze zo'n mooi land hebben, zo schoon en netjes, geen armoede, geen problemen. Het moeten de gelukkigste mensen ter wereld zijn, denk je niet?'

Hij bromde iets onverstaanbaars vanwege haar naïeve opmerking. Maar ze had gelijk. Het was hier mooi.

'Als de Koude Oorlog een echte oorlog was geworden, dan hadden we nu op Russisch grondgebied kunnen zitten,' zei hij.

'Sukkel, dan was er niets van overgebleven. Maar je bent waarschijnlijk opgevoed om iets anders te geloven.'

'Ik ben opgevoed om helemaal niets te geloven. Ik ben opgevoed om te overleven. Luister... jij bent degene die uiteindelijk beslist, maar ik heb een voorstel dat volgens mij moet werken,' bromde hij.

'Vertel op dan.'

'We zijn net mensen die in het bos een spoor in de sneeuw volgen, en nu is het gaan dooien en het spoor is weg.'

‘Heel fantasierijk.’

‘En wat doen we dan? Wachten tot er iemand langskomt die de weg kent.’

‘Kun je iets specifieker zijn?’

‘En als ze komen, sluipen we achter ze aan.’

‘En als er niemand komt?’

‘Ze komen. Daar kun je vergif op innemen. Ze zijn op van de zenuwen, en hun soort kan niet omgaan met een dergelijke situatie. Dat zijn ze niet gewend. Ze zijn het gewend om de controle te hebben. Door de angst zetten ze hun masker af. En wie ons ook op weg gaan helpen, wij staan klaar om hun spoor te volgen.’

Ze knikte herhaaldelijk terwijl ze uitkeek over de fjord en het landschap achter het blauwe lint. Hij kreeg het voor elkaar om het eenvoudig te laten klinken. Hij was nooit bang. En als hij dat was, dan kon hij zijn angst in toom houden, zodat zijn gelaatstrekken dat niet verraadden. Hij was een beroeps.

‘Maar...’ begon ze langzaam. ‘De wachttijd kan riskant zijn. Het is gevaarlijk voor ons om het achter hun rug om te doen.’

‘Laat dat maar aan mij over.’

Zijn blik viel op een witte zeilboot. Het was een goede dag om te zeilen. Zon en een zwoele wind.

‘We kunnen er ook een punt achter zetten,’ ging hij verder.

Het duurde een hele tijd voordat ze antwoord gaf. De zeilboot was inmiddels achter een paar bomen verdwenen.

‘We zijn te ver gekomen om er een punt achter te zetten. We doen wat jij voorstelt.’

# 16

De kleine groep van vijf zwaarbewapende mannen verplaatste zich snel door het donkere onderhout.

Ze waren nu zo dichtbij dat de leider van de groep, hoofdinspecteur Rasmus Grube, een moment geleden via de portofoon had laten weten dat ze vanaf nu uiterste voorzichtigheid in acht moesten nemen.

Het was pikdonker onder de naaldbomen, maar hij zag rechts van hem een schaduw. En hij hoorde zo nu en dan een tak kraken. Ze waren geen goedgeoliede machine, geen elite-eenheid, maar ervaren politiemensen. Dat was voldoende. Het moest voldoende zijn. Hij had de inzet van het arrestatieteam resoluut van de hand gewezen. Jezus, dat was een antiterreureenheid en ze hoefden vanochtend geen terreur te bestrijden.

Nadat ze de helling een stuk afgedaald waren, kwamen ze tussen de naaldbomen vandaan. Wat er voor hen lag konden ze niet zien. Het was nog steeds te donker.

'We wachten hier tot het licht is,' fluisterde de hoofdinspecteur in zijn microfoon.

Ze droegen natuurlijk allemaal hun normale dienstwapen, en daarnaast was iedereen met uitzondering van Grube voor de opdracht van vandaag bewapend met een Heckler & Koch MP5-machinegeweer met telescoop- en laservizier.

De hoofdinspecteur hield er niet van om wapens te dragen en had het machinegeweer geweigerd. De zware bewapening was dan ook niet zijn idee, maar van zijn superieur.

De afgelopen dagen was bevestigd wat hij in de minuten op de trap voor het kantoor van de overleden kasteelheer al had voorspeld: alles en iedereen die iets te maken had met de dood van Hans-Otto Corfitzen was doorgeslagen en daarom werd er willekeurig van hogerhand ingegrepen. Vandaar het bevel om extra vuurkracht mee te nemen toen hij het idee om het arrestatieteam in te schakelen categorisch had afgewezen. De hoofdcommissaris kwam bovendien elke dag langs om een mondeling verslag van de stand van zaken te krijgen en de afdeling openlijk onder druk te zetten.

Feit was dat ze niet veel verder waren gekomen en dat het daarom niet lang kon duren voordat hij van het onderzoek werd gehaald. Ondanks de ontbrekende vorderingen gaf de actie van vanochtend een enorm vertekend beeld. Het was terug te brengen tot het volgende: ze zochten een man met een witte hond. Hij had zich op een bepaald moment, nadat de meiregen was gestopt, in de kasteeltuin bevonden. Dat was het resultaat. Het was geen reden voor drama en machinegeweren.

Er kwam ook geen eind aan alle fantasievolle krantenkoppen en vreemde televisienieuwsberichten die de afgelopen dagen over het scherm waren gerold. Sinds ze in de media bekend hadden gemaakt dat ze op zoek waren naar een man met een witte hond, was de situatie uit de hand gelopen.

Hij had er veel werk van gemaakt om te benadrukken dat de politie alleen met de man wilde práten. Dat saaie feit werd echter genegeerd. KRANKZINNIGE KLUIZENAAR KAN ACHTER MOORD OP AMBASSADEUR ZITTEN, zo luidde de kop die hij zich het best kon herinneren. De media hadden vragen gesteld aan mensen op straat in Rebild. En als kranten- of televisiemedewerkers suggestieve vragen stelden zoals 'mensen die in het bos wonen hebben vaak een psychische stoornis, nietwaar...' dan was het niet moeilijk om de arme dorpsbewoners ja te laten knikken.

De man met de hond werd inmiddels geestesziek, krankzinnig en een psychopaat genoemd. Dat laatste was het ergst. Ze konden beter gewapend zijn... De man zou toch wel iets te eten hebben? Was hij bovendien een stroper?

En plotseling lagen hoofdinspecteur Rasmus Grube en zijn mensen in kogelvrije vesten en met machinepistolen aan de rand van het rivierdal van de Lindenborg Å. Ze zouden niet eens iemand áánhouden, moesten alleen iemand vinden.

Hij tuurde in de duisternis en keek op zijn horloge. Het zou al snel licht worden.

De opsporingspogingen in de media hadden opgeleverd dat de man met de witte hond geen schim was. Hij bestond. Een jonge man uit Haverslev had hem op een avond laat bij Nørlund Slot langs de weg zien lopen. Bovendien had een jonge vrouw die in de keuken van Rold

Storkro werkte contact met de politie opgenomen. De vrouw had de man betrapt toen hij tussen het keukenafval zocht. Ze had medelijden met hem gehad en had hem en de hond een flinke portie eten gegeven. De vrouw noemde hem een 'beetje vreemd'.

De hoofdinspecteur had er geen idee van wie er in de duisternis op hem wachtte. Hij wist alleen dat de helikopter tijdens de zoekactie een witte hond en aanwijzingen voor een soort kamp in het dal had gezien. En nu had hij de coördinaten en zijn gps om hem de weg te wijzen. Hij had alleen een beetje daglicht nodig.

Hij was echter gespannen, dat moest hij toegeven. Omdat ze niet verder waren gekomen met de mysterieuze mannen die blijkbaar ex-ambassadeur Corfitzens 'lijfwachten' waren geweest en die nu opgegaan waren in rook, was de man met de hond op dit moment hun enige spoor.

De psychiatrie had het vaak moeten ontgelden als politici tot in het oneindige in budgetten sneden. Het aantal bedden was beperkt en de patiënten werden zo snel mogelijk de deur uit gewerkt – de straat op of naar huis met vier ellendige muren om naar te staren. Dat kwam overeen met de statistieken van de politie, waar psychisch gestoorden een flink risico liepen om in te figureren.

Dus... misschien wachtte er daarbuiten een vreemde stakker met een witte hond. Een stakker die een helpende hand van de samenleving had moeten krijgen in plaats van een vuistslag in zijn gezicht in de vorm van een groep zwaarbewapende mannen bij het krieken van de dag.

'Kom, we gaan naar beneden.'

Na het bevel van de hoofdinspecteur kwam de kleine groep in beweging, over de heuvel en door een strook wilgenbomen. Ze waadden door het ijskoude water van de smalle rivier, die de modder van hun broeken en laarzen spoelde, maar aan de overkant kwamen ze weer in een drassig landschap terecht, dus waren ze er niets mee opgeschoten. Pas vijftig meter voor het doelwit kregen ze vaste grond onder hun voeten.

De hoofdinspecteur dacht dat hij het kamp had gelokaliseerd en gaf zijn mensen opdracht om het laatste stuk door het hoge gras te kruipen.

Toen ze de omgevallen boom tot een afstand van ongeveer twintig meter waren genaderd, splitsten ze zich op en omsingelden het doelwit. De vier collega's hadden nauwelijks gemeld dat ze ter plekke waren toen een hond wild begon te blaffen onder het groene dekkleed dat ze nu konden onderscheiden. Verdomme, wat ging dat beest tekeer. Natuurlijk deed hij dat. Hij blafte als een bezetene.

Hij had 's nachts opnieuw geen oog dichtgedaan. De tandstompjes van de koeienman knaagden aan zijn binnenste. Op een dag zou het Servische spook hem stukje bij beetje hebben opgegeten. En zo niet, dan stonden de andere zes verschrikkingen klaar om hem te helpen. Er zou nooit een eind aan komen. Misschien was het die gedachte waardoor hij was gecapituleerd en een paar flinke slokken whisky had gedronken en een joint had gerookt.

Daarom sliep hij diep toen Mr. White aansloeg. En zelfs toen duurde het lang om naar de oppervlakte te komen. Het kostte hem een paar seconden voordat hij wist waar hij was en dat hij de waarschuwing van zijn hond uiterst serieus moest nemen.

Zijn rechterhand sloot zich resoluut rond het heft van de grote Bowie-dolk onder zijn kussen. Hij gooide zich op zijn buik en kroop vanonder het dekzeil naar buiten. In eerste instantie zag hij niets. Daarna kreeg hij een gedaante in het oog die op een afstand van twintig meter in het hoge gras op zijn knieën overeind kwam.

'Hallo! Politie. We willen graag met je praten. Ga staan!'

Politie? Hij voelde zich nog steeds niet helemaal wakker en helder. De politie? Wat deed de politie hier? In zijn kamp?

Ineens begon het hem te dagen. Op dat moment werd hij verlost van zijn knagende ongerustheid. Het moest te maken hebben met Nørlund Slot, de opgehangen hond, de bewusteloze gedaante en de mannen in de zwarte kostuums. De helikopter had zijn kamp ontdekt.

Hij kwam langzaam overeind. Nu zag hij de andere donkere gedaantes in het gras om hem heen. Toen hij stond, spreidde hij zijn armen en liet de dolk vallen.

De gedaantes kwamen overeind. Het waren er vijf, vier waren bewapend met machinegeweren en ze droegen kogelvrije vesten. Wat was er in vredesnaam aan de hand?

Mr. White begon weer te blaffen, hard en woedend. Er ging maar één gedachte door zijn hoofd: White mocht niet aanvallen. Hij mocht geen enkele verdachte beweging maken, waardoor een zenuwachtige vinger rond de trekker kon krommen.

Hij riep hem bij zich, klopte en streelde hem, en kreeg hem zover dat hij gehoorzaamde en naast hem ging liggen.

Terwijl hoofdinspecteur Rasmus Grube zag hoe de zwaarbewapende collega's geconcentreerd oprukten en de manoeuvre afrondden, bedacht hij dat de lange, slanke man die zo effectief was omsingeld, verbijsterd moest zijn.

De man moest geschokt zijn bij de aanblik, van zijn stuk gebracht door op die manier wakker gemaakt te worden, psychisch gestoord of niet. Maar ze hadden hem, en dat was precies waar ze op uit waren geweest.

'Blijf staan, heel stil... en houd je hond rustig. We willen je geen kwaad doen. We willen alleen met je praten, heel ontspannen. Oké?'

Ze waren nu vrij dicht bij de man met de witte hond. Hij zag er onverzorgd uit. Zijn volle baard was breed en piekerig, het vette, donkere haar zat in een staart in zijn nek.

De man mompelde een paar kalmerende woorden tegen zijn hond. Daarna knikte hij langzaam. Dat was het eerste teken dat er een vorm van denken plaatsvond bij de roerloze gedaante.

'Mijn naam is Rasmus Grube. Ik ben hoofdinspecteur van politie. Mijn excuses voor de omstandigheden, maar we maken heel veel dingen mee bij de politie, zodat we een beetje voorzichtig zijn geworden,' legde hij uit, waarna hij naar zijn collega's knikte, die nu zichtbaar ontspanden. Hij ging op een gedempte, vriendelijke toon verder. 'We willen je graag meenemen naar het politiebureau in Aalborg voor een verhelderend... gesprek. Wat zeg je daarvan?'

De man glimlachte onmerkbaar. Was er iets om over te glimlachen? Misschien begreep de man ondanks alles de ernst van de situatie niet, begreep hij niet dat het geen grap was als gewapende agenten hem omsingelden.

'Dus... we willen graag over een aantal dingen met je praten. En we willen graag je toestemming om je mee te nemen naar Aalborg, naar het politiebureau. Ben je het daarmee eens? Heb je daar geen probleem mee?'

'Word ik beschuldigd? En als dat zo is, waarvan dan?' vroeg de man.

'Beschuldigd? Nee, je wordt niet beschuldigd.'

'Dan kunnen we hier toch praten?'

Grube schudde zijn hoofd afwijzend. 'We geven er de voorkeur aan dat je meegaat naar het politiebureau.'

‘Om waarover te praten?’

‘Een gesprek over... bepaalde gebeurtenissen in Nørlund Slot een paar dagen geleden. Ben je bij het kasteel geweest?’

De man knikte.

‘Oké, vertel me hoe je heet.’

‘Niels.’

‘Niels... en verder?’

‘Oxen... Niels Oxen.’

Het was zijn beurt om iets te zeggen. In plaats daarvan bleef hij naar de man kijken. Uiteindelijk kon hij zijn verrassing niet voor zich houden. ‘Niels Oxen... Dat is verdomme... Wat doe je hier?’

‘Ken je hem, Grube?’ vroeg de agent die het dichtst bij hem stond.

‘Ach, kennen. Ik weet wie hij is. Hij is...’

Hij aarzelde. Hij had er behoefte aan om zijn woorden met zorg te kiezen. Vastberaden maar welwillend, zonder te vriendelijk of verbaasd te zijn. Hij ging langzaam verder. ‘Niels Oxen heeft een tijdlang in mijn groep op de Politieacademie gezeten. Oxen is een oorlogsveteraan en voormalig commando – en de hoogst gedecoreerde Deense soldaat ooit.’

# 17

In eerste instantie glimlachte hoofdcommissaris Bøjlesen buitengewoon tevreden toen hij het nieuws te horen kreeg dat de man met de witte hond van de Corfitzen-zaak naar het politiebureau was gebracht. Toen hij de naam van de man echter hoorde gleed er een schaduw over zijn gezicht, maar dat merkte hoofdinspecteur Rasmus Grube niet.

'Niels Oxen...' De hoofdcommissaris wreef over zijn kin.

'Oorlogsveteraan en voormalig commando.'

'Hmm.'

'De hoogst gedecoreerde Deense soldaat ooit.'

'Misschien herken ik de naam daarom, van de media.'

'Hij heeft de Defensiemedaille voor Dapperheid gekregen, drie keer maar liefst. "Met gouden eikenbladeren" heet het als je hem voor de derde keer krijgt.'

'Drie keer? Dat is niet niks,' mompelde Bøjlesen.

'Het wordt nog beter: Niels Oxen was de eerste die het Kruis voor Dapperheid in ontvangst mocht nemen, een nieuwe onderscheiding. De mooiste die we hebben. Hij is de enige die het kruis heeft gekregen. Daar is iets heel, heel uitzonderlijks voor nodig.'

'Dus de man met de witte hond is de grootste oorlogsheld van het land? Is dat wat je probeert te zeggen?' De hoofdcommissaris keek verbaasd.

'Ja, in feite kan niemand in zijn schaduw staan. Ik heb hem gegoogeld toen we terugkwamen. Volgens de bevelhebber zelf zullen Niels Oxens prestaties en onderscheidingen nauwelijks overtroffen worden. Oxen kán niet overtroffen worden, zegt de bevelhebber in een krantenartikel.'

'Weten we wat Oxen voor heldenmoed tentoongespreid heeft om zo heilig verklaard te worden?'

'Ik had geen tijd om me daarin te verdiepen.'

'We hebben dus te maken met een heel vieze dwaas zonder middelen van bestaan, die in werkelijkheid zo dapper en heldhaftig is dat hij beslist wordt opgenomen in de geschiedenis van Denemarken. Dat is een precaire situatie, Grube. De media zullen buiten zinnen raken. Ze houden van dit soort... gelul. Maar ondanks alle superioriteit van de man kan hij heel goed zowel schuldig als psychisch gestoord zijn. Hij is niet de eerste oorlogsveteraan die psychisch ziek geworden is. Hij kan Hans-Otto Corfitzen heel goed vermoord hebben, ook al is hij vanaf hier tot de Zuidpool gehuldigd.'

Het was niet de eerste keer dat de hoofdcommissaris het niet zo nauw met de waarheid nam. Corfitzen was niet vermoord. In elk geval niet in algemene zin. Het forensisch instituut had snel gewerkt. De dag nadat de voormalige ambassadeur was gevonden, had de onderzoeksafdeling het verslag van de lijkschouwer gekregen.

Hans-Otto Corfitzen was overleden door een bloedprop in zijn hart. ACS, zoals in de papieren stond, een acuut coronair syndroom dat waarschijnlijk was veroorzaakt door de gespannen situatie en het geweld waaraan hij hulpeloos op zijn stoel was blootgesteld.

'Wanneer beginnen we met het verhoor?' ging de hoofdcommissaris verder.

'Het is geen formeel verhoor, het is een gesprék. En hij heeft daar vrijwillig mee ingestemd. Over een halfuur.'

'Waar bevindt hij zich op dit moment?'

'In mijn kantoor.'

'Ik loop even met je mee om in het voorbijgaan naar hem te kijken. Een beetje nieuwsgierig mag je toch wel zijn door al die verdomde dapperheid...'

Hoofdcommissaris Max Bøjlesen had zo lang mogelijk door de geopende deur naar binnen gekeken toen hij door de gang slenterde. 'Spijker hem aan de muur,' had hij voor het kantoor tegen Grube gesist.

Nu zat Niels Oxen samen met zijn witte hond tegenover Grube, die vandaag zijn chef, Torsten Vester, naast zich had zitten. Hoofdinspecteur Grube rook meteen dat Oxen naar gnoe stonk.

'Een beetje frisse voorjaarslucht kan geen kwaad,' mompelde hij terwijl hij een raam wijd openzette.

Toen hij naar Oxen keek, die aan de andere kant van de kleine ovale vergadertafel zat, kon hij het niet laten om nauwkeurig naar zijn gezicht te kijken terwijl hij bedacht wat de man voor daden had verricht die hem zo hoog hadden verheven boven de algemene middelmatigheid die gewone mensen zoals hijzelf kenmerkte. Oxen was in elk geval erg veranderd. Zijn gezicht was markanter en aanzienlijk ouder, maar het was dan ook jaren geleden.

Op de Politieacademie had Niels Oxen naam gemaakt omdat hij in die tijd al twee keer was onderscheiden voor dapperheid. Zo dapper was geen enkele politieleerling voor hem ooit geweest. Dapper? Hoe werd je dapper? Was dat aangeboren bij een paar uitverkorenen? Of had iedereen een dapperheidsfunctie die in extreme gevallen met een druk op de knop geactiveerd kon worden?

'Waarom heb je je politieopleiding niet afgemaakt, Oxen?' De hoofdinspecteur vroeg het waarschijnlijk in de hoop om een goede sfeer rond een gezamenlijk verleden tot stand te brengen... en uit pure nieuwsgierigheid.

Hij haalde zijn schouders op bij de vraag. Hij had al veel gepraat sinds hij op die idiote 1 mei in Skørping uit de trein was gestapt. Eerst met het meisje met de hertenstoofschotel en nu met de politie. Hij was het helemaal niet gewend om zoveel te praten. Dat vond hij vermoeiend. Hij haalde zijn schouders opnieuw op.

'Soms is het gewoon tijd om verder te gaan.'

'Dus werd je commando?'

Hij knikte.

'Ik heb gelezen dat de commando's ingezet zijn bij een paar van onze internationale missies de afgelopen jaren, Irak, Afghanistan. Ik dacht... Ben je in het buitenland geweest voor... militaire operaties?'

Het was een stomme vraag. Het soort vraag waarop niemand antwoord gaf. Hij gaf het enige redelijke antwoord dat hij kon bedenken. 'Misschien.'

Hoofdinspecteur Grube zuchtte. Onderzoekschef Vester zat er zwijgend bij met over elkaar geslagen benen. Zelf krabde hij kalm achter Mr. Whites oor.

'Laten we ter zake komen. Ik neem ons gesprek op, is dat goed?'

Hij knikte naar Grube.

'Goed, allereerst een praktisch feit. Veel soldaten hebben gesprekken met een psycholoog gehad. Jij ook?'

'Waarom vraag je dat?'

'Het is een puur verhelderende vraag.'

'Ja, het antwoord is ja.'

'Geef je toestemming dat we naderhand het materiaal daarover inzien?'

'Ik zie de relevantie niet. Het antwoord is nee. Kom ter zake.'

'Oké, zoals ik je vanochtend al in het kort vertelde, gaat het om de dood van ex-ambassadeur en landgoedeigenaar Hans-Otto Corfitzen onder... verdachte omstandigheden. We hebben de afdrukken die we bij Nørlund Slot gevonden hebben, vergeleken met de afdrukken van jouw schoenen, en we zijn het er dus over eens dat je daar geweest bent?'

'Ja.'

'Wanneer?'

'Acht dagen geleden.'

Grube vergeleek Oxens antwoord met de print van de verklaring van de jonge automobilist over de man met de witte hond. Het klopte.

'Ben je eerder bij Nørlund Slot geweest? Ik weet dat de commando's Rold Skov regelmatig voor trainingen gebruiken.'

'Nog nooit.'

'Kende je Hans-Otto Corfitzen?'

'Nee.'

'Waarom wilde je het slot bezoeken?'

'Ik wilde gewoon kijken.'

'Wilde je...?'

Torsten Vesters mobiel ging over. Vester verontschuldigde zich en vroeg hem om even te pauzeren terwijl hij het kantoor uit ging. Vlak daarna stak hij zijn hoofd naar binnen: 'Kun je even komen, Grube? We moeten praten.'

Grube en Vester overlegden op de gang. Bøjlesen was degene die heel chagrijnig had gebeld. De politieke inlichtingendienst van de politie, de PET, had anderhalf uur geleden gemeld dat ze naar Aalborg zouden komen.

Het ging daarbij niet om een toevallige werknemer van Aarhus of van het hoofdkwartier in Søborg. De gasten waren de hoogste baas van de dienst en zijn rechterhand, de operationele chef. En de hoofdcommissaris was openlijk geïrriteerd omdat de PET zelden iets anders dan problemen betekende, zoals extra werk en druk op de interne lijnen en de stoel helemaal boven in het organisatiediagram. Die van hem.

'Ze vliegen hiernaartoe. Ze moeten naar de luchthaven gescheurd zijn op het moment dat ze hoorden over de identiteit van de man met de witte hond. Ze verzoeken ons om te wachten met het gesprek met Niels Oxen. Ze willen er graag bij aanwezig zijn,' legde Vester uit.

'Ik snap het niet.' Grube schudde zijn hoofd. 'Ze bemoeien zich nooit met dit soort zaken. Daar hebben ze hun mensen voor. Weten we niet meer?'

'Nee, ze hebben Bøjlesen gevraagd om het gesprek op stand-by te zetten tot ze gearriveerd zijn. Het is allemaal... Heb je iets tegen ze gezegd wat hun nieuwsgierigheid gewekt heeft?'

'Ik zou het echt niet weten. Pure routine, alleen het papierwerk dat je zelf gezien hebt,' antwoordde Grube.

De hoofdinspecteur had de PET alleen op de hoogte gesteld omdat hij daarom was gevraagd door een collega-hoofdinspecteur in Søborg. De inlichtingendienst was natuurlijk routinematig geïnteresseerd in Hans-Otto Corfitzens dood, omdat hij zo'n lange tijd de misschien wel grootste Deense diplomaat aller tijden was geweest en een netwerk had gehad dat zich overal ter wereld uitstrekte tot de hoogste kringen. Bovendien was hij een paar keer opgetreden als bijzonder externe adviseur voor de PET bij problemen waarbij ambassadeurs waren betrokken.

Of zoals hoofdinspecteur Grube het samengevat had gekregen van zijn collega in Søborg: Corfitzen had zijn leven lang ervaring opgedaan met de diplomatie en haar schaduw, de spionage. En het was dat soort kennis waar de PET gebruik van maakte.

'Ik kan je wel vertellen dat we door Corfitzens dood in troebel water vissen,' verzuchtte de onderzoekschef.

'Denk je aan iets speciaals?' vroeg Grube.

'Aan de ene kant hebben we een edelman, topdiplomaat, mecenas, denktankvoorzitter, wereldburger en houtzagerijbestuurder. Aan de andere kant hebben we de dapperste man van het koninkrijk van wie ik overtuigd ben dat hij in zekere zin een psychisch verwarde man is. En vanaf de zijlijn komt nu de absolute top van de inlichtingendienst, bestaande uit Mossman en Rytter, aanstormen in een vliegtuig. Dát noem ik troebel water.'

'Op het moment dat ik hem dood op die stoel zag zitten wist ik dat dit een klotezaak zou worden,' bromde Grube.

'En verder hebben we Bøjlesen, die de zaak het liefst gisteren opgelost had willen hebben. Hij vroeg of we dachten dat er voldoende bewijs was om Oxen in staat van beschuldiging te stellen en hem voor een rechter te brengen.'

'Is hij soms zélf krankzinnig?'

Torsten Vester glimlachte gespannen en zette koers naar zijn kantoor. Grube liep terug en ging tegenover Niels Oxen zitten, die roerloos op zijn stoel zat met een hand op de kop van zijn hond.

'Kunnen we ons gesprek een paar uur uitstellen, Oxen?'

'Ik heb te horen gekregen dat het snel achter de rug zou zijn als ik hiernaartoe kwam. Mijn hond vindt het hier niet prettig.'

'Het komt door de PET... De top van de PET is onderweg hiernaartoe. Ze hebben ons gevraagd om te wachten met het gesprek met jou. Ze willen er graag bij aanwezig zijn. Daarom...'

'De PET? Wat willen ze?'

De hoofdinspecteur spreidde zijn armen verontschuldigend.

'Geen idee.'

'De PET kan me niets schelen. Je kunt ze de geluidsopname geven, laten we verdergaan,' vervolgde de oorlogsveteraan.

'Dus je weigert?'

Oxen knikte.

'Als je niet wilt meewerken, moet ik je in staat van beschuldiging stellen.'

'In staat van beschuldiging stellen? Waarvoor?'

'De bok die je hebt liggen... Ik kan je in staat van beschuldiging stellen voor stroperij op het terrein van Nørlunds God. Tenzij je hem au naturel in Brugsen in Skørping hebt gekocht, met gewei en al.'

# 18

Het kantoor van hoofdinspecteur Grube was te klein voor de publiekstrekker waarin het zogenaamde gesprek met de historisch-heroïsche Niels Oxen langzamerhand was veranderd. De deelnemers aan het gesprek waren naar de vergaderzaal verhuisd, waar ze hun stoelen naar achteren trokken en aan de grote tafel gingen zitten.

Rasmus Grube was enigszins gespannen bij het idee dat zowel Bøjlesen als de top van de PET aanwezig zou zijn. Hij had al snel bedacht dat het er slecht voor stond omdat er niet veel concreets was om mee te werken.

Aan het hoofd van de tafel troonde uiteraard de Noord-Jutlandse hoofdcommissaris. Max Bøjlesen zocht duidelijk naar de juiste gezichtsuitdrukking. Zulke hoge gasten moest je goed behandelen, maar als je liever hun rug dan hun gezicht wilde zien, was het lastig een evenwicht te vinden.

Grube nam in het midden plaats, tegenover Oxen. Torsten Vester zat naast hem. Aan de andere kant van Grube nam de operationele chef van de PET, Martin Rytter, plaats. Ze waren ongeveer even oud, midden veertig, net als Oxen.

Rytter had in relatief korte tijd carrière gemaakt. In politiekringen ging het gerucht dat je je aan de scherpe hersenen van de man kon snijden als je niet voorzichtig was. Grube vermoedde een zwakke glimlach op het zongebruinde gezicht van Rytter toen hij naar Oxen knikte.

Naast Rytter nam een vrouw plaats. Haar aanwezigheid was niet aangekondigd en ze had niets anders gezegd dan 'goedemiddag' bij de aankomst van het PET-trio. Ze heette Margrethe Franck en was 'assistent', zoals verteld was. Ze had een vreemd zilveren sieraad in één oor. Haar blonde haar was bijna gemillimeterd, en ze kwam misschien zo chagrijnig over omdat ze pijn had. Grube had gezien dat ze met één been trok.

De laatste man die binnenkwam was de hoogste baas van de Politie

Inlichtingendienst, de vermaarde Axel Mossman. Hij was zo groot dat de deur overbodig zou zijn als hij in de deuropening bleef staan.

Mossman was de zestig gepasseerd, verkeerde in een uitstekende vorm en had een levensreis met de PET achter de rug. Hij had de dienst door het moeilijke omschakelingsjaar na 9/11 geleid en had de organisatie veranderd in een moderne inlichtingendienst die tegemoetkwam aan de nieuwe eisen van deze tijd.

Axel Mossman zette zijn pet af maar ging niet zitten. In plaats daarvan liep hij om de tafel heen naar Oxen toe en stak zijn kolenschop van een rechterhand uit.

'Oxen, goedemiddag... Axel Mossman, het is me een grote eer je te ontmoeten. Het is indrukwekkend wat jij allemaal voor elkaar hebt gekregen. Bijzonder indrukwekkend. Vervelende omstandigheden, maar misschien krijgen we straks nog even de kans om te praten.'

Hij registreerde de hartelijkheid met scepsis, maar pakte de uitgestoken hand van het PET-hoofd met een kort knikje aan. Hij zei niets omdat hij niet wist wat hij moest zeggen.

Daarna trok hij zijn hand terug en legde hem weer op Mr. Whites kop. Hij had gezorgd voor wat eten en drinken voor zijn trouwe makker, maar hij kon merken dat de samojeed ernaar verlangde om naar buiten te kunnen. Dat gold overigens ook voor hem.

Hij leunde achterover op zijn stoel en keek naar Mossman, die als een tweede Goliath zijwaarts langs de lege stoel schoof om zijn plek uiterst rechts van hem in te nemen. Hij kende Axel Mossman en zijn goudgerande reputatie heel goed. Mossman – met Engelse voorvaderen aan zijn vaders kant – was al hoofd van de inlichtingendienst geweest toen hijzelf aan zijn politieopleiding was begonnen.

De man zou uitstekend sir Axel of lord Mossman kunnen heten. De uitstraling van de reus was volkomen Brits. Hij droeg een mosgroen tweedcolbert met grote ruiten en een jachtgroene linnen broek, en de sixpencepet in zijn hand was natuurlijk ook van tweed. Hij was net een gentleman die op weg was naar de sneeuwhoenderjacht in de Schotse hooglanden of die een vliegvishengel de Tay in zwaaide.

Mossman ging zitten en streek zijn dunne, zilverkleurige haar glad. Sommigen beweerden dat hij zelfs op bijzonder goede voet stond met de top van zowel MI5 als MI6. Dat zou hem niets verbazen. Mossman was een instituut.

Hij liet zijn blik van de ene kant van de tafel naar de andere glijden. Tegenover hem zaten de meest vooraanstaande mannen van de inlichtingendienst, plus een vrouw die hem daarnet zonder te knipperen of te glimlachen strak in de ogen had gekeken. Ze had een heel opvallend zilveren sieraad in haar linkeroor. Het stelde een slang voor die langs de rand van haar oor naar boven kronkelde. Voor haar lag een iPad.

Max Bøjlesen zat aan het hoofd van de tafel. Hij had hem al meerdere keren stiekem geobserveerd. Hij was niet veranderd, toch was hij een paar kilo zwaarder, waardoor zijn gezicht boller was geworden, en vriendelijker om naar te kijken dan hij zich herinnerde. Maar niemand moest zich door hem laten misleiden. Hij was een wolf in schaapskleren.

Ook al trok de hoofdcommissaris een gezicht alsof ze elkaar nog nooit hadden ontmoet, dan lukte dat niet. Vanuit zijn ooghoeken had hij gezien dat Bøjlesen weer naar hem staarde.

Hoofdinspecteur Grube rommelde in zijn papieren. Hij zou weer van voren af aan beginnen.

Hij moest geduld proberen te hebben. Het idee om veel en lang te moeten praten leek niet te overzien. Op dit moment was hij bepaald geen onzichtbare man. Hij zat vast als een haas in een van zijn eigen strikken.

De hoofdinspecteur schraapte zijn keel en begon met dezelfde vraag, die hij op precies dezelfde manier als een paar uur geleden beantwoordde. De PET-delegatie tegenover hem vertrok geen spier.

Nu naderden ze het punt waar de eerste sessie was geëindigd.

'Kende je Hans-Otto Corfitzen?' vroeg Grube opnieuw.

'Nee,' antwoordde hij opnieuw.

'Heb je weleens over hem gehoord?'

'Nee.'

Precies op dat moment zag hij een vluchtige beweging in de eerder kalme blik van de assistent. En precies op dat moment verstrakte de mond van Axel Mossman een beetje.

Hij had nog nooit van de dode landgoedeigenaar gehoord, dus kon hij geen ander antwoord geven. Grube ging verder: 'Waarom wilde je het kasteel bezoeken?'

'Ik wilde alleen kijken.'

En daarmee waren ze terug op het punt waar ze eerder waren geëindigd.

De hoofdinspecteur leek gespannener dan tijdens het eerste gesprek.
'Alleen kijken, zeg je. Is het misschien mogelijk om je bijzonder... beknopte... antwoord iets uit te breiden? Waarnaar kijken? Naar de bouwstijl, de slotgracht, de dakconstructie, de flora in de tuin. Wáárnaar kijken, Oxen?'
'Ik ben heel vaak in Rold Skov geweest. De commando's trainen daar. Maar ik had het kasteel nog nooit gezien, ik had er alleen over gehoord. Ik was... nieuwsgierig.'
'Dus je arriveert daar op een avond om 23.30 uur samen met je hond, klopt dat?'
Hij knikte.
'Als je zo vriendelijk wilt zijn om ons het verloop van dat bezoek te vertellen. Graag in gedetailleerde vorm.'
Het deed hem denken aan een tribunaal. Het verschil was dat hij hier vrijwillig aanwezig was. En zelfs als hij onmiddellijk wilde vertrekken, dan was dat te laat.
Hij mobiliseerde zijn volledige sluimerende woordenschat en legde uit hoe hij vanuit zijn verstopplek twee mannen voor het kasteel had gezien. En dat hun aanwezigheid en uiterlijk hem nog nieuwsgieriger hadden gemaakt.
'Je bent dus oprecht van mening dat er sprake was van security-personeel, een soort bewakers?'
'Ja.'
'En je hebt Corfitzen op geen enkel moment gezien... of wel?'
'Beslist niet.'
'Goed, ga alsjeblieft verder.'
'Ik liep samen met mijn hond over de secundaire weg langs de kasteelmuur om in de tuin te komen. Helemaal achterin sprongen we over de muur en vonden een pad tussen de bomen en struiken naar de open tuin.'
'Waarom wilde je de tuin in?'
'Om te zien of daar bewakers waren. Om te zien of er iets verdachts plaatsvond. Maar het was te open... en met een witte hond... Dus liepen we dwars over het grasveld en door het struikgewas om bij het open terrein vandaan te komen... en naar huis te gaan.'
Hij zweeg.
Hij werd helemaal tureluurs van al het gepraat. Nu kwam hij bij het punt waar hij moest oppassen. Hij had al een belangrijke inlichting

gegeven. De volgende wilde hij overslaan. In zijn achterhoofd zei een stem dat het een goede en weloverwogen zet zou zijn om het tribunaal niet alles in één keer te geven.

'Toen we de tuin uit slopen en tussen de bomen kwamen, voelde ik iets vreemds. Ik stak mijn arm omhoog en voelde een poot tussen mijn vingers, een hondenpoot. Ik keek op en zag de hond aan een touw boven mijn hoofd hangen. Daarna ben ik zo hard mogelijk door het struikgewas weggerend.'

'Moet ik me daarbij voorstellen dat je was overvallen door paniek?'

Hij haalde zijn schouders op en knikte langzaam.

'Jíj? Overvallen door paniek?' Hoofdinspecteur Grube trok een ongelovig gezicht.

'Dat is tenslotte heel lang geleden... Ik zorg het liefst alleen voor mezelf.'

'En je hebt niemand in de tuin gezien, geen bewakers, niets ongewoons?'

'Nee.'

'En is dat alles, Oxen?'

'Ja.'

De mensen tegenover hem keken nu een beetje ongerust. Kon hij eindelijk weg? Hij krabde Mr. White achter één oor om hem op te beuren.

Grube keek vragend naar beide kanten. Mossman knikte.

'Vertel me eens,' begon het PET-hoofd. 'Het is een heel eind van Kopenhagen naar Rold Skov. Waarom ben je daarnaartoe gegaan?'

'Om weg te zijn. Om met rust gelaten te worden.'

'Gewoon zomaar?'

'Ik heb lang geleden een artikel uit een krant gescheurd. Dat ging over een veteraan die hetzelfde had gedaan, maar dan in een ander bos. Hij vond het het beste wat hij ooit had gedaan. Dus dacht ik dat het misschien ook iets voor mij was.'

'Een krantenartikel, oké, oké.' Mossman knikte weer en zweeg.

Rytter pakte een vel papier aan van de zwijgende assistent met de slang in het oor.

'1993, 1995 en 1996 Bosnië. 1999 Kosovo, 2002 Afghanistan, 2005 Kosovo, 2007 Irak en 2009 opnieuw Afghanistan bij het Korps Commandotroepen. Een indrukwekkend lange lijst, Oxen. Waarom ben je zo vaak in het buitenland geweest?'

'Dat was mijn werk. Ik was soldaat.'

'Maar al die internationale missies?'

Hij haalde zijn schouders op. Zou er nooit een eind aan komen?

'Anderen zijn net zo vaak geweest.'

Rytter zag eruit alsof hij verder wilde gaan met vragen stellen, maar spreidde zijn armen en knikte naar Grube.

'Als niemand meer vragen heeft, dan bedanken we je voorlopig voor je bereidheid om met ons samen te werken, Oxen,' zei de hoofdinspecteur.

Dat Nørlund Slot werd bewaakt door videocamera's, net als elke door vandalisme geplaagde Deense basisschool met respect voor zichzelf, was niet opzienbarend. Toch had hij daar niets over gezegd. En ook niet over de bewusteloze man over wie hij was gestruikeld toen hij bij de opgehangen hond stond. Het waren allebei belangrijke elementen in een onderzoek. Hij ging ervan uit dat de politie de harddisk van het bewakingssysteem allang in beslag had genomen. En Mr. White en hij kwamen niet voor op de opnames, want dan was deze hele vertoning overbodig geweest.

Het hoofd van de PET bleef nog even bij hoofdinspecteur Grube staan, maar de anderen verlieten de zaal. Daarna verdween Grube ook. Er stond iets te gebeuren, maar het kon hem niet schelen.

'Kunnen we even praten, Oxen?' vroeg Axel Mossman. Goliath deed de deur achter zich dicht alsof hij zich absoluut niet kon voorstellen dat hij nee zou zeggen.

Hij knikte.

'Goed.' Mossman liep zijwaarts rond de tafel en ging op de dichtstbijzijnde stoel zitten. 'Een samojeed?'

Hij knikte.

'Samojeden zijn prachtige honden.' Mossman streelde Mr. White over zijn rug. 'Ik heb ook een hond... Een golden retriever. Ze heet Bonnie.'

Omdat hij zo weinig had gepraat, was hij het duidelijk verleerd hoe je over niets moest praten. Hij had geen commentaar en het kon hem niet schelen of het hoofd van de PET een hond had of niet, net zoals het hem helemaal niets kon schelen of de hond Bonnie of Clyde heette.

Hij wachtte tot Mossman bij de kern van de zaak kwam na deze hondenvriendenactie. Dat kwam een seconde later. Heel onverwacht.

'Je liegt,' fluisterde Axel Mossman terwijl hij de vacht van Mr. White streelde. 'Je liegt, Oxen.'

Hij wist niet of het hoofd van de PET vergeefs op zoek was naar een schokeffect dat hij in zijn ogen zou kunnen lezen of in een onrustig verschuiven op zijn stoel. Goliath keek in elk geval strak in zijn ogen en herhaalde: 'Ik wéét dat je liegt, Oxen... En als je liegt over één essentieel ding, dan vertelt mijn neus me dat je ook in andere gevallen hebt gelogen. Of iets hebt verzwegen. Heb ik gelijk?'

'Ik lieg niet.'

Hij hield Mossmans blik vast.

'Ik heb feitenkennis die mijn bewering staaft,' zei Mossman.

Het hoofd van de inlichtingendienst stopte zijn frontale aanval en leunde naar achteren op zijn stoel. Hij vouwde zijn enorme handen voor zijn neus, wat speculatief overkwam.

Zelf zei hij niets. Zo meteen zou er meer komen. Mossmans soort schoot niet met scherp zonder meer munitie op voorraad te hebben.

'*Well*, ik heb erover nagedacht of het iets voor jou zou zijn om voor mij persoonlijk aan deze zogenaamde Corfitzen-zaak te werken. Je hebt een paar bijzondere talenten. Je hebt bovendien ervaring bij de politie. Het blijft volkomen onofficieel, natuurlijk, en je krijgt goed betaald. Heel goed.'

Dat was wel het laatste wat hij had verwacht. Werk? Undercover rondsnuffelen voor Mossman? De anglofiele Goliath had een steen gegooid die hem midden op zijn voorhoofd raakte.

'Nee, dank je,' antwoordde hij.

'Wil je niet meer over mijn aanbod horen?'

'Dat is niet nodig.'

'Waarom die haastige afwijzing als ik zo vrij mag zijn?'

'Ik ga nergens in wroeten. Ik heb het op dit moment... druk... met andere dingen.'

'Well, Oxen. Ik vond het een poging waard. Ik geef je mijn kaartje voor het geval dat je van mening verandert. Alsjeblieft.'

Hij pakte het witte visitekaartje aan in de wetenschap dat hij het in de dichtstbijzijnde vuilnisbak zou gooien.

'Trouwens, Oxen – *an ox*, heb je Britse voorvaderen?'

'Het is een oeroude Deense spelwijze van "*okse*".'

'Net als in het Engels. Interessant... Tja, ik moet verder en jij gaat terug naar Rold Skov, nietwaar? Bedankt voor het gesprek.'

Hij schudde de hand van de PET-leider. Hij was niet van plan om te vragen naar de beweerde leugen. Dat plezier gunde hij de man niet.

Misschien viste Axel Mossman alleen, en een meer ervaren hengelaar was nauwelijks voor te stellen.

Het hoofd van de inlichtingendienst draaide zich in de deuropening om alsof hij een plotselinge ingeving kreeg.

'Wat betreft mijn bewering dat je liegt, Oxen... met een "x"... Ik denk dat de plaatselijke politie daar snel achter zal komen. Tot ziens.'

# 19

Na een snelle beleefdheidslunch met hoofdcommissaris Max Bøjlesen en een paar anderen van de leiding van de Noord-Jutlandse politie haastte de leider van de Politie Inlichtingendienst, Axel Mossman, zich samen met zijn assistent Margrethe Franck en operationele chef Martin Rytter door de gangen van het politiebureau. Ze zouden in Grubes kantoor een snelle briefing krijgen met betrekking tot de Corfitzenzaak.

De hoofdinspecteur zat met een koffiepot en vier bekers klaar om ze te vertellen over de magere resultaten na de eerste dagen van het onderzoek naar de dramatische omstandigheden rond Corfitzens dood. Op zijn bureau begonnen de stapels papier steeds hoger te worden.

Grube volgde de aantekeningen op zijn notitieblok strak en ging chronologisch te werk zodat zijn gasten het beste overzicht in de juiste volgorde kregen. Er ontbrak nog steeds veel. Al het materiaal dat zich zowel op Corfitzens vaste computer op kantoor als op zijn laptop had bevonden, moest doorgespit worden. Dat waren kilometers documenten met betrekking tot zijn werkzaamheden als stichter en voorzitter van denktank Consilium, en er waren grote hoeveelheden documenten die nauw gerelateerd waren aan het runnen van het kleine kasteelconglomeraat. Maar goed onderzoek was ook routineonderzoek en ze zouden uiteindelijk alles doorgenomen hebben.

De operationele chef van de PET, Martin Rytter, zette het mes genadeloos op de plek waar dat het meeste pijn deed: 'Wil dat zeggen dat je een bevestigde verklaring hebt over de aanwezigheid van vijf securitymensen, maar dat je niet een van hen gevonden hebt?'

'We hebben alles op dat gebied doorgenomen: salarisboekhouding, afschriften van bankrelaties, communicatiegegevens van telemasten, informatie verzameld bij de dichtstbijzijnde kruideniers, avondwinkels, benzinestations, hun bewakingsfilms bekeken. Niets.'

'Hoe zit het met de bewaking van het kasteel? Dat soort gebouwen wordt toch bewaakt?' Rytter volgde de lijn strak terwijl de assistent blijkbaar aantekeningen op haar iPad maakte.

'Niets. Geen spoor van een videocamera. Er hingen camera's, maar die zijn vorig jaar weggehaald omdat ze nooit werkten, volgens manusje-van-alles Arvidsen.'

'En Oxen? Wat denk je van hem?' nam Mossman het woord.

'Hij is een beetje een... stakker... tegenwoordig, nietwaar? En niet de eerste oorlogsveteraan die zich diep in het bos verstopt. Maar ik geloof hem. Ik geloof dat hij alleen nieuwsgierig was. De avond dat hij bij het kasteel was, was tenslotte meerdere dagen voor Corfitzens dood.'

'Maar hij kan teruggekomen zijn. De eerste avond was misschien alleen bedoeld om te verkennen,' zei Rytter.

'Jouw gok is net zo goed als die van mij,' antwoordde Grube. Hij trok zich er niets van aan dat de briefing zo langzamerhand het karakter van een Søborg-inquisitie kreeg. Het PET-trio werkte anders nooit openlijk aan een zaak.

'Hoe denk je over de kwestie van Corfitzens opgehangen hond? Krijgt die een plek in het onderzoek?' De operationele chef beet zich koppig vast, knap wisselend tussen gesloten en open vragen.

Grube haalde zijn schouders op. Opnieuw een stukje dat hij vervloekte omdat hij het niet op de juiste plek in de puzzel kon leggen. 'Ik weet eerlijk gezegd niet wat ik van die hond moet denken. Het was zijn dierbaarste bezit. Hij volgde hem bijna overal. Ik heb dat beschreven in een van de rapporten... Als iemand Corfitzens hond heeft opgehangen, dan was dat waarschijnlijk om hem pijn te doen. Vergelding... of een dreigement... of een waarschuwing. Iets dergelijks. Nietwaar? Bovendien was Corfitzen een paar dagen later dood.'

Martin Rytter nam er genoegen mee. Een opgehangen hond? Datgene wat hij uit Grubes mond hoorde komen was precies wat hij zelf dacht.

Ze praatten verder en namen andere elementen van de zaak door. Corfitzens grote netwerk en enorme werkcapaciteit op uiteenlopende terreinen creëerde een raakvlak dat onmogelijk af te handelen leek. Grube zag zijn kans schoon om terug te slaan: 'Hans-Otto Corfitzen is voor jullie opgetreden als adviseur voor problemen met betrekking tot diplomatie en ambassades. Als jullie vanuit een bepaalde theorie werken, vind ik het vanzelfsprekend dat ik daar als onderzoeksleider bij betrokken word.'

'Uiteraard,' antwoordde Rytter onmiddellijk.

'Ik zou bijvoorbeeld zonder eromheen te draaien kunnen vragen waarom jullie hier in vredesnaam zo haastig naartoe vliegen, alleen omdat we Niels Oxen op het bureau hebben voor een verhelderend gesprek. Jullie hadden een verslag van het gesprek kunnen krijgen.'

Geen van zijn drie gasten maakte aanstalten om te antwoorden. Na een tijdje zei Mossman met een zucht: 'We dachten dat er meer te halen zou zijn. Ik kan me voorstellen dat Corfitzens status een bepaalde druk op jullie onderzoek legt, Grube.'

De hoofdinspecteur kon slechts knikken.

'Well, dat geldt voor ons dus ook. Corfitzens lange staat van dienst... Zijn naam zorgt voor een echo in de gangen, ook in Christiansborg. Het respect dat hij kreeg creëert een duidelijke druk op Søborg. Mensen stellen vragen. Vandaar onze grote belangstelling, Grube.'

De PET-chef stond in zijn volle glorie op nadat hij een haastige blik op zijn horloge had geworpen.

'We moeten ervandoor. We moeten nog een paar andere dingen regelen nu we hier toch zijn,' zei hij terwijl hij zijn tweedcolbert van de rugleuning pakte. Het was een teken voor zijn kleine gevolg. Margrethe Franck, die geen woord had gezegd maar alles alleen geconcentreerd had gevolgd, stond op het punt om haar leren jack aan te trekken toen ze naar Grubes bureau liep.

'Nee maar!' riep ze terwijl ze een plastic map pakte die boven op een van Grubes papierstapels lag. 'Heb jíj belangstelling voor de Bergsøe-zaak?'

Ze hield de map omhoog zodat ze het krantenartikel met de grote kop konden zien: VOORZITTER INLICHTINGENDIENST DOOD DOOR MYSTERIEUS ONGELUK.

Het was het artikel over het overlijden van advocaat Mogens Bergsøe in het meer Borre Sø. Hij was voorzitter van de Wamberg-commissie geweest die toezicht hield op de twee Deense inlichtingendiensten, die van de politie en van het leger.

Dat Margrethe Franck verbaasd was over het krantenknipsel had twee redenen: de PET was, ondanks de meldingen van de plaatselijke politie, nog lang niet klaar met het sterfgeval, dat vanwege Bergsøes status tot op de bodem uitgezocht moest worden. En het knipsel hoorde helemaal niet thuis op het bureau van hoofdinspecteur Grube, maar bij de collega's van de Midden- en West-Jutlandse politie in Holstebro, waaronder Silkeborg viel.

‘Dat is niet van mij,’ zei Grube. ‘Het zat bij alle papieren uit Corfitzens kantoor.’

‘Wat zeg je daar?’ Axel Mossman kneep zijn ogen tot spleetjes.

‘Het lag in een van Corfitzens bureauladen, samen met een stapel andere artikelen die hij tijdens het lezen uit de kranten had gescheurd. Volgens zijn secretaresse las hij vier kranten. Er zit van alles bij: levensschetsen van managers uit Børsen, artikelen over investeringen, economie, maatschappelijke verhoudingen, artikelen over het buitenland, omstandigheden van kinderen, tja, zelfs artikelen uit het plaatselijke sufferdje. Het is een interessante combinatie.’

‘Zo zo,’ bromde Mossman terwijl hij zijn andere arm eindelijk in zijn colbertmouw kreeg. ‘Well, als je ons net zo uitstekend op de hoogte wilt blijven houden als tot nu toe, Grube, dan zou dat geweldig zijn. Bedankt voor vandaag.’

Ze waren nog maar een paar treden van de brede hoofdtrap af gelopen nadat ze het glanzende hoofdkwartier van donker steen, beton en glas van de Noord-Jutlandse politie hadden verlaten, toen Rytter abrupt stilstond. ‘Zullen we dat ophelderen? Graag in een nanoseconde, Margrethe,’ zei hij.

‘Natuurlijk doen we dat,’ antwoordde Mossman. ‘Laten we naar de auto gaan.’

Margrethe Franck liet zich niet afleiden door trappen en stoepen. Ze werkte op haar iPad.

‘Ik open nu de Bergsøe-bestanden met al het schriftelijke materiaal. Daarna zoek ik naar Corfitzen.’

Toen ze vlak daarna in de gehuurde auto op het parkeerterrein zaten, wachtten ze nog steeds zwijgend. Plotseling begon Franck te praten: ‘Niets... Corfitzen wordt helemaal niet genoemd in het Bergsøe-materiaal.’

‘Dus... misschien heeft Grube gelijk. Dat het alleen toeval was dat het artikel uit de krant was gescheurd,’ zei Rytter.

‘Ik bel naar kantoor om te vragen of ze zijn naam ergens tegengekomen zijn,’ zei ze.

Er gingen een paar minuten voorbij, toen was de vraag beantwoord – met een negatief resultaat.

Ze zaten zwijgend in de Hertz-auto en ergerden zich. Soms werd je gegrepen door een gemeenschappelijke gedachte, een regulier longshot dat plotseling realistisch leek. Corfitzen spitte zijn kranten uit en bewaarde artikelen alsof hij een archivaris was.

Axel Mossman draaide zijn grote lichaam in de passagiersstoel zo dat ze hem allebei konden zien.

'Well, alle goede voorstellen zijn welkom,' verzuchtte hij.

Margrethe Franck zat met haar iPad op schoot en staarde naar het dak. Daarna zei ze op vastberaden toon: 'Ik heb het gevoel dat we het zo ingewikkeld maken dat we het niet zien terwijl het voor onze neus hángt. Laten we op een heel andere plek beginnen: had Mogens Bergsøe een hond?'

# 20

Jytte Bergsøe deed een paar stappen naar achteren om haar werk van het afgelopen uur beter te kunnen beoordelen. Het mozaïek stelde Jezus Christus aan het kruis voor en was een opdracht van de Funder Kirke.

Het werk met het religieuze motief had iets diep binnen in haar geraakt en had haar een soort nieuwe betekenis gegeven. Ze had sinds zijn dood zo ongeveer vierentwintig uur per etmaal gewerkt in het kunstenaarscollectief op de binnenplaats in Silkeborg. Zoveel dat haar kunstenaarsvriendinnen haar bezorgde blikken toewierpen wanneer ze samen theedronken.

Ze miste haar man met heel haar hart. Haar lieve Mogens. Er was precies gebeurd waar ze altijd bang voor was geweest, al sinds hij het stomme idee had gekregen om een kajak aan te schaffen; dat hij onwel zou worden op het meer, in het water zou vallen en zou verdrinken omdat er geen hulp in de buurt was. Mannen van middelbare leeftijd, of beter gezegd mannen in het algemeen, hadden sterk de neiging om zichzelf te overschatten. Mogens Bergsøe ook.

Wat haar nog het meeste pijn deed was het feit dat het was gebeurd terwijl ze gescheiden woonden. Hij was overleden – zonder haar – alleen omdat ze het tijdstip toevallig geschikt had gevonden om alleen te zijn. En toch wilde ze hem in de buurt hebben. Omdat hij haar echtgenoot en beste vriend was. En vroeg of laat zou ze weer in het huis op de meeroever zijn gaan wonen. Dat wist zij. Dat wist hij.

Maar nu was het te laat.

Ze liep nog verder naar achteren. Het gezicht van Jezus was getekend door lijden. Misschien moest de stralenkrans meer... Haar mobiel ging over.

'Jytte Bergsøe.'

'Margrethe Franck, Politie Inlichtingendienst.'

Ze was niet verbaasd. De PET had hun leven beheerst, wat natuurlijk logisch was geweest gedurende de zeven jaar waarin Mogens voorzitter van de Wamberg-commissie was geweest. De commissie, die uit maar vier personen bestond, hield toezicht op het registreren en doorgeven van informatie van de inlichtingendiensten van de politie en het leger. Zoveel wist ze, maar ook niet veel meer dan dat. Haar man had nooit veel verteld over zijn werk voor Wamberg.

De PET had heel vaak gebeld, maar een paar weken na de begrafenis was dat verstomd. De vrouw van de PET ging verder: 'Ik wil graag een vraag stellen die misschien een beetje vreemd en misplaatst lijkt met het oog op je grote verlies en de ernst van de zaak. Maar...'

'Vraag maar raak. Ik ben niet zo teer.'

'Oké, had je man een hond?'

'Een hond?'

'Ja, we hebben...'

'Natuurlijk had hij een hond,' onderbrak Jytte Bergsøe haar licht geïrriteerd. 'Of liever gezegd, wíj hadden een hond. Die woonde alleen bij Mogens. Dat heb ik uitdrukkelijk aangegeven. Hij heet Hermann, het is een herdershond. En ik heb meerdere keren gevraagd of ze al iets wisten, maar ik heb nooit een fatsoenlijk antwoord gekregen. "We zullen ernaar kijken," zeggen ze alleen.'

'Het spijt me, ik kan het niet helemaal volgen. "Ze" is de plaatselijke politie?'

'Natuurlijk.'

'En wat is er met jullie hond?'

'Ik dacht dat jullie informatie uitwisselden... Hermann is weg. Hij moet verdwenen zijn op de dag dat mijn man gevonden is. Ik was niet meteen ter plaatse, maar... Er was veel drukte, veel mensen die kwamen en gingen. Iemand moet het hek opengelaten hebben. Hij is één keer eerder weggelopen, maar dat was toen hij heel jong was. Ik begrijp het niet.'

'Heb je zijn verdwijning bij de politie gemeld?'

'Ja, maar Hermann werd vergeten. Mijn man was tenslotte niet zomaar iemand. En dus maakt niemand zich druk om een hond. En dat begrijp ik heel goed. De politie moet natuurlijk prioriteiten stellen. Maar ik heb meerdere keren gebeld.'

Het bleef een moment stil. Daarna vroeg Jytte Bergsøe verbaasd: 'Maar waarom belt de PET om naar onze hond te vragen?'

Er was geen triomf, alleen een zweem van een zwakke glimlach toen Margrethe Franck tegenover haar chefs verslag deed van het gesprek met Mogens Bergsøes weduwe.

'Ik durf er een maandsalaris onder te verwedden dat Bergsøes herdershond op een of andere plek in de tuin ligt. Hier, ze verbinden nu door,' zei ze en ze gaf de telefoon aan Mossman. Ze had gevolg gegeven aan zijn verzoek en had naar de Midden- en West-Jutlandse politie gebeld en had naar de onderzoekschef gevraagd.

'Goed gedaan, verdomd goed gedaan, Franckie,' zei Martin Rytter erkennend.

'Axel Mossman, PET. Ik bel over de Bergsøe-zaak... Ik wil jullie vragen om de tuin van Bergsøe te doorzoeken. We zijn op zoek naar zijn herdershond.'

Het hoofd van de PET knikte een paar keer en gaf vriendelijk en welwillend de noodzakelijke informatie, zodat de plaatselijke onderzoeksleider volledig op de hoogte was. Daarna bedankte hij hem, verbrak de verbinding en hield zijn assistent de telefoon weer voor.

'Nou, het lijkt me verstandig dat we een hotel in de buurt van Silkeborg nemen terwijl we wachten op bericht, vinden jullie ook niet? Het is behoorlijk bepalend. Ze gaan zo snel mogelijk aan het werk in de tuin. En ze blijven zoeken tot het donker wordt. Ik stel hotel Hvide Hus voor.'

Margrethe Franck kon ermee volstaan de handdoek een paar keer over haar blonde stekels te halen, dan was het droog. '22 millimeter, *exactement*, liefje,' had haar kapper Alain gezegd toen hij met soepele polsen het resultaat van het werk van de schaar aangaf. In werkelijkheid heette hij gewoon Allan en was een moederlijke man uit Jyderup, die in zijn jonge, wilde jaren in Parijs had gewoond.

Ze droogde de spiegel af. Alain had een paar lange pieken in haar pony overgelaten, 'wat een te gekke symmetrie gaf', zoals hij had gezegd. Ze had eerder ultrakort haar gehad, maar nooit met lange plukken.

'Wauw, Margrethe, je bent een *wild thing* geworden,' had Alain dolblij geconstateerd.

Ze friste haar lippen op met een discrete rode lipgloss en bracht een dun lijntje eyeliner aan. Ze was halsoverkop vertrokken, maar dat gold voor hen alle drie.

Daarna sloeg ze de handdoek om, sprong op één been naar de kamer en ging achter het bureau zitten met de dijbeenstomp onder haar handdoek uit stekend.

Er was helemaal niemand die op haar e-mails had geantwoord terwijl ze in de badkamer was. Dat irriteerde haar. Maar ze moest ook toegeven dat ze nog minder geduld dan zij had. Als ze iets vroeg, wilde ze onmiddellijk antwoord hebben. Een eis waaraan de wereld niet altijd kon voldoen.

Op verzoek van Mossman was ze bezig met graven in het verleden van oorlogsveteraan Niels Oxen. Vanaf de wieg tot vandaag.

Het enige wat ze op zo'n korte termijn had kunnen leveren, behalve algemene feiten over zijn carrière, was daarentegen een scoop geweest. Daar was ze achter gekomen nog voordat ze uit Kopenhagen opstegen.

Oxen was soldaat, en de logische plek om te beginnen was bij het leger. Ze had een goede vriend en bron bij het militair commando in Holmen gevraagd om een snelle kruiscontrole uit te laten voeren.

De combinatie Oxen-Corfitzen kwam één keer voor: namelijk toen Oxen, volgens het Operatieve Leger Commando, in 1993 op het punt had gestaan om de toenmalige EU-ambassadeur Hans-Otto Corfitzen aan te vliegen tijdens het bezoek van hem en andere EU-diplomaten aan de Deense stafcompagnie in Kiseljak in Bosnië. Die twee hadden in elk geval die ene keer de degens gekruist. Niels Oxen loog dus ijskoud tegen ze.

Het zou een tijdrovende taak zijn om het leven van de man uit te pluizen. Waarom haar chef zo drastisch te werk wilde gaan, had ze niet gevraagd. En als ze dat had gedaan, dan had Axel Mossman geen antwoord gegeven. Hij regeerde, zij diende. Maar er was een prettige toon en een heleboel wederzijds respect in hun inmiddels acht jaar durende 'relatie', en ze was hem dankbaar dat hij haar een kans had gegeven.

Een gedetailleerder verslag van Oxens militaire loopbaan moest ze voorlopig laten liggen tot een paar van haar mogelijkheden om deuren te openen getest waren. Zelfs haar vriend bij het militair commando zweeg. Ze had een automatisch antwoord gekregen dat hij de rest van de dag afwezig was.

Ze moest dus vanaf de basis beginnen, bij hun organisatie. Ze logde in op het interne politieregister, POLMAPE, dat in tegenstelling tot POLSAS de mogelijkheid gaf om in alle politiekringen tegelijk te zoeken.

Toen ze na geruime tijd binnen was, typte ze 'Oxen' in het zoekveld.

Het was maar goed dat hij geen Jensen heette. Oxen was het gevolg van een oude spelwijze, zoals Mossman heel uitvoerig had verteld terwijl ze de hotellobby in liepen. Zuiver en alleen een 'okse' met een 'x'.

Ze had de brede zoekactie net gestart toen haar mobiel overging. Het was Nielsen, de onderzoekschef van de Midden- en West-Jutlandse politie.

'Ik bel eigenlijk gewoon terug naar hetzelfde nummer,' verontschuldigde hij zich. 'Maar ik wil Axel Mossman graag spreken.'

'Hij is op dit moment niet aanwezig, maar kan ik de boodschap aannemen? Ik vermoed dat het over Bergsøes herdershond gaat?'

'Precies. Het was niet moeilijk. We hebben hem al gevonden. Hij lag begraven tussen een paar berkenbomen in de grote tuin, en er was zo te zien geen enkele moeite gedaan om de plek te verbergen, alleen een beetje gras en bladeren. Maar we vermoedden niet dat we iets moesten zoeken in de tuin. En de melding over de hond van de echtgenote... Daar hebben we niet echt nota van genomen. Ik wist het niet eens. Het spijt me...'

Nielsen klonk verontschuldigender dan hij hoefde te zijn. Onder normale omstandigheden verspilde niemand ook maar een seconde aan een weggelopen hond.

'Dat is geen enkel probleem. Wij hadden er ook geen vermoeden van dat we naar zijn hond moesten zoeken. Ik zal het doorgeven aan Mossman.'

'Er is meer. Een detail. Degene die de hond heeft begraven, heeft ook een touw in het gat gegooid. Een stuk van een paar meter met een strop aan één kant. We sturen dat natuurlijk op voor onderzoek.'

'Hartelijk bedankt, ik geef het straks door. Dan kan Mossman zelf terugbellen als er meer is. Tot ziens.'

Dat was verdomme... Er was dus een bevestigde link tussen de twee notabelen: de bejubelde advocaat en de carrièrediplomaat. Mogens Bergsøe en Hans-Otto Corfitzen. De link was hun hond. Om precies te zijn hun opgehangen honden.

Ze toetste het nummer van Mossman in en gaf hem een korte uiteenzetting. Daarna ging ze staan om naar het bed te hinken, waar ze haar kleding en beenprothese had neergelegd, toen ze aan het zoeken naar Oxen dacht. POLMAPE had resultaat opgeleverd.

Wauw...

Ze liet zich meteen weer op de stoel vallen en begon te lezen. Niels

Oxen met zijn tweejarige verleden als leerling aan de Politieacademie was een oude bekende in meer dan één opzicht. Zijn strafblad was lang – en niet best.

Ze scrolde een beetje heen en weer en nam er genoegen mee de tekst vluchtig te bekijken, tot haar blik onherroepelijk bij een woord bleef hangen.

De hoogst gedecoreerde Deense soldaat ooit was onder meer in staat van beschuldiging gesteld voor geweld, straatgeweld, bedreiging, verzekeringsfraude en... huiselijk geweld.

# 21

De stapel kleding op de oever werd bewaakt door Mr. White, die kalm op zijn achterste zat en zijn baasje in het oog hield. Niet dat er behoefte was aan iemand om de kleding te bewaken. Die lag vermoedelijk op de plek in het koninkrijk waar de minste kans was dat er iemand langs zou komen.

Het oerbos sloot zich volkomen rond de Lindenborg Å, maar hij had zo zijn manieren om erdoorheen te dringen. Hij liep over de wisselsporen van de dieren of op een van de paden die hij langzamerhand zelf had gevormd tijdens zijn maandenlange verblijf in Ersted Skov.

Hij lag op zijn knieën midden in de stroom en waste zich. Zijn knieen zakten weg in het fijne zand op het rechte, brede stuk waar het heldere water van de rivier met een diepte van nauwelijks meer dan 20 centimeter stroomde.

Het ijzige gevoel als hij zijn hoofd onder water hield en zijn handen vouwde om water over zijn lichaam te gieten was fantastisch. Het was een handeling uit een ver verleden vol oerkracht. En dat terwijl hij nog maar een paar uur geleden onder beschaafde omstandigheden in het politiebureau in Aalborg had gezeten – aangegaapt door de mensen aan de andere kant van de tafel. Ze probeerden de medailles te ontdekken die ze niet konden zien. Hij kon er niet onverschilliger tegenover staan. Er was echter één ding dat hem dwarszat na het urenlange 'gesprek' – en daarom deed het hem extra goed om in de koude stroom te knielen en alles één moment weg te spoelen. Hij had nog steeds het knagende gevoel in zijn middenrif. Nu vertelde dat hem duidelijker dan ooit dat het allemaal net begonnen was. Hij zou niet met rust gelaten worden. Hij zou problemen krijgen. En dat zelfs nu hij zich diep in het hart van Rold Skov had teruggetrokken.

*Je liegt, Oxen...*

Hij kon de aangename stem van de PET-chef nog steeds horen. En ook al had hij zijn geheugen doorzocht vanaf het moment dat hij het politiebureau uit was gelopen, hij begreep niet waarom Mossman die beschuldiging tegen hem had geuit. Laat staan dat hij begreep waarom het hoofd van de Deense inlichtingendienst afdaalde tot een niveau waarin het draaide om de praktische behandeling van een zaak. Dat was ongekend.

Het enige waarover hij had gelogen, of eigenlijk gezwegen, was de videobewaking en de bewusteloze bewaker. Nauwelijks een fundamentele leugen zoals die waar Mossman op doelde.

En daarna had Mossman hem een baan aangeboden. Het was bizar. Alleen al het feit dat de PET-chef dat aanbod had gedaan, leek onheilspellend.

Op het moment dat hij zijn oververhitte hoofd een laatste keer in de stroom wilde laten verdwijnen dacht hij dat hij iets hoorde. Afgelegen en zwak, een roep of alleen lawaai.

Hij zat roerloos midden in de rivier en luisterde geconcentreerd. Het geluid kwam van ver. Het leek op roepen of luidruchtig praten. Met één sprong was hij op de oever en droogde zich razendsnel af met een versleten handdoek. Daarna trok hij zijn kleren aan, maakte de veters van zijn schoenen vast, greep zijn verrekijker en dolk en haastte zich stroomafwaarts over de oever. Een meter of honderd verder, aan de voet van de Vesterskovse heuvels, verhief het terrein zich bijna als een wal. In de vaste aarde stond een rij enorme dennenbomen als een vooruitgeschoven bastion, uitermate geschikt voor zijn doel.

Hij begon in de eerste boom te klimmen. Alleen hier kon hij zo hoog komen dat de wilgenkruinen van het rivierdal hem het zicht niet ontnamen. Hij klom een flink stuk naar boven tussen de prikkende takken en naalden tot hij een plek vond om te zitten. Hij hield de verrekijker voor zijn ogen en begon het noordelijke deel van het dal systematisch af te zoeken.

Het duurde niet lang voordat hij de twee gedaantes had gevonden die aan de Ersted-kant via een open plek naar beneden liepen. Het waren een man en een vrouw. Als ze min of meer hun koers hielden en een pad tussen laagten met riet, verhogingen en moerasbodem wisten te vinden, zouden ze onherroepelijk eindigen op de vaste aarde en de verhoging waar zijn kamp lag.

Als je de dramatische aankomst van de Noord-Jutlandse agenten niet meerekende, was het de eerste keer dat er menselijke activiteit in het gebied was.

Het kostte hem ongeveer twintig minuten om naar het kamp terug te keren. Hij naderde het voorzichtig en zocht naar sporen. Er was niets aangeraakt. Hij besloot om zich bij de omgevallen boom in het gras te verbergen en wachtte met Mr. White dicht tegen zich aan gedrukt.

Na een paar minuten hoorde hij opnieuw roepen. Het klonk alsof iemand zijn naam riep. En het geluid kwam dichterbij. Uiteindelijk zag hij de man en de vrouw van het drassige terrein op de vaste grond stappen, waarna ze recht op het kamp afstevenden. Hij bleef net zo lang liggen tot hij hun gezichten duidelijk kon zien. Hij kende ze niet. Daarna liet hij de hond los, kwam overeind en liep hen tegemoet.

'Oxen? Niels Oxen?'

De vrouw droeg een donkerbruine Stetson met een brede rand. Ze keek naar hem alsof hij Livingstone was en de zwarte modder op haar rubberlaarzen en broekspijpen afkomstig was van de oever van het Tanganyika-meer.

Hij trok zijn pet over zijn voorhoofd naar beneden en knikte. Ze stak haar hand uit.

'Karin Corfitzen. En dit is mijn assistent Poul Arvidsen.'

Haar handdruk was bijzonder vastberaden. Dit was dus de dochter van de oude ambassadeur over wie hij twee agenten in het politiebureau had horen praten. Ze werkte in de financiële sector, woonde in Londen en was de enige erfgename van Nørlund Slot. En de man achter haar was dus Arvidsen, de chauffeur en tuinman van de ambassadeur over wie hij meerdere keren had horen praten.

Arvidsen knikte. Hij had iets waakzaams in zijn blik, iets wat op geen enkele manier strookte met rozenperken en vaste planten.

'Ik ben... onder de indruk.'

De vrouw keek hem in de ogen, maar hij wist niet goed of ze naar woorden zocht of alleen iets wilde benadrukken.

'Waarvan?' vroeg hij.

'Van de dingen die je hebt gedaan. Je... prestaties is misschien het juiste woord.'

'Hmm...'

'Ja, ik heb met de leider van het onderzoek gesproken, Grube. Hij heeft me de plek van je kamp verteld. Je woont op mijn vaders grond, dat wil zeggen op míjn grond. En ik heb gehoord dat je hier zowel vist als jaagt?'

Hij knikte.

'Een voormalige commando die tegenwoordig stroper is. *A hero and a trespasser.*'

Ze glimlachte bij de gedachte. Misschien zocht ze naar woorden, want afgaand op haar carrière had ze jarenlang in Engeland gewoond.

Karin Corfitzen was een kaarsrechte vrouw met een normale lengte. Ze deed de hoed af om het zweet van haar voorhoofd te vegen. Haar donkerbruine haar zat strak naar achteren in een staart in haar nek. Ze had een zweem van een dubbele kin en volle wangen. Op dit moment droeg ze geen mascara of lippenstift op het verzorgde gezicht, maar haar hele verschijning deed vermoeden dat ze, als dat nodig was, zich net als haar vader prima kon handhaven in de hogere kringen.

Ze keek hem onderzoekend aan. Wilde ze ook een glimp van de medailles ontdekken?

Hij wist niet wat hij moest zeggen over de conclusie die haar kennelijk amuseerde: a hero and a trespasser. Een held en een wetsovertreder. Het een sloot het ander absoluut niet uit.

Haar ogen waren groen. Het was jaren geleden dat hij tegenover zo'n mooie vrouw had gestaan. En dat hier, midden in Rold Skov. Hij voelde opnieuw dat de woorden verdwenen waren en zijn vermogen om een normaal gesprek te voeren beperkt was. Er was maar één ding dat hem te binnen schoot, dus vroeg hij: 'Wat wil je?'

'Sorry, iemand zoals jij doet natuurlijk niet aan smalltalk. Ik wil je vragen om de politie te vertellen wat je weet. De hoofdinspecteur zegt dat hij het vermoeden heeft dat je meer weet dan je wilt vertellen. Klopt dat?'

'Nee.'

'Wat bedoelt hij daar dan mee?'

'Ik weet het niet, dat moet je aan hem vragen.'

'Ik wil alleen dat degene of degenen die schuldig zijn aan mijn vaders dood verantwoording afleggen. Begrijp je dat? Zo hoort het te gaan. *Justice*... dat verdient hij. Daarom mijn verzoek aan jou. Denk erover na. Vertel de politie wat je weet. Ook als je misschien denkt dat je kennis geen bijzondere betekenis heeft. *Please.*'

Ze stak haar hand weer uit. Afgemeten en zelfverzekerd, en nu zonder een zweem van een glimlach.

'Tot ziens. Jij en je hond mogen zo lang blijven als jullie willen.'

Daarna draaide ze zich om en begon terug te lopen in de richting waaruit ze gekomen waren. Arvidsen knikte en volgde zijn nieuwe werkgeefster haastig.

De maan scheen als een nachtlampje over het rivierdal. Hij vormde bijna een cirkel en verspreidde zijn schijnsel zo krachtig dat hij alle contouren kon onderscheiden terwijl hij met de dolk tussen zijn tanden door het gras kroop.

Deze keer had hij het zich niet ingebeeld. Deze keer was het de waarheid in hoogsteigen persoon. Deze keer was er iemand in het landschap. Iemand die naar zijn kamp sloop. Iemand die onderweg lawaai had gemaakt.

Ze zouden hem niet in bed te pakken krijgen.

Hij kroop verder en zocht dekking achter een omgewaaide boom. Hij ging op zijn hurken zitten en keek uit over het gebied waar het hoge gras op vaste grond groeide. Daar zou de vijand vandaan komen.

Zijn blik gleed kalm heen en weer, naar beide zijden, waar riet en pollen uit de grond schoten, over het wilgenstruikgewas en terug naar het hoge gras. Intussen draaide hij zijn hoofd en verzekerde zich ervan dat hij geen fout maakte en de vijand zich plotseling achter hem bevond.

Hij bleef een hele tijd onbeweeglijk zitten. Vijf minuten, tien minuten, een kwartier. Er was niets wat bewoog. Uilen, vleermuizen, wild – alles was die nacht rustig.

Terwijl de minuten verstreken ontstond er langzamerhand een dieper besef dat hij niet alleen wakker en in een opperste staat van paraatheid was, maar dat hij ook in staat was om te redeneren.

Hij ging op zijn rug in het gras liggen en keek naar de maan.

Op het moment dat hij ergens een tak hoorde kraken, had hij op het punt gestaan om in slaap te vallen. Misschien had hij zijn ogen al dicht. Het was een ongewone dag geweest. Hij had niet kunnen slapen tijdens de veilige ochtenduren omdat de politie hem had opgehaald.

Hij had nagedacht. Hij had veel nieuwe mensen ontmoet en had het gevoel dat hij urenlang had gepraat. Daarom was hij moe en was hij in zijn slaapzak gekropen met het veilige gevoel dat hij deze nacht rust zou vinden. Deze nacht zouden De Zeven een pauze nemen, en de moeheid zou hem een paar uur diepe slaap bezorgen. Als die rottak niet had gekraakt...

Zou er een nacht komen waarin er geen tak brak? Waarin het grind niet knerpte? Waarin er geen vloerplanken kraakten?

De abrupte overgang van de wijk Noordwest in Kopenhagen naar Rold Skov had geen nieuwe tijden gebracht, zoals hij had gehoopt. Zijn vertrek had hem wel iets anders opgeleverd, iets wat nieuw was, beter, maar in feite was er niets veranderd sinds hij op 1 mei in Skørping uit de trein was gestapt en in de eindeloos durende regen in dit bos was aangekomen.

Vroeger was hij uit zijn keldervertrek geslopen om de vijand op de binnenplaats of in een van de garages voor te zijn. Nu kroop hij door het hoge gras.

Wenste hij vurig dat er een nieuwe tijd kwam? En wat zou er gebeuren als die dag ooit kwam en er geen tak brak? Zou dat zijn redding worden? Of zijn dood? Zou dat de nacht zijn die hem eindelijk te pakken zou krijgen?

Hij floot zachtjes en meteen hoorde hij Mr. White in het gras ritselen. Vlak daarna voelde hij zijn adem en de natte lik op zijn gezicht.

# 22

De e-mail flikkerde op het beeldscherm van de iPad, die ze tevergeefs voortdurend schoon probeerde te houden. Ze had hem net opgepoetst met de dekbedovertrek van het hotel toen haar goede vriend in het militair commando antwoordde.

*Nog even geduld, Franckie, ik ben iets op het spoor wat je misschien heel interessant zult vinden. Geef me nog een halfuur.*

Margrethe Franck leunde naar achteren tegen de grote, zachte kussens die ze achter haar rug had opgestapeld. Het was 22.30 uur geweest. Nu ze plotseling langer in Aalborg moest blijven, was een hotelbed niet de vervelendste plek om te werken.

Andreas was zo'n goede vriend dat hij haar 'Franckie' noemde. Dat deden verder maar weinig mensen. Een van hen was de operationele chef Martin Rytter, die waarschijnlijk van mening was dat 'Franckie' alleen goed klonk omdat het geen 'Franckie-boy' kon zijn.

Andreas had thuis ingelogd en werkte op dit moment onder hoogspanning. Hij had teruggebeld voordat ze naar de *skybar* van hotel Hvide Hus was gegaan, waar Mossman haar op een drankje wilde trakteren.

Ze had hem flink onder druk gezet. Ze moest álles wat ze over Oxen kon vinden gebruiken. Alles... Hij lekte geen vertrouwelijke informatie, want het ging om informatie die onder normale omstandigheden altijd werd afgegeven als ze het aan Holmen vroegen. En bovendien had Andreas geen veiligheidsclassificatie op het hoogste niveau, dus was het geen probleem om het materiaal naar haar hotelkamer in Aalborg te sturen. Ze had het proces gewoon enorm versneld.

Haar prothese lag midden in de kamer, waar ze hem had laten vallen. Het stijve, schone beddengoed voelde behaaglijk, zowel aan het been dat ze had als aan het been waar de helft van ontbrak.

Andreas was zijn onderbeen kwijtgeraakt op de een of andere godvergeten plek in de provincie Helmand in Afghanistan. Ze hadden elkaar leren kennen tijdens hun revalidatie in het Rigs-ziekenhuis. Daarna hadden ze allebei gehandicaptenatletiek geprobeerd. Ze hadden een tijdje een relatie gehad, maar het ging ze beter af om vrienden te zijn. Inmiddels was Andreas al vijf of zes jaar gelukkig getrouwd en had hij het hele pakket: twee kinderen, een villa, een hondje en een technisch faillissement.

Andreas had haar al wat materiaal over Oxen gestuurd waar ze alleen een vluchtige blik op had geworpen. In plaats daarvan had ze haar tijd besteed aan het bestuderen van het politiedossier van de soldaat.

Hij had een strafregister dat min of meer klassiek was, in die zin dat zijn overtredingen typisch waren voor een oorlogsveteraan die vermoedelijk in een bepaalde mate aan een posttraumatische stressstoornis leed. Anders was hij waarschijnlijk niet met zijn hond diep in het bos gaan wonen. Ongeregeldheden op de openbare weg en geweld. Meerdere keren. Ze wist vrij veel over PTSS, oftewel posttraumatische stressstoornis. Een kort lontje was karakteristiek voor de stoornis, en een kort lontje leidde tot geweld. Het was pure statistiek. En logica.

En toch was Niels Oxen anders. Al voordat ze op het politiebureau tegenover hem had gezeten, had ze ontdekt dat de man niet bestond. Dat hij volledig was verdwenen uit de gevestigde orde. Sinds het laatste geregistreerde adres van ongeveer tweeënhalf jaar geleden, een gehuurde kamer op Amager, had hij een zondvloed aan onbeantwoorde verzoeken uit alle hoeken van het systeem achtergelaten.

Geen enkele openbare instantie, beroepsorganisatie of militaire belangengroep wist waar Niels Oxen verbleef. En óf hij überhaupt wel ergens verbleef.

Oxen ontving dus geen cent. Geen werkloosheidsuitkering, geen inkomsten uit vroegere arbeid, geen hulp bij herintreding op de arbeidsmarkt, geen bijstandsuitkering, geen invaliditeitspensioen, geen studiefinanciering. En wie hem uit barmhartigheid geld wilde geven, wist dus niet waar hij of zij dat naartoe moest sturen.

Behalve dat Oxen waarschijnlijk was getroffen door de soldatengesel, PTSS, en meerdere vijandelijke kogels en granaatscherven, was hij ook getroffen door een scheiding, net als de 40 procent van de Denen die met de beste bedoelingen waren getrouwd. In dat opzicht was de onverzorgde, zwijgzame man met de waakzame blik in zijn ogen in elk geval volstrekt normaal en gemiddeld.

De vrucht van het schipbreuk geleden huwelijk was een zoon die nu twaalf was. Over zijn ex-vrouw had ze voorlopig geen informatie.

Het waren in totaal vijftien incidenten. Zes keer geweld, twee keer huiselijk geweld, één keer straatgeweld, een geval van vernieling, drie keer bedreiging en twee aanklachten wegens poging tot verzekeringsfraude. De onaangename verzameling had geresulteerd in maar vijf veroordelingen: een voorwaardelijke straf voor geweld en dertig dagen gevangenisstraf voor geweld tegen een medesoldaat. Een voorwaardelijke straf voor bedreiging van een ambtenaar in functie. De veroordeling had betrekking op een voorval waarbij Oxen bedreigingen had geuit tegen de chauffeur van een surveillancewagen die Oxen in staat van dronkenschap had aangetroffen. Bovendien waren er twee opgelegde boetes, een voor straatgeweld en een voor bedreiging. Het straatgeweld bestond eruit dat Oxen in staat van dronkenschap – en met een ontbloot bovenlichaam – voorbijgangers de huid vol had gescholden vanaf de Storke-fontein tot in Strøget in Kopenhagen. De bedreiging bestond eruit dat Oxen – opnieuw in staat van dronkenschap – een kleine bloembak door het raam van een bontwinkel had gesmeten.

In enkele van de overige zaken was hij in staat van beschuldiging gesteld, maar was hij vrijgesproken. Wat betreft de rest waren de aanklachten ingetrokken of waren de aangiften vreemd genoeg herroepen. Dat gold ook voor het huiselijke geweld, maar dat was niet ongewoon. Huilende mannen met hevige spijt en gouden beloften over beterschap konden helaas zelfs bij de zwaarst mishandelde vrouw medelijden wekken.

Over het geheel genomen was er echter sprake van een ongewoon verloop. Zoveel intrekkingen konden wijzen op overhaast politiewerk.

Ze pakte het flesje witbier dat ze uit de minibar had gehaald en schonk het restant in haar glas. Ze vond het vooruitzicht van een gecompliceerde zaak heerlijk. En één ding had ze lang geleden al geleerd in haar vak: dingen waren nooit zoals ze leken te zijn. Zelfs de meest respectabele mannen in hoge posities sloegen hun vrouw. Zelfs de allerheiligsten hoereerden en zaten aan kinderen, en zelfs de belangrijkste medaille voor moed had een dubieuze keerzijde. Op papier zag het eruit alsof Niels Oxen een enorme klootzak was.

Haar mobiel ging over. Het was Andreas.

'Hallo, Franckie, ik stuur je zo meteen een hele stapel. Maar in plaats van mijn tijd te besteden aan het typen van een heleboel uitleg bel ik je alvast.'

‘Fantastisch, vertel.’

‘Niels Oxens eerste internationale missie is in 1993 tijdens de burgeroorlog op de Balkan. In 1995 is hij weer op de Balkan. Samen met vijf anderen bevindt Oxen zich plotseling in een levensgevaarlijke positie als ze een checkpoint in het district Krajina bemannen. De post ligt midden in een gebied waar Kroatische troepenmachten oprukken tijdens hun grote tegenoffensief, Operation Oluja. Servische militieleden nemen Oxens groep gevangen en gebruiken de Denen als schild tijdens het terugtrekken. Daarom is...’

‘Laffe klootzakken.’

‘Ja, maar het was niet de eerste keer dat zoiets gebeurde. Daarna worden de Denen achtergelaten bij een Servische bunker te midden van het inferno en worden ze beschoten door de Kroaten die denken dat ze Serven zijn. Bij de groep is Oxens trouwe vriend en kameraad van de eerste stationering, Bo “Bosse” Hansen. Hij rent de schootslijn in en zwaait met zijn blauwe VN-helm om de Kroaten te laten stoppen. Toch vuurt een tank een granaat af, die Bo “Bosse” Hansen raakt. Niels Oxen doet intern zijn beklag over de beslissing van zijn commandant om de groep niet meteen te laten evacueren. Oxen houdt de opperbevelhebber dus verantwoordelijk voor Bosses dood.’

‘Een ongewone stap.’

‘Dat kun je wel zeggen. Er gebeurt alleen niets. Meer dan een jaar later treedt Oxen in de openbaarheid met de eis dat er een onderzoekscommissie benoemd moet worden. Intussen schrijft hij persoonlijke brieven naar zowel de bevelhebber als het hoofd van het Operatieve Leger Commando, en aan alle defensiewoordvoerders van de politieke partijen in de Tweede Kamer.’

‘Dat is een lange strijd om iemand verantwoordelijk te stellen.’

‘Inderdaad. En het lukt hem om een commissie benoemd te krijgen, misschien voornamelijk vanwege de politieke druk. De commissie had twee jaar nodig voor het onderzoek en concludeerde dat er niets – absoluut niets – mis was aan de handelwijze van de opperbevelhebber. Het onderzoeksverslag besloeg bijna 300 pagina’s en het is een heel zuivere en duidelijke vrijspraak van de bataljonscommandant.’

‘En waar wil je met dat alles naartoe?’

‘Geduld, verdorie, Franckie... Daar kom ik nu aan toe. Want wie stond er aan het hoofd van de onderzoekscommissie?’

‘Geen idee. Hoe moet ik dat in vredesnaam weten...’

'Mogens Bergsøe.'

Ze schrok.

'Bergsøe? Dat meen je niet!'

'Jazeker, de man die voorzitter van de Wamberg-commissie was, de man die onlangs is verdronken toen hij in zijn kajak op een van de meren bij Silkeborg voer. Sommigen waren van mening dat daar iets geheimzinnigs aan was. Ik denk... Het eerste wat ik voor je heb gevonden over Oxen was dat hij ambassadeur Corfitzen, die lang geleden ook op de Balkan is geweest, wilde aanvallen. En nu is er een verbinding met Bergsøe. Franckie, denk jij dat Oxen...'

Margrethe Franck ging op de rand van het bed zitten, maakte de prothese vast en begon zich aan te kleden. Ze wilde naar Mossman toe om hem over de nieuwe informatie te vertellen. Zelfs als ze hem daarvoor wakker moest maken.

Een paar minuten geleden had ze het gesprek met Andreas beëindigd, maar het maalde nog steeds door haar hoofd. Niels Oxen raakte in 1993 buiten zinnen tegenover de Deense EU-ambassadeur en beschuldigde hem en de EU ervan de andere kant op te kijken en de slachtpartijen in de Balkan gewoon te laten plaatsvinden. Later, in 1995, raakte Oxen zijn beste vriend kwijt door iets wat hij als uiterst dubieus leidinggeven beschouwde.

Na zijn jarenlange inspanningen kon Oxen de benoeming van een commissie als verspilde energie beschouwen omdat het onderzoek concludeerde dat niemand verantwoordelijk kon worden gehouden voor de dood van zijn kameraad.

Ze hadden Corfitzen. Ze hadden Bergsøe. Ze hadden twee opgehangen honden. Ze hadden twee dode mannen.

Niets had Niels Oxen tot nu toe kunnen verbinden met de twee plaatsen delict, maar één ding was zeker: de hooggedecoreerde oorlogsveteraan had een overduidelijk motief.

# 23

De helikopter landde in de dageraad vlak bij zijn kamp. Hij was een paar minuten eerder van de rivier teruggekomen waar hij zijn lijnen had binnengehaald.

Hij had meerdere uren rustig geslapen nadat hij in het gras had gelegen en midden in de nacht onder de maan was bijgekomen. Hij voelde zich voor één keer uitgerust. Drie mooie beekforellen luidden een goede dag in. Een gedachte die de rotorbladen van de helikopter verscheurden.

Afgezien van de piloot zat er maar één passagier in de kleine Robinson-helikopter. Dat was hoofdinspecteur Rasmus Grube, die om het lawaai te overstemmen tegen hem schreeuwde: 'Oxen, de situatie is veranderd. Je wordt verdacht van doodslag! Ga je mee voor een verhoor?'

'Ben ik in staat van beschuldiging gesteld?' schreeuwde hij terug.

Grube had zijn hoofd geschud en had geroepen dat hij hem niet kon dwingen om een verklaring af te leggen, maar hij wilde hem verzoeken om mee te gaan. En dat deed hij voor de tweede keer in twee dagen. Om de kwestie af te sluiten zodat ze hem met rust lieten. Er was niet voldoende plaats in de helikopter, dus had hij Mr. White achter moeten laten aan zijn lijn, met voldoende voer en water zodat hij het een dag zou redden.

Nu zat hij in een verhoorkamer te wachten. Vanbinnen voelde hij de woede smeulen. Deze keer wist hij nog minder dan de vorige keer. Grube had hem niet willen vertellen waarover het ging. Hij concludeerde dat ze hem verdachten van de doodslag op Corfitzen, maar dat de basis zo dun was dat die niet voldoende was voor een aanklacht. Zijn voetafdrukken in de kasteeltuin hadden ze al besproken, dus het moest iets nieuws zijn.

Deze keer werd hij niet ondervraagd in de vergaderzaal. Dat onderstreepte de ernst van de zaak. Er was bovendien een videocamera op hem gericht.

Rasmus Grube kwam binnen en ging tegenover hem aan de tafel zitten. Daarna volgde de chef van de hoofdinspecteur, commissaris Torsten Vester.

'We nemen het verhoor op,' was het enige wat Grube zei voordat hij de datum, het tijdstip en de aanwezigen opdreunde. De vriendelijkheid, als die er überhaupt was geweest, was blijkbaar verdwenen.

De hoofdinspecteur legde een stapel papieren voor zich en begon: 'Je eerste internationale missie was in 1993 bij de Deense stafcompagnie in Kiseljak in Bosnië. Wat voor indruk heeft dat op je gemaakt, kun je daar iets over vertellen?'

'Indruk?'

'Ja, wat maakten jullie mee, wat gebeurde er in het gebied en wat voor gedachten kreeg je daardoor?'

'Ben jij ooit in een oorlogsgebied geweest? Nee, dat ben je niet. Anders zou je niet zo'n idiote vraag stellen.'

Hij boog zich naar voren en hield Grubes blik vast. Hij was onmiddellijk geïrriteerd omdat hij zijn zelfbeheersing was kwijtgeraakt, maar... er was iets in de toon, in de inleiding, wat niet veel goeds beloofde. En nu wilden ze dus heel algemeen beginnen door te vragen of de oorlog 'indruk' op hem had gemaakt. Wat een ongelofelijke idioten.

'Wil je me verontschuldigen voor mijn ontbrekende oorlogservaring en mijn vraag beantwoorden?'

Grubes sarcasme toonde aan dat de handschoenen uit waren, maar hij kon in zo weinig tijd onmogelijk een verstandig antwoord geven. Hij wist niet eens of hij voldoende genuanceerde verwoordingen kon opdiepen uit een woordenschat die zo'n drie jaar lang niet was gebruikt. Maakte oorlog indruk? De vraag was onacceptabel.

'Luister... Gedachten? Brengt het gedachten op gang? Ja, natuurlijk gebeurt dat. Dat oorlog gruwelijk is. Dat verbrand mensenvlees stinkt. Dat leerde ik de derde dag als jonge vent. Het stinkt ook als de lijken in de zomerwarmte opzwellen en liggen te rotten. Dat stinkt ongelooflijk. Dan is er een gedachte... Ik was er nauwelijks veertien dagen toen we door een klein gehucht reden waar een rij afgehakte hoofden op palen in een greppel gestoken waren. Hoe kan zoiets géén indruk maken?'

'De gewelddadige gebeurtenissen, wreedheden, slachtoffers... Kreeg je langzamerhand een afkeer van dat alles? Ik kan me voorstellen dat je een enorm gevoel van machteloosheid had.'

Hij keek vragend naar Grubes chef om begrip te krijgen voor het feit dat hij niet anders kon dan woedend worden over het niveau van het verhoor. Vester reageerde niet. Hij haalde diep adem: 'Luister, ik ken geen soldaten die géén afkeer van de oorlog hebben. Wat stel je je voor? Gejuich?'

'Er kunnen misschien nuanceverschillen zijn,' zei Grube.

'Het werk van een bakker is brood bakken. Het werk van een politieagent is criminaliteit bestrijden. Het werk van een soldaat is de oorlog in trekken. In principe is het een baan. Als soldaten op een missie zijn, hebben ze een duidelijk gedefinieerde taak. Groot of klein. Verafschuw jij criminaliteit? Voel je je machteloos? Of doe je je werk op een professionele manier? Waar wil je verdomme heen, Grube?'

Hij had al heel lang niet meer zoveel woorden in één keer gezegd, maar de woorden vonden hun weg min of meer vanzelf.

'Ik beschouw dat als een bevestiging dat je eerste missie je geraakt heeft en gedachten op gang heeft gebracht, maar dat een taak een taak is. Als beroeps.'

'Dat klopt. Je moet hoogbegaafd zijn.'

'Maar als het geen machteloosheid was en je geen moeite had met de oorlog, Oxen, waarom wilde je EU-ambassadeur Hans-Otto Corfitzen dan aanvallen toen hij samen met andere EU-vertegenwoordigers een bezoek aan het kamp in Kiseljak bracht? Je collega's hebben voorkomen dat je je op Corfitzen stortte.'

De onderzoekende blikken van Grube en Vester rustten op hem. Het kwartje viel met veel kabaal. Hierin hadden ze zich dus vastgebeten, al die politiemensen. En daarom had het hoofd van de PET hem ervan beschuldigd dat hij loog.

Hij dacht een moment na in een poging zich alles te herinneren. Het was zo enorm lang geleden. Hij was nog maar een jonge vent geweest. Hij had nooit echt gelet op de naam van de man, alleen op zijn functie: EU-ambassadeur.

Hij had het niet kunnen verdragen dat er weer een van die verdomde idioten op bezoek kwam, bij de echte oorlog op de Balkan waar de EU zich in werkelijkheid helemaal niet voor interesseerde. En bovendien was hij dronken geweest. Niet als hij dienst had natuurlijk, maar als belangstellende die in zijn vrije tijd aanwezig was om de horden diplomaten en andere hooggeplaatste mensen zich een weg te zien banen naar de een of andere bijeenkomst. En hij had niet eens geweten dat het een Déénse diplomaat was die hij had uitgescholden. Hij was gewoon het dichtstbij geweest toen hij naar voren probeerde te dringen om zijn dronken punt heel duidelijk te maken aan die EU-idioten.

Het was geëindigd in een gevecht, dat kon hij zich nog vaag herinneren. De zaak werd in de doofpot gestopt en hij was er vanaf gekomen met een milde disciplinaire straf.

Door de afgehakte hoofden op de palen had hij die dag meer dan één biertje te veel gedronken. Toen hun konvooi op de terugweg opnieuw door het kleine gehucht reed, had hij gezien hoe een oud moedertje een van de hoofden van een paal haalde.

Op het moment dat ze langzaam passeerden had de oude vrouw naar hem gestaard met een moedeloze uitdrukking op haar gerimpelde gezicht, terwijl ze met het hoofd in haar handen stond. Het was het hoofd van een man van middelbare leeftijd, met opengesperde ogen. Sindsdien overtuigde hij zichzelf ervan dat het haar zoon was geweest.

De oude vrouw keek naar het hoofd, dat vol geronnen, bruin bloed zat, en daarna naar hem, de vreemde soldaat die langsreed in de rij militaire voertuigen. Hij had zich omgedraaid en had zolang hij haar kon zien naar het oude moedertje gekeken. Het laatste wat hij zag was dat ze het hoofd voorzichtig in haar boodschappentas stopte. Twee dagen later kwam het hele diplomatieke circus langs.

Corfitzen? Hans-Otto Corfitzen, EU-ambassadeur. Ja, nu hij het hele verband zag, kon hij zich de naam vaag herinneren.

Het oude moedertje met het hoofd was sindsdien een van De Zeven geweest. Corfitzen was hij vergeten.

Misschien had hij er heel even afwezig uitgezien. In elk geval zei Grube: 'Ik heb het hier zwart-op-wit. Je riep onder andere "moordenaar" naar Corfitzen. En je riep: "De EU is schuldig aan volkerenmoord, smerige klootzak." Gisteren heb je meerdere keren ontkend dat je Corfitzen kende. Hoe kan dat, Oxen?'

Het oude moedertje met het hoofd was – chronologisch gezien – de allereerste van De Zeven. De koeienman was nummer twee in het kleine exclusieve gezelschap dat hij gedurende zijn lange militaire carrière bijeen had gebracht en waar hij blijkbaar nooit meer vanaf zou komen.

'Verdomme... En jij denkt dat ik heb gelogen over Corfitzen? Bewust heb gelogen? Dat heb ik niet. Het is jaren geleden. Ik kon me de naam in dat verband niet herinneren. De naam betekende destijds niets voor me. Ik was bovendien dronken. Staat er nergens dat ik dronken was? Voor mij was hij een diplomaat van de EU. Ik herinner me de gebeurtenis alleen heel vaag en ik herinner me de naam Corfitzen niet.'

'Is het niet opvallend dat je je zo blameert en daarvoor een disciplinaire straf krijgt, en dat je ons dan wilt wijsmaken dat de naam Corfitzen je helemaal niets zegt?' vroeg commissaris Torsten Vester, die voor de eerste keer het woord nam.

'Ik heb jullie net verteld hoe dat komt. Je kunt het geloven of niet.'

'Een EU-afgezant uitschelden en hem verwijten dat hij schuldig is aan slachtpartijen was niet de juiste manier om uiting te geven aan je afschuw en machteloosheid over de oorlog. Als je maar begrijpt waar ik naartoe wil,' zei Grube.

'De hoofden op de palen hadden indruk op me gemaakt. Dat was twee dagen eerder gebeurd. Je vraag had preciezer kunnen zijn.'

De commissaris koos ervoor om hem te negeren en bladerde in plaats daarvan in zijn papieren. Plotseling besefte hij wat een idiote tijdverspilling dit was. En hoe verkeerd de onderzoekers bezig waren in hun jacht op de daders.

'En nu zijn jullie tevreden omdat jullie denken dat jullie me op een leugen betrapt hebben. En zelfs als jullie dat gedaan hebben, dan is het verdomme nog geen motief voor doodslag dat ik in 1993 Corfitzen uit woede en omdat ik dronken was wilde aanvallen. Op de Balkan. Zijn jullie knettergek?!'

Vester knikte naar Grube, die onaangedaan verderging: 'Laten we kalm blijven. Ik wil graag een sprong maken naar je tweede internationale missie, Oxen. Die was in 1995 en vond ook in de Balkan plaats. Ik wil het graag over 4 augustus hebben. Wat gebeurde er die dag?'

'Dat weet je allang. Waarom vraag je het dan?'

'We willen jouw verhaal graag horen,' antwoordde Grube.

'Dat is tijdverspilling.'

'Dat bepaal ik.'

'Ik herhaal dat jullie je tijd verspillen.'

'4 augustus is de dag van het grote tegenoffensief van de Kroaten tegen de Serven in Krajina, Operation Storm. Of Operation Oluja, zoals de Kroaten het noemden. Waar bevond jij je die dag?'

'Dat is volstrekt irrelevant! En ik wil niet langer meewerken. Stel me in staat van beschuldiging en verhoor me, of breng me terug.'

Torsten Vester wreef over zijn gezicht en zuchtte. 'Het zou allemaal veel sneller gaan als je wat meer bereid was tot samenwerking, Oxen,' zei hij.

'Dit is de tweede keer dat ik hier ben. Helemaal vrijwillig. Hoe noem je dat?'

'Maar je wilt geen antwoord geven op onze vragen.'

'*Come on.* Het is absurd om te vragen hoeveel indruk de oorlog op me heeft gemaakt. Jullie hebben mijn dossier allang van de psychiater gestolen. En nu willen jullie dat ik vertel over Operation Oluja? Zijn jullie krankzinnig? Het is een lang verhaal dat vele jaren beslaat. En jullie kennen het verhaal al. Er is trouwens geen enkel verband tussen 4 augustus 1995 en Corfitzen en Nørlund Slot. Mijn geduld is op. Corfitzen kan me geen donder schelen. En jullie kunnen me ook geen donder schelen. Ik ben er klaar mee!'

Hoofdinspecteur Grube knikte nadenkend en keek naar zijn chef. Daarna stond hij langzaam op.

'Wil je ons één moment verontschuldigen?'

Hij leunde woedend achterover op zijn stoel. Hij kon zich niet herinneren wanneer hij voor het laatst zo woedend was geweest omdat hij altijd geprobeerd had de woede te onderdrukken. Maar nu hadden ze alles naar boven gehaald en hadden ze op de ergste knop van allemaal gedrukt.

Als die idioten eens wisten hoeveel 4 augustus 1995 daadwerkelijk voor hem betekende.

Duizenden en nog eens duizenden keren had hij de beelden van die ochtend voor zich gezien, van het moment bij de Sisak-crossing bij Karlovac. Als hij in de jaren daarna nadacht over de reden waarom alles in zijn leven verkeerd was gegaan, wees alles terug naar die ochtend van de vierde augustus.

De deur ging open en de twee politiemannen kwamen binnen en gingen weer aan de tafel zitten.

'Met jouw toestemming willen we graag doorgaan. We zullen proberen je zo duidelijk mogelijk te maken waarom we teruggaan naar 4 augustus 1995. Ben je het daarmee eens?' vroeg Rasmus Grube hem.

Hij aarzelde en knikte daarna kort. De hoofdinspecteur ging verder: 'Dank je. Ik zal het uitleggen. Ik wil je vragen waar je op 12 mei was. Deze maand dus.'

De vraag overviel hem. Ze hadden 1995 achter zich gelaten en hadden binnen een paar minuten een sprong naar het heden gemaakt. Dat vond hij net zo raadselachtig. Bovendien kon hij geen exact antwoord op die vraag geven.

'Ik ben op 1 mei samen met mijn hond in Skørping gearriveerd en sindsdien zijn mijn dagen grotendeels hetzelfde geweest. Ik heb gevist en gejaagd. Dus... de twaalfde? Ik kan alleen zeggen dat ik in het rivierdal was. Waar anders? Waarom vragen jullie dat?'

'Het kostte je opvallend veel tijd om je iets over de naam Corfitzen te herinneren. Hoe zit het met Bergsøe, zegt die naam je iets? Mogens Bergsøe, advocaat.'

'Natuurlijk weet ik wie hij is. Dat is logisch.'

'Verklaar je nader.'

Hij voelde zijn woede onmiddellijk weer oplaaien door dit heen en weer springen in de tijd. Ze hadden net het centrale hoofdstuk in zijn leven verlaten en nu waren ze weer terug. En hij was nog steeds niets wijzer.

'Wat is de relevantie?'

'Dat komt zodra je antwoord gegeven hebt.'

'Oké, Mogens Bergsøe was voorzitter van de onderzoekscommissie die is benoemd om de omstandigheden die hebben geleid tot de dood van mijn collega Bo Hansen op 4 augustus 1995 te onderzoeken. Dat weten jullie verdomme heel goed... En ik weet ook dat hij voorzitter van de Wamberg-commissie is.'

'Collega? Dat is toch een understatement? Bosse was je beste vriend, nietwaar?'

Hij gaf geen antwoord, beet op zijn tanden en knikte alleen.

'En we weten wat het resultaat van het werk van die commissie was. Ik denk dat ik wel kan raden hoe je over Mogens Bergsøe denkt. Maar ik wil het graag uit jouw mond horen, Oxen.'

'Dat is overbodig. Je bent tenslotte helderziend.'

De commissaris schudde zijn hoofd.

'Goed. Ik ben misschien niet helemaal eerlijk geweest. Hier zijn kopieën van de brieven die je geschreven hebt aan Mogens Bergsøe, de bevelhebber en een paar andere militaire leiders, en aan diverse politici. Zowel om de commissie te laten benoemen, commentaar te geven op haar werk en uiteindelijk te klagen over het resultaat. Een niet-aflatende stroom brieven van jouw hand, Oxen. Bergsøe heeft je brieven doorgestuurd naar het Operatieve Leger Commando.'

Hoofdinspecteur Grube hield een paar vellen papier omhoog en ging verder. 'Hierin beschuldig je hem ervan dat hij omgekocht is en indirect bedreig je hem. Klopt dat?'

'Zo kan het misschien opgevat worden. Ik was geïrriteerd en boos. Zoveel jaar vergeefs werk... Maar nu moet je verdorie...'

Grube hief zijn hand om hem te onderbreken. 'Mogens Bergsøe is op 12 mei overleden. Hij is verdronken in een van de meren bij Silkeborg. De PET vermoedt dat hij vermoord is.'

'Dat wist ik niet. Ik wist niet dat die idioot dood is. Waar wil je naartoe, Grube, smerige schoft? Dat ik Bergsøe ook doodgeslagen heb? Zoals ik Corfitzen doodgeslagen heb? Omdat ik ze niet kon uitstaan? Wil je die kant uit? Gebruik je tijd toch in godsnaam voor iets anders, dan zal ik...'

'Bergsøes hond is opgehangen. Aan een touw aan een boom in zijn tuin, Oxen. Begrijp je?'

De hoofdinspecteur had het laatste zo ongeveer geroepen. Zijn gezicht was rood.

'Opgehangen? Dat is verdomme...' Plotseling zag hij het verband. De hele weg van de oorlog in de Balkan naar deze seconde. Er kwam een vreemde rust over hem. Hij boog zich naar voren en keek Grube en diens chef beurtelings strak aan.

'Oké, twee slachtoffers met wie ik in aanraking geweest ben en aan wie ik een hekel had. Tel daar de twee opgehangen honden bij op... Ik snap jullie punt. Daar hebben jullie lang over gedaan. Maar jullie hebben niet genoeg, anders hadden jullie me in staat van beschuldiging gesteld. Jullie weten dat jullie niet genoeg hebben. Jullie hebben mijn DNA en mijn vingerafdrukken, maar die komen niet voor in Corfitzens kantoor en ook niet in Bergsøes huis of op een andere plek. Ik was op 12 mei in Rold Skov. Begrijp dat toch.'

Hij schudde zijn hoofd en ging verder. 'Corfitzen kende ik helemaal niet. Bergsøe wel, maar een moord? Nee. En hoezeer jullie ook geloven dat ik een krankzinnige oorlogsveteraan met een posttraumatisch stresssyndroom of een andere psychische stoornis ben, toch is er maar één antwoord: het is wishful thinking van jullie kant. En nu wil ik graag teruggebracht worden.'

Hij was helemaal kapot van al het praten en alle woede. Hij had nog maar een paar minuten alleen in de verhoorkamer gezeten toen de chef van de PET, Axel Mossman, zijn hoofd naar binnen stak. De grote man knikte discreet naar de videocamera aan het plafond en gebaarde dat hij naar de gang moest komen.

Het verhoor was afgelopen toen hij had gevraagd om in staat van beschuldiging gesteld te worden óf naar het bos teruggebracht te worden. Zonder verder commentaar verlieten Grube en Vester de kamer nadat ze hem hadden beloofd dat ze voor transport zouden zorgen. Geen helikopter deze keer, maar ze zouden hem zo ver als mogelijk was over de smalle paden het bos in rijden.

Mossman keek naar beide kanten. Blijkbaar trok hij zich niets aan van de drukte in de lange gang, want hij wees naar de grote vergaderzaal en liep voor hem uit. Ze gingen naar binnen en Mossman kwam meteen ter zake. 'Heb je over mijn aanbod nagedacht, Oxen?'

'Er is niets veranderd. Ik wil gewoon rust hebben.'

'Je vergist je. Er is wel degelijk iets veranderd. Je zit nu in moeilijkheden.'

'Als ik in moeilijkheden zat, konden ze me gewoon aanhouden. Je hebt het verhoor beslist gezien of gehoord. Ze hebben niets anders dan een beetje oude rancune en twee opgehangen honden. Dat is belachelijk.'

'Maar op het moment dat ze meer hebben, word je opgepakt.'

'Ze krijgen niet meer, want er is niet meer. En nu wil ik graag terug. Ik heb beloofd om in de verhoorkamer te blijven tot er een chauffeur komt.'

'Luister goed naar me, Oxen. Natuurlijk heb je het niet gedaan. Daarvan ben ik overtuigd. Een man met jouw kwaliteiten? Natuurlijk niet. Maar het is hoofdinspecteur Grube gelukt om aan te tonen dat je je zelfbeheersing verliest als het gesprek over gebeurtenissen tijdens het Kroatische offensief gaat. We hebben allemaal een beeld van "een man met een missie". En we weten allemaal dat die missie een obsessie kan worden en de man in zijn macht kan krijgen. Nietwaar?'

'De bataljonsleiding wist dat de Kroaten in aantocht waren. Het was een rechtvaardige zaak! Niets meer of minder. Als je ergens in gelooft, dan moet je ervoor vechten.'

'Dat is waar. In een ideale wereld, Oxen. Maar daar bevinden we ons niet in. De politie staat onder grote druk en je kunt nog steeds moeilijkheden krijgen. Denk nog een keer over mijn aanbod na. Als je vragen hebt, kun je me nog een dag in hotel Hvide Hus vinden. Ik kan iemand zoals jij heel goed gebruiken.'

De bramenstruiken verhieven zich als een muur voor hem. Hij moest een heel eind in noordelijke richting lopen om een natuurlijke opening in de prikkende schans te vinden.

Hij stopte boven op een heuvel, op het punt waar het landschap sterk begon te dalen. Hiervandaan kon hij een flink stuk van het dal zien. De groene strook wilgen golfde synchroon met de Lindenborg Å.

Hij was niet thuis. Hij wist niet langer waar thuis was. Maar hij voelde de blijdschap van de herkenning. En hij keek uit naar het warme onthaal van Mr. White.

Een politieagent had opdracht gekregen om hem naar huis te rijden. Ze hadden onderweg niet met elkaar gepraat. Hij was via de kleine grindweggetjes in Vesterskov zo dicht mogelijk naar het rivierdal gereden. De rest van de reis moest hij te voet afleggen.

Toen hij een tijdje later de rivier overstak en op de oever aan zijn kant van het dal klom, bedacht hij dat hij misschien tot ergens in oktober kon blijven als het weer goed bleef.

Hij kon zijn gecamoufleerde kamp nog niet zien maar zo meteen, als hij de oude, kromme eik aan zijn rechterhand had, was hij 'thuis'. Hij volgde het smalle pad dat hij zelf had getrapt. Tien meter, negen, acht, zeven, zes... nu zag hij de kruin van de eik... vijf meter, vier en daarna de verhoging op. Zo meteen was...

Hij bleef abrupt staan. Verstarde midden in een grote pas.

Als verlamd schudde hij zijn hoofd om beter te kunnen zien. Aan een van de onderste, stevige takken van de eik hing iets wits. Iets groots en wits...

Hij stormde door het hoge gras en liet zich op zijn knieën vallen. Verborg zijn gezicht achter zijn handen en staarde even later wanhopig naar boven. Hij liet zich slap voorovervallen en bleef op zijn buik met zijn gezicht op de grond liggen.

Drie tot vier meter boven hem hing Mr. White levenloos aan het eind van een touw.

# 24

De uil huilde vlak voordat hij schreeuwde.

Vervolgens zweeg hij. Alles zweeg in de compacte duisternis die het rivierdal omringde. Hij schreeuwde nog een keer. Langgerekt en vol pijn, als een gewond dier zonder zijn kudde. Daarna viel hij neer bij de omgevallen boomstam.

Hij keek naar het zwarte hemelgewelf toen hij met moeite met zijn rug tegen de stam was gaan zitten. Met een paar grote slokken dronk hij de laatste whisky, en hoewel de fles leeg was hield hij hem krampachtig vast terwijl hij met een ontbloot bovenlichaam op handen en knieën door het gras naar het dekzeil terugkroop.

Hij probeerde te gaan staan om naar het kleine kampvuur aan het open eind van zijn kamp te wankelen, maar verloor zijn evenwicht en sloeg hard tegen de grond naast zijn slaapplaats.

Boven op de slaapzak lagen nog drie joints op een rij. Hij had er vijf gerold van de zo langzamerhand schaarse voorraad wiet. Hij pakte er een. Het was alsof al zijn bewegingen en observaties plaatsvonden aan het eind van een lange buis waar hij doorheen probeerde te kijken. En het was alsof hij uit zijn eigen lichaam was getreden en beneveld zijn handelingen en zijn redenen om te bewegen probeerde te ontcijferen.

Met moeite stak hij nummer drie op en met de joint in zijn mondhoek kroop hij naar het vuur en ging daar zitten. Hij inhaleerde diep en hield zijn adem in om een zo groot mogelijk effect te krijgen. De omgeving draaide om hem heen, en de snelheid verminderde alleen bij vlagen, zodat hij een vermoeden kreeg van waar hij was en waar hij mee bezig was.

De vlammen staarden naar hem. Of misschien was het andersom. Of misschien was het wederzijds. In het vuur zag hij zijn vader en moeder. En degenen die daarvoor en daarvoor en daarvoor en daarvoor en daarvoor waren gekomen... Hij zag de lange slagschaduwen op de wanden van de grot en de gedaantes die vellen droegen. Hij zag uit leem opgetrokken wanden en aarden vloeren, hij zag mensen bouwen, hoger en hoger, mooier en mooier, hij hoorde het geklepper van paardenhoeven en zag de golvende manen, en hij zag hoe hetzelfde volk sloopte en verbrandde.

Daarna traden De Zeven langzaam uit de vlammen.

Hij schoot de peuk van de laatste joint weg en keek ze een voor een in de ogen.

De eerste was het oude moedertje met het hoofd. Daarna kwam de koeienman in de ijskoude mist. Zijn tandstompjes lichtten op in de vlammen. Na hem trokken de andere vijf van het gezelschap een voor een voorbij. Van links naar rechts. En toen waren ze weg.

Ze verdwenen allemaal net zo geluidloos als ze uit het vuur waren gestapt en deden hem niets. Hij constateerde alleen hun aanwezigheid aan het eind van de lange buis. Die waardoor hij zichzelf zag. Ver weg. Uiteindelijk waren er alleen vlammen.

Hij stak zijn rechterhand automatisch uit en streek door Mr. Whites zachte vacht. Hij had die zo mooi mogelijk gemaakt. Zijn trouwste makker warmde zich bij het vuur. Verzamelde kracht voor zijn laatste reis.

Mr. White vond het heerlijk om achter zijn oren gekrabd te worden. Vooral het rechter, dus hij krabde voorzichtig. Mr. White vond het ook heerlijk om over zijn rug gestreeld te worden, dus streelde en streelde hij.

Zo bleef hij een hele tijd zitten. Daarna pakte hij zijn mes en hield die in het vuur. Hij duwde het scherpe lemmet hard tegen zijn linkerbovenarm, vlak onder de andere littekens.

Daarna trok hij het mes heel langzaam naar zich toe. Er bleef een lange, rechte streep in zijn huid achter. Het bloed drong langzaam naar de oppervlakte en begon tevoorschijn te komen. Het trok ongelijke sporen over zijn arm naar beneden toen de druppels te groot werden om te blijven hangen.

Gelukkig voelde hij de pijn van de snede in zijn vlees. In die pijn vond hij rust. En ondanks de alcohol en wiet had de pijn een reinigend effect terwijl de vlammen een gordijn op de achtergrond vormden. Misschien omdat de pijn hem vertrouwd was.

Hij bleef roerloos zitten en staarde naar de druppels toen die begonnen te stromen. Met elke kleine druppel die in pijn was geboren, werd de druk in zijn hoofd minder.

Daarna hief hij het mes en duwde het lemmet opnieuw hard tegen zijn huid. De snee was parallel aan de eerste.

Toen hij zo een tijd had gezeten en zijn arm met afwezige nieuwsgierigheid had bekeken en verlichting had gevoeld, herhaalde hij het ritueel voor de derde en laatste keer.

Het bloed stroomde van zijn bovenarm. De drie sneden waren allang één geworden. Het bloed drupte van zijn elleboog. Zijn onderarm zat onder het bloed.

De uitwendige pijn maakte de weg vrij voor de inwendige pijn, zodat die aan de gevangenschap kon ontsnappen en kon oplossen in de nacht.

Hij deed zijn ogen dicht.

Hij voelde zich licht. En hij voelde de rust.

Hij schoof dichter naar zijn makker toe, liet zich vooroververvallen, sloeg een bloederige arm rond zijn nek en begroef zijn gezicht in de mooie witte vacht.

Zo viel hij in een diepe slaap.

# 25

De automobilisten die in noordelijke richting naar Støvring en Aalborg reden, sloegen geen acht op de gedaante die met zijn duim omhoog langs de kant van de weg liep.

Lifters hadden het niet gemakkelijk op de Deense wegen, wat vooral gold voor een armoedige man zoals degene die deze ochtend langs provinciale weg 180 door Rold Skov liep.

Na twintig minuten lopen verscheen de barmhartige Samaritaan in de gedaante van een jonge administratief medewerkster uit Ravnkilde. Ze werkte parttime en begon laat op haar werk in Aalborg. De man met de paardenstaart glimlachte toen ze langs de kant stopte en vroeg waar hij naartoe moest. 'Aalborg,' antwoordde hij zachtjes.

Je mag mensen niet beoordelen op hun uiterlijk of hun kleding. Zelfs de besten kunnen in het leven onverhoeds in moeilijkheden raken. Zelfs de sterksten kunnen uit koers raken. Dat was haar mening nu eenmaal. En ondanks de scherpe lucht die de laatste 30 kilometer naar Aalborg in de auto hing, zag de vrouw geen reden om haar standpunt te wijzigen.

De zwijgende man, die beslist goede redenen had om zo zwijgzaam te zijn, bedankte haar vriendelijk en glimlachte naar haar toen ze hem in het centrum bij het station afzette.

Hij kende de stad als zijn eigen broekzak na al die jaren op de vliegbasis. Hij hoefde alleen door de tunnel en het Kildepark te lopen om bij het hotel te komen.

De beslissing was eenvoudig geweest. Die was vanzelf genomen nadat hij was opgestaan en anderhalve liter water met een theelepel zout en drie koppen koffie had gedronken in een poging zijn kater te overwinnen.

Het eerste wat hij deed toen hij weer samenhangend kon denken, was Mr. White begraven. Hij legde hem te ruste aan de voet van een steile helling bij het kamp. Die lag op het zuiden, dus het was een goede, zonnige plek om begraven te liggen.

Boven op het graf maakte hij een klein baken. Als er iemand langskwam, zou diegene zich verbazen. En als hij zelf op een mooie dag terugkwam om bij Mr. White op bezoek te gaan, dan wist hij zeker dat hij de plek kon vinden.

Op dit moment had hij geen idee wat de komende tijd zou brengen. Hij had het kamp niet afgebroken en had zijn spullen gewoon laten liggen.

Hij liep de lobby van hotel Hvide Hus binnen en vroeg bij de marmeren receptie naar Axel Mossmans kamernummer. De vrouw achter de balie keek sceptisch en belde. Pas daarna kreeg hij toestemming om door te lopen.

Hij had nog maar één keer op de deur van kamer 418 geklopt toen die al werd geopend door de chef van de PET, die zich zo te zien klaarmaakte voor vertrek. Mossman glimlachte breed.

'Well, Oxen, je bent uiteindelijk toch gekomen. Kom binnen.'

Op dat moment kwam Martin Rytter uit de naastgelegen kamer. Mossman had zijn operationele chef natuurlijk verteld dat er een gast onderweg naar boven was.

'Hallo, Oxen,' zei Rytter terwijl hij hem een hand gaf.

Ze gingen de kamer in, waar Axel Mossman hem vroeg om bij de kleine tafel te gaan zitten. Hij bleef zelf midden in de kamer staan.

'Ze hebben mijn hond opgehangen,' zei hij.

Mossman keek hem vragend aan en hij ging verder. 'Ze hebben mijn hond opgehangen. In een boom vlak bij mijn kamp. Hij hing daar toen ik gisteren terugkwam van het politiebureau.'

Mossman was nog steeds niet gaan zitten. Hij riep: 'Kom me hier niet vertellen dat je de samojeed hebt opgehangen om de aandacht van jezelf af te leiden, Oxen. Dat kun je toch niet menen?'

Hij reageerde instinctief toen hij zich omdraaide en zijn vuist met een enorme kracht tegen Mossmans kaak plantte. Door de klap wankelde de reus naar achteren, struikelde over een staande lamp en belandde met een klap op de vloer.

Rytter stond in een fractie van een seconde naast hem, behendig en vastbesloten. Hij pareerde Rytters klap met zijn linkeronderarm en bleef om zijn as draaien. De beweging was instinctief en was tot in het oneindige gerepeteerd tijdens alle jaren kata's oefenen voor de Shokotan-examens op weg naar de zwarte band tiende dan. Toen hij zijn draai had voltooid ramde hij zijn elleboog hard in de nieren van Rytter, die uit balans was.

Op het moment dat de operationele chef in elkaar zakte, stak hij twee vingers in zijn hals en pakte een van zijn nekspieren stevig vast. Op die manier hield hij de schreeuwende Rytter met een gestrekte arm overeind.

'Zo is het genoeg, Oxen. Laat hem los! En blijf doodstil staan!'

Hij draaide zich langzaam om en keek in de loop van een pistool. De assistent, Margrethe Franck, was haar bazen te hulp geschoten. Ze zag eruit alsof ze een vastbesloten vrouw was. De zilveren slang in haar linkeroor kon hem elk moment bijten.

Hij liet Rytters hals los en de operationele chef zakte op zijn knieën terwijl hij hard kreunde en over de zijkant van zijn hals wreef.

Pas nu was Goliath in staat om zich op zijn rechterkant te draaien, nadat hij de staande lamp uit kwaadheid dwars door de kamer had gesmeten.

'Oxen! Daar zul je verdomme spijt van krijgen!' Mossman zwaaide dreigend met een reuzenvuist.

'Misschien moeten we allemaal een keer diep ademhalen,' zei Margrethe Franck terwijl ze haar wapen liet zakken.

'Ik ben weg.'

Hij draaide zich om en duwde Franck opzij zodat hij de kamer uit kon lopen.

'Ho, wacht, Oxen. Wacht even, kerel.'

Mossman was verrassend snel bij hem en pakte zijn schouder vast. Hij wilde de arm van de oudere man net uit de kom draaien, toen Mossman riep: 'Het spijt me! Dat was een volkomen ongepaste opmerking. Ik heb me vergaloppeerd. Accepteer alsjeblieft mijn verontschuldiging.'

Mossman stak zijn hand uit. Hij pakte hem niet aan maar bleef staan. Mossman spreidde zijn armen en zuchtte. 'Kunnen we niet opnieuw beginnen? Laten we gaan zitten.'

Martin Rytter stond op, maar wreef nog steeds over zijn hals. Hij trok een stoel naar achteren en ging zitten, maar had duidelijk moeite om een passend gezicht te trekken. Margrethe Franck legde haar pistool op het bureau en ging op de kleine bank naast Mossman zitten.

Hij dacht nog even over de situatie na en koos ervoor om op de leunstoel naast Rytter te gaan zitten.

'Well,' verzuchtte Mossman. 'Na dit kleine... intermezzo... zijn we klaar voor een kalm gesprek. Oxen, ik ga ervan uit dat je mijn aanbod serieus overweegt omdat je hiernaartoe bent gekomen.'

Hij knikte.

'Is dat vanwege de hond?' vroeg Mossman.

Hij haalde zijn schouders op.

'Ik weet niet goed wat ik moet doen. Of waar ik naartoe moet.'

'Heb je geen vaste verblijfplaats?' vroeg Rytter.

Hij schudde zijn hoofd. Margrethe Franck keek naar hem en vroeg: 'Je laatst bekende adres was een huurkamer op Amager. Waar heb je na die tijd gewoond?'

'In een kelder in de wijk Noordwest. In de Rentemestervej.'

'Je krijgt geen uitkering. Je staat nergens geregistreerd. Alle verzoeken om inlichtingen blijven onbeantwoord. Waarom?'

Margrethe Franck had duidelijk in zijn leven gegraven.

'Ik vraag nergens om. Ik wil gewoon met rust gelaten worden.'

Mossman bromde iets onverstaanbaars en nam het woord. '*Down to business*... De PET kan je gebruiken. Ik zal je de situatie in het kort schetsen. Dan kun je daarna een definitieve beslissing nemen.'

Hij knikte. Mossman keek in zijn ogen.

'Voordat je in het hotel verscheen hoopte ik dat je een soort joker in ons onderzoek zou kunnen zijn. Nu weet ik dat zeker. Heb je eraan gedacht dat een opgehangen hond een voorbode is? En dat de eigenaars van de honden in de twee voorgaande gevallen slecht aan hun einde gekomen zijn? Heb je daaraan gedacht?'

'Natuurlijk heb ik daaraan gedacht, maar het slaat nergens op. Ik ben niet betrokken bij die twee zaken. Ik ben gewoon met de trein in Skørping aangekomen en ben het bos in getrokken.'

Mossman knikte nadenkend en ging verder. 'We laten alle theorieën voor wat ze zijn. Mijn punt is alleen dat je nu actief betrokken bent bij de Corfitzen-zaak zonder dat we weten waarom. En als je een deel van de Corfitzen-zaak bent, dan ben je ook – eveneens volkomen onwetend – een deel van de Bergsøe-zaak. Daarom kan ik je vandaag nog beter gebruiken dan gisteren.'

Op het gezicht van de operationele chef zag hij niet dezelfde overtuiging. En assistent Franck keek ook sceptisch. Mossman legde het uit. 'Jij moet daarbuiten onze ogen en oren zijn, Oxen. Jij doet datgene wat agenten officieel niet kunnen doen. Je gebruikt alle middelen die het doel heiligen: de dader – of daders – vinden. En ik wil onderstrepen dat niet alleen de plaatselijke politie onder druk staat. Daarom grijp ik naar dit... onorthodoxe middel in combinatie met ons verdere onderzoek.'

Het was hem volkomen duidelijk wat de PET-chef van hem vroeg. Namelijk om maling aan de wet te hebben en alles wat een oplossing in de weg stond uit de weg te ruimen.

'En als ik ernstig in de problemen raak terwijl ik daarmee bezig ben?'

'De PET zal te allen tijde ontkennen dat je bij ons betrokken bent. Onofficieel zal ik natuurlijk voor je doen wat ik kan als de pleuris uitbreekt,' antwoordde Mossman zonder aarzelen.

Het was precies hetzelfde als je vermommen om je voor een verkenning in vijandelijk gebied te begeven. Het was de gevaarlijkste rotbaan van allemaal, want de cavalerie kwam nooit om je naar huis te halen als je werd opgepakt. En Mossman en Rytter deden dat ook niet.

'Aan wie breng ik in een dergelijk geval verslag uit?'

Mossman keek naar Rytter en daarna naar Franck. Ze knikte langzaam.

'Je houdt Margrethe Franck op de hoogte. Zij is je back-up. Zij is degene die je helpt met alles wat je wilt weten. Zij is degene die alle praktische zaken regelt. Maar ze is níét degene die je bij het veldwerk helpt. Begrepen?'

Hij was verrast. De vrouw met de intense blik in haar ogen en de blonde stekeltjes met de lange pieken op het voorhoofd was een assistent. Maar misschien was het juist daarom. De PET wilde hem met alle geweld bij hen uit de buurt houden en daar moest Margrethe Franck voor zorgen.

'Oké.' Hij knikte naar haar. 'En als Franck geen optie is, wie dan?'

'Rytter of ondergetekende,' antwoordde Mossman. 'Ik stel voor dat je je basis zo dicht mogelijk bij Nørlund Slot hebt. Misschien in Rold Storkro. Franck huurt daar ook een kamer. Dat gebeurt met ingang van vanmiddag. Is dat goed, Margrethe?'

Ze knikte naar haar chef, maar zag eruit alsof ze een diepe zucht onderdrukte.

'En de betaling?'

'Ik stel me voor dat je een advieshonorarium krijgt. Royaal natuurlijk,' antwoordde Mossman.

'Hoeveel?'

‘100.000 kronen voor een maand. De afspraak kan verlengd worden.’

Vanuit zijn ooghoeken zag hij de opgetrokken wenkbrauwen van de operationele chef. Rytter vond het bedrag misschien verrassend hoog.

Al toen hij de beslissing had genomen om naar de PET-chef in het hotel te gaan, had hij zijn positie bepaald. Hij wilde een bedrag dat in overeenstemming was met de risico’s. Hij had geen rooie cent meer.

Bergsøe was voorzitter van de Wamberg-commissie, Corfitzen was een Deense diplomatieke nestor. Hij zou een mijnenveld binnenstappen, daarvan was hij overtuigd. Het maakte de opdracht tot een bijzonder riskante onderneming.

‘250.000 kronen contant,’ zei hij.

Rytter bewoog onrustig. Franck sloeg haar armen over elkaar. Mossman schraapte zijn keel.

‘Een aanzienlijk bedrag,’ constateerde de PET-chef.

‘Ik ben van mening dat de risico’s groot zijn. De vergoeding moet in overeenstemming zijn met het risico. En geen registraties, geen papieren, geen bonnen.’

‘Je eis weerspiegelt een zeker zelfvertrouwen. Dat stel ik op prijs en dat is waarschijnlijk ook wat ik kan verwachten van een man van jouw kaliber, Oxen. Well, we hebben een afspraak. Vijftig nu en de rest over een maand,’ zei Mossman.

Hij schudde zijn hoofd.

‘*Up front*.’

‘Dat lijkt me niet erg redelijk. In dat geval koop ik iets heel duurs waarvan ik de kwaliteit van tevoren niet ken,’ antwoordde Mossman.

‘Het is niet mijn idee. Dan vergeten we het gewoon.’

Hij maakte aanstalten om op te staan. Mossman stak zijn hand op.

‘Blijf zitten. All right, 250.000 over twee dagen. Zo’n bedrag kan ik niet met een knip van mijn vingers regelen. En nu een voorschot van 5.000 kronen voor de kapper, kleding en diversen. In die uitmonstering kun je niet tussen de mensen opgaan. En de 250.000 is op voorwaarde dat ik onze afspraak met twee weken kan verlengen zonder dat je daar meer geld voor krijgt. Hebben we een deal?’

Hij knikte.

‘Well, ga naar beneden, bestel een maaltijd en een kop koffie en laat de rekening op mijn kamernummer zetten. Wacht in de foyer, dan kom ik zo naar beneden om je over de laatste praktische zaken bij te praten.’

Axel Mossman kwam moeizaam overeind uit de zachte bank om aan te geven dat het gesprek afgelopen was. Ze gingen allemaal staan en gaven elkaar een hand.

'Dan zien we elkaar later, Oxen,' zei Margrethe Franck zonder enthousiasme in haar stem.

Hij knikte opnieuw.

'Jij vindt Oxens prijs veel te hoog,' zei Mossman een paar seconden nadat Niels Oxen de kamerdeur achter zich had dichtgedaan tegen Rytter.

Ze stonden met z'n drieën bij het grote raam en keken uit over het park. De operationele chef was de eerste die commentaar gaf op de afspraak met de oorlogsveteraan.

'Ik vind...' begon Rytter. 'Een kwart miljoen voor iets waarvan we geen idee hebben wat het is. Onder de tafel bovendien. Ik vind, zoals ik eerder gezegd heb, dat het een uiterst twijfelachtige kwestie is om in zee te gaan met een *loose canon* zoals onze getraumatiseerde oorlogsheld.'

'Hij had je hals goed te pakken, nietwaar Martin?' bromde Mossman. 'Is het daarom?'

Rytter schudde zijn hoofd geïrriteerd.

'En jij had een kogel op hem afgevuurd als ik je goed ken, Margrethe,' zei Mossman.

'Maar alleen in zijn dijbeen,' zei ze terwijl ze naar de groene boomkruinen in het park keek.

'Blijf in Oxens geschiedenis graven. Ik wil alles weten wat er over hem te vinden is. Echt alles. En we moeten zo snel mogelijk zijn psychiatrische rapporten in handen krijgen.'

'Dat is onmogelijk.'

'Wat bedoel je?'

'Oxen heeft dat aan hoofdinspecteur Grube geweigerd. Hij wil niet hebben dat we in zijn papieren kijken. En je krijgt op deze basis geen gerechtelijke ontheffing. Jezus, het is niet eens genoeg voor een magere aanklacht.'

Mossman aarzelde even.

'Dan moet je op je eigen manier aan de papieren zien te komen, Margrethe.'

'Ik zal kijken wat ik kan doen. Er is trouwens iets wat ik absoluut niet begrijp.'

'En dat is...'

'Niels Oxen heeft helemaal geen kwaliteiten op onderzoeksgebied.

Hij heeft jaren geleden twee jaar op de Politieacademie gezeten. Hij heeft natuurlijk zijn medailles, maar een gecompliceerd onderzoek uitvoeren is iets heel anders. En dan 250.000 kronen...'

Axel Mossman zweeg een moment. Zijn assistent was het dus eens met Rytter, die hij echter vooraf had ingelicht over zijn idee. Ze waren allebei nog vrij jong. En ze waren veel moralistischer dan hij op hun leeftijd ooit was geweest. Het was echt een maatschappelijk probleem. Jonge mensen hoorden niet moralistisch te zijn. Ze moesten rebels zijn. Leeftijd en moraal moesten recht evenredige grootheden zijn.

'Luister...' Voor één keer zocht hij naar woorden. 'Ik heb sterk het gevoel dat Niels Oxen núttig kan zijn naarmate ons onderzoek vordert en we de twee zaken samen kunnen brengen.'

Langer was de uitleg van de chef niet. Margrethe Franck dacht even na. Daarna zei ze kalm: 'Je bedoelt een nuttige idióót, nietwaar? Waar wil je hem voor gebruiken?'

'We zullen zien.'

Axel Mossman haalde zijn schouders op en begon zijn spullen bij elkaar te zoeken. Ze moesten zo uitchecken. Rytter en hij gingen met het volgende vliegtuig naar Kopenhagen. Zij zou dus blijven.

Twee grote clubsandwiches, twee cola en vier koppen koffie waren het resultaat van de open lunchuitnodiging van de onderzoekschef. Het hotelpersoneel had bijzonder kritisch naar hem gekeken en had naar Mossman gebeld om hem te laten bevestigen dat 'een vreemde' op zijn rekening at. Nu zat hij zoals afgesproken op een bank in het Kildepark en wachtte op de vrijgevige gastheer. Hij was in eerste instantie in de foyer gaan zitten en Axel Mossman was naast hem komen zitten en was de krant gaan lezen.

'In het park, Oxen. Jij gaat er nu naartoe. Ik kom over vijf minuten,' had hij achter de krant gemompeld. Hij was dus naar het park gegaan. Het was nauwelijks meer dan een paar honderd meter van de bank in de foyer naar de parkbank. Even later kwam Mossman naast hem zitten.

'Dat is beter... We moeten zo meteen naar de luchthaven, laten we het kort houden.'

Hij knikte. Hij was helemaal niet van plan om langer dan noodzakelijk met de Politie Inlichtingendienst te maken te hebben.

Mossman keek oplettend om zich heen. Overal speelde het dagelijkse middagleven zich af, zoals dat gebruikelijk is in een park in een land dat op het voorjaar had gewacht.

'Je krijgt het geld binnen twee dagen van Franck.'

'Dank je.'

'En hier is het voorschot van 5.000 kronen.' Mossman gaf hem een stapeltje bankbiljetten. 'En ik heb een aanpassing in de procedure die vertrouwelijk is.'

Hij kneep zijn ogen tot spleetjes en wachtte.

'En met vertrouwelijk bedoel ik dat dit tussen jou en mij blijft.'

Hij knikte.

'Alles waarvan je vermoedt dat het van wezenlijk belang is meld je rechtstreeks aan mij. Niet aan Rytter, niet aan Franck, niet aan iemand anders van de dienst. Alleen aan ondergetekende. Begrepen?'

'Ja.'

'En koop een mobiel, Oxen, en bel me dan op dit nummer.'

Mossman krabbelde het nummer op de achterkant van zijn visitekaartje.

'Hier. Leer het nummer uit je hoofd en vernietig het kaartje. Het is het enige nummer waarvan je zult dromen om het te gebruiken.'

Hij knikte. Mossman had dus zijn eigen agenda. Dat gedrag was karakteristiek voor leidinggevenden en generaals.

'Laten we zeggen dat er twee keer per dag een contactmogelijkheid is. Van 5.00 tot 6.00 uur en van 22.00 tot 23.00 uur.'

'En in een noodsituatie?'

'Die bestaat niet.'

'Oké.'

'En geen namen. Jij identificeert je als "commando".'

'Oké.'

'De normale routinematige verslaggeving gaat via Franck en het systeem. Heb je vragen?'

'Nee.'

'Schitterend. Mijn intuïtie zegt me dat je nog steeds een bepaalde kennis voor jezelf houdt. De reden daarvoor weet ik niet, maar maak gebruik van die kennis. Overtreed alle wetten als dat nodig is. Los de zaken op. Je krijgt er verdomd goed voor betaald, Oxen.'

# 26

Het was avond toen hij op de deur van Margrethe Francks kamer klopte, die naast die van hem lag. Zij was degene die had gevraagd of ze een bespreking moesten houden om het een en ander 'bij elkaar op te tellen en plannen te maken'.

Hij had niets om bij elkaar op te tellen, maar hij had een plan. In hoeverre hij haar daarbij wilde betrekken, had hij nog niet besloten.

Een gedeelte van de dag had hij besteed aan een bezoek aan Anjas Hårcafé in Skørping. Dat vond plaats in opdracht van Mossman, maar was geregeld door Margrethe Franck. Daarvoor had hij op eigen initiatief een uur in zijn kamer in bad gelegen.

Militaire discipline wat betreft persoonlijke hygiëne was een vertrouwde regel die hij jarenlang had nageleefd. Het was alleen iets wat hem langzamerhand steeds minder had kunnen schelen.

Hij liep naar binnen. Margrethe Franck was verdiept in een stapel papieren achter het bureau en deed er lang over om op te kijken. De zilveren slang was uit haar oor verdwenen. Ze had een smalle leesbril op het puntje van haar neus, met een stevig zwart montuur dat in schril contrast stond met haar bleke gezicht en het blonde haar. Maar dat gold ook voor het zwartleren bikerjack dat over de rugleuning hing. *Ebony and ivory...* Hij zocht vergeefs naar de perfecte harmonie want Margrethe Franck zag er geïrriteerd uit, alsof zijn binnenkomst bijzonder storend was.

Daarna bekeek ze hem snel van top tot teen over haar bril heen.

'Een nieuw – en beter – mens?'

Hij droeg een selectie van de spaarzame garderobe die hij in een herenkledingzaak in Støvring op de toonbank had gelegd: een spijkerbroek, een wit T-shirt en een openhangend rood houthakkershemd met zwarte ruiten. Hij was op blote voeten, hoewel hij ook een paar sportschoenen had gekocht. Zijn haar hing nog steeds tot zijn schouders, maar nu in een model van Anja. Kort haar hoorde bij een andere tijdrekening.

'Nauwelijks beter... Zullen we afzien van het gesprek?'

'Waarom?'

'Je ziet eruit alsof je het erg druk hebt.'

'Ik ben klaar,' zei ze en ze schoof de papieren opzij. Hij pakte een krukje en ging zitten.

'Zo, wat wil je weten?' vroeg hij.

'Mossman heeft me gevraagd om je te helpen, dus moet ik iets hebben om mee te werken. Wat is je plan? Heb je een plan?'

'Daar heb ik nog niet veel over na kunnen denken.'

'Dus je weet niet wat je wilt?' Haar toon was afstandelijk.

Pas nu merkte hij dat één pijp van haar gebleekte spijkerbroek vanaf de knie slap en leeg over de rand van de stoel hing. De prothese bij het nachtkastje had een seconde eerder zijn verbazing gewekt.

'Laten we zeggen dat ik nadenk over wat ik wil. Je been... ben je uitgezonden?'

Ze schudde haar hoofd.

'Ik heb nooit een voet in het leger gezet, ook niet toen ik er nog twee had.'

'IED, een bermbom... Ik heb veel van dat soort verwondingen gezien.'

'Dat zal wel. Wil dat zeggen dat je geen opdracht voor me hebt?'

'Er is één ding waarover ik heb nagedacht,' begon hij. Franck kon misschien uitzoeken waarover hij in bad had nagedacht.

Ze keek hem vragend aan.

'De modus operandi,' ging hij verder.

'Modus operandi als in?' Ze keek hem doordringend over haar bril heen aan.

'Als in opgehangen hond. We hebben drie opgehangen honden, van Bergsøe, van Corfitzen en van mij. En twee dode hondeneigenaren, Bergsøe en Corfitzen. Ik denk...'

'Twee dode hondeneigenaren tot nu toe,' onderbrak ze hem.

'Tot nu toe. Ik heb al heel wat overleefd... Ik denk dat het om intimidatie gaat. Dat is de modus operandi: mensen doodsbang maken, ze bedreigen.'

'Waarom bedreigen?'

'Dat is de miljoenenvraag.'

'Je krijgt een kwart miljoen om die te beantwoorden, Oxen. Laten we niet doen alsof. Ik vind het krankzinnig dat je 250.000 kronen krijgt alleen om verdacht te worden of het vermoedelijke volgende slachtoffer te zijn.'

'Het interesseert me niet wat jij vindt, maar het is je goed recht.'

'Ik heb een politieopleiding gedaan, ik ben inspecteur zoals dat ooit heette. Ik ben het gewend om onderzoek te doen. Dat ben jij niet.'

Margrethe Franck zette eindelijk haar bril af. Daardoor voelde hij zich meer op zijn gemak.

'Je hoeft geen politieopleiding te hebben gedaan om te zien dat er iets niet in de haak is. En als ik 250.000 kronen up front krijg voor mijn eerlijke gezicht, dan weet ik héél zeker dat er iets niet in de haak is. Dus pak ik alles wat ik pakken kan omdat ik blijkbaar een groot risico loop,' zei hij.

Ze knikte een paar keer nadenkend en legde haar enige been op het bureau.

'Ik was mee om een vermoedelijke moordenaar aan te houden. Hij verschool zich in zijn auto op een binnenplaats in Sydhavnen. Hij reed recht op me in en verpletterde me tegen een muur toen hij wilde vluchten. Dat is tien jaar geleden. Ze moesten mijn been boven de knie afzetten,' zei ze terwijl ze naar haar been knikte. 'En ik mis het eigenlijk niet. We hadden het over de modus operandi, nietwaar?'

Margrethe Franck blies een van de lange ponylokken voor haar ogen weg.

'Het gaat om intimidatie. Als het zou gaan om een waarschuwing, voordat een doodvonnis wordt voltrokken, dan was Corfitzen niet door een bloedprop op zijn stoel overleden. Dan was hij vermoord op een manier die een duidelijk signaal zou afgeven. Dat is mijn theorie. Wat zegt een onderzóéker daarvan?'

'Ze zegt "oké" en vraagt waarom jíj bedreigd wordt, Niels Oxen.'

Hij haalde zijn schouders op.

'Ik? Geen idee, ik heb gewoon geen idee. Maar er moet een verband zijn, of misschien is er plotseling een verband ontstaan. Ik ben tenslotte op de plaats delict geweest, niet in het kantoor maar in de kasteeltuin.'

'Er moet dus een verband zijn tussen Bergsøe en Corfitzen omdat de honden van beiden opgehangen zijn. Maar welk verband?'

'Hetzelfde antwoord. Geen idee,' zei hij.

'Maar als een opgehangen hond onderdeel is van de modus operandi, moeten alle komende "slachtoffers van bedreiging" in het bezit zijn van een hond. Nietwaar? En we hebben het waarschijnlijk niet over een ruzie om het voorzitterschap van de Deense Kennelclub.'

Haar toon was nog steeds afstandelijk. Als Margrethe Franck al glimlachte, dan hield ze dat goed verborgen. Hij vermoedde dat ze niet glimlachte.

'Ik ga ervan uit dat er zoveel hondeneigenaren in Denemarken zijn dat er sprake kan zijn van een statistische toevalligheid. Dus nummer vier, die na mij geïntimideerd wordt, heeft misschien helemaal geen hond. En misschien is er helemaal geen nummer vier. We wisselen alleen onwetendheden uit,' zei hij.

'Nee, we bespreken de modus, Oxen. En dat is niet oninteressant.'

'Je vroeg me of er iets is wat je kunt doen. Dat is er. Ik vind de modus operandi zo bijzonder dat we verder om ons heen moeten kijken. Hebben anderen hetzelfde meegemaakt?'

'Je hebt gelijk dat die deur in elk geval gesloten moet worden,' zei ze met een knikje. 'Ik geloof niet dat hoofdinspecteur Grube en zijn mensen in die richting gedacht hebben. Maar ik zal er bij hem naar informeren. We zijn tot op zekere hoogte... verplicht... om ons onderzoek via Aalborg te laten lopen. Dat is Mossmans mening.'

'Daar heb ik niets mee te maken. Dat regel jij.'

'Ik dien een verzoek om informatie in bij Interpol. We houden het in eerste instantie op Europa. Verder niets?' Haar blauwe ogen leken zachter zonder de ebbenhouten omlijsting.

'Nee, ik ga morgen naar een paar andere kleine dingetjes kijken.'

'Kleine dingetjes?'

'Ik ga naar Nørlund Slot om een beetje rond te neuzen.'

'Dat is dan afgesproken.'

Margrethe Franck legde zich blijkbaar neer bij zijn gebrek aan mededeelzaamheid.

'Ik wil vroeg naar bed. Tot ziens.'

Hij ging staan en hief een hand bij wijze van groet. Hij wilde de deur net achter zich dichtdoen toen Margrethe Franck vroeg: 'Je hond...'

'Wat is daarmee?'

'Hoe heette hij?'

'Mr. White.'

'Hoe lang heb je hem gehad?'

'Heeft dat hier iets mee te maken?'

'Nee.'

'Drie jaar en vier maanden. Waarom?'

'Zomaar. Tot ziens...'

# 27

Het gevoel om na meer dan drie jaar weer auto te rijden had hem als in een tijdmachine teruggebracht naar de tijd waarin hij een normaal leven met een vrijstaande woning en twee auto's onder de carport leidde. Een voor de man en een voor de vrouw.

Toen hij de korte laan op draaide die naar het kasteel leidde, reed hij zijn eigen oprit op.

Zo meteen zou hij de boodschappentassen naar binnen brengen, Magnus zou hem vrolijk tegemoetkomen en Birgitte zou 'hallo' zeggen zonder zichtbare tekenen van enthousiasme, waarna hij meteen op zoek zou gaan naar indicaties voor het niveau waarop haar stemming zich bevond, terwijl hij zich voorbereidde op het eerste negatieve commentaar dat kon gaan over haar baan of de gekochte aardappelen of iets wat hij vergeten was te doen of anders had moeten doen of nooit had mogen doen.

Het was prettig om weer in een auto te rijden, maar hij had het niet gemist. Net zoals hij het niet had gemist om te praten. Hij had het gevoel dat de afgelopen dagen een oneindige, traag vloeiende woordenstroom waren geweest. Hij reed langzaam over de laan en constateerde dat de paal met de videocamera weg was. Hij parkeerde naast twee andere auto's op het pas geharkte grindterrein en stapte uit de Japanse tijdmachine.

Nørlund zag er anders uit bij daglicht. Het leek kleiner en compacter dan hij zich herinnerde. Maar ook vriendelijker zonder de verlichting, de slagschaduwen en mannen in donkere kostuums.

Het witte gebouw dat rechts op het terrein voor het kasteel lag was groter dan hij zich herinnerde. Het zou een beheerderswoning uit een welgestelde tijd kunnen zijn.

Er was niemand te zien, dus liep hij over de slotgrachtbrug en de kinderkopjes op de binnenplaats tussen de drie vleugels van het kasteel naar de voordeur. Boven de deur zag hij de boorgaten waar de videocamera had gehangen. Hij klopte drie keer met de zware klopper en wachtte. Er gebeurde niets.

Hij wilde zich net omdraaien toen de deur openging. Het was Corfitzens dochter, Karin, met blote voeten in sandalen, een gebleekte spijkerbroek en een zwarte overhemdblouse. Ze zag er verrast uit.

'Jij? Hallo.'

Ze gaven elkaar een hand en hij kwam met de beste verklaring die hij onderweg had kunnen bedenken.

'Ik wil je vragen of ik hier rond mag kijken. Zoals je weet ben ik een verdachte in de zaak van je vaders dood, maar mijn hond is ook opgehangen, net als die van je vader. Daardoor ben ik op meer niveaus betrokken bij de kwestie. Waarom of hoe weet ik niet. Misschien heb ik die avond iemand gedwarsboomd die ik niet had moeten dwarsbomen... Misschien denkt iemand dat ik iets gezien of gehoord heb. Ik weet het niet.'

'Hoofdinspecteur Grube heeft me over je hond verteld. Het is verschrikkelijk triest. Hoe lang heb je hem gehad?'

'Drie jaar en vier maanden.'

Ze knikte begripvol.

'Zeg het maar als ik iets kan doen.'

'Ik wil graag toestemming om rond te kijken. Zowel buiten als binnen.'

'Dat is geen probleem. Ik ben ergens mee bezig, dus als je buiten begint, geef ik je daarna een rondleiding in het kasteel.'

'Dank je.'

'Je ziet er... anders... uit.' Karin Corfitzen glimlachte breed. 'Misschien een nieuw en beter mens?'

'Nauwelijks beter.'

Het was de tweede keer in minder dan een etmaal dat een vrouw met dat waanidee kwam en de tweede keer dat hij hetzelfde antwoord gaf.

'Maar wel een schoner mens, mag ik dat constateren?' zei ze met een glimlach. 'Het staat je goed. Kijk gerust rond en kom over een halfuur terug.'

'Er is één ding dat ik me afvraag. Wordt het gebouw niet bewaakt door videocamera's?'

'Dat was zo. Ik ben hier bijna een jaar geleden voor het laatst geweest. Toen hingen er overal camera's, onder andere boven de deur,' zei ze terwijl ze naar boven wees. 'Maar vraag Arvidsen daarnaar als je hem tegenkomt, hij moet het weten.'

Terwijl het kasteel kleiner leek in de zonneschijn, leek de tuin erachter groter dan de avond dat hij hier samen met Mr. White had rondgeslopen. Het rechthoekige gazon was zorgvuldig gemaaid en werd overal geflankeerd door verzorgde plantenperken die tot de rand vol stonden met struiken en bomen.

Hij keek om zich heen maar zag de videocamera niet meer. Aan het eind van de tuin zag hij Arvidsen achter een van de grote rododendrons.

Zijn nieuwe mobiel ging over in zijn broekzak. Het was Margrethe Franck, die hij 's ochtends niet bij het ontbijt had gezien.

'Ik heb met de politie in Aalborg gesproken. Grube zegt dat Arvidsen, de tuinman of wat hij ook is, een verleden bij de politie heeft.'

'Interessant, ik kan zijn haar vanaf hier zien.'

'Ben je bij Nørlund?'

'Ja.'

'Wat doe je daar?'

'Ik heb met Corfitzens dochter gepraat. Nu kijk ik rond. Dus hij is politieagent geweest?'

'Niet alleen een gewone politieagent. Hij zat bij het arrestatieteam toen hij bij de politie in Odense werkte. Hij heeft trouwens mooie papieren.'

'Op dit moment trekt hij onkruid uit een plantenperk.'

'Het stinkt, Oxen. Zullen we vanavond onze hoofden bij elkaar steken?'

'Dat is goed. Ik ga een praatje met onze speciale agent maken. Weet je hoe oud Arvidsen is?'

'52.'

'Hoe lang is hij al in dienst bij Corfitzen?'

'Vijf jaar. En verder... Hij heeft een wapenvergunning.'

'Oké, tot vanavond.'

Hij verbrak de verbinding. Tweeënvijftig was niet oud. Arvidsen was dus bij de politie vertrokken toen hij nog maar zevenenveertig was. Corfitzen had een tuinman die een speciale opleiding bij de Deense antiterreureenheid had gehad. Een van hun routinematige taken was de bescherming van prominente gasten, dus Arvidsen had eveneens een opleiding voor lijfwacht gevolgd. Wat moest een voormalige diplomaat in vredesnaam met een tuinman die zo hoog opgeleid was?

'Hallo!' riep hij naar Arvidsen terwijl hij het uiteinde van de tuin naderde. De tuinman knikte.

'Karin Corfitzen heeft me toestemming gegeven om rond te kijken,' begon hij. 'Wat een prachtig park, het ziet er allemaal bijzonder verzorgd uit.'

Arvidsen keek hem wantrouwend aan.

'En dan al die enorme rododendrons; dat moet een fantastisch gezicht zijn als ze in bloei staan. Besteed je al je tijd aan de tuin?'

'Een groot deel.'

'Wat deed je nog meer voor Corfitzen?'

'Voor zover ik weet ben je een stroper en geen agent,' snauwde Arvidsen.

'Dat klopt, maar ik heb toestemming van je nieuwe werkgeefster om je een paar vragen te stellen. Waarom doe je zo chagrijnig?'

'Ik heb er genoeg van dat er voortdurend idioten langskomen die antwoord willen hebben op dezelfde vragen. Ik was chauffeur en manusje-van-alles. Ik deed kleine reparaties, deed boodschappen, verzorgde de tuin en dat soort dingen. En Corfitzen wilde liever zijn zaken vanaf de achterbank regelen dan dat hij zelf achter het stuur zat, dus reed ik veel kilometers per jaar.'

'Voor een man die grasranden afsteekt en snoeit ben je iets te... potent. Er zijn maar weinig arrestatieteamleden die als tuinman eindigen.'

'We zijn allemaal tuinmannen voor Onze-Lieve-Heer.'

'Waarom heb je de eerste keer niets over je verleden aan de politie verteld?'

Arvidsens humeur verbeterde niet door de abrupte wending die het gesprek had genomen.

'Niemand vroeg het... Maar de plaatselijke politie was hier gisteren, dus nu hebben ze het verhaal te horen gekregen. Je bent zelf een verdomd dappere soldaat geweest, nietwaar? Je kent het enorme salaris dat je van de staat krijgt dus. Corfitzen wilde betalen voor een betrouwbare chauffeur.'

'En een beschermer?'

'Corfitzen had geen beschermer nodig. Hij was een grootmoedig en geliefd man.'

'Mag ik vragen hoeveel je verdient?'

'Dat gaat je niets aan.'

'Ik kan toestemming vragen om de politieverslagen te bekijken.'

'Doe dat. Ik wens je veel succes.'

Hij kreeg een idee en belde Margrethe Franck terwijl hij naar een hoek van het park liep. Het duurde niet lang voordat hij antwoord had en terug kon gaan. Arvidsen groef in een plantenperk.

'67.500 kronen per maand, dat is 810.000 kronen per jaar. Dat maakt je zonder enige twijfel tot de bestbetaalde tuinman van het koninkrijk.'

'Als dat zo is, wat dan nog?' Arvidsen zag er geïrriteerd uit.

Hij keek het vroegere lid van het arrestatieteam in de ogen.

'Waar was Corfitzen plotseling zo bang voor? Wat deden die vijf bewakers hier?'

'Voor zover mij bekend is waren het adviseurs die financieel advies gaven. Dat is in elk geval wat de ambassadeur me heeft verteld.'

'Je liegt, tuinman. Je hebt een wapenvergunning. Is dat om op bladluizen te schieten?'

'Je kent mijn verleden, ik ben gewend aan wapens. Voor mijn eigen veiligheid.'

'Voor Corfitzens veiligheid. Je bent al vijf jaar lang zijn gorilla. Waar is de videobewaking gebleven?'

Arvidsen zag eruit alsof het hem langzamerhand begon te vervelen. Hij leunde op de schep en vroeg: 'Welke videobewaking?'

'Dat staat op het bord bij de ingang.'

'Ik heb de installatie een hele tijd geleden weggehaald. Vorige zomer. Ze deugde niet meer. Meerdere camera's en de harddisk waren kapot.'

Hij pakte Arvidsens kraag vast en trok de gedrongen tuinman naar zich toe.

'Je liegt, klootzak. Je weet heel goed dat ik weet dat de bewakingsinstallatie was aangesloten tot de avond dat ik hier ben geweest. Je wachtte een halfuur voordat je de secretaresse en de politie waarschuwde nadat je Corfitzen dood had aangetroffen zodat je de camera's kon weghalen. Is dat niet zo? Waarom?'

'Zo'n krankzinnige opmerking heb ik...'

'Je speelt met vuur!'

Hij liet Arvidsen los en duwde hem met een enorme kracht van zich af. De voormalige agent viel over de schep en belandde op zijn achterwerk in het plantenperk. Het gaf hem een gevoel van overwinning dat hij voldoende zelfbeheersing bleek te hebben om Corfitzens trouwe schildknaap er zo gemakkelijk vanaf te laten komen.

Hij was nog steeds woedend, maar dwong zichzelf om te kalmeren toen hij vlak daarna op de zware deur klopte en hem openduwde. Hij riep 'hallo' en hoorde haastige voetstappen op de trap. Even later kwam

Karin Corfitzen de hal in lopen. Ze glimlachte naar hem.

'Hallo, Oxen. Sorry, ik ben je voornaam vergeten.'

'Niels.'

'Niels, heel Deens... Mijn moeder was Zweedse. Daarom noemen mijn vrienden me Kajsa. Dat is in Zweden een koosnaam voor Karin. Noem me maar gewoon Kajsa. Heb je Arvidsen gesproken?'

Hij knikte.

'Leuke man, vind je niet?'

'Wist je dat hij in de Deense antiterreureenheid heeft gezeten?'

'De antiterreureenheid? Hemel, nee.'

'Heeft je vader ooit verteld waarom hij Arvidsen in dienst genomen heeft?'

Ze dacht even na. 'Mijn vader vond het tijdverspilling om zelf te rijden. En hij heeft altijd gezegd dat hij een goede chauffeur en een betrouwbare man is en goed werk in de tuin levert. Kom, we beginnen in de hoofdvleugel.'

Ze liep voor hem uit door lange gangen met nissen en verborgen plekken terwijl ze commentaar gaf op de verschillende ruimten en over het adellijke geslacht Corfitzen vertelde, dat voor weinig geld in bezit van Nørlund was gekomen.

Hij luisterde afwezig. Het was hem volkomen duidelijk dat hij bij Arvidsen moest zijn als hij verder met het onderzoek wilde komen. Het voormalige lid van het arrestatieteam wist iets.

Ze liepen een trap op en door een lange gang met een stenen vloer. Kajsa Corfitzen bleef halverwege staan en opende een dubbele deur.

'De ridderzaal,' zei ze. 'Ga maar naar binnen.'

Afgezien van een kleine buffetkast aan de raamkant was het enige meubel een enorme ronde tafel in het midden van de zaal met zes bijpassende stoelen met hoge rugleuningen. Voor de ramen hingen kamerhoge zware gordijnen van mosgroene stof met goudbrokaat.

'Massief eikenhout. Goed spul, zoiets vind je tegenwoordig niet meer,' zei Kajsa terwijl ze haar hand over het duimdikke tafelblad liet glijden.

'Dus hier geven jullie de grote feestdiners?'

Zijn blik viel op de grote gobelin aan de ene korte muur. Het was de enige decoratie in de kamer en stelde een bloederig strijdtoneel voor met bloed, zwaarden en steigerende paarden.

'Het geslacht Corfitzen heeft nooit uit *party animals* bestaan, ze waren eerder van de zuinige soort, dus onder ons gezegd zijn er niet veel feesten in Nørlund geweest. Ik kan me herinneren dat we thuis waren toen mijn opa een keer een diner in deze zaal gaf. En mijn vader en moeder hebben hier nooit samen gewoond. Hun leven lag daar waar mijn vaders ambt hem naartoe bracht. Mijn moeder is toen ze 41 was aan kanker overleden. Dat was in Boekarest. Anna Lisa heette ze. Mijn vader ontmoette haar als heel jonge attaché in Stockholm. Mijn vader is na zijn pensioen pas permanent in Nørlund gaan wonen, dat is nu tien of elf jaar geleden. Ik denk dat hij de ridderzaal gebruikte voor diners met de denktank, jachtvrienden en kennissen uit diplomatieke kringen.'

'Hadden jij en je vader een goede band?'

Ze zuchtte en schudde haar hoofd even.

'Nee, helaas niet. En nu is het te laat.'

Kajsa Corfitzen liep naar een van de grote ramen en keek naar het park. Daarna ging ze aarzelend verder: 'Zoiets is altijd te laat, nietwaar? We hielden van elkaar, maar hij had het druk met al zijn bezigheden en ik had het druk met mijn leven in Londen. Bovendien heb ik nooit in een klassiek kerngezin gewoond. Ik heb in Denemarken en Zwitserland op kostschool gezeten terwijl mijn ouders in het buitenland verbleven, en daarna heb ik allerlei studies in Engeland gedaan.'

Ze draaide zich om en bleef in het tegenlicht staan, voordat ze na een moment stilte haar familierelaas afmaakte: 'Zo close waren we niet. Hoe hadden we dat moeten zijn met dat leven? En het is ook nauwelijks realistisch dat we dat ooit hadden kunnen bereiken als we het echt hadden gewild. Mijn vader wás zijn ambt, als je begrijpt wat ik bedoel. En daarna kwamen alle andere dingen, Consilium, het kinderfonds en het beheren van dit kasteel. En hij hield ervan om op jacht te gaan en te vissen. Tja, ik praat maar door. De hoofdinspecteur heeft dezelfde informatie gekregen, maar als het helpt, dan...'

'Alles helpt. Ik probeer me gewoon een beeld te vormen.'

'Hoe kun je doen wat jij hebt gedaan, Niels? Meerdere keren zelfs. Ik denk... Is het instinctief of koele berekening...? Wat gebeurt er in die seconden? Waar is de angst?'

'Ik weet het niet goed...' Hij haalde zijn schouders op.

'Wat jij hebt gedaan is *outstanding*. Ben je niet trots?'

Hij haalde zijn schouders opnieuw op.

'Hoe zit het met de kinderen, met het fonds?' vroeg hij haastig.

Ze glimlachte begripvol.

'Misschien wil je er een andere keer iets over vertellen. De kinderen? Ik geloof dat mijn moeder dat zaadje jaren geleden heeft geplant. Ze deed in alle landen aan liefdadigheidswerk. Ze woonden in Oost-Europa, dus daar was genoeg te doen. De belangen van de kinderen lagen haar altijd na aan het hart. Later, pas lang na haar dood, werd het de H.O. Corfitzen Foundation for Children in Need. En pas na zijn pensioen schroefde mijn vader zijn betrokkenheid enorm op – en zijn fondsuitgaven. En ja, misschien ligt het voor de hand dat zijn *commitment* ook een zweem schuldgevoel bevatte door het feit dat hij nooit een echte vader heeft kunnen zijn voor zijn eigen, enige kind. *Who knows*? Maar je moet niet denken dat ik wrok koester. Je had mijn vader moeten kennen om het helemaal te begrijpen. Hij deed nooit iets half. Hij hield van de buitenlandse dienst en offerde daar alles voor op. Zullen we verdergaan?'

Hij knikte. 'Waar is het kantoor?'

'Daar komen we zo.'

Vlak daarna bleef ze staan voor een deur met een stukje rood-witte politietape rond de deurkruk. Ze pakte een grote ouderwetse sleutel die achter een pot op de stenen vloer lag en stak die in het slot.

'Ik heb het idee dat ze klaar zijn, maar ze hebben me gevraagd om de deur op slot te houden,' zei ze terwijl ze de deur opende. 'Maar je kunt hiervandaan kijken.'

Het kantoor zag eruit zoals hij zich had voorgesteld. Somber meubilair bestaand uit een mahoniehouten bureau, mahoniehouten boekenkasten, een donkerbruine leren chesterfieldfauteuil en -bank. Er gaapten grote gaten in de boekenkasten op de plekken waar de politie ringbanden en ander materiaal had meegenomen voor een nader onderzoek op het politiebureau. Het beeldscherm stond nog steeds op het bureau, maar de snoeren hingen los omdat de computer was meegenomen.

Hij bleef voorzichtig in de deuropening staan. Het zou een droomscenario voor de politie zijn als zijn DNA toch nog opdook op de plaats delict.

'Bedankt, het is aardig van je om me rond te leiden en je verhaal te vertellen. Vooral omdat ik verdacht word.'

'Vergis je niet, zo naïef ben ik niet,' zei Kajsa. 'Tussen ons gezegd: hoofdinspecteur Grube denkt niet dat je er iets mee te maken hebt, maar hij denkt dat je iets weet wat je niet wilt vertellen. Daarom wil ik mijn verzoek van de vorige keer graag herhalen: als je iets weet, zeg het dan.'

Hij schudde zijn hoofd.

'Dat denkt iedereen. Ik weet niets. Zegt de naam Bergsøe je iets, Mogens Bergsøe?'

'Nee. Moet dat dan?'

'Ik dacht dat hij misschien een van de kennissen van je vader was.'

'Dat zou heel goed kunnen zonder dat ik over hem gehoord heb. Wie is hij?'

'Een advocaat.'

'Zullen we verdergaan? Veel kamers in de zijvleugels worden niet gebruikt. Het kost veel geld om ze in de winter te verwarmen en mijn vader had al die ruimte niet nodig. Maar misschien moet ik je de bibliotheek en de herenkamer laten zien. Dat zijn de twee kamers die hij het meest waardeerde. Kom, we gaan naar beneden.'

Hij wachtte tot ze onder aan de trap waren voordat hij terloops vroeg: 'En de naam Bøjlesen, Max Bøjlesen?'

'Is hij de hoofdcommissaris in Aalborg?'

'Ja.'

'Grube heeft zijn naam genoemd. Maar nee, mijn vader heeft voor zover ik weet nooit iets met hem te maken gehad.'

'En Axel Mossman?'

'Nee, ook niet. Wie is dat?'

'Gewoon een van de velen die je vader misschien kende, en misschien ook niet.'

Hij volgde Kajsa door een lange gang. Ineens besefte hij dat hij een zwakke seringengeur rook.

Ze vertelde meer over de diverse kamers en over haar vaders grote voorliefde voor boeken, maar hij was gestopt met luisteren. In gedachten nam hij de voorbereidingen door voor het eenvoudige plan dat snel vorm kreeg.

Vanavond zou hij in de beschutting van de duisternis teruggaan om een nieuw bezoek aan het oude kasteel af te leggen.

# 28

Het onderzoek naar het leven en de achtergrond van ex-commando Niels Oxen was bijna klaar.

Ze had haar laptop door een koerier van het hoofdkwartier in Søborg naar Rold Storkro laten brengen. Die had ze nodig als ze veel moest typen en ze had de hele middag geconcentreerd gewerkt nadat ze de ochtend en het begin van de middag aan de telefoon had doorgebracht om informatie te krijgen en aan diverse touwtjes te trekken.

Ze zette haar leesbril op en bekeek de verschillende documenten op het beeldscherm, waaronder een overzicht van Oxens heldendaden.

*Onderscheidingen*

*1993: Defensiemedaille voor dapperheid.*
*Missie: unprofor, Bosnië*
*Motivatie: N.O. toonde buitengewone persoonlijke moed en droeg met groot risico voor zijn eigen leven een gewonde collega (P. Jensen) weg nadat de Deense patrouille in een kruisvuur terecht was gekomen.*

*1995: Defensiemedaille voor dapperheid met zilveren eikenbladeren.*
*Missie: unprofor, Krajina, Kroatië*
*Motivatie: N.O. toont exemplarische moed en daadkracht als een collega van de Bravo-compagnie tijdens een patrouille bij de brug over de Una-rivier bij Kostajnica door een Servische sluipschutter wordt geraakt. N.O. springt in de rivier en brengt zijn collega aan land. Zijn collega (L.T. Fritsen) overleeft het.*

*2002: Defensiemedaille voor dapperheid met gouden eikenbladeren.*
*Missie: Task Group Ferret, deelname van het Korps Commandotroepen aan de door Amerika geleide Operation Enduring Freedom, Afghanistan.*

*Motivatie: Samen met een collega belandt N.O. in een hevig vuurgevecht met talibanstrijders tijdens de operatie in het Shah-e-Kot-dal en komt de bemanning van een Chinook-helikopter die een noodlanding heeft gemaakt te hulp. Zonder het heldhaftige optreden van de twee Denen zou de bemanning overgeleverd zijn geweest aan de vijand.*
*(De prestatie is ook beloond met een Amerikaanse onderscheiding.)*

*2010: Kruis voor Dapperheid.*
*(Niels Oxen is de eerste en enige drager van de nieuwe onderscheiding van Defensie, die wordt toegekend voor buitengewone inzet. Niels Oxen verliet het leger op 01-01-2010).*
*Missie: 2009, Korps Commandotroepen, provincie Helmand, Afghanistan.*
*Motivatie: N.O. toont de hoogste graad van persoonlijke moed als hij en collega's tijdens een patrouille ten noordoosten van Gereshk in een hinderlaag terechtkomen als het voertuig van de groep wordt beschadigd door een ied. De vijand is zwaarbewapend, en ze staan op het punt om gevangengenomen te worden. N.O. meldt zich vrijwillig, sluipt achter de vijand en valt ze in de rug aan. N.O. verslaat de vijand, bestaande uit acht talibanstrijders, eigenhandig. Twee van hen in een man-tegen-mangevecht.*

Hij klopte en ging zonder te wachten naar binnen. Margrethe Franck zat net als de vorige avond verdiept in haar werk bij het kleine bureau. Nu zat ze niet met papieren of een iPad, maar achter een laptop. Hij trok het krukje bij de muur vandaan en ging zitten. Routines ontstonden snel.

'Hallo, Oxen. Eén moment...'

Ze wierp hem een gejaagde blik toe over de ebbenhouten rand van haar bril. Vlak daarna legde ze hem weg en keek op.

'Ik wilde je net iets sturen. Ben je vandaag iets wijzer geworden? Hoe zit het met Arvidsen, onze vriend van het arrestatieteam?'

Hij had besloten om Margrethe Franck voorlopig niets te vertellen.

'Er is iets verdachts aan die klootzak, maar misschien is het alleen zijn chagrijnige smoelwerk. En hij is niet bepaald mededeelzaam.'

'Er zijn er meer die daar last van hebben,' merkte ze droog op.

'Arvidsen vertelde dat hij voornamelijk als Corfitzens chauffeur werkte. En vanwege het salaris was hij heel blij dat hij niet langer bij de politie werkte.'

'Hoe zit het met de wapenvergunning?'

'Een leven met wapens... persoonlijke bescherming... al die onzin. Hij beweert dat hij dacht dat de vijf bewakers financieel adviseurs waren. Hij solliciteert naar een enorm pak slaag.'

'Grube vertelde me dat hij hem voor morgen heeft opgeroepen voor een verhoor.'

'Dat is ook echt nodig.'

Ze leunde naar achteren op haar stoel, vouwde haar handen achter haar nek en legde haar linkerbeen op het bureau.

'Ik heb ervoor gezorgd dat ons onderzoek via Interpol is rondgestuurd, maar dat is niet alles. Ik heb me nader verdiept in de opgehangen honden.'

'Ja?' Hij ging onwillekeurig rechter op het krukje zitten.

'Spanje,' zei ze terwijl ze nadenkend aan haar blonde stekels krabde. 'In Spanje hangen ze honden op als...'

'En in China worden ze gegeten. Hoe zit dat met Spanje?'

'Het ophangen van honden is een Spaanse slechte gewoonte en een omstreden fenomeen in dierenvriendenkringen. Het gaat om greyhounds. De WSPA – de afkorting van de World Society for the Protection of Animals, wat een heel bekende organisatie lijkt te zijn – schat dat zo'n 50.000 honden op de meest wrede manieren door hun eigenaars worden vermoord, waarvan verreweg de meeste worden opgehangen. 50.000 honden per jaar!'

'Dat zijn er heel wat. Waarom?'

'Greyhounds worden gebruikt voor twee doeleinden: de meeste voor de hazenjacht en een kleiner aantal voor hondenwedrennen. Die vinden op het uitgestrekte Spaanse platteland plaats, waar ze blijkbaar niet zo teergevoelig zijn. De honden leiden een deerniswekkend bestaan en staan op een streng dieet. Ze hebben hun beste tijd al heel vroeg achter de rug. De meeste worden niet veel ouder dan twee jaar voordat de jagers ze van de hand doen. Hierbij is ophanging de meest gebruikte methode. Het kost niets... De honden die slecht hebben gepresteerd en de jagers daardoor hebben vernederd worden het wreedst behandeld. Ze worden zo laag opgehangen dat hun achterpoten de grond net raken. Op die manier vechten ze lange tijd om aan hun kwelling te ontsnappen. De methode wordt *the piano player* genoemd, blijkbaar omdat er een zekere gelijkenis is tussen de tikkende poten op de grond en de handen van een pianist op de toetsen.'

'Wat poëtisch. De Spanjaarden houden er inderdaad vreemde manieren op na in hun omgang met dieren. Ik heb het nut van stierengevechten ook nooit begrepen.'

'De honden die het goed gedaan hebben, worden hoog opgehangen zodat ze snel dood zijn. *Calgos* noemen ze jachthonden in het Spaans. Er zijn veel organisaties die ervoor strijden om een eind aan het fenomeen te maken, en er is een grote groep op Facebook die protesteert tegen de martelingen en de moorden op calgos.'

Margrethe Franck zweeg en keek naar hem. Hij wilde net iets zeggen toen ze haar vinger opstak en hem voor was. 'En nu wil je vragen wat dat in vredesnaam met ons te maken heeft.'

Hij knikte.

'Niet meer dan dat wat je gisteren een "modus operandi" noemde zijn oorsprong in Spanje heeft. Alleen zijn het daar greyhounds in plaats van herdershonden, ruwharige jachthonden en samojeeds. Is dat toeval? Of bevindt zich in de ondoorzichtige zaken van Bergsøe en Corfitzen een Spaanse draad die de heren met elkaar verbindt? Ik geef toe dat de kans klein is, maar toch.'

Hij knikte goedkeurend. Hij begon langzamerhand te beseffen dat ze een zelfstandige, heldere en effectieve onderzoeker was, precies het type dat de doorgewinterde Axel Mossman graag in zijn buurt had.

'Ik heb een speciaal verzoek naar Spanje gestuurd, niet alleen naar La Policía Nacional – het equivalent van de Deense politie – maar ook naar La Guardia Civil, een militaire eenheid die ook misdaadonderzoek doet en als steeds competenter beschouwd wordt.'

'Als je ze vraagt om opgehangen honden voor ons in de gaten te houden, zullen ze lachen en zeggen: "Daar hebben we er meer dan genoeg van."'

'Ik heb ze natuurlijk gevraagd om de combinatie opgehangen hond/vermoorde eigenaar of eigenaar die is overleden onder verdachte omstandigheden in de gaten te houden. We moeten afwachten. Heb je nog opdrachten voor me?'

Haar toon was nog steeds scherp. Hij nam een beslissing. Ze konden net zo goed zeggen waar het op stond. 'Ik ben genoodzaakt om alleen te werken. Dat is het enige wat ik kan in deze situatie. Ik moet mijn eigen sporen volgen en zien waar die me brengen. Ik deel de kennis waarvan ik denk dat die het waard is om te delen. En ik ben niet van plan om een gezamenlijk onderzoek van jou en mij te leiden. Je kunt dus gerust...'

'Oké,' zei ze terwijl ze zich naar voren boog. 'Ik doe natuurlijk wat Mossman me gevraagd heeft: je helpen als je vragen hebt. Je kunt me vertellen wat je doet of het laten. Maar besef wel dat samenwerking een groot deel van een goed onderzoek uitmaakt. Zeg het maar als je wilt horen wat ik doe of wat ze op het hoofdkwartier hebben ontdekt.'

Hij knikte.

Ze vertrok geen spier. Haar blauwe ogen keken nog steeds kalm in de zijne. Ze toonde haar gevoelens niet. Ze was zo goed dat ze door de PET-chef in hoogsteigen persoon was aangetrokken, maar verder was ze misschien gewoon een kille vrouw die van mening was dat iemand zoals hij een absolute tijdverspilling was.

'Je knikt altijd, Oxen. Je knikt altijd maar je zegt niets. Zijn we het eens?'

'Ja.'

'Goed, Oxen, ik heb van Mossman gehoord dat het een oude spelwijze is.'

Ze leunde weer naar achteren. Hij was er opnieuw niet zeker van of een lichte glimlach haar mondhoeken krulde.

'Dat klopt. "Oxe" is een oude Deense spelwijze van "okse".'

'Heb je broers of zussen?'

'Een oudere zus.'

'Zien jullie elkaar weleens?'

Hij schudde zijn hoofd.

'En je ouders?'

'Mijn vader is dood, mijn moeder is dement en zit in een verzorgingstehuis.'

'Zie je haar wel?'

'Weinig...'

'Heb je kinderen?'

'Een zoon van twaalf.'

'En hem zie je wel? Ja, ik weet dat je gescheiden bent.'

'Natuurlijk zie ik hem.'

Hij kwam snel overeind en wilde vertrekken. Margrethe Franck veranderde meteen van onderwerp.

'Ik heb materiaal van Aalborg gekregen dat je kunt gebruiken om te lezen voordat je gaat slapen. Het interessantste is een onvoltooide speech die we op Corfitzens computer hebben gevonden. Hij werkte daaraan op de dag dat hij overleden is. Hij zou een toespraak houden bij de volgende bijeenkomst van Consilium. Niet oninteressant. De man had een uitgesproken politieke mening voor een voormalig diplomaat. Er zit ook veel materiaal van de denktank bij. Consilium organiseert lezingen op het allerhoogste niveau met presentaties van Bill Clinton, Al Gore, Alan Greenspan, Richard Branson, Warren Buffett, U2-Bono, enzovoort. De bobo's van het bedrijfsleven en diverse toppolitici en beroemdheden vechten om erbij aanwezig te zijn en ze vinden altijd plaats in hotel D'Angleterre in Kopenhagen.'

Ze hield hem een stapel papieren voor.

'Alsjeblieft, er staat ook informatie in over Corfitzens dochter, die je al ontmoet hebt. Lees over Corfitzen en zijn kinderfonds als je daar zin in hebt. En anders... slaap lekker.'

Hij wilde zeggen dat het hem speet dat hij zo afwijzend en wantrouwend was, maar dat ze moest begrijpen dat hij niet anders kon. Het was niet persoonlijk. Er was alleen... iets niet in de haak. En dat was niet haar schuld.

De woorden wilden zich alleen niet op de juiste manier in zijn mond vormen. Vlak voordat ze over zijn lippen moesten komen, stolden ze en bleven in zijn keel steken.

Haar blik rustte nog steeds op hem en nu glimlachte ze heel duidelijk. Voor de eerste keer.

'Je kijkt zo, is er iets?' vroeg ze.

Het was alsof hun heldere taakverdeling de sfeer ten goede kwam.

'Nee, dat is het niet. Tja... hoe zit het met de moordverdachte die je aangereden heeft? Is hij ontsnapt?'

'Nee, dat kon hij niet.'

'Dat is mooi.'

'Ik heb hem recht tussen zijn ogen geschoten. Ik rende alleen niet op tijd weg.'

Margrethe Franck keek naar het plafond nadat Oxen uit de kamer was vertrokken. Het ontbrak haar nog steeds aan het belangrijkste, het psychologische materiaal, om het juiste beeld van de gehavende oorlogsheld te kunnen schetsen.

Ze wilde de nieuwe feiten toevoegen en meteen versturen, zodat ze

Mossman nog een dag op afstand kon houden. Ze scrolde naar 'familierelaties' en voegde onder de passage over broers en zussen toe: *N.O. bevestigt dat ze elkaar niet zien.*

Onder de passage over de aan dementie lijdende moeder schreef ze: *Volgens N.O. zien ze elkaar weinig, wat niet klopt. Hij is al tweeënhalf jaar niet bij haar op bezoek geweest.*

Onder de passage over Niels Oxens zoon, Magnus, voegde ze de tekst toe: *Volgens een uitspraak van N.O. ziet hij zijn zoon. Dat is in strijd met de feiten. N.O. heeft zijn zoon al drie jaar niet gezien, om precies te zijn 38 maanden, hoewel hij om het weekend omgangsrecht heeft.*

# 29

De duisternis zou pas over een uur invallen. Hij moest wachten. Het moest donker zijn voordat hij terugging naar Nørlund Slot. Hij deed het gordijn open en keek naar buiten. Het was nog steeds bewolkt, zoals het het grootste gedeelte van de dag was geweest. Hij zou dus geen last van de maan hebben.

Nog maar een paar dagen geleden had hij 's nachts met een mes tussen zijn tanden in het hoge gras bij de Lindenborg Å rondgekropen. Nu lag hij hier, op een veel te zacht bed, verzadigd en met de televisie aan. Het leven kon binnen de kortste keren volkomen veranderen.

Hij begon in de stapel papieren van Franck te bladeren. Het was interessant. Het eerste deel ging over de Deense adellijke nestor van de diplomatie, voormalig ambassadeur, kasteelheer, denktankoprichter, zakenman, kindervriend en mecenas Hans-Otto Corfitzen.

Tot nu toe had hij tijdens het heen-en-weer bladeren hier en daar iets gelezen. Corfitzens leven en levenswijze leken indrukwekkend op papier. Hoe kon iemand de energie hebben om zoveel werk te verzetten? De Noord-Jutlandse politie had het er druk mee gehad. Er waren meerdere pagina's met uitgebreide beschrijvingen van Corfitzens werkzaamheden, verklaringen van diverse bronnen bij het ministerie van Buitenlandse Zaken over zijn fantastische carrière en zorgvuldige ambtsuitoefening alsmede een overzicht van zijn kleine kasteelimperium. Hij stopte bij de indrukwekkende chronologische opsomming op het cv van het ministerie van Buitenlandse Zaken.

Na zijn eerste baan als ambassadesecretaris in Stockholm in 1965 en soortgelijke posities in Londen, Madrid en Warschau, werd hij chargé d'affaires in Lissabon en in 1976 gezant in Belgrado. In 1979 werd hij ambassaderaad in Boekarest en in 1982 ambassaderaad in Moskou, waarna hij in 1985 de absolute toppositie van ambassadeur in Moskou kreeg. Daarna was hij een paar jaar ambassadeur in Bonn en vanaf 1992 was hij de Deense EU-ambassadeur in Brussel. In 1995 werd hij ambassadeur in Sofia, in 1997 in Warschau en in 2000 in Vilnius in Litouwen. Drie jaar later ging hij met pensioen.

Van denktank Consilium, die Corfitzen oprichtte toen hij ambassadeur in Rusland was, werden onder meer de officiële grondbeginselen geciteerd: *Consilium is een vrij en partijpolitiek-onafhankelijk conservatief-liberaal forum, dat bepaalde sociaalliberale basisprincipes erkent.*

De schrijver van de tekst verwees naar een notitie die het eenvoudiger samenvatte: *Het grondbeginsel van Consilium wordt gekenmerkt als klassiek liberaal, gecombineerd met een aantal soepelere sociale standpunten.*

Uit de grondbeginselen werd eveneens geciteerd: *Consilium werkt vanuit een centraal moederforum met daaraan verbonden subfora met een ad-hockarakter.* In een notitie werd vastgesteld dat er momenteel drie actieve subfora waren die discussieerden over:

1) Een verandering van het Deense belastingstelsel, 2) De structurele disbalans van de Deens-Duitse grenshandel, 3) De hervorming van de cultuursubsidies.

Er was een serie voorbeelden van het werk van Consilium en de bijdrage aan het openbare debat bijgevoegd. Dat ging onder andere over de Deense 24-jaarsregel die gearrangeerde huwelijken moest voorkomen, de bijzondere wapenwetgeving wat betreft messen, aanscherping van de regels met betrekking tot uitwijzing in verband met criminaliteit en grensbewaking, maar de denktank had zich gedurende de afgelopen jaren in min of meer alle onderwerpen die het openbare debat kenmerkten gemengd.

De denktank huurde kantoortjes bij Gl. Strand in Kopenhagen voor de drie vaste administratieve medewerkers en maakte verder gebruik van wisselende hotels met bijbehorende vergaderfaciliteiten, terwijl de belangrijke evenementen altijd plaatsvonden in hotel D'Angleterre, zoals Margrethe net had verteld.

Het bestuur bestond uit een aantal prominente bedrijfsmanagers, voormalige politici, een kunstschilder, een schrijver en een aantal academici.

Hij herkende twee van de managers en de voormalige politici, maar geen van de overige leden. Corfitzen was de bestuursvoorzitter geweest.

Consilium was een instelling die onder het Consilium Fonds viel. Het geld voor de activiteiten was, via diverse volkomen legale omwegen, afkomstig van oprichter Corfitzen zelf, al bracht de denktank zelf ook vermogen voort door een actieve investeringspolitiek en een serie aanzienlijke donaties.

Over het profiel van Consilium werd vermeld dat het een meer teruggetrokken bestaan leidde dan zijn Deense liberale tegenhanger, CEPOS, en dat ze gecategoriseerd konden worden als 'uiterst proactief op het gebied van het politieke proces, maar niet bewust op zoek naar een mediaal platform voor hun activiteiten'.

Er was meer materiaal over Corfitzens levenswerk, maar hij had geen zin meer om te lezen. Hij stond op en trok het gordijn een stukje opzij. Het was nog steeds te licht. Hij liet zich weer op het bed vallen en begon een pagina te lezen die betrekking had op het enige kind van de oude ambassadeur, dochter Karin 'Kajsa' Corfitzen.

Ze hadden dezelfde leeftijd. Ze was 43 jaar, geboren in Londen en had daar de afgelopen twintig jaar gewoond. Ze was twee keer getrouwd en gescheiden. Eerst met de conservatieve politicus en lid van het Lagerhuis Alex Clayton, daarna met ene Duncan McGowan, die mede-eigenaar en manager was van financieringsmaatschappij McGowan, Hasselbaink & Grady Finance.

Kajsa was, volgens haar eigen verklaring aan de Noord-Jutlandse politie, vier jaar single en woonde in Chelsea. Ze had geen kinderen uit de twee huwelijken.

Haar schooltijd had ze doorgebracht in Zwitserland en Denemarken, precies zoals ze hem had verteld, respectievelijk op de Engelse meisjeskostschool Le Châtelard in Montreaux en op Herlufsholm.

De lijst met opleidingen en aanstellingen was lang en begon met een studie economie aan Cambridge University, waarna een professoraat bij de Henley Business School aan de universiteit van Reading volgde en daarna een serie aanstellingen in de particuliere financiële sector. Karin Corfitzens huidige baan was hoofdanalyticus bij Morgan Stanley International Inc. Londen, wat een filiaal was van de Amerikaanse investeringsbank Morgan Stanley dat zich uitsluitend bezighield met particulier vermogensbeheer.

Met andere woorden: als iemand veel geld had, maar graag meer wilde hebben zonder daarvoor van zijn stoel te komen, dan kon hij bij Kajsa aankloppen, tenzij ze alles achter zich zou laten om koningin van Nørlund Slot te worden.

In dat geval zou ze het fonds van haar overleden vader voor kinderen in nood kunnen beheren.

De volgende twee pagina's gingen over de H.O. Corfitzen Foundation for Children in Need. Volgens het onderzoek van de politie was het geld voor vijf kindertehuizen in Oost-Europa afkomstig van investeringen en winsten, en werden kinderen op andere fronten ook financieel geholpen.

Er waren twee kindertehuizen in Roemenië, een in Bulgarije, een in Albanië en een in Bosnië. Het waren blijkbaar goed geleide instellingen en de politie had met allemaal contact opgenomen. De reactie was in alle vijf tehuizen dezelfde geweest: ontzetting over de dood van de ambassadeur en angst voor de toekomst.

Hij keek op zijn horloge. Over een halfuur begon het donker te worden, dan wilde hij vertrekken. Hij pakte de laatste pagina van de stapel, die volgens Margrethe Franck het meest interessant was. Het was Corfitzens onvoltooide toespraak die de politie op zijn computer had aangetroffen.

Uit de eerste passage bleek dat de toespraak bedoeld was voor het volgende grote open seminar van Consilium met het thema 'politiek en moraal'.

De titel van Corfitzens welkomsttoespraak luidde kort en krachtig 'De heerschappij van de kermisartiest'. Hij begon te lezen:

*Joseph de Maistre, een bijzonder intelligente advocaat, diplomaat, schrijver en filosoof uit Savoye, schreef in 1811 een zin die nog steeds alom bekend is en ontelbare keren in de geschiedenis is gebruikt. De zin is gedurende de jaren gemoderniseerd en luidt als volgt: 'Elk land heeft de regering die het verdient.' Je zou ook kunnen zeggen 'ieder volk'.*

*Dames en heren, laat me daar een hedendaagse Deense beschouwing aan toevoegen, in de vorm van een vraag: hebben de Denen echt niet beter verdiend?*

*Laat de woorden van Maistre en van mij de welkomstwoorden van vandaag zijn, waarin we als Consilium onze aandacht richten op 'politiek en moraal' – of de afwezigheid daarvan.*

*Nu is politiek altijd een bloederig beroep geweest, dus heeft men het recht om een vorm van moraal op dit slagveld te verwachten? Mijn antwoord is ja. In de politiek – net als in het leven trouwens – mag geloofwaardigheid bijvoorbeeld niet ontbreken.*

*Ik ben niet geïnteresseerd in de verschillende politieke partijen of de kleur van de regering, dus laat me alleen vaststellen dat ik van mening ben dat de moraal het in de politiek moeilijk heeft. Niemand, en ik her-*

*haal niemand, houdt zich hiermee bezig, van uiterst links tot uiterst rechts in de zalen van het parlement in Christiansborg.*

*De Denen leven in een regelrechte heerschappij van kermisartiesten. En dat in een moderne, verlichte tijd... Datgene wat wordt beloofd tot het moment dat de stembussen sluiten, is vergeten zodra de vakjes rood zijn gekleurd en de regering voor diezelfde kiezers is geïnstalleerd.*

*De politieke kermisartiesten bieden zich aan en vertonen hun kunsten op de mediamarktpleinen voor de massa, waarbij ze het volk brood en spelen beloven. Ze kennen blijkbaar geen schaamte en er zijn geen grenzen aan het overbieden van elkaar. De prijs om mee te mogen doen is een vakje op een stuk papier rood kleuren.*

*Maar er is geen brood, waarde vrienden, net zomin als spelen. De verbroken beloften getuigen van een schaamteloos gebrek aan respect voor de Deense burgers. Met hun gedrag zijn de politici de drijvende kracht achter het omvormen van de Deense democratie in een kermis, in plaats van te waarschuwen voor het meest kostbare dat we hebben.*

Hij stopte even met lezen. De oude ambassadeur zou heel duidelijk gezegd hebben waar het op stond. Nu was hij in plaats daarvan dood en niemand zou zijn gedachten over de politici en hun moraal horen. Bovendien zou het werk in het Consilium er vermoedelijk enorm onder gaan lijden nu de energieke oprichter naar de hemel – of de hel – was gegaan. Na de vele lovende woorden over hem en zijn daden was het echter waarschijnlijker dat hij een ticket naar boven had gekregen.

Hij bekeek de drie pagina's met Corfitzens welkomsttoespraak voor de deelnemers aan het seminar vluchtig. Het ging voortdurend over ethiek en moraal, gekruid met citaten van de Deense filosoof Søren Kierkegaard en de Zwitsers-Franse filosoof Jean-Jacques Rousseau.

Er was één passage die niet alleen ging over moraal, maar ook over dubbele moraal. Corfitzen schreef:

*Ik vraag: waar is het fatsoen als een politicus zich tijdens zijn carrière inzet voor de afschaffing van particuliere ziekenhuizen en de versterking van openbare ziekenhuizen – maar zich daarna laat opereren in een particulier ziekenhuis omdat daar geen wachtlijsten zijn?*

*En ik vraag: waar is het fatsoen als een politicus vecht voor de Deense openbare basisschool en daar hogere subsidies voor eist – maar zijn eigen kinderen vervolgens naar een particuliere school laat gaan?*

*En ik vraag: waar is het fatsoen als een minister een Rolex-horloge van 70.000 kronen aanneemt van een sjeik uit het Midden-Oosten en dat pas terug laat bezorgen als de ombudsman dreigt zich met de kwestie te bemoeien? Terwijl wij ons moeten houden aan allerlei uitgekookte geschenkenregels als we onze kinderen een geldbedrag willen geven, of als we als werkgever onze werknemers willen belonen met een bescheiden cadeau zonder dat de ontvanger daarover onevenredig veel belasting moet betalen.*

*En zo kan ik doorgaan en doorgaan en doorgaan. Komt dat doordat de politici een afspiegeling van de bevolking zijn? Omdat we allemaal de gemakkelijkste weg kiezen? Nee. Politici zijn rolmodellen die op de schouders van hun kiezers staan. Het is ons goed recht om meer te verwachten.*

Hij wilde de stapel net wegleggen toen er op de deur geklopt werd en Margrethe Franck binnenkwam. Of liever gezegd, op één been naar binnen hinkte en op de stoel ging zitten.

'Stoor ik?' vroeg ze.

'Nee, ik was bijna klaar met Corfitzens toespraak.'

'Misschien heeft hij zijn gal gedurende zijn hele leven in de diplomatie opgespaard. Maar hij heeft gelijk.'

'Is dat zo?'

'Ja, natuurlijk heeft hij dat. Waar is de moraal gebleven?'

'De heiligsten zijn meestal de grootste zondaars. Dat zei mijn opa altijd, en hij was niet dom.'

'Geen regel zonder uitzondering. Hans-Otto Corfitzen lijkt een van die zeldzame, smetteloze gevallen te zijn. Maar ik heb nieuws, interessant nieuws. Ik ben van mening dat je dat moet horen zodat je op de hoogte bent. Dan heb ik mijn best gedaan.'

'Vertel.'

'Je hebt het materiaal over Consilium misschien gelezen,' begon ze.

'Het grootste deel.'

'De denktank organiseert elk jaar een serie lezingen met drie tot vier externe sprekers. Ik heb net een lijst met sprekers van de afgelopen tien jaar gekregen, zesenveertig in totaal. En wie denk je dat er op de lijst staat?'

Hij dacht even na.

'Misschien Mogens Bergsøe?' antwoordde hij.

'Inderdaad. Dat was vijf jaar geleden. Op dat moment was hij ook al voorzitter van de Wamberg-commissie. Daar hield hij zijn lezing over. Alleen in algemene bewoordingen natuurlijk. "Registratie van indivi-

duen in dienst van de samenleving" was de titel van zijn lezing.'
'Dat klinkt heel interessant.'
'Er is iets wat nog interessanter is...' Margrethe Franck leunde naar achteren en glimlachte. 'Maar misschien wil je liever alleen werken?'
'Ik begrijp je punt. Het was niet zo bedoeld. Het kwam gewoon verkeerd over. Ik wilde ook... maar...'
Franck knikte en hief haar hand afwerend.
'Het is goed,' zei ze. 'Er staan bijna alleen bekende namen op de lijst, veel mensen uit het bedrijfsleven en politici. En een naam die we goed kennen. Bijzonder goed. Axel Mossman.'
'Mossman?'
'Mijn superieur, ja. Hij praatte in 2003 over "Fundamentalisme – de nieuwe uitdaging voor de inlichtingendiensten".'
Hij zweeg en dacht na. Zou hij verbaasder moeten zijn? Was het schokkend nieuws of alleen interessant? Hij wist niet hoever de politie met het onderzoek was.
'Dat met Bergsøe brengt het onderzoek toch in een stroomversnelling?' vroeg hij.
'Het hoeft niet per se een doorbraak te betekenen, maar het geeft ons het raakvlak tussen Corfitzen en Bergsøe en hun opgehangen honden dat we misten. Mossman is toch meer een eigenaardig feit.'
'Heb je met hem gepraat?'
'Vijf minuten geleden. Hij was er zelf heel verbaasd over. Hij kon zich niet herinneren dat hij een lezing bij Consilium had gehouden. Hij houdt elk jaar een aantal lezingen en in de jaren vlak na 9/11 waren dat er heel veel. Hij besteedt daar geen aandacht aan. Dat regelt zijn secretaresse.'
'Ergens is het toch niet te vermijden dat verschillende prominente namen elkaars pad kruisen. Politici en bedrijfsmanagers en andere hoge piefen gaan naar lezingen en seminars of dragen in meer of mindere mate bij aan het werk van Consilium. Vroeg of laat ontmoeten ze elkaar.'
Ze knikte.
'Natuurlijk. Maar nu hebben we ondanks alles een tastbaar spoor om te volgen. En hoe zit het met jou, Oxen? Jij hebt nooit verteld over je diensten bij Consilium, nietwaar?'
'Ik? Meen je dat serieus?' Hij glimlachte scheef. Of probeerde te glimlachen.
'Ja, "Mijn leven als held".'

'Hmm...'

'Het was een grapje. Vat het niet verkeerd op. Je bent cool. Slaap lekker.'

Ze lachte nog steeds toen ze plotseling opstond, met een indrukwekkende snelheid de kamer uit hinkte en de deur achter zich dichtdeed.

Hij keek op zijn horloge. Het was al laat. Tijd om ervandoor te gaan. Hij ging staan en haalde de kleine zaklamp en de rol ducttape tevoorschijn die hij in de supermarkt in Skørping had gekocht. Hij had ook een fles whisky gekocht... voor medicinaal gebruik. Hij haalde zijn jagersmes uit de verstopplek onder het matras. Het was een SEAL 2000. Kleiner en praktischer dan de grote Bowie die ook onder het matras lag. Hij ging op de rand van het bed zitten, trok zijn rechterbroekspijp omhoog en plakte het jachtmes in de schede met ducttape aan de buitenkant van zijn been vast. Hij pakte zijn nieuwe jack en stopte de zaklamp en de tape in de zakken. Nu was hij klaar voor vertrek.

Hij deed de deur zo zachtjes mogelijk dicht om Franck niet te alarmeren. Daarna deed hij hem voorzichtig op slot en begon door de lange gang te sluipen.

Margrethe Franck hoefde niet lang op de uitkijk te zitten voordat ze hem in de kier tussen de gordijnen zag. Ze kon zijn gezicht niet zien. Hij was slechts een zwart silhouet dat het hotel verliet en naar het parkeerterrein liep. De bewegingen waren echter karakteristiek voor hem. Licht en veerkrachtig.

Ze toetste het nummer op haar mobiel in.

'Met Franck. Ik had gelijk. Niels Oxen vertrekt.'

'Dank je, ik heb visueel contact.'

'En de tracker?'

'Ik heb de auto op het scherm. Rustig maar, Franck. Ik neem het nu over,' zei de man aan de andere kant van de lijn.

# 30

Hij werd volledig opgeslokt door de duisternis terwijl hij tussen de struiken door vanaf de laan naar het kasteel sloop. Het was 23.06 uur. Bijna geen maan. Perfect. En over de videobewaking hoefde hij zich geen zorgen te maken. Die was er niet meer.

Nørlund Slot lag er onbewaakt bij en ergens in het kasteel liep Kajsa Corfitzen misschien rond en herdacht haar overleden vader. Of misschien lag ze in een van de ontelbare kamers als een blok te slapen.

Er was in elk geval nergens een teken van activiteit. Alleen het zachte schijnsel van de buitenlampen en gedempt licht achter een paar ramen. De vrouw van de financiële elite in Londen was ver uit de buurt van het mondaine Chelsea. Zonder de sporadische nachtverlichting zou het in de vroegere roversburcht net zo aardedonker zijn als in een hol in het Tora Bora-gebergte.

Het witgepleisterde gebouw, dat in één hoek van het open kasteelterrein lag, was ook donker. Dat moest de dienstwoning van de voormalige elitesmeris Arvidsen zijn. Hij herkende de twee auto's die geparkeerd stonden. De zwarte VW Passat Coupé stond voor de dienstwoning. Een prima auto voor een tuinman. Links voor de laan stond de donkergroene Mercedes G 350, een klassieke terreinwagen voor een prijs en van een kwaliteit waardoor een kasteelheer in overeenstemming met zijn stand kon rijden. Dat moest de auto van de oude Corfitzen zijn – en nu dus van Kajsa.

Hij sloop langs de dienstwoning naar de achterkant en bleef abrupt staan. Hij hoorde een geluid, een karakteristiek geluid uit zijn jeugd, van de vakanties bij zijn favoriete oom, oom Laurids, die boswachter in West-Jutland was. Het was een behaaglijk koeren dat maar op één plek ter wereld te horen was, in een duiventil. Hij sloop verder en ging op zijn hurken bij de hoek van het huis zitten.

In werkelijkheid waren de vakanties bij oom Laurids geen vakanties geweest. Pas jaren later besefte hij dat er sprake was van deportatie.

Hij ging naar Oksbøl, zijn zusje naar hun tante in Vordingborg. Elke zomer. Acht jaar achter elkaar. In opdracht van zijn vader, de tiran en het hoofd van het gezin dat rust wilde hebben.

Achter de woning zag hij een zwak lichtschijnsel. Het kwam van onder af. Hij sloop verder langs de muur en ontdekte dat het schijnsel afkomstig was van een lichtbak met een rooster ervoor dat bijna volledig was bedekt met verwelkte bladeren.

De auto stond voor de deur, het huis was donker maar er brandde licht in de kelder. Arvidsen moest vergeten zijn het uit te doen.

Hij veegde de bladeren opzij, trok het rooster voorzichtig weg, ging op zijn knieën zitten en stak als een merkwaardige struisvogel zijn hoofd in de lichtbak. Eerst zag hij niets. Op het raam zat viezigheid en rotzooi van decennia – en spinnenwebben van decennia kleefden nu aan zijn haar en gezicht. Hij veegde ze weg en maakte met een klodder spuug een kijkgat waardoor hij redelijk duidelijk in de kelder kon kijken.

Hij zag een piepkleine ruimte die volgestouwd was met normale kelderrommel en een deuropening waardoor hij in een andere ruimte kon kijken. Daar brandde licht. Hij zag de contouren van een brede nek en kort haar. Het was Arvidsen.

Zijn zicht was heel beperkt door de deuropening. Hij kon de helft van Arvidsen zien, die op een stoel bij een tafel zat waarop papieren lagen. Aan de linkerkant van de deuropening zag hij een stukje van een oliestookinrichting en een wirwar aan buizen.

Poul Arvidsen, vermoedelijk de enige tuinman met topkwaliteiten op het gebied van terreurbestrijding, zat in de stookkamer en was ergens in verdiept.

Na een paar minuten moest hij zijn hoofd terugtrekken om een korte pauze te houden door de ongemakkelijke houding. Daarna probeerde hij het opnieuw. Arvidsen zat er nog steeds.

Na bijna een halfuur gebeurde er pas iets. Hij zag dat Arvidsen langzaam opstond en nog even voorovergebogen bij de tafel bleef staan. Daarna deed hij een paar stappen naar links en ging weer met zijn rug naar hem toe staan. De papieren waren van de tafel verdwenen. Arvidsen draaide zich om, liep de kamer uit en deed het licht uit. Er was nu alleen nog een heel zwak lichtschijnsel in de kelder, waarschijnlijk van een trap.

De beloning voor het op zijn hoofd staan in een lichtbak vol spinnenwebben was een kleine observatie met grote betekenis: Arvidsen had de kelder verlaten zonder de papieren mee te nemen.

Vlak daarna ging er een deur open en dicht. Daarna werd de Passat gestart, het grind knerpte en het geluid van de motor werd opgeslokt door de laan. Arvidsen had zijn huis verlaten. Op een tijdstip waarop anderen naar bed gingen.

Hij boog zich voorover, bestudeerde het raam in het schijnsel van zijn zaklamp, trok zijn broekspijp omhoog en pakte zijn jagersmes. Die stak hij net zo lang in het halfverrotte raamkozijn tot hij een kier had gemaakt die groot genoeg was om het lemmet naar binnen te kunnen duwen, de haken omhoog te wippen en het raam te openen. Het was klein, maar het moest gaan. De hoek ten opzichte van de afmetingen van de lichtbak maakte het daarentegen tot een acrobatische uitdaging om zich erdoorheen te persen.

Hij stak de zaklamp in zijn mond, ging op zijn rug liggen en duwde zich met zijn voeten naar voren. Het lukte hem om zijn bovenlichaam in de lichtbak te duwen en tegelijkertijd zijn benen omhoog te gooien zodat de schoenneuzen tegen de muur schraapten en hij naar beneden en naar binnen gleed.

Een ruwe betonrand schaafde langs zijn rug. Zijn vingers sloten zich om een verwarmingsbuis aan het plafond en hij trok zich omhoog, haalde zijn benen naar zich toe en zette zijn voeten op de grond. Daarna wrong hij zich tussen de rotzooi door naar de keldergang.

In gedachten doorliep hij Arvidsens bewegingen in de minuten nadat hij was opgestaan. Daarna sloop hij naar de stookkamer, waar een oude oliestookinrichting tikte. Er waren geen ramen, dus kon hij zonder problemen met de zaklamp door de ruimte schijnen.

Tegen één muur stond een werkbank en daarboven hing een grote spaanplaat met een heleboel gereedschappen. Tegen een korte muur stond een oude schaafbank. Hij richtte zijn aandacht op de kleine tafel waaraan Arvidsen op een tuinstoel had zitten lezen. Hij zou moeten zoeken in het beperkte gebied tussen de tafel en de oliestookinrichting.

Hij richtte de lichtbundel op het tafelblad. Dat was leeg, afgezien van vier oude gewichten die aan één kant stonden. Hij ging bij de stookinstallatie staan en draaide zich om om zijn positie ten opzichte van het raam in de andere ruimte te controleren. Precies hier had Arvidsen een paar momenten met zijn rug naar hem toe gestaan.

Een wirwar aan buizen was het enige wat binnen bereik was. Verwarmingsbuizen en waterbuizen, een paar kaal en die voor warm water geïsoleerd met de gebruikelijke grijze schuimrubber buisisolatie. Hij zag Arvidsens bewegingen voor zich. Hij had zich niet gebukt en had zijn armen ook niet geheven. Geen vlees, geen vis – eerder ertussenin.

Met een stevige greep probeerde hij een paar van de buizen te verplaatsen en trok de buisisolatie weg. Zonder succes. Daarna begon hij systematisch te zoeken. Hij stak zijn hand uit naar een geïsoleerde buis waarvan de bocht achter de stookinstallatie verdween. Toen hij eraan trok viel hij bijna achterover, want plotseling stond hij met een lang stuk buisisolatie in zijn handen. Dat was circa 50 centimeter lang en zat vast aan twee loze buisuiteinden. In het omhulsel zaten meerdere rollen papier.

De buitenste was een lange rol. Nu wist hij waar de vier gewichten voor bedoeld waren. Hij rolde de papieren uit en legde er een op elke hoek.

Het waren negen grote vellen papier met een heleboel strepen en maten en berekeningen. Allemaal oeroude bouwtekeningen van Nørlund Slot. Zo verdreef de vroegere agent de lange avonden dus: in zijn zwarte kelder verdiept in bouwtekeningen van het slot. Hij onderzocht de negen tekeningen. Ze vertegenwoordigden allemaal een niveau in een van de drie vleugels: kelder, begane grond en bovenverdieping.

De tweede rol was een stapel papieren in normaal A4-formaat die bij elkaar werden gehouden met een paar nietjes. Hij bladerde haastig. Het was klaarblijkelijk een chronologische lijst van diverse observaties. Hij zag data, tijdstippen en een lange serie lettercombinaties, maar niet één naam.

De derde en laatste rol was in A3-formaat. Dit waren negen vellen papier die stuk voor stuk correspondeerden met een bouwtekening, want bovenin werd verwezen naar een paginanummer, een vleugel en een etage. Een paar van de vellen papier waren bijna leeg. Andere stonden vol berekeningen en Arvidsens met de hand geschreven opmerkingen.

Ambassadeur Hans-Otto Corfitzens trouwe toeverlaat had een overweldigende belangstelling voor bouwkunde, of een overweldigende belangstelling voor iets anders dat met het kasteel te maken had.

Hij moest zich haasten. Een voor een legde hij de grote vellen papier op de ruwe betonnen vloer onder de plafondlamp, spreidde ze uit met behulp van de gewichten en fotografeerde ze met zijn mobiel. Ook al werkte hij geconcentreerd, het duurde langer dan hij wilde.

Als Arvidsen alleen iets te eten of te drinken was gaan halen, zou hij ongetwijfeld naar McDonald's of het Shell-tankstation bij de snelwegafrit rijden, wat een afstand van maar een paar kilometer was. En als dat niet zo was, waar kon je dan in vredesnaam rond middernacht naartoe rijden? Hij verhoogde zijn tempo.

Vlak daarna rolde hij de laatste tekening op en kon hij aan de slag gaan met Arvidsens geheime observatielijst. Pas toen hij bij de laatste pagina was beland, ontdekte hij dat er iets hards aan de achterkant zat. Hij draaide het vel papier om. Onderaan zat een visitekaartje op het papier geplakt.

Hij herkende het onmiddellijk. Tenslotte had hij er zelf net zo een. Op het witte kaartje met het discrete logo stond: AXEL MOSSMAN, HOOFDCOMMISSARIS VAN POLITIE, POLITIE INLICHTINGENDIENST.

Er was een mobiel nummer op het kaartje geschreven. Precies hetzelfde nummer als dat hij van Mossman had gekregen.

Hij was geschokt. Op dit moment wist hij niet wat hij moest geloven. Of wíé hij moest geloven.

Het vermaarde hoofd van de inlichtingendienst zweefde als een in tweed gekleed spook rond in gangen die onzichtbaar leken. Hij was hier, daar en overal. En misschien... nergens.

Hij haastte zich met het fotograferen van de laatste pagina, stopte alles zorgvuldig terug en bevestigde de isolatie weer op de juiste plek. Het was de hoogste tijd om te verdwijnen.

# 31

Elke vezel in zijn lichaam was gespannen als de pees van een boog. Na drie kwartier woelen onder het dekbed had hij het van zich af geschopt en was weer opgestaan. Nu zat hij bij het raam en staarde in de nacht.

Hij had zijn zakje wiet gepakt, dat bijna op was, en had de fles whisky van de supermarkt in Skørping ook gepakt. Die was nog vol.

Het raam stond op een kier zodat de scherpe rook weg kon trekken. De nachtlucht was behaaglijk en streek als een koel kompres langs zijn verhitte hoofd.

Hij inhaleerde diep en hield de rook in zijn longen.

Hij wilde alles zo vreselijk graag op een rij zetten. Netjes geordend als een tactische briefing, transparant met coördinaten, vrienden en vijanden, inzet, doelwit en een helikoptertaxi terug naar de koffie. Hij kon het echter niet. Het lukte hem niet om een kijkje te nemen achter het gordijn dat alle daden en motieven verborg.

Er stonden strepen en cirkels en pijlen op het grote vel papier dat hij op zijn schoot had. Hij tekende op de achterkant van een poster die hij van het mededelingenbord in de gang had gehaald. Hij deed een poging om het geheel in een chronologisch schema te plaatsen.

Eerst werd de hond van Mogens Bergsøe opgehangen. Daarna werd Bergsøe waarschijnlijk vermoord tijdens een vaartocht in zijn kajak. Vervolgens gebeurde hetzelfde met de hond van ex-ambassadeur Hans-Otto Corfitzen. Een paar dagen later stierf Corfitzen door een bloedprop terwijl hij hardhandig werd aangepakt. Daarna werd Mr. White vermoord.

Mr. White... Op hetzelfde moment voelde hij zijn snuit in zijn holle hand. Als fantoompijn.

Dan waren er nog zijn schoenafdrukken in het kasteelpark. Het feit dat hij EU-ambassadeur Corfitzen in Bosnië wilde aanvallen. Zijn 'dreigbrieven' naar Bergsøe in zijn rol als voorzitter van de commissie die onderzoek deed naar Bosses dood. Axel Mossman zette hem indirect onder druk en betrok hem voor 250.000 kronen bij het onderzoek.

Mossman? De PET-chef die zijn visitekaartje en zijn geheime telefoonnummer in het wilde weg uitdeelde aan voormalige leden van het arrestatieteam en oorlogsveteranen. Wat hadden Mossman en Arvidsen voor afspraken gemaakt?

Was Arvidsen een soort mol op Mossmans loonlijst? Zo ja, waarom had Mossman dan belangstelling voor wie er kwamen en gingen in Nørlund Slot in Noord-Jutland? Of was Arvidsen gewoon zichzelf – een tuinman die was gestruikeld over iets van waarde dat hij daarna aan het hoofd van de Politie Inlichtingendienst had aangeboden.

En dan was er de oorlogsveteraan, hijzelf...

Hij zuchtte opnieuw diep. De wiet brandde snel en de joint zou binnen een paar seconden niet meer dan een klein stompje zijn, hij kon hem nog net tussen zijn duim en wijsvinger vasthouden.

Wat was zijn eigen rol? Geloofde Mossman echt dat hij voor honderd procent schuldig was? Dat hij bezig was met een vendetta die terug te voeren was naar Bosses ongelukkige dood in Bosnië in 1995?

En nu wachtten Mossman en Rytter, en 'toeziend voogd' Margrethe Franck in de kamer naast de zijne erop tot hij zichzelf zou verraden. Dan konden ze hem oppakken en het geld terughalen.

Of... werd hij gebruikt als een onberekenbare olifant die in de porseleinkast tekeerging?

En waar zou het eindigen? Als al het porselein verspreid lag over Borre Sø en in Rold Skov? Zouden de scherven blijven liggen? Of bestond er een geheime agenda waarin iemand van plan was ze aan elkaar te lijmen?

Het stompje was nog maar een paar millimeter toen hij het opgaf en het de duisternis in schoot. Hij schroefde de dop van de fles whisky en nam een slok. Na de wiet smaakte het naar kattenpis, maar dat deed het misschien anders ook wel.

Op dit moment kon hij op een heel andere plek zijn. Met een leeg hoofd, zonder alle vragen die als wespen rondzoemden en hem nooit met rust lieten. Maar dat ging niet. Hij kon zijn rugzak niet pakken en vertrekken. Hij moest tot het uiterste gaan.

Dat was hij Mr. White verschuldigd. En zichzelf. Als hij niet tot het uiterste zou gaan, dan zouden ze hem opofferen.

Hij nam een nieuwe slok uit de fles. Zijn lichaam ontspande. De centrifuge in zijn hoofd draaide langzamer. Hij herkende de signalen. Het had een tijdje effect. Dat gaf hem een pauze. Hij leunde naar achteren en keek naar boven. Tussen de bewolking straalde een groepje sterren. Hij had het gevoel dat het een vreselijke nacht zou worden.

Zijn blik gleed kalm over het papier heen en weer. Er stonden geen antwoorden, maar de chronologie bevestigde wat hij daarstraks al had beseft: Arvidsen was de centrale figuur en de sleutel tot het hele onderzoek.

Wie waren de bewakers? Wie vormde een bedreiging voor Corfitzen? Waarom was de videobewaking verwijderd? En als laatste: waarom had Arvidsen belangstelling voor de bouwtekeningen en voor wie had Arvidsen de observatielijsten gemaakt?

Het waren veel vragen, maar het provocerende beest zou gegarandeerd niet helpen om ze te beantwoorden.

Er was echter een oplossing voor. Hij had genoeg van de speculaties en had zijn plan A in stelling gebracht. Het was een eenvoudig plan dat bestond uit bruut geweld. En het zou de volgende dag uitgevoerd worden.

Hij voelde opluchting omdat hij een beetje overzicht had en de juiste vragen had bedacht. Bovendien had hij een doel aangewezen, een hoofdvijand: Poul Arvidsen.

Hij nam een derde en laatste slok. De whisky smaakte steeds beter. Hij was nooit een kenner geweest. Zijn gebruik was eerder van praktische aard. Hij zette de fles achter het gordijn en deed het raam dicht. Het was tijd om te gaan slapen.

Om aan de vloek van het zachte bed te ontsnappen trok hij het beddengoed op de vloer, kleedde zich uit en ging liggen. Hij deed zijn ogen dicht en dacht na over een aantal uitstekende manieren waarop hij Arvidsen tot praten kon dwingen. En omdat Arvidsen blijkbaar een vreselijke schoft was, richtte hij zich uitsluitend op manieren die gemeen pijn deden.

*Oscar 21, hier Bravo 44. Servische militaire voertuigen onderweg vanuit het noorden. Rode minibus en zwarte bmw. Het is Milorad, die klootzak... Ze passeren u zo meteen. Over.'*

*'Oscar 21. Ontvangen. Over.'*

*'Bravo 44. Nee, ze stoppen voor de school. Wacht... Verdomme... Het busje zit vol gehandicapten. De Serven zijn stomdronken. Ze drijven ze de school in. En ze slaan ze. Wat doen we? Over.'*

*'Oscar 21. Dat klinkt beroerd. Heel beroerd. Ik kom naar je toe. Wacht af. Bevestig. Over.'*

*'Negen nul. Hier Kilo 05. Het is te gevaarlijk. Hou positie. We kunnen alleen observeren. Ik herhaal: hou positie. Bevestig. Over.'*

*'Oscar 21, begrepen, uit.'*

*'Bravo 44, begrepen, uit.'*

*'Oxe, verdomme, kijk wat ze gedaan hebben. Over de hele...'*

*'Kalm, Bosse, kalm...'*

*'Maar jezus, ze zijn krankzinnig, Oxen.'*

*'Ja.'*

*'We hadden moeten...'*

*'Je hebt Klaus gehoord. We mochten niet. En ze hadden ons neergemaaid als we ze hadden verrast terwijl ze hiermee bezig waren.'*

*'Kijk, ze hebben een startlijn getekend, en daar staat "finish". Fuck, fuck, fuck, man. Ze zijn krankzinnig. Ze moeten onthoofd worden. Ze hebben ze verdomme een wedloop laten doen. Ik moet kotsen, Oxen. Ik moet...'*

*'Het is oké, Bosse, kalm maar, kalm maar. Ga naar buiten voor wat frisse lucht.'*

*'Oxen, kom hier.'*

*'Wat is er, Sune?'*

*'Deze hier beweegt. Het is zo fucking ziek. Een wedloop met gehandicapten, in een gymzaal. Hij heeft... geen benen...'*

*'Het bloed stroomt uit hem. Hij is meerdere keren in zijn buik geraakt. En in zijn hoofd.'*

*'Hij doet zijn ogen open, Oxen. Hij kijkt naar je. Wat moeten we doen? Wat moeten we verdomme doen?'*

*'Hij gaat zo meteen dood. Kijk jij of de anderen dood zijn?'*

*'Zie je dat niet! Hij kijkt naar je, echt!'*

*'Check de anderen, Sune.'*

*'Ja, ja... Hij is dood, en hij. Zij ook. Het is maar een klein meisje... In een rolstoel. Ik geloof niet dat ik kan...'*

*'Zo... Nu is hij weg.'*

*'Is hij dood, Oxen? Is hij dat? Weet je het zeker?'*

*'Ja.'*

*'Heb jij dat gedaan?'*

*'Hij is dood. Hij heeft rust.'*

Hij schrok wakker. Hij was bezweet en buiten adem. Het kostte hem een moment om zich te herinneren dat hij op de vloer in zijn hotelkamer lag. Hij ging rechtop zitten.

Het was een schreeuw. Hij was midden in een schreeuw wakker geworden. Maar hij wist niet of de schreeuw echt was of niet. Zou hij geschreeuwd hebben? Schreeuwde hij? Of kon hij dat niet? Hij ging verward op zijn knieën zitten. Hij kon...

Er werd hard op zijn deur gebonkt.

Hij wist niet wat hij moest zeggen. Hij was nog steeds in de war. In plaats daarvan liep hij naar de deur en deed open zonder er een moment over na te denken dat dat misschien onverstandig was.

Het was Margrethe Franck. Op één been, in een wit hemd en een zwart slipje. Ze had beide handen rond een pistool en leunde tegen de deurpost.

'Wat is er aan de hand, Oxen? Is alles in orde?'

'Wat bedoel je?'

'Je schreeuwde.'

'Ik? Dat denk ik niet. Ik sliep.'

'En je bent alleen?'

'Ja. Wat anders?'

'Mag ik rondkijken?'

Hij knikte en ze hinkte naar binnen. Was het een kwestie van opleiding? Was ze in opperste staat van paraatheid na dat gebeuren met Mr. White? Wilde ze controleren dat hij niet werd bedreigd? Net zoals hijzelf was opgeleid om een gebouw te controleren.

'Slaap je op de vloer?'

'Alleen vannacht. Ik had pijn in mijn rug.'

Franck glimlachte, maar zei niets. Ze bukte zich, keek onder zijn bed en opende de kast bij de ingang. Ze snoof een paar keer.

'Wiet?'

Hij knikte.

Franck keek oplettend om zich heen. Ze duwde het gordijn met de loop van het pistool opzij. De fles stond op de vensterbank.

'En sterkedrank?'

Hij knikte opnieuw. Hij was nu zo wakker dat het gevoel dat hij terechtstond hem in woede deed uitbarsten.

'Wie denk je eigenlijk dat je bent, verdomme? Lara Croft op één been? Donder op uit mijn kamer! Donder op!'

'Oké, het spijt me. Ik wilde alleen zeker weten dat je...'

'Eruit!'

Ze knikte en sloeg de deur achter zich dicht. Hij ging naar de badkamer en gooide water over zijn hoofd. Daarna droogde hij zich af, ging op de vloer liggen en trok het dekbed over zich heen.

Verdomme, waarom was hij zijn zelfbeheersing kwijtgeraakt? Dat had ze absoluut niet verdiend. Ze wilde alleen maar helpen.

Margrethe Franck was een knappe vrouw met één been. Brutaal kapsel. Ivoor en ebbenhout. Een lekker strak kontje en een zwart slipje met kant, mooie borsten die achter haar shirt deinden als ze hinkte.

Hij vloekte luid en hartgrondig onder het dekbed. Alles was zoals anders. Zelfs de gedachte dat ze kreunde en boven op hem kronkelde riep geen enkele reactie bij hem op.

Het was allemaal kapot. Hij was dood. Een morsdode idioot.

# 32

Psycholoog Ella Munk zette haar groene bril vlak na het begin van het gesprek af.

Misschien wilde ze daarmee het belang van wat ze ging zeggen onderstrepen. De psycholoog keek Margrethe Franck diep in de ogen en zei met nadruk: 'Zonder een gerechtelijke ontheffing is er niet veel waarmee ik je kan helpen, begrijp je dat?'

'Ik zal geen specifieke vragen stellen. En het kan zijn dat ik misschien op een later tijdstip een ontheffing aanvraag. We zullen zien.'

'Als je dat zou doen...' De psycholoog laste een pauze in en krabde met de poot van haar bril op haar neus voordat ze verderging. 'Je kunt me heel veel vragen stellen en de meeste zullen onbeantwoord blijven. Begrijp je... Niels Oxen was helemaal niet gericht op samenwerking. Mijn beroep draait om het tot stand brengen van wederzijds vertrouwen. Dat is een voorwaarde. Maar dat niveau hebben we nooit bereikt. Dus zelfs als je met een ontheffing komt, dan heb ik geen dik dossier over Oxen. Dat vertel ik zodat jij en de PET begrijpen op welk niveau we ons bevinden.'

'Oké, de diagnose, heel algemeen. Ben je zo ver gekomen?'

Ella Munk, een verzorgde vrouw van middelbare leeftijd met zilveren strepen in het donkere haar, draaide zich naar het computerscherm, zette haar bril weer op en klikte een paar keer op de muis.

'Oxen is maar vijf keer bij me geweest voor therapie. Maar ja... er is een diagnose.'

'En die luidt?'

De psycholoog schudde haar hoofd even en een glimlach verzachtte haar gezicht.

'Tja, dat kan ik je natuurlijk niet vertellen. Dat valt onder de vertrouwensband met mijn cliënt. En dat weet jij ook heel goed.'

'Laten we dan heel in het algemeen praten. Heb je ervaring met PTSS?'

'Ik werkte vroeger exclusief voor het leger. Dus ja... posttraumatische stressstoornis is mijn specialiteit. Waarom vraag je dat?'

Ze wist nog steeds niet of Ella Munk vriendelijk was of enigszins koel, professioneel.

'Weet je iets over PTSS?' vroeg de psycholoog.

'Niet veel.'

Haar antwoord was absoluut niet in overeenstemming met de waarheid, maar ze wilde graag voor een warmere toon in het gesprek zorgen. Ze was zelf meerdere keren naar een psycholoog geweest, helemaal routinematig volgens het reglement van de politie.

De psycholoog was een oudere man geweest die heel vooraanstaand op zijn gebied was. Misschien was zij een eenvoudig geval: ze had er geen spijt van dat ze die klootzak had doodgeschoten. Een moordenaar die haar been had verbrijzeld als een laatste duivelse daad in de seconde voordat hij rechtstreeks naar de hel ging.

Ze wilde nog steeds dat ze haar schot een of twee seconden eerder had afgevuurd, maar dat was een wens zonder bitterheid. Er waren natuurlijk rotdagen. Maar als het niet om het been was geweest, dan had ze haar droombaan bij Axel Mossman in Søborg nooit gekregen.

'Ik heb materiaal dat ik je kan geven. Het is in het populaire genre, samengesteld met het oog op familie en aanverwanten. Het is het gemakkelijkst als je me je e-mailadres geeft.'

'Heel graag.' Ze pakte haar visitekaartje en legde het op het bureau.

'Maar denk eraan dat we met individuen te maken hebben als je Niels Oxen met de lijst met symptomen begint te vergelijken. Niet met exacte formules.'

'Dat zal ik in gedachte houden. Als we in algemene bewoordingen blijven: is het mogelijk dat commando's PTSS krijgen?'

'Natuurlijk kan dat, maar dat gebeurt heel zelden. We kunnen wel stellen dat als je eenmaal lid bent van het Korps Commandotroepen, je zo zorgvuldig geselecteerd en doorgelicht bent dat alleen de personen met de allerbeste bouwstenen uiteindelijk overblijven. Als je een commando bent, dan ben je in het algemeen niet gevoelig voor PTSS.'

'Zijn ze te hard?'

'Commando's zijn door en door gezonde en complete mensen die innerlijk in balans zijn en hun eigen behoeften opzij kunnen zetten om samen te werken voor het algemeen belang. Ik noem dat alleen om gaten te prikken in de mythe dat het supermensen zijn.'

'Degenen uit de Balkan-tijd zijn zwaar getroffen, nietwaar?'

Ella Munk knikte instemmend.

'Dat klopt. PTSS komt veel voor bij de eerste Denen die een internationale missie meegemaakt hebben, wat in de tijd van de Balkan was. Ze lijden aan minderwaardigheidsgevoelens ten opzichte van de deelnemers in Irak en Afghanistan omdat daar sprake was van deelname aan echte gevechtshandelingen. Dat was op de Balkan niet zo. Daar was geen mandaat voor. De Deense soldaten moesten zich passief opstellen. We zien sterke trauma's die voortkomen uit de machteloosheid die ze voelden. Aanwezig zijn bij gewelddaden zonder dat je in staat bent om in te grijpen kan een verminking van de ziel veroorzaken.'

'Niels Oxen is twee keer tijdens dezelfde oorlog naar de Balkan uitgezonden, en één keer daarna.'

'Dat is toegankelijke informatie.'

De psycholoog maakte geen aanstalten om meer commentaar te geven. Het was haar dus niet gelukt om een vertrouwelijke sfeer te creeren. Ella Munk was niet van plan om details over Niels Oxen prijs te geven.

Ze moest dus van andere middelen gebruikmaken, precies zoals Mossman haar zou aansporen om te doen. Ze stond op en stak haar hand uit. 'Bedankt voor je tijd. En ik wil het materiaal heel graag hebben.'

De psycholoog knikte.

'Geen dank. Ik stuur het je meteen.'

Het was bijna twaalf uur toen ze terug was in Rold Storkro na haar bezoek aan de psycholoog in Aalborg. Onderweg had ze een van haar alternatieve mogelijkheden voor onderzoeksassistentie geactiveerd.

Het alternatief was een oudere grijze man, die opging in zijn omgeving. Maar hij kon precies hetzelfde als zijn jeugdige collega's, die in de wereld van de clichés vaak werden gekenmerkt door bonte hiphopkleding, omgedraaide petten, een te groot colaverbruik en een eenvoudigere, enigszins anarchistische benadering van alles en iedereen in cyberspace.

Asger Hansen, een pseudoniem, was een voormalige IT-specialist die was ontslagen tijdens een bezuinigingsronde bij een internationaal bedrijf omdat zijn geboortebewijs vergeeld was. Hij was een uiterst voorzichtige, alleenstaande man van 61 jaar, die in de Studiestræde in het hart van Kopenhagen woonde, vlak bij de Vor Fruekerk, waar hij in een donker kantoor in zijn appartement zijn bijzondere kennis ter beschikking stelde aan een kleine selecte groep.

Asger Hansen was zo voorzichtig dat het telefoongesprek bijzonder kort was geweest. Zijn soort was niet geschikt voor telefoons. Ze had alleen gevraagd of hij 'tijd had voor een haastklus'. Hij had 'ja' geantwoord. De rest van de communicatie moest zoals gewoonlijk worden gecodeerd. De eerste stap was om de mail van psychologe Ella Munk door te sturen.

'Hallo, Franckie!'

Ze keek verbaasd op. Martin Rytter zat aan een van de tafeltjes bij de ingang van het hotel en genoot met een zonnebril in zijn haar van het aangename weer.

'Wat doe jij hier?'

De operationele chef van de inlichtingendienst was een van de laatsten die ze hier had verwacht. In al haar jaren bij de PET had ze nog nooit meegemaakt dat de hoogste baas of de operationele chef zich zo met een zaak bemoeide. Topmanagers namen administratieve beslissingen en waren erop ingesteld om anderen eropuit te sturen. Dat onderstreepte de ernst van de zaak. Als de moord op de voorzitter van de Wamberg-commissie of de vaderfiguur van de diplomatie de top niet uit hun stoelen kon krijgen, dan kon niets dat waarschijnlijk. De Bergsøe-Corfitzen-zaak bezorgde hun – hopelijk – slapeloze nachten.

'Wat doe je hier, Martin?' Ze liet zich op de stoel naast hem vallen.

'Ik kwam toevallig langs... en wilde je trakteren op een lunch.'

'Voor de draad ermee.'

'Ben je gestrest, Franckie?'

'Ik ben net bij een psycholoog geweest. Daar raak je gestrest van.'

'Heeft dat met het schot te maken en...' Rytter knikte naar haar rechterbeen. 'Ik dacht dat je daar allang...'

'Je bent niet goed bij je hoofd. Bij de psycholoog van Niels Oxen!'

'Oké, sorry. Wil je lunchen?'

'Ja, natuurlijk.'

Rytter glimlachte en schudde zijn hoofd. Als het zou gaan zoals in de wandelgangen werd gefluisterd, dan werd hij benoemd tot het nieuwe hoofd van de PET als Axel Mossman over een paar jaar stopte. Sterke krachten praatten over de behoefte aan 'stabilisatie' na Mossmans hervormingen van de afgelopen jaren in plaats van behoefte aan vernieuwing. Dat sprak in Rytters voordeel. Bovendien werd zijn scherpe intelligentie gewaardeerd. Als het Martin Rytter werd, dan zat ze de komende jaren beslist in het zadel. Rytter mocht haar graag en had respect voor haar, en dat was wederzijds.

'Waarom ben je hier, afgezien van de lunch?'

'Ik moest toch naar een vergadering in Aarhus, dus heb ik Mossman beloofd om dit mee te nemen.'

Rytter klopte op het aluminium koffertje dat tussen zijn benen stond.

Ze floot.

'Aha, de operationele chef is een koerier.'

'Mossman heeft graag dat alleen jij, ik, Oxen en hijzelf hiervan afweten,' zei Rytter.

'Zoals ik eerder al zei, ik begrijp niet wat Mossman met Oxen wil, en dan voor die prijs. Weet jij inmiddels meer?'

'We hebben het er niet meer over gehad, maar we kunnen er natuurlijk om wedden dat Oxen het geld te leen heeft, Franckie.' Rytter klopte weer op het aluminium koffertje en ging verder. 'Mossman heeft nog nooit met geld gesmeten. Hoe gaat het trouwens met Oxen? Waar is hij mee bezig?'

'Joost mag het weten. We zijn nog niet zover dat hij me vertrouwt. Maar ik geloof dat het de goede kant op gaat.'

'En alles gaat zoals het moet? Willy en Bent volgen hem?'

Martin Rytter verwees naar haar twee collega's, Willy Sørensen en Bent Fensmark, die elkaar afwisselden bij het 24/7 schaduwen van Niels Oxen. Ze logeerden beiden in het hotel. Ze had ze begroet toen Oxen buiten de deur was.

'Ze hebben het onder controle, maar Oxen houdt zich ook rustig. Afgezien van een ritje naar Nørlund Slot gisteravond laat waar hij in de beheerderswoning heeft ingebroken.'

'Enig idee waarom?'

'Nog niet, maar ik heb het gevoel dat de situatie plotseling explodeert.'

'En hijzelf? Explodeert hij ook?' vroeg Rytter.

'De psycholoog vroeg om een ontheffing, dus hebben we alleen in algemene bewoordingen gepraat. In het algemeen kun je zeggen dat leden van het Korps Commandotroepen nooit posttraumatische stress krijgen. Daarentegen worden heel veel Balkan-veteranen daardoor getroffen. Oxen is allebei, commando en Balkan-veteraan. Verder dan dat zijn we niet gekomen.'

# 33

Karin 'Kajsa' Corfitzens Mercedes-terreinwagen stond niet op de parkeerplaats. De Passat van Arvidsen stond er echter wel. Daarmee verdween elk voorbehoud en kon hij zijn eenvoudige en wrede plan A in werking stellen.

De voormalige eliteagent moest bedreigd worden zodat hij zou praten. Als dat niet hielp, wat hij eigenlijk vermoedde, dan zou hij overgaan tot meer drastische middelen en ervoor zorgen dat het pijnlijk zou worden voor Arvidsen. Extreem pijnlijk.

De redenering hoorde misschien thuis in reptielenhersenen, maar dat kon hem niet schelen. Geweld was het enige wat een bres kon slaan in de onzichtbare muur die in de weg stond van het onderzoek naar de dood van de oude ambassadeur.

De vondst van Mossmans contactnummer bij Arvidsen liet hem geen andere keus dan geweld. Hij kon zich niet nog verder in het labyrint laten lokken. Want op een bepaald niveau, dat hij op dit moment nog niet kon doorzien, was het labyrint blijkbaar geconstrueerd door de oppermacht – Axel Mossman, het hoofd van de PET.

Hij parkeerde en gooide het portier dicht. Hij moest eraan denken dat hij één feit buiten zijn verhoor van Arvidsen moest houden: de vondst van het materiaal in de kelder. En hij moest zijn kop erbij houden en mocht zich niet laten provoceren.

Arvidsens tekeningen en observatielijsten waren zijn geheime troefkaart die hij voorlopig niet uit handen wilde geven. Hij was net bij een fotozaak in Aalborg geweest waar de opnames van zijn mobiel waren overgezet op de geavanceerde apparatuur van de winkel. Hij had alle bouwtekeningen van het kasteel op A3-formaat besteld. Met een belofte over dubbele betaling had hij de fotozaak zover gekregen dat ze vaart achter de opdracht zouden zetten. Hij kon de prints halverwege de middag ophalen.

Hij liep langs de slotgracht naar de kasteeltuin, waar hij helemaal achterin motorgeluid hoorde. Arvidsens hoofd dook zo nu en dan achter de hoge struiken op. Hij verliet de beschutting van de bomen en struiken en sloop voorzichtig dichterbij.

Arvidsen moest overrompeld worden. Hij bleef staan en haalde het mes uit zijn broekspijp.

Toen hij vlakbij was, verstopte hij zich achter een grote rododendron en wachtte het juiste moment af. Arvidsen maaide het gras op zijn gele zitmaaimachine en was zo te zien bijna klaar. Hij moest snel toeslaan.

De gelegenheid deed zich niet lang daarna voor, toen Arvidsen stopte en een pakje sigaretten uit zijn borstzak haalde.

Hij verliet zijn schuilplaats en besloop zijn prooi van achteren. De laatste meter op open terrein legde hij in één sprong af. Daarna zette hij af en landde vlak achter Arvidsen op de zitmaaimachine. Op hetzelfde moment sloeg hij zijn linkerarm stevig rond de nek van de tuinman en hield hij het mes met zijn rechterhand voor zijn gezicht. Er kwam een hol geluid uit Arvidsens keel, en hij liet de sigaret en de aansteker vallen.

'Je blijft doodstil zitten en luistert! Begrepen?' Hij onderstreepte zijn boodschap door zijn greep rond Arvidsens nek te verstevigen. 'Begrepen?'

De tuinman kon alleen knikken. Hij maakte zijn greep iets losser.

'Voor wie werk je?'

Arvidsen hoestte. 'Voor Corfitzen... En nu... voor zijn dochter...'

'Je liegt. Geef antwoord!' Hij duwde het lemmet tegen Arvidsens keel.

'Doe het dan, soldaat, doe het dan. Je durft het toch niet, mietje. Je bent niet bestand tegen de druk. Een oorlogsheld? Lik m'n reet!'

Hij verstevigde zijn greep rond de nek van de man met een ruk.

'Wie had het op Corfitzen voorzien?'

'Geen idee,' hijgde Arvidsen.

'Wat moesten al die bewakers hier?'

'Dat heb ik je al verteld. Ik weet het niet. Laffe klootzak, om me van achteren aan te vallen. Hoe kan een mietje zoals jij medailles gekregen hebben?'

Hij verplaatste zijn greep rond Arvidsens nek razendsnel naar zijn haar, rukte zijn hoofd naar achteren en duwde het mes hard tegen zijn keel.

'Je krijgt een laatste kans, Arvidsen. Een laatste. Maak daar gebruik van. Anders gaat het pijn doen. Veel pijn. Luister goed: na Corfitzens dood heb je de videobewaking verwijderd. Waarom heb je dat gedaan?'

Het was alsof de brede tuinman even nadacht. Daarna siste hij:

'Je durft verdomme helemaal niets, klootzak. Ik ben gestationeerd geweest bij de politiemissie in Kosovo. Oorlog is voor mannen. Niet voor mietjes. Je bent krankzinnig, slappe klootzak. En nu laat je...'

Hij stak zijn mes met volle kracht in Arvidsens rechterdijbeen terwijl hij zijn linkerarm tegelijkertijd weer rond zijn nek sloeg. Alleen het heft van het mes stak uit het been.

Arvidsen schreeuwde en schokte zo hevig dat hij de zitmaaier in de versnelling zette. Die begon over het enorme gazon naar voren te rollen.

'Het kan nog veel erger! Ga je me nu antwoord geven? Waarom heb je de videobewaking weggehaald?'

De zitmaaier maaide een baan door het gras in de richting van het hoofdgebouw van het kasteel.

Hij rukte het heft van het mes heen en weer terwijl Arvidsen wanhopig schreeuwde.

'Stop, stop, stop! Omdat ik...'

Op hetzelfde moment hoorde hij een bekend gefluit langs zijn oor suizen en bukte instinctief achter Arvidsens brede rug. Eén kant van het gezicht van de tuinman zat onder het bloed. Een stuk van zijn wang was weg en het oor was een bloederige homp vlees.

Het was alsof Arvidsen wilde schreeuwen, maar er kwam geen geluid over zijn lippen. Hij was verstard.

'Geef antwoord! De bewaking! Waarom?'

Hij moest Arvidsens nek loslaten om dekking te zoeken.

'Jachthut... Vloer... Help me...'

Meer kon Arvidsen niet uitbrengen. Het tweede schot raakte zijn voorhoofd en veroorzaakte een gat in zijn achterhoofd.

Weefsel en hersenmassa stroomden als een warme stortvloed over zijn gezicht. Hij had maar één kans: achter Arvidsens beschermende rug blijven. Als hij nu van de zitmaaier sprong, dan was hij een eenvoudige prooi voor de schutter die zich achter een van de vele ramen van het kasteel bevond.

De zitmaaier rolde nog steeds in een gelijkmatig tempo verder.

De derde kogel floot langs zijn rechteroor. Hij pakte Arvidsens kraag stevig vast om het zware, levenloze lichaam rechtop te houden.

De slotgracht kwam dichterbij. Vijftien meter, tien meter...

De vierde kogel raakte Arvidsens schouder en veroorzaakte een scheur in zijn eigen jack.

Vijf meter, vier meter, drie meter, twee meter...

Op het moment dat de zitmaaier naar beneden dook en de paar meter naar het zwarte water van de slotgracht aflegde, gooide hij zich ervanaf, rolde rond en raakte het wateroppervlak met een plons. Net voor hij in het water verdween zag hij hoe Arvidsens slappe lichaam over het stuur van de zitmaaier werd geslingerd.

De duisternis omringde hem. Hij kon zich absoluut niet oriënteren in het water, maar volgde zijn richtingsgevoel. Als hij om de dichtstbijzijnde bocht kon komen, kon hij dekking zoeken voor de schutter in het kasteel. Als hij de laatste twintig meter kon afleggen zonder geraakt te worden, dan had hij een kans.

Vlak daarna raakten zijn handen iets zachts – modder. Hij had een oever bereikt, maar toen hij boven water kwam zag hij dat de hoek hem nog niet helemaal beschermde. Hij crawlde de laatste meter snel, klauterde aan land en stormde zigzaggend naar de beschutting van de bomen en struiken.

Hij ging op zijn hurken achter een boom zitten en keek naar de zijvleugel van het kasteel. Er ging geen raam open, er was niemand te zien. Hij begon naar de parkeerplaats te rennen en herhaalde de manoeuvre. Het resultaat was hetzelfde. De schutter was nergens te zien. Niets bewoog. En Kajsa Corfitzen was nog steeds niet thuisgekomen.

Het was zijn bedoeling geweest om zich achter het stuur te laten vallen en als een gek weg te rijden, maar hij veranderde van gedachten. Hij moest het kasteel doorzoeken, ook al had hij zijn geliefde jagersmes niet meer. Dat stak diep in het dijbeen van Arvidsen. Het zou een enorme winst zijn als hij de schutter te pakken zou krijgen.

Hij wilde net naar de brug over de slotgracht lopen toen een kogel met een knal de achterruit verbrijzelde. Razendsnel rukte hij het portier open en liet zich op de bestuurdersstoel vallen. Seconden later scheurde hij zo hard naar de laan dat grind en stenen alle kanten op spatten.

De tweede kogel floot door de cabine en schoot door de voorruit naar buiten. Daarna had hij dekking en hij slingerde met hoge snelheid de provinciale weg op.

Hij kon niet helder nadenken terwijl hij de algen en modder van zijn gezicht veegde en het gaspedaal tot de bodem intrapte op weg naar

Rold. Hij had het eerder meegemaakt. Zijn ijzige kalmte was weg. Hij was niet in staat om razendsnel orde in de chaos te scheppen.

Zijn kleding was doornat en zat onder de stinkende modder. Hij zag geen achtervolgers in de achteruitkijkspiegel. Nergens antwoorden op. Alleen chaos. En toch. Er was iets belangrijks wat hij moest opdiepen uit de chaos in zijn hoofd. Iets!

'Concentreer je!' riep hij tegen zichzelf terwijl hij een klont modder op de autovloer spuugde, die in het water van zijn kleding belandde.

Arvidsen had iets gezegd. Net voordat de schutter zijn voorhoofd raakte, had hij iets gezegd. Het waren twee woorden, twee opzichzelfstaande woorden. Het duurde een paar seconden voordat ze hem te binnen schoten. Jachthut en vloer. Wat had hij daarmee bedoeld?

Terwijl hij rillend over de betekenis nadacht werd hij zo kalm dat een nieuwe en alarmerende vraag zich aandiende: wie was in eerste instantie het doelwit van de schutter geweest? Arvidsen... of hijzelf?

Na de twee schoten op de auto was er in elk geval geen twijfel meer over dat hij zelf nu ook een doelwit was. En hij had nog een vraag: wie was de schutter?

Wie kon met zijn wapen onder zijn arm naar Nørlund Slot wandelen en zich opstellen bij een raam dat uitkeek op het park? En wat was het motief?

Op dit moment was alles een chaos. Hij moest terug naar zijn kamer, kalmeren en zichzelf de juiste vragen in de juiste volgorde stellen. En daarna moest hij een bad nemen, zich omkleden en vliegensvlug naar de fotozaak in Aalborg rijden.

Jachthut?

Hij sloeg af naar rechts en arriveerde even later bij Rold Storkro.

Vloer?

De twee woorden konden natuurlijk maar op één manier met elkaar te maken hebben.

# 34

Er was sprake van een serie symptomen bij PTSS. Dankzij haar eigen kennis en behandeling kon ze bevestigend knikken bij een aantal ervan.

Psycholoog Ella Munk had zich aan haar woord gehouden en had het materiaal meteen naar haar toe gestuurd. Zelf had ze de mail doorgestuurd naar Hansen in de Studiestræde en had hem daarna een bericht gestuurd via het coderingsprogramma dat in haar inbox op haar wachtte. Ze had er helemaal geen behoefte aan om te weten wat Hansen hierna zou gaan doen, als hij maar leverde. En ze wist uit ervaring dat hij dat snel zou doen.

Ze scrolde wat heen en weer door het materiaal dat voor familie en aanverwanten duidelijk moest maken met wat voor symptomen ze te maken konden krijgen. De meest voorkomende waren opgesomd:

*Flashbacks: terugkerende beleving van traumatische gebeurtenissen.*

*Nachtmerries en slaapproblemen: vaak heel gewelddadige nachtmerries – vaak vergezeld van zweetaanvallen.*

*Geheugen- en concentratieproblemen.*

*Isolatie: men neemt afstand van vrienden en familie en neemt niet deel aan sociale gebeurtenissen.*

*Overgevoeligheid voor lawaai: lage tolerantiedrempel ten opzichte van lawaai.*

*Wantrouwen: een gevoel van afzondering en vervreemding, en men is in het algemeen uitermate wantrouwend.*

*Verminderd gevoelsleven: het vermogen om empathie, genegenheid en liefde te voelen verdwijnt of vermindert.*

*Verslavingsproblemen: alcohol, pillen of drugs.*

*Impotentie of algemene seksuele problemen.*

Kon ze symptomen herkennen bij Niels Oxen? Dat wist ze nog niet. Zo goed kende ze hem niet. Maar één PTSS-symptoom verscheen in elk geval met een 9,5 op Niels Oxens schaal van Richter: de man was verschrikkelijk wantrouwend.

Ze was net bezig met de inleiding van datgene wat later het volledige rapport over Oxens mentale toestand zou worden, toen de telefoon ging.

Al aan het buiten adem uitgesproken 'hallo' kon ze horen dat er iets aan de hand was. Het was haar collega Willy Sørensen, degene die de apparatuur had om Oxens huurauto te volgen.

'Iemand heeft Arvidsen doodgeschoten! En ze hebben ook geprobeerd om Oxen te vermoorden! In de kasteeltuin. Hij is in de slotgracht gesprongen. En daarna vluchtte hij terwijl de kogels om zijn oren floten! Volkomen krankzinnig. Hij is nu op weg naar het hotel! Ik denk...'

'Graag in de juiste volgorde, oké? Kalm. Ik dacht dat Oxen in Aalborg was.'

'Ik zit er gewoon van te trillen. Het was zo onwerkelijk. Net als in een film. Hij was in Aalborg, maar daarna ging hij naar Nørlund Slot. Ik volgde hem naar de kasteeltuin. Daar valt hij Arvidsen aan, die gras aan het maaien was met de zitmaaier. Oxen valt hem van achteren aan, en ze rollen op de zitmaaier naar voren. Oxen heeft zijn nek vast en hij heeft een mes in zijn andere hand. Ze krijgen ruzie. En dan zie ik dat Oxen het mes heft en dat in Arvidsens been steekt!'

'Zeg je nou dat Oxen Arvidsen vermoord heeft?'

'Nee! Hij steekt het mes in zijn dijbeen en Arvidsen schreeuwt als een mager speenvarken. Ik hoor het schot niet, maar plotseling duikt Oxen achter Arvidsens rug. Daarna...'

'Willy! Het schot? Welk schot? Rustig...'

Haar collega uit Aarhus haalde diep adem en vertelde het drama daarna op een manier dat ze het kon volgen. Er was sprake van een schutter achter een van de ramen van het kasteel. En Arvidsen werd geraakt.

'En op het moment dat de zitmaaier in de slotgracht verdwijnt, springt Oxen eraf. Hij is ongelofelijk. Ik zeg je dat hij een krijger is, Franck, ijskoud.'

Haar Oost-Jutlandse collega was nog steeds geschokt terwijl hij gedetailleerd verder vertelde hoe Oxen uiteindelijk in een fourwheeldrive vluchtte terwijl de kogels om zijn oren floten.

'En jij hebt alles gezien?'

'Vanuit het struikgewas, ja.'
'Heb je de schutter gezien?'
'Alleen zijn silhouet.'
'Heeft Oxen jou gezien?'
'Nee, absoluut niet.'

Ze begreep volkomen waarom Willy Sørensen zo opgewonden was. Een baan bij de PET was zelden adrenalineverhogend. Het kon jaren geleden zijn dat Sørensen van de Aarhus-groep in de buurt van een scherp schot was geweest. Als hij dat ooit was geweest.

'Ik zie op de monitor dat Oxen afgeslagen is naar het hotel. Hij is er bijna, Franck.'

'Goed werk, Willy. Ik moet rennen!'

Ze hing op en haastte zich haar kamer uit. Ze was net aan een van de voorste tafeltjes voor het hotel gaan zitten en had een ontspannen houding aangenomen, toen ze op het parkeerterrein een portier hard dicht hoorde slaan. Vlak daarna zag ze Oxen snel aan komen lopen.

Pas toen hij dichterbij was, zag ze het: de oorlogsveteraan zag eruit als iemand die... oorlog had gevoerd. Oxen was doornat en bedekt met zwarte modder en groene algen. Hij aarzelde even toen hij haar zag, maar liep daarna met onverminderde snelheid door.

'Hé, Oxen, wat zie jij eruit!'

Hij hief afwerend zijn hand met een norse uitdrukking op zijn gezicht. Net zo geërgerd als tijdens de nacht waarin hij haar de huid vol had gescholden en haar 'Lara Croft met één been' had genoemd.

'Heb je ergens een duik genomen?'

Het was alsof hij haar helemaal niet zag, maar zijn waarschuwende hand vertelde haar iets anders. Hij rende de trap op... en was weg.

'Margrethe, sufferd...' Ze vervloekte zichzelf en haar waardeloze poging, maar bleef zitten. Ze besefte meteen dat het nutteloos was om Oxen het hotel in te volgen. Hij was niet het type om achterna te lopen. Nu moest Rytter beslissen wat er moest gebeuren. Ze moest hem bellen, ook al zat hij in een vergadering in Aarhus.

Het meest waarschijnlijke was dat de PET genoodzaakt was om hoofdinspecteur Grube en Aalborg te informeren. Ze hadden een tweede moord in Nørlund. Blijkbaar een professionele liquidatie. Het vuur zou Niels Oxen weer na aan de schenen worden gelegd. Niet dat hij de dader was, maar hij was daar wel geweest op het moment van het misdrijf. Dat zou betekenen dat de oorlogsveteraan en tevens

Mossmans geallieerde huurling het heel moeilijk zou krijgen in Aalborg.

De zon verwarmde haar gezicht terwijl ze bedacht dat ze nog maar een paar uur geleden op deze plek had gezeten en Martin Rytter had verteld dat ze het gevoel had dat de hele situatie zou exploderen.

Karin 'Kajsa' Corfitzen keek nieuwsgierig toe hoe duikers het lichaam van Poul Arvidsen uit de slotgracht haalden.

Margrethe Franck ging naar haar toe, gaf haar een hand, stelde zich voor en wisselde een paar woorden met haar. Karin Corfitzen had geen tuinman meer.

Vlak daarna was hoofdinspecteur Rasmus Grube klaar met het instrueren van zijn mensen. Hij kwam naar hen toe.

'Hallo, Franck,' zei hij. 'Jij bent hier dus nog steeds?'

Ze knikte. Arvidsens massieve lichaam lag inmiddels op het grasveld.

Ze zag dat Willy Sørensen gelijk had: er ontbrak een groot deel van het achterhoofd. Daarentegen was het inschotgat maar een klein roestrood plekje. Maar zo was het nu eenmaal. Een kogel veroorzaakte altijd de meeste schade bij de achterdeur.

Het schot had Arvidsen vermoord op het moment dat Oxen zijn mes in Arvidsens dijbeen had gestoken om hem aan het praten te krijgen.

'Dat is vreemd,' mompelde Grube terwijl hij zijn hoofd schudde.

'Wat is er?' vroeg ze.

'Een scheur in zijn broek, bij zijn dijbeen. Het heeft gebloed. Hij heeft een flinke wond aan zijn been opgelopen voordat hij stierf.'

'Misschien heeft hij zich ergens aan opengehaald toen hij van de zitmaaier viel.'

'Misschien, misschien...' Grube keek sceptisch.

Wat had de voormalige superagent gezegd voordat hij stierf? En waar ging het verdomme allemaal om? Niels Oxen had in korte tijd zoveel rondgestampt in het onderzoek dat hij een enorme stofwolk had veroorzaakt. Maar dat was misschien ook de bedoeling.

Als Oxen weg was, wilde ze zijn kamer doorzoeken in de hoop een paar van de ontbrekende antwoorden te vinden. Ze wist bijvoorbeeld nog steeds niet waarom hij had ingebroken in de dienstwoning in Nørlund.

'Rytter heeft gebeld om over Arvidsen te vertellen,' zei Grube terwijl hij overeind kwam. 'Ik wist niet dat jullie hier nog mensen hadden rondlopen,' ging hij verder, waarmee hij op Willy Sørensen doelde.

De antwoorden waren van tevoren met Rytter doorgenomen. Dat van haar moest ongeveer als volgt klinken: 'Dat klopt, Sørensen was hier om rond te kijken. En hij wilde een ernstig gesprek met Arvidsen hebben, maar daar is hij niet aan toegekomen.'

'Hij heeft alles vanuit het struikgewas gezien, nietwaar?' vroeg Grube.

Ze knikte. 'Dat is ook wat ik gehoord heb. Maar misschien kunnen jullie beter met hem praten?'

'Ik heb hem aan de telefoon gehad. Hij kan hier elk moment zijn. Wat betreft het onderzoek is dit een waardeloze situatie. Arvidsen wist veel meer dan hij liet merken. Ik had gehoopt voldoende informatie te verzamelen om hem flink aan de tand te kunnen voelen. En nu is het een doodlopende steeg. Had je iets aan het materiaal over Consilium, Franck?'

'Niet dat het hier een verschil had gemaakt, maar het is onmisbare achtergrondinformatie. En zelfs een beetje exotisch omdat Mossman op de sprekerslijst voorkomt.'

'Ik geloof absoluut dat er een verband is tussen de zaken Corfitzen en Bergsøe,' bromde Grube.

Kajsa Corfitzen had haar handen diep in haar jaszakken begraven en keek nadenkend. 'Waar hoort Arvidsen in vredesnaam in dit hele verhaal thuis? Hij is een beetje onbetrouwbaar, nietwaar? Dat is niets voor mijn vader... En wie sluipt in vredesnaam mijn woning binnen om op iemand te schieten? Dat vind ik geen prettig idee, dat vind ik helemaal geen prettig idee, Grube...'

Op de terugweg van Nørlund Slot ging haar mobiel. Het was een dierbare voormalige collega, Lars Clausen, die inmiddels was gepensioneerd. Ze was helemaal vergeten dat ze de vorige dag een bericht op zijn voicemail had achtergelaten.

Clausen had bij bureau Bellahøj gewerkt in de tijd dat Niels Oxen daar als politieaspirant werkzaam was geweest. En ze had nog steeds een zwart gat in het gedeelte over Oxens korte politiecarrière. Na een paar verplichte vriendelijke vragen over het bestaan als gepensioneerde en zijn familie werd ze onderbroken: 'Dat is aardig van je, Margrethe, maar je belt niet om naar mijn privéleven te informeren. Wat is er aan de hand?' zei Clausen lachend.

'Oké... Als ik Niels Oxen zeg, wat zeg jij dan?'

‘Dan zeg ik dappere soldaat,’ zei Clausen meteen. ‘En de hoogst gedecoreerde in Denemarken ooit. Hoezo?’

‘Jullie hebben samen in Bellahøj gewerkt, nietwaar?’

‘Ja.’

‘Kende je hem goed?’

‘Misschien niet goed, maar ik kende hem. Er werd over hem gepraat. Hij had twee medailles voor dapperheid – als groentje. Dat baart opzien en schept bepaalde verwachtingen. Ik heb hem sindsdien gevolgd. Hij kreeg een derde medaille en daarna kreeg hij als laatste een fantastisch, nieuw eerbewijs, waarvan je van tevoren kunt zeggen dat het heel weinig toegekend zal worden. Het Kruis voor Dapperheid heet het. Ik heb het artikel destijds uit de krant geknipt. Wat heb je met hem te maken, Margrethe?’

‘Ik doe onderzoek naar zijn verleden.’

‘Heeft hij iets stoms gedaan?’

‘Het is waarschijnlijk te vroeg om daar iets over te zeggen. Hoe was hij?’

‘Goed. En heel zeker van zichzelf voor een aspirant, als je dat zo kunt zeggen. En wat nog meer? Zwijgzaam en kalm, en toch had hij temperament. In principe een beetje gereserveerd. Degenen die hem het best kenden prezen hem de hemel in. Anderen maakten grapjes over zijn medailles. Ik kan je alleen maar goede dingen over hem vertellen.’

‘En toen stopte hij ineens. Kun je je daar iets van herinneren?’

‘Ik heb nooit een exacte reden gehoord. Alleen dat hij de voorkeur aan het leger gaf en daarom terug wilde. Dat was reden genoeg. Je kunt het Max Bøjlesen vragen. Hij was destijds het hoofd van het bureau, en volgens de verhalen is de jonge Oxen naar hem toe gegaan om afscheid te nemen.’

‘Max Bøjlesen!’ riep ze.

‘Inderdaad.’

‘Bøjlesen, hoofdcommissaris in Aalborg, die Bøjlesen?’

‘Yep. Je klinkt verbaasd.’

‘Ik wist niet dat hij destijds in Bellahøj zat.’

‘Je kunt naar Jutland gaan en het hem zelf vragen, Margrethe.’

‘Ik ben in Jutland.’

‘Wat doe je daar in vredesnaam?’

‘Onderzoek doen naar Niels Oxen.’

‘Stiekemerd. Dat zijn jullie allemaal in Søborg. Waarom kom je nooit eens bij ons langs? Mijn vrouw vroeg een paar weken geleden nog naar je.'

'Ja, dat is inderdaad heel slecht van me. Ik kom snel op bezoek.'

'Doe dat.'

'Erewoord. Vertel eens, wie was Oxens rechtstreekse superieur?'

'Dat was Jørgen Middelbo.'

'Waar vind ik hem?'

'Hij is dood. Kanker. Vorig jaar, geloof ik.'

'Jezus. Tja, ik moet rennen. Hartelijk bedankt voor je hulp.'

Ze verbrak de verbinding. Max Bøjlesen... De man was samen met zijn eigen mensen en Rytter en Mossman aanwezig geweest bij het eerste gesprek met Niels Oxen en had gedaan alsof hij de oorlogsveteraan die uit het bos was gehaald niet kende.

Zoiets kon hij niet vergeten zijn. Iedereen van Bellahøj zou weten of ze iets te maken hadden gehad met een aspirant met de ongewone naam Oxen die was onderscheiden voor dapperheid.

Max Bøjlesen, wat een klootzak. De hoofdcommissaris kon toegevoegd worden aan haar inmiddels lange lijst met merkwaardige elementen in het onderzoek.

# 35

Well... Hij glimlachte bij de gedachte terwijl hij parkeerde bij de school in Ravnkilde, een plaatsje ten zuiden van Rold Skov. Misschien moest hij Axel Mossmans anglofiele manier van praten overnemen om het helemaal echt te maken. Well, well...

Hij draaide de contactsleutel om en deed zijn best om het lange haar onder zijn pet te stoppen. Nu wás hij Mossman. Hij had zich aan de telefoon voorgedaan als hoofdagent Axel Mossman, Politie Inlichtingendienst. Hij hoopte dat het lukte. De conciërge van de school had in elk geval niet argwanend geklonken. Hij had het idee onder de douche gekregen toen hij de modder uit de slotgracht van zich afspoelde.

De conciërge heette Dan Troelsen. Hij was voorzitter van jachtvereniging Arden. Daarom parkeerde hij nu bij de school.

Een pezige, slanke man op klompen en in een blauwe overall kwam hem nog voordat hij het portier had dichtgegooid tegemoet. Ze gaven elkaar een hand. Als de conciërge een legitimatie wilde zien, dan had hij een probleem. Bij wijze van noodoplossing had hij met een mespunt het woord hoofdcommissaris weggekrast van het visitekaartje dat Mossman hem had gegeven. Hij had het niet weggegooid zoals hij eerst had willen doen, wat een geluk was, maar de oplossing zou een kritische blik niet doorstaan.

Zijn gepieker was onnodig. De conciërge was geen wantrouwend type. Hij zei: 'Het gaat over Corfitzen en het bos, nietwaar?'

'Inderdaad, wat een geluk dat je aanwezig bent. Bedankt dat ik je even mag storen. Dus jij bent de conciërge van de school?'

'Alleen de assistent van de conciërge. Ik werk parttime. Ernaast ben ik boer, maar van de paar varkens die wij hebben kun je tegenwoordig niet meer leven. En de grond heb ik verpacht. Maar goed, over het bos...'

'Zoals ik aan de telefoon al kort uitgelegd heb, is de PET bezig met het onderzoeken van Corfitzens dood. En in dat verband is het belangrijk voor ons om al het bezit van Nørlund Slot in kaart te brengen. De dochter, die net is thuisgekomen uit Engeland, weet echter niet genoeg. Dus dacht ik dat de voorzitter van de plaatselijke jachtvereniging de beste keus zou zijn als het op bos aankomt.'

Parttimeboer Troelsen knikte langzaam. 'Jullie hadden waarschijnlijk hulp van de houtzagerij kunnen krijgen,' zei hij.

'Degene die ik daar heb gesproken wist in elk geval niet veel,' zei hij verontschuldigend terwijl hij de grote kaart op de motorkap uitspreidde zodat Troelsen mee kon kijken.

'Luister,' begon hij. 'We hebben gehoord dat er een jachthut op de grond van Nørlund Slot staat. We weten niet of die oud of nieuw is. En misschien hebben we het mis, maar in elk...'

'Nee, nee, je hebt het niet mis,' onderbrak de assistent van de conciërge hem bedachtzaam.

'Oké.' Hij knikte terwijl hij vanbinnen juichte.

'Hier...' Troelsen zette zijn nicotinegele wijsvinger helemaal boven in een van de groene vlekken. 'De hut ligt in het noordelijkste deel van Torstedlund Skov. We jagen daar natuurlijk niet, maar ik ben er geboren. Het bos maakt deel uit van Nørlund.'

'Dat klinkt heel goed. Het is dus een oude jachthut?'

Troelsen knikte.

'Ja, ja... Hij was er al toen ik een jochie was. Er liggen meerdere jachthutten in de particuliere gebieden, een paar ervan zijn heel chic. De jachthut die daar staat, is een oude blokhut uit de tijd dat er grote jachtpartijen in Nørlund werden gehouden. Heb je iets om mee te schrijven?'

Hij gaf de vriendelijke conciërge-boer zijn balpen.

'Hier, je kunt hem niet missen,' zei Troelsen lachend terwijl hij een kruisje op de kaart zette nadat hij er nog een keer goed naar had gekeken.

'Ontzettend bedankt. En er zijn geen andere jachthutten in Nørlund?'

'Absoluut niet.'

'Goed, hartelijk bedankt dan.'

Ze gaven elkaar weer een hand en hij ging in de auto zitten, startte en reed de parkeerplaats af.

Toen hij op de weg kwam, stootte hij een triomfantelijke brul uit die door de cabine galmde. Het was gelukt. Hij had orde in de chaos geschapen. Hij had de juiste vragen aan de juiste mensen gesteld. Hij was goed. Met een beetje geluk kon hij verdomd goed zijn.

Morgenochtend vroeg zou hij naar het noordelijke deel van Torstedlund Skov gaan. Recht op zijn doel af. Hij brulde weer en sloeg van puur geluk met zijn handen op het stuur. Hij bedacht dat hij niet wist wanneer hij zich voor het laatst zo had aangesteld.

Hij sloeg af naar de eerste parkeerplaats die hij zag, zette de motor uit, ging rechtop zitten en opende vol verwachting de grote envelop van de fotozaak.

Nu moest hij zich over Arvidsens geheimen buigen. Klootzak Arvidsen zaliger, die eigenhandig het onderzoek had geblokkeerd om redenen waar hij hopelijk het komende uur achter zou komen. Een uur dat hij helemaal wilde besteden aan het lezen en bestuderen van de tekeningen uit de geheime bergplaats in de kelder van die ellendeling.

Zijn horloge vertelde hem dat er ruim een uur voorbij was toen hij al het materiaal terugstopte in de envelop, vermoeid met zijn handen over zijn gezicht wreef en droomde over ijskoud water om af te koelen.

Arvidsens geheime materiaal bracht geen enkele duidelijkheid. Maar – en dat was bijzonder belangrijk – het wekte een sterk gevoel over waar de norse tuinman zich mee bezig had gehouden.

Het venster naar de echte Axel Mossman stond open tussen 22.00 en 23.00 uur. Hij was genoodzaakt daar vanavond gebruik van te maken.

# 36

Het aluminium koffertje stond tussen hen in. Ze had het naar hem toe geschoven zoals Vagebond gehaktballen naar Lady toe schoof, maar hij liet het staan.

'Wil je het niet tellen?' vroeg Margrethe Franck.

Ze had rond zeven uur op zijn kamerdeur geklopt om te informeren of hij interesse had in een avondbriefing. Hij had geantwoord dat het niet nodig was. Ze had gesnauwd dat hij om acht uur bij haar moest zijn als hij zijn geld wilde hebben. Anders kon hij het vergeten. Nu zat hij op het krukje bij de muur.

'Tellen?' Hij schudde zijn hoofd.

'En waar komt dat enorme vertrouwen plotseling vandaan?'

Ze was verschrikkelijk geïrriteerd. Hij was zich ervan bewust dat hij haar had afgewezen toen hij zich doornat en onder de modder het hotel in had gehaast. Maar de situatie was nu eenmaal niet anders.

'Ik tel het straks,' antwoordde hij.

'Maar je tekent nu.'

Ze gaf hem een onofficieel stuk papier. Er stonden alleen een datum en een plaats en een bedrag op. Hij zette zijn naam op het papier.

'Dat was het waarschijnlijk...' Hij keek haar vragend aan.

Ze boog zich naar voren en keek in zijn ogen. Ze droeg haar prothese onder de gebleekte spijkerbroek, wat haar op de een of andere manier formeler en koeler maakte dan de vrouw die hij de afgelopen dagen had leren kennen.

'Vertel me eens, Oxen, denk je dat ik een volslagen idioot ben?' Haar blauwe ogen schoten vuur.

'Wat bedoel je?'

'Je verschijnt hier gehaast, doornat en onder de modder, en je neemt niet eens de moeite om te blijven staan en te vertellen waarom dat is.'

'Sorry, maar ik...'

'En dan hoor ik van hoofdinspecteur Grube dat ze Arvidsen uit de slotgracht van Nørlund gehaald hebben. En geloof je dan niet dat zelfs een Lara Croft met één been in staat is om één en één bij elkaar op te tellen? Water, modder, slotgracht... Of ben je gewoon stapelgek, Niels Oxen?'

'Is Arvidsen dood?'

'Idioot. Als je niets wilt delen wordt dat je dood. Dat kan ik je wel vertellen.'

'Wat bedoel je?'

'Dat zei ik. Je speelt met de grote jongens.'

'Ik speel nooit.'

'Wat wilde je zo graag uit Arvidsen krijgen dat je om je woorden kracht bij te zetten een mes in hem gestoken hebt? Vertel me dat in elk geval!'

'Mes? Ik weet niet waar je het over hebt.'

Hij vervloekte zichzelf, maar hij voelde zich genoodzaakt om op deze manier te antwoorden. Margrethe Franck was uiteindelijk niet meer dan een lakei.

Ze bleef zijn blik vasthouden terwijl ze berustend haar hoofd schudde. Haar mobiel ging op het moment dat ze iets wilde zeggen.

Ze ging rechtop zitten en leek geconcentreerd te luisteren terwijl ze meerdere keren '*si, si*' zei. Daarna pakte ze een blocnote en een balpen terwijl ze gebaarde dat hij moest blijven zitten.

'*Vamos...*' Nu begon ze notities te maken terwijl ze intussen ijverig een serie vragen stelde. Daar ging hij tenminste van uit. Hij verstond geen Spaans. In dit verband kon het telefoontje eigenlijk alleen een reactie zijn op het verzoek aan Interpol.

Franck schreef en schreef. Het gesprek duurde ongeveer een kwartier. Daarna verbrak ze de verbinding en wreef van puur enthousiasme in haar handen.

'Yes!' zei ze. 'Dat is een van de vele verschillen tussen jou en mij. Ik deel. Ik doe waar ik opdracht voor heb gekregen en deel. Dat was een telefoontje uit Spanje. Van inspecteur Ruben Montoya Negrete van La Policía Nacional in Málaga.'

'Oké. En jij spreekt Spaans.'

'En Engels en Duits en Frans. Op hoog niveau. Dat heet "competenties". Het is heel belangrijk voor een hinkepoot om uitgebreide competenties te hebben.'

'Het spijt me...'

'Wat spijt je?' Ze keek hem verbaasd aan boven haar brilmontuur.

'Die opmerking over Lara Croft. Het spijt me!'

'Hmm, laten we verdergaan. De Spanjaard had nieuws over de opgehangen honden. Hij heeft zowel een opgehangen hond als een dode man.'

'Dan zit er misschien toch iets in...' antwoordde hij. 'In de modus operandi.'

'Niet zomaar een dode man. Een dode Deen zelfs.'

Nu werd het pas echt interessant.

'Wacht even. Ik moet iets controleren,' zei ze terwijl haar vingers over het toetsenbord dansten.

'Yes! Het klopt.'

'Wat klopt?'

Margrethe Franck bladerde terug in haar Spaanse aantekeningen en pakte de draad op. 'Wacht even, we beginnen bij het begin. Volgens inspecteur Montoya Negrete reed de Deense directeur Hannibal Frederiksen eind februari van een berg en is omgekomen. Ogenschijnlijk was daar niets vreemds aan. Dat soort dingen gebeurt nu eenmaal. Maar... later krijgt de politie in Málaga een telefoontje van Frederiksens echtgenote Henriette. Ze heeft het dagboek van haar overleden man gevonden, waar ze nog nooit in heeft gekeken. Daarin staat vrij vertaald... en ik citeer ongeveer zoals de inspecteur het voorlas:

"Tot mijn grote schrik vond ik vanochtend onze geliefde hond, Señor, hangend aan een stuk touw aan het eind van het amandelbosje. De vorige avond had ik al het vermoeden dat er iets niet klopte. Ik zocht hem, maar kon hem niet vinden. En ik kon absoluut niet slapen toen ik naar bed ging. Ik had er niet zo luchtig over moeten denken, had het niet moeten negeren. Ze waren serieus. Bloedserieus. Ik zie de komende dagen met bange voorgevoelens tegemoet. Heb al met 'X' afgesproken dat hij assistentie hiernaartoe vliegt. Wat er met Señor gebeurd is, durf ik niet aan Henriette te vertellen. Ze wordt ziek van verdriet. Ik zal zeggen dat hij weggelopen is. Ik heb hem bij het meer begraven."'

Margrethe Franck legde de blocnote neer en keek hem vragend aan. Hij had in zichzelf geknikt terwijl ze voorlas. Hij voelde geen enkele twijfel. 'Het is een soort kettingreactie en het is dus allemaal in Spanje begonnen. Wat heb je daarnet op je laptop gevonden?'

Margrethe Franck glimlachte breed en draaide zich naar het scherm.

'Ik heb al het materiaal van het secretariaat van Consilium in elektronische vorm. Luister, Hannibal Frederiksen treedt twee keer op als expert bij de ad-hoccommissie. De eerste keer negen jaar geleden in een werkgroep die het onderwerp "bedrijfsbelasting" behandelde, en drie jaar geleden in een soortgelijke groep, die "bouwen – een weg uit de crisis" besprak. Hij is geen lid van Consiliums moederforum of iets dergelijks, maar hij is bij meerdere lezingen en evenementen aanwezig geweest. De laatste keer was tijdens een lezing van de voormalige baas van de Amerikaanse centrale bank Alan Greenspan. Dat was drie jaar geleden.'

'Alle wegen leiden naar Consilium,' mompelde hij.

'Daar lijkt het op.'

'In chronologische volgorde: Hannibal Frederiksen, Mogens Bergsøe en de oprichter zelf, Hans-Otto Corfitzen... Drie opgehangen honden, drie mannen.'

'Vier. Je vergeet je eigen hond.'

'Maar ik ben hier nog steeds.'

'Nog wel. Je was er vandaag bijna niet meer geweest, nietwaar?'

Hij schudde zijn hoofd berustend. Of ze gokte in het wilde weg, of ze wist verontrustend veel.

'Laten we Hannibal eens nader bekijken. Ik google hem,' zei Franck.

'Dat moet niet al te moeilijk zijn. Wie heet er nu Hannibal?'

'Afgezien van de man met de olifanten,' mompelde ze.

Hij bestudeerde haar gezicht discreet. Er lag een lichte blos op de bleke wangen. Ze was blijkbaar vergeten dat ze boos was.

'Oké, hier is hij,' ging ze verder. 'Hij heeft een cv met de omvang van een telefoonboek.'

'Ik heb nog nooit van hem gehoord,' zei hij.

'Ik ook niet. Laat me kijken, laat me kijken... Hij bezat meerdere bouwbedrijven, drie in Denemarken en één in Spanje, Frederiksen Construcciones. Er staat ook dat hij een erkende *developer* van toeristencomplexen op de Spaanse vastgoedmarkt is. Een Deense krant omschrijft hem als "de discrete bouwmatador".'

'Hoe oud was hij?'

'62. Gedurende de jaren is hij lid van een lange serie besturen geweest. Hemel, hij heeft tien jaar geleden zowel in de raad van bestuur als in het dagelijks bestuur van de Deense Werkgeversvereniging gezeten.'

'Contacten, netwerken, invloed... Ik wil graag weten wie "X" is, degene uit het dagboek.'

'Dat wil ik ook,' verzuchtte ze.
'Woonde hij permanent in Spanje?'
'Volgens de inspecteur wel. Dat deden ze al een aantal jaar.'
'En wat gebeurt er nu?'
'We sturen natuurlijk iemand daarnaartoe om met zijn vrouw te praten. Vertel eens, waarom ben je destijds gestopt met je politieopleiding?'
Haar ratelslangachtige manier om van onderwerp te veranderen overviel hem en had tot gevolg dat hij een seconde te lang aarzelde. Verder ging het goed. Het gesprek liep vanzelf. Hij praatte zonder erover na te denken dat hij praatte.
'Ik miste het leger,' hoorde hij zichzelf zeggen.
'Kan dat?'
'Natuurlijk kan dat.'
'Hoe dan?'
'Als je daar lang genoeg bent geweest, samen in moeilijkheden hebt gezeten, samen hebt gewonnen... dan wordt het een beetje familie. En dan kun je het missen als het er plotseling niet meer is.'
Franck zag eruit alsof ze meer verwachtte, maar hij zweeg.
'Zou je een goede agent geweest zijn?' vroeg ze verder.
'Dat moet je iemand anders vragen.'
'Maar je vond het prettig werk?'
'Het was oké, ik wilde alleen graag terug. En omdat ik was aangenomen bij de commando's heb ik nooit getwijfeld.'
Margrethe Franck beet nadenkend op haar balpen. Daarna zei ze met opgetrokken wenkbrauwen: 'Ik vind het heel vreemd dat hij zich jou niet kan herinneren.'
'Wie?'
'Max Bøjlesen... Hij heeft er niets over gezegd dat hij je kent. Dat is vreemd.'
'Ach, kennen, dat doet hij waarschijnlijk ook niet. Hij was hoofd van het bureau. En ik liep alleen zijn kantoor in om te zeggen dat ik wilde stoppen.'
'Je verscheen in Bellahøj als een groentje met twee medailles voor dapperheid. En dan kan hij zich je niet herinneren? Maak dat de kat wijs.'
'Vraag het hem dan, Franck.'
'Dat ben ik ook van plan. Denk aan je geld. Dat wil je beslist niet met iemand délen.'

Hij ging staan en pakte de envelop zonder commentaar te geven. Daarmee eindigde het net zo beroerd als het begonnen was.

'Wacht. Je vergeet iets.'

Hij bleef met zijn hand op de deurkruk staan. Margrethe Franck trok de bovenste bureaulade open.

'Hier! Pak aan!'

Ze gooide iets langwerpigs in een zachte, voorzichtige boog naar hem toe. Hij ving het. Het was het mes dat diep in Arvidsens dijbeen had gezeten.

'Ik ging ervan uit dat je het miste. En doe de deur achter je dicht.'

# 37

Het contactvenster met het hoofd van de Politie Inlichtingendienst, Axel Mossman, stond al een halfuur open, dus het was tijd. Het was 22.30 uur. Hij had met opzet gewacht omdat hij niet de indruk wilde wekken dat hij in paniek was. Hij had de tijd gebruikt om het materiaal uit Arvidsens kelder opnieuw te bestuderen. Hij pakte zijn mobiel en toetste het nummer op het visitekaartje in.

'Hallo.'

De stem was donker en zacht.

'Commando,' zei hij in overeenstemming met de afspraak.

'Goedenavond. Kan ik je ergens mee helpen?'

'Corfitzens tuinman, Arvidsen, is dood. Vermoord door een sluipschutter.'

'Dat heb ik gehoord.'

'Ik was erbij toen het gebeurde.'

'Ik denk niet dat je daar was,' zei de donkere stem.

'Ik zat achter hem op de zitmaaier toen hij...'

'Zoals ik al zei denk ik niet dat je daar was. Of liever gezegd: je wás er niet. Heel eenvoudig. Heb je je mes niet teruggekregen?'

'Jawel.'

'Daaraan kun je zien dat je er niet was. Heb je verder nog iets te rapporteren?'

Hij was verbijsterd. Het was alsof alle vragen die door zijn hoofd tolden met één vingerknip verdwenen waren. Hij had de situatie net met Mossman willen bespreken, maar nu zei hij in plaats daarvan dat de situatie zich helemaal niet had afgespeeld. Dat hij helemaal niet was geweest waar hij was geweest.

'Nog niet.'

'Heb je met hem kunnen praten voordat hij...?'

'Nee.'

'Echt niet?' vroeg Mossman.

'Nee.'

Mossman wilde overduidelijk zeker weten dat Arvidsen zijn mond niet voorbij had gepraat toen het mes in zijn dijbeen werd gestoken.

Een fractie van een seconde was hij in de verleiding om voor een shockeffect te zorgen, alles naar het hoofd van de PET-chef te slingeren en te vragen waarom Arvidsen in vredesnaam het visitekaartje en het geheime telefoonnummer had gehad. Of Arvidsen voor Mossman werkte. Of Mossman betrokken was bij een moordzaak en die nu probeerde te controleren. Of de 250.000 kronen de prijs was die hij betaalde om zich te verzekeren van een sterke zaak met een psychisch labiele dader met gegronde motieven.

Hij deed het echter niet. Hij moest sluipen, niet stampen. Bovendien zou Mossman zich nauwelijks op die manier laten choqueren.

'Ik... probeer... op dit moment verschillende dingen. Ik neem contact op zodra ik iets heb,' zei hij in plaats daarvan slechts.

'Well, laten we het gesprek dan beëindigen.'

Enigszins verbaasd verbrak hij de verbinding. Achter zijn rug en recht voor zijn neus werd aan onzichtbare draden getrokken. En Axel Mossman zweefde nog steeds rond in zijn gangen en zag erop toe dat alles op zijn manier gebeurde.

Hij keek naar het mes op het nachtkastje. Fijn om het terug te hebben. Het enige wat hij met zekerheid kon constateren, was dat iemand alles van heel dichtbij had gezien. Anders kon het mes hier niet liggen. Dus was hij waarschijnlijk ook geschaduwd toen hij naar de fotozaak en de school in Ravnkilde ging. Het laatste was niet van belang, want niemand had het korte gesprek met de conciërgehulp vanaf de weg kunnen zien. En natuurlijk hadden ze ook gezien hoe hij in Arvidsens kelder had ingebroken. De vraag was hoeveel de PET wist.

Het was bizar. Hij was de hele tijd voorzichtig geweest en had ervoor gezorgd dat hij niet werd geschaduwd. Daardoor bleef er maar één mogelijkheid over. Het ergerde hem dat hij daar niet eerder aan had gedacht. Misschien omdat hij een verwarde veteraan was die het niet gewend was om 'met de grote jongens te spelen'.

Morgen moest hij de gps-tracker vinden die Mossman, Rytter, Franck en de rest in zijn gehuurde Suzuki hadden geplaatst. Want als hij naar Nørlunds oude jachthut ging, wilde hij absoluut geen gezelschap hebben.

Hij ging rechtop zitten en pakte de stapel papieren uit Arvidsens kelder weer. Arvidsen had een lange serie metingen uitgevoerd in de kelder, op de begane grond en de eerste verdieping van de drie vleugels. Naar de strepen en aantekeningen te oordelen was het werk nog lang niet klaar.

Hij kon alleen bedenken dat Arvidsen gezocht moest hebben naar maten die niet klopten met de werkelijkheid. En maten die niet klopten hielden een mogelijkheid van een geheime ruimte in. Het zou niet de eerste keer in de geschiedenis zijn dat een oude burcht of een kasteel geheimen had. Maar waarom had Arvidsen daar belangstelling voor?

De lijst was minder gecompliceerd, die was een normale observatielijst. De eerste registratie dateerde van drie weken nadat Arvidsen vijf jaar geleden was aangenomen.

Er waren kolommen met datum, aankomsttijd en vertrektijd, en een kolom waar 'object' boven stond. Daarin waren uitsluitend lettercombinaties genoteerd. De eerste was PF, de tweede SHM, de derde AA, en zo ging het met twee of drie letters verder.

Het was onmogelijk om Arvidsens lijst te ontcijferen, tenzij hij een codesleutel had. AA kon bijvoorbeeld de voormalige minister-president Asbjørn Andersen zijn, maar ook Anders Aaberg, een bekende acteur. Het was verspilde tijd om ernaar te raden.

Terwijl de PET-machinerie zich op de nieuwe Spaanse link in de vorm van de overleden Hannibal Frederiksen stortte, hoefde hij maar één spoor te volgen dat heel concreet was: 'de vloer' in 'de jachthut'.

De mail van Asger Hansen verscheen in haar mailbox terwijl ze met het dekbed over zich heen en haar laptop op schoot op bed zat. Het bijgevoegde document heette 'Oorlogsveteraan N. Oxen'. Hij was dus al in Ella Munks elektronische database met cliëntendossiers geweest en had de gewenste informatie opgehaald. Daarnet had ze slaperig gegaapt, nu was ze klaarwakker. Ze opende het document en scrolde opgewonden heen en weer terwijl ze kleine passages las. Daarna begon ze bij het begin te lezen.

Niels Oxen was vijf keer bij Ella Munk in cognitieve therapie geweest. De vijf sessies waren in chronologische volgorde beschreven.

Ella Munks diagnose luidde PTSS. De diagnose was op één pagina gemotiveerd en uitgediept. Niels Oxens posttraumatische stressstoornis werd beschreven als bijzonder uitgesproken en 'veel zwaarder – ook wat betreft de periode – dan een klassiek geval van PTSS'.

*Ik ben echter van mening dat N.O. veel minder disfunctioneel is dan men in relatie met de omvang van het trauma zou kunnen verwachten*, luidde een van de conclusies. Die werd onderbouwd met een verwijzing naar N.O.'s vroegere lidmaatschap van het Korps Commandotroepen en de daarbij behorende fundamentele eigenschappen die hij daarvoor had moeten bezitten.

Het dossier bevatte 25 pagina's en getuigde van een allesbehalve geslaagd verloop omdat N.O. blijkbaar niet bereid was tot samenwerking, hoewel hij Ella Munk op aanbeveling van een van de psychologen van het Instituut voor Militaire Psychologie zelf had uitgekozen.

De psycholoog stond stil bij het feit dat de symptomen normaal gesproken rond zes maanden na de gebeurtenis moesten beginnen om de diagnose PTSS te kunnen stellen. In N.O.'s geval was er eerder sprake van een jarenlange optelsom die N.O.'s mentale balans uiteindelijk langzaam maar zeker had beïnvloed.

Pas tijdens de derde sessie had Ella Munk concrete bevindingen genoemd: een paar van de trauma's konden het gevolg zijn van de jaren in de Balkan.

*N.O. noemt uit eigen beweging een specifieke gebeurtenis tijdens zijn eerste internationale missie in 1993, de Balkan: het gaat over de mishandeling en het neerschieten van gehandicapten in een gymzaal door Servische militiesoldaten. N.O. noemt geen details, op één na: hij houdt een stervende jonge man van zijn leeftijd tijdens zijn laatste minuten in zijn armen.*

Tegelijkertijd had ze een persoonlijke aantekening gemaakt: *Ga heel langzaam te werk omdat ik van mening ben dat N.O. in dit vroege stadium helemaal niet in staat is om zijn trauma's onder ogen te zien. Geen verdiepende vragen stellen.*

Niels Oxen was blijkbaar veel bezig met het grote verlies van zijn kameraad Bo 'Bosse' Hansen en de daaropvolgende strijd voor een onderzoekscommissie.

Ella Munk had hem geciteerd: *Er gaat zelden een dag voorbij waarop ik niet aan Bosse denk.*

De vierde sessie bevatte veel concrete observaties. De psycholoog had geschreven: *Er tekent zich steeds meer een beeld af dat N.O.'s case bestaat uit een optelsom van zeven gevallen (een abnormaal hoog aantal dat deze case uniek maakt). N.O. heeft vandaag het getal zeven meerdere keren genoemd en gebruikt de vaste uitdrukking De Zeven.*

Het bleek dat de psycholoog er opnieuw bewust van afzag om door te vragen, maar er was blijkbaar sprake van zeven terugkerende en heel gewelddadige nachtmerries, een paar keer gecombineerd met flashbacks op alle momenten van de dag of nacht en herinneringsflitsen die niet in relatie stonden tot de zeven nachtmerries.

*Het blijkt vandaag dat de gebeurtenis met de mishandelde gehandicapten een van De Zeven is.*

N.O. noemt vrijwillig een andere: *De koeienman, noemt hij dit segment. Ik vraag concreet naar dit segment maar plotseling wil N.O. niet meer praten. Hij heeft geen zin om het uit te leggen. Ik dring niet aan.*

Ze las verder en kon begrijpen dat Niels Oxen ongeveer drie jaar geleden besefte dat hij behoefte had aan hulp om 'zijn situatie te ontwarren'. Maar volgens Ella Munk was hij niet in staat om de omvang of de ernst van het probleem te erkennen. Hij was er vast van overtuigd dat hij langzamerhand zelf in staat zou zijn om aan zijn problemen te werken en ze uiteindelijk op te lossen.

Halverwege de vijfde en laatste sessie was Oxen opgestaan en was naar Ella Munk toe gelopen met een mededeling die ze blijkbaar met behulp van een geluidsopname had opgeschreven. Er stond: *Je begrijpt er geen donder van. Je blijft maar doorgaan over dat familiegelul. Dat is niet belangrijk. Het gaat om oorlog. En jij hebt nooit een oorlog meegemaakt, je bent nooit in een situatie geweest waarin het een kwestie van leven of dood is. Het leven balanceert op het randje van de afgrond... het leven zelf. Eén verkeerde beweging, één verkeerde beslissing – en* goodbye. *Maar je snapt er geen donder van. Je bent niet geschikt. Je kent mijn wereld niet.*

Deze laatste uitbarsting was het hoogtepunt van een relatie die volgens de psycholoog steeds gespannener werd. De situatie was geëscaleerd vanaf het derde gesprek, waarin Ella Munk voorzichtig het initiatief had genomen om Niels Oxens leven en gezinssituatie bespreekbaar te maken. Daar had Oxen zich hevig tegen verzet.

Het dossier eindigde met de volgende opmerking: *Het is de eerste keer dat ik zo'n breuk in een therapeutisch proces meemaak. Ik erger me en vraag me af of ik iets verkeerd heb gedaan en wat dat dan is.*

# 38

Hij had de Suzuki halverwege een helling op een bosweg geparkeerd zodat hij eronder kon kruipen.

Het had maar heel even gekost om de kleine zwarte gps-tracker te lokaliseren die een constant signaal uitzond en zijn 'vrienden' precies vertelde waar hij zich bevond. De tracker was met een plastic strip aan de achterste wielkast bevestigd. Hij had hem losgesneden en was naar SuperBest in Skørping gereden, die net openging toen hij het parkeerterrein op reed.

Hij glimlachte in zichzelf, maar onthield zich van een juichkreet terwijl hij in zuidelijke richting door het bos naar het grote Torstedlund Skov reed, dat ten noorden van Nørlund Skov lag.

De oorzaak van zijn glimlach was de zekerheid dat zijn schaduw een jonge moeder met twee kinderen in een zilverkleurige Peugeot-stationcar volgde, die God weet waar naartoe op weg was. De gps-tracker lag in de niet-afgesloten kofferbak van de vrouw.

De grote jongen zou hem en zijn bestemming, de oude jachthut van Corfitzen, nooit bereiken.

Onderweg kon hij ongestoord een omweg maken om iets heel waardevols te verstoppen.

Het materiaal uit Arvidsens kelder was ook in veiligheid. Als Franck of de anderen het in hun hoofd kregen om zijn kamer te doorzoeken, zouden ze niets vinden. Alles lag boven een plafondplaat in de kelder van het hotel. Toch moest hij voor alle zekerheid weten hoever degenen die hem hadden geschaduwd gingen.

Eerst belde hij naar conciërgeassistent en jachtvoorzitter Troelsen, die hem kon geruststellen. Niemand had hem vragen gesteld. De fotozaak in Aalborg kon daarentegen melden dat een man die van de Politie Inlichtingendienst was en dat kon bewijzen met zijn ID, de zaak in was gekomen nadat hij zijn kopieën had opgehaald. De verkoper in de fotozaak verzekerde hem ervan dat alle bestanden meteen werden gewist zodra de opdracht van de klant was uitgevoerd, maar hij was eerlijk genoeg om toe te geven dat hij zich verplicht had gevoeld om te vertellen dat het ging om een aantal tekeningen van Nørlund Slot en een lijst.

Al met al was er niets onherroepelijks gebeurd. Zijn geheimen waren nog steeds veilig.

Het stabiele voorjaarshogedrukgebied had zich blijkbaar laten verjagen. Het afgelopen uur had het uit de grijze hemel gedruppeld. Het was inmiddels aan het eind van de ochtend en de hemelsluizen gingen echt open toen hij de kleine geasfalteerde weg die van de houtzagerij naar Torstedlund liep verliet en een karrenspoor op reed dat het bos in liep.

Volgens zijn kaart moest hij in noordelijke richting rijden tot de plek waar vier werkpaden bij elkaar kwamen. Hier moest hij het tweede pad links kiezen. Dat moest hij volgen tot een driesprong waar hij rechts moest aanhouden. Daarna zou hij de hut vroeg of laat bereiken.

Het eerste stuk door het bos was een relatief open traject dat werd gedomineerd door dikke beuken, maar langzamerhand werd het bos dichter.

Het was niet de eerste keer dat hij zich gedroeg als Roodkapje. Hij wilde veel liever op weg zijn naar de hut diep in het bos met een of twee wolven die in zijn achterhoofd spookten, dan dat hij onderweg was op een grindpad in Helmand met talibanstrijders achter elk rotsblok.

Toen hij de plek had bereikt waar de werkpaden in een zwarte modderpoel bij elkaar kwamen, draaide hij de contactsleutel om en stapte uit de auto om de vele sporen die het zware materiaal had veroorzaakt te beoordelen. Er waren meer paden dan er volgens zijn kaart moesten zijn.

Het was indrukwekkend stil terwijl het grote druppels regende die schors, naalden, bladeren, mos en aarde natmaakten. De geuren daarvan vermengden zich en vormden samen het heerlijkste parfum ter wereld. Nat Deens bos.

Hij was in de verleiding om de hele situatie de rug toe te keren, weg te rijden en een nieuw toevluchtsoord in een nieuw bos te zoeken.

De gedachte werd verjaagd door het gebrom van de motor toen hij achter het stuur ging zitten en startte. Hij moest doen wat hij zich had voorgenomen. En als dat niet lukte – als de wolven hem te pakken kregen – dan was er toch geen levende ziel die hem zou missen.

Hij had het juiste pad gekozen. Vlak daarna opende het bos zich opnieuw en het pad eindigde in een grote open plek. Daar, met de achterkant naar het hoge struikgewas, lag de generaties oude jachthut. Hij reed door het hoge gras tot de overdekte veranda en stapte uit. Het was ooit een voornaam gebouw geweest.

De jachthut was gebouwd van ronde balken die zwart geschilderd waren maar al jarenlang geen opknapbeurt hadden gehad, en de verf was bijna helemaal van de witte ramen met spijlen verdwenen. Het dak was bedekt met houten leien die gedurende de jaren bedekt waren geraakt met grote mospollen. De schoorsteen was een zuil van zwerfkeien met afbrokkelende voegen en in de dakgoten groeide van alles, van brandnetels tot een kleine berkentak.

Achter de jachthut, die ondanks het verval indrukwekkend was, lagen een kleiner bijgebouw en een buitentoilet.

Hij stapte op de veranda, keek door een raam naar binnen en zag een lange tafel met een flink aantal stoelen. Er was niet veel fantasie voor nodig om je voor te stellen hoe de hut had geëchood door alle luidruchtige jachtverhalen, het gerinkel van vorken en lepels tegen borden en het klokken van zakflacons, voordat de jachthoorn de honden overstemde en het jachtgezelschap van welvarende edelen en gegoede burgers bij elkaar riep.

Nu was het zo stil dat je het gras kon horen groeien.

Hij haalde het breekijzer dat hij uit de kelderwerkplaats van het hotel had geleend en liep een rondje om de hut om te beoordelen hoe hij het gemakkelijkst binnen kon komen.

Hij brak een van de ruitjes in een raam aan de achterkant, maakte de haken los en trok het raam open zodat hij naar binnen kon klimmen. Hij was in de keuken beland. Het rook er bedompt.

Hij bleef staan op de plek waar zijn voeten de vloerplanken hadden geraakt. De vloer... de vloer was zijn enige focus. Al moest hij de hele vloer openbreken, hij zou Arvidsens geheim ontdekken. Als hij tenminste op de juiste vloer stond.

Het vuil en een dikke laag stof van decennia bedekten de massieve planken en iedereen die ze de afgelopen jaren had betreden, zou afdrukken hebben achtergelaten. Daar zocht hij naar, maar de keuken lag er ogenschijnlijk onaangeroerd bij. Hij liep voorzichtig naar de grote zitkamer met een lange tafel, stoelen en een paar mottige leunstoelen voor de open haard.

Er stonden voetafdrukken in de kamer, afdrukken van grote, stevige zolen, en het waren er veel. Midden in de kamer, langs de muur, bevond zich een smalle trap. Hij liep de trap op. De jachthut was gebouwd in een stijl die 'anderhalve verdieping' werd genoemd, met een lage bovenverdieping dus. Er waren twee lege kamers, één aan elke kant van de trap. Zelfs in het midden kon hij niet rechtop staan. Hij controleerde de vloer in de twee kamers haastig, zag geen voetafdrukken en liep weer naar beneden.

Er waren geen zichtbare breeksporen in de vloerplanken van de zaal. Iedereen die zulke massieve vloerplanken openbrak of voorzichtig loshaalde zou sporen achterlaten.

Hij liep heen en weer van muur naar muur en bestudeerde de vloer. Het was overal hetzelfde, geen breeksporen. Hij zag echter schoenafdrukken onder de tafel... alsof iemand – misschien Arvidsen – bij de tafel had gezeten en had gedroomd over voorbije jachtpartijen. Het klopte niet.

De circa zes meter lange tafel die net als de rest van massief hout was, kon alleen met grote moeite verschoven worden. Hij stond solide op drie poten van planken die over de volle breedte van de tafel liepen. Verscholen onder de planken, het dichtst bij de afdrukken in het stof, vond hij waarnaar hij op zoek was: een rij verse splinters en breeksporen op de plek waar de planken waren vastgespijkerd aan een onderliggende balk. Hij kroop onder de tafel en stak het breekijzer in de smalle ruimte tussen de uiteinden van de planken. Hij moest een tijdje worstelen met de zware eerste plank, maar toen die eenmaal losgewipt was, was de weg vrij voor een rij van vijf planken.

Tot zijn verbazing kon hij niets zien in het zwarte gat in de vloer, maar toen hij op zijn buik ging liggen en één arm onder de vloerplanken stak, vonden zijn vingers al snel een plastic zak en een nylon tas. Hij trok ze naar zich toe, ging op zijn knieën zitten en haalde ze uit het gat.

De plastic zak bevatte een plat apparaat dat deed denken aan een dvd-speler. Op de behuizing stond X-TREME SURVEILLANCE CENTER, HDD-3TB. Drie terabyte, dat moest een harddisk zijn die hoorde bij het bewakingssysteem van Nørlund Slot. Hij ritste de nylon tas open. Er zat een laptop in. P. ARVIDSEN stond er op een sticker op het deksel. Hij doorzocht de tas, maar vond alleen snoeren en een USB-stick die niet...

'Blijf zitten! Doodstil!'

Het scherpe commando echode. Hij zat op handen en knieën onder de tafel en kon niets zien. Hij vervloekte zichzelf omdat hij zich veel te zeker had gevoeld. Hij kon alleen gehoorzamen.

'Ik heb een pistool op je gericht. Kruip heel langzaam achteruit onder de tafel vandaan. Hou je hoofd naar beneden. Kijk niet achter je. En laat het verdomme uit je hoofd om dapper te gaan doen. Als je dat doet, knal ik je kop eraf. Dan ben je een dode held, vriend... Heb je dat begrepen?'

'Ja,' antwoordde hij.

'Goed, kom eronder vandaan, langharige zwerver. Langzaam!'

Terwijl hij naar achteren begon te kruipen, bracht hij zijn rechterhand snel naar zijn mond. Een plotselinge ingeving die misschien van belang zou kunnen zijn.

'Stop!' riep de scherpe stem toen hij op handen en knieën naar het midden van de kamer was gekropen. 'En kom nu overeind. Langzaam!'

Hij deed zijn best om de wijsvinger die rond de trekker kromde niet te irriteren.

'Nu mag je je omdraaien, maar heel rustig!'

Hij zat op zijn knieën en wilde gaan staan terwijl hij zich langzaam naar de man achter zich omdraaide.

Het enige wat hij registreerde waren een mouw van lichte stof en een hand in een zwarte handschoen die met een enorme vaart naar zijn gezicht schoot. De klap met de pistoolloop tegen zijn slaap was niet meer dan een explosieve lichtflits voor zijn ogen.

# 39

Hoofdcommissaris Max Bøjlesen vroeg haar met slecht verborgen irritatie om plaats te nemen aan de vergadertafel in zijn kantoor. Een irritatie die zich onmiskenbaar had voortgeplant naar het aangrenzende kantoor van zijn secretaresse, die 'Margrethe Franck is gearriveerd' had verkondigd alsof het een waarschuwing was.

De baas van de Noord-Jutlandse politie duwde zijn goudgerande bril met zijn wijsvinger naar boven en zuchtte diep over de pure tijdverspilling die hij moest verdragen terwijl hij tegenover haar ging zitten.

'Laten we meteen beginnen. Ik heb van Axel Mossman begrepen dat het uitermate belangrijk is dat we elkaar ontmoeten, Margrethe. Ik wil echter vasthouden aan wat ik gisteren tegen je heb gezegd: dat kan net zo goed aan de telefoon geregeld worden.'

'Sommige dingen zijn niet geschikt om over de telefoon te bespreken,' zei ze terwijl ze haar balpen pakte.

'Overigens... Axel vertelde me wat je meegemaakt hebt en hoeveel waardering hij voor je heeft. Daarom heb ik er ook voor gekozen om je tegemoet te komen. Goed dat je je met je handicap verzoend hebt. En ook goed van de PET om zo... ruimdenkend te zijn.'

Dan liever Lara Croft. Ze overwoog wat het meeste pijn zou doen en besloot onmiddellijk om zijn ballen met de harde voet van haar prothese tot moes te stampen. Dat was het haar bij nader inzien echter niet waard.

'Ik ben bezig met een onderzoek naar Niels Oxen, in opdracht van Mossman. En ik ben gekomen tot het punt waarop Oxen de politie verlaat – vrij verrassend omdat iedereen tevreden over hem is omdat hij het heel overtuigend doet. Jij was destijds bureauchef van Bellahøj.'

'Chef ja, maar niet zijn directe chef. Ik herinner me er eerlijk gezegd helemaal niets van. Bellahøj is een opleidingsbureau met meer dan driehonderd werknemers.'

‘Oxen is naar jou toe gegaan om ontslag te nemen.’

‘Hmm, nu je het zegt...’ Bøjlesen ging iets rechter zitten.

‘Hoe vaak heb je iemand ontmoet die twee keer onderscheiden is voor moed?’

Bøjlesen schudde zijn hoofd geïrriteerd, maar zei niets.

‘Toen Oxen naar Bellahøj kwam, was hij twee keer onderscheiden. Zou het niet logisch zijn dat de chef van het bureau het opmerkt als de bloem van de Deense jeugd de gelederen komt versterken? Maar jij kunt je hem helemaal niet herinneren.’

‘Ach, herinneren, een beetje waarschijnlijk,’ snauwde Bøjlesen.

‘Herinneren... een beetje... Of je herinnert je iemand, of je herinnert je hem niet. Je kunt je Niels Oxen dus wel herinneren?’

De hoofdcommissaris knikte. Ze haakte er meteen op in. ‘Was dat geen relevante kennis toen hij bij jullie op het bureau was, zodat we allemaal hadden kunnen bekijken wat er over was van de oorlogsheld?’

‘Waar ben je naar op zoek, Franck?’

‘Waarom heb je niet verteld dat jullie een gemeenschappelijk verleden hebben?’

‘Een “gemeenschappelijk verleden”. Je laat het klinken alsof we iets met elkaar te maken gehad hebben. Ik was de chef van het bureau, hij was een onnozele aspirant. Word toch wakker. Als dat een “gemeenschappelijk verleden” is, dan heb ik met heel veel mensen een gemeenschappelijk verleden.’

‘Maar je hebt laatst niets gezegd.’

‘Had ik hem een hand moeten geven en hem moeten vragen of alles goed met hem was en of hij ambassadeur Corfitzen toevallig had vermoord? Is dat waar je heen wilt?’

‘Waarom is Oxen weggegaan bij de politie?’

Max Bøjlesen zette zijn bril af en poetste één glas met zijn stropdas terwijl hij zuchtend antwoord gaf. ‘Hij had er geen zin meer in. Hij wilde weer bij het leger.’

‘Dat kun je je dus wel herinneren.’

‘Het irriteerde me natuurlijk. Hij was een goed voorbeeld voor de anderen.’

‘Wat heb je gedaan om hem tegen te houden?’

‘Dat kon ik niet. Hij had zijn beslissing al genomen. Heb je hem dat zelf allemaal gevraagd?’

‘Het is als met alles: hij praat nergens over.’

'Waarom dan al die ophef?'

Ze legde haar balpen op de blocnote en keek de hoofdcommissaris recht in de ogen.

'Omdat...' begon ze langzaam, '... ik van mening ben dat het zaakje stinkt. De verklaring is eenvoudig. Oxen wilde terug naar het leger, maar hij had afschuwelijke dingen meegemaakt in de Balkan en had dat heel bewust achter zich gelaten. Hij ging naar de Politieacademie, deed het bijzonder goed in Bellahøj en boem... ineens wil hij weg. Zonder daar eerder iets over gezegd te hebben. En als jullie elkaar dan jaren later ontmoeten, kan geen van jullie zich de ander blijkbaar herinneren. Of jullie willen het je niet herinneren. Geloof mij maar, ik ga uiteindelijk ontdekken wat er destijds gebeurd is.'

'Je zoekt naar iets wat niet bestaat, maar waarschijnlijk hebben de meesten van jullie tijd over in Søborg, nietwaar? Was dat alles?'

'Ja, maar het is niet de laatste keer dat we over Oxen gepraat hebben. Daar kun je op rekenen.'

In het kantoor van Rasmus Grube was de stemming aanzienlijk beter. Hij zag er gejaagd uit, maar schonk een kop koffie in en vroeg haar om even te gaan zitten.

'Waarom ben je hier?' vroeg hij.

'Een gesprekje met de hoofdcommissaris. Over Oxen. Mossman wil alles over Oxen weten.'

'Oxen...' Grube keek haar verbaasd aan. 'Is dat geen tijdverspilling?'

Ze spreidde haar armen. 'Ik weet het niet. Denk jíj dat het tijdverspilling is?'

'Er is zelfs geen haar van hem gevonden bij Bergsøe en Corfitzen. En als hij echt schuldig zou zijn aan Corfitzens dood, zou hij zijn kamp dan in zijn bos opslaan? En dan is er nog de nieuwe informatie uit Spanje. Bedankt daarvoor trouwens. Hannibal Frederiksens en Niels Oxens wegen hebben elkaar voor zover mij bekend is nooit gekruist.'

'Dat weet niemand nog met zekerheid.'

'Rytter heeft beloofd om prioriteit te geven aan het onderzoek naar Hannibal Frederiksen. Zo voorkomen we dubbel werk. Ik durf te wedden dat Oxen hem nog nooit ontmoet heeft. Oxen is gewoon een van die "gemakkelijke" verdachten. Een stakker die gestruikeld is in het leven,' zei Grube.

'Hoe zit het met Bøjlesen, laat hij je met rust?'

Grube zuchtte diep. 'Met rust laten? Nee, ben je gek? Hij vindt dat ons onderzoek stilstaat.'

'Stilstaat? Met de liquidatie van Arvidsen en het vinden van de link met Spanje?'

'Dat waren zijn woorden. Maar ik vertrouw op het Arvidsen-spoor. En ik heb nieuws dat je in dat verband zal interesseren. Over Corfitzens dochter.'

'Wat voor nieuws?'

'Ze is een uitstekende schutter.'

'Wat is ze?'

'Kajsa Corfitzen is jaren achter elkaar kampioen bij de vrouwen geweest in de CURA, de Cambridge University Rifle Association. Drie jaar achter elkaar om precies te zijn. En ze stak met kop en schouders boven de concurrentie uit.'

'Wil je daarmee zeggen dat je haar ervan verdenkt dat ze haar eigen tuinman vermoord heeft?'

De hoofdinspecteur schudde zijn hoofd. 'Nee, dat zeg ik niet, maar ik verwerp het ook niet. Alle deuren in het onderzoek staan wijd open. Een van mijn werknemers kwam op het slimme idee om Kajsa na te trekken omdat zij als enige vrije toegang tot het kasteel heeft. Ze is trouwens ook een uitstekende schermster. Ze heeft de open Engelse kampioenschappen een keer gewonnen.'

'Voor het geval dat we iemand tegenkomen met een degen door zijn hart?'

Grube glimlachte, maar zweeg.

'Mijn eerste indruk was dus niet helemaal juist. Ze leek me meer iemand voor droge cijfers,' voegde ze eraan toe terwijl ze opstond. 'Heb je haar gevraagd naar dat geweerschieten?'

'Nee, die kaart houden we voorlopig voor onszelf.'

'Nog één ding... Kun je me de naam geven van iemand van jouw jaar die destijds samen met Oxen aspirant was in Bellahøj?'

Grube zocht even in zijn geheugen en glimlachte opgelucht.

'Twee zelfs! Ik ken er twee van wie ik zeker weet dat ze in Bellahøj hebben gezeten.'

Hij krabbelde iets op een stuk papier en gaf dat aan haar. 'Alsjeblieft. Hans-Erik Overgaard, hij is hoofdinspecteur bij de Zuid-Jutlandse politie, en Uffe Grumstrup. Hij werkt op het politiebureau in Kopenhagen, ik weet alleen niet precies wat hij doet. Probeer het gewoon.'

'Dank je, dat zal ik doen. We spreken elkaar nog.'

Voordat ze het parkeerterrein bij het politiebureau af reed had ze al contact gehad met de twee aspiranten die in Niels Oxens jaar hadden gezeten.

Hoofdinspecteur Grube had het zich goed herinnerd. Ze waren beiden in Bellahøj geweest. En ze konden zich Niels Oxen allebei herinneren. Goed zelfs. Het speet beiden dat ze haar niet konden helpen. Oxen had geen deel van de groep van de Politieacademie uitgemaakt. Hij had zich afzijdig gehouden, was gereserveerd en praatte niet veel over zichzelf. En al helemaal niet over zijn prestaties in het leger.

Zowel Overgaard als Grumstrup zei uit eigen beweging dat er heel veel over was gepraat waarom Niels Oxen halverwege de opleiding was gestopt, want iedereen wist dat hij de beste van allemaal was. Oxen had een bijzondere uitstraling – 'aura' noemde Grumstrup het – die hem een natuurlijke autoriteit gaf waar anderen jarenlang voor moesten vechten, en waar ook veel geroutineerde agenten hem om benijdden.

Met andere woorden: Niels Oxen was een natuurtalent.

Het was iedereen een raadsel waarom hij Bellahøj plotseling de rug toekeerde en iedereen was er zeker van dat hij flink wat lijken in de kast had.

Op dit moment kon ze niet meer tijd besteden aan haar theorie. Ze moest zich met het onderzoek bezighouden, tenzij Mossman haar een andere opdracht gaf.

Willy Sørensen was in het hotel en zou de late dienst op zich nemen, dus was Bent Fensmark degene die Oxen vanaf de ochtend had geschaduwd. Het was merkwaardig dat hij de afgelopen uren niets van zich had laten horen.

Ze had maar één melding van Fensmark gehad. Dat was toen hij tevreden belde om haar te vertellen dat Oxen de gps-tracker eindelijk had gevonden. De 'zwerver', zoals Fensmark hem meerdere keren had genoemd, dacht dat hij een slimme zet had gedaan bij de supermarkt in Skørping en dat de PET nu een zilverkleurige Peugeot-stationcar met een jonge moeder en twee kinderen achtervolgde.

Dat was echter niet het geval. Sørensen en Fensmark waren vooruitziend genoeg geweest om twee trackers aan de auto te bevestigen. Eén in de wielkast en één onder de achterbank volgens het devies:

vind je er één, dan denk je niet aan nummer twee.

Ze wierp een blik op haar horloge toen ze de snelweg op reed. Het was vier uur geleden sinds Bent Fensmark voor het laatst contact had opgenomen. Zijn gebrek aan discipline irriteerde haar. De afspraak was dat ze zich met een maximale tussenruimte van twee uur meldden, wat er ook gebeurde.

Ze besloot dat ze de afrit Haverslev zou nemen om te kijken wat er zich bij het kasteel afspeelde, als het mogelijk was met Kajsa Corfitzen te praten en eventueel een oogje op Niels Oxen te houden.

Hoewel ze over de situatie had nagedacht en absoluut niet tevreden was met onbeantwoorde vragen, was ze voorbij Støvring voordat ze hardop tegen zichzelf zei: 'Luister eens, Margrethe Franck, zoiets vertelt een man aan zijn vrouw... nietwaar? Ja, dat doet hij!'

Via een telefoontje naar de gepensioneerde Lars Clausen, die wist dat de overleden chef van de straatpolitie in Bellahøj, Jørgen Middelbo, jarenlang in Holbæk had gewoond, vond ze via de nummerinformatie een Astrid Middelbo. De enige Middelbo in Holbæk.

Ze belde, stelde zich voor en kreeg meteen bevestigd dat ze de juiste Middelbo aan de telefoon had. Astrid, een vrouw met een voorzichtige klank in haar stem, was haar man bijna anderhalf jaar geleden verloren aan longkanker.

'Het spijt me dat ik stoor, maar ik werk op dit moment aan een zaak waarvan ik hoop dat jij me misschien kunt helpen,' begon ze.

'Ik?' De verbijstering van Astrid Middelbo was overduidelijk.

'Ja, zie je, het gaat om een onderzoek naar een man die aspirant is geweest in Bellahøj, in de tijd dat je man daar chef was.'

'Jørgen en ik praatten bijna nooit over zijn werk.'

'Maar het gaat om een man met een bijzondere achternaam en een bijzondere geschiedenis. Hij heet Niels Oxen. Heeft je man die naam ooit genoemd?'

'Nee, ik denk het niet, de naam zegt me niets. Wat heeft hij gedaan?'

'Misschien niets. De PET onderzoekt zijn achtergrond alleen. Hij was destijds bijzonder omdat hij soldaat was geweest. En toen hij naar Bellahøj kwam, had hij al twee medailles voor bijzondere moed ontvangen.'

'Ja...'

'En een paar jaar geleden was hij de eerste en tot nu toe de enige soldaat die een nieuwe en heel belangrijke onderscheiding kreeg, het

Kruis voor Dapperheid. Het is op de televisie geweest en heeft in de kranten gestaan. Niels Oxen heet hij.'

Het was even stil, daarna zei ze met een vastbesloten klank in haar stem: 'Jørgen en ik hadden de afspraak dat alles wat we met betrekking tot de politie bespraken binnen de vier muren van ons huis bleef.'

'Dat klinkt als een goede afspraak. Het is alleen zo dat ik denk dat je man de enige was die wist waar Oxen jaren geleden bij betrokken was.'

'Ik kan je helaas niet helpen. Hoe was je naam ook alweer?'

'Franck. Margrethe Franck, ik werk in Søborg.'

'Tja, het spijt me.'

'Het hindert niet. Je was alleen mijn laatste hoop en ik ben ervan overtuigd dat je man ons zonder te aarzelen geholpen zou hebben als hij het probleem kende.'

Ze verbrak de verbinding en sloeg geërgerd met haar handen op het stuur. Ze had het in elk geval geprobeerd.

'Shit, shit, shit...'

Ze zette de radio aan en draaide het volume voluit toen ze de stem herkende. *Born in the* USA was nog steeds het beste nummer ooit en toen ze was afgeslagen naar het benzinestation bij de afrit naar Haverslev, bleef ze zitten om het laatste couplet mee te zingen: *I'm a cool rocking daddy in the* USA... Ze hoorde haar mobiel niet, maar voelde hem vibreren. Ze herkende het nummer meteen en draaide Bruce haastig de nek om.

'Met Astrid Middelbo. Ik had je nummer op mijn telefoon staan,' begon de vrouw voorzichtig. 'En ja... ik heb er even over nagedacht... Je hebt gelijk. Jørgen zou de inlichtingendienst natuurlijk geholpen hebben.'

'Dus heb je misschien toch iets bedacht?' vroeg ze voorzichtig terwijl ze inwendig juichte.

'Ja. De naam. Die kan ik me herinneren. Oxen is zo bijzonder. En het is ook een ongelofelijk verhaal. Maar Jørgen heeft me dat pas verteld toen hij zijn laatste medaille kreeg. Daarvoor heeft hij er nooit iets over gezegd. We hebben het op de televisie gezien. De koningin was er ook. Zij was degene die hem de medaille overhandigde. En er was een klein fragment met Oxen.'

Haar hart bonkte. Ze wilde de woorden het liefst uit de keel van Astrid Middelbo persen, maar ze moest geduld hebben.

'Daarna was Jørgen woedend. Hij schuimbekte op zijn leunstoel en wilde zijn koffie niet eens drinken. Ik kan me herinneren dat hij het een belachelijke komedie noemde, en hij vloekte en tierde over de soldaat.'

Astrid Middelbo stopte even om het gedetailleerde verhaal chronologisch te kunnen vertellen.

'Dat klinkt echt heel interessant,' zei Margrethe Franck.

'Ik vroeg Jørgen wat er in vredesnaam aan de hand was, omdat hij zo woedend was over de fantastische medaille van de soldaat. Hij brulde: "Die verdomde drugshandelaar!" Stel je voor, het bleek dat Oxen aspirant onder Jørgen in Bellahøj was geweest. Op een bepaald moment werd de soldaat op heterdaad betrapt. Hij ging om met criminelen in het drugsmilieu en tijdens een razzia vonden ze een heleboel drugs bij hem thuis.'

'Drugs, dat had ik niet verwacht.'

'Nee toch? Je denkt dat je het niet goed hoort. Zo'n fantastische soldaat. Zo moedig en zo netjes en bescheiden toen hij iets op de televisie zei. Drugs... het was het laatste wat je van hem zou verwachten.'

'Wat gebeurde er toen, zei je man daar iets over? Kwam Oxen in de gevangenis terecht?'

'Ik heb hetzelfde gevraagd. Eerst wilde hij er niets over zeggen, maar toen... Hij zei dat ik het nooit aan iemand mocht vertellen.'

'Maar nu is de situatie veranderd, nietwaar?'

'Mijn man kreeg te horen dat hij een oogje moest dichtknijpen.'

'Van wie dan?'

'Bøjlesen, Max Bøjlesen, die was destijds zijn baas. Die naam vergeet ik ook niet.'

Dit was het moment waarop ze ervoor moest zorgen dat de weduwe haar geliefde, overleden man niet in een slecht daglicht zou gaan zien. Ze ging voorzichtig verder. 'Wat een bericht om van je baas te krijgen. Wat gebeurde er toen?'

'Niets. Mijn man volgde het bevel op. Niemand had iets gezien, niemand had iets gehoord, er is nooit meer iets over gezegd.'

'Waarom moest het in de doofpot gestopt worden, weet je dat?'

'Oxen was altijd een voorbeeldige jongeman geweest. Hij had al twee medailles ontvangen voordat hij naar de Politieacademie kwam. Dat beeld mocht niet kapotgemaakt worden.'

'En Oxen ging vrijuit?'

'Hij stopte bij de politie en ging weer bij het leger.'

'Er moeten anderen zijn geweest die iets wisten. Degenen die de drugs bij Oxen vonden bijvoorbeeld.'

'Dat waren er twee. Een van hen vertelde het aan Jørgen.'

'Nu begrijp ik waarom je je Oxen herinnert. Wat een toestand. En daarna gebeurde er niets meer met die zaak?'

'Ik kon merken dat het mijn man dwarszat. Zijn rechtvaardigheidsgevoel leed eronder. Alle papieren van die zaak werden vernietigd door Bøjlesen, zodat niemand iets kon bewijzen, maar Jørgen...'

De oudere vrouw haalde adem. Zou ze er spijt van hebben? Daarna klonk het voorzichtig: 'Waarom doe je onderzoek naar die soldaat, wat gaat er gebeuren?'

'Hij maakt onderdeel uit van een grote zaak. Ik bel uit Noord-Jutland. Ik ben net bij Bøjlesen in Aalborg geweest. Hij is tegenwoordig hoofdcommissaris van de Noord-Jutlandse politie. Hij beweert dat hij helemaal niets van die zaak met Oxen weet.'

'Hij liegt!' Astrid Middelbo's stem trilde. 'Ik zeg je dat hij liegt. Jørgen zei altijd dat die Bøjlesen niet deugde. Hij is iemand die de regels aan zijn laars lapt en zijn ellebogen gebruikt. Luister...'

De vrouw overwon de laatste barrière toen ze besefte dat ze samenspanden tegen Max Bøjlesen.

'Het laatste wat Jørgen die avond zei was dat hij zich had ingedekt voor als het uit zou komen. Hij had een envelop met kopieën van alle verslagen en foto's in zijn kast.'

'Zijn kast?'

'Hij heeft – had – zijn eigen kast in de kelder waarin hij van alles bewaarde.'

'Heb je daarin gekeken?'

'Nee... Zijn kleding hangt ook nog in onze klerenkast te wachten tot ik...' Astrid Middelbo zweeg.

'Dat begrijp ik helemaal. Het zal niet gemakkelijk zijn...'

'Een heel lang leven samen, nietwaar? Denk je dat Jørgen destijds verkeerd gehandeld heeft?'

Het was beslist niet de eerste keer dat de weduwe zichzelf die vraag stelde. Ze moest heel voorzichtig zijn.

'Geen enkele crimineel mag zijn straf ontlopen, als je het mij vraagt. Maar soms is het allemaal heel ingewikkeld. Want stel dat er iets gebeurt wat een hogere zaak dient? Je man moet hebben geoordeeld dat hij niet anders kon handelen.'

Het was de halve waarheid waarmee ze de weduwe geruststelde. Jørgen Middelbo had beslist te veel van zijn baan en zijn salaris gehouden om zich te bemoeien met een stinkende zaak over een criminele politieaspirant die als dappere soldaat was onderscheiden.

'Ik denk dat ik de envelop uit de kast ga halen. Je mag over een paar dagen langskomen om hem op te halen. Dan kunnen we er nog wat over praten.'

'Dank je, dat wil ik heel graag.'

Lang nadat ze de verbinding had verbroken, zat ze nog steeds onbeweeglijk.

Niels Oxen in verkeerd gezelschap. Niels Oxen als drugshandelaar. Niels Oxen als hoofdpersoon in een doofpotzaak. Een ellenlang strafblad met allerlei soorten overtredingen, van huiselijk geweld tot verzekeringsfraude, en als kers op de taart een partij drugs.

Veel medailles, veel achterkanten.

# 40

De smaak van bloed was de eerste indruk die zich een weg baande door zijn kapotgeslagen bewustzijn. De tweede indruk zat in zijn neusgaten – de geur van stof en bedomptheid.

De derde en laatste indruk was eerder een soort signaal naar zichzelf: 'Hé, makker, je hebt iets vreemds in je mond, spuug het uit.'

Langzaam duwde hij zijn tong naar voren en kwam er behaaglijk veel ruimte in zijn mondholte, die gortdroog was en die hij langzaam met spuug probeerde te bevochtigen.

Zijn ogen waren nog steeds dicht, maar hij voelde dat er iets gebeurde. Na de verwarring en desoriëntatie vormde de eerste gedachte zich. Hij realiseerde zich dat het vreemde voorwerp dat hij tussen zijn tanden naar buiten had geduwd een... USB-stick was...

Hij deed zijn ogen open en deed ze meteen weer dicht. Er moest iets vreemds met hem zijn. Een moment later probeerde hij het opnieuw. Hij opende ze voorzichtig... met hetzelfde resultaat. Zijn ogen keken in een paar andere ogen, ogen die opengesperd waren, die groot en dof waren. Een beetje als een kabeljauw. Opgevist uit de Øresund en op het dek gesmeten.

Het gaf hem een schok. Het was een mensengezicht, maar een armlengte bij het zijne vandaan. Het lag in een poel van zwart gestold bloed, dat zich uitspreidde over de smerige vloerplanken in...?

In de hut natuurlijk. In Corfitzens oude jachthut, waarin hij had ingebroken om de vloer te onderzoeken omdat Arvidsen vlak voordat hij doodging 'vloer' had gezegd.

Hij hief zijn hoofd voorzichtig en zag de opgewipte planken en het zwarte gat in de vloer. Hij had Arvidsens verstopplek gevonden en had een harddisk, een laptop en een USB-stick aangetroffen. De laatste had hij in zijn mond gestopt toen een mannenstem achter zijn rug iets had gezegd over een pistool dat op hem gericht was.

Hij keek weer naar links. Vlak naast hem lag een man, ogenschijnlijk een midden veertiger. De man droeg een licht leren jack en zwarte handschoenen. Een lichte mouw en een zwarte hand. Dat was zijn laatste beeld geweest. De man met de kabeljauwogen had hem dus bewusteloos geslagen.

Bij die gedachte kwam de pijn pas. Hij streek met zijn vingers over zijn slaap. Zijn haar was stijf en geklit boven een enorme buil en er zat een streep geronnen bloed op zijn wang. Het was natuurlijk een misdrijf om mensen neer te slaan, maar toch niet zo ernstig dat je verwachtte daar de doodstraf voor te krijgen, zoals de man naast hem was overkomen.

Hij kwam moeizaam op zijn knieën en rolde het lijk op zijn rug. Een schot in zijn hartstreek en zo te zien minstens één in zijn buik. Door al het bloed was het moeilijk te zien. Links van het lijk lag een Heckler & Koch, een USP Compact, dus was het geen verkeerde gok dat de man banden met de politie had.

Hij controleerde de zakken van de man haastig. In een borstzak van zijn overhemd zat een mobiel en in de binnenzak van het jack vond hij een portefeuille. Hij ging staan en wankelde naar een van de oude leunstoelen voor de open haard, waar hij zich zwaar op liet vallen zodat een wolk stof opvloog.

Volgens zijn rijbewijs, pinpas en ziekenfondskaart heette de man Bent Fensmark, maar hij had geen politielegitimatie. Hij had twee briefjes van honderd en één van vijftig kronen in zijn portefeuille, alsmede vier Lynlotto-briefjes.

Bent Fensmark was in elk geval in staat om de Styx over te zwemmen. In een zijvakje van de portefeuille zat een kaartje waaruit bleek dat hij een duikcertificaat had.

Hij bekeek de mobiel. De gesprekkenlijst toonde dat de man op zijn laatste levensdag drie keer had gebeld. Hij vroeg zich af of het een goed idee was... maar deed het toch.

'Met Mossman.' Het was overduidelijk aan wie de donkere stem toebehoorde toen hij het nummer had ingetoetst van het laatste telefoontje dat de man had gepleegd. Anderhalf uur geleden had hij naar het hoofd van de PET gebeld.

'Martin Rytter,' klonk het gejaagd aan de andere kant van de lijn toen hij het tweede nummer intoetste. Het telefoontje had tien minuten voor het telefoontje naar Mossman plaatsgevonden.

Hij belde het derde en laatste nummer. De telefoon ging meerdere keren over voordat er werd opgenomen. De stem klonk geïrriteerd: 'Waarom bel je verdomme nu pas? Waar is Oxen?'

Het was Margrethe Franck. Hij aarzelde terwijl hij haar venijnige 'hallo' hoorde en nam een beslissing.

'Ik ben het... Je kunt maar beter snel komen, Franck.'

Er was minder dan een halfuur verstreken toen hij buiten een motor hoorde. Hij had Margrethe Franck via de mobiel door het boslabyrint geloodst.

Hij had niet verteld wat haar te wachten stond, alleen dat ze onmiddellijk moest komen.

De wachttijd had hij gebruikt om de stoffige vloer op voetafdrukken en de vochtige bosgrond op bandafdrukken te controleren. Hij had alleen afdrukken van zijn eigen auto gevonden. Dat betekende dat de dode Fensmark een stuk verderop in het bos had geparkeerd zodat hij hem kon besluipen. Dat had de moordenaar waarschijnlijk ook gedaan.

Nu zat hij weer op de leunstoel en probeerde zich erop te concentreren hoe het verder moest. Hij probeerde opnieuw de juiste vragen in de juiste volgorde te stellen. Het leek deze keer gemakkelijker te gaan. Misschien was dat omdat hij iets heel tastbaars had: de USB-stick in zijn zak.

Hij hoorde een portier dichtslaan, even later kraakte de achterdeur en seconden later stond ze in de deuropening. Als Margrethe Franck geschokt was, dan verraadden alleen haar opgetrokken wenkbrauwen dat.

'Fensmark... Heb jij...?' Ze keek hem vragend aan.

'Nee, nee, dat heb ik niet.'

'Wie dan?'

'Geen idee. Ken je hem?'

'Ja, hij is een collega uit Aarhus, Bent Fensmark.'

'En hij moest mij te pakken nemen?'

'Wat bedoel je?'

'Eerst moest hij me schaduwen en als ik ergens over struikelde moest hij er meteen bovenop springen. Om me als dat nodig was neer te schieten... Zat jullie spelletje zo in elkaar?'

Margrethe Franck liep voorzichtig naar het lijk en knielde erbij neer, terwijl ze zuchtte en haar hoofd schudde.

'Ik heb je iets gevraagd! Geef antwoord, verdomme!' Hij kookte van woede en ergernis.

'Ik moet eerst Mossman bellen, want hij moet...'

Hij sprong van de leunstoel.

'Mossman hier en Mossman daar! Je belt helemaal niemand! Eerst gaan wij praten. Begrijp je dat? Praten! En daarna kun je doen wat je wilt. Je bent me verdomme een antwoord verschuldigd, Franck!'

Ze ging staan en richtte een beschuldigende wijsvinger op hem.

'Jij mij ook, Oxen!'

'Ga zitten!'

Hij wees naar de tweede leunstoel en ging weer zitten. Franck liet zich aarzelend vallen en verdween in een stofwolk.

'Ik heb je iets gevraagd,' ging hij verder.

'Ja, Fensmark moest je schaduwen, hij en een ander uit Aarhus, om beurten, dag en nacht. Ben je nu tevreden?'

'Was dat jouw beslissing?'

'Dat soort beslissingen worden door Rytter en Mossman genomen. En ik begrijp het. Mossman wil natuurlijk iets voor zijn kwart miljoen terug hebben. Al het andere zou idioot zijn.'

'Ik heb de gps-tracker vandaag gevonden en in een andere auto gelegd.' Hij knikte naar het lijk op de vloer. 'Hoe kon hij dan weten waar ik...'

Ze hield twee vingers voor zijn gezicht.

'Twee? Hadden jullie twee zenders aangebracht?'

Ze knikte. Hij ergerde zich. Hij was zijn voorsprong en zijn positie kwijt omdat ze hem voor vol hadden aangezien. En toch had het hem onvergeeflijk lang gekost om de eerste zender te vinden. Hij was een sukkel.

'Jullie hebben me dus de hele tijd gevolgd. Wat weet je?'

'Ik weet dat je ingebroken hebt in Arvidsens kelder en ik weet van de fotozaak in Aalborg dat je een lijst en een paar tekeningen van het kasteel gevonden hebt. We hebben er vergeefs in je kamer naar gezocht. En ik weet dat je Arvidsen overvallen hebt en je mes in zijn been gestoken hebt terwijl jullie op de zitmaaier zaten. En ik weet dat degene die Arvidsen doodgeschoten heeft, jou ook graag had willen raken.'

'Weet je wie dat was?'

'De schutter? Nee, dat weet ik niet,' antwoordde ze. 'En ik weet ook niet wat je hier in vredesnaam doet. Lijsten, tekeningen en dit hier, als je zo vriendelijk wilt zijn...'

Margrethe Franck knikte boos in de richting van het lijk en sloeg met een vuist op de armleuning.

Hij dacht koortsachtig na. Het had waarschijnlijk weinig zin om alleen door te gaan, maar aan de andere kant had hij moeite om te geloven dat hij Margrethe Franck kon vertrouwen.

'Mijn mes, heb jij dat geregeld? Ik bedoel, die vent had een duikbrevet.'

'Fensmark, een duikbrevet? Dat wist ik niet. Hij kan je mes inderdaad uit het water gehaald hebben, maar daar ben ik niet bij betrokken geweest. Je mes arriveerde in een grote envelop. Dat heeft Rytter of Mossman geregeld. Zelfs als je niet schuldig bent, dan was je door je vingerafdrukken op het mes achter de tralies beland – alsof je toch al niet genoeg uit te leggen hebt.'

Franck begon langzamerhand kalmer te worden. Dat gold voor hem ook. Misschien konden ze zo meteen een serieus gesprek voeren zonder dat het ontspoorde.

'Vertrouwde je hem?' Hij knikte naar het lijk.

'Ik had geen reden om hem niet te vertrouwen. Hoezo?'

'Hij heeft je blijkbaar niet verteld waar hij was en wat hij deed. Volgens zijn mobiel heeft hij echter wel naar Rytter en naar Mossman gebeld. Kijk zelf maar.'

Hij gooide de mobiel naar haar toe. Ze knikte terwijl ze op de toetsen drukte.

'Dat klopt. Ik heb alleen vanochtend iets van hem gehoord, nadat hij je poging bij de supermarkt met de zilverkleurige Peugeot had ontdekt. De afspraak is dat ze zich op zijn laatst elke twee uur melden. Het verbaasde me dat hij dat niet deed,' zei ze.

'Dat wijst erop dat iemand heeft besloten dat je niet alles mag weten.'

Hij kon aan haar gezicht zien dat ze tot dezelfde conclusie was gekomen.

'Zo is het nu eenmaal... In mijn branche maken ze een strikt onderscheid tussen kennis en noodzakelijke kennis. Wie weet? Er is beslist veel dat geen noodzakelijke kennis is voor mensen op de vloer zoals ik. En als je daar niet tegen kunt, dan moet je niet bij de PET blijven werken. Nu wil ik graag weten hoe je in deze chaos beland bent. Vanaf het begin graag. Het is jouw beurt.'

Hij besloot om haar voorbeeld te volgen en vertelde over zijn vaste overtuiging dat tuinman en voormalig eliteagent Arvidsen de meest rechtstreekse weg was om het onderzoek vooruit te helpen. Hij vertelde gedetailleerd over het drama op de zitmaaier en Arvidsens laatste woorden 'jachthut' en 'vloer' voordat hij in de slotgracht viel, en hoe de plaatselijke conciërgehulp en jachtvoorzitter had geholpen met het lokaliseren van Corfitzens oude jachthut.

Margrethe Franck luisterde zwijgend terwijl hij vertelde over de ontdekking van de losse vloerplanken onder de tafel, de harddisk en de laptop in het gat en de stem achter zijn rug die dus van PET-werknemer Bent Fensmark was geweest, zijn schaduw die zijn slaap bijna had verbrijzeld met de klap van het pistool.

'En daarna kwam de schaduw van de schaduw aansluipen en beroofde de bank,' concludeerde hij terwijl hij naar het lijk in de bloedplas keek.

'Wat heb je in Arvidsens kelder gevonden?' vroeg ze.

Hij aarzelde. Margrethe Franck was bezig hem zijn laatste stukje informatie te ontfutselen.

'Dat zijn, zoals je al weet, een serie bouwtekeningen van het kasteel, vleugel voor vleugel en etage voor etage. Er staan een heleboel maten op, binnen- en buitenmaten, en Arvidsen heeft blijkbaar zelf ook metingen gedaan.'

'Dus hij zocht ergens naar? Een kamer?'

'Dat lijkt aannemelijk.'

'Mag ik de tekeningen zien?'

Hij knikte.

'En de lijst – wat staat daarop?'

Hij probeerde een laatste keer de voor- en nadelen tegen elkaar af te wegen. Hij wist niet wat er op de USB-stick stond, maar hij wist wel dat toegang tot de kennis, toegang tot de systemen buiten zijn bereik lag – maar niet buiten haar bereik.

'Het is een observatielijst. Sinds zijn aanstelling heeft Arvidsen data van aankomsten en vertrekken genoteerd.'

'Namen?'

De vraag was of Margrethe Franck het voordeel ervan zou zien als ze een afspraak maakten. En zelfs als ze ja zou zeggen, zou hij zich er nooit zeker over voelen dat ze niet achter zijn rug naar Mossman ging. Als Arvidsen nog in leven was geweest, zou hij een samenwerking nooit overleefd hebben. Dus had hij alles uit die klootzak willen persen. Nu had hij alleen een klein voorwerp waarop je informatie kon opslaan.

'Geen namen, alleen lettercombinaties. Ze hebben geen betekenis. Het is puur giswerk.'

'En waar zijn ze, de lijst en de tekeningen?'

'Op een plek in het hotel.'

'Dus... we hebben hier alleen de voetsporen in het stof van de dader, meer niet. En het heeft ook geen zin om het materiaal uit Arvidsens kelder te halen. Klopt dat?'

'Dat klopt.'

'We kunnen dus alleen alles in en rond Consilium uitpluizen om verder te komen.' Franck zuchtte diep bij het vooruitzicht.

Hij had een beslissing genomen. De vondst van Mossmans visitekaartje bij Arvidsen was het enige wat hij achter wilde houden.

'We hebben één kans op een snelle oplossing,' begon hij.

'En dat is?'

'Dit... Ik vond het in Arvidsens verstopplek onder de vloer en heb het in mijn mond gestopt voordat je vriend Fensmark me neersloeg.'

Hij hield de USB-stick tussen zijn duim en wijsvinger.

'We moeten alleen eerst de voorwaarden afspreken,' ging hij verder.

'De voorwaarden, wat bedoel je?'

'Mossman heeft geen 250.000 kronen op tafel gelegd omdat hij me zo aardig vindt, maar omdat hij me wil gebruiken. Waarvoor weet ik – nog – niet. Daarom moet je ermee instemmen dat we samenwerken, jij en ik. Dat we elkaar helpen. En dat je níét naar Mossman gaat voordat we het daarover eens zijn. Als je het niet met me eens bent, kun je dat zeggen. Maar je mag niets achter mijn rug om doen.'

Ze keek van de USB-stick naar hem en weer naar de USB-stick. Daarna knikte ze zwijgend.

'Goed,' zei hij. 'Dan denk ik dat we deze zo snel mogelijk in je computer moeten stoppen.'

'Ik moet eerst iets voor deze chaos regelen.'

'Hij kan niet doder dan dood worden. Eerst de USB-stick, daarna gaan we terug om dit te regelen.'

Ze aarzelde een moment.

'Oké. Laten we gaan.'

# 41

Helena en Konrad Sikorski hadden ingecheckt in een nieuw hotel in de inmiddels lange rij hotels. Deze keer in het uiterst bescheiden hotel Syd in Hadsund, een eenvoudig kamercomplex in rode baksteen dat hoorde bij het oude restaurant waar ze hun sleutel hadden opgehaald.

Het Duitse echtpaar was onmiddellijk uit Rold Storkro vertrokken toen hij was teruggekomen met zijn trofee: de harddisk en de laptop. Het voelde plotseling nog riskanter om vlak naast de vijand te verblijven – of een van de vijanden om preciezer te zijn – want de overheid was maar een van de partners.

Het was maar ruim 25 kilometer naar Hadsund, maar het voelde als een geruststellende afstand van de politie. En het zou waarschijnlijk maar een verblijf van een paar dagen worden. Ze moesten verder. Ze waren nu dicht bij hun doel.

Ze hadden de apparatuur meteen aangezet en de inhoud van de harddisk en de laptop bekeken. De hele situatie was zoals ze vooraf hadden gevreesd.

Ze had eerst urenlang gehuild, maar nu was de wraak binnen bereik. Het leek erop dat die gedachte de overhand had genomen, want inmiddels was ze weer kalm en koel. Hij had de situatie overwogen terwijl hij bij het raam naar buiten stond te kijken.

'We moeten ervoor zorgen dat we niet te enthousiast worden. Het is een gevaarlijke expeditie. Begrijp je dat?' vroeg hij.

'Dat begrijp ik heel goed, maar afgezien van de eventuele persoonlijke bewakers bij de drie mannen zijn er geen hindernissen. De politie weet tenslotte niets. Wanneer denk je dat we een antwoord krijgen?'

Hij haalde zijn schouders op. Hij wist het niet. Hij had er geen idee van hoe lastig het was om de noodzakelijke informatie over de kentekenplaten van de auto's te bemachtigen. Hij wist alleen dat als Andrej Rakhimov zei dat hij de zaak in Denemarken kon oplossen, die werd opgelost. De prijs verraadde dat het niet per se gemakkelijk was.

Achthonderd euro voor elke naam met bijbehorend adres.

'We moeten geduld hebben. En we moeten de tijd nemen om de juiste man te identificeren. Het zou een simpele fout zijn om ons mee te laten slepen, en wij maken geen simpele fouten, jij en ik.'

Ze glimlachte naar hem en knikte. Hij had gelijk – al weer. Ze moest het hoofd koel houden. Het maakte niet uit of het een of twee of drie weken duurde, zolang het hen maar zou lukken om de zaak op te lossen.

'Je hebt ervan geleerd,' zei ze. 'Bedankt, zonder jou waren we niet zo ver gekomen.'

'Geleerd, wat bedoel je?'

'Je had de man met het lange haar ook kunnen vermoorden, maar dat deed je niet.'

Hij begreep haar niet helemaal, behalve dat ze zich laatst had beklaagd over zijn gewelddadige gedrag, maar dat was een onterechte beschuldiging. Hij was niet gewelddadig, hij was effectief.

'Die langharige aap... Hij is niet belangrijk. Wat zou het voor zin hebben om hem te vermoorden?'

'Dat is precies wat ik bedoel. Je hebt ervan geleerd.'

Het was zeven uur 's avonds. Ze hadden net een hamburger gegeten die ze in een tentje in de buurt had gehaald. Hij zat op het toilet terwijl zij op bed televisie lag te kijken. Zo verdreven ze vaak de wachttijd in de verschillende hotels waar ze logeerden.

Hij schrok toen ze plotseling begon te roepen: 'Kom hier! Nu! Snel!'

Hij trok zijn broek omhoog en sprong als een vleugellamme kraai door de kamer.

'Wat is er in vredesnaam aan de hand?'

Ze wees ijverig naar het beeldscherm. Hij was verward. Het leek een nieuwsuitzending... in het Deens.

'Daar,' riep ze. 'Kijk, kijk, daar is hij...'

# 42

Hun ogen waren strak op haar computerscherm gericht. Ze wachtten om te zien wat er op de USB-stick uit de jachthut stond. Eindelijk werd de inhoud zichtbaar. Het waren twee bestanden, niet meer dan twee armzalige bestanden, registreerde hij voor Margrethe Franck snel verder klikte.

'Het zijn MOV-formaten, video-opnames dus,' legde ze uit terwijl haar vingers ongeduldig op het tafelblad trommelden.

Als het een video was, kon die maar van één plek afkomstig zijn: de bewakingsinstallatie. Misschien hadden ze geluk.

'We kunnen beginnen. Ben je er klaar voor?'

'Begin gewoon,' mompelde hij terwijl hij geconcentreerd naar het scherm staarde.

Het is najaar. Een paar bomen hebben al kale takken terwijl aan andere nog gespikkelde bladeren hangen. Het waait, want zo nu en dan wervelen de bladeren door de lucht. De plek lijkt bekend...

'Het is de oprit naar Nørlund Slot,' fluisterde hij.

De laan ligt stil in het scherpe, bleke zonlicht. Op de provinciale weg rijden een paar auto's langs.

Pas nu ontdekte hij de datummarkering van de film in de rechterbovenhoek, 14 oktober. Het moest van het vorige jaar zijn. Het tijdstip stond ook vermeld: 15.36 uur.

De laan lijkt nog steeds op een tunnel met licht aan het eind. Er gebeurt niets. Jawel!

Een auto slaat af en rijdt de laan op, recht op de camera af. Het is Corfitzens donkergroene terreinwagen. De Mercedes rijdt in een kalm tempo naar het parkeerterrein voor het kasteel. Wie is de chauffeur? Het is Arvidsen! Op het moment dat de auto draait verdwijnt de weerspiegeling op de voorruit en Arvidsen wordt zichtbaar. Er zit iemand met een zonnebril op de stoel naast hem. Arvidsen parkeert de auto met de motorkap richting de bomen, een eind bij de andere drie auto's uit de buurt, die in dezelfde richting geparkeerd staan.

Het linkerachterportier gaat langzaam open. Een vrouwenbeen met een hooggehakte schoen wordt voorzichtig op het grind gezet. Arvidsen springt behendig uit de auto en opent het portier helemaal. De vrouw stapt uit en kijkt om zich heen terwijl ze Arvidsen een zonnebril voorhoudt. Arvidsen haast zich naar de andere kant van de auto en opent het voor- en achterportier. Nog twee vrouwen stappen uit en knijpen hun ogen tot spleetjes in het scherpe zonlicht. Ook zij geven hun zonnebril aan Arvidsen.

Ze draaien zich nu alle drie naar het kasteel en praten zo te zien met elkaar terwijl Arvidsen de bagage uit de Mercedes haalt. Drie trolleys worden op een rij op het grind gezet. De vrouwen pakken hun trolley op en lopen op hun tenen over het grind naar de brug over de slotgracht. Arvidsen loopt voorop en ze komen steeds dichter bij de camera.

De eerste vrouw is blond, bijna net zo lang als Arvidsen, mooi, met een enigszins geprononceerd gezicht, felrode lippenstift en witte tanden die zichtbaar worden als ze glimlacht. Ze is heel verzorgd gekleed, draagt een roodleren jack en is ongeveer begin dertig.

De tweede vrouw is rijper, naar haar gelaatstrekken te oordelen. Haar make-up is daarom discreter en past bij een vrouw van midden veertig. Ze draagt een zwartleren jack en een zwarte hoed met bont.

De derde vrouw is het jongst, eind twintig. Misschien blijkt dat ook een beetje uit haar kleding. Ze draagt een gebleekte spijkerbroek met modieuze gaten op één knie, lange zwarte leren laarzen en een kort, zwartleren jack. Ze is zongebruind en heeft een zonnebril in het glanzende zwarte pagekapsel. Rond de volle lippen ligt een brede glimlach. Er is geen geluid bij de opname, maar het is duidelijk dat ze met haar hele gezicht lacht. Ze is een mooie vrouw, heel mooi, en lijkt vrolijk en levendig.

Ze lijken te praten over de camera die boven de hoofdingang hangt. Nu zijn de beelden van de drie vrouwen in close-up. Nieuwe details worden zichtbaar. De vrouw met het blonde haar heeft een klein sieraad in haar linkerneusvleugel, de oudste heeft ronde wangen, maar lijkt verder niet mollig, de jongste heeft bruine ogen, donkere parels die net zo glanzen als haar haar.

Ze verdwijnen een voor een uit het beeld van de camera als ze de trap op lopen.

Dan zijn ze terug bij het begin. De laan ligt er verlaten bij, verdorde bladeren wervelen op.

De film is afgelopen.

Hij was de hele tijd enorm geconcentreerd geweest. Nu leunde hij naar achteren en zuchtte diep. Franck draaide zich naar hem toe.

'We gaan de tweede film bekijken en dan bekijken we beide films opnieuw. Daarna bespreken we wat we gezien hebben. Ben je er klaar voor, Oxen?'

De tweede film begint waar de eerste film is geëindigd – met het overzichtsbeeld van de laan. De enige verandering is dat het harde zonlicht verdwenen is en dat er twee dagen verstreken zijn, want de datum in de rechterbovenhoek is nu 16 oktober. Het is 11.45 uur.

Het duurt 20-30 seconden voordat er iets gebeurt. Het eerste wat zichtbaar wordt is Arvidsens nek, daarna volgt zijn hele lijf. Hij loopt naar de brug over de slotgracht. Achter hem loopt een vrouw en daarachter nog een. Beide vrouwen trekken hun trolleys over de ongelijke straatstenen. Aan de hoed te oordelen loopt de rijpe vrouw voorop, achter haar loopt de blonde vrouw met het sieraad in haar neus. De mooie vrouw met het pagekapsel is er niet bij.

Ze lopen naar de Mercedes. Arvidsen haalt iets uit zijn zak... zonnebrillen. Hij geeft beide vrouwen er een. Daarna stopt hij hun trolleys in de kofferbak. De derde vrouw is nog steeds niet verschenen. Ze gaan met z'n drieën in de auto zitten, de portieren slaan dicht, de Mercedes rijdt achteruit en rijdt daarna langzaam de laan af.

'Oké, oké, het meisje met het pagekapsel ontbreekt.'

Franck kon zich toch niet inhouden en was hem voor. Ze staarden nog even naar de laan, toen was de film afgelopen.

'Nu bekijken we ze allebei opnieuw,' zei Franck.

Ze zaten vlak naast elkaar aan het kleine bureau en bekeken nog een keer hoe de trouwe toeverlaat van voormalig ambassadeur Hans-Otto Corfitzen, Poul Arvidsen, met drie vrouwen arriveerde en met twee vrouwen vertrok.

Hij stond op en ging op zijn vertrouwde plek met zijn rug tegen de muur zitten. Hij moest afstand nemen van Margrethe Franck, die achter de laptop bleef zitten. Ze zag eruit alsof ze het hele verloop al in haar hoofd had.

'We beginnen,' zei ze. 'Ik maak notities. Jij legt uit. Wat heb je daarnet gezien?'

'Arvidsen arriveert met drie elegante vrouwen. Heb je een kalender?'

'Ik heb het net gecheckt. Het is een vrijdag, vooropgesteld dat het vorig jaar was, en dat lijkt me logisch,' zei ze.

'Ik kan alleen zeggen dat de bewakingsinstallatie er nog hing toen ik die nacht samen met mijn hond bij het kasteel was. Iemand heeft hem dus vliegensvlug verwijderd.'

'Daar heb je niets over gezegd.'

'Is dat zo?'

'Dat verbaast me eigenlijk helemaal niet.' Ze schudde haar hoofd. 'Laten we verdergaan. Wat zie je?'

'Goed, ik zie Arvidsen op vrijdagmiddag met drie vrouwen arriveren en ik zie hem zondag rond het middaguur met twee van de drie vrouwen wegrijden. Ik denk... Oost-Europa. Ik ben meerdere keren in de Balkan geweest en ik heb door Rusland gereisd. Het zijn Slavische vrouwen, hoge jukbeenderen, dramatische mascara. En een roodleren jack? Een neussieraad, niet langer heel modern? En een hoed met bont... Ze komen vast uit de Balkan of Rusland. En ik hou er natuurlijk rekening mee dat Corfitzen het grootste deel van zijn diplomatieke carrière in Oost-Europa doorgebracht heeft.'

'Wat denk je nog meer?'

'Ik denk escort. Escort als in luxe hoeren...'

'Hoeren, waarom? Het kunnen toch ook gewoon gasten zijn?'

'Ze verschijnen als op bestelling. Arvidsen haalt en brengt ze. Ze arriveren met wat extra kleding in een klein weekendkoffertje. Maar ik kan het mis hebben. Ik vind ze gewoon niet op contacten uit de diplomatie lijken.'

'Is dat alles?'

'Ze weten niet waar ze zijn.'

'Wat bedoel je?'

'De zonnebrillen... Ze geven alle drie een zonnebril aan Arvidsen als ze arriveren, en hij geeft de twee vrouwen een zonnebril als ze Nørlund Slot weer verlaten. Het mooie meisje heeft er bovendien een in haar haar. Ergo – het zijn geen zonnebrillen, het zijn brillen die moeten voorkomen dat ze tijdens de rit iets kunnen zien. Niet bepaald gastvrij.'

'Meer?'

'En daarna, zoals we hebben geconstateerd, ontbreekt het mooie meisje met het pagekapsel bij het vertrek op zondag.'

'Waarom is dat zo?'

'Daar heb ik geen antwoord op. Wat denk jij?'

'Min of meer hetzelfde als jij,' antwoordde ze terwijl ze haar leesbril in haar haar schoof. 'Oost-Europeanen, alles van Polen tot Oekraïne of Roemenië... De kledingstijl en de mascara passen niet bij mijn idee over de gedragscode binnen de diplomatie. En ik durf te beweren dat de parfumkeuze ook heel dramatisch is. Maar begrijp me niet verkeerd. Het is in balans. Ze zijn absoluut niet goedkoop om te zien. Escortservice met een hoog uurloon is een gefundeerde gok. En ze zijn niet uitgenodigd voor een groot feest.'

'Wat bedoel je?'

'Het aantal geparkeerde auto's. Drie bij de aankomst op vrijdag, vijf bij het vertrek op zondag, naast Arvidsens privéauto. Vijf auto's betekent geen feest in de ridderzaal. De vraag is: van wie zijn ze?'

'Natuurlijk, de auto's...'

Hij had zijn aandacht volledig op de vrouwen gericht en had de auto's slechts oppervlakkig geregistreerd, maar Franck zag niets over het hoofd.

'Ik ga ze checken. Nu meteen! Ik bekijk de opnames opnieuw en noteer de kentekens,' zei ze terwijl ze de zwarte bril ijverig op haar ivoren neus schoof.

Hij bestudeerde haar heimelijk. Het eerste fragment speelde weer en ze was uiterst geconcentreerd. Hij voelde de gecontroleerde, beroepsmatige ijver en energie bij Mossmans persoonlijke assistent, die nu blosjes op haar wangen had.

Margrethe Franck was beslist een bijzonder bekwame kameleon om in zijn staf te hebben. Ze kende haar plaats. Ze kon stil en onzichtbaar zijn, zoals tijdens de eerste ontmoeting in het politiebureau in Aalborg, en ze kon karakter tonen en handelend optreden. Had ze tijdens het chaotische gevecht met Mossman en Rytter in hotel Hvide Hus niet onmiddellijk met een schietklaar pistool op hem gericht klaargestaan? Zou ze op hem geschoten hebben? Ja, zonder enige twijfel... En ze verloor haar kalmte niet door een dode collega in een plas bloed.

Ze regelde kleine – en grote – zaken zonder dat daar een lang besluitvormingsproces aan voorafging, waardoor anderen zich niet in hun kaarten hoefden te laten kijken. Het leek alsof Margrethe Franck een universeel stuk gereedschap was dat Mossman altijd bij de hand had.

Ook al had Margrethe Franck iets anders gezegd, toch was hij ervan overtuigd dat ze zo eerzuchtig en trots was dat het heel moeilijk voor haar was om te accepteren dat de leiding blijkbaar niet van plan was geweest om haar deelgenoot te maken van alle aspecten van de Bergsøe-Corfitzen-zaak.

De feiten spraken voor zich: Fensmark had op het punt gestaan om de PET het bewijsmateriaal op de harddisk en de laptop te bezorgen. Het was nooit de bedoeling geweest dat Margrethe dat zou weten.

De vraag was: hoe boos was ze? Hoever zou Mossmans anders zo loyale werknemer gaan?

Haar vingers vlogen over het toetsenbord en ze sloeg geen acht op hem. Zo nu en dan stopte ze en schreef ze iets op. Hij hoorde haar naar een autoverhuurbedrijf bellen en vragen stellen, snel en effectief, waarna ze de verbinding verbrak.

Hij vroeg zich af of Fensmark hem was gevolgd toen hij de envelop met het geld verstopte. Fensmark had hem waarschijnlijk geschaduwd naar de plek waar hij parkeerde, maar de man had hem nooit te voet kunnen volgen zonder ontdekt te worden.

'Dat kan niet waar zijn...'

Franck verstijfde achter haar laptop.

'Wat is er?'

'*Houston, we have a problem*,' verzuchtte ze. 'Ik heb alle vijf de kentekenplaten gecontroleerd. De drie auto's op het eerste fragment zijn van Ejnar Uth-Johansen, de nieuwe secretaris-generaal van het ministerie van Defensie, Mogens Bergsøe...'

'Daar duikt Bergsøe op. Eindelijk.'

Ze knikte met een nadenkende uitdrukking op haar gezicht en ging verder. 'En Bergsøe, dat weten we, is dood en begraven. De derde auto is van Kristoffer Nyberg. Hij is algemeen directeur, of CEO zoals dat heet, van Fortuna Pharmaceutical Industries in Kopenhagen, een enorm grote internationale geneesmiddelenproducent van antidepressiva en dat soort medicijnen.'

'En de twee auto's op het tweede fragment?' vroeg hij.

'De vierde auto is een huurauto van het Hertz-filiaal op de luchthaven van Aalborg. Hij is voor het hele weekend gehuurd door...' Franck glimlachte triomfantelijk, '... niemand minder dan Hannibal Frederiksen, Spanje, dood en begraven.'

'Jezus, hij ook al. En de laatste?'

'Dat is waar het probleem ontstaat, Oxen. Een groot probleem... De vijfde en laatste auto is van minister van Justitie Ulrik Rosborg.'

'De minister van Justitie?'

'Yep, niemand minder. De kroonprins die ooit minister-president van Denemarken wordt als alle knappe koppen het tenminste bij het rechte eind hebben.'

Hij was diep in gedachten verzonken en zei niets meer. Er waren vijf Deense gasten geweest, belangrijke mannen in machtige posities, plus de gastheer zelf, de voormalige ambassadeur. Drie van de zes waren dood. Een sterftecijfer van vijftig procent na een weekend in oktober in Nørlund Slot.

En dan waren er de drie onbekende gasten: de drie vrouwen die Arvidsen had gehaald en gebracht. En als hij die stomme klootzak meetelde, dan waren vier van de zeven aanwezigen van dat weekend dood. Hoe pasten de drie vrouwen in vredesnaam in deze puzzel?

'Het hoofd van de Politie Inlichtingendienst doet rechtstreeks verslag aan de minister van Justitie. Ulrik Rosborg is Axel Mossmans baas – in rechte lijn, buiten het hoofd van de rijkspolitie en alle anderen om. Dat kan ik gewoon niet negeren, Oxen, dat kan ik gewoon niet. Hallo, luister je naar me?'

'Ja, ja... Waarom niet?'

'Hannibal Frederiksen is dood, Mogens Bergsøe is dood, Hans-Otto Corfitzen is dood. En daarmee zijn de secretaris-generaal, de manager en de minister van Justitie in potentieel levensgevaar. Dat kan ik niet negeren.'

'Er zijn geen Deense politici die niet gemist kunnen worden.'

'Stop met dat verbitterde gezeik. Het is mijn werk! Het is mijn verantwoordelijkheid!'

'Er is één ding dat veel interessanter is dan een minister van Justitie in levensgevaar,' zei hij.

'En dat is?'

'Dat is de vraag waaróm hij in levensgevaar is. Wat is er precies gebeurd waardoor het weekend van 15 en 16 oktober zoveel doden tot gevolg heeft?'

'Ik zal Mossman moeten bellen, het spijt me, maar het is niet anders. Er zijn drie mannen die onmiddellijk politiebescherming moeten krijgen.'

Voor het eerst merkte hij dat Margrethe Franck geschokt leek. Ze toonde nog steeds daadkracht en wilde resoluut ingrijpen, maar het leek overhaast.

'Wacht vijf minuten. Als je één moment vergeet dat de minister van Justitie erbij betrokken is – en je bent duidelijk doodsbenauwd voor dat idee – dan moet je toegeven dat de onbeantwoorde vraag is waarom die drie mannen dood moeten. Vier, als we Arvidsen meetellen, en vijf met inbegrip van je collega, Fensmark. Het antwoord zullen we vinden als we onderzoek naar die vrouwen doen. Doe je nog steeds mee als we een alternatief verhaal vinden? Een verhaal dat dicht bij de waarheid ligt?'

Ze haalde haar schouders op.

'Ik ken je in principe niet. Ik weet niet of ik je kan vertrouwen. Als er zulke grote belangen op het spel staan, waarom zou ik dan in vredesnaam mijn baan op het spel zetten door met jou samen te werken? Vertel het me.'

'Omdat...' Hij keek in haar ogen. '... je jezelf 's ochtends in de spiegel recht aan wilt kunnen kijken, Franck. Zo bén je nu eenmaal. Integriteit... daar vecht je voor of je bent geen knip voor de neus waard.'

Ze aarzelde heel even.

'Nee! Ik doe het niet,' zei ze daarna openhartig. 'Ik mag het niet doen. Ik doe niets achter Mossmans rug om. Dat is uitgesloten. Hij heeft het recht om het te weten. Het is mijn plicht om hem de waarheid te vertellen. Punt uit!'

Hij dacht na. Moest hij het doen? Moest hij zijn laatste troefkaart op tafel leggen om Margrethe Franck te overtuigen? Hij woog de voor- en nadelen tegen elkaar af. In werkelijkheid had hij echter geen keus. En als zijn laatste troefkaart niet voldoende was, dan was er niets waarmee hij haar kon overtuigen.

'Er is één ding dat ik je niet verteld heb,' begon hij aarzelend.

Franck keek hem wantrouwend aan.

'In Arvidsens kelder, waar ik de bouwtekeningen van het kasteel en de lijst heb gevonden... heb ik ook nog iets anders gevonden. Ik vond Mossmans visitekaartje met zijn geheime telefoonnummer. Hij moet het aan Arvidsen gegeven hebben.'

Franck fronste haar wenkbrauwen.

'Een verbinding tussen Mossman en Arvidsen? Is dat wat je probeert te insinueren?' Ze klonk sceptisch. 'En wat weet jij in vredesnaam over een geheim nummer van Mossman?'

'Hij heeft mij net zo'n visitekaartje gegeven. Met precies hetzelfde telefoonnummer.'

'Heeft Mossman jóú een geheim nummer gegeven?'

'We hebben elkaar in het park ontmoet na het gesprek in hotel Hvide Hus. Hij zei dat als er iets belangrijks opdook, ik rechtstreeks contact met hem moest opnemen. Buiten jou en Rytter om. Daarna kreeg ik het nummer en een tijdvenster waarin ik kon bellen.'

'Dat lieg je! Dat kan niet waar zijn. Dat heb je verzonnen!' schreeuwde Franck.

Hij zocht in zijn zakken, vond beide visitekaartjes en legde ze op het bureau.

'Hier, deze is van mij. Ik heb het beroep weggekrast omdat ik het nodig had als legitimatie voor de plaatselijke jachtvoorzitter. En deze is van Arvidsen. Het telefoonnummer is hetzelfde. Het is de waarheid.'

Margrethe Franck bekeek de twee visitekaartjes. Daarna keek ze met een wanhopige blik naar het plafond. Ze wreef koortsachtig door haar korte haar terwijl ze steeds dieper zuchtte.

'Het is de waarheid. De hele waarheid, Franck,' herhaalde hij.

Ze zeiden minutenlang niets. Uiteindelijk fluisterde Franck: 'En wat stel je dan voor, Oxen? Hoe dicht blijf je bij de waarheid?'

'We bedenken een alternatief verhaal voor wat er gebeurd is dat heel dicht bij de waarheid ligt. 1) Ik ben in de jachthut. 2) Ik vind de harddisk en de laptop onder de vloer. 3) Ik start de laptop op en zie op de videofilm een rij auto's voor Nørlund Slot staan. 4) Ik ben net bezig met het noteren van de kentekens als de medewerker van de PET binnenkomt en me neerslaat. 5) Als ik bijkom ligt hij naast me – doodgeschoten.'

'En de drie vrouwen van Nørlund Slot?'

'Dat houden we voor onszelf, net als Arvidsens observatielijst en de bouwtekeningen van het kasteel.'

'En wat gaat er nu dan gebeuren?'

'Als je mijn voorstel accepteert, rijden we naar de jachthut. Jij kunt Rytter en Mossman daar alarmeren en ze alles vertellen over de minister van Justitie en de manager en de secretaris-generaal. Dan zorgen zij voor bescherming en hoef jij geen slecht geweten te hebben. En dan kun je er meteen voor zorgen dat ze mensen naar de hut sturen om de rotzooi op te ruimen.'

'Ik begrijp niet waar hij mee bezig is. Ik snap het gewoon niet.' Franck schudde haar hoofd.

'Mossman? Ik weet het ook niet. Maar hij heeft een eigen agenda, wat misschien betekent dat hij Nørlund Slot in de gaten houdt en dat hij daar lang geleden al mee begonnen is.'

'En dan samen met iemand zoals Arvidsen. Ongeacht wat voor afspraak ze hadden, het stelt Mossman in een kwaad daglicht.'

'Misschien hoef je helemaal niet te bellen om Mossman over de minister van Justitie te vertellen,' zei hij.

'Wat bedoel je? Waarom niet? Dat moet ik wel, ik kan niet anders.'

'Misschien weet hij het al. Misschien heeft Mossman zijn eigen kleine operatie die erop gericht is om zijn baas, de minister van Justitie, in de gaten te houden.'

'Je bedoelt dat hij toezicht op hem houdt?'

'Als onderdeel van het onderzoek natuurlijk. Een min of meer geheim onderzoek.'

Franck kneep haar ogen tot spleetjes.

'Of misschien beschermt hij zijn baas om redenen die wij niet kennen,' zei ze.

'We kunnen ons ook op een heel ander terrein begeven,' zei hij. Hij probeerde in gedachten een samenhangend geheel van zijn redenering te maken terwijl hij verderging: 'Namelijk het terrein waar we ons eerder bevonden. Toen jij binnenkwam en me vertelde dat Mossman een lezing bij Consilium had gehouden. Hij is dus aantoonbaar in contact geweest met de organisatie. En misschien is het helemaal niet zo vreemd als wij denken. Misschien is het niet verdacht. Misschien hoort Mossman bij een groepje vertrouwelingen en heeft de samenwerking met Arvidsen te maken met bescherming – niet van de minister van Justitie maar van ambassadeur Corfitzen.'

Margrethe Franck knikte goedkeurend. 'Er zijn veel combinatiemogelijkheden. Arvidsen is dood. We weten niet of hij zelf contact heeft opgenomen met Mossman om zo'n deal voor te stellen. Ik bedoel... hoeveel waarde kunnen we hechten aan een visitekaartje en een geheim telefoonnummer?'

Hij haalde zijn schouders op. 'Daar kan alleen Mossman antwoord op geven. Maar we kunnen het niet vragen. We moeten het spel meespelen. En voorzichtig met hem zijn. Dat is mijn voorstel, Franck.'

Ze knikte, maar zag er nog steeds heel nadenkend uit.

'Deze situatie brengt je in dezelfde positie als Arvidsen, Oxen. Hij had, en jij hebt nog steeds, een afspraak met Mossman. Wat denk je daarvan?'

Hij had zoveel gedacht. Al van het begin af aan, toen hij Franck verteld had dat er iets niet in de haak was.

'Ik weet nog steeds niet wat hij wil. Ik weet alleen dat hij me wil gebruiken. En deze situatie maakt me extra voorzichtig.'

'Die dag in hotel Hvide Hus... Rytter en ik begrepen niet waarom hij jou een kwart miljoen kronen gaf. Hij zei dat hij het gevoel had dat je nuttig voor het onderzoek kon zijn. Ik vroeg of hij een nuttige idioot bedoelde. Hij antwoordde: "We zullen zien..." Heb je geen spijt dat je ja hebt gezegd?'

'Wat was het alternatief? Ik had kunnen vertrekken, maar dat had niet voorkomen dat ik op een dag gearresteerd kon worden voor een moord die ik niet gepleegd heb. Nu ben ik erbij betrokken. Nu heb ik een kans om over mijn schouder te kijken en misschien iets vóór te zijn.'

'Dus je denkt dat je geofferd wordt?'

Hij spreidde zijn armen berustend. 'Ik heb echt geen idee. Bedenk eens wat Mossman voor het geld krijgt. Hij krijgt een psychisch labiele, getraumatiseerde oorlogsveteraan met de juiste motieven die bovendien een twijfelachtig karakter heeft. Bekijk het strafregister maar. Dat moet een goede koop zijn. Zo is de situatie onder controle.'

'Ik mag Axel Mossman heel graag, die oude ronkedoor. En ik beschouw hem als heel reëel. Deze hele situatie irriteert me.'

Margrethe Franck zag er oprecht verdrietig uit bij de gedachte dat haar baas een gemene duivel zou kunnen zijn.

'Wat doen we nu?' vroeg ze.

'We gaan door. Laten we kijken wie vrienden en wie vijanden zijn. Ik heb het gevoel dat we ons nog steeds aan de rand van iets heel groots bevinden. De drie vrouwen zijn de sleutel naar de volgende deur. We moeten weten waar Arvidsen ze opgehaald heeft en waar ze vandaan komen.'

'Dat kan ik uitzoeken. Luchthaven Aalborg is waarschijnlijk de enige logische gok,' zei ze.

'Maar een officiële aanvraag met betrekking tot de passagierslijst kunnen we niet voor onszelf houden. Mossman zal onmiddellijk te horen krijgen waar we mee bezig zijn.'

'Ik heb een contact. Iemand die ik het discreet kan vragen, als ze tenminste via Aalborg zijn gevlogen.'

'Goed, laten we teruggaan naar de hut.'

# 43

Het lijk van Fensmark lag nog steeds op de stoffige vloer van de jachthut in een plas zwart, geronnen bloed. Ze zaten inmiddels al een tijdlang te midden van de groene omgeving op de overdekte veranda. De frisse lucht vormde een enorm contrast met de bedompte lucht in de vergeten hut.

Margrethe Franck had naar haar chef gebeld om hem de versie van de waarheid te vertellen die ze hadden afgesproken. Mossman had onmiddellijk actie ondernomen. Er waren twee auto's op weg vanuit Aarhus.

De moord op Fensmark en de omstandigheden daaromtrent werden onmiddellijk geclassificeerd en vanaf nu was het onderzoek geheim. Hoofdinspecteur Grube en de collega's in Aalborg zouden waarschijnlijk nooit iets te weten komen.

De voorzitter van de Wamberg-commissie was vermoord en de politieke baas van de PET, de minister van Justitie, werd bedreigd. Beide elementen waren een deel van dezelfde zaak. De Politie Inlichtingendienst had zichzelf volledig afgeschermd.

'Hoe heet je zoon ook alweer?' Francks vraag verbrak de minutenlange stilte.

'Magnus,' antwoordde hij.

'Wat doen jullie als Magnus en jij bij elkaar zijn?'

'De gewone dingen, voetballen, film kijken, naar de dierentuin, 's zomers naar het water, dat soort dingen. Net als iedereen.'

'Wat vond hij ervan dat je het bos in trok?'

'We hebben erover gepraat, hij en ik, dat ik een tijdlang in het bos... Jezus, wat duurt het lang om van Aarhus hiernaartoe te komen, nietwaar?'

'Je woonde in de wijk Noordwest. Waar woont je ex?'

'In Charlottenlund. En jij, ben jij getrouwd?'

Franck schudde haar hoofd.

'Waarom niet?'

'Mijn werk slokt me volledig op. Zou je een goede agent geworden zijn?'

Hij schoof met de neus van zijn schoen over het hout.

'Dat heb je me al een keer gevraagd.'

'En zou je dat geworden zijn?'

'Goed genoeg, denk ik.'

'Het gebeurde van de ene op de andere dag, nietwaar? Dat je besloot om te stoppen.'

'Nee, daar heb ik lang over nagedacht. Dat heb ik je ook al verteld.'

'Heb je er met anderen over gepraat voordat je besloot dat je er genoeg van had?'

'Niet echt...'

'Misschien had je geen echt goede collega's – of vrienden – in Bellahøj?'

'Niet echt...'

'Ben je een gesloten mens, Oxen?'

De vraag overrompelde hem. Hij zag geen begeleidende glimlach, lach of iets anders waaruit hij kon opmaken dat het een grapje was. Alleen de ernstige blik in haar ogen.

'Dat is een vreemde vraag om te stellen. Vind jij dat ik gesloten ben?'

'De oorlog, al die ellende die je hebt gezien en meegemaakt... Het is waarschijnlijk moeilijk om dat niet met je mee te dragen. Moeilijk om een normaal leven te leiden met normale kleine problemen waarover iedereen zich opwindt. Dan kun je een beetje... geïsoleerd raken. Dat is wat ik dacht.'

Er waren twee mogelijkheden met Margrethe Franck, misschien drie. Het kon puur professionele redenen hebben dat ze hem zo nu en dan bewerkte en probeerde een intiemere sfeer tussen hen te creëren. Of ze was gewoon oprecht geïnteresseerd. Of het was beide.

'Het is logisch dat de thuissituatie dan kleiner lijkt. Daarom kun je ook niet...'

Hij hoorde motorgeluid dat steeds duidelijker werd.

'Ze zijn er,' constateerde hij opgelucht.

Vlak daarna verscheen er een busje op de bosweg, en even later nog een. De twee witte VW-transporters reden in een rustig tempo naar de open plek en parkeerden voor de jachthut.

'De technici in de ene en de schoonmakers, *the cleaners*, in de andere,' mompelde Margrethe Franck.

Iedereen stapte uit, ze begroetten elkaar en er werden handen geschud. Zonder veel te zeggen begonnen ze hun overalls aan te trekken en Margrethe Franck nam ze mee naar de plaats delict, waar ze efficiënt aan het werk gingen.

De technici zouden overal monsters van nemen, naar vingerafdrukken zoeken, foto's maken en afgietsels maken van de bandensporen die ze waarschijnlijk op de weg zouden vinden. Het schoonmaken sprak voor zich. Zodra ze het groene licht kregen, zouden de twee mannen het lijk in een zak stoppen en achter in de transporter leggen, waarna ze met doeken en schoonmaakmiddelen aan de slag zouden gaan.

Daarna kon het stof over alle misdaden dalen.

Het was kwart over negen. Ze zaten naast elkaar aan het bureau in Margrethes kamer. Ze hadden hun avondmaaltijd samen genuttigd. Zij was degene die dat had gevraagd.

Ook al wilde hij het liefst alleen eten, hij had gevoeld dat hij deze ene keer misschien ja moest zeggen, bij wijze van symbolisch gebaar en een manier om hun afspraak om samen te werken te bezegelen.

Hij was net in de kelder geweest en had het materiaal gehaald dat hij boven de plafondplaat had verstopt. Nu waren ze verdiept in Arvidsens observatielijst.

'Het klopt helemaal met wat we nu weten,' zei Margrethe Franck.

'Het is inderdaad een observatielijst. Kijk maar naar de afkortingen bij 14 en 16 oktober.'

Hij volgde haar wijsvinger over het papier. Er stonden vijf tijdstippen onder 'aankomst' op 14 oktober en vijf afkortingen: HF voor Hannibal Frederiksen, EUJ voor secretaris-generaal van het ministerie van Defensie Ejnar Uth-Johansen, MB voor advocaat en voorzitter van de Wamberg-commissie Mogens Bergsøe, KN voor geneesmiddelendirecteur Kristoffer Nyberg en UR voor degene die die vrijdag het laatst was gearriveerd, minister van Justitie Ulrik Rosborg.

Alle afkortingen kwamen op zondag weer voor onder het kopje 'vertrek'.

'Er zijn nog steeds veel initialen die we niet kennen,' zei ze. 'Wie zijn bijvoorbeeld AA en LJ?'

'Het heeft geen zin om daarnaar te raden.'

'Mag ik de tekeningen zien?'

Hij knikte en legde de eerste op de tafel. Franck bestudeerde in stilte de bouwtekening van de parterre van de hoofdvleugel en alle maten en notities.

'De tekeningen van de andere vleugels en etages zijn hetzelfde,' zei hij.

Franck wilde net iets zeggen toen haar mobiel ging. Ze klonk enthousiast terwijl ze aantekeningen maakte en degene aan de lijn verschillende keren bedankte. Na een paar minuten beëindigde ze het gesprek met nog een 'ontzettend bedankt'.

'Ik heb de namen,' zei ze.

Hij keek waarschijnlijk vragend naar haar.

'De namen van de drie vrouwen. Zoals ik beloofd had. Ze zijn geland op luchthaven Aalborg – waar anders? Ze heten Danuté Romancikiene, Virginija Zakalskyte en Jolita Turai Baronaité en zijn afkomstig uit Litouwen. Ze zijn vorig jaar op vrijdag 14 oktober in Kopenhagen aangekomen met SAS-vlucht SK745 uit Vilnius. Vanaf Kopenhagen zijn ze verder gevlogen naar Aalborg. Zondag 16 oktober hebben Danuté en Jolita dezelfde weg terug genomen naar Vilnius, met vlucht SK744.'

'De mooie vrouw met het pagekapsel en de bruine ogen is dus Virginija.'

'Yep.'

'Kan ze op een andere dag een andere vlucht genomen hebben?'

'Dat heb ik gevraagd en het antwoord is nee. Virginija Zakalskyte is in elk geval niet met een vliegtuig naar Vilnius teruggekeerd. Maar mijn bron attendeerde me erop dat er veerboten van respectievelijk Kiel en Karlshamn naar Klaipeda vertrekken. En ze kan natuurlijk ook in een auto teruggegaan zijn. Ik controleer de havens.'

'Ik vertrek morgen naar Vilnius.'

Margrethe Franck fronste haar voorhoofd door zijn opmerking. Misschien overwoog ze of ze mee moest gaan.

'Ik ga ervan uit dat jij morgen terug moet om te praten met de manager en de secretaris-generaal en de minister van Justitie. Dan kan ik net zo goed snel vertrekken. En ik spreek Russisch, waar je je nog steeds mee kunt redden daar. Ik heb alleen de drie adressen nodig,' zei hij.

Ze knikte en dacht hardop na. 'Het is absoluut een goed idee om meteen te vertrekken. Maar we laten duidelijke sporen achter als we de adressen opvragen. De inreiscontrole heeft ze niet meteen. Dan is er Europol... De contactpersoon van Denemarken in Den Haag kan contact opnemen met zijn Litouwse collega, die dan in het nationale register kan duiken. Dat zal ook duidelijke sporen nalaten. En ten slotte kunnen we contact opnemen met een van de verbindingsofficieren die dankzij de samenwerking van de Scandinavische politiediensten in de Baltische Staten zijn gestationeerd. Ik geloof dat het op dit moment een Zweed is en hij zit, voor zover ik me dat kan herinneren, in Estland. Het is een omweg om de adressen in Vilnius te krijgen en ook dat laat sporen na. Mossman ziet het meteen.'

Margrethe Franck blies geïrriteerd de lange lokken voor haar ogen weg. De vijf vingers van haar rechterhand trommelden ongeduldig op het tafelblad terwijl haar blik steeds afweziger werd.

'Misschien...' begon ze. 'Misschien kunnen we het toch oplossen.'

'Hoe dan?'

'Een paar jaar geleden had ik een cursus in Helsinki. Ik weet bijna zeker dat een van de deelnemers uit Vilnius kwam. Hij heette Zigmantas, Zigmantas-en-nog-wat. Een leuke vent, een beetje overijverig. Hij mailde me na de cursus. Als ik hem vraag om te helpen, dan doet hij dat. En op een discrete manier. Dat weet ik zeker. Ik zal er morgenochtend achteraan gaan.'

Ze bogen zich weer over de bouwtekeningen. Na een uur kwam hij overeind om naar bed te gaan. Net voordat hij zijn hand op de deurkruk legde, zei ze: 'Luister... Ik heb ook flashbacks. Van die keer met mijn been... En vreselijke nachtmerries. Niet vaak meer, maar het gebeurt nog steeds, misschien vier, vijf, zes keer per jaar.'

Hij knikte glimlachend en verstijfde een beetje.

'Oxen, ben je het bos in getrokken om je situatie onder controle te krijgen?'

Hij haalde zijn schouders op.

'Om... rust te hebben. Mr. White en ik wilden gewoon rust hebben.'

'En nu is Mr. White weg,' ging ze verder.

Hij knikte, opende de deur en wilde hem net achter zich dichttrekken toen ze verderging. 'Je doet het niet voor het geld.'

'Welterusten. Slaap lekker,' zei hij waarna hij de deur haastig achter zich dichtdeed.

Morgen moest hij vroeg op. Hij ging naar Vilnius om een bezoek te brengen aan Virginija Zakalskyte, Jolita Turai Baronaité en Danuté Romancikiene.

# 44

De jonge vrouw achter de receptie van hotel Tilto in het centrum van Vilnius bekeek hem nog een keer toen hij zijn reservering op de balie legde.

'Niels Oxen, Denemarken? Dan heb ik iets voor je,' zei ze in het Engels. Ze opende een la en gaf hem een grote envelop.

Margrethe Franck had het dus geregeld, precies zoals ze had gezegd dat ze zou doen. Ze regelde alles.

Hij vulde haastig het incheckformulier in, pakte een van de gratis stadskaarten die op de balie lagen en nam de lift naar de derde verdieping. Even later liet hij zich op het bed in zijn kamer vallen en scheurde de envelop open. Er zat een vel A4-papier in met een handgeschreven Engelse tekst en een slechte kopie van een foto.

*Voor Niels Oxen. Hierbij de adressenlijst die ik Margrethe beloofd heb. Er zijn natuurlijk meer vrouwen in Vilnius en omgeving met dezelfde namen, maar ik heb er een paar uitgesloten met het oog op de ruwe schatting van de leeftijden die Margrethe me heeft gegeven. Onderstaande vrouwen zijn terug. Voor Virginija geldt dat een vrouw met dezelfde naam als vermist is opgegeven (bijgesloten kopie van foto). Succes. Bel als je problemen hebt.*

De brief was ondertekend met Ramunas Zigmantas. De vriendelijke man die een oogje op Margrethe Franck had gehad en waarschijnlijk bij de politie in Vilnius of de inlichtingendienst werkte, had ook een mobiel nummer opgeschreven. Hij bestudeerde de namenlijst.

Virginija Zakalskyte: er waren drie vrouwen met die naam, maar hij hoefde niet te zoeken. De slechte kopie van de foto was goed genoeg om de jonge, mooie vrouw meteen te herkennen. Dit was de juiste Virginija, degene die ogenschijnlijk niet was teruggekeerd naar Litouwen. Ze was 27.

Volgens Zigmantas was ze vier maanden geleden als vermist opgegeven, maar volgens de familie was ze ongeveer acht maanden geleden verdwenen, wat overeenkwam met het feit dat ze sinds haar reis naar Denemarken in oktober niet meer was gezien. De adressen van zowel haar als haar familie waren vermeld.

Jolita Turai Baronaité: daar was er maar één van in Vilnius, hopelijk de juiste. Ze was 34 en woonde in een wijk die Zirmunai heette.

Danuté Romancikiene: De oudste vrouw van het trio dat naar Nørlund Slot was gehaald om voor wat algemeen plezier te zorgen. Er waren drie adressen van vrouwen van 44 tot 50 jaar vermeld. Het zou veel lopen worden.

Hij had de hele middag tot zijn beschikking en omdat het zaterdag was had hij meer kans dan op een gewone werkdag. Er zat een straatregister bij het stadskaartje. Hij was opgeleid om kaarten te lezen en te onthouden en had een kwartier nodig om de straten te vinden, ze met een cirkel te markeren en zich in te prenten waar ze ongeveer ten opzichte van elkaar lagen.

Daarna kwam hij resoluut overeind, liet zijn kleine rugzak op het bed liggen, stopte Zigmantas' adressenlijst in zijn binnenzak en trok de kamerdeur achter zich dicht.

Omdat hij nu een waterdichte identificatie van Virginija Zakalskyte had en met zekerheid wist dat ze verdwenen was, wilde hij beginnen met de volgende naam: Jolita Turai Baronaité.

Hij liep het korte stuk naar de grote T. Vrublevskio gatvé die langs de indrukwekkende kathedraal van de stad liep, vanaf het oude stadsdeel in zuidelijke richting tot over de rivier in noordelijke richting.

Het verkeer was druk, ook op zaterdagmiddag. De warme banden gierden over de straatstenen. Het lukte hem om een taxi aan te houden. De chauffeur reed naar de stoep en trapte op de rem.

Hij vertelde de chauffeur het adres in het Russisch, wat geen negatieve reactie veroorzaakte. Er waren altijd veel minder Russen in Litouwen geweest dan in de twee Baltische broederlanden, en er waren minder problemen geweest na de zelfstandigheid. De chauffeur knikte en wachtte op een gaatje om een roekeloze U-bocht te maken. Daarna ging hij op weg.

Ze reden bij het centrum vandaan. Zirmunai, de wijk waar Jolita woonde, lag een paar kilometer in noordelijke richting. De chauffeur scheurde in de derde versnelling de Koning Mindaugas-brug op en gebruikte hem daarna als lanceerplatform. De brug zag er bepaald niet koninklijk uit. De primitieve constructie, die werd gedragen door enorme ijzeren bogen, leek op iets wat de genietroepen in één goede dag konden maken.

Onder hen stroomde de rivier Neris kabbelend langs. De oevers waren hoge, steile hellingen die – verstoken van pittoreske ambities – waren beveiligd met grote betonnen bakken vol aarde. Op een paar plekken groeide gras, op andere plekken zag hij alleen gebarsten bruine aarde die het zilveren oppervlak van de rivier omlijstte.

Meer kon hij niet zien. Bij de eerste grote kruising sloeg de chauffeur rechts af en volgde de bocht van de rivier op een afstand in noordelijke richting.

Aan beide zijden was woningbouw. Pas meerdere kilometers naar het oosten brak een met bos begroeide heuvelkam de horizon.

Hij voelde een zweem vreugde om het weerzien toen ze langs een rij bouwvallige betonkolossen reden die langs de rivier stonden. Het was onmiskenbaar een van de achterbuurten van de oude Sovjet-wereldorde.

Alle flats hadden uitzicht in de vorm van een klein overdekt balkon. Een paar extra vierkante meter die waren gekoloniseerd met een niet-aflatende vindingrijkheid. Veelal gevuld met waslijnen en gedurende de jaren gerepareerd met houten of ijzeren platen. Op sommige balkons zag hij palmbomen, andere waren gedecoreerd met kunstwerken van kleurige glasmozaïeken.

Hij voelde vreugde over het weerzien omdat de blokken hem op kleine schaal herinnerden aan de individualiteit van de mens en de onoverwinnelijkheid van zijn dromen. En dat alles zich altijd kon en zou ontwikkelen, wat er ook gebeurde.

Even later sloeg de taxichauffeur af naar links en verbrak de stilte met een knikje.

'We zijn er bijna. Het zijn de huizenblokken achteraan, bij de Senukai.'

Hij wist niet wat de Senukai was. Ze reden een oneindig gebied binnen met moderne winkelcentra en bedrijfspanden, waar mensen uitpuilende tassen uit supermarkten droegen die reclame maakten dat ze bijna nooit dicht waren.

Het knikje van de chauffeur gold een rij moderne appartementengebouwen die waren geschilderd in verschillende gedempte tinten die goed bij elkaar pasten. De chauffeur sloeg af, reed langs de achterkant van het appartementencomplex en minderde vaart.

'Stop hier maar. Ik vind het juiste nummer zelf wel,' zei hij terwijl hij een teken gaf dat de chauffeur moest stoppen.

K. LADYGOS GATVĖ las hij op het bord op de hoek van het dichtstbijzijnde blok. Hij betaalde, stapte uit en keek op zijn horloge. Niet slecht. Hij had de luchthaven anderhalf uur geleden verlaten en nu stond hij hier al.

Jolita Turai Baronaitė woonde in de K. Ladygos gatvė nummer 8, derde verdieping rechts.

Pas nu besefte hij wat de Senukai was, want vrachtwagens stonden vlak achter elkaar bij laadperrons langs de hele achterkant van het gebouw. Overal zag hij Rockwool, bakstenen, hout en lijmblokken. En daartussen kwamen particuliere klanten uit een portiek die van alles met zich meesleepten, van deurposten tot bloembakken. De Senukai leverde bouwmaterialen, zodat groot en klein in Vilnius hun dromen konden waarmaken.

Bij nummer 8 bleef hij staan. Op de begane grond zat een dameskapsalon. Hij keek naar boven en vroeg zich af welke droom Jolita op de derde verdieping zou hebben.

Hij bestudeerde de namenlijst bij de intercom, maar zag geen Jolita Turai Baronaitė, niet op de derde en ook niet op een andere verdieping. Hij zag helemaal geen Jolita. Had Zigmantas hem verouderde informatie gegeven?

Een man met een klein meisje op zijn arm en één aan zijn hand worstelde zich naar buiten. Hij vroeg hem: 'Ik ben op zoek naar Jolita Turai Baronaitė. Ze moet in dit portiek wonen, maar ik zie haar naam nergens staan.'

'Jolita? Hier woont geen Jolita. We wonen hier nu een halfjaar. Waarom vraag je het daar niet? Zij weet alles.'

De man knikte naar de dameskapsalon. CHEZ SVETLANA stond er met gekrulde gouden letters op de etalageruit. Hij bedankte de man en liep bij de Russische kapster naar binnen. Misschien kwam het door zijn lange haar, of misschien was een man hier een zeldzaamheid, maar Svetlana staarde openlijk naar hem.

'Ik ben op zoek naar Jolita Turai Baronaitė. Ze woont in dit portiek, maar ik snap niet... Haar naam staat niet bij de intercom.'

Svetlana sloeg haar ogen neer en concentreerde zich op de grijze bos haar die aan een oudere dame toebehoorde.

'Ach,' verzuchtte ze terwijl ze haar hoofd schudde. 'Die arme Jolita...'

'Wat is er? Is er iets gebeurd?'

'Je weet het dus niet... Ze is dood. Dat is vorig jaar oktober al gebeurd. Ze was zo knap en een van mijn beste klanten. Soms kwam ze alleen langs voor een kop thee.'

'Dood? Hoe dan?'

'Ze heeft het zelf gedaan, met pillen... Er wordt gezegd dat ze een brief geschreven heeft. Een ongelukkige liefde. Dat had ik niet gedacht. Niet van Jolita. Ze ligt in Antakalnis.'

Svetlana maakte een gebaar met haar hoofd.

'Wat bedoel je?'

'Het kerkhof natuurlijk. Het kerkhof in Antakalnis, aan de andere kant van de rivier. Haar moeder is daar koster. Is dat niet de ironie van het lot?'

'Dat wist ik niet.'

'Nee, ik merk dat je haar niet zo goed kende. Ben je niet van hier?'

'Het is inderdaad lang geleden. We waren ooit goede vrienden. En nee, ik woon hier niet.'

'Ga naar het kerkhof en toon je respect. Het is zaterdag.' Svetlana keek naar de klok boven de spiegel. 'En het is nog niet zo laat. Het is heel goed mogelijk dat haar moeder daar op dit moment werkt. Vooral als er een begrafenis is geweest of zal zijn. Doe haar de groeten van mij, Svetlana, de kapster.'

'Dat zal ik doen. Vertel eens, wat deed Jolita eigenlijk?'

'Ze was secretaresse op de Noorse ambassade.'

'Dank je.'

Hij knikte en deed de deur achter zich dicht terwijl hij bedacht dat het tot nu toe veel te gemakkelijk was gegaan en dat het waarschijnlijk nog veel erger zou worden.

Kerkhof Antakalnis leek een andere wereld. De doden rustten aan de voet van de heuvelrug in het bos tussen de dikke stammen van volgroeide naaldbomen, thuja's, taxussen, jeneverbessen en andere groenblijvers.

Het was stil tussen de bomen, ook al was het niet ver naar de grote wegen aan beide kanten van de rivier. Het breedste pad was bedekt met netjes geharkt grind. De kleine paden waren bedekt met een dikke laag bruine naalden, waardoor elke stap geluidloos was. Zelfs de vogels leken te hebben geaccepteerd dat hun gezang gedempt moest klinken.

Hij vond de enige vrouw die ogenschijnlijk aan het werk was. Ze was aan het harken.

De vrouw van middelbare leeftijd bevestigde dat ze Jolita's moeder was toen hij zich voorstelde als een van haar kennissen van de ambassade die net terug was van verlof en het trieste nieuws nu pas had gehoord.

'Het voelt verkeerd om je kind te begraven. Volkomen verkeerd. En heel onredelijk. Ook al werk ik hier al bijna tien jaar en weet ik heel goed dat de wereld zo kan zijn,' zei de vrouw zachtjes.

'Ik vind het vreselijk,' zei hij terwijl hij zijn lichaam spande. 'Kunt u me de plek laten zien waar ze begraven ligt?'

'Natuurlijk, loop maar mee.'

Ze liepen zwijgend naar de uitgang en sloegen af naar een klein pad dat rond een heuvel met drie grote dennenbomen liep. De plek lag boven op de heuvel. Het kerkhof dampte van het vocht en overal kroop mos over de grafstenen die altijd in de schaduw lagen. Maar niet bij Jolita's graf. Dat was veel te nieuw.

Volgens de datum op de steen was ze maar drie dagen na haar terugkomst uit Denemarken overleden. Maar drie dagen.

'Ik moet de groeten doen van Svetlana, de dameskapster in Jolita's portiek,' zei hij.

De vrouw knikte.

'Ze vertelde me wat er gebeurd is en ik moet zeggen dat ik het me gewoon niet kan voorstellen. Ze was altijd zo vrolijk.'

'Wij begrijpen het ook niet,' zei de vrouw. 'Maar is dat niet altijd zo? Je denkt dat je alles weet, maar misschien weet je niets als het erop aankomt. Ze heeft in haar brief uitgelegd waarom ze het gedaan heeft. Natuurlijk waren er mannen in haar leven, dat wisten we, maar zo'n grote ongelukkige liefde? Nee... Niemand van ons zal dat ooit kunnen begrijpen.'

Ze wisselden nog een paar zinnen over Jolita en het leven en hoe zwaar het allemaal kon zijn. Daarna legde hij een hand op haar schouder, bedankte haar en nam afscheid.

Het voelde niet goed om onder valse voorwendselen op een kerkhof te zijn. Hij zuchtte diep toen hij het hek achter zich dichtdeed terwijl hij bedacht dat er maar twee mogelijkheden waren: Jolita had iets in Nørlund Slot meegemaakt wat zo zenuwslopend was dat ze er niet langer mee kon leven, of ze had iets meegemaakt waardoor iemand haar dood wilde en haar daarbij een handje had geholpen. Het laatste leek hem het meest waarschijnlijk.

Hij vreesde voor het lot van Danuté Romancikiene. Hij moest haar zo snel mogelijk zien te vinden.

Het kostte hem ruim twee uur en drie lange taxiritten om de juiste Danuté te vinden. Dat lukte pas bij de derde en laatste poging in een woning in het centrum nadat hij in de zuidwestelijke wijk Lazdynai en in het noorden in Tarandé was geweest.

Een tienermeisje opende de deur. Na een paar momenten praten bevestigde ze zijn vermoeden toen ze glanzende ogen kreeg en met een schorre stem antwoord gaf. 'Mijn moeder... is dood.'

Hij had het meisje bij wijze van inleiding verteld dat hij een vroegere collega van haar moeder was en dat hij haar na al die jaren heel graag weer eens terug wilde zien. Daarna had hij haar een foto op zijn mobiel laten zien, zodat hij zeker wist dat ze het over de juiste Danuté hadden.

Het meisje droogde haar ogen dapper. Hij moest in zijn rol blijven, ook al voelde dat niet goed.

'Wat erg, dat wist ik niet. Is het lang geleden gebeurd?'

Een tienerjongen kwam naar de deuropening. Een broer die zijn zus te hulp kwam.

'Collega, zei je? Van het ministerie?'

Hij knikte... en bedacht zich.

'Ja, van het ministerie, maar dat is jaren geleden. Zo lang dat ik eigenlijk niet eens weet waar je moeder tegenwoordig werkte.'

'Ze was directiesecretaresse bij het ministerie van Economische Zaken,' antwoordde de zoon.

'Is het... lang geleden gebeurd?'

'Ze is op 20 oktober vorig jaar overleden. Ze kreeg een verkeersongeluk op weg naar Palanga.'

'In oktober? Ik hoorde van een kennis dat ze in het najaar naar Denemarken is geweest. Waren jullie daar misschien bij?'

De broer en zus keken elkaar verbaasd aan.

'We weten niets over een reis naar Denemarken. Dat moet een misverstand zijn. We woonden in het studentenhuis. Nu wonen we hier tot we weten wat we moeten doen. Het appartement was van mijn moeder.'

'Oké. Ik vind het heel erg... Ik zal jullie niet langer storen.'

Hij nam afscheid en haastte zich het gebouw uit. Het grote pand in de Pylimo gatvė in de oude wijk was uitstekend onderhouden en was voorzien van gevelversieringen in de vorm van lauwerkransen en wijnranken. Het appartement was veel te duur voor een secretaresse bij een Litouws ministerie, hoe hard ze ook werkte, maar de stijlvolle Danutė Romancikiene had vermoedelijk ook andere inkomstenbronnen gehad.

Ze had een dag langer geleefd dan de iets jongere Jolita. Een verkeersongeluk? Waarom niet? Het was effectief en minder omslachtig dan zelfmoord. Bovendien hadden de daders misschien gewild dat de twee sterfgevallen van elkaar verschilden.

Waar Zigmantas zijn adressen ook vandaan had gehaald, er zaten in elk geval gaten in de Litouwse registratie als er niet werd bijgehouden dat je overleden was. Hij haalde de lijst uit zijn zak en checkte het adres van de ouders van Virginija Zakalskyte.

Op dit moment kon hij zich niet voorstellen dat zij een nuttige bijdrage konden leveren waardoor hij verder met zijn onderzoek kwam, maar ze waren zijn laatste kans. Hij stond voor een raadsel, afgezien van het feit dat hij nu wist dat de drie vrouwen van het weekend in Nørlund Slot waarschijnlijk heel plotseling overleden waren. Tenzij – en die mogelijkheid kon theoretisch niet uitgesloten worden – Virginija vrijwillig was verdwenen.

De wijk Zvėrynas lag ten westen van het centrum, in een bocht in de loop van de Neris. Het gebied onderscheidde zich aanzienlijk van de andere plekken waar hij was geweest tijdens zijn bliksembezoek. Er waren veel eengezinswoningen en het was duidelijk dat de mensen in deze wijk van hun stukjes grond hielden.

Hij was eerst langs Virginija's appartement gegaan, in een statig pand in een zijstraat van de mondaine winkelstraat Gedimino prospektas. Een chic adres voor een meisje van 27.

Hij betaalde de taxichauffeur en stapte uit. Virginija's ouders woonden in een kleine villa in de D. Poskos gatvė. De begane grond was van geelgeschilderde elementblokken, de eerste verdieping was bekleed met hout. Er stond een wit hek rond het perceel en het gazon was net gemaaid.

Hij hoorde lawaai in iets wat op een garage leek en betrad de oprit van het huis. Hij was van tactiek veranderd om niet in zijn eigen leugens verstrikt te raken. Hij was van plan de waarheid te vertellen:

dat hij deel uitmaakte van een onofficieel Deens onderzoek dat onder meer onderzoek naar Virginija's verdwijning deed.

Een paar minuten later zat hij in de kleine keuken, waar Virginija's moeder koffie inschonk. De man die hij in de garage had aangetroffen en aan wie hij in het Russisch de reden van zijn komst had verteld, zat aan het hoofd van de tafel. Hij verbrak de stilte pas toen ze alle drie een slok koffie hadden genomen.

'Wisten jullie dat jullie dochter in oktober vorig jaar in Denemarken is geweest?'

De ouders knikten. De vader antwoordde: 'Dat vertelde de politie ons toen we haar als vermist opgaven. Ze konden in hun register zien... dat ze het land uit was, maar niet in een vliegtuig was teruggekeerd.'

Waarom de plaatselijke politie niet om de opsporing van de vrouw in Denemarken had verzocht – of zelfs in de rest van Europa – was een pijnlijke vraag die onbeantwoord bleef.

'Jullie hebben haar pas na vier maanden als vermist opgegeven. Dat is een flinke tijd later.'

Virginija's moeder antwoordde zonder te aarzelen. 'Tja, Virginija is al eens eerder van de radar verdwenen. Of op reis. Noem het zoals je wilt. Ze is altijd het zwarte schaap van de familie geweest. We hebben drie dochters en zij is duidelijk de meest... zelfstandige. Onhandelbaar zou je het ook kunnen noemen. We wilden...'

Een blond meisje stak op dat moment haar hoofd naar binnen. Hij schatte haar begin twintig. Virginija was mooi, maar dit meisje was nog veel mooier. Hij keek van de moeder naar de vader. Het uiterlijk zat duidelijk in de genen.

'*Hello*,' zei het meisje en ze knikte. Daarna zei ze iets in het Litouws tegen haar ouders en verdween weer.

'Dat is Ieva, onze jongste dochter. Ze zit op de universiteit,' zei de vader trots. Het meisje had zijn blonde haar geërfd.

'Na haar komt Virginija, en Simona is onze oudste. Zij is een zakenvrouw. Ze runt drie bakkerijen,' voegde de moeder eraan toe. Hij nam de draad van het gesprek weer op.

'Dat brengt me op de vraag wat Virginija voor werk deed.'

De moeder schudde haar hoofd en glimlachte. 'Dat meisje heeft van alles gedaan. Ze heeft samen met een vriendin een bar gehad en heeft overal in het land grote rockconcerten georganiseerd. Daarna waagde ze de sprong, waardoor wij geloofden dat ze haar wilde haren kwijt was. Ze werd aangenomen bij de Sweedbank, waar ze nu vijf jaar werkt. Ze is – of was – bezig met een opleiding tot investeringsadviseur.'

'Ze woont chic. Het appartementencomplex ligt bij een park in een zijstraat van de Gedimino prospektas. Dat moet duur zijn.'

'Heel duur, maar ze heeft altijd keihard gewerkt en heeft verstand van geld,' zei de moeder.

Hij voelde geen enkel wantrouwen bij de ouders. Ze geloofden met heel hun hart dat hun dochter keihard werkte bij de Scandinavisch-Baltische grote bank. Hij veranderde van onderwerp.

'Hoe vaak is ze verdwenen?'

'Drie keer langere tijd,' zei de vader. 'Van één tot drie maanden. Maar dat was lang voor de Sweedbank.'

'En wat deed ze dan? Waar ging ze naartoe?'

'Wat doen meisjes als ze verdwijnen?' De moeder haalde haar schouders op en ging verder. 'Je vreest natuurlijk het ergste. Voor zover wij dat weten ging het altijd om mannen – of vrienden, zoals dat heet. Virginija is altijd... populair geweest... bij de mannen. Ze had allang met een goede en nette man getrouwd kunnen zijn, als ze dat had gewild.'

De vader knikte bevestigend.

'De politie was sceptisch over haar verdwijning omdat ze al eens eerder van de radar was verdwenen zonder contact met ons op te nemen. Het kostte moeite voordat ze onze aangifte serieus namen,' zei hij.

'Dus jullie wisten van tevoren niet dat ze naar Denemarken zou gaan?'

'Nee, daar hadden we geen idee van,' antwoordde de vader.

'Mijn man zegt dat er sprake is van een omvangrijk onderzoek in Denemarken. Kun je ons iets meer vertellen over de zaak waarbij onze dochter betrokken schijnt te zijn?' De moeder bestudeerde zijn gezicht.

'Ik kan helaas niet in details treden. Daar heb ik geen machtiging toe, maar het is een heel grote zaak met veel vertakkingen. Een deel ervan in zakenkringen. We kwamen de naam van jullie dochter tegen en zagen dat ze geen gebruik gemaakt heeft van haar retourticket. Daarom besloten we het te onderzoeken. Ze wordt inmiddels al acht maanden vermist. Wat denken jullie zelf?'

'We denken allebei dat er iets met haar gebeurd is,' antwoordde de vader met overtuiging in zijn stem.

'Acht maanden is een heel lange tijd. Ze zou op zijn minst gebeld hebben. Zo is ze ook opgevoed. We hebben ons erop ingesteld dat we haar... niet meer thuis krijgen.'

De moeder sloeg haar ogen neer en droogde een traan met haar servet.

'Laten we er maar het beste van hopen. Kan ik ook met jullie oudste dochter praten?'

'Simona is op zakenreis. Ik weet eerlijk gezegd niet of ze al terug is. Ze heeft het altijd zo druk.'

Hij drong aan en de moeder schreef zowel het adres als drie verschillende telefoonnummers voor hem op.

'Wil je zo vriendelijk zijn om ons in te lichten als jullie iets ontdekken in Denemarken?' vroeg de moeder toen ze hem het papiertje gaf.

'Natuurlijk, dat spreekt vanzelf. Bedankt voor de koffie.'

Hij stond op het punt om op de valreep een vraag te stellen over de huur van Virginija's appartement en waarom haar naam nog steeds bij de intercom stond, maar iets in hem zei hem dat hij dat veel beter aan haar oudere zus Simona kon vragen. Hij hoopte dat het hem zou lukken om haar te ontmoeten. Ze vormde zijn laatste kans in Vilnius.

Hij wilde lopend terug naar het hotel om na te denken. Hij had de vader en moeder een hand gegeven toen de jongste dochter de tuin uit kwam. Het lange blonde haar van het meisje zat in een paardenstaart en ze stak haar hand uit.

'Pak het papiertje in mijn hand,' fluisterde ze in het Engels.

Ze gaven elkaar een hand en hij voelde het papiertje zitten.

'*Goodbye*,' zei Ieva hardop.

'*Goodbye*,' antwoordde hij.

Pas toen hij drie woningen verder was bleef hij staan, vouwde het briefje open en las het met de hand geschreven bericht in het Engels. Er stond: *Morgen 15.00 uur. Poort van de Dageraad – in de Madonna van Vilnius-kapel. Groeten, Ieva.*

# 45

Ze fungeerde opnieuw als chauffeur voor Axel Mossman en ze hadden beiden bijna de hele weg gezwegen.

De PET-chef had er een hekel aan om zelf te rijden omdat hij dan een deel van zijn denkvermogen moest gebruiken om aandacht aan alle idioten in het verkeer te schenken. Een 'verspilling van middelen' had hij het glimlachend genoemd toen hij haar voor het eerst had gevraagd om te rijden. Ondanks zijn lach twijfelde ze er niet aan dat hij het meende.

Ze had hem bij zijn woning in Kokkedal opgehaald. Dat was ook niet de eerste keer, maar het was het verstandigst omdat ze zelf in Østerbro woonde en hun bestemming Gilleleje was.

'Well, Margrethe, laten we ervoor zorgen dat we het regelen,' zei Mossman met een zucht terwijl hij ging zitten en het portier dichtsloeg, waarna hij niet veel meer had gezegd. Dat was ongewoon, maar de situatie was ook ongewoon.

Ze had de hele weg over Axel Mossman nagedacht en had van tijd tot tijd een discrete blik op hem geworpen. Eigenlijk dacht ze er al over na vanaf het moment dat Niels Oxen zijn geheim had verteld.

Wat speelde haar baas voor spelletje? En wat had hij voor afspraak met de voormalige speciaal agent Poul Arvidsen gehad?

Inmiddels waren ze zo'n tien kilometer van Gilleleje verwijderd, waar minister van Justitie Ulrik Rosborg zijn zomerhuis had. Hij had hun gevraagd om daarnaartoe te komen omdat die omgeving het meest geschikt was. De minister had niet veel tijd. Hij woonde op een boerderij in de buurt van Nødebo, maar zijn vrouw, die architect was, moest thuis werken, ook al was het zaterdag, en bovendien wilde hij haar niet bang maken doordat het hoofd van de Politie Inlichtingendienst langskwam. Daarom werd het Gilleleje, zoals de minister had voorgesteld.

Het was bijna twaalf uur. Ze hoopte dat het niet te lang zou duren. De rest van de dag moest ze Martin Rytter assisteren, die gesprekken zou voeren met secretaris-generaal Ejnar Uth-Johansen en directeur Kristoffer Nyberg.

De drie mannen hadden natuurlijk een korte verklaring gekregen waarom ze per omgaande lijfwachten kregen, maar er was geen tijd geweest voor een echt gesprek. Als je heel eerlijk wilde zijn, kon je het ook een verhoor noemen. De PET was namelijk bijzonder geïnteresseerd in de gebeurtenissen in Nørlund Slot.

Het had haar niet verbaasd dat ze bij zo'n vertrouwelijke opdracht werd betrokken. Dat had ze eerder meegemaakt. Ze had via omwegen gehoord dat sommige collega's het merkwaardig vonden dat ze op zo'n hoog niveau bij het onderzoek werd betrokken. Het kon haar niet schelen. Ze kon overal ingezet worden en ze was trots op het vertrouwen dat ze kreeg. Ook al had dat blijkbaar zijn beperkingen... Oxen had gelijk. Als Fensmark de harddisk en de computer te pakken had gekregen in de jachthut, dan zou ze niets geweten hebben. Het knelpunt lag – opnieuw – bij Axel Mossman.

Behalve dat ze aantekeningen maakte, zich alles herinnerde en autoreed, had ze ook een speciale opdracht tijdens het gesprek met de minister. Ze moest ervoor zorgen dat het gesprek werd opgenomen. Dat was niet helemaal *by the book*, want de minister mocht het niet weten, maar Mossman was slim genoeg om zich hoe en waar hij kon in te dekken.

Ze had Oxens redenatie meerdere keren doorgenomen en moest toegeven dat ze helemaal voor zich kon zien dat Mossman zijn chef, de minister, op de een of andere manier bewaakte of beschermde. Niemand werd hoofd van de PET zonder in het bezit te zijn van een flinke portie cynisme.

Zelf was ze vanwege Mossmans dubbelspel een bondgenootschap aangegaan met een oorlogsheld met een uiterst twijfelachtig karakter. In elk geval was dat 'twijfelachtig' met betrekking tot Oxens strafblad. Ze was echter bijzonder fijngevoelig voor dat soort dingen en haar intuïtie vertelde haar dat ze Oxen kon vertrouwen. Haar intuïtie was echter niet onfeilbaar. Ze duwde de gedachte weg.

Als alles goed ging, was ze op zijn laatst aan het eind van de middag vrij. Vlak voordat ze zich naar Kokkedal had gehaast, had ze een grote bruine envelop in de hal van haar appartement neergelegd die ze dolgraag wilde openmaken. De inhoud kon meer licht op Oxens duistere kanten werpen.

Op weg van Noord-Jutland was ze volgens afspraak 's ochtends bij mevrouw Middelbo in Holbæk langsgegaan. De weduwe van de voormalige chef van de straatpolitie in Bellahøj had de inhoud van de kast van haar man meteen na hun telefoongesprek bekeken, op zoek naar het materiaal met betrekking tot de zaak van de dappere soldaat die alles en iedereen had bedrogen.

Het speet Astrid Middelbo dat ze haar niets kon aanbieden omdat ze in bed lag met een voorjaarsverkoudheid. Dat was niet erg, want het ging haar uitsluitend om de inhoud van de envelop.

'We moeten er bijna zijn, Margrethe. Wat zegt het wonder?' bromde Mossman terwijl hij geïrriteerd naar het navigatiesysteem op de voorruit staarde.

'Nog heel even, dan zijn we er,' antwoordde ze. 'Hoeveel zijn er daar eigenlijk?'

'Vier.'

'Vier?' Ze had op drie beveiligingsmedewerkers gerekend. Haar verbazing provoceerde Mossman blijkbaar.

'Ja vier, verdomme. De man is tenslotte geen minister van kerkelijke aangelegenheden, is het wel?'

Het was duidelijk een van die paar dagen per jaar waarop de hoogste baas van de PET geen goed humeur had.

'En Uth-Johansen en Nyberg?'

'Twee.'

Even later sloegen ze rechts af naar de Nakkehoved Strandvej en vlak daarna naar de Stubbevej, waar ze een plaatsnaambord tegenkwamen, alsof Gilleleje hier al begon. Ze reden naar de smalle geasfalteerde Grøntoften, waar de familie Rosborg een modern houten huis omringd door berkenbomen en een hoge beukenhaag bezat.

De eerste lijfwacht zagen ze in de tuin toen ze de oprit op reden. Ze kon zich zijn naam niet herinneren, maar hij gebaarde kalm dat ze verder konden rijden toen hij zag wie er naast haar zat.

De volgende lijfwacht stond bij de carport. Ze kende hem. Hij heette Karsten. Hij kwam naar de auto en opende het portier voor Mossman, die kortaf reageerde. 'Dank je, Ingemann. Waar is hij? En wat doet hij?'

'Hij snoeit een paar struiken in de achtertuin.'

'Well, zo zie je maar weer. Rosborg snoeit struiken? Kom, Margrethe.'

Mossman gebaarde enthousiast naar haar, blijkbaar opgetogen over het beeld van de minister van Justitie met een snoeischaar in zijn hand.

Ze vonden hem in de achtertuin, waar hij inderdaad bezig was met het snoeien van een buxus.

Ulrik Rosborg was een van de weinige Deense politici, misschien zelfs de enige, die werd geroemd vanwege zijn instelling met betrekking tot gezondheid. Hij was een voormalig sportman, blijkbaar was het iets met lopen voor zover ze zich kon herinneren. Hij had meegedaan aan een televisieserie over gezonde voeding, beweging en trainingsprogramma's. Hij was midden veertig, was getrouwd met een architect en had twee of drie kinderen, en het hele gezin Rosborg blaakte van gezondheid.

Ze kon zich een aflevering van de serie herinneren waarin het gezin Rosborg ontbeet. Een harmonisch tafereel dat bol stond van het fruit en helemaal niet leek op de onministeriële apocalyps waarmee ze de ontbijten met haar zus en moeder kon beschrijven.

De minister van Justitie keek op van de buxus en glimlachte toen hij hen zag. Hij had blote voeten in zijn sandalen en droeg shorts en een strak T-shirt dat nog eens benadrukte dat gezondheid en training niet alleen loze woorden voor hem waren. Ze gaven elkaar een hand. Zelfs de handdruk van Rosborg voelde gezond.

'Zullen we op het terras gaan zitten, Axel? En willen jullie iets drinken? Ik heb koffie in de thermoskan,' bood Rosborg aan.

Vlak daarna zaten ze met een kop koffie bij de tuintafel. De minister had een glas kraanwater genomen.

'Laat maar horen, Axel.'

Mossman vertrok zijn gezicht, waarschijnlijk vanwege het hartelijke 'Axel'. De minister was uiteraard van tevoren volledig geïnformeerd over de details met betrekking tot Bergsøes dood in Borre Sø. Hij was ook op de hoogte van het Corfitzen-onderzoek, dus begon Mossman met Hannibal Frederiksen – een van de voormalige zwaargewichten van het Deense bedrijfsleven – wiens hond was opgehangen waarna hij tijdens een eenzijdig ongeluk op een berghelling in de buurt van Málaga was verongelukt. Daarna vertelde hij over de moord op Arvidsen, het drama in de jachthut en de video-opnames met de kentekenplaten.

Ze hield Rosborg voortdurend in de gaten terwijl de kleine recorder in haar zak het gesprek opnam. De minister van Justitie vertrok geen spier terwijl Mossman de hele situatie uit de doeken deed. Misschien trok een van zijn mondhoeken licht toen Mossman zijn betoog eindigde met de kentekenplaten.

'Well, ik moet je natuurlijk vragen wat je in Nørlund Slot deed tijdens

dat weekend met Bergsøe, Frederiksen, Nyberg en Uth-Johansen.'
'Jagen... we waren uitgenodigd voor de jacht. En om wat te vissen.'
'Ik wist niet dat je de voormalige ambassadeur kende.'
'Corfitzen? Wie kende hem niet? Dat geldt voor de meeste politici van mijn niveau. Hij was een van de beste diplomaten die we ooit gehad hebben.'
'Ik bedoel kénde,' bromde Mossman.
'Ach, kende, dat is misschien wat veel gezegd. Het was niet zo persoonlijk. We hebben elkaar in verband met een paar grote evenementen van Consilium ontmoet. Clintons bezoek was daar een van.'
'Bill, neem ik aan.'
Rosborg knikte.
'Corfitzen had jullie dus uitgenodigd voor de jacht?'
'Ja, de hertenjacht, en zoals ik al zei konden degenen die daar zin in hadden vissen. Er zwemmen mooie zeeforellen in de Lindenborg Å.'
'Aha, hadden jullie geluk?'
'Kristoffer Nyberg heeft een bok geschoten en ik heb een zeeforel van bijna vier kilo gevangen. Corfitzen heeft er een van drie kilo gevangen.'
'Kende je de andere deelnemers?'
'Bergsøe kende ik natuurlijk. De anderen niet.'
'De secretaris-generaal ook niet?'
Rosborg schudde zijn hoofd.
'Nee, we kennen elkaar van gezicht, maar hij zit bij een ander ministerie, op een heel andere werkplek.'
Ze wilde iets zeggen, maar Mossman ging al voorzichtig verder met de centrale vraag.
'Toen Rytter je vertelde over de dood van Hans-Otto Corfitzen, heb je niet gezegd dat je hem kende.'
'Maar Axel... Zoals we net al hebben besproken, is kénnen een groot woord. Ik ben één keer in Nørlund Slot geweest, en dat was in oktober. In zo'n ernstige zaak ben ik van mening dat het absoluut irrelevant is of ik daar op een bepaald moment ben geweest. Maar goed, dat was misschien verkeerd van me. In dat geval spijt het me.'
Mossman knikte nadenkend en nam een slok koffie terwijl hij zijn grote lichaam op de stoel draaide.
'Prachtig huis, prachtige tuin, prachtige plek. Ik hou van Gilleleje,' zei hij, waarmee hij van het onderwerp afdwaalde.
'Wij zijn er ook blij mee. Als het weer goed is, zijn we hier het groot-

ste deel van de zomer. De kinderen zijn gek op zwemmen en Mette, mijn vrouw, vindt het heerlijk om op het strand te liggen lezen.'

Rosborg verschoof een beetje op zijn stoel zodat hij schuiner tegenover hen zat. Hij sloeg zijn ene been over het andere en zijn sandaal viel op de grond. Ze zag dat de minister van Justitie een kleine tatoeage op de buitenkant van zijn rechterenkel had. Er stond H.I. 2006.

Natuurlijk had de oplettende Mossman het ook gezien. Ze had er alleen geen rekening mee gehouden dat hij commentaar zou geven op iets wat zo persoonlijk was.

'Tatoeages worden steeds moderner,' bromde Mossman terwijl hij naar de voet van de minister knikte.

'O, dat is alleen een herinnering, Axel. Van een ver verleden, een meer getraind verleden,' zei de minister lachend. 'H.I. staat voor "Hawaii Ironman", en het jaartal spreekt voor zich. Het was een droom die verwezenlijkt moest worden en ik heb een heel mooie tijd gehad.'

'Oké,' zei Mossman, waarna hij weinig elegant terugkwam op het onderwerp. 'En wat hebben jullie dat weekend in Nørlund Slot verder gedaan?'

'Niets bijzonders...' Rosborg keek verbaasd. 'We hebben lekker gegeten, heel lekker. En we hebben een paar goede flessen rode wijn gedronken. Maar we moesten beide ochtenden vroeg op.'

'Dus je kunt je geen enkele reden voorstellen waarom drie van de zes deelnemers nu dood zijn, vermoord?'

'Nee, nee, absoluut niet.' De minister van Justitie schudde zijn hoofd. 'Er zijn ook redenen te bedenken die niets te maken hebben met het feit dat we dat weekend allemaal aanwezig waren. Denk je niet?'

'Misschien wel, maar je kent het gezegde, de onderste steen moet boven komen,' zei Mossman haastig.

'Dus voorlopig moet ik mezelf als bedreigd beschouwen omdat ik daar ook was. Hoe gaat het nu verder?' vroeg Rosborg.

'Ik hou je op de hoogte en trek mijn mensen zo snel mogelijk terug, maar dan moet het wel verantwoord zijn.'

'Natuurlijk, en hartelijk bedankt dat jullie de tijd hebben genomen om hiernaartoe te komen. Hebben jullie op de valreep nog iets?'

Ze knoopte dat 'op de valreep' in haar oren. Dat was altijd handig als je mensen weg wilde hebben.

Ze gingen staan en gaven elkaar een hand. Rosborg had de snoeischaar al gepakt toen Mossman een wenkbrauw optrok.

'Eén laatste ding nog...'

'Ja?'
'Hebben jullie een hond?'
'Ja, Rosie, een labrador. Denk je...?'
'Ik denk niets, maar let goed op haar. Je hoort van me.'

Het was aan het eind van de middag, een ongewoon tijdstip om het ministerie van Defensie te verlaten, toen ze samen met Martin Rytter, de operationele chef van de PET, de trappen af liep. De zon scheen nog fel toen ze de stoep op liepen. Aan de overkant van de straat genoot een ouder echtpaar op een van de banken bij Holmens Kirke van een wafelijsje, en een boot die zwaarbeladen was met jongeren in feeststemming gleed langs op weg naar Børsen.

'We zouden weer 22 moeten zijn, nietwaar? Zaterdag, de zomer in aantocht,' zei Rytter terwijl hij zijn geliefde zonnebril tevoorschijn haalde.

De secretaris-generaal, Ejnar Uth-Johansen, die hen in zijn kantoor had ontvangen, ook al was het zaterdag, was zichtbaar aangeslagen geweest. In tegenstelling tot sommige toppolitici was hij als ambtenaar helemaal niet gewend aan bedreigingen.

Hij was vandaag de laatste van de drie overlevende mannen van Nørlund Slot. Rytter en zij hadden ook een bezoek gebracht aan Kristoffer Nyberg van Fortuna Pharmaceutical Industries in Vedbæk.

Nyberg was een stuk harder. Zijn vrouw, een vrouw met een goede mondelinge uitdrukkingsvaardigheid die een stuk jonger leek dan haar 46-jarige man, was aanwezig bij het gesprek aan de glanzende keukentafel en had een aantal kritische vragen gesteld.

De directeur en de secretaris-generaal waren beiden niet onverdeeld enthousiast over hun bescherming, maar gaven toe dat het hen ook niet bijzonder stoorde. Ze namen de zaak overigens bijzonder serieus, waar ze gelijk in hadden.

Hun verklaringen kwamen overeen met die van de minister van Justitie: ze waren in Nørlund Slot uitgenodigd om te jagen en te vissen.

Directeur Nyberg kende Corfitzen via zijn vrouw, die bij het ministerie van Buitenlandse Zaken werkte, en wier vader zelf ambassadeur was geweest.

De secretaris-generaal had Corfitzen ontmoet tijdens een aantal evenementen van Consilium en kende hem slechts oppervlakkig, maar het gesprek was op hun gezamenlijke passie gekomen, de jacht. Bij die gelegenheid had de ex-ambassadeur en vader van de denktank Uth-

Johansen beloofd dat hij hem op een mooie dag zou uitnodigen om in Nørlund te komen jagen. En zo was het gegaan.

De twee mannen hadden zich suf gepiekerd om een verklaring te vinden voor waarom het blijkbaar levensgevaarlijk was om dat weekend een gast op het slot te zijn geweest. Ze kwamen beiden tot dezelfde conclusie: ze hadden geen idee.

Zo konden de twee gesprekken samengevat worden, met de toevoeging dat de bedrijfsmanager een hond had en de secretaris-generaal niet.

'Ben jij vanaf maandag weer in Noord-Jutland?' vroeg Rytter.

'Ik weet het nog niet. Dat moet Mossman beslissen.'

'Ik stuur er tien man naartoe, plus een paar van Aarhus. En ik ben van plan om daar zelf ook een paar dagen te blijven,' zei Rytter.

'Logeert iedereen in Rold Storkro?'

'Ja. En er gaan nog vijf extra mannen naar Silkeborg voor het Bergsøe-deel van het onderzoek. Die ouwe is gek geworden.'

'Dat heb ik gemerkt.'

'Het komt door de minister van Justitie. Die toestand knaagt aan hem. We moeten snel een doorbraak hebben. Hoe zit het met onze vriend de oorlogsheld? Is hij al het geld waard?' Rytter glimlachte.

'Ik weet niet wat ik daarover moet zeggen...' Ze spreidde haar armen. 'Je hebt mijn update over hem toch gelezen?'

'Inbraak bij Arvidsen, Arvidsen vermoord op de zitmaaimachine, Fensmark vermoord in een hut in het bos, jazeker. En Niels Oxen is telkens aanwezig.'

'Hij heeft een zeker vermogen om betrokken te raken bij situaties,' zei ze.

'Een vreemd vermogen. Bestaat er een medaille voor slechte timing? Ik heb er gisteren met Mossman over gepraat. Zijn enige commentaar was iets in de richting van: "Geef het tijd, Rytter, geef het tijd..." Heeft hij iets tegen jou gezegd?'

Ze schudde haar hoofd.

'Oké, Franckie, ik wil naar huis om de rest van de zaterdag met mijn gezin door te brengen. Als we elkaar maandag niet zien, dan zien we elkaar een van de andere dagen in Rold Storkro.'

'Ja, fijn weekend.'

Hoewel het hele onderzoek op Mossmans brede schouders rustte, was er geen twijfel aan dat Martin Rytter zich ook aangesproken voelde. Hij regelde alles altijd met een strakke hand, maar deze keer leek hij een beetje te aarzelen.

De operationele chef sloeg de hoek om en verdween in de Admiralgade, waar zijn auto geparkeerd stond. Zelf stak ze de straat schuin over, naar de kerk, waar ze haar zwart-witte MINI Cooper heel brutaal voor het hek had geparkeerd.

Het werd weer een shoarmaweekend. Een vervelende, maar vertrouwde constatering. Ze schonk een glas rode wijn uit het drieliterpak en ging in de kleine huiskamer bij de salontafel zitten.

Op de tafel naast het bord lag de grote, bruine envelop die ze bij mevrouw Middelbo in Holbæk had opgehaald. Ze voelde hoopvolle blijdschap. De envelop was dik en zwaar.

Ze bezweek pas toen ze haar ergste honger had gestild en ze ongeveer de helft had opgegeten. Ze nam een grote slok wijn, leunde naar achteren en ging aan de slag met de inhoud.

De shoarma was ijskoud en de rode wijn onaangeroerd toen ze al het materiaal na bijna een uur volledige concentratie verzamelde en in de envelop terugstopte. Het was verontrustende leesstof.

Nadat ze een tijdje over de inhoud had nagedacht, kwam ze overeind, deed de oriëntaalse restanten in de magnetron, zette de televisie aan, schonk meer rode wijn in het glas, deed de beenprothese af en ging met het bord op de bank zitten.

Ze was bereid om zelfs de slechtste film te zien. Als ze maar in slaap kon vallen zonder het gevoel dat ze iets over het hoofd zag.

Na middernacht werd ze wakker onder de fleece deken. Op de televisie schetterde een machinegeweersalvo. Chuck Norris, met hoofdband, had zijn vinger aan de trekker.

Shoarma en een B-film. Kon haar geluk nog groter worden? Ze zette Norris uit en pakte de bruine envelop.

Misschien was Niels Oxen een meedogenloze geweldpleger, misschien sloeg hij zijn vrouw, misschien probeerde hij zijn verzekeringsmaatschappij op te lichten, misschien loog hij tegen alles en iedereen – met inbegrip van zichzelf – maar... ze kon gewoon niet geloven dat hij drugs had verkocht en had geprofiteerd van een heleboel treurige figuren.

De verslagen en foto's van de collega's spraken helaas hun eigen duidelijke taal. Ze haalde de envelop leeg en begon van voren af aan.

Toen ze alles een halfuur later voor de tweede keer die avond weglegde, was het haar duidelijk dat ze de zondag voor haar persoonlijke onderzoek moest gebruiken.

# 46

De Pilies gatvé en de Didzioji gatvé lagen in het verlengde van elkaar en vormden de hoofdverkeersader naar de historische oeroude stadswijk. Hier kwamen blijkbaar ook alle toeristen en als je de borden boven de vele kleine winkeltjes bekeek, dan was er vooral één artikel om als herinnering mee naar huis te nemen: barnsteen.

Het was onmogelijk om te ontsnappen aan alle versteende hars en veel winkels hadden een naam waarin 'amber' voorkwam. Stond de halve bevolking van Litouwen bij de Oostzee om naar barnsteen te zoeken?

Hij had een grondige hekel aan barnsteen sinds mevrouw Lindemann met haar enorme barnsteenketting, die op haar blouse met col hing, hen tijdens de uren Deens in de vierde en vijfde klas had geterroriseerd.

Hij keek op zijn horloge. Hij was ruimschoots op tijd. Over tien minuten had hij zijn afspraak met Ieva in Ausros Vartai – de Poort van de Dageraad.

Hij was laat opgestaan, zo laat dat het ontbijt slechts uit een kop zwarte koffie in het hotel had bestaan.

In de tijd die het kostte om ruim een halve fles whisky te drinken had hij vanaf middernacht bij het raam van zijn hotelkamer gezeten. Hij had gemerkt dat geen van De Zeven dichterbij sloop. Daarentegen werd hij gekweld door zijn speculaties over Virginija, Jolita en Danuté. Drie Litouwse vrouwen die hun benen voor de bovenste sociale laag hadden gespreid, wat om de een of andere reden verschrikkelijk verkeerd was gegaan.

Hij had de dageraad boven Vilnius niet meer meegemaakt, maar hij had heel lang naar de stad en de lichten gestaard terwijl hij nadacht. Over zichzelf. Zijn zoon. Het verleden. De toekomst. En weer over het verleden... Het was allemaal zo ongestructureerd en perspectiefloos.

En hij had er natuurlijk veel over nagedacht waarom Ieva hem had gevraagd om haar te ontmoeten.

In de verte zag hij een lichtblauw gewelf in de smalle, geplaveide straat. Dat moest de Poort van de Dageraad zijn, en daarop lag de kapel met het allerheiligste wat het katholieke Vilnius bezat, de Madonna van de stad.

Hij liep naar binnen via een normale voordeur in de gevel aan de linkerkant van de straat, liep door een lange gang en nam een steile trap naar boven. Daar leidde een gang naar de kapel.

Twee vrouwen en een oude man knielden voor een grote, vergeelde icoon, de Madonna van Vilnius. De man hing slap over de lage balustrade die het heiligdom afschermde. Ze hadden alle drie een rozenkrans in hun handen en lieten de kralen tussen hun vingers door glijden tijdens hun gebeden. De vrouw die het verst weg knielde, was Ieva. Haar lange haar werd met een haarspeld in haar nek bij elkaar gehouden.

Hij ging voorzichtig op een van de stoelen zitten en wachtte. Vanaf de stoel kon hij door de grote raampartij naar buiten kijken, naar de straat waar hij net nog had gelopen. Voor een heiligdom was de ruimte krap, er was plaats voor maar tien tot twaalf personen om te bidden en er stonden maar acht stoelen. Hij keek om zich heen. Op de plank onder de Madonna stonden elektrische kaarsen. De muren hingen vol lijsten met allerlei piepkleine zilveren decoraties en figuren.

Hij keek op zijn horloge. Het was 15.03 uur. Ieva, die haar hoofd niet had omgedraaid toen hij binnenkwam, moest snel klaar zijn.

Vlak daarna kwam ze overeind, sloeg een kruis, hing haar tas over haar schouder en gebaarde met een knikje dat hij haar moest volgen. In de tussengang opende ze een kleine deur die leidde naar een kale kamer met uitzicht op een tuin met grote fruitbomen.

'Bedankt dat je gekomen bent. We kunnen hier ongestoord praten,' zei Ieva.

Hij knikte. De jonge vrouw was niet alleen mooi, maar ze leek ook ongewoon harmonisch. Zowel wat betreft de manier waarop ze zich manifesteerde, rechtop en met zelfverzekerde bewegingen, als de manier waarop ze praatte, zacht en geconcentreerd.

'Ik heb je gesprek met mijn ouders afgeluisterd, dus ik ben op de hoogte. Ik kom hier elke dag na de universiteit. En ik heb tot de Moeder van de Barmhartigheid gebeden om mijn familie te helpen vanaf het moment dat Virginija verdween. En toen kwam jij...'

'Hmm. Ik ben nauwelijks degene op wie je gewacht hebt.'

'Zijn alle versieringen aan de muren je opgevallen?'

Hij knikte.

'Dat zijn giften van dankbare mensen die de Moeder van de Barmhartigheid heeft geholpen. Ik heb begrepen dat je niet van de politie bent?'

'Nee, eerder een soort onofficiële medewerker met betrekking tot deze zaak.'

'Misschien heb ik daarom juist het gevoel dat ik je kan vertrouwen: omdat je níét van de politie bent. Wat ben je dan?'

'Ik ben, of liever gezegd wás soldaat. Tijdens het laatste jaar zat ik bij een elitekorps dat het Korps Commandotroepen wordt genoemd.'

Ieva bestudeerde hem van top tot teen. Daarna zei ze: 'Ik ga ervan uit dat je een mobiel hebt?'

'Dat klopt.'

Ze haalde haar eigen telefoon uit haar jaszak en ging verder.

'Ik zal je een video sturen. Die kun je later bekijken. Hij is in Denemarken opgenomen en stelt mijn zus Virginija voor – samen met een man. Ze heeft haar naam nooit... serieus genomen. Ze woont in een luxe appartement, heeft mooie kleding en dure gewoonten. Ik weet heel goed waar ze het geld vandaan heeft. En dat weet mijn oudste zus Simona ook. Mijn vader en moeder geloven echter dat ze hard bij de bank werkt, en dat zullen ze blijven geloven, wat er ook gebeurt. Begrijp je dat?'

'Ik zeg niets. Ik had dat vermoeden al over je zus. Hoe ben je aan die video-opname gekomen?'

'Hij is van Simona. Ik heb hem naar mijn eigen mobiel gestuurd. Soms slaap ik namelijk bij Simona. Dat gebeurde ook op een avond in oktober. Simona dacht dat ik sliep, maar dat was niet zo. Daarom zag en hoorde ik dat er een vrouw op bezoek kwam. Ik had haar een paar keer samen met Virginija in de stad gezien. Ze heet Jolita.'

Ieva zag zijn opgetrokken wenkbrauwen en verbaasde gezichtsuitdrukking blijkbaar. Ze hief haar handen afwerend.

'Ja, ik weet het. Ze was een van de vrouwen met wie Virginija naar Denemarken is gegaan. Dat heeft een agent aan mijn vader en moeder verteld. En ik weet ook dat ze dood is. Ze heeft zelfmoord gepleegd op de dag nadat ze 's avonds bij Simona was geweest. Vreemd, nietwaar?'

'Er zijn veel dingen in deze zaak die niet kloppen. Zelfmoord is daar een van. Ik heb gisteren met haar moeder gesproken. Dus Jolita ging bij je andere zus op bezoek. En wat gebeurde er toen?'

'Die avond hoorde ik Jolita aan Simona vertellen dat ze in een soort kasteel of een landhuis in Denemarken waren geweest. Jolita was ongerust over Virginija, want ze hoorde geluiden die heel gewelddadig leken. Daarom heeft ze de video opgenomen door de deur op een kier te openen en haar arm naar binnen te steken. Je kunt het gezicht van de man niet zien, maar ik zie duidelijk dat het Virginija is. Het is... walgelijk om naar te kijken.'

'Ik begrijp het. Je hoeft niet...'

'Jolita zei dat Virginija de volgende ochtend niet naar de ontbijtkamer kwam. Een man vertelde dat Virginija 's nachts ziek was geworden en dat ze naar huis zou vliegen als ze zich beter voelde. Jolita zei dat ze dacht dat er iets met mijn zus gebeurd was en dat ze een slecht geweten had. Zij en de derde vrouw hadden een bijzonder gulle bonus gekregen. Na Jolita's dood probeerde ik bij de derde vrouw langs te gaan, Danuté. Ze had een verkeersongeluk gehad en was ook dood. Ik heb dat aan de politie verteld, maar niemand heeft serieuze belangstelling voor de zaak. "Mensen plegen zelfmoord en mensen overlijden elke dag in het verkeer," zei een van de agenten tegen me. Naar Virginija willen ze ook niet zoeken omdat ze eerder als vermist is opgegeven en vanzelf weer opdook.'

Ieva liep naar het raam en keek naar de boomgaard. Ze had een ernstige uitdrukking op haar jonge, gladde gezicht.

'Geloof je?' vroeg ze.

Hij haalde zijn schouders op. 'Geloven... Ik heb te veel gezien om te geloven.'

'Je kunt geen... vrede vinden, nietwaar? Dat merk ik aan je. Hoe komt dat? Is het je werk?'

Ieva sneed hem met chirurgische precisie open. Hoe was ze daartoe in staat?

'Ik weet het niet. Ik heb veel internationale missies in oorlogsgebieden meegemaakt. Er is zoveel...'

'Je moet vrede sluiten met je demonen. Bied ze het hoofd en accepteer ze. Je kunt alleen ontvangen – en geven – als je vrede in je ziel hebt. En als je dat niet kunt, dan leef je niet. Ik zal morgen voor je bidden. Virginija... is dood, nietwaar?'

Ieva draaide zich naar hem om. Ze leek kalm.

'Ik denk inderdaad dat ze dood is, maar ik kan het mis hebben. In elk geval bedankt voor de video en bedankt voor de hulp.'

'Er is meer,' zei Ieva terwijl ze met een kalme blik in haar ogen naar hem keek. 'Veel meer. Het gaat om Simona, mijn oudste zus. Ik heb je hulp nodig omdat ik het ergste vrees. Ik moet je iets op mijn laptop laten zien.'

Ze klopte op haar schoudertas.

'Maar dit is daar de juiste plek niet voor. Ik stel voor dat we naar Simona's appartement gaan. Ik heb nog ruim een halfuur, daarna moet ik naar mijn werk. Ik heb een parttimebaan in een barnsteenwinkel.'

Simona Zakalskytes ruime appartement lag in een hoekpand op de eerste rij bij de rivier. Het was maar op een steenworp afstand van de Koning Mindaugas-brug. Ze hadden zich door het oude stadsdeel gehaast en Ieva had haar laptop op de eettafel gelegd.

'Ga zitten, dan probeer ik het uit te leggen,' zei Ieva terwijl ze haar laptop opstartte.

Hij keek mee op het scherm en even later werd een mailbox zichtbaar.

'Kijk...' Ieva schraapte haar keel. 'Ik heb een kopie gemaakt van de harddisk van Simona's laptop, die ze waarschijnlijk bij zich heeft.'

Hij keek naar haar. De engel had dus toch kleine hoorns op haar voorhoofd. Het was een geruststellend gevoel.

'Ik deed dat omdat ik het vermoeden heb dat er iets aan de hand is en dat ze dat geheim wilde houden voor me. Nadat Virginija verdwenen was, begon ze veel om te gaan met mijn neef, Sergej Pronko. De zus van mijn moeder is getrouwd met een Rus... Sergej is een voormalige spetsnaz, een elitesoldaat, net als jij. Hij was lid van de Russische elite-eenheid Vympel. En ik ben van mening dat hij niet een van Gods beste kinderen is. Ik vroeg haar waarom ze elkaar plotseling zo vaak zagen, maar Simona zei alleen dat alles in orde zou komen en dat ik niets tegen mijn vader en moeder mocht zeggen. Dus maakte ik een kopie van de harddisk. Kijk, dit is een lange serie e-mails die ze elkaar gestuurd hebben. Ik heb ze in chronologische volgorde gesorteerd en in een aparte map gestopt. Je kunt ze lezen omdat je Russisch spreekt.'

Hij knikte. Ieva scrolde naar beneden en weer naar boven.

'Ze staan hier allemaal. Ik moet zo meteen weg, maar jij kunt gewoon blijven zitten en ze rustig lezen. Maar om een lang verhaal kort te maken, Simona is al bijna vier weken weg. En hoewel ik meerdere keren contact met haar heb gehad, maak ik me zorgen. Ze is samen met mijn neef in Denemarken om naar een spoor van Virginija te zoeken. Ik sms je een foto van hen. Het is veel te gevaarlijk voor haar om zoiets te doen. Je moet haar snel vinden en haar overhalen om ermee te stoppen en naar huis te komen. Wil je dat voor me doen?'

Ieva pakte zijn handen in de hare, kneep er hard in en keek naar hem met een intense blik in haar ogen. Daarna herhaalde ze bijna fluisterend: 'Wil je dat voor me doen, Niels?'

Hij knikte. 'Ik zal mijn best doen. Dat beloof ik.'

'De Heer zij met je... En nu moet ik rennen. Je kunt de deur gewoon achter je dichttrekken als je vertrekt.'

Ieva zwaaide en stormde de deur uit en de trap af.

Hij leunde hevig verbaasd naar achteren en vroeg zich af waar al dat vertrouwen vandaan kwam. Daarna begon hij de e-mails te lezen. Eerst één keer en daarna nog een keer.

Sergej en Simona hadden elkaar 32 e-mails gestuurd. In veel ervan stonden alleen praktische details zoals geld wisselen en dat soort dingen die hem niet interesseerden. Hij had echter al snel een overzicht.

De eerste e-mails gingen niet over Denemarken, maar over hun plannen voor een reis naar Spanje om op zoek te gaan naar een man die Hannibal Frederiksen heette en die in de buurt van Málaga woonde. De reis had eerder dit jaar plaatsgevonden, in februari.

De volgende reis waar ze het over hadden was inderdaad naar Denemarken. Ze hadden één naam om naar op zoek te gaan: Mogens Bergsøe.

Net als bij de reis naar Spanje hadden ze afgesproken om hun valse identiteiten van meneer en mevrouw Sikorski uit Duitsland te gebruiken. Meer hoefde hij niet te weten. En meer belangrijke dingen stonden er ook niet in de mailmap.

Nu moest hij de video bekijken die Ieva hem had gestuurd. Hij had het gevoel dat hij precies wist wat hij te zien zou krijgen. Hij drukte op de juiste toets en een schokkerige, onscherpe opname begon. Het fragment was gelig omdat er te weinig licht was.

Hij herkende haar niet, maar blijkbaar was het Virginija. Ze zat op haar handen en knieën op het bed. Achter haar zat een man. De man was zichtbaar tot zijn schouders, maar hij zag één keer een glimp van een donkere nek. Het was gewelddadige seks, maar ogenschijnlijk vrijwillig. Het fragment duurde maar 10-15 seconden.

Jolita had de video naar een vriendin gestuurd en had hem tijdens het weekend in Nørlund van haar eigen mobiel gewist, wat beslist heel verstandig was geweest. Toen Jolita weer in Vilnius was had ze het fragment teruggekregen van de vriendin.

Hij speelde het fragment opnieuw af. Er hing een crucifix aan de muur achter het bed. Toen hij het fragment een derde keer afspeelde viel hem een detail op. De man had een kleine, donkere schaduw... waarschijnlijk een tatoeage... op zijn rechterenkel. Wat het voorstelde kon hij niet zien op de onscherpe opname.

Hij stopte zijn mobiel in zijn zak terug. Hij wilde het fragment naar Margrethe Franck sturen nadat hij het in zijn hotelkamer nogmaals rustig had bekeken.

Hij ging staan en begon door de zitkamer van het grote appartement te lopen. De oudste van de drie zussen was blijkbaar succesvol als zakenvrouw en was eigenares van meerdere bakkerijen. Hoewel het appartement niet in een chique buurt lag, maar bij een drukke brug en de hoofdverkeersader naar de stad, had het beslist veel geld gekost om het te kopen.

Achter een modern gebouwencomplex zag hij het dak van Vilnius' oude concertgebouw. De enorme dakconstructie leek op een holle hand en het betonnen gebouw had zo'n klassiek uiterlijk dat het deed denken aan iets wat Bresjnev uit zijn neus had gesnoten.

Zo werd het volgens de taxichauffeur van de vorige dag ook behandeld. Het gebouw was afgezet. Niemand wist waarvoor het gebruikt zou worden, maar diverse krachten in Vilnius verzetten zich tegen de sloop van het gebouw. Zelfs een archetypische Sovjet-constructie kon een deel van het gezamenlijke verleden worden dat het waard was om te bewaren.

De Neris, met zijn aarde en betonnen acné op de groene hellingen, stroomde langs Simona's zitkamerramen. Links aan de overkant verhief een kleine stompe wachttoren op een oud vestingwerk zich naar de blauwe hemel en nog verder weg zag hij drie grote witte kruisen op een heuveltop omringd door bomen.

Toen ze door de oude wijk liepen had Ieva hem verteld dat de drie kruisen volgens de legende een gedenkteken vormden voor de zeven franciscaanse monniken die ooit op die plek waren gekruisigd. Stalin had de kruisen laten verwijderen, maar nu hadden de zelfstandige Litouwers ze gereconstrueerd en opnieuw neergezet.

De kruisen glansden wit in de zon tussen al het groen. Ze konden ook zijn opgericht voor Virginija, Jolita en Danuté.

Hij liep terug naar de eettafel en zette Ieva's computer uit. Daarna liep hij naar de hal en deed de deur achter zich dicht.

# 47

Het was een grauwe dag in Karrebæksminde met zware, laaghangende bewolking. Ze had net gezien hoe de kleine ophaalbrug naar Enøo openging voor een zeilboot met een hoge mast die haar naar buiten volgde tot ze bij de jachthaven aan de kant van de weg parkeerde.

Ze vond de gepensioneerde agent, die jarenlang bij de recherche had gewerkt, al snel. Benny Overholm was de enige die op deze zondag in juni aan zijn boot werkte terwijl hij zich eigenlijk op het water moest bevinden.

'Benny?'

De man draaide zich om en liet de boormachine zakken. Hij droeg een lichtblauwe pet en de borstelige zilveren bakkenbaarden pasten op de een of andere manier heel goed bij de dikke gouden ketting rond zijn hals. Hij knikte terwijl hij tegelijkertijd met een waakzame blik in zijn ogen naar haar keek.

'Dat ben ik,' zei hij.

Ze stelde zich voor en gaf hem een hand.

Benny Overholm woonde in Næstved, maar bracht volgens zijn echtgenote het grootste deel van zijn tijd door in Karrebæksminde en nam uit principe zijn mobiel niet mee.

'Ik bestudeer een oude zaak en stuitte op de naam Niels Oxen. Zegt die naam je iets?' begon ze.

'Moet dat dan?'

'Hij zat tegelijkertijd met jou in Bellahøj.'

Benny Overholm haalde zwijgend zijn schouders op.

'Hij was aspirant.'

'Dan is dat de reden waarschijnlijk. Aspiranten komen en gaan.'

'Je hebt samen met je collega, Stig Ellehøj, onderzoek naar hem gedaan.'

'Is dat zo? Waarom?'

'Drugs.'

‘Ik ben een mensenleven lang bij de politie geweest en heb heel veel zaken gehad...’ Overholm spreidde zijn armen verontschuldigend.

‘Niels Oxen was een ongewoon geval aangezien hij uit het leger kwam met twee onderscheidingen voor dapperheid. Alleen de naam is al ongewoon.’

Overholm trok zijn werkhandschoenen uit terwijl hij in zijn geheugen zocht. Daarna begon hij langzaam te knikken.

‘Ja, dat is een hele tijd geleden.’

Ze gaf hem een paar verslagen en ontkalkte zijn geheugen met een snelle samenvatting terwijl hij ze doorbladerde.

‘Nu herinner ik het me weer. Een vreemde zaak,’ zei hij.

‘Waarom vreemd?’

‘De zaak verzandde. We werden bij de baas geroepen om te...’

‘Max Bøjlesen?’

‘Inderdaad, Bøjlesen. Hij zei dat het allemaal een pijnlijk misverstand was geweest en vroeg ons het te vergeten. En dat terwijl hij degene was die ons had gevraagd om alleen aan hem verslag uit te brengen en onze directe chef erbuiten te laten. Zoiets is ongekend. We deden onderzoek in onze vrije tijd en kregen die uren betaald door Bøjlesen. Ik geloof dat onze directe chef al in het begin te horen kreeg dat het onderzoek tijdverspilling was. Maar nu je het zegt... Die soldaat stopte iets later met zijn opleiding,’ vertelde Overholm.

‘Wie wist iets over de zaak?’

‘Stig, mijn maat, kletste tegen de chef van de straatpolitie, Middelbo. Ze waren beiden jagers en deden mee aan dezelfde jachten. Stig zei dat Middelbo het had moeten weten en de zaak had moeten behandelen omdat de soldaat aspirant bij hem was. Maar er gebeurde nooit iets. Middelbo is nu gepensioneerd, net als ik.’

‘Middelbo is overleden. Aan kanker.’

Benny Overholm fronste zijn voorhoofd en bromde: ‘Jezus, had hij kanker?’

‘Wie waren er nog meer op de hoogte van de situatie?’

‘Alleen Bøjlesen en wij, Stig Ellehøj en ik. Onze directe chef dacht tenslotte dat de zaak in de kiem gesmoord was.’

Benny Overholms verklaring leek eerlijk en oprecht. Net als de overige partijen kostte het hem echter buitengewoon veel moeite om zich iets te herinneren, met het oog op de ernst van de zaak.

'Wat is de PET aan het onderzoeken?' Overholm kon het niet laten om het te vragen.

'Het spijt me, je weet...'

'Ik begrijp het,' antwoordde de gepensioneerde rechercheur haastig.

'Hoe begon de zaak destijds? Waar kwam de verdenking vandaan?'

'Van mij,' zei Overholm. 'Die kwam van mij, omdat ik een geloofwaardige tip kreeg die het waard leek om na te trekken.'

'Een tip. Van wie?'

'Een van mijn informanten.'

'Wie was dat?'

'Ik heb nog nooit een bron van me verraden en ik ben niet van plan om daar nu mee te beginnen.'

Ze aarzelde. Op deze manier kwam ze niet verder. Ze probeerde het opnieuw. 'Oké, maar wil je wel vertellen wat voor tip het was?'

'Dat de soldaat, of de politieaspirant, dealde.'

'En wat gebeurde er tijdens jullie onderzoek?' Ze stond op het punt om het 'jullie onderzoekje in jullie vrije tijd' te noemen, maar corrigeerde zichzelf op het laatste moment.

'We hielden hem in de gaten en konden rapporteren dat hij zich in dat milieu ophield. Hij had meerdere waardeloze kerels in zijn kennissenkring – als je in aanmerking nam dat hij een politieaspirant was.'

'Zoals bijvoorbeeld deze man?'

Ze gaf hem een foto waarop een heel jonge Niels Oxen een kleine envelop of een stuk papier in de hand van een onverzorgde, tengere man met een wollen muts stopte.

'Ja, precies, dat soort... verdachte personen.'

'Wie is die man?'

'Dat kan ik me niet herinneren. Eentje uit het milieu. Anders hadden we hem niet samen met Oxen gefotografeerd.'

'En wat gebeurde er daarna?'

'Nadat hij een tijdlang 's avonds en in het weekend was geschaduwd, vroeg Bøjlesen ons om in actie te komen en het huis van de soldaat te doorzoeken.'

Overholm zag haar opgetrokken wenkbrauwen en praatte verder:

'Zonder huiszoekingsbevel... Niet helemaal volgens het boekje, dat wisten we heel goed, maar dat doe je nu eenmaal voor je hoogste baas.'

'En wat vonden jullie?'

Benny Overholm kneep zijn ogen tot spleetjes en keek naar het wolkendek alsof het antwoord zich daarboven bevond.

'Weet je wat,' zei hij waarna hij zwaar ademhaalde. 'Dat kan ik me niet precies herinneren. In elk geval harddrugs, pillen en contant geld. Heb je dat verslag niet? Je hebt het andere materiaal wel.'

'Ik heb maar een paar verslagen,' antwoordde ze.

Dat was een leugen. Het verslag zat in de envelop. Het ging om 850 gram heroïne, 350 gram amfetamine en vijf doordrukstrips met 50 stuks diazepam. De marktwaarde was destijds geschat op een half miljoen kronen.

'Waar vonden jullie dat?'

'In de garage. In een gat in de muur achter een van die borden waaraan je gereedschap hangt. Ik kan me dat nog herinneren omdat het heel slim gedaan was.'

Dat herinnerde Overholm zich correct, want er zaten foto's van de garage in de envelop.

'En wat is er met de vangst gebeurd?'

'Dat heeft Bøjlesen geregeld.'

'En verder?'

'Verder niets...'

'Geen verklaringen?'

'Zoals ik al zei, de baas zei dat het allemaal een misverstand was. Er waren criminele krachten die de pik op die soldaat hadden. Ze hadden hem in de val laten lopen om te zorgen dat hij in een rotsituatie terechtkwam. We moesten alles vergeten en onze mond erover houden. Het zou nogal onnozel overkomen als bleek dat de politie misleid was.'

'Wáren jullie misleid?'

'Luister... ik heb het naar mijn zin met mijn boot. Ik sta elke ochtend vrolijk op, 's zomers en 's winters. Ik heb geen zin in gezeik. Zowel de politie als politieonderzoek is een gepasseerd station voor mij.'

Daarmee eindigde het gesprek met Benny Overholm. Ze praatten nog even met elkaar, daarna nam ze afscheid en bedankte hem voor zijn hulp.

Toen ze in de auto ging zitten, zag ze dat hij nog steeds niet aan het werk was, maar ogenschijnlijk in gedachten verzonken was.

Het zwembad in Glostrup Fritidscenter echode van het gegil van de vrolijke kinderen.

Het tweede en laatste deel van deze zondag, die in het teken stond van haar persoonlijke onderzoek, stond op het punt om een interessante fase te bereiken. Tegenover haar op de stoel in de kleine bar van het zwembad zat hoofdagent Stig Ellehøj. Tijdens hun gesprek hadden zijn twee kinderen, een jongen en een meisje rond de tien en twaalf jaar, meerdere keren op het raam getikt zodat hun vader zou opschieten en ze samen met hem konden gaan zwemmen.

Overholms collega uit de tijd in Bellahøj was een middenveertiger. Zijn buik puilde uit onder het T-shirt en onthulde dat hij een bureaubaan had bij de onderzoeksafdeling van de Vestegns Politi in Kopenhagen.

Hij had bereidwillig toegestemd om met haar af te spreken voor een praatje over de 'soldatenzaak', zoals hij het zelf aan de telefoon had genoemd. Als ze tenminste in het zwembad konden praten, want hij had zijn kinderen een natte zondag beloofd.

In tegenstelling tot de gepensioneerde Overholm kon Ellehøj zich alles nog herinneren. Ze had zijn verklaring getest door het verloop van de zaak met hem door te nemen. Zijn verklaring kwam overeen met die van Overholm, maar Ellehøj kon zich een heleboel details herinneren en had zich erover verbaasd toen de media meldden dat Oxen het Kruis voor Dapperheid had ontvangen.

Ellehøj leek duidelijk niet op zijn gemak.

'Luister... Dat we geen huiszoekingsbevel hadden en we buiten onze directe chef om voor Bøjlesen werkten... tja, dat kan me enorme problemen bezorgen.'

'Het is natuurlijk een zaak die de PET bijzonder serieus neemt,' zei ze, waarmee ze hem liet bungelen.

'Uiteindelijk kan het me mijn baan kosten.'

'Dat moeten anderen bepalen. Ik doe gewoon mijn werk.'

'Ik heb vrijwillig meegewerkt en alles verteld. En ik ben degene die Middelbo heeft geïnformeerd,' zei Ellehøj.

'Middelbo is dood.'

'We volgden een bevel op van Max Bøjlesen, de allerhoogste baas. Dan is het toch logisch dat we zo handelden?'

'Tja... we zullen zien. Ik heb nog een paar vragen, als ik nog wat van je tijd in beslag mag nemen.'

'Natuurlijk,' antwoordde de mollige Ellehøj.

'Wie vond Oxens verstopplek achter het gereedschapsbord in de garage?'

'Dat was Benny,' antwoordde hij resoluut.

'Maar dat kostte jullie verdomd veel tijd. Ik bedoel, eerst het hele huis en daarna de kelder en uiteindelijk de garage doorzoeken.'

Stig Ellehøj schudde zijn hoofd.

'Nee, zo is het niet gegaan. We zijn begonnen in de garage.'

'Oké, waarom dat?'

'Omdat Benny zei dat het een slimme plek was. Daar kon Oxen zijn zaakjes in alle rust regelen zonder dat zijn vrouw iets in de gaten had.'

'Probeer het je te herinneren... Hoeveel tijd kostte het jullie om de verstopplek te vinden?'

Ellehøj aarzelde een moment. 'We werkten snel. Misschien iets minder dan een halfuur. Denk je dat...?'

'Ik denk niets. Ik probeer alleen alle informatie op een rij te krijgen. Heb je nog steeds contact met Benny Overholm?'

'Nee!'

'Dat klinkt behoorlijk overtuigend.'

'Ik wil niets meer met hem te maken hebben. Ik was jong en een groentje op de afdeling. Achteraf gezien hield hij me voor de gek. Niet alleen die ene keer. Hij was er uiteindelijk de oorzaak van dat ik naar een andere baan ben gaan uitkijken. En ik had alles weggestopt tot jij vanochtend belde.'

'Weet je van wie Benny de tip over Oxen kreeg?'

'Dat zei hij niet. En ik vroeg het ook niet.'

Ze haalde de envelop uit haar kleine rugzak. Ze waren bijna klaar. Stig Ellehøj leek een man met een oprecht slecht geweten. Hij was murw.

'Weet je wie dit is?'

Ze gaf hem de foto van Niels Oxen en de man met de wollen muts. Ellehøj keek en dacht na.

'Ja, ik denk dat... Dat is Balboa. Een oorlogsveteraan van de Balkan die naar de bliksem is gegaan.'

'Balboa?'

'Ken je Rocky Balboa niet? Sylvester Stallone en zijn film over die bokser.'

'O ja, die. Waarom Balboa?'

'Benny was degene die me het verhaal vertelde. De achternaam van die vent was Ballebo. Hij was amateurbokser in de lichtgewichtsklasse, maar hij was een heel slechte bokser die nog geen deuk in een pakje boter kon slaan. Zijn grote voorbeeld was Rocky Balboa. God mag weten hoe hij ooit soldaat is geworden. Ik geloof niet dat de eisen erg hoog waren toen er problemen waren in de Balkan. En Balboa kon het na terugkomst niet meer aan. Hij raakte verslaafd aan drugs, werd een kleine crimineel en ging naar de bliksem.'

'Wil dat zeggen dat Benny hem kent?'

'Yep. Hij kénde hem. Balboa is lang geleden overleden aan een overdosis geloof ik, terwijl ik nog in Bellahøj was.'

Er zaten dus toch gaten in Benny Overholms verklaring. Dat kwam niet als een verrassing voor haar.

'Hoe goed kende Benny Overholm Balboa?'

'Vrij goed, geloof ik. Ik zag een keer bij een grillbar dat Benny hem in het voorbijgaan discreet een briefje van 500 kronen gaf. Ik geloof niet dat ik dat had mogen zien.'

'Vroeg je ernaar? En wat antwoordde hij?'

'Iets in de trant van dat het verschrikkelijk was dat de Deense staat schijt aan zieke oorlogsveteranen had.'

Ze kreeg de foto terug, stopte hem in de envelop en ging staan terwijl een zwerm kinderen naar binnen stroomde. Ze namen afscheid op het moment dat Ellehøjs kinderen weer op het raam tikten.

Ze verliet het zwembad en bedacht onderweg naar het parkeerterrein dat het leven van Niels Oxen beroerd was en ook al jarenlang beroerd was geweest. En dat je behoorlijk dapper moest zijn om zo'n leven te leiden.

Het was net na negen uur. Ze keek televisie toen haar mobiel, die op de salontafel lag, haar aandacht trok.

Ze had twee sms'jes van Niels Oxen in Vilnius gekregen. Er zaten twee foto's bij het eerste bericht. Een van een heel mooie vrouw en een van een man met roodblond haar en sproeten. Ze waren vergezeld van de tekst: *Simona Zakalskyte en Sergej Pronko*. De tweede sms was een video. Oxen had alleen geschreven: *Virginija in Nørlund. Kijk naar de rechterenkel van de man, ik bel je over vijf minuten.*

Ze zette de televisie uit en zette het filmfragment aan. De kwaliteit was extreem slecht, maar de opname van de twee onduidelijke lichamen liet niets aan de fantasie over. Ze zag meteen de schaduw op de rechterenkel van de man.

Op dit moment kon ze niemand van de technische recherche in Vanløse vragen om de opname te bekijken. Bovendien lag het veel te gevoelig. Niemand mocht weten wat zij wisten. Dat maakte een technisch onderzoek hoe dan ook overbodig.

Er stond H.I. 2006 op de enkel van de man. Zijn hardhandige gedrag deed ook denken aan een ijzeren man.

Vlak daarna ging de telefoon. Het was Oxen. Ze nam op en zei:

'Ik weet wie het is.'

# 48

Er zouden geen honden meer opgehangen worden. Deze keer was de ontvanger van hun boodschap geen station op weg naar het doel – de ontvanger wás het doel. Een waarschuwing was overbodig. Dat spaarde de hond, en het elimineerde een van de vele aspecten met risico's in hun grote finale.

Het was al laat. Meneer en mevrouw Sikorski waren terug in hun nieuwe hotel na een voorzichtige verkenning en een avondmaaltijd in een pizzeria. Het was absoluut een voordeel om rond te kunnen lopen alsof ze een echtpaar op vakantie waren en hun verhaal hield tot nu toe stand. Ze hadden de kastelen Fredensborg en Frederiksborg met de daarbij behorende kasteeltuinen bekeken en waren naar Esrum Sø geweest. Er was blijkbaar helemaal niets slechts in dit kleine land. Als je een aantal van de inwoners buiten beschouwing liet, natuurlijk.

Ze hadden razendsnel gehandeld en waren de ochtend nadat ze hun vijand tijdens de nieuwsuitzending op de televisie op een presenteerblaadje aangeboden hadden gekregen uit Hadsund vertrokken en naar Hillerød gegaan.

Het was een belangrijke vijand en ze hadden zich in hun wildste fantasieën niet kunnen voorstellen dat het zo zou eindigen. Het was de minister van Justitie van Denemarken.

Ze hadden het huis van de man in het dorp Nødebo zo zorgvuldig mogelijk bestudeerd. Zowel met hun eigen ogen als op Google Maps, waar ze het aantal dakpannen bijna konden tellen.

Daarnaast hadden ze zich grondig verdiept in zijn achtergrond. Een aantal dingen hadden ze in het Engels en Duits op internet kunnen lezen, maar voor het grootste deel van de informatie hadden ze hulp gekregen van Andrej Rakhimov. Hij had een tolk voor ze geregeld waarvoor ze niets hoefden te betalen. Onder de kosten van het checken van de kentekenplaten kwamen ze echter niet uit. Die afspraak was gemaakt, en Rakhimov had al aan verschillende touwtjes getrokken zodat het te laat was om de opdracht te annuleren, ook al zouden ze geen gebruik maken van de informatie.

'Houden we vast aan de tekst?' vroeg ze terwijl ze het kleine koffiezetapparaat dat in de hotelkamer stond aanzette.

'Ik vind het perfect,' zei hij.

'Laat het me nog een keer horen.'

Hij trok de rubberhandschoenen aan en pakte het vel papier waarop ze de stukjes papier geplakt hadden. Het waren verschillende koppen van USA *Today*, die waren uitgeknipt en samengevoegd. Hij begon te lezen:

*'Aan de minister van Justitie*

*Zie bijgevoegde cd-rom. De harddisk met de originele opname van het kasteel kost 1,5 miljoen euro. Contant.*

*Volg* URL.

*Log woensdag 12.00 uur in op de chatroom.*

*Password:* hanged dogs.

*User:* justice.'

Boven de uitgeknipte woorden was een URL-adres geplakt dat leidde naar de privéchatroom die ze voor de gelegenheid hadden aangemaakt. Daarvandaan zouden ze de minister van Justitie verder dirigeren.

'Geen bezwaren, zo blijft het?'

'Ja, het is goed,' zei ze.

Ze hadden ruziegemaakt over het bedrag. Zij was van mening dat hij er te goedkoop vanaf kwam. Hij had haar koppig overgehaald. Maakte het echt verschil of ze nog drie, vier of vijf miljoen binnen konden halen? Het was belangrijk om een evenwicht te vinden. Het bedrag moest zo laag zijn dat de minister van Justitie in staat was om het bij elkaar te krijgen zonder zijn vrouw – of anderen – erbij te betrekken. En zo laag dat hij het snel bij elkaar kon krijgen.

Ze hadden hun huiswerk gedaan. De man had geld. Veel geld. Hij was academicus en jurist, en had aandelen in S.E. Rosborg International, het industriële imperium van de familie Rosborg dat zijn opa had opgebouwd. In een van de krantenartikelen op internet had gestaan:

*Minister van Justitie Ulrik Rosborg is zo welgesteld dat hij de baan als een van de vertegenwoordigers van onze democratie in Christiansborg niet voor het geld hoefde te nemen. Dat hij dat toch doet, zegt iets over zijn intense politieke betrokkenheid.*

Dat soort klonk altijd zo verdomd keurig. Ze waren hem ook tegengekomen in meerdere artikelen en een paar vermeldingen over televisieprogramma's met betrekking tot de gezondheid van de Denen. De minister was blijkbaar een lichtend voorbeeld van een gezonde ziel in een gezond lichaam.

In werkelijkheid was hij een gemene, perverse klootzak.

De instructies zou hij via internet in hun privéchatroom krijgen. Daarna zou er geen contact meer zijn.

Bovendien hadden ze maatregelen genomen voor als hij zou proberen om ze te bedriegen – wat ze zich absoluut niet konden voorstellen aangezien dat zijn leven en politieke carrière kapot zou maken. Ze hadden technische hulp gekregen van een van de vrienden van 'mevrouw Sikorski', die in de IT-branche zat. Dat betekende dat ze een serie eenvoudige manoeuvres zouden uitvoeren op de computer, die zich daarna zou gedragen alsof hij in een hotel in Vilnius stond.

Maar dat was alleen voor alle zekerheid. Ze konden zich veilig voelen, want niemand wist wie ze waren. Niemand kende hun doel. De bewijzen stonden op de harddisk en de computer die hij in de hut in het bos had bemachtigd, en die veilig opgeborgen waren voor de laatste en beslissende fase van hun missie. Voor 1,5 miljoen euro mocht die klootzak de bewijzen kopen en zijn hachje redden.

De minister van Justitie zou ook een heel eenvoudig te begrijpen waarschuwing in de chatroom ontvangen: als hij probeerde hen op te lichten bij het overhandigen van het geld, zou de video-opname met één druk op een toets van de laptop onmiddellijk naar YouTube gestuurd worden. En hoe zou de wereld er dan uitzien voor de minister?

'En hoe geven we hem de envelop? Heb je daar al over nagedacht?'

Ze zat op de bedrand met een koffiebeker tussen haar handen, alsof ze het koud had en zich wilde warmen. Ze begon zenuwachtig te worden bij het vooruitzicht van de komende dagen. Dat merkte hij aan haar. Sommigen begonnen te zweten, anderen kregen het koud.

Hij voelde zich daarentegen heel goed. In Litouwen of Rusland kwam je een heel eind met 750.000 euro. Daarmee konden veel dromen gerealiseerd worden. Hij kon een basis voor de rest van zijn leven opbouwen als hij zich verstandig gedroeg.

'Ik heb het idee om naar zijn woning te gaan laten varen. Morgen is het maandag en een werkdag. We volgen zijn auto naar Kopenhagen. Ze hebben in dit land waarschijnlijk auto's met chauffeurs voor de ministers. We blijven op een veilige afstand en noteren alles wat te maken heeft met zijn aankomst bij het parlement. Waar stopt de auto? Welk portier gebruikt hij? Enzovoort, enzovoort. En dan hopen we dat de situatie zich dinsdag herhaalt. Dan zijn we op tijd aanwezig en voorbereid. Als het mislukt, hebben we woensdag als back-up. Wat is het ergste wat er kan gebeuren? Dat we de tekst van de brief moeten veranderen. Maar hij zal worden afgeleverd. We staan niet onder druk.'

Ze had haar handen nog steeds rond de beker gevouwen.

'Goed, dan doen we het zo. Vertel eens heel eerlijk... Denk je dat het gaat lukken?'

Hij knikte en glimlachte geruststellend.

'Natuurlijk lukt het. Dat beloof ik. We moeten alleen nog een geschikte plek voor de uitwisseling vinden. Dan is alles geregeld.'

# 49

Er zat maar één persoon in de zilverkleurige Opel Corsa van Europcar. Helena Sikorski – of liever gezegd Simona Zakalskyte – reed op dinsdagochtend kalm door het dichte verkeer in het centrum van Kopenhagen. Drie auto's voor haar reed de auto met minister van Justitie Ulrik Rosborg op de achterbank. Zowel voor als achter zijn auto reden auto's met bewakers van de PET.

Er was een gps-tracker op de Corsa aangebracht, toch was Margrethe Franck bijzonder geconcentreerd op haar taak. Niels Oxen, die Sergej Pronko bewaakte, had net gebeld. De voormalige elitesoldaat van Vympel had 's ochtends vroeg een taxi genomen. Oxen had hem de hele weg geschaduwd en nu stonden ze bij Christiansborg, bij de inrit naar het plein.

Er kon in principe maar weinig gebeuren. Met vier bewakers voor de minister van Justitie kon niemand ze ervan beschuldigen dat ze zijn leven op het spel zetten.

Ze had meneer en mevrouw Sikorski maandagochtend gelokaliseerd. Het was niet moeilijk geweest om de twee vermoedelijke daders van de moorden op Hannibal Frederiksen, Mogens Bergsøe en Hans-Otto Corfitzen te vinden.

Zondagavond had ze een lijst met potentiële overnachtingsplekken met als uitgangspunt de woning van de minister van Justitie in Nødebo gemaakt, en een lijst met mogelijkheden met een radius van 10-15 kilometer, die Fredensborg, Hillerød en Helsinge omvatte.

Haar logica had haar verteld dat het gezochte paar dicht bij hun doelwit zou verblijven en ze had gelijk gehad. Op de gastenlijst van het derde hotel – hotel Hillerød – stond het echtpaar Helena en Konrad Sikorski uit Barsinghausen in Duitsland.

De beelden van de videobewaking van het hotel vormden de definitieve bevestiging. Simona Zakalskyte en haar neef Sergej Pronko verbleven in kamer 14.

Toen ze hen had gevonden, waren ze niet in hun kamer, maar ze waren rond het middaguur teruggekomen en hadden 's middags een paar ritjes gemaakt, onder andere langs het buitenhuis van de minister van Justitie en in de buurt van Nødebo. Ze waren 's avonds laat teruggekomen nadat ze in een pizzeria in Hillerød hadden gegeten. Oxen was degene geweest die hen 's avonds had geschaduwd terwijl zij in haar kamer in hotel Hillerød uitrustte.

Ze reed over Kongens Nytorv. Zo meteen zouden ze de Holmens Brug passeren en dan waren ze bijna bij Christiansborg. Ze had geen idee waar de ministers uitstapten. Misschien ging hij trouwens helemaal niet naar het parlement, maar naar het ministerie in de Slotsholmsgade. In dat geval zouden ze gewoon doorrijden, maar dat zou zo meteen blijken.

Hij zag de auto met de minister, een donkerblauwe Audi A8 Quattro, over de brug rijden en belde Margrethe Franck.

'Blijf aan de lijn. We moeten zien waar hij naartoe gaat. Pronko staat bij een jongen met wie hij heeft gepraat – zijn boodschapper denk ik.'

'Ik blijf aan de lijn,' antwoordde ze.

De twee PET-auto's en de ministersauto sloegen af naar rechts en reden het plein voor Christiansborg op. Minister van Justitie Ulrik Rosborg ging dus naar Borgen en nam de hoofdtrap.

'Ik rij het plein op,' zei Franck.

De minister stapte uit de auto en zei iets tegen een van de bewakers. Vlak daarna reden de PET-auto's het plein af en Rosborg zette koers naar de grote trap.

'Franck! Hou de jongen in de lichtblauwe trui in de gaten, degene op de fiets... Hij heeft een envelop in zijn hand.'

Een tienerjongen op een mountainbike reed naar de minister toe, die onder aan de trap was gestopt om met een oudere man te praten.

'Rosborg praat met... de voorzitter van het parlement, Hans Panduro,' zei Franck in de telefoon.

De jongen op de fiets remde bij de minister van Justitie, zei iets tegen hem en gaf hem de witte envelop. Daarna reed hij verder naar de passage bij de Tøjhusgade.

De minister van Justitie keek naar de envelop en glimlachte naar de voorzitter van het parlement, die nu met een andere collega begon te praten.

Rosborg nam een paar treden van de trap en bleef staan. Hij keek weer naar de envelop, maakte hem open en keek erin. Het leek erop dat hij een vel papier naar buiten trok. Heel even leek het alsof de minister verstijfde. Hij bewoog zijn hoofd een paar keer schokkerig alsof hij de omgeving zenuwachtig controleerde op nieuwsgierige blikken. Daarna liep hij met een paar grote sprongen de trap op.

'Pronko loopt terug. Nu pikt ze hem op. Franck, kom naar de uitrit zodat ik in kan stappen!'

'Oké.'

Vlak daarna zat hij naast haar. Ze konden de achterkant van de Corsa, die door de Slotsholmsgade reed, nog steeds zien.

'Wat gebeurde er? Waren dat hun eisen?' vroeg ze met haar blik op de auto in de verte gericht.

'Dat denk ik wel. Wat anders?'

'Ze chanteren hem dus voor een paar miljoen.'

'Beslist. Ze hebben waarschijnlijk genoeg om hem kapot te maken. Kijk, ze slaan af.'

De Corsa sloeg rechts af naar Christians Brygge en reed via Frederiksholms kanal naar Kalvebod Brygge.

'Maar misschien niet genoeg om te bewijzen dat hij haar vermoord heeft?'

'Dat weet ik niet. We weten alleen dat Virginija weg is. Waar willen ze verdorie naartoe?'

Ze bleven op een veilige afstand terwijl de Corsa de Bernstorffsgade in reed en voor de hoofdingang van het Centraal Station stopte.

Sergej Pronko stapte met een grote oranje nylon sporttas over één schouder uit de auto en verdween met lange passen in het stationsgebouw. Margrethe Franck stopte bij de stoeprand en hij sprong naar buiten en volgde de Rus.

Het was een wirwar van jachtige ruggen binnen, waar alles donker en schaduwrijk leek in contrast met het scherpe zonlicht buiten. Hij dreef met de stroom mee naar rechts en zag de oranje tas in het gekrioel. Sergej Pronko liep doelbewust naar de andere kant van het station.

Hij volgde op gepaste afstand. Hij wist het niet zeker, maar moest ervan uitgaan dat Pronko zijn gezicht misschien kende. De Rus nam de trap naar de Istedgade-uitgang. Hij haastte zich ernaartoe en zag hem naar links afslaan en de steile trap naar het Bagagecentrum af lopen. Hij volgde hem behoedzaam door de lange gang met aan beide kanten bagagekluizen van plafond tot vloer, zo ver het oog reikte.

Het was niet druk, maar gelukkig waren er klanten. Een stukje verderop worstelde een ouder echtpaar met twee koffers, bij de betaalautomaat stond een vrouw met een kleine jongen aan haar hand, bij de balie met persoonlijke bediening, die ongeveer in het midden van de gang lag, stond een jong stel met twee grote rugzakken, en bij een muurkluis helemaal onderaan stond een jonge Afrikaanse vrouw.

Sergej Pronko ging bij de balie staan, die leek op de incheckbalie van een luchthaven met roestvrij staal bekleed afgifteloket om de bagage op te zetten.

Hij ging naast de vrouw met het kind bij de betaalautomaat staan. Vanuit zijn ooghoek zag hij de Rus naar voren lopen toen het rugzakstel klaar was. Pronko zette zijn oranje tas neer, ritste hem open en haalde er een donkergroene, volkomen anonieme dagrugzak uit. Toen de jonge vrouw die hem hielp zich bukte om een nummerbriefje aan de bagage van de Rus te bevestigen, draaide ze de tas een halve slag. Hij zag het meteen. Aan een zijvak met ritssluiting hing een speelgoedbeestje, een ijsbeer. Meer hoefde hij niet te zien. Hij trok zich voorzichtig terug, liep de trap naar boven op en wachtte in het gekrioel.

Sergej Pronko verscheen een paar minuten later, nog steeds met zijn sporttas over zijn schouder. De Rus liep nu in een kalm tempo en nam de tijd om broodjes, melk en twee grote cola's te kopen, die hij in zijn tas stopte voordat hij het station verliet.

Sergej Pronko stapte kalm in de Corsa, die een bocht maakte en naar de Bernstorffsgade reed. Na een moment aarzelen maakte hij een ongeoorloofde draai naar links naar de kruising in de Vesterbrogade, die hij recht overstak.

'Wat heeft hij gedaan?' vroeg Franck terwijl ze wachtte op een opening in het verkeer zodat ze dezelfde manoeuvre kon uitvoeren.

'Tickets kopen... Daar ga ik van uit. In elk geval werd hij bij de ticketverkoop geholpen. En daarna kocht hij op weg naar buiten een paar broodjes, melk en cola.'

'Tickets? Dus ze zijn van plan om met de trein te vertrekken. Fijn om dat te weten. Dat kan bijna alleen Gedser-Warnemünde zijn, en dan via Rostock, Berlijn en Warschau naar Litouwen.'

'Dat kunnen jullie toch controleren?'

'Hij heeft vast niet met een creditcard betaald. Dus de enige tickets die we kunnen checken zijn eventueel de veerboottickets. Maar dat is voldoende.'

Ze reden een hele tijd in stilte. Franck bleef op ruime afstand van de auto van het Russisch-Litouwse stel. Pas op de Borups Allé zei ze waar hij zelf ook aan had gedacht: 'Ik zou wel willen weten hoever het gaat. De minister van Justitie heeft hun eis gekregen. Hij moet het geld nu bij elkaar krijgen, ook al kost dat misschien niet veel moeite. Ik kan me herinneren dat Rosborg in een welgestelde familie geboren is. Hij heeft iets te maken met het concern S.E. Rosborg International, nietwaar?'

'Ja, dat is in het bezit van de familie. Ik geloof nauwelijks dat de Rosborgs iets tekortkomen.'

Ulrik Rosborg was een van de politici tot wie hij zich had gericht om een onderzoekscommissie met betrekking tot Bosses dood in te laten stellen. Destijds waren er andere partijen aan de macht. Rosborg was een energieke en invloedrijke ster in de oppositie, maar niet zo energiek dat hij de moeite had genomen om te antwoorden op zijn verzoek.

'Pronko en Zakalskyte willen de jacht beslist beëindigen en teruggaan naar de veiligheid van Vilnius, maar ze moeten hem waarschijnlijk twee tot drie dagen de tijd geven, afhankelijk van de hoogte van het bedrag.'

'In feite weten we niets. We dénken dat ze hem willen chanteren, maar we wéten het niet,' ging hij tegen haar in.

Ze naderden Utterslev Mose en de snelweg naar Hillerød. De objecten waren blijkbaar op weg naar het hotel.

'Je moet hier bekend zijn als je in Noordwest hebt gewoond,' zei ze.

'Niet echt,' bromde hij, ook al was hij hier op jacht naar flessen ontelbare keren geweest. Dat leek heel lang geleden, in een tijdperk voor het tijdperk dat was begonnen toen Mr. White en hij op 1 mei in de stromende regen in Skørping uit de trein stapten.

Nu zat hij in een auto naast een werkneemster van de inlichtingendienst op weg naar de snelweg richting Hillerød om een man en een vrouw te schaduwen die gedurende hun maandenlange reis naar hun doel koelbloedig hadden gemoord.

Hij zat in de auto naast Margrethe Franck omdat hij tijdens een nacht vol maneschijn zo ontzettend stom was geweest om door de tuin van Nørlund Slot te lopen.

Twintig saaie minuten later sloegen ze af naar het parkeerterrein van hotel Hillerød en reden naar de verste hoek, waar ze nog net zagen dat

Simona Zakalskyte en Sergej Pronko het hotel in liepen.

Vanaf nu was het een kwestie van uren tellen voordat ze in actie zouden komen. Ze moesten improviseren en hadden geen marge om fouten te maken. Die konden dodelijk zijn.

Ze stapten uit de auto en liepen naar de ingang. Zodra hij alleen was moest hij een noodzakelijk telefoontje plegen om zijn persoonlijke verzekeringspolis te regelen. Op z'n laatst vanavond ging hij daarvoor op een kleine missie.

De klok van het Centraal Station van Kopenhagen toonde dat het een paar minuten voor middernacht was. Hij liep zwijgend en kalm met zijn plastic tas in zijn hand naar de afgesproken ontmoetingsplaats.

Margrethe Franck hield de wacht in hotel Hillerød en dacht dat hij sliep. Hij had lering getrokken uit de vorige keer en werd niet geschaduwd. Bovendien was er geen risico op een gps-tracker, omdat hij het hotel te voet had verlaten en zoals afgesproken een paar honderd meter verderop was opgehaald door de vrouw van Fritsen.

L.T. Fritsen stond zoals afgesproken bij de Istedgade-trap. Zijn goede vriend van de tweede Balkan-missie redde het aardig in het leven met een verstandige hoeveelheid witte – en een aanzienlijke hoeveelheid zwarte – reparaties in zijn kleine garage op Amager.

Ze zagen elkaar zelden, maar de monteur stond altijd voor hem klaar als dat nodig was. Dat was zo geweest sinds de dag, jaren geleden, dat hij in de Una-rivier was gesprongen om L.T. Fritsen eruit te halen nadat hij was geraakt door een Servische sluipschutter.

Hij gaf het teken – hij trok aan zijn rechteroorlel – toen hij langsliep en L.T. Fritsen pakte zijn schoudertas waarin alle computerspullen zaten en liep langzaam de trap af.

Hij liet een minuut verstrijken voordat hij hem volgde. Ze ontmoetten elkaar bij de steile trap naar de bagageruimte. Zonder iets te zeggen haalden ze hun reservekleding tevoorschijn, trokken de truien met capuchon aan, zetten een pet op en schoven de capuchon eroverheen. Daarna liepen ze naar beneden.

De lange gang met de bagagekluizen was volkomen verlaten. Bij de balie stond een jonge werknemer, een slungelige jongen met het DSB- en 7-Eleven-logo op zijn trui.

Fritsen zette zijn tas bij de balie neer en op het moment dat de jongen naar hem toe liep, spoot hij een lading pepperspray in zijn gezicht. Oxen rende achter de balie, greep de jongen van achteren vast en dwong hem op de vloer. Fritsen plakte zijn mond dicht met ducttape, draaide zijn armen op zijn rug en bond zijn polsen en enkels vast met de tape. Daarna legden ze de jongen in een hoek van de bagageruimte.

Fritsen ging achter de balie staan terwijl hij de drie kleine bewakingscamera's aan het plafond razendsnel lokaliseerde en afplakte. Daarna liep hij naar de bagage op de planken. Alles was logisch gepland en gemakkelijk te overzien, en het kostte hem minder dan een minuut tijd.

Hij zag de groene dagrugzak met de kleine ijsbeer op een plank op ooghoogte bij de achterste muur, riep Fritsen en wisselde met hem van plek.

Er was nog steeds niemand in de lange gang. Over een uur was het sluitingstijd, maar er waren maar weinig mensen die zo laat nog in de bagagekelder moesten zijn. Hij keek op zijn horloge. Er waren zes minuten verstreken.

Hij wist niet of er iemand op de monitor keek. DSB en de avondwinkelketen runden het bagagecentrum blijkbaar samen. Dat maakte het aannemelijk dat er geen sprake was van te veel personeel.

Er waren precies acht minuten en vijfentwintig seconden verstreken toen Fritsen met zijn rugzak in zijn hand over de balie sprong. Ze liepen zwijgend en kalm naar de trappen en namen de uitgang naar de Istedgade.

Op de hoek van de Colbjørnsensgade stond de vrouw van L.T. Fritsen klaar om ze op te halen.

# 50

Elke keer dat het zogenaamde echtpaar in de auto stapte, kon het de beslissende keer zijn, en ze waren allebei in de hoogste staat van paraatheid. Er gebeurde echter niets. Meneer en mevrouw Sikorski maakten maar een of twee ritjes per dag en reden op goed geluk rond.

Ze hadden allebei hun eigen kamer in hotel Hillerød. Margrethe Franck, die twee kamers verder in de gang zat dan hij, had hem verteld dat ze langzamerhand moeite begon te krijgen met haar onwaarschijnlijke verhalen.

De operationele chef, Martin Rytter, die naar Rold Storkro was gekomen om de uitgebreide groep werknemers te begeleiden, had meerdere keren gebeld. Ze had hem verteld dat ze het druk had met een opdracht voor Axel Mossman, die alles wilde weten over de drie mannen die levend aan het kasteelweekend waren ontkomen. Daarom was ze de levens van minister van Justitie Rosborg, secretaris-generaal Uth-Johansen en directeur Nyberg aan het uitpluizen.

Absoluut relevant – maar niet waar. En toen Rytter naar 'onze vriend de soldaat' vroeg, had Franck slechts geantwoord dat ze er geen idee van had waar hij was en waar hij mee bezig was.

Zelf keek hij er vol verwachting naar uit dat het voorbij was. Hij was er klaar voor en had zich ingedekt. Nu wilde hij het graag achter de rug hebben.

Hij was degene die de hondenwacht had en zaterdag om 4.00 uur toetste hij Margrethe Francks nummer vliegensvlug in.

'Nu!'

Simona Zakalskyte en Sergej Pronko wandelden kalm over het verlichte parkeerterrein naar hun Opel. In tegenstelling tot de andere keren hadden ze hun bagage bij zich. Ze hadden uitgecheckt. Dit was het moment. Ze kwamen in actie.

Hij tilde het matras van zijn bed op en pakte zijn mes en zijn nieuwe aankoop van de tocht naar Kopenhagen, een 9mm Sig Sauer P210.

'Neuhausen', wat de koosnaam was, een van de back-uphandwapens van de commando's, stond bekend om zijn betrouwbaarheid en enorme precisie. Het pistool had hem 21.000 kronen op de zwarte markt gekost. L.T. Fritsen was degene die zowel de Sig als een paar andere hulpmiddelen voor hem had aangeschaft.

Hij schoof het magazijn met de acht patronen in het wapen en stopte het reservemagazijn in zijn zak. Daarna plakte hij de messchede aan zijn rechterkuit, pakte zijn jack en trok de deur achter zich dicht.

Margrethe Franck stormde op hetzelfde moment de gang in. Ze stopte haar wapen in de schouderholster en trok haar jack aan.

'Monitor?'

'Heb ik,' antwoordde ze terwijl ze de kleine rugzak in haar hand omhooghield.

'Verrekijker?'

'Heb ik ook.'

Ze haastten zich door de gang, stopten abrupt en wandelden kalm langs de receptie. Bij de uitgang zagen ze de Corsa het parkeerterrein af rijden. Ze bleven staan tot hij op de verlaten Milnersvej was verdwenen.

Daarna renden ze naar Margrethe Francks MINI Cooper. Ze sprong achter het stuur en startte de motor terwijl hij de monitor uit haar rugzak haalde en ging zitten.

'Kalm maar, ik heb hem,' zei hij toen ze snel naar de uitrit reed.

De rode stip op zijn kleine scherm gleed langzaam over de Østergade, de Helsingørsgade, de Holmegårdsvej, langs Frederiksborg Slotshave en over de Fredensborgvej. Ze bleven de hele tijd ver achter hen. Er was op dit moment nog geen noodzaak voor visueel contact.

'Nemen ze de snelweg?' vroeg ze.

Hij wachtte even. De rode stip gleed verder.

'Nee, ze rijden eronderdoor richting de Hillerødvej.'

Vlak daarna sloeg het stel naar links af, de Nødebovej op.

'Ze zijn op weg naar de minister van Justitie,' riep Franck. 'Dat begrijp ik niet.'

'Laten we afwachten. Ze moeten nog een stuk rijden,' antwoordde hij terwijl hij zijn blik op de rode stip gericht hield.

Het was blijkbaar niet hun bedoeling om naar het hol van de leeuw te rijden, want Pronko en Zakalskyte reden door het langgerekte Nødebo, wat meer leek op een rit tussen heggen dan door een dorp, en namen daarna de Gillelejevej naar Gribskov, waar loofbomen langs de weg stonden. Even later namen ze de tweede weg naar Esrum Sø.

'Daar zijn ze laatst toch geweest?'

'Ja. Ze hebben daar een hele tijd zitten roken. Hou afstand,' antwoordde hij.

De Corsa reed langzaam over de weg die tot de oever van het meer liep. Ongeveer een kilometer voor het meer stopte de rode stip.

'Ze staan stil en wij kunnen hier niet blijven staan. We worden gezien als er iemand langskomt.'

'Wat moeten we dan doen?' Haar vingers trommelden hard op het stuur.

Hij bestudeerde het scherm.

'We draaien. Rij dezelfde weg terug en neem de parallelweg.' Hij hield haar het scherm voor zodat ze zijn wijsvinger kon volgen. Hij ging verder: 'Daarna rijden we door tot we op hun hoogte zijn, parkeren de auto en lopen de ongeveer 200 meter naar de plek waar ze geparkeerd staan. Dat moet de plek zijn waar ze met de minister van Justitie afgesproken hebben.'

'Ze hebben dus op een zaterdagmorgen gewacht, zodat hij vrij is en kan wegglippen, en niet ver van zijn huis. Praktisch,' zei ze.

'Of gewoon attent,' mompelde hij. 'Laten we gaan!'

Tien minuten later drongen ze door het dichtbegroeide bos. Eerst snel en zonder acht te slaan op lawaai, maar toen ze het ochtendlicht tussen de bomen door op het glanzende oppervlak van het meer zagen schijnen, minderden ze vaart.

Uiteindelijk slopen ze. Volgens de monitor was de afstand tot de Corsa minder dan honderd meter. Ze keken waakzaam naar beneden om geen takken op de bosgrond te breken. Toen ze een omgevallen boom op een kleine verhoging in het terrein naderden, gebaarde hij dat ze moesten stoppen. Hij kroop de laatste meter naar voren en gebaarde naar haar dat ze naast hem moest komen.

De zon was inmiddels opgekomen. Het grootste deel van hun gezichtsveld was bedekt met gebladerte, maar er waren kleine, vrije openingen naar het meer. In een ervan glansde de voorruit van de Corsa. Een stukje daarvandaan zagen ze de rug van Sergej Pronko. De voormalige spetsnaz rookte, hij zag de grijze rook opstijgen. Simona was niet zichtbaar tussen de bladeren.

'We moeten veel dichterbij zien te komen,' zei hij en hij liet de verrekijker zakken.

'Gaat dat dan?' Margrethe Franck lag heel dicht naast hem.

'Volg me naar het struikgewas daarbeneden. Daar blijven we tot we de minister zien of zijn auto horen. Dat trekt hun aandacht, en dan sluipen we het laatste stuk naar voren en verstoppen ons achter een boom. Dan zijn we waar we moeten zijn...'

Franck knikte verbeten. Op zijn teken kwam ze half overeind en volgde hem langzaam over de heuvel naar een dichte bramenstruik. Daar gingen ze plat op hun buik liggen.

'Nu moeten we wachten. Geen geluid,' fluisterde hij in haar oor terwijl hij op zijn horloge keek. Het was 4.56 uur.

Zakalskyte en Pronko hadden hun auto op een kleine open plek naast de weg geparkeerd. Tot zijn verrassing zag hij dat er een opengeklapte laptop op het dak van de Corsa stond.

Misschien rookten ze zoveel omdat de situatie zo gespannen was. Simona leunde met een sigaret in haar mond op het voorspatbord, maar veranderde voortdurend van houding. Hij stond onbeweeglijk met gespreide benen.

Sergej Pronko doofde zijn sigaret en begon de omgeving zorgvuldig met zijn verrekijker te controleren. Eerst het meer, daarna het land.

Ze duwden zich allebei tegen de bosgrond. Nu zagen ze hoe Pronko een pistool uit zijn zak haalde, een stuk over het bospad liep en daarna terugliep. De voormalige elitesoldaat was voorzichtig en wilde zich ervan verzekeren dat het terrein geen verrassingen bevatte. Inmiddels controleerde de Rus de beboste helling.

Hij trok zijn wapen en spande de haan voorzichtig toen Pronko nog maar 20-25 meter bij hen vandaan was. Margrethe Franck haalde haar dienstwapen uit de holster en deed hetzelfde.

Toen de Rus nog slechts 10 meter bij hen vandaan was, beëindigde hij zijn patrouille en liep terug. Ze haalden opgelucht adem.

Het was nu 5.14 uur. Bij de auto staken ze een nieuwe sigaret op. Simona Zakalskyte haalde een pistool uit haar jaszak en vroeg haar neef iets. Hij haalde het magazijn eruit, controleerde het en schoof het weer op zijn plek. Hij knikte en gaf haar ogenschijnlijk de laatste instructies. Ze spande de haan en stopte het wapen weer in haar zak.

5.25 uur. Sergej Pronko gaf een kort bevel. De Litouwse vrouw ging bij de laptop op het dak van de Corsa staan.

Pronko liep naar de weg en controleerde de horizon opnieuw voordat hij kalm terugliep, een portier opende en de verrekijker op de achterbank legde.

5.30 uur. Ze hoorden motorgeluid. Vlak daarna zagen ze een eerste glimp van een kleine, donkere auto die heel langzaam over de weg reed. Het was een Citroën Picasso, de auto van Rosborgs echtgenote. Franck had dat natuurlijk gecontroleerd.

De gedaante achter het stuur werd nu duidelijk. De auto reed de laatste meter naar Sergej Pronko toe, die dekking had gezocht achter de Corsa. De Rus hield zijn wapen met gestrekte arm vast, recht op de minister van Justitie gericht.

# 51

Sergej Pronko zwaaide met zijn pistool en dirigeerde de minister van Justitie naar de kleine open plek. Daarna gaf de Rus een teken dat hij uit de auto moest stappen.

Ze waren nog dichterbij geslopen en lagen nu achter een dikke beuk. Franck lag aan zijn rechterkant. Het was ongeveer 20 meter naar de plek waar de twee auto's naast elkaar stonden.

Ulrik Rosborg stapte langzaam uit zijn auto met zijn armen in de lucht. De minister was bleek en leek verlamd van angst.

'*Remember... Just one touch...*'

Sergej Pronko wees naar de laptop op het dak van de Corsa en stak een waarschuwende wijsvinger op.

Daarna gaf de Rus Rosborg opdracht om met gespreide benen en zijn handen op de motorkap te gaan staan, waarna hij hem fouilleerde. Nog steeds met zijn wapen in zijn gestrekte arm dirigeerde Sergej Pronko de minister naar de kofferbak, en ze hoorden het commando 'openmaken!'. Rosborg gehoorzaamde mechanisch en werd vervolgens naar voren geduwd, tot voor de twee auto's. Nu zagen ze dat hij een grote nylon sporttas in één hand had.

Pas nu werd Rosborg geconfronteerd met Simona Zakalskyte, die achter de Corsa was blijven staan. Ze liep langzaam naar hem toe en bleef op een paar meter afstand van hem staan. Hij liet de tas op de grond vallen. Ze stond een moment onbeweeglijk en bestudeerde de Deense minister van Justitie die met gebogen hoofd tegenover haar stond.

'*Look at me!*'

De plotselinge woede-uitbarsting van Simona Zakalskyte had een enorme kracht. Rosborg schrok en gehoorzaamde aarzelend. De Litouwse vrouw observeerde elke trek in zijn verstarde gezicht alsof ze naar iets zocht. Haar neef pakte de sporttas en verplaatste die een stukje voordat hij op zijn knieën ging zitten, hem openritste en de inhoud controleerde. Met een kort knikje naar zijn partner bevestigde hij dat alles in orde was en legde de tas in de kofferbak van de Corsa.

Simona Zakalskyte stond nog steeds onbeweeglijk naar het gezicht van de minister van Justitie te staren terwijl Pronko de situatie oplettend volgde.

'*So... you think, you can buy this?*' schreeuwde Simona Zakalskyte tegen Rosborg terwijl ze met haar linkerhand een stukje papier uit haar zak haalde en dat voor de ogen van de verlamde minister hield.

Het moest de kwitantie van de bagageruimte in het Centraal Station zijn.

Daarna explodeerde ze, alsof haar lichaam een grens bereikt had en er een onderdrukte kracht loskwam. Het resultaat was een enorme klap met het pistool tegen Rosborgs gezicht. Door de klap viel hij tegen de voorruit van de Citroën. Hij greep naar zijn gezicht. Zijn hand zat vol bloed, maar ze konden vanaf hun positie niet zien of het bloed afkomstig was van zijn neus of van een gespleten wenkbrauw.

De minister wankelde. Simona Zakalskyte duwde het pistool tegen de zijkant van zijn hals.

'*She was my sister! You pig!*' schreeuwde ze in het bebloede gezicht van de minister van Justitie. Ze zagen dat zijn lippen bewogen. Zakalskyte schreeuwde opnieuw: '*Get down!*'

Nog steeds met het pistool tegen zijn hals duwde ze Rosborg op zijn knieën op de bosgrond. Nu konden ze hem horen. Zijn stem brak: '*It was... an accident. I am... so sorry!*'

Simona Zakalskyte stond één moment onbeweeglijk voor de knielende Rosborg. Daarna herhaalde ze luid en duidelijk: '*She was my sister!*'

Ze richtte het pistool langzaam op het voorhoofd van de minister van Justitie.

Ze hadden de situatie niet langer onder controle. Margrethe Franck lag met gestrekte armen en beide handen rond haar dienstwapen achter de boom. Ze moest ingrijpen. Ze hadden de taken met gebaren tussen hen verdeeld. Hij had de Russische ex-soldaat onder schot, Margrethe de vrouw. Het moest een torsoschot worden, misschien twee tot drie snelle schoten.

Francks rechtervinger kromde langzaam rond de haan.

Op hetzelfde moment zagen ze hoe het hoofd van Simona Zakalskyte plotseling schokte en hard naar achteren sloeg. In een fractie van een seconde registreerden ze hoe de kogel die haar achterhoofd openscheurde een grijsbruin stuk weefsel meetrok.

Het schot was geluidloos. En op de millimeter nauwkeurig. Het moest een geweer zijn. Ze waren overrompeld en konden niet reageren, alleen bedenken dat ze onbeschermd op het terrein lagen. Aan de hoek te oordelen bevond de schutter zich links van hen.

Sergej Pronko liet zich op het moment dat zijn nicht op de grond viel achter de Corsa vallen en kwam half op de minister van Justitie terecht.

De volgende kogel verbrijzelde het computerscherm, daarna waren de ruiten van de auto aan de beurt en doorboorden de projectielen de carrosserie.

Het waren minstens twee schutters, dacht hij op het moment dat het eerste projectiel de schors van de boomstam vlak boven Margrethe Francks hoofd scheurde. Daarna hoorde hij het karakteristieke fluiten en een dof geluid toen een projectiel een paar centimeter naast zijn linkerschouder de zachte bosgrond raakte.

'Nu!'

Hij trok haar met één arm van de bosgrond.

'Rennen! Naar boven!'

Ze moesten naar de top van de heuvel terug, waar de stammen dicht bij elkaar stonden en het struikgewas het zicht versperde. Zonder een gedachte aan Francks handicap te verspillen trok hij haar met zich mee en rende zigzaggend naar boven.

'Naar het struikgewas!'

Hij liet zich vallen, maakte een koprol en zat meteen daarna in schiethouding op één knie achter een boom. Hij vuurde in het wilde weg een serie van vijf snelle schoten af naar de vijand om Franck dekkingsvuur te geven en rende de helling op terwijl de kogels langs hem floten en hij eindelijk achter de bramenstruik kon duiken waar ze eerder hadden gelegen. Er verdween nog één kogel tussen de verdorde bladeren, daarna stopte het schieten.

'Jezus...' Margrethe Franck, die plat op haar buik had gelegen, rolde op haar rug en haalde diep adem.

Hij haalde de verrekijker uit de rugzak en kroop naar voren.

'Het zijn er drie,' zei hij terwijl hij het tafereel in de verte geconcentreerd volgde.

Drie mannen in camouflagekleding en met bivakmutsen over hun gezicht bewogen zich voorzichtig over de bosgrond naar de auto's en

Sergej Pronko, die ze een serie pistoolschoten hadden horen afvuren toen ze van het strijdtoneel vluchtten.

De mannen waren bewapend met geweren, hadden machinepistolen aan een schuine riem over hun borstkas hangen en een back-uphandwapen in hun riem. Hun manier om over het terrein te bewegen, het terrein af te zoeken en elkaar te dekken vertelde hem dat het mensen uit zijn eigen branche waren – vaklui.

Het was nu doodstil.

Simona Zakalskyte lag waar ze was gevallen, met een bijzonder waardevol stukje papier in haar hand. De minister van Justitie was blijkbaar verdwenen en Sergej Pronko kon hij niet zien vanaf de plek waar hij lag.

Als de Rus nog niet was gevlucht, waren zijn mogelijkheden beperkt. Hij kon de minister van Justitie als schild gebruiken, maar iets zei hem dat de minister al via de achterdeur was verdwenen. Er was dus maar één mogelijkheid. De auto.

'Wij zijn hun primaire doelwit niet. Ren zo snel mogelijk naar de auto, rij naar de weg terug en pik me daar op. Begrepen?'

Margrethe Franck knikte, kwam overeind en begon te rennen. Hij deed hetzelfde. Hij sprong en rende en vocht zich een weg door het struikgewas en de zwiepende takken die in zijn gezicht sloegen.

Hij had maar heel weinig tijd. Sergej Pronko's enige kans was om te proberen weg te rijden. De Rus kon het niet winnen van de drie zwaarbewapende mannen, maar hij kon een poging wagen om te vluchten, en zijn kans was het grootst als hij de auto van de minister nam, die achter de Corsa stond. De razendsnelle analyse leidde ertoe dat hij besefte dat hij rechtstreeks naar de weg moest rennen zodat hij klaar zou staan.

Een vlijmscherpe doorn van een bramenstruik boorde zich in zijn arm en dijbeen en scheurde zijn huid open toen hij ging staan en in een en dezelfde beweging naar het open terrein met loofbomen rende, waar hij zijn snelheid kon opvoeren.

Hij was ervan overtuigd dat de Rus tot dezelfde conclusie was gekomen. Je ging niet in discussie met een vijand die net het achterhoofd van Simona Zakalskyte had weggeschoten. De Rus had niet langer meer iets om mee te onderhandelen en het was slechts een kwestie van seconden voordat hij tot zijn wanhoopspoging werd gedwongen.

Het bos opende zich en hij kon nu in een redelijk rechte lijn rennen.

In de verte sloot het bos zich weer achter een barrière van struikgewas.

Ineens klonk het knetterende geluid van machinepistolen. Sergej Pronko had zijn kans gegrepen.

Hij sprong over het struikgewas, zigzagde verder, nam een aanloop en sprong weer. Hij struikelde, viel, rolde over het harde asfalt, kwam op zijn benen en ging klaarstaan. Daarna verwisselde hij het magazijn. Misschien had hij alle acht kogels nodig. Zo meteen zou hij weten of het de Rus was gelukt.

Het driftige motorgeluid vanaf de weg langs het meer gaf hem een moment later antwoord. Hij ging met zijn benen wijd staan, het gewicht op zijn linkerbeen, beide handen rond het pistool en met gestrekte armen. Het was een precisieschot – en het was lang geleden...

De kleine Citroën, die in puin was geschoten, stuiterde in een wolk van grind en steentjes over de asfaltweg en kwam snel op hem af. Pronko sloeg de scherven van de verbrijzelde voorruit met de pistoolloop weg en verschafte zich vrij uitzicht. Daarna vuurde de Rus twee schoten af. Waarschuwingsschoten, want hij kon er nauwelijks op hopen om van die afstand te raken.

Hij schakelde en de Citroën kwam nu snel op hem af. Hij bleef onbeweeglijk staan en liet hem komen. En komen.

Daarna schoot hij. Twee schoten naar de linkervoorband. Twee schoten naar de rechter. Hij gooide zijn lichaam opzij, rolde om op het moment dat de Rus op platte banden langs hem raasde en zat weer op zijn knie. Twee schoten naar het linkerachterwiel, één naar het rechter.

Een auto kwam met een enorme snelheid over de provinciale weg aanrijden. Zwart, met een wit dak en witte spatborden. Hij remde en slipte, daarna stond hij dwars op de smalle asfaltweg stil. Het was een MINI Cooper.

De hele situatie zette zich vast op zijn netvlies als abrupte fragmenten die een seconde duurden. Daarna gebeurde het. De uitwijkpoging van de Rus in de auto, die op drie platte banden reed, mislukte, het geluid van metaal dat werd verpletterd klonk en daarna brak de boom, die in slow motion dwars op de weg kwam te liggen.

Eén kant van de auto was bijzonder gehavend. Margrethe Franck was al bezig om de bewegingsloze Rus aan de passagierskant naar buiten te trekken toen hij haar bereikte.

'Snel, we moeten hem op de achterbank leggen. Ze kunnen hier elk moment zijn.'

Samen sleepten ze Sergej Pronko op de achterbank. Hij was bewusteloos en lelijk toegetakeld.

De rechterbovenkant van zijn leren jack was één grote bloedvlek en hij zag dat het projectiel een groot gat aan de achterkant van zijn schouder had veroorzaakt. De Rus was geraakt door een geweerschot, een dumdumkogel die was bedoeld om zo veel mogelijk schade aan te richten. Bovendien had hij een lange scheur in zijn hoofdhuid en zijn gezicht was bezaaid met kleine bloedspatten die waren veroorzaakt door glasscherven. En hij had waarschijnlijk allerlei inwendige verwondingen als gevolg van de rechtstreekse ontmoeting met de boom.

Margrethe Franck draaide de MINI snel en gaf vol gas op de provinciale weg.

'We gaan naar het ziekenhuis in Hillerød! En we moeten meteen voor bewaking zorgen!' riep ze.

## 52

Het hoofd van de Politie Inlichtingendienst, Axel Mossman, beëindigde zijn zwijgzame telefoongesprek.

'Dat was Rytter. Vanuit het bos. De auto van de echtgenote van de minister, de kleine Citroën, is in puin geschoten en tegen een boom gereden. Maar er is geen lijk van een vrouw aangetroffen.'

'Geen lijk?' Margrethe Franck vloog op van haar stoel. 'Op de parkeerplek bij het meer, geen lijk?'

'Nee.' Mossman schudde zijn hoofd. 'En ook geen Corsa.'

'Bloed? Glasscherven? Lege hulzen?'

Zijn vragen werden ontvangen met een nieuw, licht hoofdschudden van Mossman. Hij had een ellendig gevoel in zijn middenrif. Iemand was bezig om een verdwijntruc uit te halen.

'Nee, Oxen. Op het eerste gezicht niet.'

'Maar het is verdomme niet iets wat we verzinnen!' De adrenaline gierde nog altijd door Francks lijf.

'Dat heb je me ook niet horen zeggen, Margrethe. Ik herhaal alleen wat Rytters eerste melding is.'

Ze zaten in een lege kamer die ze hadden mogen gebruiken voor hun vertrouwelijke gesprek – een debriefing onder informele omstandigheden. En later zouden ze alles nog minstens één keer doornemen in het hoofdkwartier. Mossman wilde Margrethe Franck ongetwijfeld door het slijk halen om haar een lesje te leren. Het hoofd van de PET was razend omdat Franck en Oxen een bondgenootschap hadden.

Mossman had vrijwel de volledige versie van de ontwikkelingen van de afgelopen dagen gekregen, maar ze vertelden niets over Arvidsens observatielijst en de bouwtekeningen.

Axel Mossman, Martin Rytter en een hele groep werknemers van Søborg waren met een indrukwekkende snelheid in het Hillerød-ziekenhuis gearriveerd nadat ze alarm hadden geslagen.

De operationele chef Rytter, die terug was na een paar dagen in

Noord-Jutland, leidde het werk bij Esrum Sø, waar de drie zwaarbewapende mannen in camouflagekleding zelf druk bezig waren geweest met opruimen of daar hulp bij hadden gekregen.

Er werd op de deur geklopt. Een man in een witte doktersjas stak zijn hoofd naar binnen.

'Ik wil jullie op de hoogte stellen dat ze nog steeds bezig zijn in de operatiekamer. De schouderwond is gecompliceerd.'

'Bedankt,' zei Mossman. 'Kunnen jullie verder al iets zeggen?'

'Niets meer dan dat hij er weer bovenop komt,' zei de dokter, die verdween op het moment dat Mossmans mobiel weer overging.

Het gesprek was kort en eindigde met een beleefd: 'Ik kom binnen het komende uur langs.'

'Dat was de minister van Justitie die terugbelde. Ik had een bericht achtergelaten.'

Meer was Mossman blijkbaar niet van plan te vertellen. Hij verzonk in plaats daarvan in gedachten. Ze keken naar elkaar en naar de PET-chef. Toen ze even hadden gewacht, barstte Franck opstandig uit: 'En?'

Mossman daalde af van zijn eenzame planeet en smakte tegen de niet bepaald schone ziekenhuisvloer.

'En? Wat bedoel je, Margrethe? Er is geen "en". Ik ga naar de minister om met hem te praten.'

'Laat dat. Er is meer, nietwaar? Anders zou hij al aangehouden zijn. Wat is de verklaring?'

Axel Mossman knikte nadenkend en misschien lag er een zweem van een gespannen glimlach rond zijn mond.

'Well... er is inderdaad een verklaring. De minister zegt dat de auto van zijn vrouw misschien gestolen is. Hij was alleen thuis om uit te rusten van een vermoeiende week voordat hij zich zou aansluiten bij de rest van het gezin, dat gisteren naar het zomerhuis is gegaan.'

'Dus de minister van Justitie heeft de hele ochtend geslapen? Dat is toch belachelijk. Volkomen belachelijk,' fluisterde Margrethe Franck terwijl ze de blik van haar chef vasthield. 'Geloof je míj of geloof je hém?'

Mossman kneep zijn ogen tot twee spleetjes boven zijn vlezige wangen.

'Kalm, kalm,' antwoordde hij. 'Dit kan heel gecompliceerd worden. En nu moeten jullie me verontschuldigen. Ik moet iets regelen.'

Axel Mossman stond op en liep haastig de kamer uit.

Ze lunchten in het kleine ziekenhuisrestaurant in de hal terwijl ze de situatie op gedempte toon bespraken. Het onderzoek was gestrand als de minister van Justitie volhield dat hij in zijn bed lag te slapen terwijl hij in werkelijkheid verlamd van angst op de afgesproken plek bij Esrum Sø was geweest om te betalen.

En minister van Justitie Ulrik Rosborg was nog steeds – dat mochten ze niet vergeten – de man aan wie Axel Mossman rechtstreeks rapporteerde volgens het organisatiediagram van de politie.

De hele kwestie had een bizarre wending genomen en was voor Mossman een precaire zaak om op zijn bureau te krijgen. In al zijn eenvoud ging het helemaal niet om het leiden van de inlichtingendienst of de relaties in het netwerk van Consilium. Het ging om iets banaals dat altijd zijn stempel op de geschiedenis zou blijven drukken: seks.

En het maakte niet uit of je koning, president of golfspeler was. Seks kon carrières vernietigen.

'We denken dat het zo gegaan is,' zei Margrethe Franck. 'Maar we weten het niet zeker. We weten niet wat er op de bewakingsvideo stond.'

'Maar we weten wel dat de nylon tas vol contant geld zat en dat dat de prijs was voor iets wat hem kon ruïneren. En dan hebben we het niet over lak en leer en halsbanden met punten. We hebben het erover dat hij verantwoordelijk is voor Virginija's dood.'

Hij koos zijn woorden zorgvuldig en Franck liet zich blijkbaar overtuigen. Zijn verklaring was vaag, ook al wist hij precies wat er die nacht in Nørlund Slot was gebeurd.

'Het lijk... Het lijkt erop dat we telkens moeite hebben om onze bewering te onderbouwen omdat er geen lijk is. Waar is het lijk van Virginija?'

Hij haalde zijn schouders op. 'Nørlund heeft een omvang van meer dan 2.200 hectare.'

'Geen lijk, geen misdrijf...' Margrethe Franck beet op haar onderlip.

'En nu ontbreken blijkbaar beide Zakalskyte-zusjes,' voegde hij eraan toe.

'"Ze" dumpen waarschijnlijk het lijk van Simona ergens, wie die "ze" ook mogen zijn.'

'"Ze" zijn in dit geval goede vrienden van de minister van Justitie.'

'Dat is een zieke gedachte. We zijn getuigen van iets wat niet plaatsgevonden heeft. Misschien zijn "ze" in de buurt, misschien zijn "ze" hier in het ziekenhuis, of...'

'Misschien zitten "ze" bij de inlichtingendienst. Het is heel prettig als deze zaak gewoon verdwijnt,' zei hij.

'Prettig voor Mossman.'

Het was duidelijk dat Margrethe zich niets aantrok van haar eigen constatering. Hij knikte en ging verder. 'Zoals je zelf zei: geen lijk, geen misdrijf. De lijken van Virginija en Simona worden nooit gevonden. We moeten er maar op hopen dat de PET Sergej Pronko heel goed in de gaten houdt.'

'Er staan twee bewakers bij zijn kamerdeur.'

'Tja, dan is alles natuurlijk in orde.'

'Oxen, je klinkt achterdochtig. Denk je echt dat...?'

Hij haalde zijn schouders op.

'Ik weet alleen dat het systeem zich afsluit als er dreigementen van buitenaf zijn.'

Ze aten hun broodje met kaas en ham en dronken een kop koffie. Margrethe Franck verbrak de stilte.

'De minister van Justitie verdwijnt langs vier bewakers om naar Esrum Sø te rijden. Vier! Hij is goed en is via de achterdeur naar buiten geslopen of...'

Ze pakte haar koffiebeker en nam een slok. Het verloop was onaangenaam open voor interpretaties.

'Dat is precies wat ik denk,' antwoordde hij.

Sergej Pronko lag doezelig onder het witte dekbed in het ziekenhuisbed. Het was laat in de middag en hij was uren geleden wakker geworden na de gecompliceerde operatie aan zijn schouder.

De kogel had veel kapotgemaakt. De Rus hoefde er dan ook niet op te hopen dat zijn schouder ooit weer volledig zou functioneren.

Alles bij elkaar genomen was hij lelijk toegetakeld. Volgens de artsen had hij een lichte hersenschudding, er zaten 17 hechtingen in zijn hoofdhuid en 11 op zijn voorhoofd, hij had meerdere ribben en zijn heup gekneusd, wat bijzonder pijnlijk was. Daarbij kwam dat zijn gezicht nog sproeteriger was dan eerst. Er waren diverse glassplinters uit verwijderd en zijn gezicht was bedekt met bloedvlekjes.

Ze hadden twintig minuten van de arts gekregen en gingen op de vier stoelen zitten, twee aan elke kant van het bed.

Mossman had hem er eerst niet bij willen hebben. 'Niks daarvan... Je hebt hier niets te zoeken, Oxen. Dit is politiewerk.' Dat hij toch op een van de stoelen kon gaan zitten had hij te danken aan het feit dat hij Russisch sprak.

Axel Mossman was minder dan een uur geleden naar het ziekenhuis teruggekomen. Hij stond erop om het eerste verhoor van de Rus bij te wonen, iets wat hij normaliter niet deed. Hij had geen woord gezegd over zijn gesprek met minister van Justitie Ulrik Rosborg in Nødebo.

Mossman plantte zijn grote lichaam op de stoel, schraapte zijn keel en begon meteen.

'Goedemiddag. Ik ben Axel Mossman, hoofd van de Deense interne inlichtingendienst, en dit zijn een paar van mijn werknemers. Vertaal alsjeblieft, Oxen. En vraag of we het gesprek in het Engels kunnen voortzetten.'

Hij vertaalde en gaf het gemompelde antwoord van de Rus: 'Hij zegt dat Engels geen probleem is,' antwoordde hij.

Het hoofd van de PET begon met het afhandelen van een aantal formaliteiten zoals identiteit en achtergrond, duur van het verblijf en onthulling van de valse identiteit als meneer en mevrouw Sikorski. Vervolgens begon hij over het verloop van de gebeurtenissen van die ochtend.

'Waarom zouden jij en je nicht de minister van Justitie 's ochtends vroeg bij het meer ontmoeten?'

Sergej Pronko rolde met zijn ogen alsof dit het meest krankzinnige was dat hij in lange tijd had gehoord. Hij moest flink onder de medicijnen zitten omdat hij kon hoesten zonder over zijn ribben te klagen.

'Minister van Justitie, welke minister van Justitie? Er was geen minister van Justitie... Waarom zeg je dat? We hadden een afspraak met landgenoten uit het... criminele... milieu in Kopenhagen en hadden daar met elkaar afgesproken.'

Hij was even geschokt door de uitspraak van de Rus, maar daarna leek de ontkenning logisch. Ze hadden toegang tot Sergej Pronko gehad of hadden hem een bericht gestuurd. De Rus was geïnstrueerd.

Mossman en Rytter trokken hun wenkbrauwen op. Franck reageerde ogenschijnlijk net als hij.

'Dus je ontkent dat jullie een afspraak met de minister hadden?' Mossman pakte de draad snel op.

'Ik ken geen ministers in Denemarken.'

'Maar ontken je ook dat je beschoten bent?'

De Rus schudde zijn hoofd en glimlachte gespannen.

'Natuurlijk niet, iemand moet in een hinderlaag gelegen hebben, iemand die ruzie heeft met mijn Litouwse vrienden in Kopenhagen.'

'En wie zijn je vrienden dan?'

Sergej Pronko dreunde een serie namen op. Mossman spreidde zijn armen.

'Dat laten we voorlopig voor wat het is. Laten we in plaats daarvan over Hannibal Frederiksen praten.'

De Rus zweeg.

'We weten dat Simona en jij in Spanje zijn geweest,' zei Rytter. 'Wat wilden jullie bespreken met Hannibal Frederiksen?'

'Ik ken geen Hannibal.'

Ze hadden het antwoord blijkbaar alle vier van tevoren geraden. Mossman ging verder. 'Well, laten we het dan hebben over Mogens Bergsøe, advocaat in Sejs-Svejbæk. Volgde je hem toen hij met zijn kajak op het meer was?'

Het enige antwoord van de Rus was een vermoeid hoofdschudden, gevolgd door een verbaasde opmerking. 'Wat proberen jullie me in vredesnaam in mijn schoenen te schuiven? Ik ben een eerlijk mens.'

De voorstelling leek Mossman enorm te irriteren. Toch lukte het hem om op gedempte toon te vragen: 'En ambassadeur Hans-Otto Corfitzen in Nørlund Slot, zullen we het over hem hebben?'

'Wat willen jullie dat ik zeg? Ik ken die man niet. Vertel me liever waar Simona is.'

Mossman hief zijn hand.

'Jíj moet míj vertellen waar Simona is.'

'Geen idee. Het was een chaos. Ze is misschien vertrokken met die mensen uit Kopenhagen. Ik ben beschoten, vergeet dat niet,' antwoordde de Rus terwijl hij naar zijn schouder wees.

'En je vluchtte in de auto die jullie bij een landhuis gestolen hebben.'

'Ja, ja... dat klopt.'

De operationele chef Martin Rytter meldde zich weer. 'We moeten dus geloven dat je nicht Simona Zakalskyte volgens jou in goede gezondheid ergens rondloopt. Hoe zit het met de man in de oude jachthut?'

Deze keer rolde Sergej Pronko alleen met zijn ogen en zuchtte diep.

# 53

Het was na halfelf toen hij samen met Margrethe Franck naar het ziekenhuis terugkeerde. Ze liet haar ID zien en ze werden door de twee PET-collega's in Sergej Pronko's kamer gelaten.

De Rus sliep, maar daar wist hij wel raad mee.

'Vijf minuten, oké?'

Hij knikte en ze verliet de kamer weer.

Hij duwde zijn hand op de mond van de Rus. Het resultaat bleef niet uit. Sergej Pronko sperde zijn ogen wijd open en keek verward om zich heen. Hij praatte in het Russisch zodat hij zeker wist dat Pronko de ernst van de situatie begreep.

'Mijn naam is Niels. Ik ben niet van de inlichtingendienst. Ik ben betrokken bij deze zaak vanwege een paar toevalligheden.'

Hij trok zijn trui en T-shirt over zijn hoofd en toonde zijn ontblote bovenlichaam. Daarna trok hij zijn schoenen en broek uit en stond nu alleen in sokken en onderbroek.

'En kijk... Geen microfoon, geen snoeren, geen opnames, niets. Ik wil alleen antwoorden hebben. Ik ben een voormalige soldaat van een speciale eenheid van het Deense leger, het Korps Commandotroepen. We zijn collega's, Sergej. Allebei spetsnaz. En je hoeft er niet aan te twijfelen dat ik zal doen wat nodig is om je antwoord te laten geven.'

Hij hief zijn mes en duwde het lemmet tegen de hals van de Rus.

'Begrepen?'

De Rus knikte langzaam.

'Wie heeft je instructies gegeven voor hoe je je moest gedragen tijdens het verhoor?'

Sergej Pronko aarzelde – te lang. Hij had van tevoren besloten om meteen een voorbeeld te stellen, duwde zijn hand weer op de mond van de Rus en stompte met zijn rechterhand tegen de gewonde schouder van de Rus. Pronko's pupillen weerspiegelden de pijn. Hij wachtte geruime tijd voordat hij zijn hand weghaalde.

‘Ik vraag je opnieuw wie je instructies heeft gegeven.’

‘Geen idee. Ik kreeg alleen een stuk papier... Dat heb ik doorgeslikt.’

‘Zijn er kopieën van de opname waarop de minister Virginija vermoordt?’

‘Dus je wéét dat hij haar vermoord heeft? Hoe weet je dat?’

‘Geef antwoord!’

‘De opname lag in de bagageopslag in de kelder van het Centraal Station in Kopenhagen. Simona had de bon in haar jaszak. Daarnaast had ze een kopie, een cd-rom, in haar tas. Verder niet...’

‘Hoeveel vroegen jullie?’

‘1,5 miljoen euro.’

‘Jullie begonnen met Hannibal Frederiksen, waarom?’

‘De vrouwen wisten niet waar in Denemarken ze waren geweest. Ze moesten tijdens het vervoer speciale brillen dragen zodat ze niets konden zien. Dus kozen we ervoor om met Hannibal Frederiksen te beginnen. Hij was die nacht met Danuté samen. Hij had haar zelf verteld wie hij was en dat hij in Spanje in de buurt van Málaga woonde. Hij was de oudste. We dachten dat hij misschien de gemakkelijkste was.’

‘En daarna Mogens Bergsøe?’

‘Hij was samen met Jolita. We hadden het adres omdat ze in zijn portefeuille had gekeken nadat hij heel dronken was geworden.’

‘En de derde werd Corfitzen. Hoe?’

‘De advocaat noemde het kasteel voordat hij verdronk.’

‘De honden, waarom vermoordden jullie de honden?’

‘Dat was Simona’s idee. Toen ze jong was heeft ze een tijd in Spanje gewerkt. Ze had gehoord dat ze hun honden daar ophangen. Jachthonden die te oud zijn of slecht gepresteerd hebben. Ze worden met duizenden tegelijk opgehangen. Krankzinnig, nietwaar? Dus toen bleek dat Hannibal Frederiksen een hond had, lieten we ons inspireren om te onderstrepen dat we het serieus meenden. We hadden eerst contact met hem opgenomen, maar hij weigerde om iets te zeggen.’

‘En toen verongelukte hij?’

‘Ja, toen verongelukte hij. Arme man.’

‘En Mogens Bergsøe?’

‘Het bleek dat hij ook een hond had. Hoeveel geluk kun je hebben? Ik heb over het Deense Korps Commandotroepen gehoord. Jullie hebben een uitstekende reputatie.’

‘Ik kan hetzelfde zeggen over Vympel. Maar nu over Bergsøe... Je volgde hem op het meer toen hij een stuk in zijn kajak ging varen?'

De Rus knikte. 'Hij had bewaking. Ik vermoordde zijn bewaker en gooide hem in het meer. Ik ben in het leger opgeleid tot gevechtsduiker.'

'Dus Frederiksen en Bergsøe wilden niet vertellen wie de man met de enkeltatoeage was? Degene die Virginija vermoordde? Is het zo gegaan?'

'Ze zeiden dat ze niet wisten wie er die nacht bij haar was geweest. Maar zoals ik daarnet al zei: we zijn naar Nørlund Slot geleid door de advocaat. Het kasteel was het enige waarover hij vertelde voordat hij verdronk. Het bleek dat Corfitzen ook een hond had. Dus waarom niet doorgaan en de kettingreactie versterken? Hij was echter een taaie oude klootzak. Hij liet zich niet bang maken, maar raasde en tierde. En daarna stierf hij ineens op de stoel.'

'Er waren meerdere bewakers. Hoe kwam je binnen?'

'Via de slotgracht, langs de muur en naar binnen via het dak. Pure routine.'

'De oude man stierf. En daarna?'

'We zaten op een dood spoor. We spraken af om de personen vanuit de coulissen te volgen en te zien waar dat ons bracht. We wilden het een laatste kans geven en het anders opgeven en naar huis gaan. Dus gingen we naar Rold Storkro, waar jij samen met die blonde trut logeerde. Het was heel eenvoudig. Ik schaduwde degenen die jou schaduwden. Ook de dag waarop je naar de jachthut reed en daarna... Plotseling hadden we de goudschat in handen – onder de vloerplanken.'

'Water?'

Hij gaf de Rus het glas met water. Na een paar slokken ging Pronko verder. 'We hadden de harddisk dus... Die oude man in het kasteel keek blijkbaar stiekem mee als zijn gasten zijn hoeren neukten. Dus toen we de originele opname in handen kregen, hadden we ook het gezicht van Virginija's moordenaar. Het volgende spoor was de kentekenplaten van de geparkeerde auto's. We moesten uitzoeken van wie ze waren en de namen en adressen achterhalen. Maar zo ver kwamen we niet. Simona zag die klootzak op een avond in het televisienieuws. Het was jullie minister van Justitie. We hadden niet gedacht dat het een bekend persoon zou zijn.'

'En Simona zou hem geëxecuteerd hebben?'

'Het kwam als een verrassing voor me dat ze een kogel in het voorhoofd van die klootzak wilde jagen, maar ik had het haar laten doen.'

De Rus dronk de laatste slok water. Daarna zei hij met overtuiging in zijn stem: 'Maar luister... Morgen ontken ik alles. Alles! Ik ben heel voorzichtig. Ik droeg een overall, handschoenen, een capuchon en een masker. Ik ben geen amateur. Ik heb geen DNA achtergelaten en kan niet gekoppeld worden aan de moorden. Begrijp je dat?'

'En Arvidsen, de tuinman van het kasteel?'

'Ik volgde zoals ik al zei degenen die je schaduwden toen ik zag wat er gebeurde – maar dat was ik niet.'

'Weet je wie het was?'

'Ik zag alleen een schutter bij het raam.'

'Een man, een vrouw?'

'Geen idee.'

'Wie waren de drie mannen die jullie bij het meer aanvielen?'

'Dat weet ik ook niet. Het waren soldaten. De situatie stonk naar het leger.'

Hij haalde het mes van de keel van de Rus, trok zijn kleren weer aan en terwijl hij zijn schoenveters strikte, zei hij terloops: 'Eén laatste vraag, Sergej... Waarom heb je míjn hond vermoord?'

'Jóúw hond? Dat hebben we niet gedaan.'

# 54

Sergej Pronko werd heel vroeg wakker. Het was zijn derde ochtend in het ziekenhuisbed in de klinische omgeving van het Hillerød-ziekenhuis. Het ochtendlicht buiten was scherp. Iemand was vergeten de gordijnen dicht te doen. Als dat was gebeurd, dan had hij misschien langer kunnen slapen.

Voordat hij zijn ogen opende begonnen zijn hersenen al te werken. Ze herinnerden hem eraan waarom hij tussen het aangename, witte beddengoed lag, waarom hij zo verdomd veel pijn had en hoe beroerd zijn situatie was.

Pas daarna deed hij zijn ogen open. En was verbaasd, want in de streep zonlicht op het dekbed lag een envelop. Hij pakte hem op en maakte hem open.

Hij was absoluut wakker genoeg om één en één bij elkaar op te tellen. De afzender moest dezelfde zijn die laatst een boodschap bij hem had binnengesmokkeld over hoe hij zich moest gedragen tijdens het verhoor met de mensen van de Deense inlichtingendienst. Hij had moeten zwijgen als hij een kans wilde hebben om Denemarken uit te komen.

In de envelop zat een Litouws paspoort. De foto was van hem, maar dan met langer lichtblond haar en een bril. Zijn naam luidde Aleksándr Ivánovitj Petróv. Het waren professionele mensen. Hij vond ook duizend Deense kronen, een paar honderd euro, een treinticket Kopenhagen-Kiel en een veerbootticket met rederij DFDS LISCO van Kiel naar Klaipeda in Litouwen in de envelop. Ruim 21 uur varen vanaf Noord-Duitsland naar vrijheid en veiligheid.

Hij keek op zijn horloge. De vertrekdatum was vandaag. De trein vertrok aan het eind van de ochtend en de veerboot om 16.00 uur.

Hij voelde iets hards in de envelop. Het waren pillen, pijnstillers, waarmee hij in staat zou zijn om de reis naar huis te maken.

Maar... dacht degene die in de coulissen aan de touwtjes trok dat hij een volslagen idioot was? Dachten ze echt dat hij, Sergej Pronko, zo dom was?

Hij zwaaide zijn benen over de bedrand en zijn voeten kwamen in contact met de vloer. De manoeuvre herinnerde hem eraan dat hij de pillen met verstandige tussenpozen moest innemen.

Hij sjokte naar de kast, waar hij zijn kleding hoopte te vinden – ook al was die bebloed en gescheurd. Op een van de planken lag nieuwe kleding in de juiste maat, van sokken tot een jack en een paar schoenen. In een plastic tas zat een pruik. De lengte en kleur beantwoordden enigszins aan de foto op het valse paspoort. Er lag ook een brillenkoker bij. Hij opende hem en was er niet verbaasd over dat het een bril met een markant, lichtbruin montuur was, net als op de paspoortfoto.

Deze professionals hadden overal aan gedacht. Daar gingen ze tenminste van uit.

De trein reed 's middags station Karlshamn in Zweden binnen. Hij had het laatste uur gedommeld, zonder pijn door de sterke pillen.

Er waren natuurlijk geen problemen geweest toen hij 's ochtends kalm zijn kamer in het Hillerød-ziekenhuis uit liep en de taxichauffeur vroeg om hem naar het Centraal Station in Kopenhagen te rijden.

Dat was omdat de hele operatie geen zin zou hebben als hij bij de kamerdeur van het ziekenhuis werd tegengehouden. Niet dat er geen bewakers zaten, want dat was wel zo. Maar het verschil was dat het geen bewakers in burger waren. Hij ging ervan uit dat ze omgekocht waren door zijn onbekende vrienden. De twee mannen hadden geen woord gezegd toen hij de deur opende en vertrok.

Hij had gedaan wat ze hem wilden laten doen: de trein naar Kiel nemen. Hij was echter na maar vier stations uitgestapt, waarna hij in de trein terug naar Kopenhagen was gestapt. Hoewel hij bijna elke seconde over zijn schouder had gekeken, had hij niets verdachts gezien, hij werd niet geschaduwd. En als dat wel zo was geweest, dan was diegene hopelijk op het verkeerde been gezet doordat hij op het laatste moment was uitgestapt.

De remmen piepten en de snelheid verminderde. Uiteindelijk gingen de deuren open en stapte hij uit op het perron in Karlshamn.

Hij stond in het donker bij de achtersteven en keek naar het kielwater. Karlshamn lag vijf uur achter hem. Dat symboliseerde in zijn gedachten het slot van hun gezamenlijke missie die zo'n fataal einde had gekregen.

Nu stond hij somber gestemd bij de reling van de LISCO Optima. Het was bijna elf uur en nog negen uur varen naar Klaipeda en de vrijheid.

Hij was naar boven gegaan om nog een sigaret te roken. De laatste van vanavond. Hierna zou hij een handvol pillen nemen en gaan slapen.

Hij was gewend aan verlies. Een paar keer zelfs grote verliezen. Tsjetsjenië had pijn gedaan, maar het verlies van Simona was erger. Ze was niet zomaar een nicht, ze was zijn lievelingsnicht. Ze was altijd lief en vriendelijk tegen hem geweest, ook al was hij een Rus.

Het schuldgevoel welde in hem op. Hoewel hij een voormalig lid van Vympel was, was hij niet in staat geweest om Simona te beschermen en haar heelhuids naar Vilnius terug te brengen.

Moest hij op bezoek gaan bij de familie Zakalskyte, de zus van zijn moeder, om haar te vertellen wat er was gebeurd? Haar vertellen dat ze haar twee dochters nooit meer terug zou zien?

Hij wierp de sigarettenpeuk in de golven en ging naar zijn hut om te slapen.

Het slot werd heel voorzichtig opengemaakt en de deur naar Sergej Pronko's eenpersoonshut ging langzaam open. De man, die een licht zomerjack droeg, liep naar binnen en richtte het pistool met geluiddemper op de slapende man in de kooi.

De man vuurde drie keer. Daarna verliet hij de hut weer.

# 55

Door het raam kon hij Nørlund Slot in het scherpe zonlicht zien liggen en toen hij het opende, voelde hij hoe de warmte hem tegemoetkwam. Het was nog maar juni, maar de afgelopen dagen waren ongewoon warm geweest.

Hij was terug in Noord-Jutland, waar hij al veel tijd had doorgebracht. En hij was terug in Rold Storkro, dat hij wilde gebruiken als basis voor het werk dat hij en Margrethe Franck moesten uitvoeren.

Het hoofd van de PET, Axel Mossman, had niet te kennen gegeven dat hij meer verwachtingen had met betrekking tot zijn inzet, integendeel, dus ging hij ervan uit dat hun afspraak was beëindigd met de arrestatie van Sergej Pronko. Dat de Rus uit het ziekenhuis was gevlucht, was zijn probleem niet.

Hij leunde bij het raamkozijn tegen de muur. De vloer in Arvidsens dienstwoning was bedekt met kartonnen dozen, stapels boeken, kleding en algemene dingen. Hoofdinspecteur Grube en zijn mensen hadden de vloer als opslagplaats gebruikt toen ze spullen van de zolder en uit de kelder haalden in verband met het onderzoek naar de dood van de tuinman. Hoewel de dienstwoning formeel nog steeds was verzegeld met politietape, waren de agenten allang klaar.

Grube en de plaatselijke politie zaten hopeloos vast in het moeras waarin de inlichtingendienst de hele zaak had laten zakken.

De Noord-Jutlandse politie zou nooit tot de kern van de dood van Corfitzen, Bergsøe en Arvidsen doordringen, en van Fensmarks dood in de jachthut wisten ze helemaal niets af.

Margrethe Franck had met Kajsa Corfitzen gepraat.

Ze vond het geen probleem dat hij Arvidsens spullen nog een keer bekeek als de verschillende takken van de politie het daarmee eens waren en Franck had haar ervan verzekerd dat dat zo was.

Hij had de kelder en de zolder al minutieus doorzocht, zonder iets te vinden.

Als puntje bij paaltje kwam had Arvidsen niet veel aardse goederen achtergelaten. Zijn persoonlijke papieren vulden slechts de helft van een verhuisdoos en zijn groene vingers had hij blijkbaar niet gebruikt om boekpagina's mee om te slaan. De literatuur in Arvidsens leven vulde maar een kleine kartonnen doos en bestond uit wat luchthavenliteratuur, een paar biografieën en een rij vakboeken en -bladen over de verzorging van de tuin.

Maar hoewel het nutteloos leek, en hoewel de Noord-Jutlandse agenten al eerder bezig waren geweest, moest hij alles doorzoeken in de hoop een spoor te vinden dat anderen over het hoofd hadden gezien. Want Arvidsen was ergens mee bezig geweest, iets heel bijzonders dat misschien, maar misschien ook niet, met het hoofd van de PET te maken had. Het leek ondenkbaar dat zijn woning helemaal geen spoor of aanwijzing zou bevatten.

De afspraak met Margrethe Franck luidde dat hij alles zou controleren terwijl zij vanuit Søborg werkte. Bij de eerste gelegenheid zou ze een paar dagen naar hem toe komen, en ze moesten bedenken hoe ze in het geheim konden doorgaan met Arvidsens jacht op een verborgen kamer in het kasteel.

Hij ging op zijn hurken bij een paar stapels kleding zitten en begon alles na te kijken wat ook maar enigszins op een zak leek. Hij was bezig met een paar werkbroeken toen zijn mobiel ging. Het was Franck.

'Hebben jullie Sergej Pronko gevonden?' vroeg hij.

'Nee. Hij lijkt van de aardbodem verdwenen. Een heel aangename wending, zullen sommigen misschien vinden...'

'En nog steeds geen lijk?'

'Simona? Nee, geen meldingen.'

'Iemand tovert Litouwers en Russen weg.'

'Blijkbaar. Maar toch kan niet alles snel weggetoverd worden,' zei ze. 'Er is bloed en weefsel op de bosgrond op de plaats delict gevonden – en ze hebben kogels en hulzen gevonden. Dat is in elk geval een interessante ontdekking. Onder de kogels waren er maar drie van het type dumdum.'

'Waarvan één haar heeft gedood en de tweede Sergejs schouder heeft geraakt.'

'Ja. En hetzelfde soort is gebruikt bij de liquidatie van Arvidsen: een Winchester Super X HP.'

'Dus mocht iemand een verdenking gehad hebben tegen Kajsa Corfitzen omdat ze een goede schutter is, dan is dat nu van de baan. Er was die ochtend in elk geval geen vrouw bij de aanvallers.'

'Er kunnen best meer gebruikers van een Winchester Super X HP zijn,' bracht ze ertegen in.

Hij zuchtte. Margrethe Franck was koppig.

'Hoe zit het met jou, Oxen? Heb je al iets gevonden?' ging ze verder.

'Helemaal niets. Ik ben broekzakken aan het omkeren. Is er een match op de plaatsen delict? Ik denk aan Corfitzens kantoor en de jachthut.'

'Nee, nog niet. En dat is een beetje vreemd. Eigenlijk is het heel vreemd.' Franck klakte nadenkend met haar tong.

'Dus misschien is hij net zo voorzichtig geweest als hij tegen mij beweerde te zijn.'

'Misschien, DNA is moeilijk te bedwingen. Bel me zodra je iets vindt, oké?'

'Natuurlijk.'

Hij verbrak de verbinding en ging verder met Arvidsens broekzakken, terwijl zijn gedachten heel ergens anders waren. Hij bevond zich nog net zo in de gevarenzone als hij de hele tijd was geweest. En de waarheid werd zo verdraaid dat hij niet zeker kon weten of een DNA-match ook werkelijk een DNA-match was. De moord bestond niet, het lijk bestond niet, en nu bestond de verdachte ook niet meer. Dus natuurlijk kon een match verdwijnen of plotseling opduiken.

Hij had het gevoel dat sterke krachten in staat waren om alles te manipuleren. De vraag was echter wie er op het laatste moment voor zou opdraaien.

Arvidsens zakken waren leeg. Hij keek naar de vloer. Zelfs de foto's waren van de muur gehaald en onderzocht. Ze stonden bij een radiator met een paar wissellijsten die uit elkaar waren gehaald. Grube en zijn mensen waren grondig geweest. De hoofdinspecteur was niet te benijden.

Hij stond op en liep naar het bureau dat bij een raam stond dat uitkeek op het parkeerterrein en liet zich op de versleten bureaustoel vallen. Op het bureau stond een klein rek met drie brievenbakjes en een oude aardewerken beker met een handvol balpennen. Er lagen ook een paar vergeelde kranten. Aan niets was te zien dat er ooit een computer had gestaan.

Er zaten drie laden in het bureau. Hij trok de bovenste open en vond een verzameling losse paperclips, een rekenmachine en een dikke laag stof. In de tweede la lagen drie tuinbladen en in de onderste een briefopener, een tube lijm, wat paperclips en nog meer stof.

Hij pakte de briefbakjes. In het bovenste bakje lagen een paar betaalde rekeningen, in de volgende een verzameling advertentieblaadjes van een paar bouwmarkten en in de laatste een paar kleurige brochures. De bovenste was van Randers Regnskov. Hij keek erin. Er was blijkbaar van alles te vinden in het regenwoud, van papegaaien tot gifslangen.

Hij hoorde 'hallo' in de hal roepen. Even later verscheen Kajsa Corfitzen in de deuropening. Ze klopte op het kozijn en glimlachte.

'Ik was benieuwd wat je aan het doen was. Ik stoor toch niet?'

Ze nam een golf warme lucht mee naar binnen. En de geur van seringen.

'Nee, je stoort niet.'

Ze droeg een kakikleurige korte broek en sandalen aan haar blote voeten. De witte overhemdblouse was zo ver opengeknoopt dat je een glimp van haar witte beha kon zien. Ze had een flesje water in haar hand waaruit ze had gemorst. Een vlek op haar blouse plakte doorzichtig aan haar huid en onthulde dat er een strook kant op de beha zat.

'Het is al 24 graden buiten,' zei Kajsa Corfitzen. 'Dus het wordt nog veel warmer vandaag. Kun je er een beetje wijs uit worden?'

Het was in het begin moeilijk voor hem geweest om met echte, levende mensen te praten, maar inmiddels dacht hij daar niet meer over na. Hij had veel met Margrethe Franck gepraat. Nu dacht hij er echter weer aan. Misschien had het er iets mee te maken dat het Kajsa was? Of de geur van seringen?

'Nee, niet echt,' antwoordde hij en hij zwaaide met de brochure van het regenwoud in Randers.

Ze kwam vlak naast hem staan, pakte de brochure uit zijn hand en steunde met twee ellebogen op het bureau terwijl ze las. Door haar volle borsten spande de stof van haar blouse zich. Hij zag een kloof die glansde van het zweet. Ze had een gouden kruis rond haar hals die vrij voor haar zachte borsten zweefde. Het deed hem denken aan het draadkruis van een verrekijker.

*'Sstt, Bosse, hoorde je dat? Een schreeuw.'*

*'Dat komt uit het huis. We moeten versterking roepen.'*

*'Nee, we gaan naar voren. Stil!'*

*'Kijk. Het is een militieauto. We moeten ons terugtrekken, Oxen, het is veel te gevaarlijk.'*

*'Vooruit, ik neem het raam.'*

*'Verdomme, hoor eens hoe ze schreeuwt. Denk je dat...'*

*Neus helemaal tegen de muur, een klein gezichtsveld met één oog.*

*Drie mannen... Lijden.*

*Haar gezicht is vertrokken van pijn, het medaillon aan de ketting slaat tegen haar kin, haar mond vertrekt bij elke gewelddadige stoot, haar borsten slaan tegen elkaar.*

*Pauze. Een paar seconden.*

*Een nieuwe man in een smerig T-shirt gaat grijnzend achter haar staan, hij mist een voortand, zijn handen grijpen haar haar, duwen haar gezicht tegen het tafelblad, zijn heupen beuken genadeloos – de ketting.*

*Haar ogen zijn zwart. Ze schreeuwen. Ze smeken.*

*'Oxen, verdomme, we kunnen niet...'*

*'Jawel, Bosse! We kunnen wel... Dek me hiervandaan.'*

*Een schop, de deur gaat open, beide handen rond het pistool. Drie keer vuren, drie mannen vallen, één met een pet, één zonder voortand, één met een tatoeage in de vorm van een traan bij zijn linkeroog, de vrouw zakt op de vloer, ze is flauwgevallen. De traan roept:* 'Don't kill me! My friend, don't kill me, please.'

'I will make you cry, for real, you bastard...'

*Het vierde, vijfde, zesde en zevende schot raken zijn buik.*

'Wat is dat voor brochure? Randers Regnskov, wauw, een regenwoud in Jutland, dat ziet er interessant uit. Ik ben er nog nooit geweest, jij wel? Hallo? Is alles in orde, Niels?'

*'Verdomme, Oxen. We kunnen alle milities, alle Serven op onze nek krijgen. En de Denen. Het is hartstikke illegaal.'*

*'We konden niet anders, dat weet je heel goed, Bosse. Die zonder voortand en die met de traan waren allebei in de gymzaal, die keer met de gehandicapten.'*

*'Fuck, wat een smerige varkens. Luister. Dat was een schot. Uit het huis. Denk je dat ze...?'*

*'Ja... Helaas, Bosse. Het was haar keus.'*

'Luister... Voel je je niet goed?'

'Eh, nee... Ik moest alleen ergens aan denken. Iets over Arvidsen. Nee, ik ben nog nooit in Randers Regnskov geweest.'

'Het klinkt exotisch, een regenwoud. Misschien is het leuk om daar een keer naartoe te gaan.'

Kajsa Corfitzen zette zich af met haar handpalmen en ging rechtop staan. Het gaf een beetje lucht.

'Luister, ik heb bedacht dat...' Ze aarzelde.

'Wat?'

'Als je er belangstelling voor hebt. Ik weet het niet, Niels, maar als je behoefte hebt aan stilte en rust – en een baan – tja, dan kun je voor mij komen werken. Tuinwerk natuurlijk, maar we kunnen ook iets zoeken met een beetje meer... uitdaging. Dus als... Nu weet je het. Je hoeft nog geen antwoord te geven. Denk er gewoon eens over na.'

Hij schraapte zijn keel.

'Wat ben je van plan met het kasteel?' De vraag zou hem tijd geven om bij te komen.

Kajsa Corfitzen veegde een zweetdruppel van haar wenkbrauw en haalde haar schouders op.

'Ik weet het nog niet precies. Morgen ga ik terug naar Londen en daar blijf ik een paar weken. Mijn werk roept. Ik kan alles niet zomaar in de steek laten.'

'En hier?'

'De secretaresse van mijn vader, de vrouw uit Haverslev, regelt het papierwerk. Ze heeft een broer, die met de hulp van een paar zoons de praktische zaken voor zijn rekening neemt. En de houtzagerij heeft een man die verantwoordelijk is, dus ik reken erop dat ik alles vanuit Londen in de gaten kan houden tot ik heb besloten wat er moet gebeuren.'

'Dat klinkt verstandig. Is er niemand die toezicht op het kasteel houdt?'

'Bewaking, bedoel je? Ja, ik heb een beveiligingsbedrijf ingehuurd om op gezette tijden het kasteel en de omgeving te controleren. Het onderzoek ligt helemaal plat, dat is toch zo?'

Hij knikte.

'Zo zou je het kunnen zeggen.'

'Ik ben gestopt met hoofdinspecteur Grube in Aalborg te bellen. Wat denk jij, Niels? Wie heeft mijn vader vermoord? *A penny for your thoughts*.'

'Ik ben niet de juiste persoon om dat aan te vragen. Er is iemand die veel meer van deze zaak weet dan ik. Een leidinggevende van de PET bijvoorbeeld. Maar ik denk dat Arvidsen er iets mee te maken had. En dat idee geef ik nu een laatste kans.'

'Werd hij doodgeschoten omdat hij iets wist?'

'Ja.'

'En wat ben jij hierna van plan? Ga je naar het bos terug?'

Hij haalde zijn schouders op.

'Je kunt zo lang als je dat wilt op je kampeerplaats blijven.'

'Dank je, maar ik weet nog niet...'

'Doe wat je wilt. En nu laat ik je rustig verder werken. Ik ga mijn spullen inpakken. Als er iets is, mag je me altijd bellen. Hier heb je mijn mobiele nummer en het nummer van mijn werk.'

Ze legde haar visitekaartje op het bureau en verdween.

Hij probeerde zichzelf op een zitmaaier voor te stellen. Het was eenvoudiger om zich Spider-Man met een rollator voor te stellen.

Er lagen nog twee brochures in het bakje. Een van het Østfyns Museum van Nyborg Slot en een van het Skandinavisk Dyrepark in Djursland. En het regenwoud in Randers. Hij bestudeerde de drie brochures aandachtig.

Hij bedacht dat er ooit een televisieprogramma was geweest waarin de kijkers samen met twee 'leefstijlexperts' moesten raden wie in een bepaalde woning woonde. Het Sherlock Holmes-buitenkansje betekende dat de koelkast bijvoorbeeld werd geopend en een overdreven opgewekte presentator vroeg: 'Wat hoort hier niet thuis, mensen? Salami, rookworst of paté?'

Het antwoord was natuurlijk... Nyborg Slot.

Hij begon de brochure nauwkeuriger te bestuderen. Het was een vlotte presentatie van het slot als een 'uniek monument van de Deense middeleeuwen'. De koningen van Denemarken hadden gedurende zo'n 400 jaar in Nyborg geresideerd, vanaf de Waldemar-tijd tot het midden van de zestiende eeuw.

Gedurende de eeuwen was het slot de ontmoetingsplek geweest van een soort parlement uit die tijd, Danehof. Als er een Danehof werd gehouden, ontmoette de koning de wereldse en geestelijke leiders, en onderhandelde de machtselite gezamenlijk over de aangelegenheden van het land.

Nyborg als het centrum van het rijk? Hij had er nog nooit van gehoord. Nyborg was de plek waar je vroeger de veerboot naar Korsør en Sjælland nam. Nu nam je in plaats daarvan de brug. En Nyborg was met zijn staatsgevangenis ook de plek waar de zware criminelen geplaatst werden. Meer wist hij niet.

Hij bladerde wat in de kleine brochure en was verbaasd toen hij een afdruk op het glanzende papier vond. Hij hield een van de bladzijden omhoog tegen het felle licht van het raam. Iemand had iets op een stuk papier geschreven met de brochure als ondergrond. Hij pakte een van Arvidsens balpennen en schreef op wat hij duidelijk in het zonlicht zag: de naam 'Malte Bulbjerg'.

Het was absoluut een poging waard. En heel gemakkelijk op te helderen. Hij vond het telefoonnummer op de achterkant van de brochure en belde. Nadat hij een keer was doorverbonden begon het gesprek.

Toen hij een kwartier later ophing, was hij heel verbaasd. Hoe meer hij probeerde zichzelf ervan te overtuigen dat het niet kon kloppen, des te meer verspreidde de knagende onrust zich door zijn lichaam.

Hij toetste het telefoonnummer van Margrethe Franck in. Ze moest onmiddellijk laten vallen waar ze mee bezig was.

# 56

Ze zaten met een kop koffie bij de kleine vergadertafel in het kantoor dat in het geelgepleisterde administratiegebouw aan de rand van het meer lag, dat deed denken aan een idyllische dorpsvijver te midden van oude huizen en kinderkopjes.

Als hij zich naar voren boog op zijn stoel, kon hij Nyborg Slot door het raam zien. Het Danehof-kasteel, of liever gezegd wat ervan over was, baadde in de verte in het zonlicht.

Alleen de hoofdvleugel, de grote westvleugel in rode baksteen, stond nog overeind. Het leek eerder een bonafide oud gebouw dan een deel van iets wat een angstaanjagend vestingwerk was geweest: het koninklijke paleis en de ontmoetingsplek voor het machtige parlement uit de middeleeuwen.

'Ik heb inmiddels wat tijd gehad om erover na te denken, nadat je gisteren belde.'

De museumdirecteur keek naar hem, opende een agenda, bladerde even en ging verder. 'En ik heb het gevonden. Poul Arvidsen was hier op 8 januari van 13.30 tot 15.00 uur. We hebben in dit kantoor met elkaar gesproken.'

'Ik kan me zo voorstellen dat Poul Arvidsen zei dat hij met een boek bezig was,' opperde Margrethe Franck.

'Hij zei dat hij schrijver was. Dat hij bezig was met het schrijven van een populaire gids over Deense burchten, landhuizen en kastelen. Die dag heb ik er verder niet bij nagedacht, maar bij nader inzien ging het gesprek maar over één onderwerp: Danehof.'

Malte Bulbjerg, met zijn witte sportschoenen, kerriegele leren broek en FC Barcelona-voetbalshirt, was bepaald geen stoffig type. De museumdirecteur met het krulhaar was nauwelijks ouder dan midden dertig en als hij 'Danehof' zei, begonnen zijn ogen te stralen. Hij had de museumdirecteur van Nyborg Slot aan de telefoon al verteld dat het ging om een politieonderzoek naar het doen en laten van Poul Arvidsen.

Margrethe Franck zat erbij als een gespannen veer.

'We willen alles over Danehof weten, en we willen alles weten wat Arvidsen wilde weten. Ik hoop dat het niet te veel gevraagd is.' Ze glimlachte ontwapenend.

'Nee, nee, ik heb de hele ochtend voor jullie vrijgemaakt. Als er iets is waarover ik veel weet, dan is het wel Danehof. En wie wil niet graag pochen met zijn kennis?' zei Malte Bulbjerg terwijl hij zijn armen spreidde. 'Neem zelf uit de thermoskan als jullie meer koffie willen.'

De bontgeklede museumdirecteur ging recht op zijn stoel zitten. Het was duidelijk dat hij het gesprek voorbereid had.

'Ik ben waarschijnlijk een zeldzaamheid in Denemarken,' zei hij glimlachend. 'Ik ben de Lionel Messi van Danehof.' Bulbjerg wees naar het clublogo op zijn voetbalshirt en ging verder. 'Maar dan veel goedkoper, moet ik eraan toevoegen. Er zijn niet veel mensen die veel weten over het instituut Danehof. Je zou kunnen denken dat het onmogelijk is, maar Danehof is na 1800 geen voorwerp van regulier historisch onderzoek geweest. Helaas. Want Danehof is ons koninklijke paleis in Nyborg en een van de spannendste hoofdstukken van de Deense geschiedenis als je het mij vraagt. Ik ben een nieuw, groot onderzoek aan het voorbereiden. Daar ga ik volgend jaar mee aan de slag.'

Malte Bulbjerg was klaar met dribbelen op het veld van Nyborg en begon aan zijn eigenlijke geschiedenisles. 'Danehof is de Deense tegenhanger van de Engelse Magna Carta en daarom is het...'

'Magna Carta?' vroeg Margrethe Franck.

'Sorry.' Malte Bulbjerg glimlachte. Zelfs Messi kon struikelen. Hij legde het zorgvuldig uit. 'Magna Carta, wat Latijn is voor "grote oorkonde", is een serie Engelse vrijheidsbrieven uit 1215 die de macht van de koning beperkten. Magna Carta documenteert populair gezegd dat de koning accepteerde dat zijn wil door de wet beperkt kon worden. Danehof is onze Magna Carta, een rijksbijeenkomst in de middeleeuwen. Tijdens Danehof ontmoette de koning de "beste mannen van het rijk" – zowel geestelijke als wereldse – waaronder bisschoppen, vorsten, rijksambtenaren en grote herenboeren. Danehof had zowel wetgevende, veroordelende als politieke functies. Maar in de eerste plaats moest Danehof de macht van de koning beperken. Net als de Magna Carta.'

De museumdirecteur keek hen vragend aan. Ze knikten allebei als een stel gehoorzame leerlingen.

Hij bedacht dat er een groot verschil was tussen de provocerende ex-agent Poul Arvidsen en iets wat zo academisch was als middeleeuwse machtsdeling.

Ze moesten Malte Bulbjerg overtuigd hebben met hun geknik, want hij ging enthousiast verder. 'Een voorloper van Danehof was "Hof", dat is afgeleid van de Duitse naam voor hoeve. Dat werd gebruikt voor de verblijfplaats van de koning, maar kon ook "een ontmoeting met de koning" betekenen. Het instituut werd officieel opgericht door het Klippingshandvest van Erik V uit 1282. Daarin werd geëist dat hij "het parlement dat hof werd genoemd" elk jaar moest houden. In het begin werd het gehouden op de vierde zondag tijdens de vastentijd, daarna werd het verplaatst naar de zondag na Pinksteren en uiteindelijk werd het weer verplaatst. Tijdens Danehof in Nyborg in 1354 proclameerde Valdemar Atterdag, en ik citeer: "Dat ons parlement, dat Danehof wordt genoemd, elk jaar wordt gehouden op Skt. Hans-dag in Nyborg volgens de oude gewoonten van het land."'

Malte Bulbjerg keek naar hen en ze knikten weer.

'Zo bleef het tot 1413, toen het werd opgeheven door Erik van Pommeren. Er waren overigens meerdere periodes met pauzes in de geschiedenis van Danehof. Hoe lang en hoe vaak weten we niet, maar het staat vast dat het in 1413 eindigde.'

De museumdirecteur leek geïrriteerd door het idee, maar legde daarna uit dat de Rijksraad, die langzamerhand een steeds machtiger instituut was geworden, het overnam en Danehof verving.

'Dus... Danehof was waar de machtselite in Denemarken afspraken maakte. Het was in realiteit de plek waar alles besloten werd, zelfs wie de koning zou zijn. Het was enorm groot.'

De museumdirecteur spreidde zijn armen alsof hij zijn hele geliefde verleden wilde omarmen.

'Probeer je voor te stellen hoe de machtselite op bezoek kwam in Nyborg. Aan Danehof in 1377 namen koningin Margrethe I en haar zoon deel, koning Oluf, van wie ze de voogd was. Daarnaast kwamen de aartsbisschop, 7 bisschoppen, 40 ridders en 85 schildknapen. Een enorme opkomst van de voornaamste mannen van het land. Ze vaardigden wetten uit, veroordeelden en bedreven achterkamertjespolitiek. Stel je dat eens voor! Allemaal in Nyborg... Een paar meter van de plek waar we nu zitten. De vergaderingen werden gehouden in de ridderzaal, die nog steeds te bezichtigen is. Eigenlijk is het een iets nieuwere uitgave, maar toch. Is het geen fantastisch idee?'

Ze knikten en glimlachten. Bulbjergs enthousiasme was aanstekelijk.

'Was er iets waar Poul Arvidsen zich bijzonder voor interesseerde? Stelde hij specifieke vragen?'

De museumdirecteur keek naar Margrethe Franck en knikte.

'Zoals ik al zei, heb ik inmiddels tijd gehad om na te denken. En ja, er was iets waar ik een beetje verbaasd over was. Hij vroeg of Danehof op een later tijdstip weer in de geschiedenis opgedoken was. Daar kon ik ontkennend op antwoorden. Toen Danehof opgeheven werd, was het afgelopen. Vreemde vraag, nietwaar?'

'En verder niets?' vroeg Franck.

Ze hadden afgesproken dat zij degene was die in eerste instantie de vragen zou stellen. Dat was zijn eigen idee. Hij voelde zich prettiger aan de zijlijn.

Bulbjerg antwoordde: 'Niets wat me verbaasde. Maar nu we hier zitten, denk ik natuurlijk dat hij meer belangstelling had voor Danehof en macht dan ik gedacht zou hebben van iemand die bezig was met het schrijven van een populaire gids.'

'Kun je daar iets meer over vertellen?' vroeg Franck snel.

'Hij vroeg hoe de macht verdeeld werd. En hij vroeg naar nepotisme en zo. Ik kan me herinneren dat we het erover hadden dat de tijdperken niet uitmaakten. Waar macht is, is machtsmisbruik. En als jullie de indruk hebben dat Danehof een democratisch instituut was, een voorloper van de huidige democratie, dan is dat op een bepaalde manier juist – en toch ook volledig onjuist. Want Danehof was een volledige centralisatie van de macht. Ik wil het graag nader uitleggen als...?'

Ze knikten opnieuw synchroon en glimlachten naar de vriendelijke historicus.

'Heel graag. Je hoeft niet bang te zijn om ons te vermoeien,' zei Franck.

De museumdirecteur begon met veel energie aan een genuanceerde uiteenzetting over het middeleeuwse parlement.

Het Hof en latere Danehof, waar de beste mannen van het rijk kwamen, betekende dat het parlement geen rol van betekenis meer speelde, waardoor de boeren niet langer degenen waren die de koning kozen, maar de aristocratie. En hoewel herenboeren en anderen de bevolking konden vertegenwoordigen, bevond de macht zich in minder handen.

Dat speelde zich af in een periode waarin het bestuur werd opgebouwd, en men aan het ontwerpen van een definitieve rechtspraak voor het land werkte, terwijl de ambtenaren van de koning werden ingezet als leenmannen, kapiteins en ombudsmannen. En ondanks de machtsstrijd binnen de koninklijke familie en het keurslijf van Danehof, was het een periode waarin de macht van de koning groter werd.

Daardoor werd Danehof een platform – ook voor de koning – waar zowel hij als de machtige mannen hun belangen konden promoten. En dat deden ze heel effectief.

'In het handvest van Christoffer II uit 1320 werd de elite echter enorm versterkt in verhouding tot de koning. Danehof werd het hoogste wetgevende orgaan en het hoogste gerechtshof van het rijk. Daarmee was Danehof belangrijker dan de Koninklijke Rechtbank. En zo bleef het tot het eind. Danehof was het hoogste orgaan in Denemarken. En dat maakt de geschiedenis van Danehof zo verdomd fascinerend, vind ik.'

Malte Bulbjerg maakte een vuist om zijn enthousiasme te onderstrepen.

De historicus wilde net de thermoskan pakken, toen hij bedacht dat hij iets was vergeten. Want het was een spannend moment in de geschiedenis toen de ironie van het lot aanklopte in de vorm van Danehofs verantwoordelijkheid als gerechtshof.

Erik Klipping werd de eerste koning die tot een handvest werd gedwongen. Dat gebeurde in 1282 in Danehof. Een van de besluiten bepaalde dat kwesties met betrekking tot misdaden tegen de koning in Danehof werden geregeld.

De eerste zaak werd de beroemde zaak met betrekking tot Klippings dood. De laatste koningsmoord in de geschiedenis van Denemarken.

'En nu wordt het heel dramatisch,' verkondigde de jeugdige museumdirecteur.

'De koning werd in 1286 in Finderup Lade vermoord tijdens de Skt. Cecilie-nacht. Er zijn maar liefst 56 steekwonden op zijn lichaam aangetroffen. Iedereen heeft toch over de moord in Finderup Lade gehoord? En wie kent het beroemde schilderij van Otto Bache niet? Dat kennen jullie toch?'

Oxen knikte. Hij kende het schilderij. De sombere sfeer, de winderige omgeving, de vogels in de lucht, en Marsk Stig en de medeplichtigen die Finderup Lade op paarden verlieten. Het dramatische beeld had zich vastgezet in het geheugen van de schooljongen die hij was geweest.

'Ik heb thuis een reproductie. Mijn vrouw vindt het mooi,' zei

Bulbjerg glimlachend, waarna hij verderging. 'Het jaar na de moord vond er in Danehof een proces plaats tegen negen machtige mannen. Marsk Stig werd veroordeeld als man achter de schermen. Ze werden allemaal vogelvrij verklaard en vluchtten naar Noorwegen.'

'Toen Danehof werd opgeheven, veroorzaakte dat waarschijnlijk verbittering bij de machtselite?' Hij had al een tijdje met de vraag gezeten.

De museumdirecteur knikte ijverig.

'Ik kan je helaas geen namen noemen van mannen die daar woedend over waren, maar het is een algemene constatering dat het moeilijk is om de ene dag macht en invloed te hebben en de volgende dag niet meer.'

'Wat zei Arvidsen over je historische verhaal?' vroeg Margrethe Franck.

'Ik heb hem na afloop de ridderzaal laten zien. Hij bedankte me en zei dat het bijzonder interessant was geweest. Willen jullie vertellen waar hij van verdacht wordt, of ben ik te nieuwsgierig? Zeg het dan gewoon.'

Margrethe Franck aarzelde en zei: 'Je hoeft er niet op te rekenen dat Nyborg Slot in een populaire gids komt te staan. Arvidsen is onlangs vermoord.'

Ze waren klaar met hun bezichtiging van de twee verdiepingen van het kasteel, met de grote zalen met hoge plafonds, de ridderzaal en de Danehof-zaal met zijn muurdecoraties van zwart-witte vierkanten. Geen zaal zoals die er destijds had uitgezien, maar een nieuwere en kleinere versie. De westvleugel was gedurende de eeuwen meerdere keren uitgebreid en verbouwd.

Nu betraden ze het heden weer, waar de zon brandde. Van Malte Bulbjerg hadden ze een tijd geleden afscheid genomen. De vriendelijke museumdirecteur had zich verontschuldigd omdat hij geen tijd had om hen persoonlijk rond te leiden in het kasteel, maar als ze een andere keer terugkwamen, zou het hem een groot genoegen zijn.

Ze hadden voor het gesprek in Bulbjergs kantoor al langs de slotgracht en rond het kasteelmeer gewandeld. Nu wilden ze meteen aan de rit naar Noord-Jutland beginnen.

Ze liepen naar de loopbrug die naar het mooie, oude stadhuis en het parkeerterrein leidde. Halverwege de brug bleef Margrethe Franck staan en legde een hand op zijn arm.

'Dat is dus wat Arvidsen volgens jou op het spoor was: een moderne versie van Danehof die op de een of andere manier voortkomt uit Corfitzens denktank, Consilium. Een machtselite die de realiteit kan verdraaien. Die kan moorden en de lijken kan laten verdwijnen.'

'Ja.'

'Heftig.'

'Ja.'

'En vergezocht.'

'Ja.'

'En verdomd gevaarlijk om te dichtbij te komen.'

'Ja.'

Hij draaide zich om en wierp een laatste blik op het kasteel. Ondanks de indrukwekkende omvang kwam het gebouw bescheiden over. Geen indrukwekkende decoraties en enorme metselwerken om de vijand tegen te houden.

De westvleugel leek bijna te gewoon als plek voor zoveel macht. Toch had de machtselite vanuit die plek Denemarken bestuurd.

Misschien had hij iets gehoord wat hij niet had moeten horen. Of iets gezien wat hij niet had moeten zien. Wat Arvidsen op het spoor van Danehof en Nyborg had gebracht, zouden ze nooit te weten komen, maar het was er waarschijnlijk mee geëindigd dat het hem zijn leven had gekost.

'En wat doen we nu?' vroeg ze.

'We moeten Arvidsens zoektocht in het kasteel afmaken.'

'En wat bevindt zich in die kamer als we hem vinden?'

'Antwoorden... hopelijk vinden we antwoorden.'

'Hoe wil je dat gaan doen?'

'Kajsa Corfitzen is vandaag teruggegaan naar Londen. We gaan vannacht aan de slag.'

# 57

Het was de eenvoudigste zaak ter wereld om in te breken in Nørlund Slot, dat met zijn slaperige nachtverlichting een verlaten en veel te grote woning vormde voor zijn eigenaar, die het vliegtuig naar het levendigere Londen had genomen.

Hij drukte op de knop van zijn horloge. Het was net na middernacht. Ze hadden een paar uur de tijd.

Ze liepen over de betonnen vloer van de grote, kale kelder in de westvleugel van het kasteel. Hij liet zijn zaklamp op de vloer en de muren schijnen. Er lagen geen spullen, zelfs geen kartonnen doos. Achterin was een deur. Ergens moest een trap naar boven zijn.

Hij had met zijn elleboog een ruitje van de ramen met spijlen stukgeslagen en had de haken omhooggeduwd. Daarna waren ze probleemloos naar binnen geklommen. Met het oog op eventuele bewakers die een routinematige ronde liepen, had hij er een nieuw stuk glas ingezet en de haken dichtgedaan, zodat niemand kon zien dat er nachtelijke gasten in het kasteel waren.

Margrethe Franck had een bewegingssensor in de laan gemonteerd, zodat ze op tijd werden gewaarschuwd en hun zaklampen konden uitdoen als er een auto naderde.

Hij had haar angst voor een inbraakalarm van de hand gewezen. Hij herinnerde zich niet dat hij installaties of sensoren had gezien toen Kajsa hem in het kasteel had rondgeleid. Er waren trouwens zoveel ramen dat ze onmogelijk allemaal beveiligd konden zijn. Het kasteel was alleen beveiligd geweest door de externe video-installatie die Arvidsen had weggehaald. En als iemand dacht dat het kasteel bol stond van goud en andere rijkdommen, dan had diegene het heel erg mis. Er was niet veel te halen bij de Corfitzens.

Hij opende de deur, waarvan de scharnieren piepten, en ze kwamen in een kleine ruimte die eveneens volkomen leeg was, en daarna in nog een lege kamer, waar ze tegen de achtermuur een smalle trap zagen.

Ze liepen voorzichtig naar de trap toe. De treden waren uitgehold door ontelbare jaren van slijtage. Boven aan de trap bevond zich een stevige houten deur. Ze keken elkaar aan.

'Wil jij?'

Margrethe Franck glimlachte. Ze leek in een ongewoon goed humeur. De gedachte aan hun expeditie naar het binnenste van de oude roversburcht had haar nog voordat ze uit Nyborg vertrokken al ongeduldig gemaakt.

'Als er een alarm is, dan moeten we dat hier tegenkomen.'

Hij duwde de deurkruk voorzichtig naar beneden. Hij had er van tevoren rekening mee gehouden dat ze de deur open moesten breken en had een aantal nuttige gereedschappen in zijn rugzak gestopt om goed voorbereid te zijn. Hij had van alles bij zich, van een hamer tot springstof. Misschien omdat hij het idee had dat Corfitzen zich bijzonder goed had verschanst. Tot zijn grote verrassing ging de deur moeiteloos open.

'Geen giftige pijlen, geen spiesen, geen valluik,' mompelde Margrethe Franck terwijl ze een kleine gang verlichtte.

'Teleurgesteld?'

'Niet echt, zullen we rechtdoor lopen, Indy?'

'Ja, ik denk dat we ongeveer in het midden van de vleugel zijn. Hier ergens moet een trap zijn.'

Toen ze met de tekeningen uitgespreid op haar hotelkamerbed hadden gezeten, had hij haar verteld dat hij tijdens de rondleiding die hij van Kajsa Corfitzen had gekregen logeerkamers in de westvleugel had gezien. Die wilden ze om te beginnen nader bekijken. Franck had het idee dat de oude ambassadeur Corfitzen daar ergens zijn achterbakse camera's had geïnstalleerd, waarmee hij de inspanningen van zijn gasten in bed kon vereeuwigen.

Hij had niet tegen haar gezegd dat hij Corfitzens opnames had gezien en precies wist in welke kamer de minister van Justitie zo ongeremd en meedogenloos seks met Virginija Zakalskyte had gehad.

Ze moesten de kamers natuurlijk onderzoeken. Als de camera's op het elektriciteitsnetwerk waren aangesloten, zouden de kabels hen misschien op weg helpen en een richting aangeven. Hij had om die reden een kabelzoeker gekocht. Met die apparatuur kon hij verborgen kabels in muren en vloeren opsporen.

Ergens in het enorme gebouw had Corfitzen een soort commandocentrum met monitoren en harddisks, maar als het zo eenvoudig was dat ze de kabels gewoon konden volgen, dan zou Arvidsen de geheime kamer allang gevonden hebben.

'Híér!'

Franck had de trap gevonden, een stenen trap die naar de eerste verdieping leidde. Ze volgden hem en bereikten de lange verdeelgang van de westvleugel. Op deze plek was het gemakkelijker om zich te oriënteren. De deuren lagen naast elkaar. Niets was blijkbaar op slot in Nørlund, en waarom zou dat ook moeten? Op slot voor wie? Er had jarenlang één man gewoond. Ze namen allebei een kamer, twee bijna lege kamers.

'Laten we de andere kamers proberen,' stelde Franck voor.

Ze verdween in een nieuwe kamer en hij wilde net de volgende deurkruk vastpakken toen hij haar hoorde roepen. Hij liep terug en verlichtte de kleine gang. Franck verscheen in een deuropening.

'Er liggen handdoeken in de badkamer,' constateerde ze.

Ze liepen de kamer in, die zo groot was dat hij was gemeubileerd met een tweepersoonsbed, een zitgroep rond een salontafel, een grote flatscreen, een leunstoel en een bureau met een stoel. Alles blijkbaar van recente datum. De kleuren waren licht en discreet, de muren wit met een paar schilderijen met historische motieven in gouden lijsten.

'Niet slecht,' zei hij terwijl ze in het midden van de kamer stonden en rondkeken.

'Voor een man die het liefst wil slapen op een stapel takken is het waarschijnlijk heel chic. Waar is de camera?'

'Daar, denk ik.'

Hij scheen met de zaklamp op een rooster van een luchtkoker bij het plafond. Daarna trok hij de bureaustoel naar de muur en ging erop staan.

'Hij zit daarboven. Kom hier. Ik geef je een zetje, oké?'

Ze knikte en hij gaf haar een hand en trok haar omhoog. Ze stond heel dicht bij hem, alsof ze samen schuifelden. Hij rook geen seringen, maar iets scherpers en koelers. Met een beetje moeite lukte het haar om met haar goede linkerbeen op zijn verstrengelde handen te stappen. Hij was haar handicap allang vergeten.

Een van haar borsten gleed over zijn wang en voorhoofd toen ze zich omhoogduwde.

'Gaat het?' vroeg hij uitdrukkingsloos terwijl hij uitzicht had op haar blote, strakke buik.

'Natuurlijk. Als jij gewoon stil blijft staan.'

Margrethe Franck steunde tegen de muur en scheen met de zaklamp in de luchtkoker.

'Bingo,' zei ze.

'Snoeren?'

Het duurde even voordat ze antwoord gaf.

'Nee...'

'Draadloos,' zei hij. 'Kom maar weer naar beneden.'

Ze keken nog een keer om zich heen voordat ze de kamer uit liepen. De volgende in de rij stond eveneens vol meubelen. Hij had precies dezelfde grootte, stijl en kleuren. Alleen het antieke bureau was anders. Hij liet het licht over de muren schijnen – en stopte abrupt.

Dit was de plek waar de gezonde, getrainde gezinsvader en minister van Justitie buiten zinnen was geraakt. Er hing een kleine houten crucifix tussen de gordijnen aan de muur. Jezus aan het kruis had die nacht ook gezien hoe Ulrik Rosborg de mooie Virginija Zakalskyte had vermoord.

Er lagen in totaal vier gemeubileerde logeerkamers op een rij, allemaal voorzien van ex-ambassadeur Corfitzens bizarre vorm van vindingrijkheid: een camera in de luchtkoker.

'Ik zou wel willen weten hoeveel van zijn gasten hij in de val heeft gelokt.' Franck stond bij het raam van de laatste kamer en keek naar de zwak verlichte slotgracht.

'Beslist veel, maar hij heeft nog nooit iemand zo in de tang gehad als de minister van Justitie. Dat weet ik zeker.'

'Wat een pakket: overspel, perversiteiten en moord. Hij had Rosborg in een ijzeren greep,' zei Franck.

'Maar alleen korte tijd. Vanaf oktober tot pasgeleden.'

'Het is ook niet zeker dat hij er gebruik van gemaakt heeft. Het was waarschijnlijk eerder een machtspositie.'

'Corfitzen was tijdens de Koude Oorlog ambassadeur in het Oostblok,' zei hij. 'Vergeet dat niet. En ook nog eens in de Sovjet-Unie. Die manier om iemand te compromitteren was een specialiteit van de Russen. Als ze hun orgieën in de datsja's hielden, de grote buitenhuizen, zowel voor zichzelf als voor de westerse vertegenwoordigers, zorgden ze dat ze altijd een stukje filmden van wat er in de kamers plaatsvond.'

'Dus de bijzonder gerespecteerde nestor van de Deense diplomatie heeft een paar trucs mee naar huis genomen. Is dat wat je zegt? Hans-Otto Corfitzen. Kindervriend...'

'Mijn opa zei altijd dat de heiligsten de ergste duivels zijn, Franck. Het is bijzonder effectief. Als je de minister van Justitie hebt, dan heb je macht. En het gaat om macht en invloed. Zowel voor Consilium als Danehof, als dat nog bestaat. Het is...'

Hij werd abrupt onderbroken door gepiep in haar jaszak. Iemand reed door de laan.

Ze deden meteen hun zaklampen uit en waren net op tijd bij het raam om te zien hoe een witte stationcar op het grind parkeerde. Een man stapte uit en opende de achterklep. Even later sprong er een herdershond uit de auto.

De beveiliger deed een krachtige lamp aan en begon zijn inspectieronde met de hond. Hij liep over de brug en liep over het gras tussen de slotgracht en de kasteelmuur, precies zoals ze zelf hadden gedaan. De man en de hond sloegen de hoek om en verdwenen uit het zicht.

De routinematige controle duurde een kwartier. Daarna liep de man uit de tegenovergestelde richting naar zijn auto terug. Hij had een rondje om het kasteel en misschien ook door de tuin gelopen. Ze hadden hem niet kunnen zien, omdat ze zonder licht niet rond konden lopen.

Toen de hond terug was gesprongen in zijn kooi, ging de beveiliger in zijn auto zitten en reed rustig weg.

'Laten we naar de eerste verdieping van het hoofdgebouw gaan. Samen. Twee paar ogen zien meer dan één. Denk hardop als je het gevoel hebt dat iets er verdacht uitziet, zoals kasten, planken, panelen.'

Franck knikte en ze liepen door de gang naar de grote deur die, zoals hij zich herinnerde, de ene vleugel van de andere scheidde. Ze begonnen in de kamer aan de voorkant, een kleine zitkamer, en bekeken een paar andere halflege kamers voordat ze in Corfitzens kantoor kwamen, dat centraal in de vleugel lag en nog steeds rood-wit politietape rond de deurkruk had zitten. Het onderzoeken van het kantoor liet hij aan Franck over. Het was nog altijd de laatste plek op aarde waar zijn DNA gevonden mocht worden.

Ze probeerden onderweg een kritische blik op de omgeving te werpen in het schijnsel van de zaklampen, terwijl hij van tijd tot tijd schilderijen met de kabelzoeker controleerde.

Margrethe Franck onderzocht een enorm bakbeest van een kledingkast, en uiteindelijk haalde hij de achterwand weg om zich ervan te verzekeren dat er geen geheime gang naar Corfitzens eigen twijfelachtige editie van Narnia liep. Uiteindelijk kwamen ze bij de ridderzaal, die hij al een keer had gezien tijdens Kajsa Corfitzens rondleiding. De kamer was nagenoeg leeg, dus was er niets te onderzoeken. Pas nu verbaasde het hem dat er maar zes stoelen bij de enorme tafel stonden. Hij trok een ervan naar achteren en ging zitten.

'Het is beslist lang geleden dat hier een toost is uitgebracht,' zei Franck bij een van de ramen.

'Een oude man vult een kasteel niet op... We zijn grondig geweest. Misschien is het allemaal vergeefs. Pure fantasie.'

Margrethe Franck gaf geen antwoord. Ze kwam naar hem toe, ging naast hem op de tafel zitten en scheen met de zaklamp in zijn gezicht.

'Blijf zitten, Oxen. Ik wil een paar antwoorden hebben.'

'Doe dat licht weg.'

Ze liet de lichtkegel naar beneden zakken.

'Ik weet alles over Benny Overholm met zijn gouden halsketting en zijn vriend Stig Ellehøj. En over de heroïne, amfetamine en diazepam die achter je gereedschapsbord gevonden zijn. En over je vriend de junk, Balboa, uit je Balkan-tijd. Werd je gepakt en kreeg je een alternatief omdat je zo'n goed rolmodel was met je medailles? Is het zo gegaan, Oxen?'

'Wat bedoel je? Is dit een verhoor of zo?'

Hij wilde van de stoel opspringen, maar Franck zette razendsnel een voet op zijn borstkas en duwde hem op de zitting terug.

'Blijf zitten. Het wordt tijd dat je antwoord geeft.'

Hij bleef zwijgend zitten terwijl hij zijn hartslag tot rust voelde komen. Daarna knikte hij nadenkend.

'Oké... Je bent aan het spitten geweest, nietwaar Franck? Je vindt het leuk om te wroeten... Maar luister goed: ik heb nog nooit iets met drugs te maken gehad. Nog nooit! Het was een val die opgezet is. En ik kon zelf kiezen of die dicht zou vallen of dat ik zou vertrekken.'

'Verklaar je nader.'

'Balboa was een stakker die eraan onderdoor ging. Ik kende hem van de Bravo-compagnie. Hij verscheen toen mijn vrouw weer eens vertrokken was. We leidden een turbulent leven... Ik gaf Balboa tijdelijk een kamer en ik gaf hem een sleutel. Dat had ik niet moeten doen. Hij kan die troep neergelegd hebben. Maar die deur is gesloten. Hij is dood. Heel handig. Aan een overdosis.'

'Ik heb een foto van jullie in een portiek gezien.'

'Jezus, die heb ik ook gezien. Ik kan me niet eens herinneren of ik hem iets gegeven heb, of dat het andersom was. Of wat het was. Misschien een briefje van vijftig kronen. Misschien een lottobriefje. Maar drugs waren het zeker niet.'

'Waarom zouden ze zoiets doen?'

'Het had te maken met mijn strijd voor een onderzoekscommissie naar aanleiding van Bosses dood. Het werd nooit hardop gezegd, maar het hing in de lucht. Bøjlesen liet me voor een gesprek komen. Hij vroeg wat ik wilde doen als ik niet bij de politie zou werken. Ik antwoordde dat ik dan naar het Korps Commandotroepen wilde. De dag erna werd ik opnieuw bij hem geroepen. De bewijzen tegen me waren ernstig. Onmogelijk weg te redeneren. Bøjlesen bood aan dat als ik bij de politie vertrok, hij ervoor zou zorgen dat de drugszaak verdween en niet in de weg zou staan van mijn toelating tot het Korps Commandotroepen. Als ik geschikt zou zijn. Als laatste zei hij dat ik er verstandig aan deed om al het gezeur over een onderzoekscommissie te laten vallen als ik een toekomst bij het Korps Commandotroepen wilde. Of op een andere plek. Dus... ik liet me omkopen. Of onder druk zetten. Kies zelf maar.'

'En waarom was het zo verschrikkelijk als er een onderzoekscommissie kwam?'

'Het systeem kan er niet tegen om kritiek te krijgen, en al helemaal niet openlijk. Het idee van de eigen onfeilbaarheid moet in stand gehouden worden. Daarin is het leger niet anders dan andere organisaties.'

'Maar je kreeg je commissie.'

'Later, ja. Ik nam de uitdaging later aan. Ik kon het niet loslaten.'

'Heb je je vrouw geslagen?'

Margrethe Franck scheen weer in zijn gezicht. Hij liet het toe.

'Ja,' antwoordde hij terwijl hij zijn ogen tot spleetjes kneep. 'Ik heb haar één keer zo'n klap gegeven dat ze viel. En doe dat licht weg.'

'Je bent een dappere man.'

'Hou je kop. Je leest iets en denkt meteen dat je alles weet. Maar je weet niets.'

'Wat weet ik niet?'

Hij haalde diep adem en blies de lucht langzaam uit.

'Oké, het was een zaterdagavond, na de tweede missie in de Balkan.

We hadden gasten. Twee collega's met hun vrouwen. We dronken in die tijd veel. Er was zoveel dat zich opgestapeld had. Onze relatie had het breekpunt bereikt. Door onenigheid en vooral door alles wat er in het kielzog van Bosses dood gebeurde. Birgitte was dronken, en dat was ik ook. Op een bepaald moment stond ze op en zei dat ze, als het op dat moment zou kunnen, op Bosses grafsteen wilde schijten. Toen heb ik haar een klap gegeven.'

'Hmm... Was dat één keer?'

'Jazeker. Birgitte had meerdere verwondingen in haar gezicht en een gespleten wenkbrauw. Ze zei tegen de politie dat ik dat had gedaan, maar dat was niet zo. Ik heb er geen idee van wat er gebeurd is. En zij zweeg. Het is me nooit gelukt om erachter te komen wie haar geslagen heeft.'

'Verzekeringsfraude, geweld, straatgeweld. De lijst is lang. Wie ben je, Niels Oxen?'

Hij deed zijn eigen zaklamp aan en richtte die op haar.

'Geloof je dat allemaal, Franck? Doe je dat echt?'

'Je moet het uitleggen.'

'Ik had gevochten met een collega die me verschrikkelijk provoceerde. Ik was dronken met een ontbloot bovenlichaam bij de Storke-fontein en ik heb beslist ook een agent bedreigd. Maar meer niet. Vergeet niet dat de aanklachten ingetrokken zijn. Er zit een patroon in. Als ik in een bepaalde periode initiatieven nam in verband met de onderzoekscommissie, dan ging het mis in mijn privéleven. Plotseling brandde ons huis af en werd ik verdacht van verzekeringsfraude omdat we er financieel zo slecht voor stonden. Bij Birgittes baan kwam een koerier met een brief voor mij: "Laat het vallen, Oxen. Dan wordt je leven meteen een stuk gemakkelijker." En zo is het jaren gegaan. Represailles als ik initiatieven nam. En uiteindelijk is zelfs mijn vrouw erbij betrokken en beschuldigde ze me van geweld. Daarna volgde de echtscheiding. En daarna kwam de onderzoekscommissie. En daarna klaagde ik weer. En volgden er nieuwe aanklachten, nieuwe in scène gezette represailles.'

'Jij zegt dus dat je het slachtoffer bent van een complot.'

'Dat is het juiste woord. Je bent slim, Franck.'

Ze bleef op de tafelrand zitten.

'En waarom heb je het er dan niet bij laten zitten en heb je je al die problemen op je hals gehaald?'

‘Bosse was niet alleen een goede vriend. Ik had een heel wisselvallig leven als kind. We verhuisden veel. Bosse was de enige jeugdkameraad die ik had. Hij was een echte held. Ik was het hem verschuldigd dat iemand de verantwoordelijkheid nam. Dat is een verschil tussen kameraden en jeugdkameraden, Franck.’

‘En je medailles? Waren die ook een poging om je om te kopen?’

Hij haalde zijn schouders op en aarzelde even.

‘Misschien.’

‘Dus je hebt niet in je eentje acht talibanstrijders verslagen?’

‘Jawel.’

‘En je bent in de Una-rivier gesprongen?’

‘Ja.’

‘En je bent de bemanning in de Chinook-helikopter te hulp geschoten?’

‘Ja.’

‘En hoe zat het met de gewonde in het kruisvuur, droeg je hem weg?’

‘Ja, verdomme!’

‘Dan ben je ook niet omgekocht.’

‘Mossman is niet dom. Het is precies zoals hij op het politiebureau zei. Ze bekijken mijn verleden. Ik ben een querulant. Iemand die verongelijkt is en dat niet los kan laten.’

‘Wat heb je tegen mij over integriteit gezegd?’

‘Het probleem is dat ik gelijk heb. Er waren veel mensen die wisten waar de Kroaten mee bezig waren. Ze waarschuwden zelfs via diplomatieke kanalen. “Verdwijn hier,” zeiden ze. We werden echter niet teruggetrokken. Dat heeft Bosse het leven gekost. Zo is het, Franck. Het is de pure waarheid. Wat moesten zes Deense lichtbewapende soldaten met een blauwe clownshelm op hun hoofd in vredesnaam te midden van een groot offensief in Krajina? Ze hebben Bosse tenminste nog een medaille gegeven. “Postuum” is alleen een verdomd irritant predicaat.’

Margrethe Franck ging staan.

‘Bedankt,’ zei ze. ‘Bedankt voor je antwoorden. Het is bijna vier uur. We kunnen maar beter vertrekken.’

# 58

Hij rolde onrustig heen en weer in zijn bed. De scherpe ochtendzon scheen door een opening in de gordijnen en lag heel even als een scherpe streep over zijn gezicht. Op een plek ver weg registreerde hij de lichtstraal. Hij rolde op zijn zij en alles werd weer donker.

Na de lichtstraal volgde de donderslag. En de rode regen. Waardoor hij onder de rode spatten kwam te zitten. Vreemd dat de regen rood was... Hij zag de vlekken toen hij zijn ogen opende.

*'Foxtrot 18. Explosie! Wacht. Uit.'*

*Zijn stem klonk ver en schor. Zijn wangen schrijnden door de zandkorrels. Hij zette zijn veiligheidsbril recht, rolde om, kwam op zijn knie terecht en voelde dat zijn lichaam functioneerde. Zijn blik scande instinctief de nabije omgeving. Het was een chaos.*

*'Xray 26, hier Foxtrot 18, krachtige explosie voor het hoofdkantoor van politie. Zelfmoord, denk ik. Over.'*

*'Xray 26, alles in orde met jullie? Over.'*

*'Foxtrot 18, ik ben oké. Veel doden. Over.'*

*De vrouw... de jonge vrouw in de zwarte nikab. Was zij het? Een nikab en geen blauwe Afghaanse burka – om iedereen beet te nemen? Haar ogen waren zo mooi. Amandelvormig en als gemaakt van zwarte onyx. Waren dat bommenogen?*

*'Xray 26. Hou positie. We komen naar jullie toe. Bevestig. Over.'*

*'Foxtrot 18, begrepen. Sluiten.'*

*Hij hoorde de bevelen, hij hoorde zichzelf communiceren met Xray en rolde weer van zijn ene zij op de andere, eerst snel, daarna langzamer.*

De zonnestraal gleed opnieuw over zijn gezicht. Hij bleef doodstil liggen en deed zijn ogen open.

Er waren geen afgerukte ledematen, geen bommenogen van zwarte onyx achter de spleet van een nikab, geen sirenes, geen paniek. Alleen kalmte en rust en een vogel die aan de andere kant van het raam floot.

Het moest ochtend zijn, na hun derde vergeefse nacht in dat verdomde kasteel.

Hij bleef op zijn rug liggen zonder zich te bewegen. Xray en de zwarte bommenogen waren terug. Zij waren degenen van De Zeven die het langst weg waren geweest. 'Confronteer je demonen, vriend...' *Welcome home, asshole.*

Toen hij 's ochtends vroeg eindelijk was gaan slapen, was dat met de overtuiging dat het verkeerd zou gaan. Hij wist dat de fles whisky op het nachtkastje naast de asbak stond.

Hij voelde zich verminkt en 110 jaar oud en verschrikkelijk slaperig. Er werd hard op de kamerdeur geklopt.

'Oxen, ben je wakker?'

Margrethe Franck was altijd aanwezig. Het was alsof ze al jaren samenwerkten. Boem. Ineens was ze er geweest. Als een granaatinslag. Precies op het moment dat hij uit zijn stille universum met Mr. White was gevlucht.

Margrethe Franck was nu zijn buddy. Wilskrachtig en betrouwbaar en koel als woestijnzand in de nacht...

'Verdomme, Oxen, word wakker!'

Hij tuimelde naar de deur, opende hem en wankelde naar zijn bed terug.

'Het stinkt hier verschrikkelijk.'

Margrethe Franck trok haar neus op, schoof de gordijnen opzij, deed de ramen wijd open en gooide de asbak leeg. Daarna ging ze op de stoel bij het bureau zitten en bestudeerde hem als een arts tijdens zijn zaalronde.

'Moeilijke nacht?'

Hij knikte. Hij knikte tenslotte altijd naar Margrethe Franck. Meer was niet nodig. Ze kon blijkbaar door hem heen kijken, maar in plaats van hem bloot te leggen dekte ze hem toe. Voorzichtige Franck, een granaatinslag van de hemel.

'Dit kan zo niet doorgaan. Toch, soldaat?'

'Waarom kom je binnenstormen? Het is midden in de nacht.'

Ze schudde glimlachend haar hoofd en leunde naar achteren.

'Barakinspectie, heet dat niet zo? Om te controleren of er messcherpe vouwen in je kleren zitten en ze netjes opgevouwen zijn. Dat lijkt niet het geval te zijn.'

Ze keek naar de vloer, waar hij zijn kleding in willekeurige volgorde had laten vallen.

'Je bent een verschrikking, ga weg,' bromde hij, waarna hij op zijn zij rolde zodat hij met zijn rug naar haar toe lag.

'Ik heb belangrijk nieuws. Luister, ze hebben Sergej Pronko gevonden.'

Hij rolde terug en keek naar haar.

Ze ging verder. 'Zo dood als een pier. Op een veerboot. De dag nadat hij uit het ziekenhuis is gevlucht.'

Hij ging met een ruk overeind zitten.

'Welke veerboot?'

'Van Karlshamn naar Klaipeda,' zei ze. 'Hij is gevonden tijdens de schoonmaakroutine in de haven, in zijn hut geliquideerd terwijl hij lag te slapen. Drie schoten in de hartstreek. Een clean stukje werk.'

'Hij werd gezocht. Waarom is hij nu pas gevonden?'

'De plaatselijke politie vond een paspoort in de hut. De naam in het paspoort was een heel andere. En zijn uiterlijk op de pasfoto klopte niet. Hij had ook een pruik en een bril liggen. Daarom duurde het misschien een paar dagen voordat ze het verband zagen. En we hebben het natuurlijk over Litouwen... Misschien heeft het opsporingsbericht Vilnius de eerste keer niet bereikt? Wie weet.' Ze haalde haar schouders op.

'Van wie heb je het gehoord?'

'Rytter, een kwartier geleden.'

'Zie je het verband? Alles wordt heel kalm en stil onder het vloerkleed geveegd. Nu is er niemand meer om te getuigen.'

'Maar we hebben Pronko,' antwoordde Franck. 'Dus is er een lijk.'

'Wat heeft dat voor zin? Lijken praten niet.'

'Misschien kan hij gelinkt worden aan de plaatsen delict, zoals Corfitzens kantoor of de jachthut.'

Hij schudde zijn hoofd en spreidde zijn armen.

'Als er een link is, dan wordt die verwijderd. Zie je dat niet? Of wil je het niet zien, Franck? Sergej Pronko is geen geschikte dader. Er kan verder gegraven worden in zijn motieven en het verhaal over zijn verdwenen nichtjes. Hij is absoluut niet geschikt.'

'Maar de zaken verdwijnen niet. En er is nog steeds geen schuldige...'

'Dan vinden ze wel een nieuwe schuldige.'

'Een nieuwe?' Ze keek hem vragend aan.

'Eén die wel geschikt is. Eén met motieven. Het liefst een alleenstaande dader. Dat brengt geen complicaties met zich mee. Het liefst één waar een steekje aan los is, of wiens wereld zo verknipt is dat niemand de dader serieus neemt. Moet ik doorgaan?'

'Nee, ik snap het.'

'Dat is hoe de situatie ervoor staat,' mompelde hij terwijl hij met beide handen over zijn gezicht wreef.

'Maar Rytter en Mossman kennen de waarheid. Zij weten dat er sprake is van een verdwijntruc. Zij weten dat Simona doodgeschoten is en dat Sergej gevlucht is.'

'Sommige gevechten zijn te groot om te vechten. Wat winnen ze ermee om in opstand te komen tegen de opperste macht?'

'Hun chef, de minister van Justitie?'

'In eerste instantie de minister van Justitie. Maar indirect gaat het om een veel grotere macht. Danehof. Dat weten ze alleen niet. Danehof materialiseert zich niet. Danehof is er gewoon, net als lucht.'

'Luister... misschien ben je beïnvloed door alle gebeurtenissen. Misschien ben je te snel met je samenzweringstheorieën. Misschien volgde Arvidsen een heel verkeerd spoor. Misschien is er een reden dat we al drie nachten achter elkaar zoeken. Er is gewoon niets te vinden in Nørlund Slot. Geen schaduwen uit het verleden, geen machtsbasis, geen Danehof. Alleen een oude man met een perverse kijk op gastvrijheid. Een voyeur – is dat niet het juiste woord?'

'Franck, verdomme, word wakker! Er zijn heel veel middelen nodig om een verdwijntruc van die omvang te realiseren. De liquidatie van Sergej was de op-een-na-laatste stap. De laatste is een nieuwe schuldige aanwijzen. De macht dekt zich in. Iedereen gaat om de minister van Justitie heen staan. Zo iemand offer je niet op. Zo iemand is te zeldzaam en te kostbaar. En Danehof weet wat macht betekent. Danehof heeft zich nooit met iets anders dan macht beziggehouden. Begrijp je het?'

'En dan lig jij gewoon in je bed, zwijgend en kalm, en analyseer je alles, omgeven door alcohol en wiet.'

'Ik ben níét in staat om alles rationeel te zien. Ik ben ziek. Dat weet ik heel goed. Het is krankzinnig wat er een paar keer per nacht gebeurt. Absoluut krankzinnig!'

Hoe het kwam dat hij dat uitsprak wist hij niet. Misschien omdat Margrethe Franck, behalve goed om naar te knikken, ook bevrijdend gemakkelijk was om mee te praten. De woorden kwamen en gingen zonder inspanning.

'Vergeet niet dat je mij niet hoeft te overtuigen van wat PTSS is. Je lijkt alleen... zo kalm. Ook al weet je wat er gaat gebeuren.'

Hij sloeg het dekbed weg en zwaaide zijn benen over de bedrand.

'Luister... ik probeer maatregelen te nemen. Ik heb het vanaf *day one* zien aankomen. Als ik meedeed, stond ik er het sterkst voor.'

'Dat was niet daarom. Dat kwam door je hond.'

'Natuurlijk mede daardoor. En dat was ook hun bedoeling.'

'Hun bedoeling, wie is "hun"?'

'Degenen die ervoor gezorgd hebben dat mijn hond dood is.'

'Ik ging ervan uit dat Sergej Pronko daar verantwoordelijk voor was. Om je bang te maken.'

'Hij was het niet. Het was Rytter of Mossman. Of allebei. Om me in het spel te brengen, me op het podium te krijgen.'

'Eerder zou ik je absoluut niet geloofd hebben. Nu moet ik het als een mogelijkheid beschouwen. Je hebt het over maatregelen, welke maatregelen?' Margrethe Franck ging op het puntje van haar stoel zitten en legde haar handen impulsief op zijn knieën.

'Dat kan ik niet vertellen. Het is beter als je dat niet weet.'

# 59

Ze waren het erover eens om het op te geven. Het was 2.30 uur geweest. Zodra de laatste paar kamers in de gang en de herenkamer met alle boekenkasten waren gecontroleerd, zouden ze na vier lange nachten stoppen.

Als er geheime kamers in Nørlund Slot waren, dan had Corfitzen dat zo slim aangepakt dat er andere middelen nodig waren. Misschien röntgenfoto's of geraffineerde meetapparatuur.

Hij zou de herenkamer controleren. Hij stond in de deuropening en verlichtte een schilderij dat in de gang hing. Het was een schilderij van een oorlogsschip, grote fregatten die een zeeslag uitvochten. Het schilderij had hij al gecontroleerd. Erachter bevond zich alleen een massieve stenen muur.

Margrethe Franck kwam naar hem toe. Hij hoorde haar harde hakken op de vloer tikken. Ze sloeg de hoek om en liep door het lange, rechte stuk langs de hoofdingang terwijl ze de muren controleerde met de zaklamp.

Hij bleef staan. Hij moest toegeven dat de slag verloren was. De energie die hij de eerste nachten had gehad, was allang verdwenen. Nu passeerde ze de hoofdingang. Haar hakken tikten hard. Had ze de andere keren sportschoenen gedragen? Het tikken verdween even toen ze over een loper liep, daarna was het terug. Ze was nu heel dichtbij.

Hij scheen met de zaklamp in haar gezicht. Ze kneep haar ogen tot spleetjes. 'Laat dat. Heb je meer batterijen? Mijn zaklamp geeft bijna geen licht meer. Sta daar niet zo te kijken. Moeten we het niet afmaken?'

Het duurde heel even voordat hij besefte wat hem net was opgevallen. Hij had het gevoel dat er iets niet klopte vanaf het moment dat Franck de hoek om kwam.

'Loop eens terug,' zei hij.

'Wat bedoel je?'

‘Loop terug naar waar je vandaan bent gekomen. En loop dan weer hiernaartoe.’

‘Hoezo?’

‘Doe het gewoon. Ga de hoek om en wacht daar. En als ik “kom” roep, dan kom je.’

Franck schudde haar hoofd en liep geïrriteerd terug. Toen hij het klikken van haar hakken niet meer kon horen, riep hij dat ze moest komen. Hij ging op zijn hurken zitten en keek uiterst geconcentreerd naar de vloer. Toen Franck vlak voor hem stilstond, kwam hij overeind en vroeg haar om het nog een keer te doen.

‘Nee. Niet voordat je me vertelt waarom.’

‘Straks, nog één keer. Vooruit. En als ik “stop” roep, dan stop je meteen. Begrepen?’

Franck draaide zich nijdig om, misschien beledigd over zijn militaire commando’s en verdween nog een keer terwijl hij luisterde. Hij hoorde het vreemd genoeg niet toen ze wegliep. Vlak daarna riep hij ‘kom’ en de situatie herhaalde zich.

‘Stop!’

Ze stopte meteen.

‘Blijf daar staan.’

Hij haastte zich door de gang en liet zich voor haar voeten op zijn knieën vallen.

‘Doe een stap naar achteren,’ commandeerde hij.

Ze gehoorzaamde zwijgend terwijl hij de vloer zorgvuldig onderzocht. De lichtkegel glansde op de parketvloer van de lange gang die door het hele hoofdgebouw liep. Het was een visgraatpatroon in grote, verschoven vierkanten van ongeveer een meter bij een meter. Het hout was een soort hardhout, bijna zwart en met een glans die op veel laklagen wees.

Franck stond in het midden van een vierkant. Hij hield de zaklantaarn heel dicht bij de vloer en vond de tussenruimte naar het volgende vierkant. Die was maar een millimeter en leek precies op de tussenruimten tussen de andere vierkanten.

‘Trek een schoen uit. En stap van dit vierkant.’

Hij pakte de schoen en hamerde een paar keer hard met de hak op het parket. Daarna deed hij hetzelfde met het vierkant ervoor. En nog een keer, en daarna het volgende vierkant.

‘Ik hoor het,’ zei Margrethe Franck. ‘Vaag, maar er is een verschil. Respect.’

'Misschien hebben we dus toch geluk.'

Hij ging staan en begon beide witte muren te verlichten. Ze bevonden zich tussen twee ramen die uitkeken op de binnenplaats. Aan de muur hing een grote spiegel in een brede gouden lijst. Aan beide kanten hing een kandelaar van messing met een decoratie van bloemen en bladeren en gekleurde stenen. Door het licht van de zaklampen schitterden ze als edelstenen. Het moesten imitaties zijn, anders zouden de kandelaars in een bankkluis liggen. In beide kandelaars zat een grote witte kaars.

Ze pakten allebei een kant van de spiegel en tilden hem van de muur. Hij hing aan een dik stuk ijzerdraad. Hij bestudeerde de lijst nauwkeurig en liet zijn vingers over de lijst glijden. Daarna bekeek hij de achterkant. Daar was niets. Ze hingen de spiegel weer op zijn plek en hij begon de twee kandelaars zorgvuldig te controleren. Ze waren met drie schroeven aan de dikke muur bevestigd.

Hij hield het licht dicht bij de stenen. Het waren gele, rode, groene, paarse, blauwe en zwarte stenen. Zwarte onyx? Geen amandelvormige zoals de bommenogen van vannacht, maar ronde. Drie zwarte stenen op elke kandelaar. Hij verlichtte ze, bekeek ze nauwkeurig, vergeleek ze met elkaar en verlichtte ze weer. De bovenste steen van de rechterkandelaar had niet helemaal dezelfde kleur.

'Heb je een balpen?'

Franck haalde er een uit haar binnenzak. Hij tikte voorzichtig met de punt van de balpen tegen de zwarte steen, en daarna nog een keer. De bovenste steen rechts klonk ook anders.

'Ik geloof dat we iets gevonden hebben, ik geloof echt dat we iets gevonden hebben,' mompelde hij terwijl hij de kabelzoeker uit zijn rugzak haalde.

Hij liet de zoeker langzaam onder de rechterkandelaar over de muur glijden terwijl hij de ontvanger in de gaten hield. Er was een duidelijke uitslag. Er zaten elektriciteitskabels onder de kandelaar, op een plek die niet logisch was.

'Ik denk dat het zo in elkaar zit,' zei hij terwijl hij de kandelaar verlichtte. 'De bovenste zwarte steen is in werkelijkheid een op afstand te bedienen contact, net als bij een televisie. Druk op de afstandsbediening en het vierkant in de vloer gaat als een lift naar beneden.'

'Indrukwekkend. Als je gelijk hebt. Maar we hebben geen afstandsbediening.'

Hij zocht in zijn rugzak en haalde er een schroevendraaier uit.
'Nee, maar we hebben deze. Hou de zaklamp even vast.'
Het kostte nauwelijks tijd om de drie schroeven los te draaien. Hij hield de kandelaar vast terwijl hij de laatste schroef verwijderde. Daarna liet hij hem los, maar de kandelaar viel niet. Die bleef hangen door twee kabels die uit een plastic buis in de muur staken.
'Licht me eens bij.'
Hij pakte de nijptang, knipte in de kabels en stripte ze. Margrethe Franck was opvallend stil sinds hij haar heen en weer had laten lopen.
'We gaan het proberen. Ga je mee naar beneden?'
'Ben je gek?' siste ze en ze deed een stap opzij. 'Er ligt trouwens een ladder in de kelder in de westvleugel.'
'Oké, dit is het moment.'
Hij duwde de draden tegen elkaar en hoorde een zacht gebrom. Langzaam verdween het vierkant met het donkere visgraatparket en liet een gapend gat in de vloer achter.
Het veroorzaakte een intens zuigend gevoel in zijn middenrif, alsof hij bij de ingang van een geheime kamer in Toetanchamons graf in de Vallei der Koningen stond. En toch was het een hemelsbreed verschil. Hij rekende er niet op om kostbaarheden in Corfitzens catacomben te vinden – eerder een ruimte met televisieschermen en opnameapparatuur.
De lift stopte. Ze schenen in de schacht en keken. Hij was ongeveer vier meter lager gestopt. Een deuropening in beton leidde ogenschijnlijk naar een smalle gang die in de richting van de tuin liep.
'Er is dus helemaal geen geheime kamer in het kasteel. De kamer bevindt zich buiten. Onder de binnenplaats.'
'Slim gedaan. Arvidsen had de rest van zijn leven vergeefs kunnen zoeken,' zei Franck.
'Ik spring naar beneden,' zei hij en hij deed zijn rugzak over zijn schouder. Daarna ging hij op zijn knieën zitten, greep de rand vast, zwaaide zijn benen eroverheen, liet zich naar beneden glijden en landde veilig op twee benen.
'Ik moet de ladder halen. Dat gaat niet... met mijn been. En we moeten ook zeker weten dat we weer naar boven kunnen,' zei Margrethe Franck, waarna ze verdween.
Hij scheen met de lichtkegel op een paar betonnen muren. Er zaten twee schakelaars op de muur bij de schacht. De ene was een normale

lichtschakelaar, de andere een ronde knop waarmee de lift waarschijnlijk weer omhoog zou gaan. Hij drukte op de eerste en er kwam leven in een tl-buis in de smalle gang die ongeveer vier meter lang was.

Aan het eind van de gang zag hij een ijzeren deur. Die leek een duim dik, een ton zwaar en van een indrukwekkende kwaliteit. Het was precies zoals hij had gevreesd: Corfitzen had kosten noch moeite gespaard om zijn geheimen te beschermen.

In de rechterkant van de deur zat een draaiwiel met de omvang van een dinerbord en drie kleinere wielen. Op de muur ernaast zat een ogenschijnlijk exclusief elektronisch slot van het merk J&C Lock Universe. Dat bestond uit een smal digitaal scherm met zowel een alfabetisch als een numeriek toetsenbord van miniformaat. 12 DIGIT SECURITY CODE stond er, een code van 12 cijfers en letters dus.

Als dit een film was geweest, dan zou hij slimme apparatuur tevoorschijn halen en die met het slot verbinden, maar zo ging het in werkelijkheid niet. Zelfs computers met een grote capaciteit moesten lang werken om een combinatiecode van cijfers en letters te kraken, normaal gesproken van maar zes of hoogstens acht cijfers. En ze beschikten niet over de benodigde apparatuur of specialisten.

Het was waar hij van tevoren rekening mee had gehouden, als ze het geluk zouden hebben om Corfitzens kamer te vinden. Daarom was hij vooruitziend genoeg geweest om iets in zijn rugzak te stoppen waarmee hij veel beter overweg kon dan met hightech: de brute kracht van een portie C-4.

In zijn rugzak had hij een stuk M112 van een Composition 4-bar van 570 gram. De betrouwbare kneedbare springstof waarmee hij was opgegroeid in het leger was hun enige kans. L.T. Fritsen was degene die een staaf C-4 en een serie elektrische detonators voor hem had aangeschaft, op dezelfde plek waar hij het pistool had gekocht.

Hij bestudeerde de ijzeren deur, de inbedding en de betonnen muur zorgvuldig. De kunst was om een doorgang naar de kamer te forceren zonder alles te vernielen. Als commando had hij een speciale opleiding gehad voor het gebruik van springstoffen.

Het zwakste punt was niet de enorme ijzeren deur met zijn scharnieren en regelwerk. Hij moest een gat in de betonnen muur ernaast maken.

Hij haalde een door batterijen aangedreven slagboormachine uit zijn rugzak en zette er een 25 mm-betonboor op. Vlak daarna was hij bezig met de eerste van vier gaten. Door de springstof in een gat te duwen kreeg hij de optimale ontploffingskracht met een relatief kleine hoeveelheid C-4.

Helaas was de exacte dikte van de muur een onbekende factor in de rekensom, maar hij schatte dat elk van de vier springladingen een cirkel met een diameter van circa 30 centimeter uit de muur zou slaan. Door de vier boorgaten in een vierkant te plaatsen, zodat de denkbeeldige cirkels elkaar net raakten, zou hij vier gaten krijgen met een ruitvormig stuk muur in het midden, dat hij zonder problemen kon verwijderen met een stevige hamer en een krachtige betonschaar om de bewapening door te knippen.

Na het weghalen van de brokken en de bewapening zou hij een mangat van een acceptabele omvang hebben.

Hij was net klaar met gat nummer twee toen er een aluminium ladder in het gat werd gezet. Even later stond de enthousiaste Margrethe Franck naast hem.

'Wat doe je?' Ze keek verbaasd naar de deur en de muur en de apparatuur.

'Dit is, zoals je kunt zien, een deur die geschikt is voor Fort Knox, dus gaan we in plaats daarvan door de muur.'

'We gaan door de muur. Echt, doen we dat? En hoe, als ik vragen mag?'

'Met C-4,' antwoordde hij terwijl hij de staaf omhooghield zodat ze hem kon zien. 'Vier gaten, 125 gram in elk gat.'

'Loop je rond met kneedbare springstof, Oxen? Ben je knettergek?'

'Ik hield er rekening mee dat Corfitzen geen sleutel onder de mat had liggen, dus waarom niet? C-4 is net zo onschuldig als kauwgom. Je kunt erin snijden, je kunt het verbranden, je kunt erop schieten – er gebeurt niets. Het zijn kleine ladingen, maar krachtig genoeg om ons te helpen. Tenzij jij Corfitzens 12-cijferige toegangscode voor ons hebt.'

Ze schudde haar hoofd berustend.

'Ik ga ervan uit dat je weet wat je doet.'

'Rustig maar, het is niet de eerste keer. We nemen de lift naar boven, brengen de springstof tot ontploffing, gaan weer naar beneden, maken het gat schoon en kruipen erdoorheen. Dat gaat lukken.'

De lucht in de smalle gang was dik van grijs stof. Een paar minuten geleden had hij zijn vier springladingen tot ontploffing gebracht. Het gat was precies zoals het moest zijn.

Hij zorgde met de hamer en de betonschaar voor een vrije doorgang, ging op zijn knieën zitten en keek naar binnen. Het was geen kamer, maar een kleine gang. Hij kroop naar binnen en gebaarde dat Franck achter hem aan moest komen. Een paar meter voor hen zagen ze een nieuwe ijzeren deur, deze keer met een normale deurkruk. De deur, die lang niet zo groot was als de eerste, zwaaide zonder problemen open. Hij gebaarde dat Franck dichterbij moest komen en liep voorzichtig naar binnen.

Ze lieten het licht van de zaklampen over de muren glijden. Hij zag een schakelaar en deed twee krachtige tl-buizen aan het plafond aan.

# 60

Corfitzens geheime kamer was ongeveer vier bij vier meter en leek met zijn muren, vloer en plafond van ruw beton op een prefabdoos die ze destijds in een gat op de binnenplaats hadden laten zakken, waarna het gat was dichtgemaakt.

'Wauw...' fluisterde Margrethe Franck terwijl ze naar de muur met flatscreens keek.

Ze waren binnengetreden in het allerheiligste van Nørlund Slot, een bizarre combinatie van rustiek beton en ultramoderne hightech apparatuur in matzwart en chroom. Aan één muur hingen zes 40-inch flatscreens in twee rijen van drie schermen. De schermen waren gemerkt met kamer 1, kamer 2, kamer 3, kamer 4, ridderzaal en centrum.

Op een tafel met de lengte van de monitorwand stond een toren met apparatuur, onder andere een recorder, een dvd-speler en een digitale geluidsrecorder. Natuurlijk had Corfitzen ook verborgen microfoons geïnstalleerd. Daar hadden ze alleen niet naar gezocht.

Puur technisch kon hij het geheel niet overzien. Hij wist alleen dat de harddisk van Arvidsen in het kasteel had gestaan, anders had hij hem nooit gevonden. En hij wist dat het draadloze signaal van de camera's versterkt was, zodat Corfitzen de beelden in zijn ondergrondse kamer op zijn bureaustoel met hoge rugleuning kon bekijken.

'Hier heeft hij het dus heel gezellig gehad.' Franck trok een vies gezicht bij het idee.

'Of hij heeft naar interessante gesprekken geluisterd, misschien tussen zijn gasten, of tijdens een vertrouwelijk moment na... dat... in bed,' zei hij.

Tegen de verste muur stonden drie metalen kasten van vloer tot plafond met dubbele deuren. Eén muur was leeg, en aan de vierde hing een eenvoudige plank, met daaronder een kleine koelkast met een koffiezetapparaat erop. Franck liep naar de metalen kasten en opende de eerste.

'Een archief,' zei ze terwijl ze de inhoud van de planken bestudeerde. 'Geluidsopnames en oude videobanden, met data erop geschreven en in chronologische volgorde opgeborgen.'

Ze opende de deuren van de middelste kast. Die was niet vol.

'Allemaal cd-roms en dvd's,' ging ze verder.

Ze opende de derde kast. Die stond vol boeken met bruine ruggen en gouden opdruk. Hij liep naar de kast en ging op zijn knieën zitten. Op de onderste plank stond een langwerpige doos van dik glas. Het deksel zat dicht met verschillende sluitingen. Er zat ook een verloopstuk op de doos, wat deed denken aan een soort conserveringsdoos die de inhoud moest beschermen tegen verval. Misschien was de lucht eruit gezogen, of was die vervangen door een speciaal soort gas.

Hij scheen er met de zaklamp op en kon de gouden opdruk op de rug van het eerste boek onderscheiden. Het grootste deel van de gouden letters was vergaan. Toch twijfelde hij niet.

'Allemachtig... Op het eerste boek staat *Danehof Noord – Opgericht in 1420*. Dat is waanzinnig. Danehof is in 1413 gestopt door toedoen van Erik van Pommeren. Dat heeft Malte Bulbjerg toch verteld? Zeven jaar later is Danehof dus opnieuw gesticht. In de een of andere Noord-uitgave.'

Dit was veel interessanter dan een hoeveelheid compromitterende seksopnames van prominente mensen, ook al was er sprake van een dodelijk slachtoffer. Maar mannen met macht neukten net als alle anderen en zo was het altijd al geweest. Datgene waar hij op dit moment naar keek was uniek.

'Verdomme, Franck. Dit is geschiedenis. Dit is Deense geschiedenis. Het is fantastisch. Sensationeel.'

Ze knikte. Ze zag er bloedserieus uit, maar blijkbaar werd ze meer in beslag genomen door de kast met dvd's.

'Het is al laat. We moeten naar buiten. We moeten vannacht terugkomen,' zei ze.

Hij bekeek de boekruggen achter het dikke glas nog steeds. Het eerste boek was niet dik. Nummer twee in de rij was dikker. Op de rug stond: *Danehof Noord – 1420-1469*. Op de derde stond *Danehof Noord – 1470-1519*. Ook de vierde in de rij besloeg vijftig jaar. Daarna viel er plotseling een gat van meer dan 75 jaar, en vervolgens besloegen de boeken allemaal een periode van 20 jaar. Daarna was er opnieuw een gat vanaf 1783.

Hij staarde geconcentreerd naar de ruggen op de andere planken. De chronologie begon blijkbaar pas weer vanaf 1859. Maar die was dan ook ononderbroken tot nu toe, met een wisselende hoeveelheid jaren in sommige banden. Het nieuwste boek was een paar jaar oud. Het besloeg de jaren 1985-2009, dus 25 jaar. Hij pakte het. Het was dik, zwaar en met de hand geschreven. Hij sloeg de laatste bladzijde open.

*Het afgelopen jaar heeft in het teken van de financiële crisis gestaan. We nemen afscheid van een heel moeilijk jaar.*

*Heel Danehof heeft het grootste deel van zijn aandacht gericht op de financiële situatie en we hebben het politiek-economische proces zo veel mogelijk beïnvloed.*

*Dit werk wordt in 2010 voortgezet. Ik verwacht dat de belangrijke onderwerpen van dat jaar zullen voortvloeien uit de consequenties van de moeilijke financieringsmogelijkheden. Daarnaast zullen we de discussie met betrekking tot relevante wetgevingsmatige maatregelen voortzetten.*

*In het licht van de ernstige situatie bezien zullen we onze overige verplichtingen tegenover Denemarken en de Deense bevolking matigen.*

*Hans-Otto Corfitzen, Nørlund, 31 december 2009*

Hij bedacht net dat de woorden van de ex-ambassadeur een staatsman waardig waren toen hij onderbroken werd.

'Er ligt hier ook iets op tafel, een oude leren map met een stapel losse vellen papier erin. Corfitzen heeft hier blijkbaar zitten werken. Aan de datum te oordelen is de laatste tekst heel recent. Die is maar een paar dagen voor zijn dood geschreven,' zei Margrethe Franck, die naar de muur met het bureau en de televisieschermen was gelopen.

Hij gaf geen antwoord, maar bleef op zijn knieën voor de boekenkast zitten. Hij pakte een nieuw boek en sloeg dat op een willekeurige plek open. *April 1978* stond er boven aan de pagina.

*Eindelijk konden we de grote kartelzaak in staal en buizen afsluiten. Vier jaar werk is bekroond met een goede afloop. Het Openbaar Ministerie zal de zaak niet verder voortzetten. De prijs was hoog. Sinds de grote lekkagezaak in 1963 hebben we niet meer onder zo'n grote druk gestaan, en we moesten twee keer naar een definitieve oplossing grijpen, wat we ernstig betreuren.*

De kartelzaak in 1978? Een definitieve oplossing? Het klonk alsof Danehof een territorium had verdedigd. En daarvoor had gemoord. Het was dus niet alleen politiek, opgeheven wijsvingers en het wel en wee van de burgers. Danehof was genadeloos. Nu – en ook in 1978.

Hij zette het boek terug en bestudeerde de jaartallen. De grote lekkagezaak in 1963. Die moest hij vinden. Hij trok de juiste band uit de kast en bladerde geconcentreerd door het boek. Eindelijk vond hij 1963.

Margrethe Franck had op een serie knoppen gedrukt en was bezig met het afspelen van een gesprek tussen twee mannen. Hij luisterde niet. Eindelijk vond hij het. Juli 1963.

*We gaan de zomer met veel zorg tegemoet. We hebben inmiddels het bewijs dat wat we vreesden waarheid is: de advocaat van het hooggerechtshof Ove Gyldenborg-Sejr heeft zich niet aan zijn belofte gehouden en heeft zijn eed van trouw verbroken. Hij voert geheime gesprekken met officier van justitie Edvard Pallesen.*

*Een schande voor Danehof dat het zo moet gaan. We schamen ons en maken ons op voor een totaaloplossing die onvermijdelijk lijkt.*

De grote lekkagezaak begon dus in juli 1963. Het klonk meteen al onheilspellend. Hij bladerde naar augustus.

*Het hoogste bestuur van Danehof heeft op de eerste dag van de maand een spoedvergadering bijeengeroepen met maar één punt op de agenda: het bedrog van advocaat van het hooggerechtshof Ove Gyldenborg-Sejr.*

*Omdat deze zaak ons in ons bestaan bedreigt, is bij wijze van uitzondering afgesproken dat dit niet alleen door Noord opgelost zal worden, maar door iedereen in de organisatie.*

*We zijn erop ingesteld om actie te ondernemen zodra we een definitief overzicht van de omvang en het aantal betrokkenen hebben.*

*Er was overeenstemming dat de zaak definitief, onmiddellijk en met alle nodige middelen opgelost moet worden.*

Het was een gevaarlijk, maar discreet drama dat zich in een sierlijk handschrift voor zijn ogen voltrok. Hij bladerde verder. Franck zette de bandrecorder uit. Hij hoorde haar rommelen maar sloeg geen acht op haar.

'Kijk hier eens!' riep ze op het moment dat hij de status van september 1963 wilde lezen.

'Even niet...'

'Kijk, verdomme! Word wakker, Oxen. Ze zijn hier allemaal!'

Hij keek op en zag beelden op het rechter onderste televisiescherm. Het was een opname uit de ridderzaal.

Er zaten vijf mannen aan de ronde tafel in het midden van de zaal. De man met zijn rug naar hen toe was Corfitzen. Hij herkende hem aan zijn witte haardos. Hij legde het boek op de vloer en kwam dichterbij.

'Kijk, dat zijn ze,' fluisterde Margrethe Franck terwijl ze naar het scherm wees. 'Dat is Frederiksen, dat is Bergsøe, dat is Uth-Johansen en dat is Nyberg... De dvd zat in...'

Daar zaten ze, schouder aan schouder. Hannibal Frederiksen, de bijzonder gerespecteerde oudere zakenman wiens leven was geëindigd op een bergweg in de buurt van Málaga. Naast hem zat advocaat en voorzitter van de Wamberg-commissie Mogens Bergsøe, die in Borre Sø aan zijn eind was gekomen. Daarnaast zat de secretaris-generaal van het ministerie van Defensie, Ejnar Uth-Johansen, en naast hem zat algemeen directeur van Fortuna Pharmaceutical Industries Kristoffer Nyberg.

De laatste stoel was leeg.

Geen van de mannen zei iets. De kaarsen in de grote zevenarmige kandelaar in het midden van de tafel brandden, de vlammen fonkelden in een grote karaf met water die samen met zes glazen op een dienblad stond. De vier gasten zaten doodstil op hun stoelen.

De deur ging open en er kwam nog een man de ridderzaal in.

Hij liep naar de tafel en bleef kaarsrecht en met een respectvolle houding achter de hoge rugleuning van de stoel staan. Pas na een knikje van Corfitzen trok de man de stoel naar achteren en ging zitten.

De vijfde en laatste man was minister van Justitie Ulrik Rosborg.

Corfitzen schraapte zijn keel en begon met zijn zachte en aangename stem te praten. 'Welkom, vrienden, bij bijeenkomst nummer 129 van de Eerste Ring Noord, de tweede bijeenkomst van onze kleine gesloten cirkel in deze samenstelling. Het is drie jaar geleden dat we dit genoegen voor het laatst hadden. Laten we elkaar daarom bijpraten met een korte persoonlijke status. We beginnen met u, Frederiksen.'

'Ik bouw mijn betrokkenheid nog steeds af en heb me uit drie besturen teruggetrokken. Verder is de status onveranderd.'

Corfitzen knikte naar Mogens Bergsøe.

'Status onveranderd, maar met de toevoeging dat mijn vrouw en ik niet meer bij elkaar wonen, hoewel we niet gescheiden zijn.'

'En u, Uth-Johansen?'

De secretaris-generaal noemde in chronologische volgorde een paar punten. Hij besloot ermee te zeggen: 'Per 1 april ben ik benoemd tot secretaris-generaal van het ministerie van Defensie. Ik wil graag van de gelegenheid gebruikmaken om mijn dank uit te spreken.'

De oude ambassadeur maakte een afwerend gebaar met zijn handen.

'Niets gebeurt vanzelf, het is allemaal dankzij uw volharding,' zei hij. 'En u, Nyberg?'

'Status onveranderd.'

De laatste man in de rij was de minister van Justitie. Na Corfitzens knikje begon Ulrik Rosborg aan een beknopte uiteenzetting van de opvallendste gebeurtenissen van de afgelopen drie jaar.

'Zeventien maanden geleden ben ik benoemd tot minister van Justitie. Het is me duidelijk welke invloed daarvoor is gebruikt en ik wil eveneens van de gelegenheid gebruikmaken om mijn dank uit te spreken.'

Corfitzen zat stram op zijn stoel en hief opnieuw een hand.

'U moet alleen uzelf bedanken. Talent verloochent zich niet. Maar het verplicht, zoals bekend is... U bent op heel logische wijze al ver gekomen, en dat is volkomen verdiend.'

Corfitzen knikte naar Rosborg en laste een korte pauze in, waarin de vijf mannen zwijgend op hun stoelen zaten en naar hem keken. Daarna ging de oude ambassadeur verder.

'Bedankt, heren. We zullen de komende dagen dus in elkaars verrijkende gezelschap doorbrengen. Er zijn drie jaar verstreken sinds de laatste keer. Zoals we bij de koffie besproken hebben, zullen we tijd maken voor edelherten en zeeforellen, ook al hebben we het druk. Onze onderzoeksopdracht brengt met zich mee dat we over twee onderwerpen zullen discussiëren, met inbegrip van de respectievelijke conclusies en positiebepalingen. Het gaat deze keer om: 1) Integratie via de arbeidsmarkt, het doelgericht creëren van arbeidsplaatsen als middel om de integratie te vergroten. 2) Precedent en strafbepaling voor persoonlijk geweld van bijzonder grove aard, waaronder een specifieke discussie over het feit dat de maatschappij ogenschijnlijk meer aandacht heeft voor daders dan voor slachtoffers, wat een belediging is voor het rechtsgevoel van burgers.'

Corfitzen had geconcentreerd gesproken terwijl hij om beurten naar zijn gasten keek, en zonder gebruik te maken van aantekeningen om op te steunen. Hij liet de onderzoeksopdracht bezinken voordat hij zijn toespraak afrondde.

‘Heel verschillende thema’s dus. Beide uitdagend, zou ik zeggen. Ik weet dat het een waardevolle ervaring wordt. Jullie zijn allemaal zorgvuldig uitgekozen om jullie voor Denemarken in te zetten. Jullie behoren tot de beste mannen van het rijk.’

‘Het was toch alleen een gezellig jacht- en visweekend? Wat een klootzakken...’

Margrethe Franck keek op haar horloge, stopte de afspeelapparatuur en zette het scherm uit.

‘We hebben geen tijd meer, Oxen. Het is laat. Ik neem deze mee,’ zei ze terwijl ze de dvd eruit haalde. ‘Maar ik wil de originele opname met de minister van Justitie en Virginija heel graag hebben. Ik wil zien wat er met haar gebeurd is.’

‘Misschien zit er een kopie in de archiefkast of staat hij op een harddisk. Er staat er een op de tafel, heb ik gezien. Maar als de opname alleen te vinden is op de harddisk van de jachthut, dan krijg je hem niet te zien. Die hebben de drie mannen in camouflagekleding bij het meer meegenomen. Die is in geen velden of wegen meer te bekennen. Waarschijnlijk is hij vernietigd.’

Franck knikte.

‘Ik hoop dat ik hem vind als we terugkomen. We moeten nu zo snel mogelijk weg.’

De gedachten tolden door zijn hoofd. Danehof Noord. Waarom Noord? Was er ook een Danehof Zuid, Oost en West? En wat had Corfitzen bedoeld met de eerste ring?

‘Je hebt gelijk. We moeten weg,’ zei hij geïrriteerd.

Hij zou graag de hele boekenkast mee willen nemen. Hij rende ernaartoe en pakte de band met 1963 van de vloer. Hij wilde weten hoe de grote lekkagezaak was geëindigd. Hij stopte het boek in zijn rugzak met gereedschap. Net voordat hij het licht uitdeed, pakte hij in het voorbijgaan de oude leren map waar Franck het over had gehad van het bureau en stopte die onder zijn trui.

Vlak daarna gleden ze in de kleine lift naar boven en stapten de parketvloer van de gang weer op. Nu moesten ze zich door de kelder en uit het raam haasten.

Franck trok de ladder naar boven. Hij wachtte in de deuropening van de herenkamer. Ineens werden er krachtige lampen aan beide zijden van de gang aangestoken. Ze waren omsingeld.

Zijn eerste gedachte was om het pistool in zijn rugzak te pakken, maar in plaats daarvan stopte hij zijn hand snel onder zijn trui en stak zijn arm naar achteren. Het lukte hem om de leren map tussen een paar boeken in de kast bij de deur te stoppen.

'Blijf doodstil staan! En doe jullie handen omhoog, zodat we ze kunnen zien! Eén verkeerde beweging en we schieten jullie neer. Begrepen?'

Het scherpe commando kwam van het eind van de gang. De lampen naderden van beide kanten.

# 61

Ze zaten gevangen te midden van een hels kabaal. Hij rook de penetrante lucht van verse dennenboomspaanders. En naar het lawaai te oordelen had hij een vrij duidelijk idee van wat er om hen heen gebeurde.

Toen de blinddoek voor zijn ogen werd weggehaald, had hij zekerheid. Ze zaten op de bosgrond, in een groot, rechthoekig veld waar dennenbomen werden gerooid, en waren allebei met tiewraps rond hun polsen aan een boom vastgebonden.

Niet ver bij hen vandaan verslond een grote bomenrooimachine op enorme wielen de bomen met een duivelse effectiviteit. De onverzadigbare bek van het monster was in werkelijkheid een bomenprocessor die op een lange kraanarm was gemonteerd. Het apparaat kon rooien, takken snoeien en stammen zagen in van tevoren geprogrammeerde lengtes en met een snelheid waar geen bosarbeider tegenop kon.

Hij keek naar Margrethe Franck, die haar ogen tot spleetjes had geknepen in het opkomende daglicht nadat de blinddoek was verwijderd. Hij zag dat er een schok door haar lichaam ging, waarna ze als verlamd naar de bomenrooimachine keek die een dikke stam onder handen nam alsof het een sliert spaghetti was.

Er stonden maar acht bomen tussen de machine en Margrethe Franck.

Een van de zes mannen had hen in het kasteel gefouilleerd. Hij had de dvd die Franck in haar zak had gestopt meteen gevonden. En hij had het dikke Danehof-boek in de rugzak gevonden. De man was echter niet zo zorgvuldig geweest dat hij het jagersmes had ontdekt dat hij gewoontegetrouw op zijn rechterbeen had getapet. Daar had hij echter niet veel aan nu zijn handen rond een boomstam vastgebonden waren.

De mannen, die zwarte bivakmutsen met gaten voor hun ogen en mond droegen, hadden hen in een bestelbusje vervoerd. Hij schatte dat ze een kwartier hadden gereden, het laatste stuk over ongelijke wegen, wat blijkbaar bospaden waren geweest.

Hij keek om zich heen en probeerde zich te oriënteren. Op de verste lange zijde van het bijna gerooide veld verhief zich een kleine muur van blauwsparren. Helemaal achter in het veld zag hij een grote zilverkleurige terreinwagen met vierwielaandrijving. Hij stond met de neus naar hen toe. In de auto zag hij twee donkere gedaantes zitten.

Achter de terreinwagen lag een deel met dicht op elkaar staande beukenbomen, en in de verste hoek reikten een handvol enorme sparren met hun verfomfaaide kruinen naar de lichtblauwe hemel. De kruin van de hoogste spar was geknakt en een van de andere helde opzij als de toren van Pisa.

Toen hij weer naar Margrethe Franck keek, waren er nog maar zeven bomen tussen haar en de machine.

Het licht reflecteerde in de voorruit van het bosbeest, zodat hij niet kon zien of de chauffeur met een vastberaden trek op zijn gezicht op het punt stond om Mossmans assistent te vermoorden en haar in een stuk van een meter en een iets kleiner stuk te hakken.

Hij hief zijn hoofd en keek naar de hoek. Hij kende de enorme sparren. Hij wist hoe majestueus ze waren. En vooral de koning van het gebied – zonder kroon. Ze bevonden zich op zijn vroegere domein, Ersted Skov, een stukje ten westen van zijn kamp bij de Lindenborg Å. In een rechte lijn was het nauwelijks een kilometer.

Op dit moment zaten er nog zes stammen tussen het monster en Margrethe Franck.

Ze riep paniekerig iets tegen hem, maar hij zag alleen haar mond bewegen. Hij probeerde constructief te denken, maar alles verdronk in het oorverdovende lawaai.

De man die de blinddoeken voor hun ogen had weggehaald, moest zich achter hen bevinden omdat hij hem niet kon zien. Maar alle zes de mannen konden zich achter hen bevinden. Als ze in koor zouden schreeuwen, zou hij ze zelfs niet kunnen horen.

De machine pakte de zesde boomstam. Zo meteen was het Margrethe Francks beurt. En hij had nog steeds geen samenhangende gedachte gehad die hoop gaf.

*Hak, hak, hak...* De zaagarm was onvermoeibaar en de meterstukken vielen met een afschuwelijke precisie.

Op het moment dat het laatste stuk op de bosgrond viel, verscheen er een man met een zwarte capuchon over zijn hoofd in zijn gezichtsveld.

De man gebaarde naar de bestuurder van de machine, die omdraaide en wegreed.

De man ging met licht gespreide benen en zijn armen over elkaar geslagen voor hen staan.

'Een verdomd mooi apparaat... Maar het zou een enorme rotzooi geven en dat is niets voor mij. Ik geniet hier niet van, maar doe wat me opgedragen wordt. Mijn opdracht is om jullie te liquideren. En die opdracht ga ik ook uitvoeren, maar dan op een fatsoenlijke manier. Als jullie het gewoon hadden opgegeven en het kasteel met rust hadden gelaten, dan zou het nooit zover gekomen zijn.'

De man maakte een gebaar en een van zijn gemaskerde helpers ging achter hen staan met een motorzaag in zijn handen. Misschien stonden ze er alle zes?

De man begon de stam net boven Margrethe Francks hoofd door te zagen. Ze verdween volledig tussen de spaanders. Daarna hielp hij haar overeind en stond ze, nog steeds met haar handen op haar rug gebonden, heel klein en hulpeloos op de grote open plek. Voor één keer was het alsof ze helemaal geen energie had.

Daarna was het zijn beurt. De spaanders raakten zijn nek en oren met een enorme kracht en voelden als priemen. Een moment later viel de boom en kon hij omhoogkomen en zijn handen van de stronk schuiven.

'Loop naar de sleuvengraafmachine!'

De eerste man wees naar een punt achter hen en trok een pistool uit zijn holster.

Ze draaiden zich om. Achter hen stond nog een man met een zwarte bivakmuts. Hij had een machinepistool over zijn borstkas hangen. De resterende drie mannen van het kasteel waren dus verdwenen.

De sleuvengraafmachine stond 30-40 meter verderop. Ernaast lag een grote stapel lichtbruine zandgrond. En daarachter stond een shovel, die was neergezet voor een effectieve begrafenis. Dat had hij eerder gezien. Op een andere plek. In een andere tijd.

Ze werden naar de sleuvengraafmachine gedreven en staarden in het gat. Het was diep. En groot. Veel groter dan nodig was.

Het gat... Een effectief stuk werk van een man in een grote gele machine. Iedereen kon een gat in de grond graven. Het was alleen een wereld van verschil wat je in het gat stopte.

*De warmtenevel trilt. Ze liggen in lagen op elkaar, meerdere lagen, kriskas door elkaar als stoffen poppen. De zoete stank kruipt in zijn neusgaten. Hij slikt om ervoor te zorgen dat zijn maaginhoud niet naar boven komt.*

*Hij hoort zoemen. Bromvliegen en maden kruipen in en uit monden, neuzen, ogen.*

'Helemaal naar de rand, zoals ik al zei. Een opdracht is een opdracht... Jullie hadden uit de buurt moeten blijven, idioten. En dat had Arvidsen ook moeten doen.'

Hij liet zich op zijn knieën in het zand vallen. Margrethe Franck volgde zijn voorbeeld.

*Het is net een stapel rommelige kleding op de vloer. Op een berg bij de wasmachine gegooid. Kleding in alle kleuren. Geen chique kleding. Gewone kleding, goedkope kleding in harde kleuren, saaie kleding.*

*Maar er zitten mensen in de kleding. Grijs en uitgeteerd. Een paar van de bovensten zijn net in het gat gegooid. Hij ziet bleke wangen, matte oogbollen en vingers die zich hulpzoekend uitstrekken.*

*Bovenop ligt een jongen in een Juventus-shirt.*

'Als jullie in God geloven, dan is dit het moment om te bidden,' zei de stem achter hen. Het klonk eerder constaterend dan dramatisch.

Hij kneep zijn ogen dicht en schudde met zijn hoofd om zijn gezichtsvermogen terug te krijgen. Het voetbalshirt verdween.

'Zit stil, man! Ben je knettergek geworden? Zit stil!' schreeuwde de man achter hem plotseling woedend.

Hij stopte en deed zijn ogen langzaam open. Het gat was leeg. Hij zat op zijn knieën bij de rand van het gat. En het was helemaal leeg. Het zand was schoon. Lichtbruin en donkerbruin.

Naast hem knielde Margrethe Franck. Ze keek met grote, bange ogen naar hem.

Hij hoorde dat de man de haan spande. Hij had geen plan, alleen brokstukken van een plan. Hij moest tijd winnen.

'Stop, stop!' riep hij. 'Als je dit doet, hebben je bazen een heel onaangenaam probleem. Hoor je?'

'Hou je kop.'

'Als je de trekker overhaalt, dan ziet de hele wereld hoe de Deense minister van Justitie voor het oog van de camera een vrouw vermoordt. Wat denk je dat je bazen daarvan zullen zeggen?'

Hij voelde dat de man achter hem zijn wapen liet zakken.

'Waar heb je het verdomme over?' vroeg hij aarzelend.

'Precies wat ik zei. Ik heb de video gezien. En ik heb hem in mijn bezit. Als ik binnen de komende 48 uur niet een bepaalde handeling uitvoer, dan wordt er automatisch een mail met een bijgevoegd bestand naar de nieuwsredacties van DR en TV2 gestuurd. En als extra beveiliging ook naar de BBC. Snap je?'

Margrethe Franck gluurde naar hem, maar vertrok geen spier.

Zijn vingers trokken zijn broekspijp omhoog. Voorzichtig. Telkens een stukje verder. En nog een stukje verder.

De man achter zijn rug pakte zijn mobiel en belde zijn chef over de onverwachte situatie. Misschien was zijn chef een van de mannen in de zilverkleurige terreinwagen die dreigend bij de bosrand stond.

'Hé,' zei de man. 'Ik hou mijn mobiel bij je oor en jij vertelt mijn chef precies wat er op de video staat waarover je bazelt.'

Hij begon geconcentreerd te vertellen. 'Mijn naam is Niels Oxen. De video is in de nacht van zaterdag op zondag 16 oktober vorig jaar opgenomen met Hans-Otto Corfitzens geheime opnameapparatuur in Nørlund Slot. Je ziet hoe minister van Justitie Ulrik Rosborg Virginija Zakalskyte op een gewelddadige manier neukt. Van achteren. Ze draagt een tuig. En heeft een bit in haar mond. En ze heeft een leren riem rond haar hals. Het is gewelddadig, héél gewelddadig. Eerst lijkt het alsof ze ervan geniet. Dat komt door de verstikkingsroes. Rosborg stopt echter niet. Hij verliest zijn bezinning, lijkt bezeten. Hij blijft op haar inbeuken – en trekt tegelijkertijd aan de riem. Zelfs als ze voorover valt en bewusteloos is, gaat hij door. Pas later ontwaakt hij uit zijn trance. Hij stormt in paniek de kamer uit en komt een paar minuten later terug met Corfitzen. Het is echter te laat. Virginija Zakalskyte uit Vilnius is dood, op 27-jarige leeftijd... Uniek materiaal om opgestuurd te krijgen als je een televisiezender hebt, nietwaar?'

De man haalde de mobiel bij zijn oor vandaan, liep een eindje bij hen vandaan en begon een gesprek met zijn chef.

Zijn vingers gleden terug naar zijn rechterbroekspijp. De mannen stonden aan de andere kant van het gat. Ze konden zijn vingers achter zijn rug niet zien bewegen. Zijn broekspijp was nu voldoende omhooggetrokken. Zijn vingers gleden over de schede, vonden de kleine band, maakten die los en trokken het mes naar buiten.

Hij hield het mes loodrecht, zette kracht en sneed de tiewraps door.

Hij zag dat de man praatte, maar hoorde niet wat hij zei. Even later kwam de man terug.

'We hebben een computer in de buurt... Mijn chef heeft me opdracht gegeven om jullie meteen te laten gaan als je vertelt waar we de mail kunnen vinden en hoe je "regeling" eruitziet. En mijn chef staat erom bekend dat hij zich aan zijn woord houdt.'

Hij snoof.

'Ben je gek? Zodra ik het verteld heb, zitten we weer hier.'

De man zuchtte diep en zei: 'Oké, dan doen we het op een andere manier. Ik schiet je eerst in je ene knieschijf, daarna in de andere en dan in je ballen. En zo gaan we door tot je antwoord geeft. Sta op!'

Hij sprong op hetzelfde moment overeind als een gespannen veer die losgelaten werd. Hij draaide zich om, oriënteerde zich in een flits en zette de beweging voort. Met zijn rechtervoet schopte hij het pistool uit de hand van de man, dook met zijn hoofd naar voren in een koprol en kwam meteen weer overeind. Nu bevond hij zich achter de overrompelde man.

'Achter me!' riep hij tegen Franck, sloeg tegelijkertijd zijn linkerarm om de kin van de man en duwde het mes tegen zijn ontblote hals.

'Naar de shovel, Franck! Kalm! Blijf achter me!'

Franck begreep hem en bleef in dekking. De twee andere mannen hielden een machinepistool en een pistool op hen gericht, maar wisten niet goed wat ze moesten doen.

Stap voor stap liepen ze achteruit naar de shovel, een grote Case. De mannen volgden hen. Aarzelend en op zoek naar antwoorden. Hun leider zei niets en siste alleen hees.

Franck was bij de shovel en voor hem was het nog maar een paar meter. Hij haalde het mes weg en sloeg zijn linkerarm in dezelfde beweging in een ijzeren greep rond de hals van de man. Daarna strekte hij zijn arm naar achteren.

'Je handen, vlug!'

Franck draaide haar rug naar hem toe en hij sneed de tiewrap door.

'Klim op de shovel en start hem. Draai de sleutel net als bij een auto. En zet de versnelling, die zit op de stuurstang, in de neutrale stand. Onthou: neutraal!'

Hij duwde het mes weer tegen de hals van de man. Het leek een eeuwigheid te duren, maar plotseling klonk er een dof gebrul van de enorme motor en een stinkende, zwarte paddenstoelwolk spoot uit de uitlaat.

Ze waren er klaar voor. De laatste manoeuvre was de moeilijkste. Beide wapens waren op hem gericht, maar de twee mannen konden, wilden of durfden niet te schieten. Hij verplaatste zijn greep weer en stopte het lemmet van het mes tussen zijn tanden zodat hij zijn rechterhand vrij had. Zijn vingers vonden het stevige handvat halverwege de machine en zijn voet vond houvast. Hij trok zowel zichzelf als de man op de onderste treeplank. De man vond steun voor zijn voet, anders zou hij gewurgd worden.

Er waren nog twee treden over. De mannen op de grond zochten een plek om te schieten. Bij voorkeur een hoofdschot. Hij bleef echter de hele tijd in beweging en in dekking.

Hij zette zich af op de bovenste treeplank en klom in de cabine. Het scherpe lemmet van het mes lag weer op de keel van de man.

Hij keek naar de instrumenten in de cabine en vond de bedieningshendel bij de rechterarmleuning. Hij had vroeger in een van de 721'ers van de genietroepen gereden, maar dat was lang geleden. Hij trok de bedieningshendel naar achteren waardoor de grijper omhoogging. Daarna duwde hij de hendel naar rechts en kantelde de grijper zodat die de meeste bescherming bood. De man bewoog zijn arm om in evenwicht te blijven.

De beslissing was geen bewuste beslissing die was genomen als gevolg van een serie gedachten. Er was eerder sprake van instinct. Hij sneed met het lemmet van links naar rechts over de hals van de man en duwde hem met een voet in zijn rug van de bovenste tree. Tegelijkertijd trok hij de versnellingspook in 'reverse' en trapte het gaspedaal tot de bodem in.

Hij draaide aan het stuur en corrigeerde de hoek, zodat ze beschermd werden door de grijper die als een enorm schild de kogelregen opving die de twee mannen op hen afvuurden toen hun chef met een opengesneden hals op de grond viel.

De kogels ricocheerden jankend door de lucht als ze de grijper raakten. Een paar kogels verbrijzelden de voorruit van de shovel, maar dat was niet erg. Hij reed vol gas achteruit. De krachtige motor liet de grote wielen over het terrein walsen en elke hindernis en oneffenheid overwinnen.

Het duurde maar even voordat de twee mannen het schieten opgaven. Hij hoorde Franck roepen dat ze in de sleuvengraafmachine klommen, maar hij reageerde niet. Hij moest zich concentreren. Hij remde, duwde de versnellingspook naar voren, draaide en liet de grijper zakken zodat die als een stormram fungeerde. Daarna zette hij de machine in de vierde en hoogste versnelling en reed met volle snelheid naar voren.

'Hou je vast!' riep hij tegen Franck op het moment dat de shovel de muur van blauwsparren ramde en door een veld met jonge bomen ploegde. Ze hotsten over de bosgrond. De machine veegde elke hindernis opzij en liet een open wond tussen de sparren achter, als een orkaan die een spoor van vernieling trok.

Hij reed op volle snelheid de helling af, naar de rand van het rivierdal. Hij had een voorgevoel van hoe en waar de krankzinnige rit zou eindigen en hij had een duidelijk doel met de manoeuvre.

De hele cabine schudde toen ze een van de grotere bomen, die voor hen opdook, torpedeerden. De shovel danste en sprong de heuvel af en maaide bomen en struikgewas omver. Even later werd het terrein vlak en na een stuk met hoog gras reden ze een brede strook met wilgen in.

Daar eindigde de rit, zoals hij had verwacht. De zware machine zakte weg, de wielen verdwenen in de modder en de motor sloeg af.

Ze sprongen uit de cabine. Het was nog steeds een heel eind over de verhogingen in het moeras voordat ze de vaste grond bij zijn kamp hadden bereikt.

Hij keek achter zich. Boven op de heuvel, in de opening tussen de blauwsparren, kwam de gele sleuvengraafmachine als een woedende giraf naar het kamp springen. Hun voorsprong was niet groot.

# 62

Ze zaten onder de zwarte stinkende modder. Hij had Margrethe Franck zo ongeveer achter zich aan getrokken. Normaal gesproken was haar prothese geen noemenswaardige handicap, maar op dit moeilijke terrein en op volle snelheid gaf die problemen.

Ze naderden zijn kamp en zagen de hoofden van hun achtervolgers boven het riet en de pollen uit komen.

Franck liet zich op haar rug vallen en hapte naar adem terwijl hij naar een stapel sprokkelhout liep en die opzij duwde. Onder een kleed, dat was gecamoufleerd met bladeren, gras en grind, lagen zijn boog en de paar jachtpijlen die hij nog had.

Als hij alleen was geweest, dan was hij een confrontatie uit de weg gegaan. Hij zou over de steile oostelijke helling en door het Vesterskov zijn gevlucht. Met Margrethe Franck op sleeptouw was dat echter niet mogelijk. Ze zouden worden ingehaald en ter plekke doodgeschoten worden.

'Opstaan, Franck! Je moet me helpen.'

Hij pakte het kleed dat de boog had bedekt en liep terug naar het zanderige gedeelte, waar het slib overging in vaste grond. Hij liet zich in een kleine kuil op zijn knieën vallen en begon het zand met twee handen opzij te scheppen. Vanaf deze plek had hij overzicht over het gedeelte waar de achtervolgers zouden verschijnen.

Franck liep naar hem toe. Hij ging met de boog en de pijlen in de aanslag op zijn buik liggen.

'Leg het kleed over me heen. Bedek me met zand en gras en een beetje sprokkelhout. En leg wat gras over mijn vrije hand en de boog.'

Ze werkte snel. Even later bekeek hij zijn schuilplaats en was tevreden.

'Om het plan te laten slagen moet ik dichtbij zijn met de boog,' legde hij uit.

'In het beste geval krijg je er waarschijnlijk maar één te pakken. Wat gebeurt er daarna?'

'Dat zien we dan wel. En nu moet je weg. Loop de helling op naar de grote eik als je de rivier bent overgestoken. Daar ligt een grote omgevallen boom. Wacht daar op me.'

'Eén ding... Heb je echt de video-opname, zoals je zei?'

'Later... Ga nu!'

Margrethe Franck knikte en verdween zonder te protesteren. Hij had een kleine kier om door naar buiten te kijken. Op dit moment kon hij hun achtervolgers nog niet zien, maar zo meteen zouden ze recht op hem afkomen. Hij kon maar één pijl afvuren en dat moest een voltreffer zijn. Daarna moest hij zich terugtrekken en Franck achternagaan.

De mannen kwamen een paar minuten later. De man met het machinepistool liep gelukkig voorop, zo'n 10-15 meter voor zijn kameraad. Dat betekende dat hij zich niet terug zou trekken tijdens een hevige beschieting. Ze hadden hun bivakmutsen allebei afgedaan, waarschijnlijk omdat het te warm was.

Toen de man bij de omgevallen berk arriveerde, was de afstand perfect. Hij moest op zijn knieën gaan zitten om goed te kunnen richten, ook al gaf hij zich daarmee bloot. Hij telde in gedachten af.

Op het moment dat de man met het machinepistool de berk naderde, duwde hij zich op zijn ellebogen naar voren en ging meteen op zijn knieën zitten. De boog was gespannen, hij richtte en vuurde een geluidloze pijl af.

De man bleef één moment met een verbaasde uitdrukking op zijn gezicht staan, een beetje alsof hij een dier was. Hij wist niet wat er was gebeurd, maar besefte dat wat er was gebeurd fataal was. De man staarde naar zijn buik. Het bloed gutste naar buiten.

In plaats van te wachten tot zijn tegenstander in elkaar zakte, liet hij zich onmiddellijk plat op het zand vallen en kroop weg. Pas toen hij bij het hoge gras kwam, ging hij staan en begon te rennen. Hij hoorde onmiddellijk een serie schoten achter zich.

De Innerloc-jachtpunt met drie messen had zijn werk gedaan, hij had een verwoestend kanaal in de buik van de man gemaakt, was door huid, spieren, maag en ingewanden gesneden en was via zijn rug naar buiten gekomen, waardoor het leven binnen een paar seconden uit hem zou vloeien.

Op het moment dat hij de heuvel op rende, klonken er snel achter elkaar drie nieuwe schoten. Eén ervan raakte de schors van een boom vlak naast hem. Een ander versplinterde zijn boog, wat rampzalig was.

Franck begon alweer te rennen toen hij de gevallen boom bereikte. Hij keek over zijn schouder, maar zag de man niet. Wat hij wel zag was een derde achtervolger die zich door het moerasgebied worstelde. Verdomme. Er waren dus nog steeds twee vijanden. Was hij maar alleen geweest.

Ze renden over een open strook met kleine sparren naar een stuk met donker kreupelhout waar de dennenbomen het licht wegnamen.

'Stop!' riep hij.

Franck bleef meteen staan.

'Mijn boog is kapot. We moeten iets bedenken.'

'Kunnen we ons niet gewoon razendsnel uit de voeten maken?'

'Hij haalt ons in. En er is een derde bij gekomen.'

Hij gebaarde dat ze naar hem toe moest komen terwijl hij tegelijkertijd naar boven keek. Vlak daarna bleef hij staan.

'We moeten hem meteen uit de weg ruimen. Ik klim naar boven.' Hij wees naar de stevige dennenboom. 'Jij laat je daar vallen, tussen die twee bomen. Als ik het zeg, ga je jammeren. Niet te veel. Niet te weinig.'

'Oké. Lukt dat?'

'Het moet lukken.'

Hij klom naar boven en gaf haar een teken.

Het duurde een paar minuten voordat ze een donkere schaduw voorzichtig door het kreupelhout zag sluipen. De gedaante bleef staan en bestudeerde de vrouw, die ineengedoken op de bosgrond lag te jammeren, wantrouwend.

Op hetzelfde moment sprong hij en landde vlak achter hun onbekende tegenstander. Hij sloeg zijn armen rond het hoofd van de man, gaf een ruk en brak zijn nek.

Franck rolde om op de bosgrond en keek geschokt toe hoe hij het slappe lichaam op de grond liet vallen. Hij pakte het pistool van de man, het was een SIG SAUER, net als de zijne. Hij haalde het magazijn eruit, leegde het en duwde de patronen er weer in.

Hij had vijf kogels voor zijn poging om de derde en laatste achtervolger tegen te houden, die onherroepelijk zou opduiken terwijl ze de drie tot vier kilometer naar de provinciale weg renden.

Margrethe Franck rende zo snel als ze kon en zonder één keer te klagen. Ze volgden de bosrand, sloegen af naar een paar diepe wielsporen op een werkpad voor bosmachines en renden verder zonder dat ze de derde achtervolger zagen.

De wielsporen ontmoetten andere wielsporen op een open plek en even later werd het een grindpad. Het pad liep naar beneden in een dal en even later weer steil omhoog.

'Dat verdomde been. Kunnen we één moment stoppen?' hijgde Franck.

'Nee! Doorlopen.'

In de verte, op de plek waar het grindpad op de grote provinciale weg uitkwam, zag hij een vrachtwagen rijden.

'Nog een klein stukje. We zijn er bijna.' Hij probeerde haar op te beuren.

Het eerste schot kwam schuin van achteren, op het moment dat ze het laatste rechte stuk naderden en nog maar zo'n 300 meter over een heuvel naar het asfalt hoefden te rennen. Hij keek over zijn schouder. Een gedaante met een bivakmuts op rende als een zwart spook over de helling. De man moest ze kortgeleden in het oog gekregen hebben en probeerde hen nu de pas af te snijden.

Het volgende schot liet kleine stenen voor hem opspatten. Daarna klonk er een serie van vier snelle schoten. De tweede raakte zijn linkerschouder. Hij bleef rennen en dirigeerde Franck naar een dichtbegroeide plek in het bos. Hij liet zich achter haar vallen, rolde rond en vuurde vlak achter elkaar drie schoten af.

'Rennen, Franck! Schiet op!'

Ze hadden dekking van de bomen, maar ze moesten snel zijn.

Hun achtervolger, die aan de overkant van de weg rende, vuurde een nieuwe serie schoten af.

Hij bleef staan, pakte het pistool met twee handen, strekte zijn armen en schoot één keer. Het leek alsof hij de man met de bivakmuts in zijn rechterarm raakte. In elk geval bleef hun vijand staan en liet zich in een greppel vallen.

Nu had hij nog maar één schot.

Hij bleef rennen en haalde Franck vlak daarna in. Het duurde maar een moment, toen klonk er een nieuwe serie schoten achter hen. Ze hoorden de kogels echter niet fluiten. Plotseling opende het bos zich.

Ze renden door het struikgewas en bereikten de provinciale weg. Een personenauto passeerde in de richting van Rold. In de verte naderde een vrachtwagen in noordelijke richting.

Hij bleef midden op de weg staan en zwaaide met zijn armen. Het enorme gevaarte slingerde toen de chauffeur boven op de rem stond. Vanuit zijn ooghoeken zag hij hun achtervolger tussen de eerste rij boomstammen. Hij hoorde hem nieuwe schoten afvuren, maar ze waren beschermd door de vrachtwagen.

Ze liepen naar de cabine en klommen naar binnen zonder de verblufte chauffeur om toestemming te vragen.

'Rijden!' riep hij terwijl hij met het pistool zwaaide.

Hij zag nog net dat hun vijand aan de kant van de weg tegen een boomstam leunde. Toen de vrachtwagen in een lage versnelling wegreed, verdween de donkere gedaante uit het zicht.

# 63

Een enorm gezicht keek glimlachend op hem neer toen hij zijn ogen opendeed. Omdat de eigenaar ervan voorovergebogen stond, hingen de losse huidplooien in het vlezige gezicht, zodat het deed denken aan een bloedhond.

'Well...'

Toen hij dat eerste woord hoorde hoefde hij niet verder wakker te worden. Er was er maar één die 'well' zei.

'Dat was niet de eerste kogel, Oxen, maar het is prettig als het de laatste is.'

Axel Mossman plantte zijn grote lichaam op de stoel in de eenpersoonskamer die hij heel dicht bij het bed had geschoven.

'Dat klinkt als een dreigement.'

'Sorry, zo was het niet bedoeld,' zei het hoofd van de PET. 'Wat zeggen de artsen over je schouder?'

'Het komt wel in orde. Dat hebben ze beloofd. Hoe is het met Franck?'

'Ik moet de groeten van Margrethe doen en zeggen dat ze later langskomt. Ze prijst je de hemel in. Ze zegt dat jij degene bent die het onderzoek vooruitgeholpen heeft, dat jij degene bent die de gaten gevonden heeft. Ze staat volkomen achter je, Oxen.'

'Achter me? Wat bedoel je?'

'Margrethe heeft haar werk gedaan, precies zoals ik van haar verwachtte. Toch is ze uiterst... loyaal... aan je geweest, Oxen. Loyaler dan ik in het begin had gedacht. En ik ken haar zo goed dat ik een zekere sympathie voel.'

'Wat wil je? Kom je hier om me te vertellen dat jullie niets gevonden hebben in Nørlund Slot? Dat Corfitzens geheime archiefruimte en commandocentrale een lege kelder is? Is dat zo?'

Axel Mossman knikte langzaam. Hij zag er enigszins verdrietig uit, of misschien deed hij net alsof.

'De ruimte was niet leeg. Er stond wat oude rommel, planken, een commode en dat soort dingen.'

'Vreemd om zoveel moeite te doen met een verborgen lift in de parketvloer en een ijzeren deur met een codeslot als het alleen naar een rommelkamer leidt, nietwaar? Maar als je mij niet gelooft, dan geloof je Franck toch wel?'

'Er lijken wonderlijke dingen te gebeuren zodra jullie ergens in wroeten. Bewijzen verdwijnen, lijken verdwijnen, daders verdwijnen, en nu oude boeken en geluids- en video-opnames. En technische apparatuur. Alles verdwijnt...'

'Wat tot een heel andere verdenking zou kunnen leiden.'

'Ja? Verklaar je nader.'

'Dat iemand voortdurend uitstekend op de hoogte is van de gebeurtenissen.'

'We hebben geen mol. Als dat is waar je op zinspeelt.'

'Als alles volgens het boekje verloopt, waarom hebben jullie de minister van Justitie dan niet opgepakt?' Hij ging rechtop zitten. Woedend en volledig geconcentreerd.

'Laten we een ander gedachte-experiment doornemen, Oxen. Het gaat om jou. Jij bent de man met alle motieven.'

'Dat is waarschijnlijk het scenario dat je vanaf het begin voor ogen had. Ik moest de zondebok zijn, nietwaar?'

'Het uitgangspunt van mijn vak is dat er een schuldige moet zijn. Maar je moet ook gereedschap gebruiken, en soms is dat onconventioneel gereedschap. Hoe meer gefundeerde elementen er in het spel worden gebracht, hoe meer combinatiemogelijkheden er zijn. Maar laat ik terugkeren naar mijn gedachte-experiment.'

Mossman ging verder met een ondoorgrondelijke gezichtsuitdrukking, die kon betekenen dat zijn verhaal net zo goed praktijk als theorie kon zijn.

'Je haatte Hans-Otto Corfitzen en andere lankmoedige partijbonzen in de diplomatie, die destijds gefaald hebben in de Balkan. Dat leidde tot afschuwelijke belevenissen en littekens op je ziel, en het kostte indirect je kameraad het leven. En je haatte advocaat Mogens Bergsøe omdat hij en zijn vervloekte commissie van mening waren dat je superieur niet verantwoordelijk was. En laten we zeggen dat je Arvidsen met een geweerschot hebt vermoord omdat Arvidsen je bij het kasteel had gezien. Misschien heeft hij zelfs gezien dat je de onschuldige Corfitzen op een stoel had vastgebonden en hem mishandelde. En Arvidsen was een klootzak, dat weten we. Hij chanteerde je.'

'Hij is met een geweer vermoord.'

'Als we met een metaaldetector in de buurt van je kamp zoeken, dan weet ik zeker dat we een geweer kunnen vinden. Zoiets kun je altijd vinden.'

'Het mes, mijn mes in Arvidsens dijbeen. Wat deed dat daar als ik hem van een afstand heb doodgeschoten?'

'Je vergeet één ding, Oxen... Welk mes?'

'Hmm, oké. Ga verder. Fensmark, je werknemer die in de jachthut vermoord is.'

Axel Mossman knikte goedkeurend en zei: 'Dat heb je goed bedacht. Je verdedigt het materiaal dat Arvidsen had verstopt om je te kunnen chanteren, misschien onthullende bewakingsopnames van jou bij het kasteel? Als Fensmark je verrast, vermoord je hem. En je bent zo'n koelbloedige klootzak dat je jezelf slaat en verwondt zodat je bloedt als een rund en zelfs Margrethe Franck in je truc trapt.'

'Het moordwapen is Sergej Pronko's pistool, dus hoe...'

'Ho even, Oxen.' Mossman hief een hand. 'Ik weet alleen dat het moordwapen waarschijnlijk wordt gevonden bij het geweer waarmee je Arvidsen vermoord hebt. Een ballistische test kan uitwijzen dat dat het juiste pistool is.'

Hij besefte dat de politie, die in theorie hetzelfde was als de Politie Inlichtingendienst, het wapen van de Rus in handen moest hebben en het daarom op elke plek neer zou kunnen leggen. Maar er was één opening.

'Maar het geweer... Je hebt vermoedelijk het geweer niet waarmee Arvidsen vermoord is.'

Mossman trok een nadenkend gezicht.

'Misschien niet pro tempore. Maar ik ben ervan overtuigd dat als ik een opmerking zou laten vallen dat we je bijna te pakken hebben maar alleen het juiste geweer missen, tja, dan valt dat misschien wel uit de hemel, denk je niet?'

'Er is veel wat daarop zou kunnen wijzen. Hoe zit het met Virginija Zakalskyte?'

'Virginija wie? Zij komt in principe helemaal niet in het stuk voor. Ze is nooit in Nørland Slot geweest. En dat zijn de twee andere vrouwen trouwens ook niet.'

'Haar zus, Simona? Zij staat op de videobewaking van diverse hotels.'

'Well, ze was samen met haar neef Sergej in Denemarken. Waarschijnlijk op rooftocht. Finnen lopen met messen rond. Litouwers stelen als raven. Dat weet iedereen.'

'Ze was een succesvolle zakenvrouw en bezat meerdere bakkerijen.'

'Iedereen steelt, zowel groot als klein. Het resultaat is dat niemand op deze aarde kan bewijzen dat ze iets met de Bergsøe-zaak of de Corfitzen-zaak of de Fensmark-zaak te maken hadden. En ook niet met Arvidsen trouwens... Simona is ervandoor gegaan toen de grond onder haar voeten te heet werd. Haar neef Sergej kreeg problemen toen hij verzeild raakte in een interne ruzie, maar zijn Deense contacten uit zijn thuisland redden hem uit het ziekenhuis in Hillerød. Dat zijn vijanden hem op de veerboot te pakken gekregen hebben is een ander verhaal.'

'Hebben we het over theorie of praktijk?'

Axel Mossman gaf geen antwoord op zijn vraag. Hij draaide zijn hoofd een stukje zodat hij uit het raam achter het ziekenhuisbed kon kijken.

De PET-chef zweeg lange tijd, alsof hij een antwoord zocht in de grijze hemel boven Aalborg. Zelf had hij tijd genoeg. Hij had een comfortabel bed met schoon, wit beddengoed en bovendien kon hij zijn linkerarm niet gebruiken.

'Well,' begon Mossman langzaam. 'Geef me één goede reden om je níét te pakken, om in jouw taalgebruik te blijven.'

'Een goede – maar nauwelijks geldige – reden zou kunnen zijn dat ik onschuldig ben. Ik vraag het je opnieuw: theorie of praktijk?'

'Moet het absoluut zo zwart-wit zijn, Oxen? Het zou bijvoorbeeld afhankelijk kunnen zijn van de vraag of we kunnen onderhandelen. Margrethe vertelde me dat jullie konden ontsnappen omdat jij dreigde met het openbaar maken van een kopie van de een of andere compromitterende opname met de minister van Justitie. Als het klopt dat je zo'n opname hebt, dan kun je hem discreet aan mij overhandigen en dan staan we quitte.'

'En wie is er dan plotseling de schuldige?'

'Well, het scenario zou er als volgt uit kunnen zien: Bergsøe is verdronken terwijl hij een tochtje met zijn kajak maakte. Dat soort dingen gebeurt, hij was tenslotte de jongste niet. *Case closed.* Sergej Pronko brak in bij Corfitzen om te stelen en daarbij is Corfitzen omgekomen. We vinden het DNA van de Rus natuurlijk op de plaats delict. Case closed. En als Arvidsen genoeg heeft gezien en het Litouwse stel chanteert, moet hij natuurlijk ook uit de weg geruimd worden. Het geweer vinden we niet, maar er is voldoende ander bewijs. De twee die veroordeeld moeten worden, zijn dood. Case closed. Hetzelfde geldt voor Fensmark, die in de jachthut verschijnt op het moment dat Sergej de bewijzen van Arvidsen gevonden heeft. Sergej vermoordt hem. We hebben het moordwapen. Case closed. Als de neef en de nicht een deal sluiten over gemaakte kosten met een paar andere klootzakken bij Esrum Sø, krijgen ze ruzie. Simona verdwijnt, Sergej eindigt in het ziekenhuis. De rest weet je. Case closed. De vraag is dus of je de opname hebt of dat je bluft, soldaat?'

'In theorie zijn beide scenario's mogelijk. En in de praktijk? Daarin zijn beide scenario's ook mogelijk... Wie durft het risico te nemen?'

Hij pakte het waterglas van het nachtkastje en dronk het in een paar slokken leeg. Zijn keel en mond voelden als schuurpapier. Dat kwam beslist door de narcose. Mossman stak zijn arm uit.

'Zal ik nog wat inschenken?' vroeg de PET-chef.

Hij schudde zijn hoofd.

'Je bent één ding vergeten, Mossman. De directeur in Spanje, Hannibal Frederiksen.'

'Ik ken hem niet. En als ik hem wel zou kennen, zou ik zeggen dat het niets met mijn werk te maken heeft. Hij is omgekomen bij een verkeersongeval. Dat gebeurt wel vaker in Spanje. Wil je zo vriendelijk zijn om me gedetailleerd te vertellen wat het publiek bij de video-opname van de minister van Justitie te zien krijgt?'

Hij nam een moment bedenktijd. Het kon geen kwaad. Hij had de inhoud al een keer verteld toen Margrethe Franck en hij op het punt stonden om met een nekschot geliquideerd te worden.

'Op één voorwaarde.'

Axel Mossman volstond met een knikje en een opgetrokken wenkbrauw.

'Dat je de minister van Justitie duidelijk maakt wat ik gezien heb op de opname. En dat je hem heel duidelijk maakt wat mijn dreigement inhoudt: dat de video-opname automatisch naar diverse nieuwsredacties verspreid wordt als ik niet om de dag een bepaalde handeling uitvoer – waarmee ik de publicatie uitstel.'

'Dat heb je volgens Margrethe al een keer verteld – bij het gat in het bos.'

'Ze volgden ons toch. En schoten om te doden.'

'Alles in beschouwing genomen was dat heel stom.'
'Ik wil mijn boodschap graag herhalen. Ga je het aan je chef vertellen?'
'Well, ik zal een opmerking laten vallen bij de minister van Justitie. En dan moeten we maar hopen dat je levensverzekering een... definitiever... karakter krijgt. De video?'
'Die is hardcore. De minister van Justitie houdt duidelijk van lak en leer als hij niet bezig is met gezond leven en zijn gezin.'
Mossman bromde.
Hij ging verder met zijn verhaal. 'Zowel de minister als Virginija is in elk geval goed opgewarmd als de opname begint. Ze draagt lange laklaarzen en een corsage.'
Hij vertelde hoe de minister van Justitie een soort tuig op de Litouwse vrouw had gelegd en een bit in haar mond had gestopt, en daarna gaf hij een gedetailleerd verslag van wat er was gebeurd, tot het punt waarop Rosborg terugkwam in de kamer met ex-ambassadeur Corfitzen, die telkens opnieuw had geschreeuwd: 'Wat heb je verdomme gedaan, idioot?'
Axel Mossman vertrok geen spier toen hij klaar was met zijn verhaal. De PET-chef zweeg een moment alsof hij verdiept was in een serie onaangename speculaties.
'En waar heb je de opname vandaan?' vroeg Mossman, die er nog steeds een beetje afwezig uitzag.
'Dat krijg je te horen als je me daarna over Arvidsen vertelt.'
'Arvidsen? Afgesproken.'
'De dag waarop Franck en ik Simona Zakalskyte en Sergej Pronko naar Kopenhagen volgden... Ik heb iets anders tegen Franck gezegd, maar in werkelijkheid was Sergej Pronko op het Centraal Station om een rugzak af te geven. Met een beetje hulp van een goede bekende ben ik 's avonds laat naar het Centraal Station gegaan om de inhoud van de rugzak te bekijken.'
'En een kopie te maken...' Mossman knikte bevestigend.
'Ja.'
'Dat is goed bedacht en goed uitgevoerd, of het is alleen een heel goed verhaal.'
'Dat mag je zelf bepalen. En Arvidsen?'
'Poul Arvidsen maakte deel uit van iets heel groots, waar ik je toch over verteld zou hebben, Oxen. Zie je...'

Axel Mossmans blik ging van de ramen via het witte beddengoed en het ziekenhuisbed naar Oxens gezicht. De PET-chef keek geconcentreerd naar hem terwijl hij verderging. 'Ik heb jaren naar Danehof gezocht. Heel veel jaren.'

Zijn blik moest hem ontmaskerd hebben, want Mossman gaf er commentaar op.

'Kijk niet zo verbaasd, soldaat... Ik heb ernaar gezocht, maar ik wist niet precies waar ik naar zocht. Een cirkel, een loge, een broederschap, of laten we het een omgeving van macht noemen.'

'Maar waarom heb je ernaar gezocht?'

De PET-chef kreeg iets afwezigs in zijn blik en nam de tijd.

'Jezus, dat is zoveel jaar geleden. Ik was destijds jong en werkte op de afdeling Moordzaken van de politie in Kopenhagen. We hadden een zaak waarbij een 89-jarige man was doodgeschoten, vermoedelijk door een inbreker. Voordat de oude man stierf lukte het hem om iets met zijn eigen bloed op de vloer te schrijven. "Danehof" schreef hij. We hebben de dader nooit gevonden. Het slachtoffer was geen gewone man. Zijn naam was Karl-Erik Ryttinger. Hij was de grote man van de Deense zware industrie in de tijd dat we die nog hadden. Hij bouwde zijn bedrijf vanaf de grond op.'

'Ryttinger IJzerindustrie.'

'Precies. Een uniek bedrijfsverhaal. En op alle manieren een triest einde. Hij begon te dementeren toen hij stierf. De inbreker had een aantal kostbare familiesieraden en zilver laten liggen, wat vreemd was. En de kogel zat precies in de hartstreek, wat ook vreemd was. Het was mijn eerste moordzaak. Misschien was het daarom.'

'En jullie deden onderzoek naar Ryttingers achtergrond?'

'Natuurlijk, maar we vonden niets. Danehof leek uit de lucht gegrepen. Elf jaar geleden gebeurde het opnieuw. Zegt de naam Gunnar Gregersen je iets?'

'De politicus, toch? Ik geloof dat hij een sociaaldemocraat was.'

'Ja, hij zat in de controlecommissie van de Tweede Kamer, dat heeft met inlichtingenwerk te maken. Gregersen was een ster in de dop, hij was slim en kwam goed over op de televisie. Toen pleegde hij zelfmoord. Hij scheen manisch-depressief te zijn. Zijn vrouw belde me op een avond laat en vertelde dat ze een envelop had gevonden die aan mij was gericht. Ze was dronken en diep ongelukkig. Ze zei dat ze in de envelop had gekeken en vertelde dat het ging over iets wat Danehof heette – of liever gezegd Danehof Oost. Toen ik daar arriveerde was de vrouw van de vijfde verdieping gesprongen en er was geen envelop te bekennen.'

'En je hebt in al die jaren niets gevonden?'

'Niets tastbaars. Alleen discrete tekenen van macht. En geen moorden of andere gewelddaden meer. Maar ik heb veel dingen gezien en veel beslissingen meegemaakt in mijn tijd. Ik heb alleen de tenuitvoerlegging en de uitgangspunten niet altijd begrepen, als je dat zo kunt zeggen. Ik heb lucht gekregen van dingen die ik niet mocht weten, ik heb dingen gehoord die ik niet had mogen horen en ik heb dingen gezien die ik niet had mogen zien. Denk eraan dat ik met politici te maken had. Het waren allemaal *bits and pieces*, gedurende vele jaren. Samen lijkt het een luchtig mozaïek van een machtssfeer. Maar ik heb de deur naar binnen nooit gevonden. Ik vond alleen indicaties van wie er deel van uitmaakten.'

'Hans-Otto Corfitzen?'

Mossman knikte kalm. 'Ja.'

'Je hebt zelf lezingen voor Consilium gehouden.'

'Dat was toeval, geloof me.'

'Heb je er meer gevonden?'

'Advocaat Mogens Bergsøe onder andere. Corfitzen was de reden dat ik Arvidsen een baan als tuinman en chauffeur in Nørlund Slot bezorgde. Ik kende Arvidsen als een goede en effectieve vent, van zijn tijd bij het arrestatieteam. Arvidsen werd gaandeweg alleen iets te ondernemend. Hij eiste geld voor iets waarvoor ik hem volgens mij al had betaald, en de scheidslijn tussen wie van ons de werkgever was, vervaagde langzaam. Was hij mijn mol bij Danehof? Of werd hij mettertijd Danehofs mol bij mij? Of lag de waarheid ergens in het midden en had hij alleen belangstelling voor geld? Ik weet het eerlijk gezegd niet. De laatste keer dat ik iets van hem hoorde was vlak na Corfitzens dood. Hij wilde me een sensationele video-opname verkopen. De prijs was vijf miljoen kronen. Hij was niet goed bij zijn hoofd. Ik vroeg details maar hoorde niets meer. En plotseling was hij dood.'

'Misschien heeft hij je verteld dat het iets met de minister van Justitie te maken had?'

'Dat is een hypothese.'

'Je wist dus niets over zijn zoektocht naar de geheime kamer en zijn observatielijst?'

'Nee, maar hij gaf me in het begin natuurlijk wel stukjes informatie. Dat was zijn taak. Hij gaf me namen van wie er kwamen en gingen. Ik weet alleen niet of die informatie valide was. Ik had er geen idee van dat de minister van Justitie erbij betrokken was. En ook de drie anderen niet. Maar er zijn beslist veel meer prominente namen bij – allemaal mensen die een centrale plek innemen in de laag waarin ze functioneren.'

'Maar jij durfde je eigen chef niet op te pakken.'

'Is dat een vraag of een constatering?'

Hij zag een zweem van woede in de ogen van de PET-chef, maar zijn stem verraadde niets.

'Voornamelijk het laatste,' antwoordde hij.

'Well, de dingen zijn niet altijd wat ze lijken te zijn. Als je zulke hoge bomen velt, moet je ervoor zorgen dat de apparatuur in orde is. En je moet verdomd goed oppassen, anders gaat het mis. Met de effectiviteit die Danehof heeft getoond, heb ik bange vermoedens. Daarom zijn er voor honderd procent zekere bewijzen nodig. Zoals ik je heb geïllustreerd met de verschillende scenario's: die had ik niet. Tenzij...'

'Ik de video-opname netjes aflever. En dan zijn Danehof, de minister van Justitie en jij weer dik tevreden. Onder alle omstandigheden: het is waanzinnig goed bedacht en uitgevoerd, of het is alleen een heel goed verhaal dat je bedacht hebt. Klink ik als een echo?'

Axel Mossman spreidde zijn armen berustend en haalde diep adem, alsof hij op het punt stond het op te geven om zijn boodschap duidelijk te maken.

'Je bent sceptisch, Oxen. Maar dat heeft natuurlijk een goede reden. Ik kan niets anders dan je verzekeren dat het precies zo is als ik je vertel.'

'Ben jíj Danehof, Mossman? Ben jíj een van hen?'

Axel Mossman schudde zijn hoofd.

'Nee.'

Hij pakte zijn glas en nam een slok. Geen van beiden zei iets. De PET-chef leunde naar achteren met over elkaar geslagen benen, als een man die zijn laatste kaart op tafel had gelegd, en afwachtte of het buigen of barsten was. Of misschien had de inlichtingenchef maar één van de vele troefkaarten die hij in zijn mouw had neergelegd. Hij was te ervaren om zijn gevoelens te verraden.

'Als jij Danehof niet bent, wie is het dan?'

Mossman haalde zijn schouders op. 'Dat is wat ik probeer te achterhalen. Dus zelfs als ik Rosborg zou kunnen oppakken, dan zou dat niet de meest doordachte manier zijn. Ze zouden er gewoon voor zorgen dat ik de anderen niet vind. Het gaat ook om timing.'

'Maar er is iemand dichtbij die informatie heeft doorgegeven. Anders zou Danehof niet zo snel opgeruimd kunnen hebben.'

'Ik heb de minister van Justitie zelf meerdere keren ingelicht. Over de Bergsøe-zaak en de Corfitzen-zaak. Hij heeft me alleen daarvoor naar het ministerie geroepen. Hij is tenslotte mijn rechtstreekse superieur.'

'Dat weet ik, maar er zijn andere dingen, een heleboel nuttige detailkennis. Waarom verschenen onze vrienden met de bivakmutsen bijvoorbeeld in Nørlund Slot op het moment dat we de kamer gevonden hadden? Heeft Franck ze geïnformeerd toen ze de ladder ging halen?'

'Onzin. Margrethe is puur als vers gevallen sneeuw. Volkomen toegewijd.'

'En je rechterhand, Rytter?'

'Hij wist niet dat jullie in het kasteel naar iets zochten. Dat wist niemand. Ik heb geen reden om aan Rytter te twijfelen. En die heb ik ook nooit gehad.'

'Dan zijn we terug bij... jou...'

'Oxen, we draaien in een kringetje rond. Dit is een bijzonder lastig gesprek.'

Mossman kon zijn ongenoegen niet langer verbergen.

'Degene die ons naar de provinciale weg gevolgd is... Ik weet bijna zeker dat ik hem geraakt heb. Ken je iemand die plotseling pijn in zijn rechterarm of -schouder heeft?'

'Nee. En ook geen pijn op andere plekken. Heb je hem of heb je hem niet? En krijg ik hem of krijg ik hem niet?'

Het gesprek was blijkbaar afgelopen. De PET-chef boog zich naar voren en keek in zijn ogen. Een laatste poging van een noodlijdende man die was gestrand op een archipel van de macht? Of een wolf die zijn lippen aflikte?

'Ik heb maar één wens: met rust gelaten worden. Door Danehof, door de PET, door iedereen. Ik wil gewoon met rust gelaten worden. En nu wil ik een dutje doen, dus als je zo vriendelijk wilt zijn...'

'Well, misschien een andere keer...'

Mossman ging staan en gaf hem een afgemeten hand. Daarna draaide de PET-reus zich om en sjokte naar de deur.

'Nog één laatste ding...' Hij ging rechtop in bed zitten op het moment dat Mossman de deur opende.

'Ja?'

'Je zou mijn hond nooit vermoord hebben. Nooit.'

'Goed geconstateerd, Oxen.'

Het hoofd van de Politie Inlichtingendienst knikte en deed de deur achter zich dicht.

# 64

Het handschrift was volmaakt en de letters onwaarschijnlijk gelijkmatig en gekruld. De Deense trouwe toeverlaat in voornaam gezelschap in het buitenland, Hans-Otto Corfitzen, verstond de kunst van het schrijven. En hij wist absoluut hoe hij zich moest uitdrukken, al was de toon enigszins belegen en hoogdravend.

Op de eerste pagina verwelkomde Corfitzen het nieuwe jaar.

*Het is een ware speling van het lot. We leven in een moderne hoogtechnologische tijd maar een middeleeuws instituut zoals ons Danehof is nooit noodzakelijker geweest – in zowel geest als daad. Ik beloof dat Danehof met zijn verenigde krachten van Noord, Zuid en Oost hard zal werken om ons land in het nieuwe jaar in de juiste richting te duwen, zowel op politiek als moreel gebied.*

Hij bekeek vluchtig de losse pagina's die van het nieuwe jaar tot mei liepen. Hij had de inhoud van de oude leren map twee keer gelezen. Op een dag zou iemand – degene die zo razendsnel alles uit Corfitzens geheime kamer had laten verdwijnen – ontdekken dat er iets ontbrak en dan brak de hel los.

In februari ging een van de aantekeningen over een ongeluk dat hij al kende.

*Vandaag, 18 februari, heb ik het tragische nieuws gekregen dat Hannibal Frederiksen is overleden door een auto-ongeluk in Spanje. We beschouwen het ongeluk als uitgelokt. Frederiksen was op weg naar de luchthaven om onze vertegenwoordiger op te halen toen hij omkwam.*

*We staan blijkbaar voor een probleem dat zijn oorsprong kan hebben in de krankzinnige daad van de minister van Justitie Rosborg (vermeld in oktober vorig jaar). De situatie had besproken moeten worden met Frederiksen.*

*Hannibal Frederiksen (actief) was gedurende 31 jaar onderdeel van onze organisatie en een van onze markante figuren. Zijn weduwe krijgt natuurlijk een jaarlijks bedrag uitgekeerd.*
*Ter zaliger nagedachtenis aan Hannibal Frederiksen.*

Het was doodeenvoudig geweest om de leren map weer in handen te krijgen. Hij was gewoon naar het kantoor van de secretaresse, mevrouw Larsen, in het kasteel gegaan en had een paar onbeduidende vragen gesteld. Daarna had hij gezegd: 'Bedankt, ik vind de weg naar buiten zelf wel.' Hij was op weg naar buiten langs de herenkamer gelopen, had de map uit de boekenkast gehaald en onder zijn trui gestopt, was de slotgracht gepasseerd en had afscheid van Nørlund Slot genomen. Kajsa, de naar seringen ruikende dochter van de oude ambassadeur, was nog steeds niet terug uit Londen. En misschien kwam ze ook wel nooit meer terug.

Bij maart was hij iets bijzonder interessants tegengekomen. Er was opnieuw sprake van een sterfgeval. Hij had de passage meerdere keren gelezen om zeker van de betekenis te zijn. Corfitzen had het bijzonder discreet opgeschreven. Er stond:

*Op 12 maart hebben we afscheid genomen van een bijzonder gewaardeerd lid (passief) gedurende 51 jaar – voormalig bankdirecteur Simon Skovgaard, Kopenhagen, 91 jaar, begraven bij de Helligåndskerk. Skovgaard toonde tekenen van ouderdomszwakte en vormde een aanzienlijk veiligheidsrisico. Daarom moesten we helaas afscheid van hem nemen. Omdat Skovgaards echtgenote lang geleden al overleden is, vindt er geen jaarlijkse uitkering plaats. Ter zaliger nagedachtenis aan Simon Skovgaard.*

Dat kon maar op één manier uitgelegd worden: Danehof had de lijst met passieve leden ingekort omdat het gevaar bestond dat de oude man zou gaan praten.

Dat deed hem onmiddellijk denken aan Axel Mossmans verhaal over Ryttinger, de oude directeur, die jaren geleden was doodgeschoten door een inbreker. Ryttinger begon volgens Mossman te dementeren. Een veiligheidsrisico. Die gedachte was bijzonder voor de hand liggend. Het antwoord zou te vinden zijn in een van de vele jaarboeken die uit Nørlund Slot waren verwijderd.

In april waren er veel politieke punten geweest die blijkbaar te maken hadden met een regeringsinitiatief.

*We hebben daarnet doorgedrukt dat het voor buitenlandse, gespecialiseerde arbeidskrachten eenvoudiger wordt om in Denemarken te werken, wat een aanzienlijke economische stimulans voor ons land zal betekenen. We moeten bovendien de confrontatie aangaan met de belastingpolitiek die dreigt om alle burgers hun laatste restje werklust te ontnemen. De enorme Deense belastingdruk is een onderwerp waar we ons de komende jaren voor willen inzetten.*

Hij bladerde verder naar mei. Er werd heel uitvoerig melding gemaakt van de dood van Mogens Bergsøe en de initiatieven die waren genomen om een halt toe te roepen aan datgene wat een steeds bezorgdere Hans-Otto Corfitzen 'een geïsoleerde bedreiging van de Eerste Ring Noord met als achtergrond de betreurenswaardige dood van Virginija Zakalskyte' had genoemd.

Hij ging naar de laatste pagina en las de laatste zinnen die Corfitzen had opgeschreven, want 'de geïsoleerde bedreiging' had hem ook ingehaald:

*Onze organisatie werkt onder hoogspanning om de bedreiging te lokaliseren. Omdat we hebben gekozen voor een definitieve oplossing met betrekking tot de twee overige vrouwelijke gasten van de bijeenkomst in oktober, beschouwde ik het risico op eliminatie als beëindigd. Helaas klopt dat niet.*

*Terwijl ik deze zinnen schrijf, patrouilleren er speciaal geselecteerde mannen rond Nørlund Slot. Ik verwijt het mezelf dat zo'n banaal arrangement zulke vergaande consequenties heeft, en ik neem de volledige verantwoordelijkheid op me.*

*Als we deze affaire achter de rug hebben, zal ik mijn positie zorgvuldig overwegen en me afvragen of iemand die jonger is dan ik mijn plek moet innemen.*

Hij legde Corfitzens originele, met de hand geschreven losse pagina's in de leren map terug en stopte hem in een grote, gevoerde envelop. Hij schreef het adres van het Nyborg Museum op en daaronder: *t.a.v. museumdirecteur Malte Bulbjerg*. Hij schreef geen afzender op.

Voor een historicus met Danehof als specialiteit moest de inhoud van de envelop een kijkje in de heilige graal zijn. Vooral met het oog op het grootscheepse historische onderzoek naar Danehof, waar Malte Bulbjerg volgend jaar aan wilde beginnen.

Samen vormden Corfitzens losse pagina's een explosief maar onvolledig verhaal. De moord die de minister van Justitie had gepleegd, was bijvoorbeeld alleen beschreven als een 'krankzinnige daad'. Het meest explosieve materiaal had hij echter uit de map verwijderd. Die drie pagina's mochten niet ontploffen in het gezicht van de aardige museumdirecteur.

De eerste pagina bevatte een bijgewerkte lijst van de huidige – actieve – leden van Danehof Noord. Het waren er in totaal 15. Allemaal mannen. Verdeeld in een Eerste, een Tweede en een Derde Ring, die ieder vijf leden hadden.

De tweede pagina bevatte een overzicht van de passieve, gepensioneerde leden van de afdeling Noord, en de laatste pagina bestond uit een lijst van wie er gedurende de eerste maanden van het jaar waren overleden. Behalve Frederiksen en Bergsøe ging het om twee mannen van respectievelijk 79 en 91 jaar. De eerste was een natuurlijke dood gestorven. De tweede was de bankdirecteur, die een handje geholpen was.

Hij verzamelde de kopieën van de handgeschreven pagina's die hij in het hotel had gekopieerd, stopte ze samen met de ledenlijst in een andere envelop en schreef daar het adres van L.T. Fritsen op Amager op. Nu hoefde hij de twee enveloppen alleen nog maar naar het postkantoor te brengen.

Hij had zijn geld ook nog niet gehaald, dat in een envelop in het rivierdal begraven lag. En hij wilde een laatste keer afscheid nemen van Mr. White.

Daarnaast was er nog iets wat niet langer uitgesteld kon worden. Het telefoongesprek met Ieva, de persoon aan wie hij beloofd had om haar op de hoogte te houden. Hij zou haar de pijnlijke waarheid moeten vertellen dat ze haar zussen Virginija en Simona nooit meer zou zien.

Voordat hij alles de rug kon toekeren moest hij de plechtigheid in het politiebureau van Aalborg nog doorstaan. Hij voelde zich beroerd bij de gedachte aan alle mensen, maar hij had een heel speciale reden om er toch naartoe te gaan.

Morgen zou hij ook afscheid nemen van Margrethe Franck, de vrouw die de afgelopen tijd zo dicht bij hem had gestaan. Ze was, als hij erover nadacht, heel prettig gezelschap geweest.

Ze hadden een paar uur eerder met elkaar gebeld. Ze had voorgesteld om na de feestelijkheden op het politiebureau met hem mee te gaan en een kamer in Rold Storkro te nemen, waar hij nog steeds logeerde. Dan konden ze lekker eten, samen een glas wijn drinken en afscheid van elkaar nemen.

Hij had ingestemd met haar voorstel. Hij kon niet anders. Alleen maakte de gedachte hem panisch.

Er was veel te bespreken over regie en bedoelingen, maar dat was op dit moment onmogelijk omdat alles zich waarschijnlijk had afgespeeld in een soort geaccepteerde conventie.

Hij wist heel goed dat Margrethe Franck een voor de gelegenheid uitstekend geamputeerde lokduif was geweest. Dat had Mossman meteen gezien.

Soldaten en beenprotheses en posttraumatische ervaringen... Ze hadden geen betere combinatie met zoveel begrip voor elkaar kunnen vinden.

Het was zo banaal, maar op een bepaald moment was de balans in zijn voordeel veranderd, flink geholpen door Mossmans verdachte gedrag. En toen ze ten slotte een verbond sloten, had Franck zich aan haar woord gehouden.

Hij zou Margrethe Franck er nooit van beschuldigen dat ze hem had misleid. Dat kon zij echter wel doen, want hij had achter haar rug een kopie van de video in handen gekregen. Dat zou ze echter nooit doen.

Zo waren de spelregels.

# 65

Hij was op weg naar de grootste ruimte die er in het politiebureau van Aalborg te vinden was. Aan het eind van de gang was de deur, die voortdurend openging, en mensen stroomden naar binnen en naar buiten, voornamelijk naar binnen.

'Je bent zo... stil. En verbeten. Is er iets?'

Margrethe Franck gaf een kneepje in zijn ongeschonden rechterarm. Hij had een handvol pijnstillers genomen om de mitella waarin zijn linkerarm sinds de operatie zat niet te hoeven dragen. Hij had geen behoefte aan de aandacht.

'Nee, het is alleen dat... het zijn zoveel mensen. Op één plek. Ik kan daar helemaal niet tegen, ik weet niet goed waarom.'

'Ga dan gewoon bij de deur staan, dan kun je naar buiten gaan als je daar behoefte aan hebt.' Margrethe Franck kneep weer in zijn arm. Misschien wist ze hoe hij zich voelde.

Ze had zoals afgesproken op het parkeerterrein op hem gewacht. Cool en mooi in een gebleekte spijkerbroek, lange bruinleren laarzen, een kort bruinleren jack in versleten look met de kraag omhoog tegen de wind en een zonnebril in het blonde stekelhaar. Haar lippenstift was paars en in haar linkeroor kronkelde de zilveren slang weer.

Ze had hem omhelsd en een kus op zijn wang gegeven. En ze had oprecht blij geleken om hem weer te zien.

Nu liepen ze naast elkaar het politiebureau in, op weg naar het feestje van de hoofdcommissaris, wiens zestigste verjaardag heel geschikt op een vrijdag viel.

Hij had de uitnodiging via Axel Mossman gekregen. Hoofdcommissaris Max Bøjlesen was ondanks alles nog steeds zo'n grote klootzak dat hij zelf geen contact had gezocht.

Volgens Mossman wilde Bøjlesen de gelegenheid gebruiken om de Corfitzen-zaak formeel te sluiten en zijn medewerkers te bedanken, als ze toch met borrelhapjes bij elkaar waren. En Bøjlesen had de PET-chef uitdrukkelijk gevraagd om Niels Oxen ook uit te nodigen.

Wilde Bøjlesen na zoveel jaar plotseling in het stof bijten en zich verontschuldigen? Maar wat kon zijn bedoeling anders zijn?

Margrethe Franck opende de deur en het geluid van de luidruchtige mensen steeg tot onvoorstelbare hoogte. Hij liep naar binnen, ging bij de achtermuur staan en probeerde overzicht te krijgen, maar alles draaide voor zijn ogen.

*Het gegons, het geblaat, het gekakel, het stoffige marktplein. In Gereshk, in Musa Qala, in Kabul, eindeloos.*

*Eén groot levend organisme, pulserend in stof en trillende lucht. Een onmogelijke opgave om naar te kijken.*

*'Bravo 17, niets verdachts, ga verder naar het westelijke deel. Over.'*

*'Bravo 15, hier ook rustig. Uit.'*

*Kruideniers, klanten, mannen, gesluierde vrouwen, groot en klein met afgerukte ledematen, altijd zo verdomd veel mensen die iets missen... Een arm, een been, een voet, een gezin. Zo weinig vrienden, zoveel onzichtbare vijanden...*

'Ga even naar buiten als je je niet goed voelt. Je moet je niet gedwongen voelen.'

Margrethe Franck legde een hand op zijn schouder.

'Ik ben zo terug, ik moet even iemand begroeten,' ging ze verder. Ze glimlachte naar hem en verdween in het gekrioel.

Hij bleef staan, probeerde met zijn rug tegen de muur bij te komen en keek uit naar de enige reden waarom hij hier was. In de verte, vlak bij een tafel met drankjes, stond de reden: de operationele chef van de Politie Inlichtingendienst Martin Rytter.

Hij wachtte nog een moment tot hij zich weer helemaal helder voelde. Daarna laveerde hij tussen de mensen naar Mossmans rechterhand, die een gesprek voerde met twee andere mannen. Hij onderbrak zonder te aarzelen het gesprek en stak zijn hand uit naar Rytter.

'Hallo, Rytter,' zei hij. 'We zien elkaar dus opnieuw, onder veel prettigere omstandigheden.'

Hij gaf de operationele chef een hand, pakte tegelijkertijd met zijn linkerhand de rechterbovenarm van de man vast en kneep er hard in.

Een hartelijke begroeting zoals voorkwam bij oude vrienden die elkaar lang niet hadden gezien. Zijn gebaar verraste Rytter blijkbaar, maar hij liet zijn aandacht niet verslappen.

Onder de dikke stof van het donkere colbert voelden zijn vingertoppen een rand en iets wat glad en hard was. Iets breeds op zijn bovenarm, daaronder en daarboven voelde hij zacht weefsel en spieren. Was dat verband? Zat er een strak verband rond Rytters bovenarm? En hoorde hij hem zachtjes kreunen van de pijn toen hij hard in zijn arm kneep?

En Rytters gezicht vertrok een beetje, nauwelijks zichtbaar voor iemand tenzij je wist waarop je moest letten.

'Hallo, Oxen. "Bedankt voor de prettige samenwerking" moet ik waarschijnlijk zeggen.'

Hij liet Rytters arm los en leek opluchting op het gezicht van de operationele chef te zien.

'Geen dank.'

'We hebben diverse onderzoeken afgesloten, ook al blijven er een paar vragen onbeantwoord. Maar die worden later misschien nog beantwoord,' zei Rytter.

'Misschien wel. Ik ben op weg naar buiten. Maar ik wil je nog één ding zeggen: je had mijn hond niet moeten vermoorden...'

Hij hield Rytters blik vast. De man trok verbaasd zijn wenkbrauwen op.

'Je hond? Vertel eens, heb je iets gedronken? Of gerookt?'

Hij draaide zijn rug naar de operationele chef toe en ging weer bij de muur staan. Vlak daarna begon de een of andere kale knar, die op een klein podium stond, een felicitatiepraatje op te dreunen over alle fantastische eigenschappen van de 60-jarige Bøjlesen. Hij luisterde niet, maar zocht vergeefs naar Margrethe Francks blonde haar.

'Jezus, Oxen!' zei hoofdinspecteur Rasmus Grube.

'Hallo, Grube.'

'Hoe gaat het met je schouder? Ik hoor dat...'

Grube zweeg toen Bøjlesen het podium op stapte. De hoofdcommissaris pakte de microfoon van de standaard, heette iedereen welkom en bedankte voor de vriendelijke woorden. Hij zei ook een heleboel over 60 worden en nog steeds alles kunnen.

Grube stond geconcentreerd naar zijn chef te luisteren. Oxen keek in het rond op zoek naar Francks blonde haar. Toen hij opnieuw zijn aandacht op Bøjlesens gezicht richtte, zei het feestvarken: 'Nu we hier toch allemaal bijeen zijn vandaag, wil ik graag van de gelegenheid gebruikmaken om te vertellen dat een van de moeilijkste onderzoeken van de afgelopen jaren gearchiveerd kan worden. Ik weet dat het onderzoek naar de dood van Hans-Otto Corfitzen heel veel middelen en veel kracht van onze organisatie heeft gekost. Daarom wil ik jullie graag bedanken voor jullie inzet. Ik heb vanochtend gebeld met minister van Justitie Ulrik Rosborg. Hij vroeg me om jullie te bedanken voor jullie uitstekende werk. Ik sta vandaag ook graag stil bij het onderzoek omdat het een schoolvoorbeeld is van hoe ver de politie kan komen als we elkaar de hand reiken en samenwerken. We hebben in Aalborg fantastisch samengewerkt met de PET en de handen echt ineengeslagen. Het is...'

'Wat een gezeik. De PET heeft de gordijnen gewoon dichtgetrokken,' mompelde Grube hoofdschuddend.

'En daarom wil ik graag een woord van dank richten tot het hoofd van de PET, Axel Mossman, die hier vandaag is. Bedankt, Axel,' zei Bøjlesen vanaf het podium.

Na een korte pauze nam het feestvarken een nieuwe en onverwachte aanloop. 'We hebben veel plezier gehad van een... laten we het een externe medewerker noemen, die we in een vroeg stadium van het onderzoek onrechtmatig verdachten. Het is bovendien een persoon wiens chef ik heb mogen zijn voordat hij een andere carrière koos. We belonen normaal gesproken niemand, maar ik wil een...'

Hij geloofde zijn oren niet. Hij zette zich af tegen de muur, wrong zich langs drie tot vier ruggen en verdween door de openstaande deur.

'... uitzondering voor deze zaak maken. Daarom heb ik een paar heel goede flessen rode wijn gekocht, en ik wil je vragen om op het podium te komen en ze in ontvangst te nemen, Niels Oxen, zodat we je...'

Hij rende door de gang en de trappen af.

'... kunnen bedanken. Graag een applaus voor Niels Oxen.'

Hij nam meerdere treden tegelijk. Bøjlesen praatte nog steeds nasaal in de microfoon.

'Niels Oxen, wil je zo vriendelijk zijn om op het podium te komen? Voor zover ik weet zou je hier vandaag zijn. Niels Oxen? Heeft iemand Niels Oxen gezien?'

# 66

Het was al avond toen de kleine dorpsweg eindigde in een kruising met verbleekte verkeersborden. Hij bleef staan, ging langs de kant van de weg zitten en legde zijn pet neer.

De avondzon lag als een gouden vlies over de grond en de hagen en trok lange schaduwen. Het was een milde juniavond. De wind die in Aalborg had gewaaid toen hij Margrethe Franck eerder op de dag op het parkeerterrein had ontmoet, was helemaal gaan liggen.

Zes uur geleden was hij het politiebureau uit gestormd. Onder druk gezet door zijn angst voor mensenmassa's en gevlucht voor het gehuichel van de hoofdcommissaris, dat nieuwe hoogten had bereikt die hij nooit voor mogelijk had gehouden.

Hij was in de eerste de beste taxi gesprongen en had gevraagd om zo snel mogelijk naar het hotel gebracht te worden.

Daar was hij achter het bureau gaan zitten en had geprobeerd een brief aan Franck te schrijven. Dat was echter onmogelijk geweest. Na drie vergeefse pogingen stak hij de proppen papier in zijn zak en nam genoegen met:

*Lieve Margrethe. Het spijt me.*

Daarna pakte hij zijn rugzak met zijn aardse bezittingen en het geld van Mossman. De kamerdeur had hij op een kier laten staan zodat ze naar binnen kon en de brief zou vinden, en vervolgens was hij vertrokken. Met zijn linkerarm in een mitella en redelijk ongedeerd was hij door Rold Skov gelopen en had daarna de kleinste wegen die hij kon vinden genomen.

Er was reden voor ernstige speculaties. Op dit moment bevond de cd-rom met de kopie van de seksmoord van de minister van Justitie zich in L.T. Fritsens garage op Amager. Zijn dreigement om de dvd naar televisiezenders te sturen was bluf geweest. Maar als hij rust wilde, dan moest hij zo snel mogelijk de noodzakelijke expertise verschaffen om het dreigement te kunnen realiseren.

Hij had er dagenlang over nagedacht waar Danehof Noord plotseling was gebleven. En waar Danehof Zuid en Danehof Oost zich bevonden. In totaal 45 leden over het hele land verspreid. Hij kende de identiteit van de 15 leden van afdeling Noord. Dat had de molen in zijn hoofd telkens weer aan het werk gezet: wie waren de andere 30 mensen die de middeleeuwse machtselite vormden?

Wat voor soort mensen waren het? Pakten ze ook de meest verse voedingsmiddelen uit de stellingen? En kreeg geen van hen trillende handen bij de gedachte aan het lot van de verzwakte oude bankdirecteur?

Het was moord met voorbedachten rade. En het was eerder gebeurd. Zowel in de kartelzaak als de zaak over de grote lekkage, als hij de jaarverslagen goed had gelezen. Als Axel Mossman de waarheid vertelde, dan had de PET-chef het zelf meegemaakt. 'Danehof' geschreven met het bloed van een oude, stervende man.

En hij had gepiekerd over het angstaanjagende idee dat je zoveel macht kon hebben dat je de werkelijkheid kon uitwissen. En over het groteske feit dat de minister van Justitie vrijuit ging. Hoe had het zover kunnen komen?

Maar met elke kilometer die hij achter zich liet voelde zijn hart lichter. En nu zat hij hier. Bij een tweesprong. Morgen was een nieuwe dag. Dan zou de werkelijkheid in al haar afschuw terugkomen en zou hij beseffen dat hij bezig was met een gecontroleerde terugtocht. De vijand was nog steeds aanwezig.

De vogels zongen in de dichtstbijzijnde heg. Het graan smolt in de laatste zonnestralen en het vee sjokte aartslui door het weiland.

De namen van de dorpen op de verkeersborden zeiden hem niets.

'Vertel eens, Mr. White, ouwe gabber, wat vind jij? Naar rechts, naar links of rechtdoor?'

Hij wist niet tot wie hij zich moest wenden of waar hij naartoe moest. Hij wist alleen dat hij zo ver naar het noorden was gegaan dat het alleen verstandig leek om in plaats daarvan naar het zuiden te trekken.

# Naschrift

Ik heb een opleiding journalistiek gevolgd. Misschien komt daaruit mijn wens voort om te weten of de betreffende fictie feiten bevat. En wat die feiten dan zijn. Voor degenen die misschien dezelfde behoefte hebben:

Nørlund Slot bestaat en de geschiedenis ervan is zoals ik heb weergegeven. Dit kasteel is echter niet in het bezit geweest van het geslacht Corfitzen, maar is eigendom van het Nørlund Fonds.

Het nieuwe Kruis voor Dapperheid is de hoogste militaire onderscheiding in Denemarken en wordt uitgereikt voor buitengewone prestaties. Het kruis is op 18 november 2011 voor de eerste en enige keer uitgereikt. Koningin Margrethe overhandigde het kruis aan sergeant Casper Westphalen Mathiesen van het regiment genietroepen in Skive.

Danehof in Nyborg heeft bestaan. Ik heb ernaar gestreefd om de geschiedenis ervan verkort na te vertellen. Ondanks de unieke en fascinerende machtspositie van dit middeleeuwse instituut neemt het verhaal over Danehof vreemd genoeg niet meer dan een bescheiden plek in de geschiedenis van Denemarken in.

De situatie rond de dood van Bo 'Bosse' Hansen tijdens het Kroatische offensief is identiek aan de situatie waarin sergeant Claus Gamborg op 4 augustus 1995 de eerste Deense VN-soldaat was die omkwam tijdens oorlogshandelingen. Gamborg is postuum geëerd voor dapperheid.

Ik heb ervoor gekozen om fictie en feiten te verweven in een de facto-glimp om de gruwelijkheden van de Balkan-oorlog te schilderen.

Er is in de loop der jaren discussie en kritiek geweest rond de omstandigheden die naar Gamborgs dood leidden.

De onderzoekscommissie bestaat echter alleen in mijn verhaal.